साधना शंकर

साधना शंकर लेखिका और भारतीय राजस्व सेवा अधिकारी हैं। वे अर्थशास्त्र में पी-एच.डी. हैं। यह उनकी पाँचवीं पुस्तक और दूसरा उपन्यास है। इससे पहले उनका उपन्यास *नेवर अ डिस्कनेक्ट* (2010); निबन्धों का संकलन *व्हेन द पैरलल्स मीट* (2007); और दो यात्रा-वृत्तांत *अहलन व सहलन—सीरिया की यात्रा* (2006) और *कैचिंग फ़ायरफ़्लाइज़* (2016) आ चुके हैं।

वे विभिन्न अंग्रेज़ी पत्र-पत्रिकाओं के लिए लिखती रही हैं, दूरदर्शन में एंकर और होस्ट के तौर पर कार्यक्रम भी कर चुकी हैं।

ब्लॉग : http://zindagitalkies.wordpress.com

सूरज प्रकाश

सुपरिचित कथाकार और अनुवादक सूरज प्रकाश के सात कहानी संग्रह और चार उपन्यास प्रकाशित हैं। *लेखकों की दुनिया* उनकी एक विशिष्ट कृति है, जिसमें विश्व के पाँच सौ लेखकों के बारे में रोचक और दुर्लभ जानकारियाँ दी गई हैं। उन्होंने अंग्रेज़ी और गुजराती भाषा से आठ-आठ पुस्तकों के हिन्दी में अनुवाद किए हैं। महाराष्ट्र राज्य साहित्य अकादमी और गुजरात राज्य साहित्य अकादमी के सम्मान प्राप्त कर चुके सूरज प्रकाश ने कई पुस्तकों का सम्पादन भी किया है। हाल ही में उनकी जीवनी *उम्र भर देखा किये* प्रकाशित हुई है।

आरोहण

साधना शंकर

अनुवाद

सूरज प्रकाश

राजकमल पेपरबैक्स

मूल कृति 'Ascendance' का अनुवाद

राजकमल पेपरबैक्स में
पहला संस्करण : 2022

राजकमल पेपरबैक्स : उत्कृष्ट साहित्य के जनसुलभ संस्करण

राजकमल प्रकाशन प्रा. लि.
1-बी, नेताजी सुभाष मार्ग, दरियागंज
नई दिल्ली-110 002
द्वारा प्रकाशित

शाखाएँ : अशोक राजपथ, साइंस कॉलेज के सामने, पटना-800 006
पहली मंजिल, दरबारी बिल्डिंग, महात्मा गांधी मार्ग, प्रयागराज-211 001
36 ए, शेक्सपियर सरणी, कोलकाता-700 017
वेबसाइट : www.rajkamalprakashan.com
ई-मेल : info@rajkamalprakashan.com

बी.के. ऑफसेट
नवीन शाहदरा, दिल्ली-110 032
द्वारा मुद्रित

मूल्य : ₹350

AROHAN
Novel by Sadhna Shankar
Translated by Suraj Prakash

ISBN : 978-93-90971-49-7

पूज्या,

यह तुम्हारे लिए

क्रम

ले गए उसे

क्रॉनिकल-ii, पेज एनजेड[23]

...क्लैश-ii के बाद अस्तित्व में आया था, जिसने हमारे दो विश्वों को बड़ी बारीकी के साथ बयान किया था। फैंस ने फिर से हमारे सही हालत में आने और पुनर्निर्माण का खयाल रखा था। क्लैश-ii ने ईलोन के लैंडस्केप को ही बदल डाला था। कई तबाह हो गए थे। हमें इस बात की जरूरत थी कि अपनी संख्या को बढ़ाएँ और अपने शहरों को फिर से बनाएँ।

इवी ने जब पंक्तियों को प्रोसेस किया तो उसे लगा, उसके टैग से कुछ फ्लैश हो रहा है। उसने उसकी अनदेखी करते हुए अपनी प्रोसेसिंग जारी रखी।

हमारे लिए, यह सब उस महापलायन से लेकर सब कुछ नए सिरे से शुरू करने जैसा था।

दोबारा फ्लैश उभरा। इस बार यह इमर्जेंसी फ्लैश था। कुछ अनहोनी घट गई थी। इवी ने क्रॉनिकल से प्रोसेसिंग को अलग किया और अपनी आँखें खोलीं। उसके सामने स्क्रीन पर एक मैसेज चमक रहा था—

किसी को ले लिया गया है। फैंस के पास पाई गई।

इवी अवाक् रह गई। इन सभी जैक में वह वॉल्ट को सँभाल रही थी और ऐसी अनहोनी घटना कभी नहीं घटी थी। ले ली गई? किसे ले लिया गया? कैसे? फैंस के पास! जरूर कोई गलती हुई होगी।

उसने फैंस की तस्वीरों के लिए स्कैन करने की कोशिश की, लेकिन उसके वर्कस्टेशन का चैनल ब्लॉक कर दिया गया था। इवी तुरन्त ही वॉल्ट की तरफ मुड़ी। यह शान्त, स्थिर और खाली था। इवी ने अपने वर्कस्टेशन पर सिस्टम को खँगाला। काउंसिल चैनल शान्त थे और यही हाल दूसरे सब चैनलों का था। फ्लैश सन्देश के अलावा और कोई जानकारी उपलब्ध नहीं थी।

वॉल्ट के बाहर, ईलोन पर रात घिर आई थी और तीन पूर्ण चन्द्रमा आकाश पर एक कमान की तरह शान्ति से पसरे हुए थे। वे इवी के टैग पर फ्लैश कर रही अनहोनी घटना को पूरी तरह से झुठला रहे थे।

शहर के दूसरे हिस्से में टिओनी क्रिएशन फैसिलिटी के फर्श पर चहलकदमी कर रही थी। क्रिएशन फैसिलिटी साफ-सुथरी बनी हुई एक चार-मंजिला बिल्डिंग थी, जिस पर पीलापन लिये हुए नीली दीवारें थीं और काँच के शीशे लगी लम्बी खिड़कियाँ बनी हुई थीं। थोड़ी देर बाद टिओनी आई और बाहर की तरफ देखते हुए काँच की खिड़कियों के पास खड़ी हो गई। गलियों में बहुत कम रौशनी थी। वहाँ तभी चमक कौंधती थी जब कोई शटल वहाँ से गुजरती थी। अलबत्ता, तीन पूर्ण चन्द्रमा सब चीजों पर चाँदी की एक परत डाले हुए थे। टिओनी कहीं दूर, धीमी चलती बयार में एक पेड़ की पत्तियों का हौले-हौले सरसराना देख रही थी। क्लान्त के इस चरण में लैंडस्केप दूधिया चाँदनी में नहाया हुआ था।

टिओनी अपने-आपको, अपने अंडाकार चेहरे को, अपनी निर्मल भूरी आँखों को और अपने नरम सुनहरी बालों के जूड़े को खिड़की के शीशों में देख पा रही थी। घुटने तक की लम्बाई वाला उसका कुरता थोड़ा मुचड़ा हुआ था। उसे अपनी ढीली काली पैंट पर एक धब्बा नजर आया। धब्बे को झाड़ने के लिए वह झुकी। वह हैरानी से सोचने लगी कि जैसा उसने चाहा है, क्या तारा के घुँघराले बाल और नीली आँखें होंगी? टिओनी ने तारा के लिए बहुत सोच-समझकर और सीनी से थोड़ी-सी मदद लेकर अपनी हसरतों की फेहरिस्त बना रखी थी। दोनों ने इस बात पर लम्बी-लम्बी बहसें की थीं कि जब तारा वयस्क होगी तो दूसरी बातों के साथ-साथ, उसका कद कितना होगा, उसके शरीर का आदर्श वजन कितना होगा, उसकी नजर और सुनने की रेंज कितनी होगी? जब से उसके अनुरोध को स्वीकार किया गया था, उसका नाम तारा और टिओनी का छोटा-सा अपार्टमेंट इस नए सृजन के स्वागत के लिए तैयार कर लिया गया था।

टिओनी के लिए यह इन्तजार कुछ ज्यादा ही लम्बा हो गया था। सृजन के लिए उसका अनुरोध क्रिएशन फैसिलिटी में काफी अरसे से लटका पड़ा था, क्योंकि पिछले बहुत सारे जैक से ईलोन पर कोई भी सृजन अस्तित्व में नहीं आया था। सृजन के लिए टिओनी की इच्छा फैसिलिटी के लिए एक अवसर की तरह आई थी कि उसे फिर से खोला जाए और काम के लायक बनाया जाए। सृजन की प्रक्रियाओं के लिए विशेषज्ञों को और इस काम से जुड़े दूसरे लोगों को रोक लिया गया था। पहले इन्हें लगभग भुला दिया गया था। इसके बाद टिओनी के शरीर में से एक सैल निकाला गया था, सैल को उसकी अपेक्षाओं के हिसाब से ढाला गया था और सेने के लिए रख दिया गया था और आज रात, उसका सृजन तारा उसे सौंप दी जाएगी।

टिओनी क्रिएशन चैम्बर के बाहर चमकती रौशनी को निहारते हुए प्रतीक्षा कक्ष में शान्त बैठी हुई थी। जब वह फैसिलिटी के भीतर आई थी तो उसने अपना टैग बन्द कर दिया था क्योंकि वह नहीं चाहती थी कि टैग से लगातार निकलने वाले सन्देश तारा के साथ उसकी पहली मुलाकात में बाधक बनें। यह एक छोटा-सा चौकोर उपकरण था, जो उनकी जीवन रेखा था। यह उपकरण उन्हें ईलोन के जटिल नेटवर्क सिस्टम से तो जोड़ता ही था, उन्हें एक-दूसरे से भी जोड़े रखता था। कई लोगों ने तो अपने टैग अपने शरीर में, अपनी बगल में ही जुड़वा लिए थे, जबकि टिओनी जैसे दूसरे लोग भी थे जो टैग को अलग रखते थे।

आखिर रात ढली, सुबह-सवेरे की पहली किरणों ने दस्तक दी, चैम्बर के बाहर की बत्तियाँ बुझा दी गईं और दरवाजा खुला। विशेषज्ञ अपनी जर्द नीली स्मार्ट यूनिफॉर्म और छोटे नीले स्कर्ट में सामने नजर आई। उसके पीछे लम्बोतरा टोबोक था। उसके खोल में एक छोटा-सा बंडल रखा हुआ था। विशेषज्ञ ने यह बंडल टिओनी के हाथों में थमा दिया। तारा नन्ही-सी थी। उसके बाल घुँघराले थे। उसने अपनी नीली आँखों से आसपास देखा। ये ठीक वैसी ही थीं जैसी टिओनी ने कामना की थी।

टिओनी प्रतीक्षा कक्ष में एक तरफ रखे सोफे पर बैठ गई और अपनी बाँहों में थामे अपने सृजन को हैरानी से देखने लगी। टोबोक बिना आवाज किए चैम्बर में वापिस जा चुका था। विशेषज्ञ बोली, "इसके लालन-पालन के लिए सभी हिदायतें तुम्हारे टैग में डाल दी गई हैं। जिस सैल से इसका संवर्धन किया गया था, उसके ब्योरे भी अपलोड कर दिए गए हैं। अब तुम इसे अपने साथ ले जा सकती हो। तुम ठीक तो हो न! मैं जो भी समझ पा रही हूँ, सृजन को सँभालने के लिए बहुत मेहनत करनी पड़ती है और बहुत सारे काम करने पड़ते हैं। इसलिए मैं विश्वास करती हूँ कि तुम्हें जल्दी ही इसके बदले दूसरा सृजन लेने की जरूरत नहीं पड़ेगी। मैं ऐसा इसलिए नहीं कह रही हूँ कि बदलने के लिए तुम्हें मेरी किसी सलाह की जरूरत होगी!"

टिओनी तारा को निहारती रही और धीमे-से फुसफुसाकर बोली, "मैं ठीक हूँ।"

"ठीक है तब, तुम ईलोन में आए नए सृजन के साथ अपना खूबसूरत समय बिताओ!"

विशेषज्ञ चैम्बर में वापिस चली गई और उनके पीछे दरवाजा बन्द हो गया। टिओनी प्रतीक्षा कक्ष में अपनी बाँहों में एक नवजात सृजन लिये बैठी रही। यह सृजन जीवन की धड़कन लिये काँप रहा था। अचानक उसे लगा कि इन पलों के लिए उसने जितनी भी तैयारियाँ की थीं, वे काफी नहीं थीं। वह हैरानी से सोच रही थी कि क्या सभी पालक क्लेरेंट अनिश्चित और असुरक्षित महसूस करते हैं? तारा को एहतियात से थामे टिओनी ने सावधानी से पहले कदम उठाए और

एलिवेटर की तरफ बढ़ गई। वह बिल्डिंग से बाहर आ गई और सड़क पर कदम रखे। शटल के स्टैंड पर खड़ी हुई वह नन्हे-से बंडल को अपने सीने से लगाए खड़ी रही। शहर सुबह की चमकीली धूप में नहाया नजर आ रहा था। वे जैसे ही बाहर आए थे, तारा ने अपनी आँखें स्वत: ही बन्द कर ली थीं। वह टिओनी की बाँहों में शान्त दुबकी हुई थी। गली खाली थी और प्रात: वेला की स्थिरता और शान्ति चारों ओर फैली हुई थी। टिओनी शटल के इन्तजार में यह सोचती खड़ी रही कि तारा के आने से उसकी खुद की जिन्दगी कैसे बदल जाएगी। सृजन की देखभाल के लिए जो मैन्युअल दिया गया था, उसके हिसाब से तो यह आसान-सा काम होना चाहिए था, लेकिन विशेषज्ञ जो कुछ बता गई थी, उसके हिसाब से तो इसमें बहुत काम की और समय की जरूरत पड़ेगी। क्या वह खुद इस सबके लिए तैयार है?

शटल आई। गहरे भूरे रंग की चिकनी शटल ऊर्जा के गलियारों से गुजरती थी। इसे सूर्य के ताप से मिलने वाली ऊर्जा से चलाया जाता था। यह सूर्य से मिलने वाली ऊर्जा शहर के बाहर कई गुना बढ़ाई जाती थी।

सुबह-सवेरे शटल में कोई भी सवारी नहीं थी। टिओनी ने अपना टैग स्वाइप किया और शटल जल्द ही उसके घर की दिशा में चल पड़ी।

काउंसिल, जोकि निर्णय लेने वालों का सबसे बड़ा समूह था, को एक आपातकालीन बैठक के लिए बुलवाया गया था और इसकी सातों सदस्यों को मौजूद रहने की हिदायत दी गई थी। पिछले दस जैक में ऐसा आज तक नहीं हुआ था। काउंसिल के मेम्बर आमतौर पर अपने-अपने टैग के जरिए मामलों पर फैसले ले लिया करती थीं। अलबत्ता, पिछली रात जो अनहोनी घटना घट गई थी, उसकी वजह से सातों सदस्यों की मौजूदगी जरूरी हो गई थी।

आड़े-तिरछे स्काईवॉक से जुड़ी ऊँची, भव्य इमारतों के बीच एक तरह से फँसी हुई मझोले आकार की पीली-सी काउंसिल की बिल्डिंग थी। थोड़े-से दरख्तों से घिरी चौराहे पर बनी थी यह बिल्डिंग। मुख्य कक्ष में, जहाँ काउंसिल की बैठकें होती थीं, एक गोल मेज थी और उस पर धुँधले रंग पुते हुए थे। यह कमरा पारदर्शी छत से आने वाली धूप में नहाया हुआ था।

क्राति गोल मेज पर अपनी तयशुदा सीट पर बैठी थी। उसके बाल काले, घने और लम्बे थे, जिन्हें उसने अपने सिर पर जूड़े की शक्ल में बाँध रखा था। उसका चेहरा गम्भीर था और आवाज मिठास लिये हुए थी। रोटेशन प्लान के मुताबिक

इस समय वह काउंसिल की अध्यक्ष थी। काउंसिल के नियम बहुत ही आसान थे। सबसे पुरानी निवासी स्थाई सदस्य थी और केवल उसे ही यह अधिकार होता था कि वह किसी फैसले का निषेध, वीटो कर सके। काउंसिल की अध्यक्षता प्रत्येक पाँच जैक के बाद रोटेशन से बाकी छह सदस्यों के बीच घूमती रहती थी। किसी भी सदस्य को तीस जैक के लिए नामित किया जाता था। जब भी कोई रिक्ति आती तो बाकी सदस्यों की सहमति से नए सदस्य को नामित किया जाता था।

गोल मेज के इर्द-गिर्द बैठे हुए सदस्य इस बात की राह देख रहे थे कि क्राति बैठक शुरू करे। क्राति ने गला खखारा और कहना शुरू किया, "आप सब जानती ही हैं कि काउंसिल की बैठक इसलिए बुलाई जा रही है कि कल रात किसी को ले लिया गया। यह घटना महत्त्वपूर्ण है। सिर्फ इसलिए नहीं कि पिछले सैकड़ों जैक में यह पहली शख्स है जो ले ली गई है, लेकिन वजह यह भी है कि यह किसी दूसरे कारण से ली गई है।"

बाकी सब थोड़े भ्रमित से बैठे रहे, केवल उल्तूर, जो काउंसिल की सबसे पुरानी सदस्य थी, अपनी पीठ सीधी किए चुपचाप बैठी रही। उसके बाल गहरे लाल रंग के थे और उसके कन्धों तक आते थे। वह मझोले कद की थी जो थोड़ी मोटी थी। उसकी आँखें गहरी भूरी थीं जो लम्बे जीवन के ज्ञान और मेधा से चमकती थीं, लेकिन इधर आँखों ने अपनी चमक खो दी थी। उसकी आँखें खाली थीं और सूजी हुई लग रही थीं जैसे उन्होंने आँसू बहाए हों। क्राति ने एक बार फिर अपना गला खखारा, उल्तूर की तरफ देखा, लेकिन काउंसिल के नियमों के अनुसार किसी ने भी टोका नहीं और न ही, जब तक कहा न जाए, अध्यक्ष को सलाह नहीं दी, तो क्राति ने कहना जारी रखा, "यह बताते हुए मुझे अफसोस है कि जिसे लिया गया है, वह सीनी है और वह उल्तूर का सृजन है और हमारे पास इस बात का विश्वास करने के लिए कारण हैं कि उसे लिया जाना कोई दुर्घटना नहीं है।"

मेज पर चारों तरफ एक सामूहिक आह भरी गई। सब सीनी को जानते थे। वह खूबसूरत और मेधावी थी। वह इराना हब में पढ़ाने के कार्यक्रम में शामिल रही थी। यह ईलोन का शिक्षण और अनुसन्धान का सर्वोच्च केन्द्र था।

"आपका क्या मतलब है, यह दुर्घटना नहीं है? नहीं तो ऐसा कैसे हो सकता था?" उल्तूर ने पूछा। उसकी आवाज टूट रही थी। क्राति ने धीमे-से जवाब दिया, "हमारी शुरुआती रिपोर्ट यही बताती है कि सीनी को विष का इंजेक्शन दिया गया था। उसकी गर्दन पर बहुत ही बारीक-सी सूई चुभोए जाने का गहरा निशान था। और जैसा कि आप सब जानती हैं, वह फैंस के पास पड़ी हुई पाई गई थी। विस्तृत जाँच अभी चल रही है और हमें इस विहान के बाद और अधिक जानकारी मिल जाएगी। चूँकि हमने कई जैक पहले विष के सारे भंडार

नष्ट कर दिए थे, एक खयाल यह आता है कि फैंस की दूसरी तरफ के लोग इसके लिए उत्तरदायी होंगे।"

"यह सम्भव नहीं है!"

"ऐसा कभी नहीं सुना गया!"

"जरूर कोई गलती हुई होगी!"

"वे वैसा क्यों करेंगे!"

"उन्होंने कभी शान्ति भंग नहीं की। इससे दोनों तरफ का भला होता है!"

मेज पर चारों तरफ से इस तरह की हैरानियाँ व्यक्त की जाने लगीं। केवल उल्तूर ही ऐसी थी जो शान्त बनी रही।

क्राति ने इन्तजार किया। वह उम्मीद कर रही थी कि उल्तूर कुछ कहेगी। वह नहीं जानती थी कि इस परिस्थिति का कैसे सामना करे? उसकी स्मृति में आज तक किसी को लिया नहीं गया था। यह घटना ही अपने-आप में अनर्थकारी थी, लेकिन यह सुझाव कि यह दुर्घटना नहीं थी, इसे और अधिक अवास्तविक बना रही थी। क्राति ने जब रिपोर्ट देखी थी तो वह हैरान हो गई थी। जब से फैंस का निर्माण किया गया था, किसी भी हमले की कोई भी घटना नहीं हुई थी। क्लैश-ii की घटना कई सैकड़ों जैक पहले हुई थी। उस समय दोनों तरफ से कई लोग मारे गए थे। उल्तूर क्लैश-ii से बचकर जीवित रह जाने वाले कुछेक लोगों में से एक थी। क्राति उम्मीद कर रही थी कि वह इस स्थिति को समझने में मदद करेगी, लेकिन वह शान्त बनी रही।

"तो, अब हम क्या करने वाले हैं? हमें जवाब चाहिए।" गेला, जो सदस्यों में से एक थी, ने स्पष्ट तौर पर पूछा। जवाब में सदस्यों ने क्राति की तरफ देखा और क्राति ने मुड़कर उल्तूर की तरफ निगाह घुमाई। वह खयालों में डूबी हुई अपने सामने के स्क्रीन को देख रही थी।

"जब अन्तिम रिपोर्ट आ जाएगी तो हम दोबारा मिलेंगी। हमें यह पुष्टि मिल जाए कि जो कुछ हुआ है, उसे हम सही मानकर चल रही हैं या नहीं? हम तभी अपनी प्रतिक्रिया जाहिर करेंगी।" क्राति ने घोषणा की। जाहिरा तौर पर बैठक समाप्त हो चुकी थी, लेकिन सदस्य अनिश्चित और ढुलमुल-सी बैठी रहीं। कुछ देर बाद एक-एक कर सब उठकर बाहर चली गईं। सिर्फ क्राति और उल्तूर धूप में नहाए कमरे में बैठी रहीं।

"आप इतने यकीन से कैसे कह सकती हैं कि विष ही इसका कारण है?" उल्तूर ने मौन भंग किया।

"उल्तूर, शुरुआती रिपोर्ट में तो ऐसा ही जिक्र है। जैसा कि मैंने पहले भी कहा था, हम विष को पचास जैक पहले ही ऑपरेशन से हटा चुके थे, लेकिन हम यह भी जानते हैं कि यह दूसरी तरफ वालों की कारस्तानी नहीं है।"

"हममम...मेरा खयाल है कि अन्तिम रिपोर्ट तक रुकने का तुम्हारा फैसला सही है।" उल्तूर ने कहा और वहाँ से चली गई। क्राति ने महसूस किया कि उसके कन्धे झुके हुए थे और चाल धीमी थी। वह यह सोच रही थी कि इस झटके-से उबरने के लिए उल्तूर को कुछ और अंग बदलने की जरूरत पड़ेगी।

काउंसिल की बिल्डिंग से निकलने के बाद उल्तूर ने अपने अपार्टमेंट तक पैदल चलकर जाने का फैसला किया। सड़क भी उसकी खुद की जिन्दगी की तरह लम्बी, अन्तहीन और खाली लग रही थी। उसे अचानक एक भूले-बिसरे दर्द ने घेर लिया। घर भी तो खाली ही होगा। अधबीच में उसने अपना रास्ता बदल लिया और घर के बजाय फैंस की तरफ चलने लगी। सीनी के खयाल लगातार उसके दिमाग में हलचल मचाए हुए थे। सीनी अब कभी भी घर लौटकर नहीं आएगी और उसे पुकारेगी नहीं। सीनी जा चुकी थी। उसे ले जाया जा चुका था।

ले जाए जाने की घटना से उल्तूर के पार पाने के बाद काफी वक्त गुजर चुका था। पिछली बार यह घटना क्लैश-ii के समय हुई थी और इस बात को कई जैक बीत चुके थे। क्लैश-ii के बाद ईलोन बहुत बदल गया था। अब यहाँ बड़े-बड़े शहर थे, ऊँची भव्य इमारतें थीं, अनगिनत दरख्त और बाग-बगीचे थे। इमारतों के बीच आकाश को छूनेवाले पैदल चलनेवाले रास्तों, स्काईवॉकों का नाजुक-सा जाल बिछा हुआ था। सड़कें चौड़ी थीं और ऊर्जा के गलियारों के जरिए शहरों में शटल दौड़ती नजर आती थीं। ईलोन के शहरों में एक तरह के अभिजात्यपूर्ण सौंदर्य के दर्शन होते थे।

स्काईवॉकों और सड़कों से गुजरने के बाद उल्तूर आखिर फैंस पर पहुँच गई। फैंस के समान्तर एक रास्ता जाता था और उस पर कतार में दूर-दूर तक हरियाली थी। हरियाली के घने हिस्सों के बीच रंगीन फूल और नमूनेदार पत्तियों के झुरमुट थे। वह चलकर उस जगह तक पहुँची, जिसके बारे में कहा गया था कि सीनी वहाँ पड़ी हुई मिली थी। उल्तूर ने उस धुँधली जगह को देखा जो फैंस था। क्लैश-ii तैयार किए जाने के बाद इसका अतिक्रमण नहीं किया गया था। उल्तूर को अभी भी यह यकीन करने में तकलीफ हो रही थी कि उस पार वालों ने उसके सृजन, सीनी को ले लिया होगा। उल्तूर ने सिर हिलाया और फैंस के साथ वाली राह पर चलती रही। इस बात का एहसास था कि कुछ अनहोनी घटने वाली है। उल्तूर को वह सब याद आ रहा था जो दूसरों को याद नहीं था।

इवी सदमे की हालत में थी। वह अपने अपार्टमेंट में बैठी थी और बाहर के अँधेरे को घूर रही थी। इवी को कभी भी पता नहीं था कि कुछ ले जाया भी जा सकता

है। और अब, सीनी को ले जाया जा चुका था। इस कथन का पूरा असर अब उस पर दिख रहा था। अब वह कभी भी सीनी को नहीं देख पाएगी, उसे कभी टैग नहीं कर पाएगी। यह सब कुछ अविश्वसनीय था। ऐसा कभी हो ही कैसे सकता था? अभी पिछले विहान में ही सीनी ने उसे इराना हब में एक रोचक मॉड्यूल के बारे में टैग किया था। अब, इवी कभी भी सीनी को ब्यौरों के लिए नहीं कह पाएगी।

इवी ने टिओनी के बारे में सोचा और उसे एक अर्जेंट टैग भेजा। हो सकता है वह सीनी के बारे में जानती हो। इवी अपने बिस्तर पर लेट गई और ऊपर छत की तरफ देखने लगी। उसकी चिकनी पोशाक उसके बदन से अच्छी तरह से लिपटी हुई थी। पोशाक आरामदायक रात के लिए तापमान को अपने-आप एडजस्ट कर लेगी। उसके छोटे ताम्बई बाल उसके गोल चेहरे को घेरे हुए थे। इवी ने महसूस किया मानो उसके दिमाग में कोई अजीब-सा सूराख है और वह नहीं जानती कि उसे ठीक कैसे किया जाए?

सीनी को क्या हो गया था? अब वे उसके साथ क्या करेंगे? अचानक इवी यह जानना चाहने लगी कि जिसे ले जाया जाता है, उसके साथ वे क्या करते हैं? घने लाल लम्बे बालों वाली, शिष्ट व्यवहार और तीखे सवालों वाली सीनी के साथ क्या हुआ होगा? उसका दिमाग घूम रहा था। अपने सिर के भीतर चक्कर काटते इन अनजान सवालों के साथ वह नींद के आगोश में समा गई।

जब वह जागी तो शहर अभी भी अँधेरे में डूबा हुआ था। उसका टैग सन्देशों से अटा पड़ा था और कुछ पुराने सन्देश दीवार पर लगे स्क्रीन पर चमक रहे थे।

इवी ने अपना टैग अपने शरीर के भीतर जड़वा नहीं रखा था। कई बार उसे अपना टैग बन्द करने की जरूरत पड़ती थी। ऐसे भी समय आए जब वह शान्ति के लिए तड़पती थी और चैनलों से लगातार होने वाली खटपट से मोहलत चाहती थी। सारा दिन टैग पर सीनी के बारे में चर्चाएँ होती रहीं। काउंसिल ने उसके बारे में एक सन्देश भेजा था कि उसे ले लिया गया है। अलबत्ता, कोई भी यह नहीं जानता था कि उसे सचमुच हुआ क्या है? अभी तक टिओनी की तरफ से कोई जवाब नहीं आया था। इवी ने टैग के जरिए टिओनी के अपार्टमेंट के वर्कस्टेशन से सम्पर्क करने की कोशिश की, लेकिन नहीं कर पाई।

इवी को चिन्ता हो गई। सीनी को ले जाया जा चुका था और टिओनी पहुँच से बाहर थी। उसके भीतर जो भावनाएँ चल रही थीं, उसके लिए वे बिलकुल नई थीं। सीनी... वह उससे बात करना चाहती थी, उसकी आवाज सुनना चाहती थी। इवी ने एक बार फिर अपनी आँखें बन्द कीं और सोचने लगी कि उसके दिमाग के सूराख का कब और किस तरह से इलाज होगा?

दो-मंजिला बिल्डिंग के आसपास काफी खुली जगह थी। दूर कहीं आसमान की क्षितिज रेखा पर पहाड़ियों की झलक दिखाई देती थी। यह फसल काटने का समय था। प्रॉमली वर्कस्टेशन पर बैठ गई और उसे शेड्यूल करने लगी। खुली खिड़कियों से जो हवा आ रही थी, वह मिठास लिये हुए थी और उसमें पकी हुई अमर की फसल की महक घुल-मिल गई थी। पिछले कई जैक से प्रॉमली इस महक को पसन्द करने लगी थी। खेती-बाड़ी...यह काम कभी भी उसके क्षितिज में नहीं था, लेकिन अब खेती उसके लिए खुशी का सबसे बड़ा सबब बन गया था। उसने शेड्यूल को अन्तिम रूप दिया और सिस्टम को रेडी मोड में डाल दिया ताकि वह अगली सुबह की पहली रौशनी के साथ एक्टिवेट हो जाए।

बाहर खुली हवा में आते हुए प्रॉमली ने अपनी बाँहें फैलाईं और अपने अंगों में गहरी थकान महसूस की। उसने तय किया कि वह फसल कटने के बाद चेक-अप के लिए जाएगी। अंग बदलने के उसके पिछले दौर से लगभग 40 जैक का वक्त बीत चुका था। हो सकता है, कुछ अंग बदलने की जरूरत पड़े। धुँधली पड़ती सूर्य की रौशनी में उसके ताम्बई रंग के बाल चमक रहे थे। खूबसूरत स्टाइल से छोटे कटे हुए उसके बाल उसके चेहरे पर इस तरह फैले थे मानो उसके लबादे का हुड हो। प्रॉमली लम्बी और दुबली थी और जिस तरह से चलती थी तो उसके सगर्व सक्षम होने का एहसास होता था। खेतों पर आमतौर पर वह छोटे ब्लाउज और सूट पहना करती थी जबकि शहर में वह आमतौर पर कमीज और पैंट पहन कर जाती थी।

मुख्य बिल्डिंग की दूसरी तरफ प्रॉमली ने देखा कि छाया में कतार में बड़ी सफाई से टोबोक लगे हुए थे। प्रत्येक टोबोक में अतिरिक्त कल-पुर्जे इस हिसाब से लगे थे कि फसल काटने से जुड़ा जो भी काम उन्हें सौंपा जाता, वे पूरा कर सकें। जब प्रोग्राम एक्टिवेट किया जाता तो वे बाहर आते और खेत में काम करना शुरू कर देते थे।

प्रॉमली अपने घर वापस आ गई। दीवार पर लगा स्क्रीन सीनी से जुड़ी घटना की खबरों से अटा पड़ा था। गुस्सा, ताज्जुब, आक्रोश और डर—ये सारी भावनाएँ व्यक्त की जा रही थीं। प्रॉमली देख पा रही थी कि उल्तूर टैग के जरिए उस तक पहुँचने की लगातार कोशिश कर रही थी। जो कुछ भी तेजस्वी और ऊर्जा से लबरेज सीनी के साथ हुआ था, वह सचमुच त्रासद था। जब प्रॉमली उल्तूर से पहली बार मिली थी तो प्रॉमिस उभरती हुई सूचना विशेषज्ञ थी और सीनी एक छोटी-सी बच्ची थी। जैसे-जैसे सीनी बड़ी हुई, उसने गणना सम्बन्धी विचारों के क्षेत्र में नई उत्कृष्टता दर्शाई थी। प्रॉमली ने ही उसे उनके मुख्य सूचना हब निविदम में ज्वाइन करने के

लिए प्रेरित किया था। सीनी ने वही रास्ता अपनाया था और बेहतरीन तरीके से सफल बनकर दिखाया था।

दो जैक पहले सीनी पहाड़ों की गोद में बने खेतों में प्रॉमली से मिलने आई थी। दोनों एक साथ खेतों के बीच में से चलती रही थीं और बातें करती रही थीं। सीनी ने उसे बताया था कि उसने निविदम में अपना काम छोड़ दिया है और अब इराना हब के साथ मिल कर काम करना शुरू कर दिया है। प्रॉमली उसके इस कदम से बेहद निराश हुई थी।

प्रॉमली यह समझने की कोशिश करती रही कि आखिर क्या बात थी जिसने सीनी को अचानक अपना रास्ता बदलने के लिए इस तरह से प्रेरित किया था? ऊबड़-खाबड़ खेत पर तीन चन्द्रमा को देखते हुए प्रॉमली ने पूछा था, "क्यों सीनी, क्यों तुम अपनी मेधा इराना हब में बर्बाद कर रही हो? तुम वहाँ पर क्या करना चाहती हो?"

"प्रॉमली, आप असंख्य जैक तक निविदम की प्रमुख रही हैं तो आपने खेती क्यों शुरू कर दी?" उसके सवाल का जवाब देने के बजाय सीनी ने ही सवाल पूछ लिया था।

प्रॉमली चुप रह गई थी। सीनी हमेशा से सवाल पूछती रहती थी। तब भी जब वह बड़ी हो रही थी, उसके दिमाग में सवाल कुलबुलाते रहते थे, जिन्हें वह बिना किसी रुकावट के, प्रॉमली के टैग पर डालती रहती थी।

उल्तूर की तरफ से अनगिनत टैग आए हुए थे। प्रॉमली ने उल्तूर के घर के चैनल का स्विच ऑन किया। सीनी के जाने के बाद पहली बार दोनों ने एक-दूसरे को आमने-सामने देखा।

उल्तूर एक सोफे पर बैठी हुई थी। रौशनी मध्यम थी और रंगों से भरे अपार्टमेंट में उदासी की एक परत देखी जा सकती थी। उल्तूर के अपार्टमेंट में टँगी हुई रंगीन टेपेस्टरी, लगता था कि सीनी की ही छवि दर्शा रही है।

बिना किसी भूमिका के उल्तूर ने कहना शुरू किया, "प्रॉमली, मैं इस बात को भूल चुकी थी कि किसी को ले जाया जाना कितना दुखद होता है? अचानक मैं खुद को क्लैश-ii वाली स्थिति में पा रही हूँ जब मेरे परिचय के कई लोगों को ले जाया गया था। तुम उस खोने के या बिछुड़ने के एहसास की कल्पना भी नहीं कर सकतीं जो आपके किसी नजदीकी को ले जाए जाते समय होती है। जो कुछ होता है, वह असहनीय होता है। तुम आई थीं, तब तक ले जाए जाने की घटनाएँ बहुत दूर की सम्भावना में बदल चुकी थीं।"

प्रॉमली चुपचाप बैठी रही। कुछ भी उल्तूर कह रही थी, वह सच था। प्रॉमली के परिचितों में से किसी को भी नहीं ले जाया गया था। वह शायद उस दर्द को महसूस नहीं कर सकती थी।

"ओनिप कहाँ है इन दिनों?" उल्तूर ने शान्ति भंग करते हुए पूछा।

प्रॉमली हक्की-बक्की रह गई। उसने अपने क्लेरेंट के बारे में कई जैक से न तो सोचा था और न ही उनसे कुछ सुना ही था। ईलोन के अधिकतर निवासियों की तरह 16 जैक पूरे करते ही वह अपने क्लेरेंट के घर से बाहर आ गई थी। कुछ ऐसे भी लोग थे जो उल्तूर और सीनी की तरह एक साथ रहते चले आए थे, लेकिन वे अपवाद की तरह थे।

"वह शहर में कहीं समन्दर के आसपास है। क्यों?" प्रॉमली ने जवाब दिया।

"मैं यूँ ही पूछ रही थी। खैर, क्या तुम जानती हो कि काउंसिल सीनी के बारे में क्या कह रही है?"

प्रॉमली ने सलाह दी, "अगर तुम इस बारे में बात करना चाहती हो तो हमें अपने गुप्त चैनल पर स्विच कर लेना चाहिए!"

दोनों अपने गुप्त चैनल पर आ गए। उल्तूर ने कहना जारी रखा, "क्राति ने घोषणा की है कि सीनी को दूसरी तरफ से आए विष को देकर ले जाया गया है। प्रॉमली, ऐसा कैसे हो सकता है? अब वे ऐसा क्यों करेंगे? हम शान्ति के दौर से गुजर रहे हैं। और सीनी क्यों? क्या तुम्हें ऐसा लगता है कि कोई गलती हुई होगी?"

प्रॉमली ने उल्तूर को टोका नहीं। उसने उसके सारे सवालों को बाहर आने दिया। वह शान्त बैठी रही और एक आँसू उल्तूर के चेहरे पर ढरक आया।

"प्रॉमली, अगर इस बात की पुष्टि हो जाती है कि उधर वाले इस मामले से जुड़े हुए हैं तो तुम्हें पता होना चाहिए कि तुम्हें क्या करना है?" उल्तूर ने बात को अन्तिम रूप देते हुए जवाब दिया।

बाहर हवा बह रही थी और पके अमर की फसल की महक रात के फूलों की महक के साथ घुलमिल कर कमरे में आ रही थी।

"क्या क्राति की रिपोर्ट को विश्लेषण रिपोर्ट ने कन्फर्म किया है?" प्रॉमली ने हौले-से पूछा। उल्तूर का तनाव परेशान करने वाला था।

"अभी तक तो नहीं। अन्तिम रिपोर्ट एक विहान तक आ जाएगी।"

"हमें तब तक इन्तजार करना चाहिए। तब तक फसल भी तैयार हो जाएगी और तब मैं शहर आ सकती हूँ। तब हम दोनों मिलकर इस पर काम कर सकती हैं।"

"तुम अभी से फसल के बारे में कैसे सोच सकती हो? वह तुम्हारा मुख्य काम नहीं है। प्रॉमली, मुझे आशा है कि तुम्हें याद होगा।" उल्तूर ने सुरक्षित लाइन को अचानक काटते हुए कहा।

प्रॉमली खड़ी हो गई और खिड़कियाँ बन्द करने के लिए और बत्ती धीमी करने के लिए उसने बटन दबाया। जब प्रॉमली निविदम की अध्यक्ष बनी थी तो वह उस अपार्टमेंट कॉम्प्लेक्स में शिफ्ट हो गई थी जहाँ पर उल्तूर रहती थी। उल्तूर तब भी काउंसिल की सदस्य थी। प्रॉमली की तकनीकी दक्षता और उल्तूर की किसी भी समूह से काम लेने की योग्यता ने उन्हें एक साथ जोड़ने और एक साथ काम करने

के लिए मदद की थी। यहाँ तक कि वे काउंसिल के सामने आने वाले मामले भी निपटाती थीं। उनके पास एक-दूसरे के अपार्टमेंट के गुप्त कोड के जरिए वहाँ तक पहुँचने की सुविधा थी। प्रॉमली उल्तूर के गुस्से को समझ पा रही थी लेकिन अमर की फसल सिर पर थी।

यह सोने का समय था। वह इस बात को तय मानकर चल रही थी कि इस घटना से ईलोन में आने वाली कई रातों की नींद उड़ जाने वाली थी।

जैसे ही इवी की नींद खुली, उसने अपना टैग चेक किया। टिओनी की तरफ से कोई जवाब नहीं आया था। इवी ने टिओनी के अपार्टमेंट के वर्कस्टेशन से फिर से सम्पर्क करने की कोशिश की, लेकिन यह साफ था कि उसका सिस्टम बन्द था। यह बात अनहोनी थी। सीनी के बारे में जो चर्चा चल रही थी, अब उसकी जगह दूसरी रूटीन बातों ने ले ली थी और अब टैग पर दूसरी चर्चाएँ हो रही थीं। ऐसा लग रहा था कि हर कोई इस कारण पर काउंसिल के फैसले का इन्तजार कर रहा है।

बाहर चमकीला दिन था। शहर में ठंडी हवा चल रही थी। यह हवा शीतल और तरोताजा करने वाली थी। इवी ने वॉल्ट स्क्रॉल किया। वॉल्ट शान्त था, क्योंकि अभी तक लोगों ने आना शुरू नहीं किया था। इवी वॉल्ट मैनेज करती थी। जब से वे ईलोन पर आए थे, यह उनकी विरासत का भंडार था। जो भी सामग्री भौतिक रूप में या आभासी रूप में सुरक्षित की जाती थी, उसे वॉल्ट में पाया जा सकता था। ईलोन के निवासियों द्वारा नियमित तौर पर नई सामग्री वॉल्ट में भेजी जाती थी। इवी का काम यह था कि वह सामग्री और डेटा जुटाए और नई सामग्री को उनके वर्गीकरण के हिसाब से वॉल्ट में जोड़े। उसे अपना काम अच्छा लगता था।

जब इवी तैयार हो रही थी तो संगीत लहरियाँ अपार्टमेंट में लहरा रही थीं। सीनी ने कुछ अरसा पहले उसके साथ संगीत की यह रचना शेयर की थी। यह धुन एकदम खास थी। इवी ने आज तक इस तरह का संगीत नहीं सुना था। जब उसने इस संगीत के बारे में सीनी से पूछा था तो सीनी का जवाब रहस्यपूर्ण था। उसने जवाब दिया था, "इवी, यह संगीत रचना एक ऐसे स्रोत से मिली है जिसके बारे में मैं सही समय आने पर बताऊँगी।"

इवी ने इस जवाब के बारे में सोचा और हैरान विस्मित होती रही। उसने पाया था कि सीनी कई बार ऐसी चीजें कहती थी जो समझ से परे होती थीं, लेकिन अब तक उसने उनके बारे में दिमाग नहीं खपाया था।

सीनी ने लगभग पाँच जैक पहले वॉल्ट में आना शुरू किया था। निविदम के एक हिस्से के रूप में सीनी को यह सुविधा थी कि वॉल्ट की सारी सामग्री को अपने टैग पर देख सकती थी। इसके बावजूद, वह खुद वहाँ आना पसन्द करती थी। अक्सर वहाँ वह लम्बा समय बिताया करती थी। शुरू-शुरू में तो इवी उसके इस तरह से आने से असुविधा महसूस करती थी। सीनी ऐसी सामग्री के बारे में पूछती जिसे खोजने में इवी को अच्छा-खासा वक्त लगता। एक दिन वह इवी के चेंबर में आई थी और पूछा था, "क्या तुमने क्रॉनिकल देखा है?"

"नहीं," इवी ने जवाब दिया।

"कितनी बुरी बात है? तुम वॉल्ट की मैनेजर हो और तुमने यह सब नहीं देखा है। तुम यह जानना नहीं चाहतीं कि यह सारा मैटेरियल कहाँ से आता है? हमारे अतीत में क्या हुआ? क्रॉनिकल में यह सारे ब्योरे दिए गए हैं। ईलोन में जब से हम आए थे तब से सारे विवरण क्रॉनिकल में दिए गए हैं। जब तुम क्रॉनिकल खँगालोगी तो तुम्हें अपने बारे में सब कुछ जानने को मिलेगा।"

इवी चुप रह गई थी। जब वह अपनी पढ़ाई पूरी कर रही थी तो उसने अपने अतीत के बारे में कहानी पढ़ी थी।

वह जानती थी कि ईलोन एक खूबसूरत जगह है। यहाँ बड़ी-बड़ी झीलें और समन्दर थे, पहाड़ थे और पेड़ों से घिरे हुए पर्वत-शिखर थे। वे यहाँ हजारों जैक से रहते चले आए थे। वह यह भी जानती थी कि वे एक दूसरे ग्रह, जिसे धरती कहा जाता था, से ईलोन पर आए थे। एक ऐसा समय भी रहा था जब क्लैश-ii के बाद फैंस का निर्माण किया गया था। उन्हें दूसरी तरफ के लोगों के साथ संघर्ष करना पड़ा था। अलबत्ता फैंस के बाद से शान्ति बनी हुई थी। इवी ने यह सब कुछ पढ़ा था।

लेकिन इसके परे उसे अतीत में कोई दिलचस्पी नहीं थी। उसे यह सब जानने की कभी जरूरत ही महसूस नहीं हुई थी। उसे संगीत अच्छा लगता था, उसे अपना काम करने में आनन्द मिलता था और वह पहाड़ियों और झीलों की सैर करना पसन्द करती थी। उसे पानी में ग्लाइडिंग करना बहुत अच्छा लगता था। यह उसका सबसे प्रिय खेल था। इवी के लिए बस, यही सारी चीजें काफी थीं।

"ऐसा नहीं है, सीनी। हम यहाँ हैं और यही बात मेरे लिए काफी है। तुम सब कुछ जानने की कोशिश ही क्यों करती हो, मुझे यह बात कभी समझ में नहीं आती।"

सीनी ने सिर्फ ठंडी साँस भरी थी और कमरे से बाहर चली गई थी। इवी इस बातचीत के बारे में तुरन्त ही भूल गई थी।

लेकिन दो जैक पहले सीनी ने निविदम छोड़ दिया था और इराना हब में चली गई थी। अब वह वॉल्ट में ज्यादा आने लगी थी। जब भी दोनों मिलतीं तो सीनी उससे यही पूछती कि अभी तक क्रॉनिकल को प्रोसेस करना शुरू किया है या नहीं?

बार-बार अपना सिर हिलाकर मना करने से तंग आकर एक दिन इवी ने क्रॉनिकल को प्रोसेस करना शुरू किया। प्रोसेस करना पढ़ने से ज्यादा आसान था। आपको सिर्फ यही करना होता था कि अपने टैग को क्रॉनिकल से हुक कर दें और अपने दिमाग को मैटर को सीधे ही प्रोसेस करने दें। इससे आँखों को आराम मिलता था। मैटर सीधे ही प्रोसेस होता रहता था और यह पढ़ने की तुलना में तेजी-से होता था। अलबत्ता, क्रॉनिकल उसकी दिलचस्पी को बाँध नहीं सका। थोड़े-से ही बहाने के साथ वह प्रोसेसिंग करना बन्द कर देती और कुछ और काम हाथ में ले लेती। उसने क्रॉनिकल-ii से प्रोसेस करना शुरू किया था और अभी वह बीच में ही कहीं थी, जब सीनी को ले लिया गया था।

अपने अपार्टमेंट से बाहर आते समय इवी ने वॉल्ट के लिए शटल ली। जब वॉल्ट उसकी निगाहों के सामने आ गया तो हमेशा की तरह ही वह उसके विशाल आकार को देखकर अचम्भित हुई। वह एक बहुत बड़ी, बहुत खूबसूरत बिल्डिंग थी। यह सुरुचिपूर्ण तरीके से बनाई गई थी और इसके कटाव अच्छे लगते थे। यह बिल्डिंग पूरे दृश्य की पृष्ठभूमि में बहुत सुन्दर लगती थी। उसकी छत गुम्बदाकार थी और वहाँ से खूब धूप आती थी। बिल्डिंग में कई खंड थे और हर तरफ बहुत सारे वर्कस्टेशन नजर आते थे। वॉल्ट में दूर और पास से बहुत सारे विजिटर आया करते थे।

इवी का चैम्बर बिल्डिंग की सबसे ऊपर वाली मंजिल पर था। उसने वॉल्ट में प्रवेश किया और अपना काम करना शुरू कर दिया। दिन गुजरता रहा और कमरे की रौशनी शाम के आते-आते धीमी पड़ने लगी। उसने एक बार फिर टिओनी से सम्पर्क करने की कोशिश की, लेकिन उसका सिस्टम अभी भी बन्द था। इवी सीनी के बाद कम-से-कम पचास जैक बाद में आई थी और टिओनी के लगभग बीस जैक बाद।

टिओनी पहले वॉल्ट में एक विजिटर के रूप में आई थी। उसके बाद वह नियमित रूप से आती रही थी और फिर उसे नियमानुसार वॉल्ट के मैटिरियल में टैग करने की अनुमति मिल गई थी।

इवी हैरान हो रही थी कि टिओनी से सम्पर्क क्यों नहीं हो रहा है?

उसके सिस्टम में क्रॉनिकल-ii खुला हुआ था, लेकिन इवी का प्रोसेस करने का मन नहीं हुआ। सीनी के जाने के बाद उसे प्रेरित करने वाला कोई भी नहीं था। उसने 'डॉक्यूमेंट प्राप्त' चैनल खोल दिया।

जब वह सूची स्क्रॉल कर रही थी तो सामने संगीत की वह फाइल आ गई जो तीन दिन पहले सीनी ने भेजी थी। इवी अचानक थोड़ी उदास हो गई। यह संगीत की वह आखिरी रचना थी, जिसे सीनी ने भेजा था। इस अनजान अन्तिम स्थिति को स्वीकार करना कितना मुश्किल था? इवी ने देखा कि संगीत की यह रचना टिओनी

को भी भेजी गई थी। इवी को यह देखकर हैरानी हुई, क्योंकि टिओनी संगीत जैसी चीजों से बहुत परे थी।

इवी ने संगीत बजाना शुरू कर दिया। कमरे में मधुर संगीत की लहरियाँ गूँजने लगीं। संगीत की जो रचनाएँ सीनी ने पहले शेयर की थीं, उनकी तरह यह संगीत रचना भी अद्‌भुत थी। इवी ने अपनी आँखें बन्द कर लीं और खुद को इन मधुर संगीत लहरियों में भीग जाने दिया।

तारा रो रही थी। उसके रोने की आवाज पूरे घर में गूँज रही थी और टिओनी को संगीत की तरह लग रही थी। वह उसके छोटे-से बिस्तर के पास गई। वहाँ तारा लेटी हुई थी। उसने तारा की तरफ देखा। चूँकि बहुत अरसे से सृजन का काम नहीं हुआ था, इसलिए यह पता लगाना थोड़ा मुश्किल था कि तारा के इस्तेमाल के लिए चीजें कैसी हों? तारा ने रोना जारी रखा। हिदायतों वाले मैन्युअल में यह कहा गया था कि जब भी सृजन रोए, टिओनी को उसे उठाना था, अपने कन्धे से लगाना था, धीरे-धीरे उसे थपथपाना था। टिओनी ने सावधानी से ये काम किए। तारा एकदम नन्ही-सी थी। कई बार टिओनी को यह लगता कि कहीं तारा उसके हाथों से फिसलकर नीचे न गिर जाए। टिओनी ने हिदायतों के मैन्युअल को कई बार प्रोसेस किया था ताकि उससे कोई भी गलती न हो।

तारा को अपने कन्धे से लगाए टिओनी कमरे के चक्कर काटती रही। कुछ देर बाद तारा ने सुबकना बन्द कर दिया और आराम करने लगी। खिड़की के पास रुककर टिओनी बाहर देखने लगी। यह ढलती शाम का समय था। स्वच्छ आकाश में सूर्य डूबने की तैयारी कर रहा था। अपने-अपने ऊर्जा कॉरिडोरों में शटलों की आवाजाही जारी थी।

तारा के नन्हे-से शरीर की गर्मी टिओनी के पूरे शरीर में प्रवेश कर रही थी। यह एकदम अलग तरह का एहसास था, एकदम नया। उसके बदन से किसी दूसरे के शरीर की छुवन। पिछले तीन दिन से टिओनी ने खुद को ईलोन की दुनिया से एकदम काट रखा था। यहाँ केवल वह थी और तारा थी। तारा के साथ बिताया जाने वाला हर दिन उसे एक नई खोज की तरफ ले जाता था, एक नया एहसास कराता था। इस बात को सोचकर वह हैरान थी कि क्या सारे क्लेरेंट इसी तरह से महसूस करते हैं?

तारा नींद की आगोश में समा गई। टिओनी ने उसे धीरे-से छोटे-से बिस्तर पर लिटा दिया। चूँकि सिस्टम स्विच ऑफ था, इसलिए घर में पूरी तरह से शान्ति छाई हुई थी। उसका टैग, वर्कस्टेशन, दीवार पर लगे हुए स्क्रीन, सब बेजान थे। एक

पल के लिए टिओनी ने फिर से कनेक्ट करने के बारे में सोचा, लेकिन फिर जाने दिया। सिस्टम में फिर से लिंक करने से पहले उसे अपना कुछ और समय सिर्फ और सिर्फ तारा के साथ बिताना चाहिए।

टिओनी खिड़की के पास एक आरामकुर्सी में धँस गई और आसमान पर रात को कब्जा करते हुए देखने लगी। दिन का यह समय ऐसा था जिसे सीनी भी पसंद करती थी। उसने उस दिन को याद किया जब उसने सृजन के लिए आवेदन करने का फैसला किया था और सीनी इस बात से हैरान हो गई थी। वे तब से एक-दूसरे को जानती थीं, जब टिओनी ने सीनी के लिए कुछ अंग बदले थे। सीनी बार-बार उसके क्लेरेंट बनने के फैसले के बारे में पूछ रही थी। जैसे-जैसे जैक बीतते जा रहे थे, टिओनी के लिए क्लेरेंट बनना महत्त्वपूर्ण हो चला था। वह अंग बदलने के काम की विशेषज्ञ थी और उसके पास इलाज के लिए लोग दूर-दूर से आया करते थे। सृजन के लिए जाने का खयाल उसके पास इस इच्छा से आया था। वह शुरुआत से रूटीन तरीके से अंग बदलने का काम कर रही थी और सभी अंगों को बारीकी से देखने की इच्छा जोर मारने लगी थी।

इस इच्छा का बीज क्लेरेंट बनने के उसके खयाल में बैठ गया था। टिओनी ने इस बारे में कई बार सोचा था। जब उसने अनुमति के लिए क्रिएशन फैसिलिटी से सम्पर्क किया था तो उसे बताया गया था कि जब तक वे सृजन प्रोसेस के लिए तैयारी करें, उसे कुछ अरसे तक इन्तजार करना पड़ेगा। जैसे-जैसे जैक गुजर रहे थे, वैसे-वैसे सृजन पाने की इच्छा उसके भीतर गहरी होती जा रही थी। इसका अंगों के अध्ययन से कोई नाता नहीं रह गया था, बल्कि यह उसके भीतर एक जैविक जरूरत की तरह बन गई थी।

जब उसकी आँखें बोझिल होने लगीं तो टिओनी सोचने लगी कि अब तक सीनी उससे और तारा से मिलने क्यों नहीं आई थी। सीनी को तारा के आने के बारे में पता था और उसे यह भी पता था कि वह कुछ समय के लिए सिस्टम से लिंक अलग कर देने वाली है।

नींद अभी टिओनी को अपने आगोश में लेने ही वाली थी कि तारा ने फिर से रोना शुरू कर दिया। थकावट से भरी टिओनी अपनी कुर्सी से उठी और तारा को उठाकर कमरे में चहलकदमी करने लगी। बाहर रात अँधेरी और शान्त हो चली थी।

उल्तूर अपनी मेज पर शान्त बैठी सीनी की खाली कुर्सी की तरफ देख रही थी। लगभग पाँच दिन बीत चुके थे और अब तक उसके ले जाए जाने के बारे में कोई

बात सामने नहीं आई थी। फैंस तक जाने के बाद वह एक बार भी बाहर नहीं निकली थी। सीनी की विदाई की घटना ने उसके पूरे व्यक्तित्व को जकड़ लिया था। नुकसान के भूले हुए दर्द ने उसे अपने घेरे में ले रखा था। आँसू उसके गालों पर ढरक रहे थे।

उल्तूर को पक्का यकीन था कि प्रॉमली तत्काल ही शहर आएगी, लेकिन उसके लिए हैरानी की बात थी कि प्रॉमली के लिए फसल की कटाई ज्यादा महत्त्वपूर्ण हो गई थी। उल्तूर ने अपने आँसू पोंछे और मेज पर अपनी बाँहों पर सिर टिका दिया।

क्या यह सच हो सकता है कि यह काम 'उन्होंने' किया हो। यदि हाँ, तो यह सवाल उठता है कि क्यों? क्या इतने कई जैक से चली आ रही शान्ति और निस्तब्धता एक बार फिर भंग कर दी जाएगी?

सीनी के ले जाए जाने के बारे में सवाल उसके दिमाग में चक्करघिन्नी की तरह घूम रहे थे। इनसे कोई राहत नहीं मिल रही थी।

दरवाजे पर लगे सेंसर ने वाइब्रेट किया। इससे उल्तूर हैरानी से भर गई। अपार्टमेंटों में आना-जाना बहुत कम होता था और टैग पर कन्फर्म किए बिना कोई भी किसी के घर आता-जाता नहीं था। उल्तूर दरवाजे के बाहर खड़े व्यक्ति को नहीं पहचानती थी। हालाँकि उसका चेहरा परिचित-सा लग रहा था, लेकिन वह तय नहीं कर पा रही थी कि उसे कहाँ देखा है? टैग के जरिए उसने पूछा, "कौन है?"

दरवाजे के बाहर, दरवाजे के स्क्रीन पर इवी ने प्रश्न पढ़ा। उसे अजीब-सा लगा। वह क्यों आई है? उल्तूर से वह अब तक कभी नहीं मिली थी, लेकिन वह जानती थी कि वह और सीनी बाकी क्लेरेंट के विपरीत एक साथ रहा करते थे। उल्तूर इस हानि को उससे भी ज्यादा महसूस कर रही होगी। शायद यही खयाल उसे यहाँ तक लेकर आया था।

"मैं इवी हूँ। मैं वॉल्ट की मैनेजर हूँ। मैं सीनी को जानती थी।" इवी ने स्क्रीन की तरफ देखकर कहा। तुरन्त ही दरवाजा खुल गया और बड़े-से कमरे के भीतर रंगीन सजावट ने उसे चकाचौंध कर दिया। दीवारों पर रंगीन टैपेस्टरी लगी हुई थी और अलग-अलग तस्वीरें लगी थीं। अलबत्ता, रंगों के इस कोलाहल के बीच उल्तूर मेज पर अकेली, रंगहीन और खोई हुई-सी बैठी थी।

इवी मेज पर उसकी दूसरी तरफ बैठ गई और बात शुरू करने के लिए शब्द खोजने लगी। उसे नहीं पता था कि बात कैसे शुरू करे? उल्तूर अभी भी मौन बैठी हुई थी।

"सीनी ने कुछ दिन पहले मुझे कुछ भेजा था। क्या मैं यह तुम्हारे सिस्टम में भेज सकती हूँ, उल्तूर?" इवी ने भारी मौन भंग किया।

उल्तूर ने हैरानी से पूछा, "क्या है यह?"

"संगीत रचना है यह। यह बहुत ही मधुर है।"

उल्तूर हैरान रह गई। सीनी की संगीत में दिलचस्पी थी, वह इसके बारे में जानती भी नहीं थी।

"तुम उसे कैसे जानती थीं?"

इवी ने उसे सीनी की वॉल्ट की विजिट के बारे में बताया और यह बताया कि किस तरह से सीनी ने इवी को प्रोत्साहित किया था कि वह क्रॉनिकल पढ़े। जब इवी बात कर रही थी तो उसे अपने गालों पर आँसू बहते महसूस हुए। उल्तूर उसे बिना पलक झपकाए देखती रही। जो लोग ले जाए गए थे, उन्हें ले जाए जाने की तकलीफ ईलोन के लोग नहीं समझते थे। क्या वह समय आ रहा है, जब उन्हें यह सब फिर से सीखना पड़ेगा?

जब इवी ने बोलना खत्म किया तो उसने अपनी आँखें पोंछीं। उसे कुछ हद तक राहत महसूस हुई, मानो उसके दिमाग के सूराख की कुछ हद तक मरम्मत हो गई हो। उसने कमरे में दोबारा देखा। यह अपार्टमेंट उसके खुद के अपार्टमेंट से बहुत बड़ा था। सामने की दीवार पर एक भव्य टैपेस्टरी लगी थी। टैपेस्टरी ने उसे सीनी की याद दिला दी। इस कमरे की सज्जा उसकी ड्रेस, लम्बे घने लाल बाल और उसके उन तौर-तरीकों से मैच कर रही थी, जिनमें वह खुद शानदार तरीके से रहती थी, लेकिन इस समय रंगों की छटा के बावजूद कमरे में उदासी और बेचैनी थी। इवी ने सोचा कि उसका सुर्ख लाल कुर्ता इस मूड से बाहर की शै लग रहा था।

"तुम मुझे संगीत रचना भेज सकती हो। मुझे उसे सुनना अच्छा लगेगा।" उल्तूर ने कुछ देर बाद कहा।

इवी ने उसे संगीत रचना भेजी। दोबारा सन्नाटा पसर गया। इवी एक सवाल पूछना चाहती थी, लेकिन नहीं जानती थी कि वह कैसे पूछे? उसने अपना मुँह खोला, लेकिन हिचक गई। आखिर वह अपने-आपको रोक नहीं पाई और शब्द बाहर झरने लगे, "सीनी को क्या हुआ था? लगता है, कोई भी नहीं जानता।"

"यहाँ तक कि मैं भी काउंसिल के अन्तिम शब्दों का इन्तजार कर रही हूँ।" उल्तूर ने जवाब दिया।

इवी समझ गई कि उसके जाने का समय आ गया है। वह उठी और दरवाजे की तरफ बढ़ने लगी।

"मुझे जब भी सीनी के बारे में कुछ पता चलेगा, मैं तुम्हें बता दूँगी।" उल्तूर ने कहा। इवी ने सिर हिलाया और अपने पीछे दरवाजा बन्द कर दिया।

अब संगीत रचना उल्तूर के सिस्टम में थी। उसने उसे बजाया और पूरे कमरे में मधुर संगीत लहरियाँ गूँजने लगीं। जैसे ही आरोह-अवरोह आया, उल्तूर हैरान रह गई। उसने इनमें से बज रहे किसी भी वाद्य यंत्र को नहीं सुना था। उसने संगीत रचना को दोबारा सुना, कई बार सुना, लेकिन इन वाद्य यंत्रों को पहचान नहीं पाई।

सिस्टम ने भी वाद्य यंत्रों के बारे में, संगीत के बारे में कोई जानकारी नहीं दी। यह तय था कि यह संगीत रचना ईलोन में तैयार नहीं की गई थी।

उल्तूर ने इवी को टैग किया, "सीनी को यह संगीत रचना कहाँ से मिली थी?"

इवी ने तत्काल जवाब दिया, "मुझे नहीं पता। मैंने उससे पूछा था लेकिन सीनी ने जवाब दिया था कि जब सही समय आएगा तो वह मुझे बता देगी।"

उल्तूर अपने ऊपर आए झटके-से बाहर आई। पृष्ठभूमि में संगीत अभी भी चल रहा था। उल्तूर यह सोच रही थी कि क्या यह संगीत उस बात को समझने की कुंजी है कि सीनी के साथ आखिर हुआ क्या था?

उल्तूर से मिल कर आने के बाद इवी को अब अच्छा लग रहा था। उसने वॉल्ट वापिस जाने के लिए शटल पकड़ी। सीनी को ले जाए जाने की अद्भुत घटना के बाद यह लगने लगा था कि इस घटना के बाद जीवन कभी सामान्य नहीं हो पाएगा। लेकिन आखिरकार चीजों को सामान्य होना था और वे हुईं। शटल में बहुत भीड़ थी। रास्तों पर बेतहाशा भीड़ थी। ऐसा लगा कि कुछेक लोगों जैसे उल्तूर, उसे और हो सकता है, टिओनी को छोड़कर बाकी सब के लिए जीवन सामान्य हो चला था।

यहाँ तक कि वॉल्ट में भी सामान्य की अपेक्षा ज्यादा विजिटर थे। जैसे ही वह थोड़ा-सा फ्री हुई, उसने टिओनी को दोबारा टैग किया, पर कोई जवाब नहीं था। बेचैन होकर उसने क्रॉनिकल की तरफ लौटने के बारे में तय किया। वह सोच रही थी कि सीनी हमेशा आग्रह करती थी कि वह क्रॉनिकल पढ़े। उसने महसूस किया कि वह तभी जान पाएगी जब वह क्रॉनिकल पढ़ेगी कि सीनी ऐसा क्यों कहती थी।

क्रॉनिकल-ii, पेज एनजेड,[23]

हमारे लिए यह सब कुछ फिर से शुरू करने जैसा था, जैसाकि धरती से महा-पलायन के समय था। फिर से निर्माण करना आसान नहीं था। हमारी संख्या खतरनाक ढंग से कम होती जा रही थी। हम लोग इतने भी नहीं रह गए थे कि शहरों और नगरों का फिर से निर्माण कर सकें। क्लैश ii के बाद हमारे पास दो प्राथमिकताएँ थीं। अपने सदस्यों को बढ़ाएँ, दूसरी तरफ के लोगों के साथ ऐसी व्यवस्था करें कि दूसरे क्लैश की सम्भावनाओं को सिर उठाने से पहले ही रोक लें। बार-बार होने वाले संघर्ष और मुठभेड़ें यह अवसर ही नहीं दे रही थीं कि हम सेटल डाउन हो सकें और अपने खुद के संसार की रचना कर सकें।

क्रिएशन फैसिलिटी स्थापित की गई थीं और विधिवत पूरे रिकॉर्ड के साथ जीवों के सृजन का काम शुरू हुआ। हर कोई क्लरेंट बन गया और वह जितना

भी चाहे, सृजन कर सकता था। जब यह प्रोसेस चल रही थी तो ठीक उसी वक्त दूसरी तरफ वालों के साथ संवाद चल रहा था। उनकी भी वही स्थिति बनी हुई थी और वे भी संघर्षों से हल की तलाश कर रहे थे। तभी हमारी तरफ से नांती फैंस की रूपरेखा लेकर आई। इससे बार-बार होने वाली मुठभेड़ों और झगड़ों से हमेशा के लिए राहत मिल जाने वाली थी। ईलोन पर हमारे आने के बाद से दोनों तरफ के लोग इस सबसे बुरी तरह से पीड़ित थे।

फैंस एक इलेक्ट्रॉनिक आड़ थी जो ईलोन के मध्यमंडल तक जाती थी। यह एक अपारदर्शी बैरियर था, जिसके पीछे हम यह विश्वास करते हुए रह सकते थे कि इस ग्रह पर केवल हम ही हम हैं। इस सिस्टम को तभी ध्वस्त किया जा सकता था जब दोनों तरफ से एक ही साथ, एक ही वक्त में नैनो इलेक्ट्रिक तरंग से नष्ट करने का कमांड दिया जाए। इससे हमें संघर्षों से एक विवेकशील, कामकाजी और लम्बे अरसे तक चलने वाला हल मिल गया था। हमें यह ग्रह शेयर करना पड़ता है क्योंकि हम महा-पलायन के बाद यहाँ एक साथ आए थे, लेकिन फैंस की वजह से हम इसे बिजली के प्रवाह के तरीके से विभाजन करते हैं। फैंस हमें एक ऐसी आड़ देती है जिसकी छाया में हम सब और बढ़ सकते हैं और वृद्धि कर सकते हैं।

फैंस के आ जाने के बाद से हमने अपनी संख्या बढ़ाने की तरफ ध्यान दिया। काउंसिल ने एक हुक्म जारी करके यह कहा कि सभी क्लेरेंट शारीरिक गुण बताते हुए और सृजन की शक्ल-सूरत पर ध्यान देते हुए जितने चाहें, सृजन तैयार कर सकते हैं। मानसिक योग्यताओं के बारे में कुछ भी बदलाव करने की छूट नहीं थी। यह कानून धरती पर चली आ रही व्यवस्था के हिसाब से ही बनाया था और महा-पलायन से पहले से चल रहा था।

जैक बीतने के साथ-साथ हमने अंग बदलने के मामले में भी बहुत सारे कदम उठाए। सबसे पहले हमने ईलोन की धरती के नीचे नेपो का पता लगाया। इसकी लचीली सामग्री अंग बनाने के लिए एकदम उत्तम थी। लेकिन चूँकि यह खत्म होने वाली सामग्री थी, हमने फिर से उपयोग में लाने वाली सामग्री विकसित करने के बारे में काम किया। कई जैक तक अनुसन्धान करने के बाद हमने अमर विकसित किया जो अब पहाड़ी श्रृंखलाओं की तलहटी में बड़े-बड़े खेतों में उगाया जाता है। वर्ष में दो बार इसकी फसल तैयार होती है। तब उसे अंगों के कच्चे माल के रूप में प्रोसेस किया जाता है। जब से हमने अमर का इस्तेमाल करना शुरू किया है, तब से बदले जाने वाले अंग आमतौर पर पचास जैक तक चलते रह सकते हैं। बदले जाने वाले अंगों की बेहतर क्वालिटी से यह तय किया जा सकता है कि अब सृजन उतने सामान्य नहीं रह गए हैं जितने पहले हुआ करते थे। अब तो सृजन कम-से-कम होते चले जा रहे हैं।

इवी ने प्रोसेस करना बन्द कर दिया। वह उठ खड़ी हुई और उसने अपनी बाँहें फैलाईं। दीवार पर लगे दर्पण में उसने अपनी छवि देखी। वह लम्बी और छरहरी थी, उसके उरोज छोटे थे और उसके नितम्ब गोलाई लिये हुए थे। उसका शोख लाल कुरता उस पर फब रहा था। उसके ताम्बई बाल उसके कन्धों तक आते थे और उसकी काली आँखें चमकदार थीं। क्या उसके क्लेरेंट ने इन सब विशेषताओं के लिए कहा होगा? और कई लोगों की तरह वह भी अपने क्लेरेंट के घर से सोलह जैक पूरे होने के बाद बाहर आ गई थी।

इवी दर्पण की तरफ से मुड़ी। अभी भी उसके वर्कस्टेशन पर क्रॉनिकल खुला हुआ था। सृजनों के बारे में आदेश में कुछ ऐसी चीजों का उल्लेख था जो महा-पलायन से पहले होती थीं। धरती—उस ग्रह की क्या कहानी थी? उन्हें उसे छोड़ने की क्या जरूरत पड़ गई थी? उस धरती पर जो लोग रहते आए थे, वे कैसे थे? वे कैसे रहते थे? वॉल्ट बन्द करते समय वह सोच रही थी।

इवी वॉल्ट से निकली और अपने अपार्टमेंट की तरफ बढ़ गई। शहर धीरे-धीरे शाम की बाँहों में समा रहा था। रौशनियों से सड़क के किनारे बनी गोलाकार बिल्डिंग जगमग कर रही थी। यह वायुनम थी और इवी इसमें पढ़ चुकी थी। वायुनम बेसिक शैक्षणिक संस्थान थे, जिनमें हर कोई जाया करता था। अलबत्ता, इन लोगों में से कुछ ही लोग उच्च अध्ययन के लिए जाना पसन्द करते थे और उनमें से भी बहुत इराना हब में जाते थे। वायुनम में अनुदेशक मशीनें, जो प्रवेश पाने वाले तीन विद्यार्थियों के लिए लगी थीं, बेहद परिपूर्ण तरीके से लगी थीं और बहुत काम करती थीं। इवी ने डॉक्यूमेंटेशन में विशेषज्ञता हासिल की थी और बाद में वॉल्ट में आ गई थी।

जब इवी शटल का इन्तजार कर रही थी तो जैसे-जैसे रौशनियाँ बढ़ती जा रही थीं, परछाइयाँ लम्बी होती जा रही थीं। इवी हैरान हो रही थी कि क्रॉनिकल पढ़ने से पहले उसे महा-पलायन के बारे में कभी सुना भी नहीं था। तब उसे याद आया कि वायुनम में कभी भी अतीत के बारे में जिक्र नहीं किया जाता था।

अमर की तैयार फसल प्रोसेसिंग पाइपलाइन में थी और जमीन को अगली फसल की बुवाई की तैयारी के लिए प्रोग्राम कर लिया गया था। अपने घर के बाहर खड़े हुए प्रॉमली ने खाली खेतों की तरफ देखा, जहाँ दूर-दूर तक टोबोक काम के लिए खड़े थे। पहाड़ी हवाओं से उसके बाल लहरा रहे थे। प्रॉमली ने अपना टैग चेक किया। सीनी के ले जाए जाने के कारण के बारे में काउंसिल अभी भी मौन थी। प्रॉमली ने जितनी उम्मीद की थी, यह प्रोसेस उससे कहीं अधिक समय ले रही थी।

फसल कटने से लगभग दस दिन पहले उल्तूर से हुई आखिरी बातचीत के बाद से उससे कोई सम्पर्क नहीं हुआ। प्रॉमली ने तय किया कि जैसे ही वह शहर पहुँचेगी, वह उल्तूर से मिलेगी।

प्रॉमली अपने घर के भीतर गई और उसने कुछ संगीत ऑन किया। संगीत सुनकर उसे हमेशा सुकून मिलता था। अलग-अलग चैनलों पर मौजूद संगीत अनिवार्य रूप से उसके कलेक्शन में पहुँच ही जाता था।

वह टैग के संदेशों की समीक्षा करने के लिए बैठ गई। क्लेपो ने कुछ भेजा था। प्रॉमली ने बहुत उम्मीद के साथ सन्देश खोला—

'वह पूरा होने के आसपास है। हम इस जैक के अन्त तक तैयार हो जाएँगे।'

प्रॉमली ने अपनी आँखें बन्द कर लीं और अपनी पीठ कुर्सी से टिका ली। पृष्ठभूमि में खुशनुमा संगीत बज रहा था। लम्बी यात्रा और तलाश अपने अन्तिम चरण में थी। प्रॉमली ने संगीत को अपने ऊपर से गुजर जाने दिया। संगीत की एक रचना खत्म हुई और दूसरी शुरू हो गई। संगीत की लहरियों में वह आराम दे रही थी। यह कुछ ऐसा संगीत था जो उसने कभी नहीं सुना था। वाद्ययंत्र और स्वर-लहरियाँ आमतौर पर बजाए जाने वाले संगीत से बिलकुल अलग थे।

प्रॉमली ने डिस्प्ले चेक किया। शीर्षक में केवल 'सीनी' लिखा था। उसे हैरानी नहीं हुई। केवल सीनी ही ऐसा कर सकती थी कि वह उसके निजी कलेक्शन में प्रवेश करे और उसमें कोई संगीत रचना जोड़े। सीनी के ले जाए जाने से दो दिन पहले इस सिम्फनी को कलेक्शन में जोड़ा गया था। वह फसल की कटाई में इतनी व्यस्त थी कि वह इसे मिस कर गई थी। जैसे-जैसे संगीत बजता रहा, वह हैरान होती रही कि सीनी ने किस तरह से यह अनोखी और बिलकुल जुदा संगीत रचना जुटाई होगी? जैसे ही संगीत आरोह की तरफ उठा, प्रॉमली ने महसूस किया कि वह इन वाद्य यंत्रों के बारे में कुछ नहीं जानती थी और न ही उनके बारे में कभी कुछ सुना ही था उसने।

उसने संगीतकार की पहचान जानने की कोशिश की, लेकिन सिस्टम ने कोई भी संकेत नहीं दिया। सिम्फनी के बारे में कहीं भी कोई जानकारी नहीं थी।

क्या यह सीनी का तरीका था, उसे किसी चीज के बारे में बताने का। प्रॉमली ने ठंडी साँस भरी। संगीत अभी भी बज रहा था। मेधावी और ऊर्जा से भरपूर सीनी, तुम्हें क्यों जाना पड़ा?

छोटा-सा फ्लैट अस्त-व्यस्त था। तारा के आने से साफ-सुथरे और करीने से सजे घर में जैसे तूफान आ गया था। टिओनी को लग रहा था कि उसे सचमुच नींद

की बहुत ज्यादा जरूरत है। तारा की देखभाल उत्साह से भरी लग रही थी, लेकिन हिदायतों के मैन्युअल में जिसे आसान प्रोसेस से बताया गया था, यह उससे बिलकुल अलग थी। एक बार रैमप्लाजो में अपने काम पर लौटने के बाद टिओनी ने यह तय किया था कि वह तारा की देखभाल में अपनी मदद के लिए एक टोबोक का इन्तजाम करेगी। रैमप्लाजो एक रिप्लेसमेंट सेंटर था जहाँ निवासी अंग बदलने के जरिए थैरेपी और फिर से जवानी प्राप्त करने के लिए आते थे।

दोपहर ढलने की ओर थी और तारा सो रही थी। टिओनी बेचैनी महसूस करने लगी थी। उसके दिन भागते हुए लग रहे थे। उसकी सारी गतिविधियाँ तारा के शेड्यूल के हिसाब से बँधी हुई थीं। जिस वक्त टिओनी कमरे को फिर से व्यवस्थित करने की तैयारी कर रही थी, मौन और थकान जैसे उसे बदले की भावना से घेरे हुए थे। फिर से सिस्टम से लिंक करने का समय हो चुका था। सफाई कर लेने के बाद और कोरिव सॉस के साथ इनोला के दो स्लाइस खाने के बाद टिओनी ने आखिर एक विहान के बाद सिस्टम से कनेक्ट किया।

रैमप्लाजो ने उसे उन मामलों पर अनगिनत रिमाइंडर भेज रखे थे, जिन पर उसे ध्यान देने की जरूरत थी। टिओनी स्क्रॉल करती रही और तभी उसने एक सन्देश देखा—सीनी को ले जाया जा चुका था। टिओनी का दिल बैठ गया। वह इस पर विश्वास नहीं कर सकी। जैसे-जैसे आगे बढ़ी, ब्यौरे आगे बढ़ते गए। उसने नोटिस किया कि इवी उससे लगातार सम्पर्क करने की कोशिश कर रही थी।

तारा फिर से कुनमुनाने लगी। टिओनी स्वत: ही उठी और तारा को उठाया और उसे थपकी देने लगी। उसके दिमाग में चक्करघिन्नी घूम रही थी।

सीनी को क्या हो गया था? इसका मतलब यह हुआ कि वह उसे कभी दोबारा नहीं देख पाएगी, उससे बात नहीं कर पाएगी और उससे मिल नहीं पाएगी?

इससे टिओनी भ्रम में पड़ गई। इससे पहले वह इस तरह की स्थिति में कभी नहीं आई थी। क्या वह सीनी के अंग बदलकर फिर से उसे पहले जैसा कर सकती है? तभी उसे झटके-से याद आया, उसने बहुत पहले पढ़ा था कि जब किसी व्यक्ति को ले लिया जाता है, उसे वापिस लाने की सम्भावना नहीं रहती। ले जाया जाना एक ऐसी घटना थी, जिसके बारे में कोई ध्यान नहीं देता था। यह घटना बहुत पहले हुआ करती थी। अब यह घटना सीनी के साथ फिर से हो गई थी।

तारा दोबारा सो गई थी। टिओनी ने उसे झुकाया, बिस्तर पर लिटाया और कमरे के चक्कर काटने लगी, बदहाल और परेशान। खिड़की के बाहर दोपहर के बाद की हवा में एक पेड़ झूम रहा था। पूरे लैंडस्केप पर ढलते सूरज की रौशनी पड़ रही थी। सब कुछ अब पहले जैसे ही लग रहा था, लेकिन अब ईलोन पर सीनी नहीं थी। टिओनी ने फिर से अपने भीतर जकड़न महसूस की। उसने इवी

को टैग किया और उसे आने के लिए कहा। इवी ने तत्काल उत्तर दिया कि वह रास्ते में ही है।

जिस वक्त वह इवी का इन्तजार कर रही थी, टिओनी ने अपने आपको सीनी को स्पष्टता के साथ याद करते हुए पाया। इस तरह से उसने कभी उसे याद नहीं किया था। एक विजन की तरह वे सारे जैक जो दोनों ने एक साथ बिताए थे, उसकी आँखों के सामने झिलमिलाने लगे।

सीनी हमेशा सवालों से भरी रहती थी। यहाँ तक कि जब उसके अंग बदले जा रहे थे, तब भी वह सवाल पूछ रही थी। वह एक साथ बहुत सारी चीजें जानना चाहती थी। टिओनी सीनी की पूछने की आदत से बहुत हैरान होती थी। यह ईलोन के लोगों की कोई सामान्य क्वालिटी नहीं थी। यह सीनी ही थी, जिसने टिओनी को वॉल्ट में जाने के लिए मजबूर किया था ताकि वह अंग बदलने की यात्रा के बारे में जानकारी ले सके और वहीं वह इवी से मिली थी।

टिओनी को वह शाम याद आई जब वे दोनों शहर के बीचोबीच छत पर बने कैफे में बैठी थीं। सूरज की अन्तिम किरणें सीनी के खूबसूरत बालों पर गिर रही थीं और उन्हें गहरी चमकती लाल आभा दे रही थीं। तभी टिओनी ने उससे पूछा था, "सीनी, तुम हमेशा हर चीज के बारे में इतने ज्यादा सवाल क्यों पूछती रहती हो?"

"क्यों, तुम नहीं जानना चाहती कि हम कब से अंग बदलने का काम कर रहे हैं और उससे पहले क्या हुआ करता था?"

"ऐसा नहीं है सीनी, तुम्हें अतीत इतना ज्यादा क्यों अच्छा लगता है?"

सीनी नीचे दूर-दूर तक फैले शहर के विस्तार को देखती रही। हवा साफ थी और उसमें छत से गुजरते हुए मिठास थी।

"मैं जानती हूँ, उल्तूर ने एक दिन तय किया था कि वह सृजन करना चाहेगी इसलिए वह क्रिएशन फैसिलिटी तक गई। उसने अपने शरीर में से एक सैल लिया, एक फॉर्म भरा, मेरी शारीरिक विशेषताओं के बारे में कुछ निर्देश दिए और वहाँ से चली आई। जब समय आया तो क्रिएशन फैसिलिटी ने उसे बुलाया और मुझे इंक्यूबेटर में से निकाल कर लाए और उसे सौंप दिया। मेरे गहरे लाल बाल थे और गहरी भूरी आँखें थीं। वैसे ही जैसे उसने तमन्ना की थी और इसी तरह से मैं ईलोन पर अस्तित्व में आई और अस्तित्व में बनी रहूँगी।" अपनी बात जारी रखने से पहले सीनी एक पल के लिए रुकी और फिर कहा, "अलबत्ता, मैं अक्सर सोचती हूँ कि यह मूल सैल कहाँ से आया होगा? हमारे अस्तित्व की जड़ें कहाँ पर हैं? तुम्हें पता है कि मैंने क्रॉनिकल पढ़ा है, लेकिन यह महा-पलायन के बाद की ही बात बताता है। इस बात का वहाँ कोई उल्लेख नहीं है कि धरती नाम के ग्रह पर यहाँ आने के पहले सारी चीजें कैसी थीं? ग्रह पर लोग कैसे रहते थे? वहाँ से चलकर क्यों आए? मैंने धरती के बारे में पता करने की कोशिश की, लेकिन पूरी की पूरी

आकाशगंगा ही खत्म हो गई थी मानो उसे अंतरिक्ष ने निगल लिया था। वह अनन्त आकाश की भूलभुलैया में खो गई थी। यह मौन, यह अभेद्य दीवार, जिसे धरती पर खड़ा किया गया है, मुझे बहुत हैरान करती है। हम धरती से आए थे, लेकिन हम धरती के बारे में कुछ भी नहीं जानते। क्या यह बात तुम्हें परेशान नहीं करती?"

टिओनी शान्त बनी रही। टिओनी ने धरती या इस तरह की चीजों के बारे में कभी कुछ जानने की कोशिश नहीं की थी।

"लेकिन ये सारी बातें तुमसे क्या वास्ता रखती हैं सीनी और वास्ता रखती ही क्यों हैं?"

टिओनी को याद आया कि सीनी उस वक्त शान्त रही थी जब डूबता हुआ सूरज एक सुनहरी आभा छोड़ते हुए जा रहा था। तब उसने हौले-से बोलना शुरू किया था, "क्योंकि उस ग्रह पर जो कुछ भी हुआ था, उसी से यह तय होता है कि आज हम किस तरह से रहते हैं, कि हम कौन हैं, हमारे मूल्य क्या हैं और हमें क्या महत्त्वपूर्ण लगता है? क्या तुमने कभी 'जुनून' शब्द के बारे में सुना है, टिओनी?"

जवाब देने से पहले टिओनी ने एक पल के लिए सोचा, "नहीं, मुझे तो याद नहीं आता।"

"मुझे भी नहीं पता। इसके बारे में मैंने वॉल्ट में उस वक्त पता लगाया था जब मैं धरती पर कुछ मैटर प्रोसेस कर रही थी। मैंने इसके बारे में तलाश की तो मुझे महसूस हुआ कि इसके बारे में लैक्सिकन में भी कुछ भी जिक्र नहीं किया गया है, जबकि उसमें धरती पर अलग-अलग भाषाओं के वे सारे शब्द दिए गए हैं जो बचे रह गए थे और जिन्हें याद रखा गया। तुम जानती हो, इसका क्या मतलब है?" लेकिन टिओनी के जवाब का इन्तजार किए बिना सीनी ने कहना जारी रखा, "इसका मतलब है कि ईलोन पर जुनून को बिलकुल भी याद नहीं रखा गया। मैंने इसका मतलब जानने की बहुत कोशिश की। एकदम आसान शब्दों में कहें तो इसका मतलब है, एक शक्तिशाली या आपको मजबूर कर देने वाला एहसास। तुमने कभी इस तरह के एहसास को महसूस किया है, टिओनी?"

टिओनी समझ नहीं पाई कि यह बातचीत किस तरफ जा रही है। ऐसी बहुत सारी चीजें थीं जिन्हें वह पसन्द करती थी, मसलन अपना काम करना, अपने अपार्टमेंट को साफ-सुथरा रखना और कैफे जाना, लेकिन 'जुनून'? वह नहीं समझ पाई कि इस शब्द का मतलब क्या होता है?

"मैं समझ नहीं पा रही, सीनी। हम उन सब चीजों के बारे में महसूस करते हैं, जिन्हें हम करते हैं। अगर हम ऐसे काम पसन्द नहीं करते तो हम उन्हें करते भी नहीं और इसका उल्टा भी होता है।"

"मैं जानती हूँ, टिओनी। मुझे पहले इनफॉर्मेटिक्स अच्छा लगता था, इसलिए मैंने निविदम ज्वाइन किया था। तब मैंने तय किया कि मुझे अपनी किस्मत इराना

हब में आजमानी चाहिए। लेकिन किसी चीज के लिए जुनून? मैं जानना चाहती हूँ कि यह महसूस कैसे होता है?"

दोनों के बीच एक बार फिर मौन पसर गया था। कुछ देर बाद सीनी ने घोषणा की, "मेरी तरफ देखो, मैं मौजूद हूँ, मैं मौजूद बनी रहूँगी, लेकिन अब अपने अस्तित्व की जड़ों के बारे में जानना मेरा जुनून बन चुका है।"

टिओनी अपने वर्तमान में लौट आई जब उसके टैग ने आवाज करना शुरू कर दिया। टैग इवी के उसके दरवाजे पर पहुँचने की घोषणा कर रहा था। सीनी का यह विश्वासपूर्वक मानना कि मैं हूँ और हमेशा बनी रहूँगी, लगता था जैसे हवा में गूँज रहा हो।

दरवाजा खुला, इवी अन्दर चली आई। इवी और टिओनी, दोनों ने एक-दूसरे की तरफ देखा। दोनों के बीच में एक साझे दुःख का एहसास तैरने लगा, लेकिन दोनों ही नहीं जानती थीं कि इसे व्यक्त कैसे करें? भीतर तारा ने कुनमुनाना शुरू कर दिया था। टिओनी मुड़ी और वापिस भागी जबकि इवी कमरे के बीचोबीच अपनी जगह पर जमी रह गई। टिओनी तारा को अपनी बाँहों में लिये लौटी और पहली बार इवी ने सृजन को अपनी आँखों के सामने देखा। यह बहुत ही छोटी-सी थी और अपने-आप में असहाय लग रही थी।

"इसका नाम तारा है। क्या तुम इसे अपने हाथों में उठाना चाहोगी?" टिओनी ने पूछा।

इवी अपने भीतर इतनी हिम्मत नहीं जुटा पाई कि वह बच्ची को अपने बाँहों में ले। वह टिओनी को आरामकुर्सी पर झूलते हुए अपने सृजन को बाँहों में लिए हुए देखती रह गई।

"टिओनी, यह कब आई? क्या यही वजह है कि तुम्हारा सिस्टम काफी दिनों से बन्द नजर आ रहा है? क्या सीनी ने इसे देखा है?"

इवी जैसे तारा को देखती रही, वैसे ही उसके मुँह से सवाल निकलते रहे। तारा ने रोना बन्द कर दिया था और अपनी नीली आँखों से सीधे इवी को देख रही थी।

"तारा उसी दिन आई थी जिस दिन सीनी को ले जाया गया था। और हाँ, मैं सिर्फ और सिर्फ अपने सृजन के साथ रहना चाहती थी। इसलिए मैंने अपना सिस्टम बन्द कर रखा था। नहीं, सीनी ने तारा को नहीं देखा था।"

टिओनी यह देखकर खुद हैरान हो गई कि एक आँसू उसके गालों पर ढरक आया था। उसने तारा के लिए फीड तैयार किया और इवी उसे चुपचाप देखती रही। उसने हौले-से तारा को उठाया और बिस्तर पर लिटा दिया। तृप्त तारा आसपास देखने लगी।

इवी बिस्तर के पास आई और नन्हे-से सृजन को देखने लगी। उसके अंग बहुत ही छोटे थे, चेहरा एकदम तराशा हुआ था और बाल घुँघराले थे। यह अपने-

आप में अजीब-सा अनुभव था। इवी ने हाथ फैलाया और हौले-से तारा के गाल को छू भर लिया।

"मुझे बताओ, सीनी को क्या हुआ था?" टिओनी के सवाल ने मौन भंग किया। इवी आई और टिओनी के पास बैठ गई।

"कोई भी नहीं जानता, हम सब इन्तजार कर रहे हैं कि काउंसिल इस बात की घोषणा करे। यहाँ तक कि उल्तूर भी नहीं जानती।" और तब बाद में सोचकर उसने जोड़ा, "मैं उससे मिलने गई थी।"

वे कुछ देर चुपचाप बैठी रहीं और तारा अपनी बाल-सुलभ आवाजों से उनका साथ देती रही। ऐसा लग रहा था मानो सीनी एक सूत्र थी, जिसने उन दोनों को आपस में बाँध रखा था और यह सूत्र टूटने का इन्तजार कर रहा था।

"क्या तुमने वह संगीत सुना था जो सीनी ने भेजा था?" इवी ने पूछा।

हैरान होकर टिओनी ने अपना सिर हिलाया। उसे संगीत में कोई दिलचस्पी नहीं थी और सीनी इस बात को जानती थी।

"जिस दिन उसे ले जाया गया था, उससे एक दिन पहले उसने मुझे संगीत भेजा था।" इवी ने कहना जारी रखा, "इसकी कॉपी तुम्हें भी भेजी गई थी। तुम इस संगीत को जरूर सुनना, टिओनी। मैंने आज तक संगीत की ऐसी मधुर रचना नहीं सुनी है। मैंने उल्तूर को भी भेजा था। उसे भी नहीं पता कि सीनी को यह संगीत कहाँ से मिला था।"

टिओनी ने अपने टैग को खँगाला और देखा कि वहाँ सचमुच सीनी का भेजा हुआ कुछ था। टिओनी ने उसे स्क्रीन पर खोला।

"इस संगीत को जरूर सुनना, टिओनी। क्या तुम्हें यह बात हैरान नहीं करती कि यह संगीत कहाँ से आया होगा? एक बार तुम इसे सुन लो और अपने गुप्त चैनल में जाओ।"

मैसेज उनके सामने तैरने लगा और टिओनी जैसे सीनी को ही सुन पा रही थी।

"टिओनी, एक बार अपने गुप्त चैनल में तो जाओ।" इवी ने आग्रह किया।

हो सकता है, इस तरह से इस अद्‌भुत संगीत के स्रोत के बारे में पता लगाया जा सके। सीनी को ले जाए जाने के बाद से इवी एक अजीब-सी हालत से गुजर रही थी—संगीत का स्रोत, क्रॉनिकल में सामग्री, ये सारे सवाल उसके दिमाग में आते रहते थे और उसे भ्रमित करते रहते थे। इवी इनके बारे में स्पष्टीकरण चाहती थी। वह अपने जीवन के मूल ढाँचे में लौटना चाहती थी।

टिओनी कुछ देर तक शान्त रही, फिर उसने संगीत बजाना शुरू किया।

"मैं वह सब जरूर करूँगी जिसके लिए सीनी ने कहा था। अगर वह आसपास होती तो मैं इसे जरूर अलग तरीके से करती, लेकिन अभी नहीं।"

जिस वक्त संगीत बज रहा था, उसकी स्वर-लहरियाँ पूरे अपार्टमेंट में गूँज रही थीं। जब संगीत रुक गया तो लगा कि सन्नाटा पसर गया है। तारा गहरी नींद में सो चुकी थी। संगीत आरोह से सम पर आने के साथ-साथ अब बन्द हो गया था। टिओनी ने अपना गुप्त चैनल खोला और सीनी के सन्देश को इस तरह से खोला ताकि इवी भी उसे देख सके।

मुझे यकीन है कि संगीत अच्छा लगा होगा। तुम्हारे जैसे व्यक्ति को भी, जिसे इस तरह की चीजों में कोई दिलचस्पी नहीं है। मैंने संगीत की कुछ धुनें इवी के साथ शेयर की हैं। उसे भी यह अच्छा लगा है। इवी मुझसे पूछती रही है कि मुझे यह संगीत कहाँ से मिला है? खैर, अगर तुम भी संगीतकार के बारे में जानना चाहती हो तो माया की तलाश करो। इसमें तुम इवी की मदद ले सकती हो, क्योंकि वह मशीनों की अच्छी जानकार है। तुम इराना हब से शुरू कर सकती हो।

टिओनी, हम कहाँ से आए हैं, इसके पीछे एक निर्धारित तथ्य यह है कि हम कहाँ जा रहे हैं? एक तरह से यह इस बात का फैसला करता है कि इस समय किस तरह से रह रहे हैं? ऐसी बातें मैंने हाल ही में समझी हैं। मै इसके बारे में संक्षेप में प्रॉमली से भी बात करूँगी। तुम्हें माया मिल जाए तो मुझे बताना। तुम्हें उससे मिलकर बहुत अच्छा लगेगा, मुझे विश्वास है।

तब तक गहरी नींद में सो रही तारा अचानक अपनी नींद में कुनमुनाई। बाहर आसमान गहरा होता जा रहा था।

"माया कौन है? क्या सीनी ने कभी उसके बारे में तुमसे बात की थी?" इवी ने पूछा।

टिओनी ने सिर हिलाया। उसके पास खुद का एक सवाल था, "प्रॉमली कौन है? क्या तुमने उसके बारे में सुना है?"

"मुझे नहीं मालूम! लेकिन मुझे याद आता है कि कई जैक पहले प्रॉमली नाम की औरत निविदम की अध्यक्ष हुआ करती थी। सीनी जिसके बारे में बात कर रही थी, हो सकता है, वही हो और ऐसा भी हो सकता है कि और कोई हो।" इवी ने जवाब दिया और खड़ी हुई। वह थोड़ी कुंठित थी।

सीनी के सन्देश ने कोई समस्या हल नहीं की थी, बल्कि उसने सवालों को बढ़ा दिया था और उसके दिमाग में और अधिक भ्रम भर दिए थे। एक बार फिर सोती हुई तारा को देखकर इवी विस्मित हो रही थी कि इतनी नन्ही-जान हौले-हौले साँस ले रही है। फिर बिना कुछ और बोले वह वहाँ से चली गई।

ठंडी और ताजी हवा ने कुछ हद तक इवी को शान्त किया। वह शटल का इन्तजार करने लगी। शटल पास आई, लेकिन वह बेतहाशा भरी हुई थी। इसलिए उसने उसे जाने दिया। वह नहीं चाहती थीं कि वह अनजान लोगों से घिरी हुई जाए। उसे शान्ति की जरूरत थी। अगली शटल का इन्तजार करती

वह सोच रही थी कि क्या उसे उल्तूर को माया के बारे में बताना चाहिए? जब वह कुछ कम भरी हुई शटल में सवार हुई तो वह अपने दिमाग में तय कर चुकी थी। वह माया को खोज निकालेगी और उसे अपने साथ लेकर उल्तूर से मिलने के लिए जाएगी।

वह बादलों से भरा हुआ और उदास दिन था। इवी वॉल्ट में अपने वर्कस्टेशन पर बैठी हुई थी और इराना हब से जितने भी लोग जुड़े हुए थे, उनके बारे में प्रोसेस कर रही थी। वहाँ माया नाम की किसी भी व्यक्ति का कोई भी जिक्र नहीं था। उसने लगभग दो सौ जैक पीछे तक स्कैन किया, लेकिन उसके हाथ में कुछ भी नहीं आया। माया नाम की व्यक्ति का अस्तित्व ही नहीं रहा था। इराना हब में संगीत का भी कोई डिसिप्लिन नहीं था। हैरान-परेशान इवी ने सीनी का सन्देश दोबारा पढ़ा, जिसे टिओनी ने उसके टैग पर भेजा था। उसे लगा कि उसे व्यक्तिगत रूप से इराना हब में जाना चाहिए क्योंकि सिस्टम में कोई भी जानकारी नहीं मिल रही थी।

इवी को वहाँ जाते हुए कुछ असुविधा-सी महसूस हो रही थी। इराना हब एक खास तरह का अध्ययन केन्द्र था और वहाँ केवल अपने-अपने चुने हुए फील्ड में ही महारत हासिल करने के लिए लोग दाखिला लेते थे। वह कभी भी बिल्डिंग के अन्दर नहीं गई थी। हिम्मत जुटाते हुए वह वॉल्ट से निकली और हब के लिए शटल लेकर चल दी।

हब के बाहर खड़े हुए उसके विशाल आकार को देखकर वह स्तब्ध थी। इराना हब वॉल्ट से भी बहुत बड़ा था। जहाँ तक आपकी आँखें देख पाती थीं, वह आकाश में फैला हुआ था। इसके अलग-अलग विभागों की वास्तु-सज्जा अलग-अलग थी। कुछ गोलाकार और कुछ ढलुवाँ बनी हुई थीं, जबकि कुछ समतल नजर आ रही थीं। बिल्डिंग का क्रीम कलर ऐसा लग रहा था मानो बादल-भरी दोपहर में कोई धूसर बिल्डिंग खड़ी हो। यह विशालकाय बिल्डिंग चारों तरफ से कई दरख्तों से घिरी हुई थी और इसके एक तरफ छोटी-सी झील बनी हुई थी।

सीनी हब में 'डेवलपिंग ईलोन' सेक्शन में काम करती थी। उस सेक्शन में जाने के लिए इवी ने विशालकाय दरवाजे पर लगा बटन दबाया। दरवाजे के पास एक एलिवेटर नजर आया, जो नीचे जा रहा था। इवी भीतर आई तो वह हवा की गति से ऊपर जाने लगी। एलिवेटर पर एक स्क्रीन पर कई नाम लिखे हुए थे। स्क्रीन पर उसे निओसी नाम नजर आया। उसे याद आया कि कुछ अरसा पहले निओसी

वॉल्ट में आई थी। इवी ने उसके नाम के सामने का बटन दबाया और एक आवाज ने पूछा, "कौन हैं आप?"

"मेरा नाम इवी है और मैं वॉल्ट मैनेजर हूँ। मैं आपसे कुछ पूछना चाहती थी। क्या मैं आपसे मिल सकती हूँ?" जब आप किसी से बिना टैग किए मिलते थे तो इस तरह के सवाल पूछे जाते थे। कुछ हिचक के बाद आवाज ने उत्तर दिया, "जब दरवाजा खुले तो दाईं तरफ मुड़ें। बाईं तरफ आपको मेरा नाम मिल जाएगा।"

इवी बताई गई दिशा में चल पड़ी। वह एक अलग तरह का एहसास महसूस कर रही थी। उसने महसूस किया कि वह काँप रही थी। उसे ऐसा क्यों महसूस हो रहा था मानो वह कुछ गलत कर रही हो। आखिर वह किसी ऐसे ही व्यक्ति की तलाश कर रही थी जिसके बारे में सीनी ने बताया था।

निओसी ने हिचकिचाहट भरी मुस्कान के साथ उसका स्वागत किया। इवी उसके सामने खड़ी हो गई। उसके दिमाग में जो कुछ भी सबसे पहले आया, उससे उसने बातचीत शुरू की, "मैं सीनी को जानती थी। मैं देखना चाहती थी वह किस जगह पर बैठकर काम करती थी?"

निओसी ने जवाब दिया, "ओह", फिर एक पल के बाद कहा, "सीनी के बैठने की जगह को तब तक के लिए बन्द कर दिया गया है, जब तक उसके बारे में कुछ साफ-साफ पता चले कि उसे क्या हुआ था? वहाँ कोई भी नहीं जा सकता, लेकिन हाँ, वह इसी सेक्शन में काम करती थी। हमारी बीच-बीच में मुलाकात होती रहती थी, लेकिन वह हमेशा सिस्टम एरिया में ही अपने काम में व्यस्त रहा करती थी। सीनी अपना अधिकतर समय वही बिताती थी।"

इवी का सिर चकरा रहा था। क्या उसे माया के बारे में पूछना चाहिए? उसने महसूस किया कि वह अभी भी खड़ी थी। उसके दिमाग को पढ़ते हुए निओसी ने एक खाली कुर्सी की तरफ इशारा किया।

"क्या यहाँ कोई म्यूजिक सैक्शन भी है?" इवी ने पूछा। वह अभी भी खड़ी थी।

"तुम बैठ क्यों नहीं जातीं? नहीं, इराना हब में कोई भी संगीत सैक्शन नहीं है।"

उसके सवाल खत्म हो गए थे। वह हौले-से मुस्कुराई और वहाँ से चल दी। उसने महसूस किया कि उसके पलट कर वापिस जाने से पहले ही निओसी ने अपना काम करना शुरू कर दिया था।

बाहर, इवी ने दूर कहीं सिस्टम एरिया के लिए बोर्ड देखा और उसने लम्बे गलियारे में चलना शुरू कर दिया। जब वहाँ पहुँची तो उसने महसूस किया कि यह रक्षित क्षेत्र है और इसमें कम लोग ही जा सकते थे। उसने दरवाजे पर अपना टैग स्वाइप किया। वॉल्ट की प्रबन्धक के रूप में वह ईलोन के कई ऐसे स्थानों पर जा सकती थी जहाँ सीमित लोग जा सकते थे। उसका टैग इराना हब के सिस्टम एरिया में भी काम करता था।

भीतर, हॉल लगभग सुनसान था। उसने देखा कि दूर एक कोने में कोई टर्मिनल में बैठी हुई है। वह भी एक एकान्त वाले टर्मिनल पर बैठ गई और सिस्टम में प्रवेश किया और सीनी के बारे में पड़ताल की। सिस्टम सीनी को नहीं पहचानता था। इवी ने सीनी के ले जाए जाने के समय से उसकी यात्रा की पड़ताल करनी शुरू की। वह यह देखकर हैरान हो गई कि न केवल सिस्टम में सीनी मौजूद नहीं थी बल्कि उसने जो भी काम किया होगा, वह भी मिटा दिया गया था। इवी ने झटके-से महसूस किया कि सिस्टम से सीनी का अस्तित्व गायब हो चुका था।

इवी ने तब माया की तलाश के लिए स्विच दबाया। उसने संगीत के बारे में, वाद्य यंत्रों के बारे में और संगीतकार के बारे में रिकॉर्ड चैक किए, लेकिन पूरे सिस्टम में माया के बारे में कोई जानकारी नहीं थी। उसने अपनी हर तकनीक से और हर कमांड से कोशिश करके देखा, सिस्टम में अब न तो सीनी थी और न ही माया मौजूद थी। इवी थक चुकी थी।

बाद में जब वह अपने घर की तरफ आ रही थी तो उसने थकान महसूस की, जैसे वह निचुड़ गई हो। वह आखिर उन छायाओं के पीछे क्यों भाग रही थी जिन्हें सीनी ने उसके चारों तरफ बिखेर रखा था। सीनी जा चुकी थी। क्या इस बात का कोई मतलब था कि वह संगीत रचना किसने की थी, संगीत का सीनी के ले जाए जाने से कोई सम्बन्ध था? इवी ने तय किया कि अपने सवालों के जवाब पाने के लिए यह उसकी आखिरी कोशिश थी। उसने टिओनी को अपनी असफल खोज के बारे में टैग किया और मामले को बन्द कर दिया। उसने तय किया कि वह अगले विहान में वॉटर ग्लाइडिंग के लिए जाएगी और क्रॉनिकल पर प्रोसेसिंग पूरी करने की कोशिश करेगी।

टिओनी के लिए रैमप्लाजो लौटना अपने-आप में एक मुश्किल कदम था। शुरू-शुरू में अन्तहीन दिनों तक काम से देर शाम को लौटना और उसकी पीठ पर तारा का बंधा होना चलता रहा। वह हर समय थकी होती। यह बात उसने समझ ली थी कि उसे तारा की देखभाल के लिए किसी टोबोक की मदद लेने का वक्त आ गया है। उसने इनसान जैसे दिखने वाले एक उपकरण का इन्तजाम किया। उसका चेहरा था, उसके हाथ थे, टाँगें थीं और उसका नाम हैप था। वह रैमप्लाजो में तारा की देखभाल करता और बाद में उसके साथ घर आ जाता। जिस वक्त टिओनी अंग बदलने के लिए ग्राहकों को समय दे रही होती, वह लगातार हैप की गतिविधियों पर निगाह रखती। जब भी समय मिलता, वह तारा से मिल लेती।

टिओनी ने थकी आँखों से देखा, तारा सो रही थी। हैप आँखों को भली लगने वाली नीली रौशनी छोड़ रहा था और तारा की हर जरूरत को पूरा करने के लिए हाजिर था। टिओनी खिड़की के पास आरामकुर्सी पर पसरी हुई थी। वह धीरे-धीरे इस बात को समझने लगी थी कि सृजन अब कम क्यों होने लगे थे। टिओनी हर समय काम में व्यस्त रहती और हमेशा थकी रहती। नियमों के अनुसार, उसका सृजन उसके साथ सोलह जैक तक ही रह सकता था और तारा तभी बाहर जा सकती थी। टिओनी ने ठंडी साँस भरी। जब तारा बड़ी होगी, तभी शायद उसके लिए चीजें बेहतर होंगी।

जब उसे थोड़ा आराम महसूस हुआ तो वह उठी और अपने लिए खाना तैयार किया। उसने अपनी पसन्दीदा सब्जियों के मिले-जुले सूप असीपो का बर्तन खाली किया, और साथ में खाने के लिए इनोला के दो स्लाइस गरम किए। खाना खाने के बाद उसने अपना टैग चेक किया। बहुत सारे टैगों के साथ इवी की तरफ से एक टैग था। उसने खोजबीन के प्रयासों को ध्यान से पढ़ा। माया गायब थी। वह कहीं नहीं थी, लेकिन इस बात ने टिओनी को प्रभावित नहीं किया। इस बात से कोई फर्क नहीं पड़ता था कि उन्होंने उसे ढूँढ़ लिया या नहीं? सीनी जा चुकी थी और इस तथ्य को झुठलाया नहीं जा सकता था। तथ्य बदले नहीं जा सकते थे। टिओनी काउंसिल की तरफ से सीनी के ले जाए जाने के कारणों के बारे में समाचार का इन्तजार कर रही थी।

बरसात के मौसम के बावजूद आसमान में तीन चन्द्रमा चमक रहे थे। पूरा शहर सफेद रौशनी में नहाया हुआ था। खिड़की से नजर आ रहे पेड़ चाँदी की चादर ओढ़े हुए थे। बिना बरसात के पूरा क्लातें बीत गया था, फिर भी मौसम में नमी थी। टिओनी खिड़की से मुड़ी और अपार्टमेंट की रौशनी धीमी कर दी। उसकी आँखें भारी हो रही थीं। उसे याद आया कि सीनी ने 'जुनून' शब्द की व्याख्या की थी। धरती पर रहनेवाले लोग इस जबरदस्त एहसास को महसूस करते थे, लेकिन किस चीज के बारे में और क्यों? बहुत दूर धरती पर रहनेवाले लोगों ने चीजों के प्रति जुनून कैसे महसूस किया होगा?

काउंसिल की बैठक चल रही थी। कमरे में उदासी छाई हुई थी, क्योंकि बाहर सूरज को घने बादलों ने ढक लिया था। आसमानी रौशनी धीमी लग रही थी और सबके मूड का भी यही हाल था। हालाँकि सभी से उपस्थित रहने के लिए अनुरोध किया गया था, फिर भी दो सदस्य ऐसे थे जो अपने टैग चैनल चैट के जरिए उपस्थित

रहनेवाले थे। क्राति ने आसपास उपस्थित सदस्यों की तरफ देखा और यह घोषणा की कि सीनी के गायब हो जाने के बारे में फैसला आ चुका है।

"जो सदस्य यहाँ नहीं आई हैं, उनके चैनल बन्द किए जाने की जरूरत है। इस मामले पर केवल कमरे के भीतर ही चर्चा की जानी चाहिए।" उल्तूर ने अन्तिम फैसला सुनाया।

क्राति ने मेज के चारों तरफ देखा। ऐसा लग रहा था कि कोई भी उससे असहमत नहीं है। जो दो सदस्य उपस्थित नहीं थीं, उनके टैग चैनल स्विच ऑफ कर दिए गए।

क्राति ने कहना शुरू किया, "इस बात की पुष्टि हो चुकी है कि वास्तव में सीनी को विष देकर ले जाया गया था। और यह बात भी पूरे विश्वास के साथ कही जा सकती है कि विष दूसरी तरफ से आया था।"

"इस दूसरी बात के बारे में इतने विश्वास से कैसे कह सकती हैं?" उल्तूर ने पूछा। वह पिछली बैठक की तुलना में ज्यादा सन्तुलित और कमांड में लग रही थी।

"कारण विष था, इस बात की पुष्टि हो चुकी है। चूँकि हमारे पास विष के कोई भंडार नहीं है, यह तय है कि वह दूसरी तरफ से ही आया होगा।" क्राति ने स्पष्ट किया।

मेज के चारों तरफ समूह शान्त था। इस रिपोर्ट के कई पहलू थे। जैसे-जैसे बादल आकाश में घिर रहे थे, कमरे में भी बारी-बारी से रौशनी और छाया के बीच आँख मिचौली चल रही थी। यह बात वहाँ उपस्थित लोगों के मूड के साथ भी देखी जा सकती थी। मेज के आसपास बैठे सभी लोग इस बात को अच्छी तरह से जानते थे कि इस बड़ी घटना के बाद ईलोन के जीवन में कौन-कौन से बदलाव होने जा रहे हैं।

"इस बात को हमें अब अपने-आप तक सीमित रखना चाहिए। हमें आगे क्या करना है, इस पर विचार करने से पहले हम इस पर दोबारा बात कर लें।"

"मैं सहमत हूँ। मैं सदस्यों के सामने यह प्रस्ताव रखती हूँ कि हम आमजन को यही बताएँगी कि सीनी को एक दुर्घटना में ले लिया गया था।" क्राति ने घोषणा की।

मेज पर चारों तरफ से भुनभुनाहट शुरू हो गई, लेकिन कोई भी सदस्य इस विचार के खिलाफ नहीं बोली। ऐसा लग रहा था कि बैठक समाप्त हो चुकी है, लेकिन कोई भी सदस्य अपनी कुर्सी से नहीं हिली।

"हम, जैसा कि पहले भी करती आई हैं, इस समस्या का भी कोई-न-कोई हल ढूँढ़ ही लेंगी। हमें कुछ समय बाद दोबारा मिलना चाहिए।" इस बुलन्द विचार के साथ क्राति ने बैठक की समाप्ति की घोषणा की।

सभी सदस्य काउंसिल से बाहर चली आईं। हर कोई विचारों में खोई हुई थी। कोई कुछ नहीं बोल रही थी। बाहर सूर्य घने बादलों के पीछे छुपा हुआ था, लेकिन उसकी किरणें बादलों के पीछे से स्वर्ण बालों की तरह चमक रही थीं।

उल्तूर भी वहाँ से तुरन्त चली गई थी। वह वहाँ से अपने अपार्टमेंट में वापिस गई। अपने गुप्त चैनल से उसने प्रॉमली को एक तत्काल टैग सन्देश भेजा। उसके जवाब का इन्तजार करते हुए उल्तूर को अचानक ही संगीत याद आया। वह जानती थी कि कोई-न-कोई कड़ी जरूर होना चाहिए। हो सकता है कि सीनी ने किसी चीज से ठोकर खाई हो। उल्तूर ने लेबोरेटरी को दूसरा टैग सन्देश भेजा। वहाँ सीनी के अन्तिम अवशेष रखे हुए थे।

मैं चाहूँगी कि मुझे तत्काल ही सीनी के दिमाग की मैपिंग भेजी जाए। यह निर्देश मेरी तरफ से ईलोन की काउंसिल की सदस्य के तौर पर जारी किया जा रहा है। *वह उम्मीद कर रही थी कि सीनी को ले जाए जाने से पहले की उसकी गतिविधियों के बारे में उसके दिमाग की मैपिंग से कुछ सुराग मिलेगा।*

प्रॉमली से कोई जवाब नहीं आया था। धीरे-धीरे टैग चैनलों पर सीनी के एक दुर्घटना में ले जाए जाने के बारे में जानकारी आने लगी।

यही नियम था। जब भी कोई महत्त्वपूर्ण या अशुभ घटना घटती तो काउंसिल की सदस्य इस बात को देखने की पूरी व्यवस्था करती थीं कि निवासियों को अन्त तक उसके बारे में अँधेरे में ही रखा जाए। वे इस बात में यकीन करती थीं कि काउंसिल बिना कोई शोर मचाए इस तरह की परिस्थितियों से निपटने के लिए पूरी तरह से मुस्तैद है। इसके बावजूद, इस तरह की किसी भी घटना के बाद अक्सर निवासियों को ही सबसे ज्यादा भुगतना पड़ता था।

जब उल्तूर प्रॉमली के जवाब का इन्तजार कर रही थी तो उसने सीनी से मिला संगीत बजाना शुरू कर दिया। प्रॉमली का मौन अकथनीय था। जवाब न देने की उसकी इस हरकत से उल्तूर बेचैन और नाराज हो गई। जब भी वह सीनी को ले जाए जाने की रिपोर्ट की भयावहता के बारे में सोचती तो उल्तूर लीक से भटक जाती। जब तक लेबोरेटरी से जवाब आया, शहर पर उदास दोपहरी पसर चुकी थी।

सीनी को ले जाए जाने के कारणों का पता लगाए जाने के लिए सीनी के शरीर की जाँच-पड़ताल के दौरान सीनी के दिमाग का डेटा मिट गया था। इसलिए सीनी के दिमाग की मैपिंग का नतीजा शून्य है।

जिस वक्त ये शब्द स्क्रीन पर फ्लैश कर रहे थे, उल्तूर अविश्वास से इन शब्दों को घूरती रही। ठीक इसी पल, प्रॉमली अपने गुप्त चैनल से उससे आ जुड़ी।

"तुम कहाँ थीं, प्रॉमली? मैं कब से तुम्हारी राह देख रही थी। तुम्हें वे अर्जेंट मैसेज मिले जो मैंने तुम्हें भेजे थे?"

"फॉर्म पर कुछ काम आ गया था। उल्तूर, रिपोर्ट क्या कहती है? मैं एक बात पक्के यकीन के साथ कह सकती हूँ कि जो कुछ भी फ्लैश किया जा रहा है, वह सच नहीं है।"

उल्तूर ने स्क्रीन पर प्रॉमली को देखा। उसके माथे पर पसीने की बूँदें चमक रही थीं। उसके राख के रंग के बाल बिखरे हुए थे और वह खयालों में खोई हुई नजर आ रही थी। शारीरिक रूप से प्रॉमली कहीं दूर तलहटियों में थी, लेकिन उल्तूर को लगा कि वह स्क्रीन पर अपनी छवि की तरह सच में कहीं और भी ज्यादा दूरी पर है। स्क्रीन पर दिख रही छवि की तरह प्रॉमली भी अवास्तविक लग रही थी।

"प्रॉमली, रिपोर्ट ने यह पुष्टि की है कि कारण विष था और यह यकीनी तौर पर कहा जा रहा है कि यह विष दूसरी तरफ से आया था।"

चूँकि प्रॉमली चुप ही थी, उल्तूर ने कहना जारी रखा, "मैंने सीनी के दिमाग की मैपिंग के लिए भी कहा था। उन्होंने बताया है कि उसमें 'कुछ नहीं' था।" उल्तूर प्रॉमली द्वारा जानकारी प्रोसेस किए जाने का इन्तजार करने लगी, लेकिन प्रॉमली की छवि शान्त और भावहीन तरीके से उसकी तरफ देख रही थी।

थोड़ी देर तक मौन बना रहा। फिर उल्तूर का मूड उखड़ गया और उसने घोषणा की, "काउंसिल चाहेगी कि तुम इस मामले में सही कदम उठाओ और अगली बैठक में रिपोर्ट करो।"

प्रॉमली के जवाब का इन्तजार किए बिना उल्तूर ने चैनल का स्विच बन्द किया। प्रॉमली ने फिर से चैनल शुरू करने की कोशिश नहीं की। खाली चैनल से उठने वाला मौन कान फोड़ने वाला था। उल्तूर ने खुद को बेहद तनहा महसूस किया। सीनी द्वारा भेजा गया उतार-चढ़ाव लिये संगीत अभी भी पृष्ठभूमि में बज रहा था। उसकी सुमधुर स्वर-लहरियाँ कुछ ऐसे तरीके से उल्तूर को चिढ़ा रही थीं, जिसके बारे में वह कल्पना भी नहीं कर सकती थी। उल्तूर को पक्का यकीन था कि जो कुछ भी हो रहा है, उसके बारे में इस संगीत में कोई-न-कोई लिंक जरूर होगा। वह यह भी जानती थी कि यह समय कुछ सोचने का नहीं है बल्कि कुछ करने का है। उसने इवी को टैग किया और कहा कि जरा आ जाओ।

जब इवी ने यह सन्देश देखा तो पहले तो उसने चाहा कि इसे टाल जाए, लेकिन वह ऐसा न कर सकी; आखिर उल्तूर काउंसिल की एक प्रमुख सदस्य थी। इवी ने तय किया कि वह उल्तूर से मिलने जाएगी और उसे बताएगी कि सीनी के ले जाए जाने पर अब वह नहीं सोचती।

जब इवी उल्तूर के अपार्टमेंट में पहुँची तो एक बार फिर वह वहाँ प्रदर्शित रंगों के विस्तार को देखकर हैरान रह गई। सीनी ने जो संगीत रचनाएँ भेजी थीं, उनमें से एक पृष्ठभूमि में बज रही थी। इस संगीत रचना को सुनकर उसे माया को खोजने के असफल मिशन के बारे में याद आया। उसने तत्काल ही उल्तूर को पूरे घटनाक्रम के बारे में बताया और चलने के लिए तैयार हो गई।

"अब यह माया हो या प्रॉमली, इन सब के बारे में पता लगाने का काम काउंसिल का है और वही यह पता लगाए कि वे लोग किसी मतलब के थे भी या

नहीं, उल्तूर। मैं जो भी कर सकती थी, मैंने किया।" इवी ने अपनी तरफ से कह दिया। फिर इवी उठ खड़ी हुई और दरवाजे की तरफ बढ़ी। वह इस बात के लिए तैयार थी कि बातचीत में जैसे ही कोई सही पल आएगा, वह चल देगी।

उल्तूर छोटे-से कमरे में चहलकदमी कर रही थी। बेशक उसकी कद-काठी मझोली थी, फिर भी उसकी मौजूदगी से कमरा भरा-भरा लग रहा था।

"मैं प्रॉमली को तो जानती हूँ, लेकिन यह माया कौन है? मैंने उसके बारे में कभी नहीं सुना है। क्या तुमने यह कहा कि इराना हब ने अपने सिस्टम में से सीनी के बारे में सब कुछ मिटा दिया है?"

"हाँ, उल्तूर मैंने बहुत सारे रास्ते अपनाए, लेकिन हर बार मेरे हाथ कुछ भी नहीं लगा। वहाँ संगीत के बारे में कोई सुराग नहीं है और न ही माया नाम की संगीतकार के बारे में ही कुछ जानकारी है।" इवी ने पहले ही बाहर जाने का बटन दबा दिया था और अब वह दरवाजा खुलने की राह देख रही थी।

उल्तूर को यह समझ में आ चुका था कि उसे इस संकट की घड़ी में अपने खुद के मित्रों की जरूरत पड़ेगी। सीनी ने माया से जुड़ी कोई बात प्रॉमली को बताने की इच्छा व्यक्त की थी। इन दोनों के बीच जरूर ही कोई-न-कोई गठजोड़ था। उल्तूर जानती थी कि माया के बारे में पता लगाना बेहद जरूरी था। इससे उसे यह समझने में मदद मिलेगी कि आखिर हुआ क्या था और प्रॉमली इस सबसे किस तरह से जुड़ी हुई थी।

उल्तूर ने इवी की तरफ देखा और पाया कि वह दीवार पर लगी रंगीन टैपेस्टरी की तारीफ कर रही थी। जिस तरह से इवी दरवाजे के पास खड़ी थी, उससे साफ लग रहा था कि वह जाना चाह रही थी। उसकी निगाह आसपास से बेपरवाह थी और वह खुल रही घटनाओं से पूरी तरह से असम्पृक्त नजर आ रही थी।

"इवी, इस माया के बारे में और कौन जानता है?"

"टिओनी जानती है। वह रैमप्लाजो में काम करती है, लेकिन आजकल वह अपने सृजन के साथ बहुत ज्यादा व्यस्त है।"

दरवाजा धीरे-धीरे खुल रहा था और इवी बाहर जाने की कोशिश कर रही थी।

क्या सचमुच किसी ने सृजन के लिए हामी भरी थी? उल्तूर यह सोचकर हैरान थी। आजकल के हालात को देखते हुए ईलोन पर किसी और सृजन की जरूरत नहीं थी। सृजनों में कमी आती गई थी और बाद में वे बन्द ही हो गए थे। एक तरह से उन्हें भुला ही दिया गया था। लेकिन इस सबके साथ, जिन्दगी को वे जिस तरह से जानते थे, वह आमूल-चूल तरीके से और जल्दी ही बदल सकती थी। यह विचार ही उल्तूर को वापिस वर्तमान में ले आया।

"बैठ जाओ इवी, मैं तुमसे बात करना चाहती हूँ।" उल्तूर ने आदेश दिया। "इस बात का खयाल रखना कि मैं तुम्हें जो कुछ भी बताने जा रही हूँ, वह

सिर्फ तुमसे ताल्लुक रखता है। अगर तुम किसी और से इस बारे में चर्चा करोगी तो काउंसिल की सदस्य होने के नाते मैं तुम्हें एक लम्बे अरसे के लिए जेल में डलवा दूँगी।"

इवी हक्की-बक्की रह गई। वह इस पचड़े में और नहीं फँसना चाहती थी। वह दरवाजे पर खड़ी हो गई और दृढ़ता से बोली, "मैं कुछ भी जानना नहीं चाहती, उल्तूर। यह सचमुच मेरी चिन्ता का मामला नहीं है।"

"यह तुम्हारी चिन्ता का मामला है, इवी। बैठ जाओ और सुनो।" उल्तूर ने कहा।

उल्तूर की आवाज में ऐसा अधिकार भाव था जिसकी इवी अनसुनी न कर सकी। वह भाग जाना चाहती थी, लेकिन उसने पाया कि उसके कदम उसे वापिस लिये जा रहे हैं और उस कुर्सी के पास ले आए हैं जिसकी तरफ उल्तूर इशारा कर रही थी। वह बैठ गई। दरवाजा दोबारा बन्द हो गया। वह भुनभुना रही थी, लेकिन जानती थी कि उल्तूर की हुकुमउदूली नहीं की जा सकती।

"सीनी को किसी दुर्घटना के तहत नहीं ले जाया गया था बल्कि उसे विष दिया गया था और यह विष दूसरी तरफ से आया था। यह समझने के लिए कि यह क्यूँकर हुआ, मुझे माया को तलाशने की जरूरत है। मुझे पूरा यकीन है कि जो कुछ भी हो रहा है, उसकी कुंजी माया है।"

इवी शान्त थी। जो कुछ उल्तूर कह रही थी, वह अमंगलकारी था। इससे उसे इस बात का बल मिला कि वह जितनी जल्दी हो सके, वहाँ से खिसक ले। वह फिर से उठ खड़ी हुई।

"लेकिन उल्तूर, इस सबसे मेरा क्या लेना-देना? जो कुछ सीनी के साथ हुआ, वह दुखद है, लेकिन मैं अपनी तरफ से इस समस्या को सुलझाने की कोशिश में हार चुकी हूँ।"

"बैठ जाओ, इवी। यह मामला हम सबके लिए चिन्ता का विषय है क्योंकि अगर विष दूसरी तरफ से आया है तो इसका मतलब यह हुआ कि उनके साथ मुठभेड़ या संघर्ष होना ही होना है। मुझे पूरा यकीन है कि तुमने मुठभेड़ और उनके नतीजों के बारे में सुना ही होगा।"

इवी ने सिर हिलाया, "सीनी ने मुझे क्रॉनिकल पढ़ने के लिए प्रोत्साहित किया था। मैं अभी भी वह सब पढ़ रही हूँ। इसलिए हाँ, मैं मुठभेड़ों के बारे में जानती हूँ।" इवी दोबारा बैठ गई।

उल्तूर समझ रही थी कि इवी अभी भी मामले की भीषणता को अपने भीतर नहीं उतार पा रही थी। तब उसने हैरानी से सोचा कि इस सारे मामले में हिस्सेदारी करने के लिए वह सही व्यक्ति है भी या नहीं?

इवी कुर्सी पर अनमनी-सी बैठी थी और खिड़की के बाहर देख रही थी। जो कुछ उल्तूर कह रही थी, उसकी तरफ उसने कोई ध्यान नहीं दिया।

उल्तूर ने एक बार फिर कोशिश की, "सीनी के साथ जो कुछ हुआ वह हमारे अस्तित्व की निरन्तरता के साथ जुड़ा हुआ है, इवी। अगर दोबारा कोई मुठभेड़ होती है तो जरा कल्पना करो कि क्या हो सकता है। जो सर्वनाश होगा और जो नुकसान उठाने होंगे, उनकी तुम कल्पना भी नहीं कर सकतीं। हम अपने-आपको जिस परिस्थिति में देख रहे हैं, वह भयानक है। मैं चाहती हूँ इवी कि तुम माया की तलाश करो। उसका पता लगाओ और उसे मेरे पास लाओ।"

इवी को लगा मानो उसके कन्धों पर वजन रख दिया गया हो। वह उठी और खिड़की की तरफ बढ़ गई। सीनी, संगीत, माया, विष, झगड़े, ये सारे शब्द उसके दिमाग में चक्कर काट रहे थे।

सीनी को ले जाए जाने के बाद वह उल्तूर के पास आई ही क्यों थी? अगर यह उस मुलाकात के कारण न होता तो वह इस समय यहाँ खड़ी न होती।

इवी ने घूमकर निकल जाने के बारे में सोचा, लेकिन सम्भावित मुठभेड़ों के बारे में उल्तूर के शब्द उसे इस रंगीन कमरे में अपनी जगह पर बाँधे हुए थे।

सीनी के जाने के बाद किस तरह से घटनाएँ एक-दूसरे से जुड़ती चली गईं? सीनी को विष देकर ले जाया गया था और यह विष दूसरी तरफ से आया था। किसी तरह से माया नाम की संगीतकार का नाम बीच में आ जुड़ा और जब तक इस सबके पीछे के कारणों का पता नहीं लगा लिया जाता, दूसरी तरफ के लोगों के साथ मुठभेड़ होकर रहेगी।

इवी ने महसूस किया कि इस सारी जानकारी के बीच में से कोई महत्त्वपूर्ण तथ्य गायब है। वह खिड़की के बाहर निहारती रही और इसके बारे में सोचती रही। जब वह ढलती दोपहर में सूर्य के साथ बादलों को आँख-मिचौली का खेल खेलते हुए देख रही थी, तो उसके मन में सवाल उठ खड़ा हुआ।

"लेकिन उल्तूर, दूसरी तरफ कौन लोग हैं?"

"तुम्हें नहीं पता क्या? जिन बरसों में तुम ज्ञान हासिल कर रही थीं, तब क्या तुम्हें कभी नहीं बताया गया था? क्या उन्होंने तुम्हें वायुनम में भी नहीं बताया?" उल्तूर ने हैरान होते हुए जवाब दिया।

"नहीं उल्तूर, हमें कभी नहीं बताया गया था।"

क्या उन्होंने अपना फैसला लेने में कोई गलती की थी? क्या वायुनम अनुदेशकों से सारे सन्दर्भ हटा लिए गए थे? क्या दूसरी तरफ वालों को इस तरह नजरअन्दाज करना उनकी चूक थी? क्या फैंस के दूसरी तरफ यह सोचकर रहते चले जाना कि दूसरी तरफ तो कोई रहता ही नहीं है, क्या कोई गलती थी? उल्तूर हैरानी से सोचने लगी।

"क्या दूसरी तरफ के लोग भी हमारी ही तरह हैं या कुछ अलग तरह के हैं?" इवी फिर से पूछ रही थी। उसका चेहरा अब उत्सुक नजर आ रहा था। आखिर इस

मामले ने उसकी उत्सुकता जगा ही दी थी। इवी अब उल्तूर की तरफ सवालिया निगाहों से देख रही थी। उसकी काली आँखें सजग हो गई थीं।

उल्तूर ने उस मौन स्थिति के बारे में सोचा, जिसे वह तोड़ रही थी। लेकिन तभी उसने महसूस किया कि उस मौन को तोड़ने की जरूरत थी। घटनाएँ जिस तरह से खुलती जा रही थीं, उनमें बोलना आवश्यक था। वह आने वाली चुनौती का सामना कैसे करेगी अगर वह फैंस के उस तरफ वालों के अस्तित्व को स्वीकार नहीं करेगी। इस समय वह उनके उत्तरजीविता के लिए अनिवार्य था।

उल्लूर ने एक लम्बी साँस ली और कहा, "इवी, वह एक भिन्न प्रजाति है। वह भी धरती से आई। वह 'पुरुष' कहलाती है।"

रिक्तीकरण

रात में तारे छितराए हुए थे। क्लान्ते के इस समय तीन चन्द्रमा ईलोन पर सिर्फ खपची की तरह लग रहे थे। दूरबीन के जरिए देखते हुए इमे को यह लग रहा था मानो वह तारों तक पहुँच सकता है और उन्हें हाथ बढ़ा कर छू सकता है। उनकी झिलमिलाती रौशनी कभी लुप्त हो जाती तो कभी तेजी-से चमकने लगती और एक कैनवास की तरह तन जाती, जिसमें इमे लम्बे-लम्बे अरसे के लिए खो जाता। ऐओना ऑब्जर्वेटरी में एकान्त में बनी पोस्ट पर रात का आसमान और तारे उसे कम्पनी देते। जैसे उसके लिए किसी और चीज का अस्तित्व ही न हो।

एक बहुत बड़े स्क्रीन पर वह सब काम दिखाई दे रहा था जो उसने इस क्लान्ते के दौरान किया था। वह स्क्रीन के सामने से हटा और छत पर जाने के लिए एक लम्बे गलियारे में चलने लगा। ऐओना ऑब्जर्वेटरी उसके नीचे एक काले पिंड की तरह फैली हुई थी। यह एक पहाड़ी पर बनी हुई थी जिसमें पहाड़ी की ढलान पर रिफ्लेक्टर और शीशे लगे हुए थे। ठंडी हवा बह रही थी और दूर कहीं शहर की रौशनियाँ झिलमिला रही थीं। साफ आकाश में तारे बहुत दूर दिखाई दे रहे थे।

कहीं दूर, उन्हें घेरे हुए अँधेरे के विस्तार के भीतर, कोई ऐसा ग्रह होगा जो उनका नया घर बनेगा। इमे को इस बात का पूरा विश्वास था। उसने अपना सिर मोड़ा और रात के आसमान की तरफ देखा। कई ऐसे तारामंडल थे, जिन्हें बिना दूरबीन के भी देखा जा सकता था। इमे अपने काम के कुछ नतीजों के बारे में वल्हन से सलाह-मशविरा करना चाहता था, लेकिन इसके लिए उसे इन्तजार करना पड़ेगा। वल्हन ने उसे लैक्स किया था कि वह यात्रा कर रहा है और अगले क्लान्ते तक लौटेगा।

इमे ने तय किया कि वह अपने अपार्टमेंट में लौटेगा और सो जाएगा। उसने पिछले विहान के दौरान आसमान की स्कैनिंग करते हुए कई निद्रा रहित रातें बिताई थीं। उसने लैक्स के जरिए एक ट्रैवलर बुलाया और वापिस ऐओना की तरफ चल दिया। सभी बत्तियाँ बन्द करते हुए वह एलिवेटर की तरफ बढ़ा।

अलग-अलग मंजिलों पर काम करते हुए टोबोट अपने-अपने स्टैंड पर वापस आ गए थे और ऐओना के बन्द होने के साथ शान्त खड़े थे। लैक्स एक नैनो चिप थी जो हर व्यक्ति की बाँह के किसी हिस्से में जड़ी हुई होती थी। यह दिमाग के विस्तार की तरह थी। यह उन्हें उनके मेनफ्रेम सिस्टम के साथ और आपस में एक-दूसरे से जोड़े रहती थी।

जब तक इमे नीचे की मंजिल तक पहुँचता, ट्रैवलर उसका इन्तजार कर रहा था। हल्के धातु से बने और शोख रंगों से सजे ट्रैवलर के दरवाजों पर नेविगेशन पैनल लगे हुए थे। भीतर की तरफ कुछ सीटें थीं। ये ट्रैवलर शहर भर में घूमते रहते थे और अपने लिए ईंधन ऊर्जा स्टेशनों से प्राप्त करते थे। ये ऊर्जा स्टेशन सभी शहरों में फैली हुई थी। इमे भीतर आया, अपनी बाँह पर जड़े लैक्स को स्वाइप किया। ट्रैवलर उसके घर की तरफ बढ़ने लगा।

अलस्सुबह के वक्त शहर सुनसान था। बहुत बड़ी-बड़ी इमारतें और छोटी इमारतों के सादे ढाँचे बड़ी-बड़ी गलियों में फैले हुए थे। थोड़ी देर में लोगों की हलचल शुरू हो जाएगी और एक नया दिन शुरू होगा। इमे अपने ब्लॉक में पहुँचा और गेट के भीतर घुसा ताकि वह अपनी बिल्डिंग के लिए एलिवेटर ले सके। ब्लॉक में ग्रुप हाउसिंग के विपरीत अलग-अलग चौदह अपार्टमेंट थे। हर अपार्टमेंट अपने-आप में फंक्शनल था और इस तरीके से बनाया गया था कि दिन के दौरान उसमें ढेर सारी धूप आती रहे। जिस वक्त इमे अपने बिस्तर की तरफ बढ़ रहा था, उसने खुद को दीवार से लटकते हुए शीशे में निहारा। वह थका हुआ लग रहा था। उसकी नीली कमीज और काला पैंट, दोनों थोड़े मुचड़े हुए लग रहे थे, लेकिन वह जानता था कि ज्यों ही वह उन्हें कपबोर्ड में लटका देगा, वे बिलकुल तरोताजा हो जाएँगे और अपनी शानदार हालत में लौट आएँगे।

इमे का चेहरा चौकोर था और आँखें भूरी थीं। उसके गाजर जैसे बाल फिर से लम्बे हो गए थे और उसे बाल कटवाने की जरूरत थी। बहुत सारे दूसरे लोगों के विपरीत, वह छोटे बाल रखना पसन्द करता था। बहुत पहले उसके पूर्वज, जब वे उस ग्रह से आए थे, जहाँ वे रहते थे, आमतौर पर छोटे बाल रखना पसन्द करते थे। इमे ने भी तय किया था कि वह उनकी परम्परा को जारी रखेगा। रात के ढीले-ढाले कपड़े पहनते हुए वह बिस्तर पर लेट गया और उस ग्रह का नाम याद करने की कोशिश करने लगा। वह ग्रह उन दूसरे ग्रहों की भीड़ में कहीं खो चुका था, जिन्हें इमे ने दूरबीन के जरिए देखा था।

"धरती!"

हाँ, यही नाम था उस दूर बसे और अब खो गए ग्रह का, जहाँ यह सब शुरू हुआ था।

दिन जब शुरू हुआ तो वह उजला और साफ था। इमे अभी सोया हुआ था कि शहर में जीवन के लक्षण दिखाई देने शुरू हो गए थे। ट्रैवलर उन लोगों से भरे हुए थे जो अपनी दिनचर्या शुरू कर रहे थे। रादुल अपने बिस्तर पर बैठा हुआ था। वह अभी उठा ही था। उसने अपने कन्धों तक लहराते गहरे भूरे बालों में अपना हाथ फिराया। उसे भूख लगी थी और वह सोच रहा था कि नाश्ते में क्या बना होगा? वह 'ग्रुप हाउस' नाम की उन बड़ी इमारतों में से एक में रहा करता था, जहाँ मर्दों के समूह रहते थे। हर मर्द के पास उस घर में कमरा था। ये ग्रुप हाउस टोबोट सँभालते थे। वे ही खाना बनाते थे और सफाई करते थे।

रादुल का एक खिड़की वाला कमरा अस्त-व्यस्त था। वह इस बात का इन्तजार कर रहा था कि टोबोट आए और उसका कमरा साफ करे। उसके कपड़े फर्श पर बिखरे हुए थे और उनके आसपास एनाब के खाली टीन इधर-उधर बिखरे हुए थे। अपने कुछ कपड़ों को लात मारकर एक तरफ करते हुए रादुल बाहर निकला और उस कमरे में आया, जहाँ वे अक्सर खाना खाया करते थे। ब्लम और साका वहाँ पहले से थे। उनके साथ जो तीन लोग ग्रुप हाउस में रहते थे, वे पहले ही अपना खाना खा चुके थे और अपने काम पर निकल गए थे। रादुल ने एक कटोरा उठाया और उसमें हर सुबह का नियमित परीना का मिक्स डाला, स्थानीय ब्रेड का स्लाइस उठाया और एक नीची कुर्सी पर पसर गया।

"रादुल, क्या तुम आखिर साइनेड का हिस्सा बन गए हो?" ब्लम ने पूछा।

"हाँ, बन गया हूँ। दरअसल यह बहुत पेचीदा मामला था। साइनेड में बूढ़े लोग चाहते थे कि वे अपने ही तरह का कोई दूसरा देखें, लेकिन हमने बहुत दबाव डाला और उन्हें यह करने नहीं दिया।" रादुल ने खाना खाते हुए समझाया। उसने अपनी चमकती नीली आँखों से कमरे में चारों तरफ देखा। फर्नीचर पुराना था और किसी भी दूसरे ग्रुप हाउस के विपरीत दीवारों पर पेंट ताजा था। रादुल ने अपनी पढ़ाई पूरी नहीं की थी और एक स्थानीय टोबोट मेन्टेनेंस यूनिट में एक मैकेनिक की हैसियत से काम करता था, लेकिन इस बारे में वह पूरी तरह से निश्चिन्त था कि उसे क्या चाहिए।

उसे अपने ग्रुप हाउस अस्तित्व के दायरे से बाहर निकलना था। चूँकि वह किसी पदनामित प्रोफेशन का हिस्सा नहीं था, वह किसी अपार्टमेंट में नहीं रह सकता था। एक बार उसे पता चला था कि वह साइनेड के सदस्य के रूप में अपने खुद के अपार्टमेंट में रह सकता है, उसने इसे अपना मिशन बना लिया कि वह किसी तरह से उसकी सदस्यता हासिल करे।

"रादुल, तुम साइनेड में क्या करोगे?" ब्लम ने पूछा, "साइनेड से यह उम्मीद की जाती है कि वह हमारा नेतृत्व करेगा, लेकिन वे ज्यादा कुछ नहीं करते हैं। करते हैं क्या? बिना कोई समाधान दिए सिर्फ वे अन्तहीन चर्चाएँ करते रहते हैं। क्या उन्होंने इन ग्रुप हाउसेस के बदले छोटे अपार्टमेंट बनाने के लिए कुछ किया है या दूसरे शहरों में आने-जाने के लिए ट्रैवलर्स की आवाजाही बढ़ाने के लिए कुछ किया है? नहीं ना? वे सिर्फ अपने बारे में ही चिन्ता करते हैं।"

ब्लम ने सबकी चिन्ता व्यक्त की।

"यही वह बात है जिसे मैं बदलना चाहता हूँ। हमें काम करने की जरूरत है और सिर्फ बात करने से काम नहीं चलेगा।" रादुल ने घोषणा की।

साइनेड में उसका प्रवेश आसान नहीं था। वहाँ बूढ़े लोगों का प्रभुत्व था। दस जैक में एक बार वे अपने तीस सदस्यों में से दस सदस्यों को रोटेट करते थे। साइनेड में घुसना एक चाल-भरा कारोबार था। आपके नाम का प्रस्ताव करने वाला व्यक्ति महत्त्वपूर्ण होना चाहिए। रादुल ने इसलिए पिछली बार रोटेशन की प्रक्रिया का नजदीकी से अध्ययन किया था। बीच के जैक के दौरान उसने पैटिक्स का पता लगाया था और उसके नजदीक आने की कोशिश की थी। वह महत्त्वपूर्ण सदस्यों में से एक था। उसे रादुल अपने टोबोट के रखरखाव के काम के जरिए जानता था। मौजूदा रोटेशन का समय आने तक उसने अपना जमीनी काम पूरा कर लिया था। साइनेड के कई सदस्यों ने रादुल के नाम का इसलिए विरोध किया था क्योंकि वह अपने साथ कुछ भी नहीं लाया था। वह पढ़ा-लिखा नहीं था, ग्रुप हाउस में रहता था, अक्सर ऐनाब के नशे में पाया जाता, और लैक्स हाईवेज में ऊल-जुलूल चीजें डालता था। हालाँकि बहुत सारे मामले उसके खिलाफ जाते थे, सिर्फ एक ही चीज ने उसके पक्ष में काम किया था कि वह युवा था। उसकी उम्र का कोई और व्यक्ति साइनेड के लिए कोशिश नहीं कर रहा था और चूँकि पैटिक्स उसकी तरफ था, रादुल को प्रवेश मिल गया था।

जब से रादुल साइनेड का सदस्य बना था, उसकी महत्त्वाकांक्षाएँ आकाश छूने लगी थीं। अपने अपार्टमेंट के अलावा अब वह इस बात की भी कोशिश करने लगा था कि वह साइनेड के काम करने के तरीके में बदलाव लाए। उसने यह तय किया था कि एक सदस्य के रूप में वह बूढ़े सदस्यों का ध्यान अपनी ओर आकर्षित करेगा। वह कुछ ऐसा महत्त्वपूर्ण करेगा जो उनके ध्यान को आकर्षित कर सके। कुछ ऐसा, जो उन्हें उनकी आत्ममुग्धता से बाहर निकाल, हिलाकर रख दे। वह कुछ ऐसा करेगा कि वे अपनी कुर्सी से उठ जाएँ और उसकी तरफ ध्यान दें। यह मामला ग्रुप हाउस या ट्रैवलर्स के बारे में नहीं होगा। यह मामला कुछ ज्यादा ही बड़ा और ज्यादा महत्त्वपूर्ण होगा। रादुल कोई ऐसा प्रस्ताव रखेगा जिसकी वजह से ईलोन वृद्धि करे, बदले और विस्तार पाए।

वल्हन खिड़की से लहरों को देख रहा था। कमरा मझोले आकार का था। उसमें खुशनुमा गुलाबी दीवारें थीं और बीच में लम्बी खिड़कियाँ बनी हुई थीं और वहाँ से समुद्र दिखाई देता था। दोपहर के बाद समुद्र गहरा नीला दिखाई देता था। दूर कहीं पर लहरें तट की तरफ आतीं और सफेद झाग छोड़ती हुई किनारे से टकरातीं और दोबारा समुद्र में समा जातीं। वल्हन लगभग बीस जैक के बाद नोटस में आया था। यह अंग बदलने का एक केन्द्र था। उसके खुद के कुछ अंग बदलने की जरूरत थी। जब भी उसे किसी प्रोसीजर की जरूरत होती तो इसी नोटस में ही आया करता था। उसे समुद्र के निकट अच्छा लगता था। उसके अंग अगले दिन बदले जाने के लिए तय हुए थे। अंग बदलने के लिए जो भी जानकारी चाहिए थी, उसके लैक्स में लोड कर दी गई थी। उसने अपनी आँखें बन्द कीं और जानकारी प्रोसेस करने लगा।

आपके अंग बदलने के लिए जिस सामग्री की जरूरत होती है, उसे आपकी पिछली विजिट के बाद से और अधिक परिष्कृत किया गया है। हालाँकि नेपो अभी भी वह आधार सामग्री है, जिससे अंग विकसित किए जाते हैं, उसमें दूसरी सामग्रियाँ भी जोड़ी गई हैं जिनसे अंगों के इस्तेमाल की अवधि पहले के पन्द्रह जैक से बढ़ कर अब पच्चीस जैक हो गई है। अंग बदलने का प्रोसीजर पूरा हो जाने के दो दिन बाद आप अपनी नियमित गतिविधियों में लौट सकते हैं। अगर आपका कोई प्रश्न हो तो...

वल्हन ने अपनी आँखें खोलीं। ऐसा कुछ भी नया नहीं था, जिस पर ध्यान देने की जरूरत हो। लैक्स के जरिए उसने अपने काम के स्थल—मत्सु डाला को देखा। यह वह संगठन था जो ईलोन में खनिजों, प्राकृतिक संसाधनों और अन्य भंडारों का प्रबंधन देखता था। कई दस्तावेज नए थे, लेकिन कोई भी ऐसा नहीं था जिस पर उसे तत्काल दखल देने की जरूरत हो। अभी वह हाईवेज स्विच करने वाला ही था कि नेपो के बारे में ताजातरीन रिपोर्ट आनी शुरू हो गई। नेपो के भंडारों में आई गिरावट की पुष्टि हो चुकी थी। प्रत्येक खान अपने आरक्षित भंडारों में गिरावट दर्शा रही थी। ये भंडार अगले दस से पन्द्रह सौ जैक तक ही चल सकते थे।

वल्हन ने इस प्रवृत्ति को सबसे पहले लगभग बीस जैक पहले नोट किया था। उसने बहुत बारीकी से इसका अध्ययन और अनुसन्धान किया था। यह लग रहा था कि नेपो के भंडारों में गिरावट जल्दी ही एक प्रमुख चुनौती बन जाने वाली है।

नेपो उनके अस्तित्व का मूल आधार था। नेपो यह सुनिश्चित करता था कि वे

बने रहेंगे। यह एक ऐसा खनिज था जो ईलोन की धरती के नीचे, बहुत अधिक मात्रा में उपलब्ध था। इसे आसानी से लचीला बनाया जा सकता था और पर्याप्त प्रोसेसिंग के जरिए अंग बनाने के लिए बेहतरीन विकल्प के रूप में इस्तेमाल किया जा सकता था। अगर आसान शब्दों में कहें, तो जैसा कि वे जानते थे, यह उनके जीवन का आधार था। नेपो को बेहतर बनाने के लिए, उसके लचीलेपन और इस्तेमाल बढ़ाने के लिए लगातार अनुसन्धान और अध्ययन किए जाते रहे थे।

वल्हन अपने लैक्स से बाहर चला आया। जब वह प्रोसीजर के बाद ओडिप से मिलेगा तो उससे वह नेपो के भंडारों में गिरावट के बारे में बात करेगा।

दरवाजा खुला और नोटस की हल्की गुलाबी पोशाक में एक विशेषज्ञ भीतर आया। उसके साथ उसका टोबोट असिस्टेंट चल रहा था। टोबोट मनुष्य के आकार के रूप में बना हुआ था। उसकी लम्बी बाँहें और छोटे पैर थे।

"क्या चल रहा है?" विशेषज्ञ ने पूछा। तब तक टोबोट ने वल्हन के बिस्तर के सिराहाने रखे प्रोसेसर में वल्हन के पैरामीटर जाँचने शुरू कर दिए।

"सब कुछ ठीक चल रहा है। क्या इस बार तुम बहुत सारे अंग बदलने जा रहे हो?" वल्हन ने पूछा।

"नहीं, हम केवल वही अंग बदलेंगे जिनकी तुम्हें जरूरत है। हो सकता है, तीन अंग। नई सुधरी हुई सामग्री के साथ अब शरीर अंगों को बेहतर तरीके से स्वीकार करते हैं और उनका इस्तेमाल भी बहुत लम्बे समय तक चलता है।" विशेषज्ञ ने अपने हाथ में थामी हुई स्क्रीन पर देखते हुए कहा।

"क्या तुम्हें कुछ पूछना है?" विशेषज्ञ ने कहा।

"पिछली बार यहाँ नैक्स कब हुआ था?"

विशेषज्ञ हैरान नजर आया, "यहाँ? मेरा मतलब, इस नोटस पर?"

वल्हन ने सिर हिलाया।

"सच तो यह है कि हमारे पास कभी नैक्स नहीं हुआ था। दरअसल, मुझे नहीं लगता कि पिछले युद्ध के बाद सैकड़ों जैक के दौरान यहाँ कोई नैक्स हुआ हो। मैं तुम्हें विश्वास दिलाता हूँ कि बदले जाने वाले अंग बिलकुल सुरक्षित हैं। नहीं, नैक्स का कोई खतरा नहीं है।"

ऐसा लगता था कि सवाल सुनकर विशेषज्ञ भ्रम में पड़ गया था। वह तुरन्त कमरे से बाहर निकल गया तो टोबोट अपनी छोटी-छोटी टाँगों पर जैसे लहराता हुआ उसके पीछे चला गया। उनके जाने के तुरन्त बाद वल्हन चुपचाप लेट गया। वह खुद इस बात को समझ नहीं पाया कि उसने नैक्स के बारे में कोई सवाल पूछा ही क्यों था। वह निश्चित ही इस बारे में कुछ भी नहीं सोच रहा था। क्या यह इसलिए हुआ कि बदलने की प्रोसेस से गुजर रहा था? या फिर इसलिए पूछा कि नेपो के भंडारों में गिरावट उसके दिमाग में गूँज रही थी। वह दोबारा समुद्र

की तरह मुड़ा और तट से टकराती लहरों के बीच अपने-आपको खो देने की कोशिश करने लगा।

रादुल ट्रैवलर से उतरा और साइनेड की विशाल अट्टालिका के सामने खड़ा हो गया। उसके सामने की तरफ बहुत बड़ी मेहराब थी और उसके पीछे की तरफ ऊँची बिल्डिंग सिर उठाए खड़ी थी और साइनेड के समतल टैरेस थे। वह विशालकाय दरवाजे से अन्दर गया और भीतर की भव्यता और खूबसूरत साज-सज्जा देखकर हक्का-बक्का रह गया। यह उसकी साइनेड में पहली बैठक थी और वह इसे तूफानी तरीके से लेने के लिए तैयार था। इसलिए वह पिछले विहान से अपने लैक्स में इस बात की समीक्षा करता रहा था कि उसे वहाँ जाकर बैठक में क्या-क्या कहना है।

वह मुख्य बैठक के कमरे में दाखिल हुआ। वहाँ ऊँची बेल-बूटेदार छत थी और एक लम्बी मेज बीचोबीच रखी हुई थी। हर सदस्य अपनी निर्धारित जगह पर बैठा हुआ था। वहाँ बेहतरीन फर्नीचर और रॉयल नीले रंग की फनिर्शिंग थी। कई सदस्य आ चुके थे और काफी कोलाहल था। लैक्स के और उसके हमेशा व्यस्त रहनेवाले हाईवेज के बावजूद साइनेड के सदस्य प्रत्येक चार क्लान्ते में एक बार आमने-सामने मिलना पसन्द करते थे। सदस्य एक बन्द कमरे में बहस करते थे और उसके बाद उनके निर्णय का सार लैक्स हाइवीज पर लोड कर दिए जाते थे।

जब रादुल ने आसपास देखा तो उसने नोट किया कि लोग जिस तरह से कपड़े पहने हुए थे, उसमें एक खास तरह की औपचारिकता नजर आ रही थी। सब के बाल अपनी जगह पर थे, उनके कपड़े खासम-खास थे और हर व्यक्ति अपने महत्त्वपूर्ण होने का, एक अलग पहचान होने का आभा मंडल लिये हुए था। सिर्फ वह खुद इसका अपवाद था। रादुल ने महसूस किया कि उसे अपने पहनावे के स्तर को ऊपर उठाना होगा और उनकी स्वीकार्यता पाने के लिए उनके बनाए नियमों के अनुसार चलना होगा।

हरेक सदस्य के आ जाने के बाद सबने मेज के आसपास अपनी कुर्सियों पर जगह ली। जब पैटिक्स अन्दर आया तो उसने रादुल की तरफ देखा। उसके चेहरे पर रादुल को साफ-साफ नजरअन्दाज करने का भाव था। उसने अहम के साथ सिर हिलाया और परे देखने लगा।

साइनेड का कोई औपचारिक अध्यक्ष नहीं होता था, लेकिन वे इस परम्परा का पालन करते थे कि कोई एक व्यक्ति दस जैक की अवधि तक बैठक की अध्यक्षता

करेगा। इस समय डर्क उस कुर्सी पर बैठा हुआ था। उसने नए सदस्यों का स्वागत करते हुए अपनी बात कहनी शुरू की।

"यह हमेशा बहुत अच्छी बात होती है जब नए सदस्य साइनेड में आते हैं। वे अपने ऐसे विचार लाते हैं कि लोग हमारे बारे में क्या सोचते हैं? मैं अपने नए सदस्यों के लिए नियमों के बारे में बताना चाहूँगा। पहली बात, आप किसी मामले में तभी बात कर सकते हैं और वोट दे सकते हैं जब आप खुद मौजूद हों। लैक्स के जरिए हाजिरी देने की व्यवस्था नहीं है। दूसरी बात, इस कमरे में होने वाली सारी बातचीत यहीं तक सीमित रहती है। आपको इस बात की आजादी नहीं है कि यहाँ हुई चर्चा के बारे में बाहर बात करें। आप सिर्फ निर्णयों के बारे में बात कर सकते हैं। तीसरी बात, सदस्यों से उम्मीद की जाती है कि वे साफ-सुथरे दिखाई दें। वे नशे में न हों, और ऊँची आवाज में बात नहीं कर सकते। और आखिरी बात, इस कमरे में लैक्स कनेक्शन बन्द कर दिए जाते हैं। जैसे ही आप कमरे से बाहर निकलेंगे, आपके लैक्स चालू हो जाएँगे।"

आखिरी अनुदेश रादुल को ऐसा लगा मानो किसी ने उसके जबड़े पर घूँसा मार दिया हो। उसने अपना लैक्स शुरू करने की कोशिश की, लेकिन वह शान्त बना हुआ था। लैक्स उसके दिमाग के एक्सटैंशन की तरह काम करता था, लेकिन अब वह उस तक पहुँच नहीं सकता था। उसे अजीब-सा लगा। जैसे उसके दिमाग का एक हिस्सा बन्द कर दिया गया हो। रादुल ने इस बात की कोशिश की कि वह उस मामले को याद कर सके जो वह इस बैठक में उठाने के लिए योजना बनाकर आया था, लेकिन उसे कुछ याद नहीं आया। उसका भाषण लैक्स के अन्दर बन्द हो चुका था। लैक्स के मौन हो जाने के बाद साइनेड को हिला देने की उसकी योजना धरी की धरी रह गई।

"तो, हम शुरू करते हैं। यदि हम व्यक्तिगत ट्रैवलर रखना शुरू करें तो रास्ते भीड़-भाड़ वाले हो जाएँगे। कोई नियम-कायदा तो होना ही चाहिए न..."

चर्चा चल रही थी और रादुल अपने प्रोसेस को याद करने के लिए संघर्ष कर रहा था। लैक्स के ऊपर बहुत ज्यादा निर्भरता अब बदलनी ही होगी। वह अब इस बात की कोशिश करेगा कि उसकी स्मृति का अकेला भंडार लैक्स ही न रहे। वह इस बात को दोबारा नहीं होने देगा।

"एक कुर्सी खाली है। कौन नहीं आया है?" डर्क ने पूछा।

"वल्हन नहीं आया है।" पैटिक्स ने उसे बताया। वह छोटे कद का गोल-मटोल व्यक्ति था। उसके बाल सिर पर बारीकी से कटे हुए थे। उसकी छोटी और चमकीली बेधती आँखें भूरे रंग की थीं और ऐसा लगता था कि वह हमेशा किसी-न-किसी चीज की तलाश कर रहा है। वह हमेशा भूरे रंग के कपड़े पहने रहता था। पैटिक्स रादुल की तरफ मुड़ा और बोला, "नए सदस्य के रूप में तुम्हें कुछ कहना है?"

"इस बार नहीं, लेकिन हो सकता है, अगली बैठक में। तब जरूर मेरे पास कहने के लिए कुछ-न-कुछ होगा।" रादुल ने अजीब तरीके से जवाब दिया।

थोड़ी देर तक चर्चा के बाद बैठक समाप्त हो गई। सभी लोग समूह में बाहर निकल गए। रादुल सबसे आखिर में निकला। जब वह मुख्य द्वार से बाहर निकला तो सीढ़ियों पर पैटिक्स उसके साथ चलने लगा।

"कहाँ जा रहे हो तुम?" उसने पूछा।

"टोबोट मेंटेनेंस यूनिट की तरफ।" उसने जवाब दिया।

"उससे पहले साइनेड की बिल्डिंग का मेरे साथ एक चक्कर लगाओ।" पैटिक्स ने कहा।

जब वे बिल्डिंग के आसपास टहल कर रहे थे तो पैटिक्स ने कहा, "मैंने साइनेड में तुम्हारे प्रवेश का इसलिए समर्थन किया था क्योंकि तुम अकेले युवा थे, जिसने साइनेड के मामलों में रुचि दर्शाई थी। तुम्हें बेहतर तैयारी करनी चाहिए, बेहतर नजर आना चाहिए और दूसरों से बात करना सीखना चाहिए।"

रादुल उसे चुपचाप सुनता रहा। पैटिक्स के उपदेश के बाद साइनेड के भीतर ध्यान पाने और स्वीकार किए जाने के उसके संकल्प को बल मिला था।

"मैं जानता हूँ, पैटिक्स। मैंने कुछ तैयारी की थी, लेकिन वह लैक्स में रखी थी और चूँकि साइनेड के भीतर लैक्स बन्द था, मैं उसे याद ही नहीं कर पाया। मुझे अब तक जितना याद आता है, मैंने कभी भी लैक्स को इतनी देर तक मौन नहीं देखा था। यह बहुत ही अजीब और बेचैन करने वाली भावना थी।"

चलते-चलते दोनों ही चुप बने रहे।

"तुम अपने समय का क्या करते हो? एनाब पीने और लैक्स के साथ भिड़े रहने के अलावा पूछ रहा हूँ।" पैटिक्स ने मौन भंग करते हुए कहा।

रादुल कोई खरा-सा जवाब देना चाहता था, लेकिन उसने अपने-आपको रोका, "काम के अलावा कुछ खास नहीं।"

रादुल बेचैन हो रहा था। उसे बहुत सारे सवालों की आदत नहीं थी और उसे वह तरीका भी अच्छा नहीं लगा, जिस तरीके से पैटिक्स उससे यह सवाल पूछ रहा था।

"उस वक्त तुम क्या करते हो जब काम नहीं कर रहे होते?" पैटिक्स अपने सवाल पर अड़ा रहा।

"मैं अधिकतर रातों को अपने ग्रुप हाउस के टैरेस पर लेटा रहता हूँ और तारों और तीन चाँदों को देखता रहता हूँ।" रादुल ने जवाब दिया। साँस छोड़ते हुए उसने उम्मीद की कि पैटिक्स इस टोन को महसूस करेगा कि उसकी बातों से उसे तकलीफ हुई है। वे बिल्डिंग के आसपास चक्कर काटते रहे और जल्दी ही वे एक बार फिर साइनेड के प्रवेश द्वार के पास होंगे।

"यही सब कुछ अगर तुम्हारा अधिकतर समय खा जाता है तो तुम क्यों नहीं ऐओना में जाते और कुछ समय वहाँ बिताते? इमे ऐओना की व्यवस्था देखता है। जाओ और उसे मिलो। मैं उसे बता दूँगा कि तुम उसे जल्दी ही मिलने वाले हो। इन तारा-मंडलों के बारे में कुछ सीखो।" पैटिक्स ने फिर आदेश दिया।

रादुल परेशान हो गया। उसके बेकार के जवाब ने उसे एक काम सौंप दिया था। उसे पता था कि उसे वह सब कुछ करना पड़ेगा जो पैटिक्स करने के लिए कह रहा है।

"अच्छी बात है। मैं जल्दी ही जाऊँगा। अब मैं तुमसे इजाजत लूँगा।" रादुल ने कहा और तेजी-से बाहर निकला और ट्रैवलर स्टॉप की तरफ बढ़ गया।

रादुल जानता था कि साइनेड ज्वाइन करने से उसके अस्तित्व में कुछ बदलाव आने वाला है, लेकिन इस बात की उसने कल्पना ही नहीं की थी कि उसे दूसरों को सुनना भी पड़ेगा।

इमे ने अपने को प्रोसेसर से अलग किया और अपनी आँखें खोलीं। उसने जो भी डेटा प्रोसेस किया था, वह उसके सामने स्क्रीन पर झलक रहा था। वह कुछ हद तक इस बारे में आश्वस्त था कि पड़ोस की आकाशगंगा में उसने जिन दो नक्षत्रों का पता लगाया था, उनमें से कम-से-कम एक पर कुछ हद तक उनकी प्रजातियाँ रह सकती हैं। हालाँकि उसे अभी और अनुसन्धान करने की जरूरत थी। इमे वल्हन का इन्तजार कर रहा था, जो कुछ ही विहान के बाद लौटने वाला था।

जब इमे उच्चतर शिक्षा केन्द्र में था तो ही उसे तारे देखने का चस्का लगा था। वह अक्सर कोशुम में चला जाता, जो ईलोन पर जुटाई जाने वाली सारी जानकारी का भंडार था। वह वल्हन से कोशुम में ही मिला था। कई बार ऐसा हुआ था कि वे एक ही कोने में वर्कस्टेशनों पर बैठे होते थे और उन्होंने कभी एक शब्द का भी आदान-प्रदान नहीं किया था। तभी एक दिन वल्हन उसके पास आया था और कहा था, "तुम यहाँ किस चीज की तलाश कर रहे हो? तुम्हारी पोशाक से मुझे यह पता चलता है कि तुमने उच्च शिक्षण केन्द्र में दाखिला लिया है। बहुत सारे विद्यार्थी यहाँ नहीं आते।"

"मुझे धरती में दिलचस्पी है। वह ग्रह, जहाँ से हम आए थे।" इमे ने जवाब दिया था।

वल्हन लम्बा-चौड़ा था और उसकी चाल शिथिल थी। उसके गहरे भूरे बाल अच्छी तरह से कटे हुए थे। उसकी आँखें हल्की भूरी थीं और उनमें दोस्ताना भाव

था। उसका ऐसा चेहरा था जो मासूम होते हुए भी निर्णायक था। उससे बात करना आसान था।

"क्यों, ऐसा क्या है धरती पर जो तुम्हारी दिलचस्पी जगाता है?" वल्हन ने जवाब में पूछा था।

"मैं यह जानना चाहता हूँ कि वह जगह ईलोन से किस तरह से अलग थी? वह नष्ट क्यों हो गई थी? क्या यही बात ईलोन के साथ भी हो सकती है? ये और इसी तरह की बातें। मैं हमेशा यह सोचकर हैरान होता हूँ कि क्या ऐसे और भी ग्रह हैं जहाँ हमारी तरह लोग रहते हैं। हो सकता है, वे धरती से कहीं और गए हों।" इमे ने उत्सुकता से भरा और नपा-तुला उत्तर दिया था।

इस मुलाकात के बाद उन दोनों के बीच बातचीत की लम्बी कड़ी शुरू हो गई थी।

धीरे-धीरे तारों और उनके अस्तित्व में उसकी दिलचस्पी बढ़ती गई थी और उसने ऐओना में काम करने के बारे में फैसला ले लिया था। वल्हन ने इस मार्ग में हर तरह से उसका उत्साह बढ़ाया था। लगभग तीन जैक पहले वल्हन ने उसे लंच के लिए आमंत्रित किया था।

वल्हन का अपार्टमेंट हवादार, सादगीपूर्ण था और उसमें फंक्शनल फर्नीचर था। एक टोबोट वहाँ मौजूद था। टोबोट ने जो ऐनाब सर्व की थी, वह इमे को अच्छी लगी थी। लंच के लिए टोबोट ताजी सब्जियाँ, चावल और बेहतरीन गेहूँ से बनी ब्रेड किम्पायो लाया था।

"चूँकि तुम काफी समय से ऐओना में रह रहे हो, मैं तुम्हें एक काम सौंपना चाहता हूँ। तुम आकाशगंगा में ईलोन की तरह किसी ऐसे नए ग्रह की खोज करो जिस पर हम रह सकें। एक वैकल्पिक घर की तलाश करो।" दूर खिड़की से बाहर नजर गड़ाए हुए वल्हन ने कहा।

इमे चुप रहा। वह नहीं जानता था कि इसका क्या जवाब दे? यह विचार अच्छा और साथ-ही-साथ चेतावनी देने वाला था। एक पल के बाद उसने धीमे-से कहा, "क्यों? क्या ईलोन पर कोई खतरा है? क्या हमें यहाँ से भी वैसे ही जाना पड़ेगा जैसे हम धरती से यहाँ आए थे?"

"नहीं, कोई खतरा नहीं है। मैं सिर्फ उत्सुक हूँ। मैं सिर्फ यह जानना चाहता हूँ। हम ऐसे खानाबदोश लोग हैं जो हमेशा चलते रहते हैं। धरती से आने के बाद हम यहीं बने हुए हैं। हमें इस यात्रा पर अगली मंजिल की तलाश करने की जरूरत है।"

तभी इमे ने महसूस किया कि वल्हन कुछ छुपा रहा है। फिर भी उसने इस मामले को आगे नहीं बढ़ाया।

इस बातचीत के बाद इमे ने गहराई से छानबीन शुरू कर दी थी। उसने ऐओना में बन्द रह कर अनगिनत दिन बिताए। यहाँ तक कि वह अपने अपार्टमेंट में लौटकर

भी नहीं आया। उसने ब्रह्मांड में नक्षत्रों का, तारों का और अंतरिक्ष में बहुत दूर तक फैले उनके सूर्यों का अध्ययन किया था।

यह तलाश बहुत मेहनत माँगती थी और थका देने वाली थी। अब आखिरकार उसके पास कुछ ऐसा था, जिसे वल्हन के साथ शेयर किया जा सकता था।

इमे जिस समय प्रोसेस कर रहा था, उसे सन्देश मिला जो रादुल की ईओना की विजिट के बारे में था। इमे ने लैक्स हाईवेज पर देखा कि रादुल साइनेड पर नए सदस्यों में से एक था। उसने रादुल की पहचान सुरक्षा सिस्टम में खोली और उसके बारे में सारी जानकारी हासिल की।

वह इस बात को देखकर हैरान था कि उस तरह का व्यक्ति साइनेड पर क्या कर रहा था, लेकिन तभी इमे ने इस खयाल को हटा दिया। आखिर साइनेड ऐसे अजाति लोगों का जमावड़ा था, जिनके बारे में यह कहा जाता था कि वे ज्यादा कुछ काम-धाम नहीं करते।

उसने तय किया कि वह रादुल को मानक विजिटर इंटरफेस दिखा देगा। वह दूरबीन की तरफ मुड़ा क्योंकि रात ढलने लगी थी और तारे उसे अपनी ओर बुला रहे थे।

ट्रैवलर ने वल्हन को पहाड़ियों की तलहटी में उतार दिया। ट्रैवलर उसे ओडेप के घर तक ले जा सकता था, लेकिन उसने तय किया कि वह वहाँ तक पैदल चलकर जाएगा। सँकरा रास्ता घने जंगलों से निकलकर आता था। वह चलते समय जंगल की महक महसूस कर रहा था। हवा चल रही थी और उसमें जंगल की हवा के साथ फूलों की महक घुली-मिली थी। जैसे-जैसे वह अपना रास्ता तय कर रहा था, सूखे पत्ते उसके पैरों तले आवाज कर रहे थे। ऐसी जगह पर ओडेप से मिलने जाना उसे ताजगी से भर रहा था। यह जगह उसने अपने घर के लिए लगभग दस जैक पहले चुनी थी। यहाँ हवा कुछ अलग ही लग रही थी और अनगिनत पेड़ों तले छाया स्वागत करती प्रतीत हो रही थी। उधर, शहर में हवा में इस तरह की महक नहीं हुआ करती थी और वहाँ हरियाली व्यवस्थित तरीके से और सफाई से लगाई गई प्रतीत होती थी।

वल्हन घनी पहाड़ी के एक तरफ पेड़ों के बीच में बने घर पहुँचा। दरवाजा खुला हुआ था और वह भीतर चला गया। लापरवाही से पहने कपड़ों में ओडेप आराम कुर्सी में धँसा हुआ था और उसकी आँखें बन्द थीं। ओडेप वल्हन की ही तरह लम्बा-चौड़ा था। ऐसा लग रहा था कि वह कुर्सी से बाहर छलक रहा है। उसके काले घने बाल उसके कन्धों तक आ रहे थे। वह ईलोन के आम आदमियों

की तुलना में ज्यादा ही भारी लग रहा था। वल्हन ने दरवाजे पर अपनी उँगलियों से ठक-ठक की। ओडेप ने आँखें खोलीं। उनमें मुस्कुराहट थी। उसकी आँखें भी उसी की तरह बुद्धिमान और दयालु लग रही थीं।

"वल्हन तुमने मुझे बताया क्यों नहीं कि तुम मुझसे मिलने आ रहे हो? मैं बस अभी सैर के लिए निकलने ही वाला था। तुम मुझे मिस कर जाते और मेरा इन्तजार करना पड़ता।" ओडेप ने अपनी कुर्सी से उठते हुए कहा।

"मैंने तुम्हें लैक्स किया था।" अन्दर आते हुए वल्हन ने जवाब दिया।

"ओह लैक्स, मैंने इसे पिछले जैक में ही निकाल बाहर फेंका था। अभी भी घर में कहीं कोने में पड़ा होगा। खैर, बैठो और मैं तुम्हें एक शानदार गिलास ऐनब पिलाता हूँ। तुम चलकर आए हो?"

जब तक वल्हन एक आरामकुर्सी में धँसता, ओडेप दूसरे कमरे में चला गया। कमरा हवादार था और सभी तत्त्वों के लिए खुला लग रहा था। वल्हन ने नोटिस किया कि कमरे के भीतर कोई वर्कस्टेशन या स्क्रीन नहीं है। उसे याद आया कि जब वह पिछली बार यहाँ आया था तो उसने एक वर्कस्टेशन देखा था। यह बात साफ थी कि अब ओडेप सिस्टम से जुड़ा हुआ नहीं था।

वह जानता था कि जब से ओडेप पहाड़ों में छुपा हुआ था, तब से वह अजीबो-गरीब चीजें करता रहा था, लेकिन यह बात सोची भी नहीं जा सकती थी कि उसने खुद को लैक्स से अलग कर रखा होगा। लैक्स अस्तित्व का एक अनिवार्य हिस्सा था। वह उसे अपने-आपसे अलग करने के बारे में सोच भी कैसे सकता था?

वल्हन देखता रहा, ओडेप दो गिलास लेकर आया और एक गिलास उसे थमा दिया। ओडेप में कुछ तो ऐसा था जो उसे औरों से अलग कर रहा था। वह पता नहीं कर पाया कि उसमें क्या अलग था, लेकिन कुछ अलग था।

"हाँ, मैं यहाँ चलकर आया हूँ, लेकिन मैं तुम्हारे साथ चहलकदमी कर सकता हूँ, अगर तुम चाहो तो। जंगल वाकई खुशनुमा है।"

अपने गिलास में से ऐनब सिप करते हुए ओडेप ने कहा, "हम बाद में जाएँगे। तुम यहाँ लगभग तीन जैक के बाद आए हो। मुझे बताओ कि तुम्हारे बड़े शहर में क्या कुछ हो रहा है?"

"लैक्स के जरिए तुम जान सकते हो कि कहीं भी क्या कुछ हो रहा है, ओडेप।"

"हम लैक्स के बारे में बाद में बात करेंगे। तुम कम-से-कम यहाँ यह पता करने तो नहीं आए हो कि मैंने लैक्स को अपने बदन से अलग क्यों कर लिया है? क्या इसीलिए आए हो?" ओडेप मुस्कुराया। उसने मेज पर रखी ऐनब की बोतल की तरफ इशारा करते हुए कहा।

ओडेप की साफगोई वाली बातचीत उसे बहुत अधिक ऊँचाइयों तक ले गई थी और फिर हाशिए पर ले आई थी। एक आर्किटेक्ट के रूप में ओडेप ईलोन के

बहुत विशिष्ट और खास लोगों में जाना जाता था। उसने ईलोन में नजर आने वाली ऐओना, साइनेड, कोशुम, छोटी शैक्षणिक इकाइयाँ और भव्य नोटस जैसी बहुत सारी खूबसूरत इमारतें बनाई थीं। वल्हन हाल में ही ऐसे नोटस से बाहर आया था। ओडेप कई जैक तक साइनेड का हिस्सा रहा था। उसने वहाँ कई विचारों को कार्य रूप दिया था, वहाँ के लिए कई कानून बनाए थे और प्रोसेस शुरू किए थे जिनकी वजह से ईलोन में उनके जीवन को सकारात्मक रूप से प्रभावित किया था। उसे याद आया कि यह ओडेप ही था, जिसने कई जैक पहले लैक्स को शरीर में गुदवाने के बारे में विचार आगे बढ़ाया था।

अलबत्ता, दस जैक पहले ओडेप जंगल की तरफ चला आया था और घने पेड़ों के बीच गायब हो गया था। उसने अपने-आपको अपने काम से हर चीज से अलग कर लिया था। शुरू-शुरू में वल्हन जैसे कई लोग उसके पास मिलने के लिए आते रहे, लेकिन उनकी संख्या जैक गुजरने के साथ-साथ कम होती चली गई। हालाँकि वह हाशिए पर रहना पसन्द करता था फिर भी किसी भी बड़ी चुनौती के आने पर हमेशा हल लेकर मौजूद रहता था। जब भी साइनेड के सामने कोई समस्या आती थी, वे उसी की तरफ देखते थे।

"अच्छी बात है, ओडेप। मुद्दा यह है कि नेपो के भंडार कम होते चले जा रहे हैं, लगातार। हालाँकि यह गिरावट वृद्धिशील है, समय के साथ-साथ खत्म हो जाएगी। क्या तुम सोचते हो कि इस समय मैं यह बात साइनेड के ध्यान में लाऊँ? तुम क्या कहते हो?"

ओडेप अपनी कुर्सी में चुपचाप बैठा रहा और खयालों में खोया रहा। उसने एक ही घूँट में अपने हाथ का गिलास खाली किया और उसे एक तरफ मेज पर रखा और पूछा, "क्या तुमने सब तरफ देखा है? समुन्दरों में? पहाड़ों पर?"

"सब तरफ के भंडारों पर विचार कर लिया गया है।"

ओडेप अपनी कुर्सी से उठा, मुस्कुराया और बोला, "आओ, चलो, सैर करने चलते हैं, वल्हन। किसी भी ऐसी चीज के बारे में चर्चा करने के लिए, जिस पर हमारा अस्तित्व टिका हो, यह कमरा बहुत छोटा है।"

वे बाहर आए। सूर्य ढल रहा था। वे उस छोटी-सी पगडंडी पर चले, जो घने जंगलों की तरफ जाती थी।

जिस समय ओडेप और वल्हन जंगलों में चल रहे थे, रादुल एक ट्रैवलर लेकर ऐओना की तरफ जा रहा था। जब यह काम पूरा हो जाएगा तो वह इस विजिट के

बारे में पैटिक्स को लैक्स करेगा। जिस वक्त ट्रैवलर शहर में घूमता हुआ चल रहा था, रादुल ने कई जैक में पहली बार तीन चन्द्रमा की पीली खपच्चियों को देखा। उसने कई सदियों से रात के आसमान की तरफ नहीं देखा था। पैटिक्स को उसने जो जवाब दिया था, वह उम्मीद कर रहा था कि जो बेचैन करने वाली बातचीत चल रही थी, वह उस जवाब से खत्म हो जाएगी, लेकिन ऐसा हुआ नहीं था। उसने तय किया कि वह पैटिक्स और उसके अधिकार जताने के एहसास के साथ समय आने पर निपटेगा।

साइनेड की ही तरह ऐओना की बिल्डिंग भी बुलन्द थी। जब रादुल उसके मजबूत दरवाजों के बाहर खड़ा हुआ तो उसे हैरानी हुई कि उसने इससे पहले इस बिल्डिंग की तरफ क्यों नहीं देखा था? उसने महसूस किया कि वह जरूर ही अपने-आप में, अपने ग्रुप हाउस में, साइनेड में और लैक्स हाईवेज में उलझा रहा होगा। उसकी दुनिया के बाहर जो दुनिया थी, उसने कभी भी उसका ध्यान अपनी ओर नहीं खींचा था। दरवाजे खुले और वह भीतर प्रवेश कर गया।

सुरक्षा पैनल में इमे ने देखा कि रादुल टोबोट के पीछे चल रहा है। टोबोट उसे उस क्षेत्र की तरफ ला रहा था, जहाँ वह बैठा हुआ था। उसने नोटिस किया कि रादुल लम्बे कद का, चौड़े कन्धों वाला पुरुष था और उसकी बिजली जैसी नीली आँखें थीं। रादुल की लापरवाही वाली चाल, अस्त-व्यस्त निगाह और अक्खड़ आचरण साफ तौर पर उसके ग्रुप हाउस में रहने वाला होने की तरफ इशारा कर रहे थे। इमे हैरान हुआ कि क्या वल्हन को पता है कि रादुल जैसा शख्स अब साइनेड का हिस्सा है।

जब रादुल उसके वर्कस्टेशन के पास पहुँचा तो वह खड़ा हुआ और बोला, "रादुल, ऐओना में तुम्हारा स्वागत है। ईलोन से परे की दुनिया में तुम्हारे परिचय के लिए मैंने तैयारी कर ली है। अब चैम्बर में जाओ। तुम्हारा लैक्स तुम्हें सही हाइवीज तक जोड़ देगा। आराम से रहो, और अपनी इस यात्रा के मजे लो। एक टोबोट बाहर बैठा है, जो किसी भी समस्या आने पर तुम्हारी मदद करेगा।" इमे ने मेहमानों के इंटरफेस की तरफ रादुल को ले जाते हुए कहा।

रादुल ने देखा कि ऐओना में पाए जाने वाले टोबोट आमतौर पर दूसरे टोबोटों से लम्बे हैं। वह एक कमरे में घुसा जबकि इमे अपने वर्कस्टेशन में लौट गया। छोटे-से क्यूबिकल में एक आरामकुर्सी थी और चमकदार मेहराबदार छत थी। एक आवाज ने रादुल को आदेश दिया कि वह अपने लैक्स को प्रोसेसर लाइन से जोड़ दे। रादुल ने ऐसा ही किया और उसकी ब्रह्मांड की यात्रा शुरू हो गई।

बाहर जैसे-जैसे रात गहराती जा रही थी, तीनों चन्द्रमाओं की चमक बढ़ती जा रही थी। तारे तेजी-से चमक रहे थे। दूर कहीं शहर अपने-आपको धीरे-धीरे नींद के हवाले कर रहा था।

विजिटर इंटरफेस पूरा करने के बाद रादुल उस तरफ गया, जहाँ इमे वर्कस्टेशन पर काम कर रहा था। ब्रह्मांड देखने के बाद उसके चेहरे पर भी मदहोशी के लगभग वैसे ही भाव थे जो आमतौर पर मेहमानों के चेहरे पर होते हैं।

"मैं कभी भी नहीं जानता था कि ईलोन के बाहर इतनी शानदार दुनिया है।" रादुल ने ऐओना के आसपास देखते हुए कहा। ऐओना में मुख्य प्रयोगशाला की दीवारों पर लगे तीन बड़े स्क्रीनों पर अनगिनत गणनाएँ हो रही थीं और लगातार डेटा की प्रोसेसिंग से तैयार हो रहे अन्तिम आँकड़े पल-प्रतिपल बदलते जा रहे थे।

"क्या मैं दूरबीन के जरिए सचमुच का आकाश देख सकता हूँ?"

इमे हैरान हुआ, लेकिन बिना कुछ बोले वह उसे लेकर दर्शक दीर्घा वाले कक्ष में ले गया। रादुल दूरबीन से देखने लगा और इमे अपने वर्कस्टेशन पर लौट गया।

"इमे, क्या तुम रात को यहाँ रुकने वाले हो?"

यह देखकर इमे हैरान रह गया कि रादुल ठीक उसके सिर पर खड़ा हुआ है।

"अक्सर मैं रात को रुकता हूँ और आज की रात भी रुकूँगा। क्या कोई ऐसी चीज है जो तुम देखना चाहते हो?" इमे ने पूछा। इमे चाहता था कि रादुल चला जाए। वह अपने वर्कस्टेशन में झाँकता रहा और रादुल की तरफ पीठ किए रहा।

"मैं देख रहा हूँ कि तुम्हारे पास ऐनब है। तुम चाहो तो हम एक-एक ड्रिंक ले सकते हैं। उसके बाद मैं चला जाऊँगा।" रादुल ने एक कोने में रखे फ्रीजर की तरफ इशारा करते हुए कहा। रादुल फ्रीजर की तरफ मुड़ा। इमे रादुल के सुझाव को मना करना चाहता था, लेकिन रादुल पैटिक्स का मेहमान था और वह साइनेड के किसी सदस्य को नाराज करने का जोखिम नहीं ले सकता था।

"तुम लो। जब मैं काम कर रहा होता हूँ तो मैं ऐनब नहीं पीता और वैसे भी मुझे आज की रात बहुत सारे काम पूरे करने हैं।" इमे ने अपने काम को जारी रखते हुए कहा। उसकी पीठ अभी भी रादुल की तरफ थी।

रादुल ने अपने लिए गिलास बनाया और इमे की पीठ की तरफ देखा। वह अभी भी डेटा में उलझा हुआ था। इमे के बाल सफाई से कटे हुए थे और उसके कपड़े ढंग से सिले हुए थे, लेकिन साधारण थे। रादुल ने लैक्स में इमे के बारे में सारी जानकारी देख ली थी और इसी वजह से उसे पता चला था कि उसने अपना अध्ययन हायर एजुकेशनल यूनिट से पूरा किया है और इस समय ऐओना में मैनेजर है। रादुल जानता था कि इमे एक अपार्टमेंट में रहता है और किसी ग्रुप हाउस में नहीं रहता। उसे पूरा यकीन था कि इमे ने भी उसके बारे में जानकारी हासिल की होगी। यह बात इससे पता चलती थी कि उसके साथ इमे ने बहुत कम बात की थी और सारा समय वह उसकी तरफ अपनी पीठ करके बैठा हुआ था। रादुल का निश्चय और मजबूत हो गया। वह अपने प्रति लोगों का व्यवहार बदलने वाला था और इसीलिए उसने साइनेड ज्वाइन किया था।

"इमे, तुम यहाँ क्या काम करते हो?" बातचीत शुरू करने के लिहाज से रादुल ने पूछा।

इमे मुड़ा और धीरे-धीरे उसकी तरफ देखने लगा।

हो सकता है, थोड़ी बातचीत के बाद रादुल चला जाए। इस समय वह उसके सामने की कुर्सी में आराम से पसरा हुआ था। उसके बाल कुर्सी के पीछे छितरा गए थे और ऐनब का गिलास खाली हो चुका था। उसकी पीली कमीज उसके कन्धों पर झूल रही थी और उसकी पैंट ढीली-ढाली थी।

"मैं आकाशगंगा और दूसरे ग्रहों की गतिविधियों पर निगाह रखता हूँ। मेरा यही काम है कि मैं ब्रह्मांड में किसी भी हलचल, लहर, रफ्तार या इस तरह की किसी भी गतिविधि को देखता हूँ। मैं अनुसन्धान भी करता हूँ और अपने-आपको अपडेट रखता हूँ। यहाँ के उपकरणों को भी अपडेट और काम करने लायक रखना भी मेरे कामों में से एक है।" इमे ने सपाट जवाब दिया।

रादुल ने अपने लिए एक और गिलास ऐनब बनाते हुए सिर हिलाया।

एक अजीब किस्म का मौन दोनों के बीच में पसर गया था। इमे चाहता था कि रादुल चला जाए और रादुल अपनी तरफ से यह चाहता था कि ऐसी बात करें कि बातचीत चलती रहे।

"इमे, तुम पैटिक्स को कैसे जानते हो?" रादुल ने इमे को बातचीत में उलझाए रखने के लिए पूछा। वह चाहता था कि इमे उसकी तरफ ध्यान दे और उसे टरकाए नहीं। आखिर वह साइनेड का एक सदस्य था।

"मैंने किसी अनुसन्धान में उसके साथ काम किया था। यह बहुत पहले की बात है।" इमे ने ठंडी साँस भरी और जवाब दिया। उसने महसूस कर लिया था कि सामने कुर्सी में आराम से धँसा हुआ पुरुष, जो एक के बाद एक गिलास ऐनब का गटक रहा है, आसानी से टलने वाला नहीं है।

"तुम्हें इस बात से परेशानी नहीं होती इमे कि हमने पिछले कई जैक से कोई सृजन नहीं किया है?" रादुल ने पूछा। सृजन! उसने यही तो तय किया था कि वह साइनेड में अपनी पहली ही बैठक में यह विषय उठाएगा, लेकिन लैक्स के नियमों की वजह से उसे अपना विचार त्याग देना पड़ा था।

सृजन! इमे को झटका लगा। उसने इस बारे में कभी नहीं सोचा था और न ही वह जानता था कि रादुल जो पूछ रहा है, वह सही है। उसने तत्काल लैक्स चेक किया। जानकारी बिलकुल सही थी।

"साइनेड ने बहुत जैक पहले सृजन पर रोक लगा दी थी, इसलिए..." बातचीत को बन्द करने की नियत से इमे ने कहा।

"तुम जानते हो क्यों? क्योंकि पुरुष चाहते थे कि वे अपने सृजनों की विशेषताओं को परिभाषित कर सकें।" रादुल ने बीच में टोका। उसने यह जानकारी लैक्स हाईवेज

से निकाली थी। वह उसी रौ में बोलता गया, "पहले ऐसा होता था कि लोग सृजन की शारीरिक विशेषताओं के बारे में ही तय कर सकते थे, लेकिन बाद में लोग चाहने लगे कि वे मानसिक गुणों के बारे में भी तय करें। जब यह रोक लगाई गई थी तो इस बारे में बहुत सारी चर्चाएँ और बहसें हुई थीं। और अब इस बात को सौ से भी ज्यादा जैक बीत चुके हैं। अब हम इस बात को लगभग भूल ही चुके हैं कि हम सृजन कर भी सकते हैं।" रादुल ने अपने गिलास की बाकी ऐनब को खत्म करते हुए कहा और अपने लिए एक और गिलास भरा।

इमे चुपचाप उसे सुनता रहा।

"लेकिन तुम जानते हो इमे कि गाइनके अभी भी सृजन कर रही हैं। फैंस के परे वे सृजन कर रही हैं और अपनी संख्या बढ़ा रही हैं जबकि हम कई जैक के बाद भी उसी स्थिति में हैं।" रादुल बता रहा था।

जैसे ही रादुल ने गाइनके का टॉपिक उठाया, इमे की बातचीत में दिलचस्पी खत्म हो गई। ईलोन में ऐसे थोड़े-से लोग थे जिनके लिए गाइनके हर मामले में दुश्मन थीं और उनके हर खयाल में गाइनके हावी रहती थीं। इन पुरुषों के लिए गाइनके के साथ काल्पनिक झगड़े और प्रतिस्पर्धाएँ खुद के लिए जीने-मरने के सवाल होते थे। लेकिन इमे जैसे लोग ज्यादा थे जो अपना जीवन इस तथ्य के साथ गुजारते रहते थे कि फैंस के उस तरफ गाइनके रहती हैं, लेकिन वे कभी उनकी परवाह नहीं करते थे।

"खैर, इमे मैं तुम्हें बताता हूँ कि यह सब बदलने वाला है। सृजन पर लगाई गई रोक वह पहला मामला होगा जो मैं साइनेड के सामने उठाने वाला हूँ। मैं इसे पिछली बैठक में उठाना चाहता था, लेकिन चूँकि उन्होंने मेरा लैक्स बन्द कर दिया था तो मैं यही याद नहीं कर पाया कि मैं क्या कहना चाहता था? अब यह बात मेरे दिमाग में खदबदा रही है।" रादुल ने कहना जारी रखा।

"तुम यह क्यों चाहते हो कि सृजन पर लगी रोक को हटा दिया जाए? सिर्फ इसलिए न, कि गाइनके के पास यह रोक नहीं है। क्या तुमने इसे पुरुषों के नजरिए से देखने की कोशिश की है? मैं तुमसे पूछना चाहता हूँ, क्या तुम खुद सृजन के लिए जाना चाहोगे?" इमे दोनों की बातचीत को खत्म करके उसके ढेर सारे सवालों को रोकना चाहता था।

यह तरकीब काम कर गई और रादुल शान्त हो गया। वह साइनेड का ध्यान आकर्षित करने के लिए कुछ लेकर आया था, लेकिन अब उसके दिमाग में इस विषय के अलावा कुछ भी नहीं आ रहा था। वहाँ बैठे हुए इमे के सवाल पर विचार करते हुए रादुल के विचार दूसरी तरफ के गाइनके के बारे में चले गए। वह जानता था कि गाइनके की उपस्थिति से वह परेशान होता है। उनकी मौजूदगी उसके दिमाग में खदबदाती रहती है। आखिर पुरुषों को यह ग्रह उनके साथ साझा ही क्यों करना पड़ता है?

"मैं इसके बारे में कुछ नहीं जानता हूँ, लेकिन मैं इस बात को लेकर हैरान होता हूँ कि तुम उन लोगों के बारे में परेशान ही क्यों होते हो जो हमारे आधे ग्रह पर बसे हुए हैं और कभी भी संख्या में हमसे आगे निकल जाएँगे?" रादुल ने अपने लिए तीसरा गिलास भरा।

"जब से फैंस बनी हैं, हमारा उनसे कोई भी झगड़ा या झड़प नहीं हुई है। क्यों उनकी मौजूदगी तुम लोगों को इतना परेशान करती है?" इमे इस बात को लेकर हैरान हो रहा था कि रादुल कैसी बातें कर रहा है?

लेकिन तब तक रादुल को इतना नशा हो गया था कि वह ठीक से जवाब नहीं दे पा रहा था। वह मुस्कुराया और ऐनब की लगभग खाली बोतल को देखने लगा। इमे लपका और बोतल को परे धकेल दिया। उसने रादुल को बाँह से थामा और उसे बाहर की तरफ ले चला। उसने रादुल को ट्रैवलर में बिठाया, उसके लैक्स से उसके ग्रुप हाउस का पता दर्ज किया और विदा कर दिया।

ट्रैवलर परे जा रहा था और अँधेरे ने इवी को घेर लिया। वह फैंस की दिशा में देखने लगा। कई जैक के बाद इमे सक्रिय रूप से गाइनके के बारे में सोच रहा था। ग्रह पर उनकी मौजूदगी किसी भी तरह से आड़े नहीं आती थी। पिछली लड़ाई के बाद पिछले सभी जैक में दोनों पक्षों ने यह सीख लिया था कि ग्रह कैसे शेयर करना है और सह-अस्तित्व कैसे बनाए रखना है?

इमे वापिस अपने वर्कस्टेशन पर लौट आया। रादुल के साथ उसकी बातचीत ने उसे थोड़ा बेचैन कर दिया था। पिछले कई जैक से इमे लगातार इस बात की तलाश कर रहा था कि वह दूसरे नक्षत्रों के बारे में पता लगाए, जहाँ धरती से लोग वहाँ गए होंगे। इमे यह मानता था कि पुरुषों और गाइनके के अलावा कुछ ऐसी प्रजातियाँ रही होंगी जो दूसरे नक्षत्रों पर जा बसी होंगी। फिर भी, कई जैक बीतने के बाद इमे सिर्फ यही देख पाया था कि पूरे ब्रह्मांड में अजीब-सा सन्नाटा छाया हुआ था। ऐसा प्रतीत होता था जैसे पूरे अन्तहीन ब्रह्मांड में पुरुषों और गाइनके के अलावा कोई भी प्रजाति नहीं रहती थी।

वल्हन और ओडेप पहाड़ी चढ़ते हुए लगभग चोटी तक आ गए थे। वल्हन ओडेप की फूलती हुई साँस की आवाज सुन सकता था। पहाड़ पर चढ़ने की वजह से उसकी साँस तेज और भारी चल रही थी।

"हम यहाँ कगार पर बैठ जाएँ और सूर्यास्त का आनन्द लें।" ओडेप ने बैठते हुए कहा।

दोनों चुपचाप बैठ गए। तब तक ओडेप की साँस सामान्य हो गई थी।

जब सूर्य दूर कहीं क्षितिज में डूब रहा था तो अपने पीछे एक गुलाबी-सी आभा छोड़ रहा था। दूसरी तरफ तीन चन्द्रमाओं ने उगना शुरू कर दिया था मानो वे यह पूछ रहे हों कि क्या हमारे आने का समय हो गया है?

"तो, तुम्हें क्या लगता है कि नेपो के भंडार कब तक चलेंगे?" ओडेप ने पूछा।

'हमारे पास कम-से-कम इतने भंडार तो हैं कि अगले 1,500 जैक तक चल सकें, लेकिन वे तेजी-से कम हो रहे हैं। ओडेप, अगर हम जीवित रहना चाहते हैं तो हमें जल्द ही कोई-न-कोई हल खोजना शुरू करना पड़ेगा। हम नहीं चाहते कि स्थिति हाथ से बाहर हो जाए। क्या तुम जानते हो कि इस बारे में कोई प्रयास चल रहे हैं?" वल्हन ने पूछा।

"यह मनुष्य की प्रकृति है कि वह कुछ-न-कुछ तलाश करता रहता है और बेहतर भविष्य के लिए निवेश करता रहता है, वल्हन। हम ईलोन के गर्भ में और सतह पर नेपो के विकल्प के लिए तलाश कर रहे हैं, लेकिन अभी तक कुछ भी स्पष्ट रूप से नजर नहीं आया है। हमने नेपो को बहुत ज्यादा परिष्कृत करने की कोशिश की है। लगता है, हमें अपने प्रयास जारी रखने होंगे।" ओडेप ने सुझाव दिया!

"मुझे लगता है कि अगर हम इस बात को स्वीकार कर लें कि भंडार कम होते जा रहे हैं तो हमारी खोज में गति आएगी।" डूबते सूरज की रौशनी में उसने ओडेप की छाया देखी। तब उसने पूछा, "क्या तुम्हें पता है कि नेपो के भंडार किस जगह पर सबसे ज्यादा हैं?"

सूर्य अचानक क्षितिज के नीचे चला गया, गुलाबी आभा गायब हो गई और कहीं दूर तीन चन्द्रमा तेजी-से चमकने लगे। घाटी पर दूर कहीं शहर की बत्तियाँ झिलमिलाने लगीं। जंगल से ठंडी हवा आ रही थी।

"मुझे पता है कि गाइनके के पास, उनकी तरफ नेपो के भंडार हैं। उन्हें इस खनिज की जरूरत नहीं है, लेकिन खनिज के उस भंडार तक हमारी पहुँच नहीं है। न अब है, न कभी थी।" ओडेप ने जवाब दिया।

वल्हन चुपचाप बैठा रहा। ओडेप इतनी सारी अलग-अलग चीजों के बारे में कैसे जानता था? वह हमेशा हैरान होता। उसके पास बहुत सारे सवाल थे। वह उससे पूछना चाहता था कि वह चुपचाप जंगल में क्यों रहता है, वह और भवन और इमारतें क्यों नहीं डिजाइन करता, क्यों उसने अपना लैक्स छोड़ दिया था, लेकिन उसने कोई सवाल नहीं पूछा। वह कगार पर अपने पास बैठे ओडेप को देखता रहा। उसकी नरम निगाहें दूर कहीं अटकी हुई थीं। वल्हन जानता था कि दोनों के बीच में रेखा थी, जिसे ओडेप के साथ पार नहीं किया जा सकता। ओडेप जो भी शेयर करता था, अपनी मर्जी से करता था।

वल्हन ने तय किया कि वह सबसे मुश्किल सवाल पूछेगा।

"वे नेपो का इस्तेमाल क्यों नहीं कर रहे हैं? दरअसल, जब मैंने ग्रह पर उनकी तरफ नेपो के भंडारों की रिपोर्ट देखी, मैं समझ गया कि वे उसे अब इस्तेमाल नहीं कर रहे हैं, लेकिन मैं यह अन्दाजा नहीं लगा पाया कि क्यों नहीं कर रहे हैं?'

ओडेप ने फैंस की दिशा में देखा। वे जहाँ बैठे थे, वहाँ से फैंस नजर नहीं आ रही थी, लेकिन फिर भी उसे महसूस किया जा सकता था। कहीं दूर, मैदानों में धीमी बहती नदी के पार। शहर के परे, फैंस लगी हुई थी। यह किसी भी सम्भावित संघर्ष से राहत देती थी। शान्ति का अग्रदूत थी, एक ऐसा यंत्र थी जो सह-अस्तित्व में रहने देती थी।

"तुम जानते हो वल्हन, कि गाइनके ही फैंस का आइडिया लेकर आई थीं।" किसी जवाब का इन्तजार किए बिना ओडेप ने कहा, "गाइनके भयंकर दुश्मन हैं। हमारी तरह वे भी भविष्य के बारे में सोचती हैं। वे खुद को आगे की, पीछे की सोच के हिसाब से ढाल लेती हैं। मुझे लगता है कि वे अंग बदलने के लिए वैकल्पिक सामग्री की तलाश में हमसे आगे बढ़ चुकी हैं। निश्चय ही उन्होंने अंग बदलने के लिए नवीकरण योग्य सामग्री विकसित कर ली है, इसलिए उन्होंने नेपो का इस्तेमाल करना बन्द कर दिया है और उसकी जरूरत भी नहीं रह गई है।"

"तुम्हें क्या लगता है कि यह क्या हो सकता है, ओडेप? यह कौन-सी चीज हो सकती है? क्या हम किसी तरह से इस टेक्नोलॉजी पर हाथ नहीं धर सकते? मुझे विश्वास है कि उनुमो इस खोज में लगा हुआ है कि गाइनके की तरफ क्या हो रहा है? गुप्त एजेंसी हमेशा यह काम करती है। मुझे मालूम है कि उनुमो का अध्यक्ष कौन है? क्या मैं उससे पूछूँ? अलबत्ता, मुझे नेपो के भंडारों के गिरते स्तर के बारे में उसे बताना पड़ेगा।" वल्हन इस बात के लिए बेचैन था कि सामने जो चुनौती खड़ी थी, उसके लिए तुरन्त कोई हल मिल जाए।

"मुझे इस सामग्री की प्रकृति के बारे में कोई जानकारी नहीं है। तुम्हारी तरह मैंने भी यही देखा था कि नेपो के भंडार वैसे के वैसे हैं। इसका कारण सिर्फ यही हो सकता है कि उन्होंने कोई ऐसी सामग्री खोज ली है, जिसका नवीकरण किया जा सके। तुम अध्यक्ष से बात कर सकते हो, लेकिन मैं यह सलाह दूँगा कि तुम नेपो के घटते हुए भंडार की बात न ही करो। पहले तो इस बात का आकलन करो कि दूसरी तरफ क्या सामग्री इस्तेमाल की जा रही है?" ओडेप ने कगार से उठते हुए कहा।

वे दोनों ओडेप के घर की तरफ चलने लगे। अँधेरा होने लगा था और जंगल के बीच से घर का रास्ता ढूँढ़ना मुश्किल हो रहा था।

कुछ देर तक दोनों चुपचाप चलते रहे।

तब वल्हन ने ओडेप से पूछने की हिम्मत जुटाई, "तुमने लैक्स अलग क्यों कर दिया है?"

"तुम जब अगली बार आओगे तो मैं तुम्हारे सवाल का जवाब दूँगा। अगर तुमसे कुछ छुपा कर बाकी नहीं रखूँगा तो तुम अगले तीन जैक तक नहीं आओगे।" दबी हँसी हँसते हुए ओडेप ने जवाब दिया।

घिरते हुए अँधेरे में दोनों मुस्कुराए। वे जानते थे कि वल्हन को जब भी कुछ पूछने की जरूरत पड़ेगी या जानने की जरूरत पड़ेगी, वह लौटकर आएगा। यह हमेशा से होता चला आया था। तब भी, जब ओडेप जंगल में नहीं छुपा था। ओडेप एक दिशा बताने वाले टूल की तरह था। वे उसके पास बार-बार लौटकर आते थे। दोनों व्यक्ति घिरते अँधेरे में घर पहुँच गए। घर एक पहाड़ी पर बना हुआ था और भीतर एक अकेला लैम्प जल रहा था।

"मैं सिर्फ यह कहना चाहता हूँ वल्हन कि जब भी तुम गाइनके से बात करो, यह बात याद रखना कि हम उनके साथ ग्रह शेयर करते हैं, हमारे सारे संघर्षों के बावजूद जब से हम धरती से यहाँ आए हैं, हमने साझा अतीत एक साथ बिताया है। मुझे यह बताया गया था कि हम कभी उन्हें 'औरत' कहकर बुलाते थे। वे अपना जिक्र अभी भी इसी नाम से करते हैं। हम पहले के वक्त के बारे में ज्यादा कुछ नहीं जानते। हम धरती पर कैसी और क्यों जिन्दगी एक साथ बिताते थे? लेकिन मैं अक्सर सोचता हूँ कि क्या हम कभी एक साथ रहते थे? हम अलग क्यों हुए? वे हमसे अलग प्रजाति के हो सकते हैं, लेकिन हमारी तरह सिर्फ वे ही हैं जिन्हें हम पूरी दुनिया में जानते हैं। हमें इस तथ्य को स्वीकार करने की जरूरत है और इसे हमें याद रखना है।"

ओडेप ने वल्हन के लिए दरवाजा खोल दिया, जब वे घर के अन्दर आए।

गेम खेलने के लाउंज में बहुत कम रौशनी थी। वहाँ जितने भी क्यूबिकल थे, उनमें पूरी तरह से सन्नाटा था। जिन क्यूबिकल में लोग बैठे थे, वे गेम खेलने में व्यस्त थे। उन लोगों के लिए गेम खेलना सबसे पसन्दीदा गतिविधि थी और खेलने की लत उनकी एक आम समस्या थी। आरामकुर्सियों में धँसे हुए, अपने गेम को लैक्स से जोड़े हुए वे यात्राएँ कर लेते थे, गेम खेल लेते थे, कहानी-किस्सों की दुनिया में विचर लेते थे और यहाँ तक कि संगीत की भी रचना कर लेते थे।

जब रादुल लैक्स हाइवीज पर अपने काम निपटा चुका होता और ऐनब की चुस्कियाँ ले चुका होता तो वह कई बार खेलने के लिए चला आता। वह हमेशा 'पाथवेज' खेलता। यह एक ऐसा खेल था, जो खिलाड़ी को नदियों, पहाड़ों, समुद्रों और सड़कों के जरिए अन्तहीन यात्रा पर ले जाता था। जैसे-जैसे समय बीतता जाता, इस यात्रा की रुकावटों की मुश्किलों का स्तर भी ऊपर उठता जाता। लाउंज में बैठे

हुए रादुल अन्तहीन यात्राएँ करता रहता। उसे वहाँ आना अच्छा लगता। वहाँ जो शान्ति मिलती थी और क्यूबिकल में अकेलापन मिलता था, उससे उसे यह महसूस होता कि वह अपने खुद के अपार्टमेंट में है।

रादुल ने अभी पहाड़ की सड़कों की घुमावदार यात्रा का पहला चरण पूरा किया ही था और अगले लैंडस्केप से जुड़ी हिदायतों को प्रोसेस कर ही रहा था कि उसे 'सृजन' शब्द नजर आया। एक झटके-से उसने अपनी आँखें खोलीं। खेल रुक गया था। उसने उत्सुकता से अपने आसपास देखा कि कहीं किसी ने कुछ कहा तो नहीं है? चारों तरफ शांति थी और सब पुरुष खेलों की अपनी-अपनी दुनिया में खोए हुए थे।

वह हैरान हुआ कि इस शब्द ने उसके दिमाग में क्यों हलचल मचा दी थी? वह अपनी कुर्सी में दोबारा पसर गया और ऊपर छत की तरफ देखने लगा। वहाँ एक बहुत ही जटिल डिजाइन बना हुआ था और धीमी रौशनी में धुँधला नजर आ रहा था।

"क्या तुम खुद सृजन के लिए जाना चाहोगे?" जब वह छत की तरफ घूर रहा था तो इमे का यह सवाल उसके दिमाग में घूमने लगा।

क्या वह खुद के लिए सृजन चाहता है? सृजन उनकी जिन्दगी से कैसे जुड़ सकते हैं? वह उस बहस से क्या पाने की उम्मीद करता है जो उसने इतनी तैयारी के साथ करने के बारे में सोचा था? रादुल ने महसूस किया कि अपने अनुसन्धान के बावजूद वह इस बात को कितना कम जानता था कि उनकी मौजूदा जीवन-शैली में सृजन से क्या प्रभाव पड़नेवाला था? शुरू-शुरू में उसे यह लगा था कि ध्यान पाने के लिए यह एक रोचक खयाल है, लेकिन अब जैसे-जैसे वह ज्यादा सोच रहा था, उसके दिमाग में जवाबों के बजाय सवाल ज्यादा आ रहे थे।

जैसे ही स्क्रीन पर लहराता हुआ एक समन्दर आया, रादुल को वह बेचैनी याद आई जो उसने ऐओना में रहते हुए गाइनके के बारे में महसूस की थी। उसे महसूस हुआ कि उसे सृजन के बारे में और अधिक जानने की जरूरत है। उसने गेम को अधबीच ही छोड़ दिया और उसके बजाय सृजन के बारे में और अधिक जानकारी पाने के लिए लैक्स तलाश करने लगा। हर सूत्र उसे कोशुम के गेटवे की तरफ ले जा रहा था। रादुल समझ गया कि उसे कोशुम में जाना ही पड़ेगा, क्योंकि लैक्स के जरिए जरूरत की जानकारी तक नहीं पहुँच पा रहा था।

वह गेम लाउंज से बाहर निकल आया और कोशुम की तरफ जाने के लिए ट्रैवलर ले लिया। यह ढलती शाम का समय था और ट्रैवलर में भीड़ थी। रादुल एक कोने में खड़ा हो गया और ट्रैवलर के गलियों से गुजरते समय दूसरी तरफ भागती हुई शहर की बत्तियों को देखने लगा।

कुछ देर के बाद रादुल कोशुम के नजदीक उतरा। बिल्डिंग की पूरी ऊँचाई देखने के लिए उसे सिर उठाना पड़ा। रादुल उसके सामने खड़ा हो गया और उसके

बड़े-बड़े दरवाजों को देखने लगा। गहरी भूरी बिल्डिंग जैसे आकाश को छू रही थी और लगभग दो ब्लॉकों तक फैली हुई थी। चूँकि यह शाम का समय था, सभी मंजिलों पर रौशनी नहीं थी। रादुल को घबराहट का अजीब-सा एहसास हुआ। वह यहाँ पहले कभी नहीं आया था। उसने आसपास देखा और नोटिस किया कि कुछ दूरी पर एक मामूली-सी बिल्डिंग बनी हुई थी और उस पर जिंट का साइन बोर्ड लगा हुआ था। रादुल यह देखकर हैरान रह गया। जिंट वह संगठन था, जो ईलोन के वित्त की व्यवस्था देखता था, लेकिन वह इतनी मामूली बिल्डिंग में बसा हुआ था। जिंट की बिल्डिंग के दूसरी तरफ इटुइस नाम की एक बड़ी बिल्डिंग का ढाँचा सिर उठाए खड़ा था। यह वास्तव में दर्शनीय नजारा था। यहाँ ईलोन के मुख्य विभाग काम करते थे। ट्रैवलर चलाने से लेकर खेती-बाड़ी की तरक्की करना, उत्पादों की मार्केटिंग करना, मत्सु, नोटस की व्यवस्था देखना, इटुइस इन सबका केन्द्र था। इसमें से गुम्बद और मीनारें ऊपर उठ रही थीं और बिल्डिंग का रंग धूसर लाल था। शाम की रौशनी में यह बिल्डिंग भव्य और आकर्षक लग रही थी। रादुल को याद आया कि पैटिक्स यहाँ काम करता था। पैटिक्स को याद करते हुए और साइनेड में अपनी नई बनी जगह को याद करते हुए उसकी परेशानी पलभर में गायब हो गई। मजबूत कदमों से चलता हुआ वह कोशुम के भीतर चला गया।

उसने अपने पहचान-पत्र की चैकिंग कराई, ट्रैवलर उसे स्वागत-कक्ष तक लाया। एक बड़े स्क्रीन पर कोशुम के अलग-अलग विभागों के नाम दर्ज थे। रादुल ने इस जटिल स्क्रीन को देखा। स्क्रीन पर कई विषय आ और जा रहे थे। टोपोग्राफी, भूगोल, प्रौद्योगिकीय विकास, दुनिया में कितना ज्ञान था? उसे ऐसा लग रहा था कि ऐओना में दूरबीन से उसने जो अनगिनत ग्रह देखे थे, वे सब इस स्क्रीन पर तारों की तरह झिलमिला रहे थे। वह डिस्प्ले को स्कैन करने लगा ताकि देख सके कि कहाँ से शुरू कर सकता है? तभी उसकी नजर एक कोने में पड़ी। वहाँ सिर्फ 'हम' लिखा हुआ था। उसने शब्द को दबाया और एक फ्लैश ने उसे सूचित किया कि यह अनुभाग बीसवीं मंजिल पर है। रादुल ने एलिवेटर लिया जो एक बहुत बड़े कमरे में खुलता था। वहाँ कंसोल थे, स्क्रीन थे, वर्कस्टेशन थे और बहुत सारे डिस्प्ले थे। कमरे में कोई व्यक्ति या टोबोट नहीं था।

रादुल एक वर्कस्टेशन पर बैठ गया और सृजन नाम की उस मायावी घटना के बारे में जानकारी तलाश करने लगा। सूचनाओं के मायाजाल से गुजरते हुए उसे इस विषय के बारे में आँकड़े मिल गए। ये आँकड़े बहुत जैक पहले जोड़े गए थे। रादुल ने उसे स्कैन किया और उसे प्रोसेस करने के लिए हुक कर दिया। रात गहरा रही थी, लेकिन रादुल ने प्रोसेस करना जारी रखा।

वर्कस्टेशन के सामने की खिड़की से धूप अन्दर आ रही थी जब रादुल ने आँखें खोलीं। एक रात से ज्यादा बीत चुकी थी और उसने अद्‌भुत खोज कर ली थी। वह

एलिवेटर से नीचे उतर कर आया। उसका दिमाग नई जानकारियों से गुलजार हो रहा था। सुबह के सूरज की रौशनी में वह अपने घर की तरफ जाने के लिए बाहर आया और अपने अगले कदम के बारे में सोचने लगा।

सूर्य प्रखर था। ठंडी हवा बह रही थी। उसमें एक महक थी, जो हर जाती हुई हिलोर के साथ बदलती महसूस हो रही थी। दूर-दूर तक हरियाली नजर आ रही थी। बीच-बीच में खिलते फूलों के मस्त कर देने वाले रंग छितरे हुए थे। फुरावा गार्डन इन्क्यूबेटर में हमेशा जैसे रंगों का मेला लगा रहता। सिस्टम फूलों के अलग-अलग डिजाइन और उनकी महक तैयार कर सकता था और तब उन्हें अलग-अलग बीजों के साथ संजो सकता था। ज्यादातर तो ऐसा ही होता कि फूलों के डिजाइन बिलकुल एक-से ही होते, लेकिन कई बार फूलों के डिजाइन बदल भी जाते। फुरावा में डिजाइन किए गए फूल सार्वजनिक स्थलों पर, इमारतों में और दूर-दराज के इलाकों में लगाए जाते थे।

इमे उस हिस्से के पास झुका हुआ था जहाँ उसके हाल ही में डिजाइन किए गए फूल खिलने की तैयारी में थे। इमे हर विहान में अपने पौधों को बढ़ता हुआ देखने आता था। दूरबीनों की मार्फत चमकते सितारों के देखने के अलावा यह उसका शौक था कि वह धरती पर अपने डिजाइन किए गए फूलों को खिलता हुआ देखे।

पास ही की जमीन पर लाल गहरे तिकोने फूल हवा के साथ लहरा रहे थे। उन पर पीली चित्तियाँ बनी हुई थीं। वह उन फूलों के पास गया और ध्यान से उन्हें देखने लगा। इस हिस्से के आसपास थोड़ी तीखी गन्ध आ रही थी। उस जगह पर एक बहुत बड़े पेड़ की छाया पड़ रही थी, जहाँ इमे झुककर फुरावा के पौधे देख रहा था। उसे फूल बहुत अच्छे लगे और उनकी महक मस्त बना देने वाली। उसने यह तय किया कि वह पता लगाएगा कि क्या इनके बीज उपलब्ध हैं ताकि वह ऐओना में इन पौधों को लगा सके।

खुद की जमीन का हिस्सा देखने के लिए वह वापिस लौट गया। नन्हे पौधे जमीन से सिर उठाने लगे थे। उन्हें खिलने में अभी कुछ और विहान लगेंगे। सन्तुष्ट होकर इमे चमकीले रंगों, डिजाइनों और सुहानी महक के बीच में धीरे-धीरे घूमता रहा। फुरावा के गेट तक हर मोड़ पर ये सब बदलते जा रहे थे। फुरावा में रंगों की यह बहार रात के आसमान के काले और सफेद रंगों से बहुत अलग थी। यह आसमान उसका हमेशा का साथी था। उसके लैक्स पर वल्हन की तरफ से एक सन्देश आया—

मैं वापिस आ गया हूँ और तुम्हें ऐओना में मिलूँगा।

इमे खुश हो गया। वह वल्हन के आने का इन्तजार कर रहा था ताकि उसे अपने प्रयासों के नतीजों के बारे में बता सके। इमे ने यह जानकारी लैक्स नहीं की थी। वह तेजी-से चलने लगा। वह जितनी जल्दी हो सके, वापिस जाना चाहता था और वल्हन के आगमन से पहले सारे डेटा तैयार कर लेना चाहता था।

जब वह ऐओना में पहुँचा तो उसने पाया कि सारी चीजें अस्त-व्यस्त थीं। मुख्य दूरबीन में कोई खराबी आ गई थी और उसे वापिस कामकाज लायक बनाने के लिए इवी और दो टोबोट को पूरा दिन लग गया। बाहर शाम की लम्बी छायाएँ गहरा रही थीं और अँधेरा छाने की तैयारी कर रहा था जब उन्होंने समस्या को ठीक करने में सफलता पाई। इमे अपने वर्कस्टेशन पर वापिस आया। उसकी खोजों सम्बन्धित सभी आँकड़े स्क्रीन पर नजर आ रहे थे। वह उन्हें व्यवस्थित तरीके से छांटने लगा।

इमे ने दो नक्षत्रों का पता लगाया था जो पुरुषों के लिए भावी घर हो सकते थे। उन्हें उसने जेटा और टाई नाम दिए थे। जब उसने उन्हें ब्रह्मांड में पहली बार देखा था तो वे पीली रौशनी छोड़ रहे थे। वे पास ही की आकाशगंगा में स्थित थे और इस बात का आश्वासन दे रहे थे कि वहाँ उनके फिलहाल के जीवन की ही तरह का जीवन जिया जा सकता है। जब भी वह ऐओना बन्द करता, ब्रह्मांड में इन दोनों नक्षत्रों की एक झलक पाने की कोशिश जरूर करता था। इमे के लिए ये आशा और क्षमता के प्रतीक थे। वह अक्सर विस्मित होता कि क्या उसके पूर्वजों ने भी वैसा ही महसूस किया होगा जब उन्होंने पहली बार ईलोन की खोज की थी?

जब आखिरकार वल्हन अन्दर आया, तब तक रात हो चुकी थी। इमे ने महसूस किया कि वह बहुत राहत में लग रहा था। ऐसा लगता था कि छुट्टियों ने उसे आराम दिया था। जब वल्हन कुर्सी में आराम से पसर गया तो इमे ने अपनी खोज के बारे में बताना शुरू किया।

वल्हन और इमे आँकड़े देखते रहे, दूरबीनों की तरफ जाते रहे और विस्तार से नए नक्षत्रों के बारे में बात करते रहे। उनके आसपास रात गहरी होती जा रही थी। जब वे बात कर रहे थे तो इमे ने महसूस किया कि वल्हन का दिमाग किसी और बात में खोया हुआ है। ऐसा लगता था कि उसका ध्यान उन अनन्त सम्भावनाओं की ओर नहीं था जिनके बारे में इमे ने इतनी जी तोड़ मेहनत के बाद अनुसन्धान किया था और सामने रख रहा था।

"तुम्हें लगता है कि इन दोनों नक्षत्रों में से किसी पर नेपो के भंडार होंगे या कोई ऐसी चीज होगी जिसमें से हम नेपो निकाल सकें या कोई ऐसी चीज जो नेपो के विकल्प के रूप में इस्तेमाल की जा सके?" अचानक वल्हन ने पूछा।

वल्हन का सवाल सुनकर इमे की रीढ़ की हड्डी में सिहरन दौड़ गई।

क्या यही वजह थी कि वल्हन ने उसे इस खोज में लगाया था? क्या नेपो के भंडार सचमुच इतनी तेजी-से घटते जा रहे थे?

इमे ने ऐसे नक्षत्रों की खोज की थी जिन पर स्वागत-योग्य वातावरण हो, पानी हो और जीवन को बनाए रखने के लिए उचित तापमान हो। उसने उनके खनिज-भंडारों के बारे में खोज नहीं की थी। जीवन को बनाए रखने के लिए अपेक्षित सभी जरूरतें किसी एक ब्रह्मांड पर मिल जाएँ, इसकी बहुत कम सम्भावनाएँ थीं। लाखों में कहीं एक।

"वल्हन, मैंने अब तक इस पहलू के बारे में नहीं सोचा है। मेरी खोज मूलभूत रूप से इस तरह की थी कि मैं परिवेश के बारे में, मूलभूत जरूरतों के बारे में पता कर सकूँ। अगर तुम चाहो तो मैं नेपो की तलाश तत्काल ही शुरू कर सकता हूँ।" तब उसने सीधे-सीधे पूछा, "क्या हमें चिन्ता करने की जरूरत है? क्या भंडार सचमुच खतरनाक तरीके से कम हो रहे हैं?"

"हमें नेपो के दूसरे भंडारों के बारे में पता लगाने की जरूरत है और नेपो के विकल्प तलाशने के अपने प्रयासों को और तेज करने की जरूरत है। फिलहाल इसकी चिन्ता करने की कोई जरूरत नहीं है, लेकिन हमें नतीजे चाहिए। मैं इसे साइनेड के ध्यान में लाना चाहता हूँ, लेकिन एक समस्या के रूप में नहीं बल्कि एक समाधान के रूप में। मुझे थोड़ी-सी ऐनब पिलाओ और मुझे कुछ खाने के लिए दो।" वल्हन ने अपनी कुर्सी में धँसते हुए कहा।

जिस समय इमे ऐनब ढाल रहा था और टिबली सॉस और सब्जियों के साथ क्रा के स्लाइस जुटा रहा था, तभी उसे रादुल का सन्देश मिला—

'बात यह है कि मैं इस बात को समझ चुका हूँ कि मैं अभी तक सृजन के लिए तैयार नहीं हूँ। क्या तुम हो?'

इमे कुछ देर तक सन्देश को देखता रहा। रादुल यह सवाल क्यों पूछ रहा था?

वह ट्रे लेकर वल्हन के पास आया और उसे रादुल की विजिट के बारे में बताया।

"राजुल की तरह का पुरुष साइनेड पर क्या कर रहा है, वल्हन? मैं इस बात को समझ नहीं पा रहा हूँ। पैटिक्स इस तरह के किसी व्यक्ति को प्रमोट कर रहा है, यह बात समझ से परे है।"

वल्हन ने चुपचाप खाना शुरू कर दिया।

इस बात को वह तब समझ नहीं पाया था जब पैटिक्स ने रादुल जैसे किसी व्यक्ति का समर्थन करने के लिए कहा था। उनुमो हमेशा बाहर से किसी व्यक्ति को लिया करते थे और उसे काम के लिए ट्रेनिंग देते थे। उसे खुद भी शामिल होने के लिए बहुत पहले कहा गया था, लेकिन उसने मना कर दिया था। वल्हन को भी रादुल से एक मुलाकात याद आई। उसे याद आया कि उसकी चमकीली नीली आँखें हैं, लेकिन कुल मिलाकर वह ग्रुप हाउस किस्म का आदमी है।

"जब रादुल यहाँ था तो उसने क्या कहा था?" वल्हन ने पूछा।

"वह सृजन के बारे में बात कर रहा था और कह रहा था कि गाइनके अभी भी सृजन करती हैं और हम क्यों नहीं करते? वल्हन, मुझे ऐसा लगा कि वह उन

लोगों में से है जो अभी भी गाइनके की मौजूदगी को अपने कन्धों पर बोझ की तरह लिये फिरते हैं।" इमे ने खाते-खाते बीच में कहा। उसे पता नहीं था कि उसे कितनी भूख लगी है?

वल्हन उसे देखता रहा। इमे के लाल बाल बिखरे हुए थे और वह थका हुआ लग रहा था, लेकिन फिर भी उसकी निगाहों में चमक थी।

"इनके बारे में तुम क्या सोचते हो, इमे?"

"किनके? गाइनके के बारे में?" इमे ने पूछा।

वल्हन ने सिर हिलाया।

"मैं उनके बारे में सक्रिय रूप से नहीं सोचता। जिस समय मैं ज्ञान की इकाई में था तो मैंने पता लगाने की कोशिश की थी कि जब हम धरती पर थे तो हम उनके साथ किस तरह से रहा करते थे, लेकिन इस बारे में कोई जानकारी उपलब्ध नहीं थी। ऐसा लगता है कि हम हमेशा फैंस की विपरीत दिशा में रहते आए हैं। चूँकि इस समय हम शान्ति में हैं तो उनके अस्तित्व से मुझे कोई फर्क नहीं पड़ता।" यह कह कर इमे कुर्सी पर पसर गया।

"क्या तुम्हें इस बात के बारे में पता है कि उन्होंने नेपो का विकल्प तलाश लिया है? ऐसा लगता है कि यह फिर से नवीकृत किया जाने वाला संसाधन है, इमे। हमें खुद भी जल्दी ही इस तरह की किसी चीज की तलाश करनी होगी।"

इमे ने इस जानकारी पर हामी भरी। इस रहस्योद्घाटन में भविष्य के लिए सम्भावित टकरावों के बीज छुपे हुए थे। नेपो आसानी से वह आधार बन सकता था, जिसके आसपास दोनों प्रजातियाँ एक बार फिर से संघर्ष करेंगी। जेटा और टाई की क्षमताएँ मामले को बिलकुल नई दिशाओं की तरफ ले गई थीं।

"क्या हम उनसे पूछ सकते हैं या उनके साथ इसका कारोबार नहीं कर सकते? कोई तो ऐसा चैनल मौजूद होगा जो आपस में अभी भी संवाद के लिए खुला होगा। आखिरकार, हम एक ही ग्रह शेयर करते हैं!"

इमे जिस समय यह कह रहा था, वह महसूस कर रहा था कि भविष्य की झोली में उनके लिए क्या छुपा हुआ है?

अंडाकार खिड़की से बाहर विस्तृत समतल जमीन नजर आ रही थी। दूर कहीं पहाड़ों की सीमा रेखा देखी जा सकती थी। पैटिक्स का ऑफिस इटियस बिल्डिंग में एक ऊँचे घुमावदार हिस्से में बना हुआ था। यह हवा में चलनेवाले ट्रैवलर के आकार का बना हुआ था और उसके आखिर में एक अंडाकार खिड़की थी।

खिड़की के पास खड़ा वल्हन बाहर देख रहा था। कहीं दूर जमीन के पार पर्वतों के परे एक फैंस बनी हुई थी। यह संघर्षों और अवसरों, दोनों के बीच में एक बैरियर, रुकावट का काम करती थी।

इस वक्त पैटिक्स अपने वर्कस्टेशन पर बैठा हुआ था और एक ऐसे काम में डूबा हुआ था, जिस पर उसे ध्यान देने की जरूरत थी। वल्हन इस विजिट के बारे में सोच रहा था। वह सोच रहा था कि वह क्या कहने जा रहा था और कैसे कहेगा? हालाँकि पैटिक्स के कमरे में खड़े हुए उसे सम्भावित बातचीत इतनी मुश्किल भी नहीं लग रही थी। पैटिक्स और वल्हन कुछ मामलों पर एक-दूसरे से बिलकुल ही अलग नजरिया रखते थे। पैटिक्स अपने काम से मतलब रखने वाला व्यक्ति था। वह हमेशा किसी दूर के लक्ष्य तक पहुँचने की कोशिश में लगा नजर आता था। उसके रुझान में हमेशा जल्दीबाजी और बेसब्री का पुट रहता। दूसरी तरफ, वल्हन शान्त और अपने-आप में सीमित रहता था। वह मामलों पर योजना बनाता था, उन पर गम्भीरता से सोचता था। दोनों के बीच फर्क होते हुए भी दोनों एक साथ काम कर रहे थे और अतीत में कई परियोजनाओं पर एक साथ काम कर चुके थे।

"तो वल्हन, तुम कहाँ रहे?" पैटिक्स का सवाल वल्हन को दोबारा वर्तमान में ले आया।

"तुम साइनेड की पिछली बैठक में नहीं आए थे। तुम अगली बैठक में जरूर आना। नए आने वाले लोगों से उम्मीद है कि अच्छा बोलेंगे और बैठक की कार्रवाई रोचक होगी।" पैटिक्स उसके पास खिड़की की पुश्त के पास आ गया और आगे झुककर खड़ा हो गया। दिन की रौशनी उसके बड़े शरीर के साथ खेल रही थी और उसके कपड़ों के गहरे पीले रंग को उभार रही थी। वह बेशक अपने कमरे में था पर ऐसा लग रहा था कि वह कगार पर खड़ा हुआ है।

"पैटिक्स, तुम रादुल को उनुमो के काम के लिए लाए थे। सही है न?" वल्हन ने तय किया था कि वह सीधे बात करेगा। इससे विषय को बातचीत में सामने लाने में आसानी होती है।

"हाँ, एक तरह से तुम यह कह सकते हो, लेकिन यह अभी दूर की बात है। हो सकता है कि उसे जिस काम के लिए यहाँ लाया गया है, वही हो।"

पैटिक्स ने खिड़की छोड़ दी और एक कोने में आरामकुर्सी में बैठ गया। उनुमो के बारे में बात करते हुए वह बहुत सहज लग रहा था।

"तो, इन दिनों उनुमो में क्या चल रहा है? कौन-सी चीजें उसे व्यस्त रखे हुए हैं?" वल्हन ने पूछा। वह अभी भी खिड़की के पास खड़ा था।

"क्या तुम मुझसे उनुमो के काम के बारे में जानना चाहते हो, वल्हन या शायद तुम मुझे उसके बारे में कुछ बताना चाहते हो?" पैटिक्स ने उसे घूरते हुए कहा।

"मैं यह सोचकर हैरान हो रहा था कि क्या वहाँ इस किस्म की कोई जानकारी है कि गाइनके अंग बदलने के लिए विकल्प के रूप में किस सामग्री का इस्तेमाल कर रही हैं। क्या अभी भी यह नेपो ही है या उन्होंने कोई विकल्प खोज लिया है? हम इस क्षेत्र में प्रयोग करते रहे हैं और अगर यह पता चल जाए कि वे भी इसी राह पर हैं तो हमें बहुत ज्यादा फायदा हो सकता है। इससे हमारी बहुत सारी कोशिशें बच जाएँगी।" यह कह कर वल्हन ने ठंडी साँस भरी। जो भी उसके दिमाग में था, उसने कह दिया था।

पैटिक्स शान्त बना रहा। वह अपनी आरामकुर्सी में धीरे-धीरे झूलता रहा और लैक्स और कोशुम में कुछ देखता रहा। गाइनके द्वारा वैकल्पिक सामग्री के इस्तेमाल के बारे में उसे कोई भी जानकारी नहीं थी। उनुमो दूसरी तरफ इस्तेमाल की जा रही, नवीकृत की जा सकने वाली सामग्री के बारे में डेटा पकड़ने की कोशिश कर रहा था, लेकिन अब तक इसमें सफल नहीं हुआ था। वह हैरान हुआ कि इसके बारे में वल्हन को किसने सुराग दिया होगा?

"वल्हन, क्या तुम इस क्षेत्र में दिलचस्पी रखते हो? मत्सु पर यह तुम्हारी विशेषज्ञता का क्षेत्र तो नहीं है?" पैटिक्स ने पूछा।

"मैं विकल्प की तलाश के लिए किए गए अपने प्रयासों की असफलता के बारे में अपने लैक्स पर कुछ देख रहा था। इसलिए मैं जानना चाहता था।" जब वह यह बात कह रहा था तो वल्हन जानता था, वह तुरन्त ही पैटिक्स नेपो के भंडारों के बारे में देखना शुरू कर देगा।

"खैर, यह हमारे लिए नया क्षेत्र है। हमने इसके बारे में पहले कभी नहीं सोचा था। मैं तुम्हें बताता हूँ। हम कोशिश करेंगे, इसके बारे में कोई जानकारी हासिल करेंगे और जैसे ही मिलेगी, तुमसे शेयर करेंगे।" पैटिक्स खड़ा हो गया और अपने वर्कस्टेशन की तरफ वापस चला गया।

यह स्पष्ट था कि दोनों की बैठक खत्म हो चुकी थी, लेकिन यह बातचीत खत्म नहीं हुई थी। वल्हन को विश्वास था कि वे इस विषय पर दोबारा और जल्दी ही बात करेंगे।

"तुम रादुल की भूमिका के बारे में निर्णय लेने से पहले उस पर कुछ और निगाह रखो। गाइनके के प्रति वह बहुत अधिक नफरत की भावना रखता है और यह चिन्ता की बात है।" वल्हन ने जाने से पहले कहा।

हालाँकि पैटिक्स ने वल्हन को कुछ भी नहीं बताया था, पर उसे निश्चित तौर पर पता था कि जो कुछ ओडेप ने कहा था, वह सही था। गाइनके नवीकृत की जा सकने वाली सामग्री का इस्तेमाल कर रही थीं। पैटिक्स के मौन ने यह बात स्पष्ट कर दी थी।

वल्हन के जाने के बाद पैटिक्स अपने वर्कस्टेशन पर बैठा और पागलों की तरह काम करने लगा।

उसने अंग बदलने के बारे में कुछ आँकड़े निकाले, नोटस की संख्या देखी, और नेपो को रिफाइन करने के बारे में जो प्रगति हुई थी, उसके बारे में आँकड़े इकट्ठे किए। जिस समय वह यह जानकारी प्रोसेस कर रहा था, उसने देखा कि वल्हन पिछले ही क्लान्ते में नोटस में गया था। जिस समय पैटिक्स अपने आसपास बिखरे इन आँकड़ों को प्रोसेस कर रहा था, तो सूर्य उसके सिर पर आ गया था। उसने स्विच बदला और नेपो के विकल्प की तलाश के लिए किए गए प्रयासों के बारे में छानबीन करने लगा। उसने महसूस किया कि वे लोग कई जैक से इस दिशा में संघर्ष कर रहे थे, लेकिन अब तक सफल नहीं हुए थे। आशा से भरे बहुत सारे प्रयास शुरू किए गए थे, लेकिन उनमें से कुछ भी सफल नहीं हो पाए थे। जो प्रयास किए गए थे, वे नेपो को रिफाइन करने के लिए और उनके परिणामों के लिए किए गए थे। पैटिक्स ने मत्सु के लिए स्विच बदला और नेपो के उपभोग और उनके भंडारण की गुणवत्ता के बारे में आँकड़े जुटाने की कोशिश की। हालाँकि वह उपभोग के बारे में जानकारी जुटा पाया, लेकिन गुणवत्ता के बारे में जानकारी गुप्त थी और उसकी पहुँच से परे थी।

पैटिक्स रुक गया और खड़ा हो गया। उसे वल्हन के प्रश्न की कुंजी मिल गई थी। जब तक वह कमरे से बाहर आता, दोपहर ढल चुकी थी। उसने इटियस बिल्डिंग के बेसमेंट के लिए एलिवेटर लिया। वह उस गलियारे तक चलकर आया जो इटियस और कोशुम के बेसमेंट को जोड़ता था। जैसी कि उम्मीद थी, वहाँ कोई भी नहीं था। दूसरे अन्तिम छोर की तरफ एक दरवाजा था, जिस पर कोई साइन बोर्ड नहीं लगा था। यह गुमनाम दरवाजा दीवार में मिल जाता था। पैटिक्स दरवाजे तक चलकर गया, उस पर बने निशान को घूरने लगा। यह अपने-आप खुल गया। जब वह अन्दर घुसा तो दरवाजा तुरन्त ही अपने-आप बन्द हो गया। पैटिक्स अब एक और मामूली-से लगने वाले दरवाजे के सामने खड़ा था। उसने अपने दोनों हाथ दरवाजे पर रखे तो उसके लैक्स पर एक नम्बर आ गया। उसने यह नम्बर कंसोल पर पंच किया तो दरवाजा खुल गया। सामने उनुमो की ऑपरेशनल यूनिट थी। नोटस में उसकी पिछली विजिट के बाद उनुमो के रिकॉर्ड में उसके पैरामीटर अपडेट कर दिए गए थे।

उनुमो यूनिट एक बहुत लम्बा कमरा था और उसमें बहुत सारे वर्कस्टेशन और कंसोल बने हुए थे। दो टोबोट अपने-अपने वर्कस्टेशन पर काम करने में व्यस्त थे। जब वे बबल्स से मिली जानकारी प्रोसेस करते थे तो मशीनों से हल्की भिनभिनाहट की आवाज आती थी। बबल्स बहुत ही नाजुक उपकरण थे जो फैंस के ऊपर तैरते रहते थे। वे बेहद संवेदनशील थे और तेज ग्रहण-शक्ति से लैस। दूसरी तरफ से किसी भी पड़ताल का जरा-सा भी शक होने पर वे अपने-आप स्विच ऑफ हो जाते थे। वे न तो दिखाई देते थे और न सुनाई देते थे। वे फैंस पर चक्कर काटते हुए दूसरी तरफ के चैनलों से कोई भी आहट या शोर पकड़ लेते थे। इन्हें उनुमो में

मशीनों द्वारा छाँटा जाता था। कुछेक की-बोर्डों पर आधारित दूसरी तरफ के बारे में रिपोर्टें तैयार की जाती थीं और पैटिक्स के स्क्रीन पर आ जाती थीं।

एक कंसोल के सामने बैठे हुए पैटिक्स काम में जुट गया। कुछ देर बाद उसकी पहुँच नेपो के भंडारों के डेटा तक हो गई। ये आँकड़े वल्हन ने गुप्त की श्रेणी में रखे हुए थे। जैसे-जैसे डेटा आने लगे और मशीनें पैटर्न और आँकड़ों की गणना करने लगीं, तस्वीर और साफ होती चली गई। पैटिक्स हैरान हुआ कि वल्हन ने गिरती हुई प्रगति के बारे में साइनेड को अवगत क्यों नहीं कराया था? यह बात काफी जैक पहले ही स्पष्ट हो चुकी थी।

पैटिक्स ने प्रोसेसिंग रोकी और चुपचाप बैठा रहा। कमरे के दूसरी तरफ स्क्रीन महत्त्वपूर्ण लोकेशनों के बारे में जीवन्त तस्वीरें फ्लैश कर रहे थे। पैटिक्स बदलती हुई तस्वीरों को घूरता रहा। एक तरह से यह बात अच्छी थी कि नेपो के भंडारों में गिरावट को अभी तक गुप्त रखा गया था। पैटिक्स इस जानकारी को अपनी योजनाओं के लिए इस्तेमाल कर सकता था।

कई जैक पहले से साइनेड में विजन की कमी पैटिक्स को परेशान कर रही थी। साइनेड से उम्मीद की जाती थी कि वह पुरुषों के हितों को पोषित करेगा। उससे उम्मीद की जाती थी कि वह जीवन में सुधार लाएगा। अलबत्ता, साइनेड बेकार और मामूली मामलों पर समय बरबाद कर रहा था। उनकी बैठकों में किसी महत्त्वपूर्ण मसले पर बातचीत ही नहीं की जाती थी। पैटिक्स साइनेड की बागडोर हथियाना चाहता था और एक योजना आगे बढ़ाना चाहता था ताकि ईलोन के मौजूदा शक्ति-सन्तुलन को ठीक कर सके।

दूसरी तरफ के लोगों के साथ शान्तिपूर्ण सह-अस्तित्व एक मजाक बनकर रह गया था। उन्हें गाइनके के साथ शान्ति की जरूरत नहीं थी। सारा का सारा नक्षत्र पुरुषों का होना चाहिए। आधे पहाड़, आधे समन्दर, आधे खनिज, सब कुछ आधे के साथ आधा ग्रह उसे परेशान करता था। वह इस अधूरे अस्तित्व के साथ अनगिनत जैक से रह रहा था। वह जानता था कि अब समय आ गया है कि पूर्ण बना जाए। ईलोन को पूरी तरह से अपने कब्जे में ले लिया जाए। पिछले युद्ध के बाद जब उनकी संख्या बहुत कम हो गई थी और एक युद्धविराम की माँग की गई थी तो कई लोगों ने अन्तिम धक्का देने के लिए जोर दिया था, लेकिन यह अस्तित्व का, उनके जीवित रहने का सवाल बन गया था। अलबत्ता, जब से फैंस अस्तित्व में आई थी, उन्होंने अपने शहरों को विस्तार दिया था और बहुत तेजी-से अपनी संख्या बढ़ाई थी, लेकिन अब तक ईलोन की आधी क्षमता तक। पैटिक्स और कुछ दूसरे लोगों के लिए इस बात में कभी भी कोई शक नहीं था कि ईलोन पुरुषों का था। वे हमेशा से इस ग्रह को अपना मानकर चल रहे थे। अब वक्त आ गया है कि इसे गाइनके से वापिस हासिल किया जाए।

कई लोगों के लिए फैंस शान्ति का प्रतीक थी, लेकिन पैटिक्स के लिए यह एक हमेशा खटकने वाला ऐसा तकाजा थी जो उन्हें उनकी सीमा की, हदबन्दी की याद दिलाती रहती थी। वह इस बात को कभी समझ नहीं पाया था कि कई लोगों ने सीमा को स्वेच्छा से स्वीकार कर लिया था। कई जैक से पैटिक्स इस बात की कोशिश कर रहा था कि उसे ऐसा कोई ठोस कारण मिल जाए जिसके आधार पर वह लोगों को इस बात के लिए समझा सके कि ग्रह के बँटवारे को खत्म कर दिया जाना चाहिए। पैटिक्स इस बात की कोशिश कर रहा था कि वह कोई रास्ता खोजे और लोगों को इस बात के लिए मजबूर करे कि वे फैंस को हटाने के लिए मान जाएँ और अपनी सीमाओं को तोड़ डालें।

और अब, इसके लिए कारण सामने था। नेपो के भंडार कम होते जा रहे थे। अगर सही तरीके से काम किया जाए तो उन्हें नेपो के गिरते हुए भंडारों की वजह से कार्रवाई करने के लिए प्रेरित किया जा सकता था। वह इसके बारे में जितना ज्यादा सोचता, उसे उतना ही पक्का यकीन होता जा रहा था कि उसे वह कारण मिल गया है जिसकी वह कब से तलाश कर रहा था—अपनी सीमाओं को परे धकेलने का कारण।

पैटिक्स उस कंसोल तक चलकर आया जो बबल्स से मिलने वाली जानकारी को प्रोसेस करता था। आ रही रिपोर्टों को उसने स्कैन किया। उसने पाया कि एक शब्द 'सीनी' बार-बार बातचीत में आ रहा था। ऐसा लगा कि हो न हो, यह शब्द या कोई व्यक्ति गाइनके के लिए मायने रखता है। वह बैठ गया और एक बार फिर से रिपोर्टें प्रोसेस करने लगा।

ट्रैवलर की खिड़की से पीछे की तरफ गुजरता बाहर का नजारा धुँधला नजर आ रहा था। शहर पीछे छूट चुका था। अब पेड़, हरियाली और झरने नजर आने लगे थे। चारों तरफ रंगों की बहार थी।

जिस वक्त रादुल ने पैटिक्स से पॉइंट पर मुलाकात के बारे में तय किया था, उसे नहीं मालूम था कि यह जगह शहर से बहुत दूर होगी। लैक्स ने उसे दूरी के बारे में बताया था और यह भी बताया था कि वहाँ पहुँचने में कितना समय लगेगा, लेकिन वास्तविक यात्रा अन्तहीन लग रही थी।

इस समय रादुल पैटिक्स के आदेशों को बिना आगा-पीछा सोचे मान रहा था, लेकिन जब तक साइनेड की अगली बैठक होगी, यह चरण बीत चुका होगा।

पीछे की तरफ खिड़की के पास बैठे हुए रादुल ने अपनी आँखें बन्द कर लीं

और उस भाषण की रिहर्सल करने लगा जो वह साइनेड की अगली बैठक में देने की योजना बना रहा था।

"जब वे शुरू करते हैं तो वे बहुत छोटे होते हैं। अलबत्ता, अपने नन्हे-से रूप में भी वे वह सब होते हैं, जिसकी आपने कल्पना की थी। वे छोटे, बड़े, साफ रंग के, गहरे रंग की नीली आँखों वाले या भूरी आँखों वाले हो सकते हैं। वे खगोलशास्त्र में सर्वोत्तम हो सकते हैं या गणित में भी। यहाँ तक कि खाना पकाने में भी महारत हासिल कर सकते हैं। यहाँ बैठे हुए हममें से कितने याद कर सकते हैं कि वे अस्तित्व में थे? जी हाँ, मैं सृजनों के बारे में बात कर रहा हूँ, लेकिन मैंने कभी भी कोई सृजन नहीं देखा और मैं जानता हूँ कि यह तथ्य है कि मेरे जैसे साइनेड की इस बिल्डिंग के बाहर ऐसे बहुत सारे लोग हैं। जब मैंने कोशुम में एक सृजन की इमेज देखी तो मुझे एक हानि का अजीब-सा एहसास हुआ, मानो किसी बहुत बेसिक चीज के लिए मुझे मना कर दिया गया है। और क्यों? क्योंकि कुछ अरसा पहले इस साइनेड पर बुद्धिमान लोगों ने यह तय किया था कि जब तक हम उस जनमत तक नहीं पहुँच जाते जो सृजन के लिए जरूरी है, हमें उसकी अनुमति नहीं देनी चाहिए। हमें अभी भी उस फैसले तक पहुँचना है, जिसके बारे में लोग कभी भी बात करना नहीं चाहते और इस तरह से यह स्थगन चला आ रहा है। इसलिए मैं चाहता हूँ कि मैं इस चर्चा को दोबारा इस सदन में लाऊँ। क्या सृजन पर रोक को दोबारा देखने का समय नहीं आया है?"

रादुल ने अपनी आँखें खोलीं। उसे अपना भाषण एकदम शानदार तरीके से याद हो गया था। वह यह मानकर चल रहा था कि वह साइनेड का ध्यान अपनी तरफ आकर्षित कर सकेगा। अलबत्ता, जो उसने पहली बार सृजन को देखकर अपनी प्रतिक्रिया के बारे में कहने की योजना बनाई थी, वह पूरी तरह से सही नहीं थी। उसने इमेज को देर तक और कड़ी निगाह से देखा था और न तो उससे कुछ जुड़ाव महसूस हुआ था, न ही सृजन तैयार करने की कोई इच्छा ही पैदा हुई थी।

जिस समय वह सृजन प्रोसीजर को और उसके मैच्योर होने में लगने वाले समय को प्रोसेस करने की कोशिश कर रहा था तो उस असहाय सृजन की छवि उसके दिमाग में जम गई थी। उसने यह पाया था कि सृजन को कम-से-कम पन्द्रह जैक लगते हैं जब वह खुद अपने-आप जी सके। उसने यह भी पाया था कि शुरू के दिनों में ऐसे केन्द्र थे जहाँ सृजनों को पाला-पोसा जाता था, पढ़ाया जाता था और बड़ा किया जाता था। रादुल को धुँधला-सा वह केन्द्र याद आ रहा था जहाँ वह खुद बड़ा हुआ था, लेकिन अब ऐसे केन्द्र बन्द हो चुके थे। उसने महसूस किया कि सृजन करने का काम फिर से शुरू करने के लिए प्रमाणित तौर पर आदेश जारी करने होंगे।

केवल यही कारण नहीं था कि उसने इवी को बताया था कि वह अब तक सृजन के लिए तैयार नहीं है। वास्तव में वह नहीं जानता था कि वह सृजन के लिए क्या शर्तें रखेगा? वह चयन करने के बारे में सोच भी नहीं पाया था। उसने इसके बारे में पहले उड़ते-उड़ते और बाद में गहराई से सोचा था। यह जटिल मामला था और एक मुश्किल निर्णय था। उसके लिए यह व्यक्तिगत रूप से बड़ा मामला था। उसकी जरूरत नहीं थी, लेकिन सृजन के बारे में बहस करने के लिए एक तरीका था कि साइनेड के ध्यान में फिर से गाइनके को लाया जाए।

ट्रैवलर रुक गया और दूसरी दो सवारियाँ उतर गईं। थोड़ी देर के इस ठहराव में रादुल ने बाहर झील के पास एक छोटी-सी बस्ती देखी। थोड़ी दूरी पर निर्माण इमारतों के ढाँचे नजर आ रहे थे।

जैसे ही ट्रैवलर ने गति पकड़ी, बाहर का नजारा बदल गया और आकाश भी बदल गया। दोपहर के सूरज की जगह घने बादलों ने ले ली थी। खाली ट्रैवलर के शीशों पर पानी टकरा रहा था। रादुल ने अपना चेहरा काँच की खिड़की से सटा लिया। पानी की बूँदें शीशे से टकरा रही थीं। पानी आता, वैसे ही गायब हो जाता। बरसात जैसे शुरू हुई थी वैसे ही बन्द हो गई। सूर्य एक बार तेजी-से चमकने लगा। रादुल पहले ही ट्रैवलर में बहुत सारा समय बिता चुका था। यात्रा खत्म होने का कोई आसार नजर नहीं आ रहा था। अचानक एक तीखे मोड़ के बाद ट्रैवलर धीमा होने लगा।

पॉइंट आ चुका था। रादुल ट्रैवलर से उतरा, आसपास देखते हुए उसने अपनी बाँहें फैलाईं। यह जगह सैलानियों के लिए मस्ती की लग रही थी। यह बात वह वहाँ लगे संकेतों और ढाँचों से तय कर पाया। अलबत्ता, इस समय यह जगह सुनसान थी। दरअसल नजदीक से देखने पर ऐसा लग रहा था कि इस जगह पर काफी अरसे से कोई भी नहीं आया है। रादुल ने एक मेहराबदार प्रवेश द्वार पार किया। धीमी हवा बह रही थी, जो निराशा के एहसास को हवा दे रही थी। रादुल ने एक बड़ा-सा सफेद आकार देखा। जहाँ वह खड़ा था वहाँ से वह सादगीपूर्ण और गोलाकार दिखाई दे रहा था। नजारे में कुछ भी खास नहीं था, सिवाय इसके कि आसपास के माहौल में एक बड़े आकार का कुछ था। कोई पेड़ नहीं, कोई झाड़ियाँ नहीं और कोई दूसरी बिल्डिंग भी नहीं, जो इस सपाट माहौल को कुछ राहत देती। बस, यही सफेद आकार सामने नजर आ रहा था। रादुल ने पीछे मुड़कर पूरे नजारे को एक बार फिर देखा।

पैटिक्स ने रादुल को दूर से आते देखा। उसे यह देखकर खुशी हुई कि रादुल ने अपने बाल कटवा लिए थे। अब उसके बाल गर्दन तक आ रहे थे। उसकी हल्की हरी कमीज और गहरा नीला पैंट उसे जँच रहा था। रादुल का पूरा व्यक्तित्व बेहतर लग रहा था। अब उसे देखकर साइनेड के दूसरे सदस्य उखड़ेंगे नहीं। जैसे

ही रादुल उसके नजदीक आया, पैटिक्स ने सफेद आकार के पीछे से उसे पुकारा, "इस तरफ चले आओ, रादुल। यही पॉइंट का प्रवेश द्वार है।"

रादुल दूसरी तरफ चला आया और उसने देखा कि यह ढाँचा लगभग आधा गोलाकार है। गोलाकार आकार में पाँच सीढ़ियाँ थीं, जो एक दरवाजे की तरफ जाती थीं। ईलोन की टोपोग्राफी की छवि उस पर देखी जा सकती थी। पहाड़, नदियाँ और समन्दर सफेद रंग में रँगे गए थे। आकार की चमक से दोपहर के सूरज में आँखें चुँधिया रही थीं।

"क्या तुम यहाँ पहले कभी आए हो? तुम्हें पता है कि यह किस चीज की नुमाइन्दगी करती है?"

"नहीं, मुझे नहीं पता। हालाँकि यहाँ का उजाड़ नजारा यह बताता है कि यहाँ लम्बे अरसे से कोई नहीं आया है! ऐसा है क्या?"

"आओ, पेड़ के तले उन स्टूलों पर बैठें। वहाँ से यह पूरा नजर आएगा।" पैटिक्स ने रास्ता दिखाया।

जब वे धूप में नहाया सफेद ढाँचा देख रहे थे, रादुल को लगा कि यह सब डरावना लग रहा है। चारों तरफ लापरवाही का आलम नजर आया। रादुल इन्तजार कर रहा था कि पैटिक्स बातचीत शुरू करे। वह जानता था कि कोई-न-कोई कारण होगा, जिसकी वजह से पैटिक्स ने उसे इस उजाड़ जगह तक की यात्रा करने के लिए कहा है।

आकार की तरफ ध्यान से देखते हुए पैटिक्स ने बात शुरू की, "यह उस समय का यादगार स्मारक है जब हम धरती से यहाँ पर आए थे। यह कई जैक पहले की बात है। यह ढाँचा पिछले युद्ध के तुरन्त बाद बनाया गया था। इसे 'पॉइंट' कहा जाता है, लेकिन दरअसल यह वह पॉइंट नहीं है जहाँ हम उतरे थे। सच तो यह है कि कोई भी नहीं जानता कि असली पॉइंट किस जगह पर है?"

रादुल ने दिलचस्पी से सिर हिलाया।

"यही कारण है कि इसे आधे गोलाकार रूप में बनाया गया है। यह इस बात को दर्शाता है कि ईलोन के आधे पर हम बसे हुए हैं।" पैटिक्स ने कहना जारी रखा, जबकि रादुल ध्यान से स्मारक को देखता रहा।

"ठीक है, लेकिन ये पाँच सीढ़ियाँ क्यों हैं?" ढाँचे को ध्यान से देखते हुए रादुल ने कहा। वह इस बात से परेशान हो रहा था कि पैटिक्स इस मुलाकात का असली कारण कब बताएगा?

रादुल यह निश्चित रूप से सोच रहा था कि पैटिक्स के दिमाग में कोई खिचड़ी पक रही है और निश्चित ही वह इस योजना का हिस्सा होगा। रादुल को इसका भी एहसास हो रहा था, लेकिन पैटिक्स की मंशा का पता लगाने के लिए उसे धीरज धरना होगा।

"हम जानते हैं कि जो स्पेसशिप हमें यहाँ लेकर आया था, उस पर पाँच सीढ़ियाँ बनी हुई थीं ताकि जमीन पर उतरा जा सके। हम स्पेसशिप पर गाइनके के साथ आए थे और बाद में अलग हो गए।"

तब पैटिक्स ने थोड़ी देर रुककर कहा, "रादुल, तुम गाइनके के बारे में क्या सोचते हो?"

रादुल ने पैटिक्स की तरफ देखा जो अपनी कंचे जैसी भूरी आँखों से बिल्डिंग की तरफ देख रहा था। उसके माथे पर चाहत, बेचैनी और महत्त्वाकांक्षाएँ साफ-साफ देखी जा सकती थीं। रादुल ने महसूस किया कि पैटिक्स भी उसी की तरह गाइनके के बारे में सोच रहा है। उनकी मौजूदगी उसे परेशान कर रही थी।

रादुल को उस रात की बात याद आई जो उसने कोशुम में बिताई थी। उसने वहाँ बहुत सारी ऐसी चीजों के बारे में छवि बनाई थी, जिनके बारे में उसने अब तक सिर्फ सुना था। गाइनके के बारे में जब भी बात की जाती थी तो उनका जिक्र अमूर्त रूप में किया जाता था। उनके साथ कोई इमेज नहीं जुड़ती थी। जब उसने पहली बार गाइनके की इमेज देखी थी तो वह इस बात को लेकर हैरान हुआ था कि वह कमोबेश पुरुषों की तरह दिखती थी। उनकी तरह उनके भी दो हाथ और दो टाँगें थीं और वे सीधे तन कर चलती थीं। उनके बारे में वह केवल एक ही फर्क देख पाया था कि उनका सीना उभरा हुआ था, जबकि पुरुषों के साथ ऐसा नहीं था। वे आमतौर पर लम्बे बाल रखती थीं और उनकी पोशाक खास होती थी। वे घुटनों तक की लम्बी कमीज पहनती थीं जिसके साथ नीचे पैंट या कोई घेरदार पोशाक होती थी। उनके कपड़े रंगीन होते थे और उन पर डिजाइन बने होते थे जबकि पुरुषों की पोशाक ऐसी नहीं होती थी। लेकिन जिस बात ने उसे हैरान किया था, वह उन दोनों की समानता थी। उसने इसके बारे में गहराई से सोचने की कोशिश की थी, लेकिन उनके बारे में बहुत ज्यादा जानकारी उपलब्ध नहीं थी कि वे किस तरह से रहती थीं और वे फैंस की उस तरफ अलग क्यों रहती थीं जबकि सच तो यह था कि वे पुरुषों से किसी भी रूप में अलग नजर नहीं आती थीं।

"मैं हमेशा सोचता रहा कि वे अलग प्रजाति के लोग हैं, लेकिन हाल ही में मैंने पाया कि वे हमसे ज्यादा अलग नजर नहीं आतीं। उनका भी हमारी तरह अस्तित्व है। वे भी हमारी तरह चलती हैं, बात करती हैं, खाती हैं, सोती हैं और हमारी तरह सूर्य के रास्ते को अपनाती हैं। मैंने यह भी पता लगाने की कोशिश की थी कि वे हमारे साथ धरती पर कैसे रहती थीं? लेकिन कोशुम में सिर्फ वही जानकारी है कि जब हम यहाँ पर एक साथ पहुँचे थे। मुझे पता है कि हम सब साथ एक ही स्पेसशिप पर आए थे, लेकिन तत्काल दोनों ने अलग-अलग इलाकों पर कब्जा कर लिया था। जब से हम यहाँ आए हैं, हम लगातार आपस में टकराते रहे हैं और यह फैंस के लगने के बाद ही हुआ है कि कुछ हद तक शान्ति बनी हुई है। मैं जानता हूँ कि

हमारा आधा ईलोन उनके कब्जे में है, लेकिन मैं यह भी जानता हूँ कि वे सृजन कर रही हैं, जबकि हम नहीं कर रहे हैं।"

पैटिक्स उसे सुनता रहा। यह स्पष्ट हो चुका था कि अपने-आपको बेहतर बनाने के लिए रादुल लगा हुआ था। अगर वह इसी रास्ते पर चलता रहा तो मौजूदा परिस्थितियों में एक आदर्श उम्मीदवार बनकर दिखाएगा।

"हमारा ईलोन? क्या ईलोन पर गाइनके का कोई हक नहीं है?" उसने पूछा।

रादुल ने सही उत्तर सोचने में कुछ समय लिया, क्योंकि वह जानता था कि यह बातचीत मायने रखती है। यह बात यहाँ की सेटिंग से ही स्पष्ट हो रही थी।

"वर्तमान में हम दोनों ईलोन को शेयर करते हैं, लेकिन आखिरकार या तो यह हमारा होगा या उनका होगा। और पैटिक्स यह बात भी है कि वे सृजन के जरिए अपनी संख्या बढ़ा रही हैं और हम संख्या नहीं बढ़ा रहे हैं। यह कम-से-कम हमारी चिन्ता का विषय तो है ही। मैं साइनेड की अगली बैठक में सृजन पर लगी रोक के मामले को उठाना चाहता हूँ। हमें सृजन पर लगी इस रोक को हटाना ही होगा ताकि अपनी संख्या को बढ़ाने के लिए हम सृजन को फिर से शुरू कर सकें।" रादुल ने जवाब दिया। तब उसने हिचकते हुए आगे जोड़ा, "क्या मैं तुम्हें बताऊँ कि मैं यह सब कैसे शुरू करने के बारे में सोच रहा हूँ?" वह जानना चाहता था कि पैटिक्स की सृजन के मामले में प्रतिक्रिया क्या है?

"तुम्हें क्या लगता है कि साइनेड ऐसा करने देगा, रादुल? तुम्हें लगता है कि वे सृजन पर लगी रोक को हटा देंगे? माना, वे इस रोक को हटा भी देते हैं, तो यह ग्रह हमारा कैसे हो जाएगा?" रादुल ने सोचा कि उसे पैटिक्स के लक्ष्य की झलक मिली है।

"ऐसा है कि अगर हमारे पास पर्याप्त जनसंख्या है तो हम एक ही धक्के में उनसे छुटकारा पा सकते हैं। ऐसा मुझे लगता है।" रादुल को लगा कि पैटिक्स के पास आगे बढ़ने के लिए कोई योजना है। सूरज ढल रहा था और स्मारक की सफेद बिल्डिंग पर सफेद आभा छोड़ रहा था।

रादुल चाहता था कि पैटिक्स उसे बताए कि वह उससे क्या करवाना चाहता था? शहर लौटने के लिए उसे लम्बी यात्रा करनी थी और जब तक वह घर पहुँचेगा, रात हो चुकी होगी। फिर भी वह शान्ति से इन्तजार करता रहा कि पैटिक्स मूल मुद्दे पर बात करे।

"लेकिन तुम ऐसा क्यों सोचते हो कि पुरुष कभी झटका देने के बारे में सोचेंगे भी? यहाँ तक कि उन्होंने पॉइंट पर आना भी बन्द कर दिया है। यह पॉइंट इस मकसद से बनाया गया था ताकि यह हमें लगातार हमारे अधूरे अस्तित्व के बारे में याद दिलाता रहे, लेकिन सब लोगों ने सारी चीजों को वैसे ही स्वीकार कर लिया है जैसी वे हैं। तुम्हें लगता है कि सिर्फ अपनी संख्या बढ़ा देने भर से पुरुष हमला

करने के लिए राजी हो जाएँगे? नहीं रादुल नहीं। जब तक इसके लिए कोई ठोस कारण नहीं होता तब तक नहीं; क्योंकि दोनों पक्षों में से कोई भी यह युद्ध-विराम नहीं तोड़ना चाहता।" पैटिक्स रुका मानो साँस ले रहा हो, लेकिन वास्तव में वह रादुल की प्रतिक्रिया को देखना चाहता था। तब उसने निर्णायक रूप में कहा, "अगर तुम सोचते हो कि तुम इसे आगे बढ़ाना चाहते हो तो तुम्हें इसके लिए कारण भी दे सकता हूँ।" पैटिक्स ने अब जाल फेंक दिया था और अब यह रादुल पर निर्भर करता था कि वह कैसी प्रतिक्रिया देगा? उसी के जवाब से यह तय होगा कि उसे लेने का फैसला सही था या गलत? या फिर पैटिक्स को इस काम के लिए किसी और को देखना पड़ेगा—कोई ऐसा व्यक्ति, जो इस पूरे ऑपरेशन का चेहरा बन सके। कोई ऐसा व्यक्ति, जो मंच पर रहे और पैटिक्स परदे के पीछे से सारे सूत्र अपने हाथ में रखेगा और सुरक्षित तरीके से पीछे छुपा रहेगा।

रादुल डूबते सूर्य की गुलाबी रौशनी में नहाए उस उजाड़ सफेद ढाँचे को देखता रहा। क्या वह इस बात के लिए तैयार था कि इस पूरे मामले में अपने-आप को फँसाए? क्या चाहता है कि यह ईलोन का अधूरा स्मारक पूरा बन जाए? क्या वह इस बात के लिए तैयार है कि जो मशाल पैटिक्स उसे सौंपना चाहता है, उसे अपने हाथ में ले ले? उसे याद आया कि जब इमे उसकी तरफ पीठ करके बैठा हुआ था, कोशुम में घुसने से पहले उसके पैर काँप रहे थे, उसका अस्त-व्यस्त घर? क्या यह सब कुछ बदल देगा? जो कुछ पैटिक्स पूछ रहा था, उसमें अनन्त सम्भावनाएँ छुपी हुई थीं।

"पैटिक्स, यह नक्षत्र हमसे, पुरुषों से ताल्लुक रखता है। हमें यह आधा ग्लोब पूरा करने की जरूरत है।" उसने स्मारक की तरफ इशारा किया, "उसे पूरा बनाना है। हो सकता है, गाइनके संख्या में हमसे ज्यादा हों, लेकिन हम उन्हें प्रयासों में आसानी से पीछे छोड़ सकते हैं। पुरुष दोबारा क्यों लड़ेंगे, पैटिक्स? मुझे बताओ, पुरुषों को नेतृत्व देने की जिम्मेवारी मेरी होगी? मैं यह कर सकता हूँ। मुझे विश्वास है, क्योंकि मैं यह मानता हूँ कि ईलोन को और बढ़ने और विस्तार देने की जरूरत है।"

इस सुनसान इलाके में रादुल का विश्वास-भरा कथन मनहूस तरीके से गूँज रहा था। पैटिक्स ने रादुल को देखा। उसकी नीली आँखें चमक रही थीं और उनमें उत्सुकता और सतर्कता थी। पैटिक्स ने महसूस किया कि अब इस पर भरोसा करके चांस लिया जा सकता है।

"रादुल, हमारे नेपो के भंडार कम होते चले जा रहे हैं। हमें अपने अस्तित्व को बनाए रखने के लिए इस बात की जरूरत है कि उनकी तरफ के भंडार हासिल करें। यह सबसे बड़ा कारण है। लेकिन एक और मसला तुरन्त हल करने की जरूरत है। उनकी तरफ एक नैक्स हो गया है। वे यह कह रहे हैं कि हमने विष के

जरिए यह किया है। मुझे पता है कि उनकी तरफ कुछ पक रहा है। हो सकता है, यही युद्ध का कारण बन जाए।"

राढुल ने सारी जानकारी अपने भीतर उतार ली। वह इस बात की उम्मीद नहीं कर रहा था। पैटिक्स ने नेपो और उसके घटते हुए भंडारों के बारे में जो कुछ भी कहा था, उससे उसकी रीढ़ की हड्डी में सिहरन दौड़ गई। वह सतर्क हो गया। नेपो उनके अस्तित्व का आधार था।

"क्या भंडार तेजी-से खत्म हो रहे हैं?"

"नहीं राढुल, लेकिन फिर भी कम होते जा रहे हैं और आखिर खत्म हो जाएँगे। दूसरी तरफ, गाइनके की तरफ विशाल भंडार हैं और उन्हें उनकी जरूरत भी नहीं है। वे अंग बदलने के लिए एक वैकल्पिक नवीकृत की जा सकने वाली सामग्री का इस्तेमाल करती हैं। मुझे विश्वास है कि उन्होंने हम पर नैक्स का इल्जाम लगाकर युद्ध के लिए नगाड़ा बजा दिया है।"

किसी का नैक्स हुआ, अब तक ऐसा सुना नहीं गया था। राढुल यह तय नहीं कर पाया कि इस तरह की कोई बात कैसे हो सकती है? पैटिक्स ने जो कुछ भी शेयर किया था, उसके बारे में उसने सोचा। अगर मामला नेपो का था, तो पुरुषों को उत्तेजित किया जा सकता है। इस कारण में क्षमता की सम्भावनाएँ थीं। फिर भी, अभी भी वह नैक्स को लेकर निश्चित नहीं था। यह ऐसा ही था कि किसी गड़े मुर्दे में जान डाल दी जाए। यह उनके अस्तित्व की वास्तविकता से परे की बात थी।

"क्या यह नैक्स हमारी वजह से हुआ है?" राढुल ने पूछा।

पैटिक्स खड़ा हुआ और उसने राढुल को अपने पीछे आने का इशारा किया। वे बाहर जाने के रास्ते की तरफ चलने लगे। पैटिक्स ने आधे ग्लोब की तरफ आखिरी बार देखा। उस सुनसान जगह पर अकेली छाया लम्बी होती जा रही थी। आखिरकार, फैंस के परे अपनी पहुँच को विस्तार देने की उसकी योजना एक निर्णायक रूप ले रही थी। उसके पीछे चल रहा व्यक्ति इस घटनाक्रम में निर्णायक भूमिका निभाएगा। पैटिक्स को इस बात को देखना था कि वह राढुल का बेहतरीन इस्तेमाल करे।

"क्या इससे कोई फर्क पड़ता है कि हमने नैक्स किया है या नहीं?" जब आप फैंस की दूसरी तरफ रहते हैं तो यह फर्क नहीं पड़ता कि क्या है, लेकिन इससे फर्क पड़ता है कि आप इसके बारे में क्या 'सोचते' हैं?

तलाश

सीनी कमरे में आई और इवी के वर्कस्टेशन के सामने की कुर्सी पर बैठ गई। अक्सर वह ऐसा नहीं करती थी। आमतौर पर वह हवा की तरह अन्दर आती और बाहर जाती और अपने सवाल या जानकारी पीछे छोड़ जाती। सीनी हमेशा की तरह आकर्षक और सुन्दर लग रही थी। उसके लम्बे बाल ढीले बँधे हुए थे। उसकी कमीज के रंग-बिरंगे डिजाइन गुलाबी स्कर्ट से मैच कर रहे थे। इसके बावजूद, उसके व्यक्तित्व में कुछ ऐसा था जो अलग था।

"तो, क्रॉनिकल की प्रोसेसिंग कैसी चल रही है? क्या तुम्हें उसमें मजा आ रहा है?" सीनी ने पूछा।

इवी अपनी कुर्सी में पीछे झुकी और जवाब दिया, "काम चल रहा है। तुम जानती ही हो कि मैंने क्रॉनिकल-ii की प्रोसेसिंग शुरू कर दी थी। कुछ चीजें नई हैं, लेकिन ज्यादातर चीजें मैं पहले से जानती हूँ। कुल मिलाकर अच्छा लग रहा है।"

इवी के सामने स्क्रीन पर ढेर सारी गतिविधियाँ चल रही थीं और वह उनकी तरफ दोबारा देखना चाहती थी, इसलिए उसने सीनी से कहा, "क्या तुम आज वॉल्ट में किसी खास चीज की तलाश में आई हो?"

काँच की खिड़कियों के पीछे सूरज डूब रहा था। उसकी सुनहरी आभा कुर्सी पर बैठी सीनी के चेहरे पर पड़ रही थी। वह इवी की तरफ देखकर सिर्फ रहस्यमय तरीके से मुस्कुराई।

"इवी, मैंने जो संगीत तुम्हें भेजा था, क्या तुम्हें अच्छा लगा था?"

"हाँ, वह मुझे बहुत अच्छा लगा था। यह मधुर है और बाँध कर रखता है। यह संगीत कहाँ से आया सीनी? उसकी रचना किसने की है?"

सीनी कुर्सी से उठ गई और बाहर की तरफ चलने लगी। वह अपने पीछे कुर्सी पर सूरज की सुनहरी आभा छोड़ गई थी।

"मुझे लगता है कि तुम संगीतकार की तलाश कर रही हो? है न? माया। क्या वह तुम्हें मिली?" जब इवी ने कोई जवाब नहीं दिया तो सीनी ने हौले-से कहा, "आओ मैं तुम्हें उसके पास ले चलती हूँ।" सीनी दरवाजे की तरफ मुड़ी।

इवी अपनी सीट से उठी और उसके पीछे दौड़ी, लेकिन सीनी गलियारे के मोड़ से पहले ही गायब हो चुकी थी। जब इवी मोड़ पर पहुँची वहाँ कोई नहीं था। इवी खाली गलियारे के कोने पर खड़ी, खोई हुई और हारी हुई महसूस कर रही थी।

वह झटके-से उठी। खोए जाने का एहसास उसके अस्तित्व पर हावी हो रहा था। अँधेरे में लेटी हुई वह अपने सपने के बारे में सोच रही थी। यह इतना जीवन्त और सच लग रहा था। माया की तलाश। उल्तूर द्वारा उसे सौंपी गई जिम्मेदारी, हर पहलू पर उसका पीछा कर रही थी।

इवी ने करवट ली। माया की तलाश एक अन्तहीन मिशन बन गई थी। यहाँ तक कि वह इराना हब के सिस्टम में भी तलाश कर चुकी थी। वह माया और उसके संगीत की तलाश में कई-कई दिन तक भटकती रही थी, लेकिन वहाँ भी कुछ नहीं था। उसके सामने एक खाली दीवार थी, जहाँ से वह कहीं नहीं जा सकती थी। इवी यह सब कुछ छोड़-छाड़ देना चाहती थी, लेकिन उल्तूर का यह पक्का विश्वास कि माया ही यह जानने की कुंजी हो सकती है कि पुरुषों ने सीनी पर हमला क्यों किया था, यह बात उसे तलाश जारी रखने के लिए काफी थी।

इवी वापिस नींद की गहराई में डूबती जा रही थी। उसने तय किया कि वह उल्तूर को बता देगी कि वह नहीं जानती कि मायावी माया की तलाश कहाँ करे?

बाहर बहुत तेज बरसात हो रही थी। दिन मटमैला और गहरा था। पहले से ही सुनसान गलियों में और अधिक उदासी छा रही थी। एक शटल अपना रास्ता बनाते हुए दूर कहीं जा रही थी और ऐसा लग रहा था कि वह अपना पूरा जोर लगाकर हो रही बरसात से संघर्ष कर रही थी। पूरे इलाके में तेज हवा चल रही थी और एक विजेता की तरह सारे इलाके पर अपना हक जमा रही थी।

बाहर हवा और पानी मजबूत चादरों की तरह फड़फड़ा रहे थे और भीतर उल्तूर के रंगीन अपार्टमेंट में मौन पसरा हुआ था। जहाँ पर उल्तूर बैठी हुई थी वहाँ से बरसात ऐसी लग रही थी मानो नृत्य कर रही हो। वह यह सारा मौन प्रदर्शन देख रही थी और दीवार पर लगी स्क्रीन पर लगातार कुछ-न-कुछ खटपट हो रही थी। उसके टैग पर लगातार सन्देश आ रहे थे, लेकिन वह केवल इवी द्वारा भेजे जाने वाले सन्देशों का इन्तजार कर रही थी। अभी तक माया की तलाश में कोई भी सफलता नहीं मिली थी।

उल्तूर भी तलाश कर रही थी। उसने सभी चैनलों को खँगाला था। खुले और गुप्त चैनल देखे थे, पुराने और नए चैनल देखे थे। किसी भी चैनल पर माया की

तलाश नहीं कर पाई थी। यहाँ तक कि उसने वॉल्ट में लॉग किया था और गहराई से माया की तलाश की थी। माया का केवल एक ही सन्दर्भ विशाल शब्दकोश लैक्सिकन में मिला था, जिसमें यह बताया गया था कि माया का अर्थ भ्रम होता है। उल्तूर इस बात से हैरान हो गई थी कि क्या सीनी किसी और तरफ इशारा कर रही थी जिसके सन्दर्भ में माया आ रही थी?

जैसे-जैसे दिन बीतते गए, उल्तूर ने सीनी के जाने को जैसे-तैसे स्वीकार कर लिया था, लेकिन वह इस बात को पूरी तरह से स्वीकार नहीं कर पाई थी कि सीनी जिन स्थानों पर रहती थी, उन सभी स्थानों से पूरी तरह से गायब हो गई थी। घर पर सीनी का वर्कस्टेशन और काम की जगह का वर्कस्टेशन पोंछ दिए गए थे। ऐसा लग रहा था कि ईलोन के इतिहास में कभी सीनी का अस्तित्व ही नहीं रहा था।

अब तक बरसात लगभग रुक चुकी थी। उल्तूर खिड़की तक चलकर आई और आसमान की तरफ देखा। उसे अपने भीतर गहरी थकान महसूस हुई। उसे शायद कुछ अंग बदलने की और थैरेपी की जरूरत थी। उसके अपार्टमेंट के सामने की सड़क लम्बी और अन्तहीन लग रही थी। सड़क शहर भर का चक्कर काटती थी। सड़क खाली और निर्जन लग रही थी। यह जानना कैसा लगेगा कि यह सब कहीं खत्म हो जाएगा। यह जानना कि अस्तित्व सतत् नहीं है और अन्तहीन नहीं है। अगर वह अंग बदलना बन्द कर दे तो यह सब कब खत्म हो जाएगा?

मेज पर रखे उसके टैग से बीप सुनाई दी। इससे उसके विचारों की शृंखला टूट गई।

दूसरी तरफ से इवी ने वही कुछ बताया, जो पिछले कई विहान से वह बताती चली आ रही थी।

"माया नाम के किसी व्यक्ति की कोई भी खबर नहीं है! मैं उन सभी जगहों पर देख चुकी, जिनके बारे में मैं सोच सकती थी।" उल्तूर ने टैग वापिस मेज पर फेंक दिया।

वह अपने दिमाग में चल रहे विचारों से छुटकारा पाना चाहती थी। क्यों वह अपने अस्तित्व को खत्म करने के बारे में सोच रही थी? यह विचार उसके दिमाग में कहाँ से आया था? क्या यह सीनी की अनुपस्थिति की वजह से था?

यह विचार उनके अस्तित्व के लिए अभिशाप था। इससे पहले यह उसके दिमाग में नहीं आया था। उल्तूर ने अपने काम की तरफ ध्यान देने की कोशिश की। यह काम माया की तलाश था।

उसने टिओनी को टैग किया क्योंकि वह भी माया और उसके संगीत के बारे में जानती थी। पलभर में टिओनी उसके सामने स्क्रीन पर मौजूद थी। उसके पीछे उसका अपार्टमेंट गन्दा और बिखरा हुआ लग रहा था।

"टिओनी, क्या तुम्हें माया के बारे में कुछ पता है कि वह कौन है?" बिना किसी भूमिका के उसने सीधे ही सवाल किया।

"माया, तुम्हारा मतलब उस संगीतकार से है? नहीं, मैंने उसे तलाशने की बहुत कोशिश की, लेकिन उसे पा नहीं सकी। तुम्हें भी वह नहीं मिली? मैं सिर्फ यही जानती हूँ कि वह बहुत मधुर संगीत की रचना करती है।"

उसके उत्तरों से यह स्पष्ट था कि इवी ने अपनी बातचीत टिओनी के साथ शेयर नहीं की थी।

जिस वक्त उल्तूर जवाब तैयार कर रही थी, तारा घुटनों के बल चलते हुए आई और टिओनी के पैरों के पास खेलने लगी। टिओनी ने उसे उठा लिया और उल्तूर की तरफ क्षमा-याचना करते हुए देखा, लेकिन उल्तूर खयालों में खोई हुई थी। उसे याद ही नहीं आ रहा था कि उसने आखिरी बार सृजन को कब देखा था? माया और संगीत के बारे में वह भूल गई। वह सब कुछ भूल गई जो उसके आसपास हो रहा था। वह मंत्रमुग्ध-सी टिओनी को तारा को दुलराते हुए देख रही थी।

तारा को खिलौना देकर नीचे बिठाने के बाद टिओनी वापिस बातचीत की तरफ मुड़ी। जिस समय तारा खेल रही थी, वह जोर-जोर की आवाजें निकाल रही थी और ऊधम मचा रही थी। यह सब उल्तूर के शान्त घर के स्क्रीन पर तैरता हुआ दिख रहा था।

"सीनी ने इराना हब में माया को देखने के लिए कहा था। चूँकि वहाँ इस नाम का कोई भी नहीं था और न कभी रहा था, हो सकता है, माया का सीनी के काम के साथ कुछ रिश्ता हो।" टिओनी नहीं जानती थी कि सीनी के बारे में उल्तूर से कैसे बात करे? यही वह सबसे अच्छी बात थी जो वह कर सकती थी।

"उसका नाम क्या है? वह कहाँ से आई है? मुझे नहीं पता था कि अब तक सृजन हो रहे हैं। इससे मुझे उस वक्त की याद आ रही है, जब मैं सीनी को घर लाई थी। उस समय बहुत काम होता था।" उल्तूर अभी भी तारा की तरफ घूर रही थी। उस छोटे-से सृजन में से अद्‌भुत ऊर्जा निकल रही थी। यह एक ऐसी चीज थी जो उनके अस्तित्व में से गायब थी।

"तारा? हाँ, उसकी देखभाल के लिए बहुत कुछ करने की जरूरत पड़ती है। हिदायतों के मैन्युअल में जो कुछ दिया गया है, उससे व्यक्ति पूरी तरह से तैयार नहीं होता।" तारा की तरफ देखते हुए टिओनी ने जवाब दिया।

तब उल्तूर की तरफ मुड़ते हुए उसने कहना जारी रखा, "तुम बहुत थकी हुई लग रही हो, उल्तूर। तुम रैमप्लाजो में क्यों नहीं चली आती? कुछ अंग बदलने होंगे, थोड़ी-सी थैरेपी करनी होगी और तुम बिलकुल ठीक हो जाओगी।" टिओनी ने सुझाव दिया।

यह टिप्पणी सुनकर उल्तूर वापिस अपने शान्त अपार्टमेंट में लौट आई, जो हर तरीके से रंगीन और चमकदार लगने की कोशिश कर रहा था।

"हम अंग बदलने के बजाय विकल्पों के बारे में क्यों नहीं सोचते, टिओनी?" उल्तूर ने ठंडी साँस भरी।

"विकल्प? ऐसा है उल्तूर कि विकल्पों के लिए अनुसन्धान चल रहा है। हम ऐसी दिशा में काम कर रहे हैं जहाँ अंग भीतर ही भीतर अपने-आप नए सिरे से तैयार हो जाएँगे और तब बाहर से अंग बदलने की जरूरत हमेशा के लिए खत्म हो जाएगी, लेकिन ऐसा करने में कई जैक का समय लगेगा। तुम अंग बदलने के लिए जल्दी आओ।" टिओनी ने कहा।

"हाँ, मैं आऊँगी। तारा का अच्छे-से खयाल रखना।" इसके साथ ही टिओनी की छवि गायब हो गई।

सृजन, अंग बदलना, विकल्प, माया, सीनी—ये सारे विचार उल्तूर के दिमाग में तूफान मचाए हुए थे। उसने खुद को याद दिलाया, 'कोई भी विकल्प वास्तविकता नहीं है।' अंग बदलने को समाप्त करने के उसके विचार के लिए ईलोन में कोई जगह नहीं थी। हमेशा के लिए बने रहना, अनन्त काल तक जीवित रहना, यही शक्ति उन्हें प्रेरित करती थी। अगर यही लक्ष्य था तो यह जानना जरूरी था कि पुरुष क्या योजना बना रहे थे?

उल्तूर माया के बारे में वह सब सोचने लगी जो टिओनी ने कहा था। हो सकता है, सीनी माया के जरिए अपने काम के बारे में किसी तरफ कोई इशारा करना चाहती हो। यह सब बहुत अस्पष्ट और भ्रामक था। उल्तूर गई और सीनी के वर्कस्टेशन पर बैठ गई। वह अक्सर ऐसा करती थी। खाली स्क्रीन जैसे उसका मजाक उड़ा रहा था। सीनी का निर्जीव टैग वहीं पास ही रखा था।

उल्तूर ने खाली स्क्रीन के सामने अपना हाथ हिलाया और उसमें जीवन आ गया। मशीन ने पूछा, "तुम कहाँ जाना चाहती हो?"

उल्तूर बैठी रही। उसे यहाँ एक अलग तरह का आराम मिलता था। जब भी सीनी घर पर आती थी तो इसी जगह पर बैठती थी। कुछ देर रुकने के बाद मशीन ने फिर से पूछा, "तुम कहाँ जाना चाहती हो?"

उल्तूर चुपचाप बैठी रही और बाहर बरसात का नजारा देखती रही। बारिश लगातार हो रही थी और घनघोर हो गई थी और हवा के साथ बह रही थी। दो बार फिर से मशीन ने वही सवाल दोहराया, लेकिन उल्तूर बाहर बरसात और हवा में खोई हुई थी। तब अचानक उसने मशीन को कहते हुए सुना, "चलो, मैं तुम्हें वहाँ ले जाती हूँ जहाँ तुम अक्सर जाया करती हो।"

उल्तूर हैरानी से स्क्रीन की तरफ देखती रही। वहाँ शब्द 'पैटर्न' चमक रहा था। उसके बाद स्क्रीन पर पैटर्न से जुड़े हुए सारे चैनल नजर आने लगे। उल्तूर ने

स्क्रॉल करना शुरू किया क्योंकि स्क्रीन पर ईलोन पर पैटर्न के अंतर्गत जो कुछ भी आता था, वह नजर आ रहा था। हालाँकि सीनी के काम के बारे में सारे सूत्र मिटा दिए गए थे। मशीन की क्षमता का छोटा-सा हिस्सा रह गया था। आखिर उल्तूर के सामने ऐसा कुछ आ गया जिसने सीनी का ध्यान आकर्षित किया था।

अमर की अगली बुवाई के लिए जमीन तैयार करने के प्रोग्राम को चलाते हुए प्रॉमली फॉर्म के बीच में एक ऊँची टेकरी पर बने हुए छोटे-से कमरे में बैठी हुई थी। कमरे से फॉर्म के चारों तरफ का नजारा दिखाई दे रहा था। उसके आसपास टोबोट अपने-अपने खेतों में व्यस्त थे। सिस्टम आराम से काम कर रहा था। पृष्ठभूमि में संगीत चल रहा था। शाम के समय प्रॉमली अपनी छोटी-सी शटल में फॉर्म का चक्कर लगाएगी।

उसके गुप्त चैनल पर क्लेपो की तरफ से एक सन्देश आया—

जानकारी हासिल कर ली गई है। हमने यह सुनिश्चित कर दिया था कि इतना शोर हो कि वे सुन सकें। बाकी जब आप आएँगी।

जब उसने अपने प्रमुख सतर्कता और अनुसन्धान संगठन, जिसका नाम इनोडस था, की अध्यक्ष बनने के लिए निविदम छोड़ा था तो प्रॉमली अस्थाई रूप से फॉर्म पर आ गई थी। उसे एक ऐसे व्यवसाय की जरूरत थी, जिसका इनोडस से दूर-दूर का नाता न हो और खेती-बाड़ी करना उसे सबसे अच्छा विकल्प लगा था।

उसने अपना टैग, अपने चैनल और अपने सभी को-आर्डिनेट बदल लिए थे। एक तरह से वह राडार की निगरानी से बाहर आ गई थी। अलबत्ता, जो काम एक अस्थाई व्यवस्था के रूप में माना जाना चाहिए था, उसके लिए वह आनन्ददायक गतिविधि बन गई थी। शहर के बाहर का विस्तार उसे पसन्द आने लगा। वहाँ की खास महक उसे बाँधती थी। अमर की फसल के बीज बोने, अंकुरित होने, पौधे बड़े करने और फसल काटने के काम उसे हमेशा व्यस्त रखते थे और प्रॉमली के शहर के चक्कर लगाने के अवसर कम होते चले गए।

प्रॉमली ने क्लेपो के सन्देश को उल्तूर के साथ शेयर किया।

तो अब पुरुष जानते थे कि सीनी के ले जाए जाने के बारे में उन पर शक किया जा रहा है। जब उसने कई विहान पहले आखिरी बार उल्तूर से बात की थी तो उसने कुछ कार्रवाई करने के बारे में संकेत दिया था, लेकिन उस दुर्भाग्यपूर्ण बातचीत के बाद उनकी कोई बात नहीं हुई थी। अचानक उल्तूर ने अपना चैनल स्विच ऑफ कर दिया था। हो सकता है, इस खबर से वह वापिस आ जाए।

बहुत समय के बाद इनोडस ने पुरुषों को कोई सन्देश भेजने की कोशिश की थी। वे दूसरी तरफ के पुरुषों के साथ बिना किसी द्वेष के पूरी उदासीनता के साथ रहना सीख गए थे, लेकिन अनगिनत जैक से चली आ रही शान्ति पर खतरा मँडराता प्रतीत हो रहा था। प्रॉमली जानती थी कि पुरुष इस आरोप को वैर-भाव से लेंगे। जवाबी हमले से इनकार नहीं किया जा सकता था। पुरुषों की गतिविधियों पर बारीकी से निगाह रखने की जरूरत थी, अब तो पहले से भी ज्यादा। जो कुछ भी क्लेपो ने कहा था, वह सच था। प्रॉमली को जल्दी ही शहर जाना पड़ेगा और ऑपरेशन को गति देनी पड़ेगी। ऑपरेशन—प्रॉमली जब भी इसके बारे में सोचती, उसे प्रत्याशा और डर के एहसास एक साथ होते।

अगर महिलाएँ सफल हो गईं तो पुरुषों के वाहियात बबल्स, विष के भंडार—सब धरे के धरे रह जाएँगे।

झील जैसे छोटी-छोटी तरंगों से काँप रही थी। तट की दूसरी तरफ झुंड में खड़े पेड़ झील में झलक रहे थे। इवी ने वॉटर ग्लाइडर अपने पैरों में बाँधे और पानी में उतर गई। एक ही पल में वह झील पर ग्लाइड कर रही थी। उसके ताम्बई बाल हवा में उड़े जा रहे थे। एक ही पल में तट को पीछे छोड़ते हुए वह झील के केन्द्र तक पहुँची। जैसे-जैसे स्पीड बढ़ी, वह ठंडे पानी के छींटे अपने चेहरे पर महसूस कर रही थी। इस खेल में उसे गति और हवा का मिश्रण अच्छा लगा। वह इस बड़ी झील में अक्सर आती थी, क्योंकि वॉटर ग्लाइडिंग के लिए यह आदर्श जगह थी और यह उसका पसन्दीदा वॉटर ग्लाइडिंग केन्द्र था।

जैसे ही इवी ने गति पकड़ी, ऐसा लगने लगा मानो पेड़, दूसरे ग्लाइडर और आसपास की दुनिया वह पीछे छोड़कर आ रही है। झील के दो चक्कर काटने के बाद इवी ने गति कम की और केन्द्र में मँडराने लगी। झील के किनारे खड़े दूसरे ग्लाइडर मात्र धब्बों की तरह टिमटिमा रहे थे। उसकी तरह की गति वाले कुछ ही ग्लाइडर तेज गति से झील के केन्द्र की ओर आ रहे थे। उसके पैरों के पास पानी की तरंगें छोटी होती जा रही थीं। वे चारों तरफ फैलतीं और तरह-तरह के पैटर्न बना रही थीं।

इवी ने अपना सिर हिलाया और दोबारा गति पकड़ी। वह झील पर इसलिए आई थी ताकि वह उन सारे पैटर्नों की तलाश से दूर भाग सके जो उसे उल्तूर ने तलाश करने के लिए सौंपे थे। उसने बहुत बड़े स्तर पर हर तरह के पैटर्न तलाशे थे—संगीत के पैटर्न, कपड़ों के पैटर्न, डिजाइन पैटर्न, अंग बदलने के पैटर्न, सृजन

के पैटर्न—बहुत डेटा खँगाला था, सूची अन्तहीन थी। यह दूसरा काम था जिसे बिना सफलता के उसे छोड़ना पड़ा था। माया, संगीत, सीनी का ले जाया जाना, उल्तूर के आग्रह। अब इवी के लिए कोई भी बात मायने नहीं रखती थी। वह केवल वॉल्ट में अपने काम से काम रखती थी। वह ऐसे काम करती थी जो उसे अच्छे लगते थे, जैसे वॉटर ग्लाइडिंग करना। वह क्रॉनिकल को भी पूरा करना चाहती थी, लेकिन वह मायावी बन्दी के बारे में और अधिक जानना चाहती थी, लेकिन उसकी तलाश में उसे कोई राहत नहीं मिल रही थी।

वह ग्लाइड करते हुए तट तक आई और कुछ पेड़ों की छाया तले एक बेंच पर बैठ गई। वह ऊपर से नीचे तक भीगी हुई थी। पास गुजरती हुई हवा ठंडी लग रही थी। जहाँ तक देख पा रही थी, चमकदार पीले फूल खिले हुए थे। फूलों की तरफ से आती धीमी और ठंडी हवा उसके तन-मन को शीतल कर रही थी।

जिस वक्त इवी पेड़ों की छाया में आराम कर रही थी, टिओनी अपने अपार्टमेंट में तारा की देखभाल कर रही थी। तारा ने अब घुटनों के बल चलना शुरू कर दिया था। नतीजा यह हुआ था कि टिओनी का साफ-सुथरा रहने वाला अपार्टमेंट इस समय अस्त-व्यस्त पड़ा था। ज्यादातर चीजें ऊँची-ऊँची अल्मारियों पर रख दी गई थीं ताकि तारा के उत्सुक हाथ उन तक न पहुँच सकें। टिओनी ने हैप को आदेश दिया कि वह घर को ठीक-ठाक कर दे। इसके बाद वह खिड़की के पास आरामकुर्सी में पसर गई। तारा फर्श पर थी और उसके आसपास टिओनी ने बहुत सारी छोटी-छोटी चीजें बिखेर रखी थीं। तारा के छोटे-छोटे अंग बड़े होते देखना और उसकी नजर को बेहतर होते देखना टिओनी को अच्छा लगता था। जिस वक्त तारा बोलने की कोशिश करती थी तो उस वक्त उसके अधूरे शब्दों को समझना टिओनी को आनन्द देता था। तारा के घुँघराले बाल बड़े हो चले थे और उसके चेहरे के आसपास छितराए हुए थे। उसकी नीली आँखें चमकदार थीं।

टिओनी अपनी आरामकुर्सी से तारा को देख रही थी। उसे याद आया कि उसने अब तक तारा के सैल स्ट्रक्चर को प्रोसेस नहीं किया है। यह बात टिओनी को तारा के गुणों को उस वक्त बेहतर तरीके से समझने में मदद करेगी, जब तारा बड़ी हो जाएगी। यह देख लेने के बाद कि तारा व्यस्त है, टिओनी ने अपने टैग के जरिए तारा के सैल स्ट्रक्चर को प्रोसेस करना शुरू कर दिया। जैसे ही प्रोग्राम चलने लगा, उसने अपनी आँखें बन्द कर लीं और तारा के हर जीन्स को अलग-अलग करके उसका विभाजन करने लगी। थोड़ी देर के बाद टिओनी को एक बीप महसूस हुई। एक पल के लिए लगा कि प्रोसेसर बन्द हो गया है। टिओनी ने आँखें खोलीं और ध्यान से तारा को देखने लगी।

सावधानी से खड़े हो तारा अपना पहला कदम उठा रही थी, जहाँ खिड़की के पास टिओनी बैठी हुई थी। उसके कदम धीरे-धीरे चले और वह धमक के साथ फर्श

पर गिर पड़ी। वह दोबारा उठी और कदम आगे रखा और वह आरामकुर्सी तक पहुँच गई, उसने कुर्सी के सिरे को पकड़ते हुए टिओनी को देखा और मुस्कुरा दी। जैसे-जैसे वह चल रही थी, उसके अंगों में आ रहे परिवर्तनों को देखना मोहित कर रहा था। टिओनी और सब कुछ भूलकर उसकी छवियों को अपने टैग पर कैद करने लगी।

प्रॉमली बहुत अरसे के बाद शहर आई थी। उसने महसूस किया कि हालाँकि शहर में ठंडी बयार चल रही थी, उसमें से फॉर्म में से आने वाली महक गायब थी। लम्बी-लम्बी इमारतों ने सूर्य का रास्ता रोक रखा था। शटलों में भीड़ इतनी ज्यादा थी कि इसके बारे में कुछ कहा ही नहीं जा सकता था। उसने खिड़की से इराना हब की तरफ देखा। खिड़की से ध्यान हटाते हुए प्रॉमली ने अपना ध्यान उस सूचना की तरफ मोड़ा जो स्क्रीन पर स्क्रॉल हो रही थी। इनोडस से आने वाली बहुत-सी रिपोर्टें फ्लैश कर रही थीं, लेकिन ऐसा कुछ भी नहीं था जो सामान्य से बाहर हो।

प्रॉमली ने अपने और उल्तूर के बीच अपना गुप्त चैनल एक्टिवेट किया। हालाँकि उसने उल्तूर को पुरुषों के साथ की गई कार्रवाई के बारे में बता दिया था, उल्तूर ने एक भी शब्द का आदान-प्रदान नहीं किया था। प्रॉमली ने दोबारा स्क्रीन पर ध्यान दिया। गुप्त चैनल शुरू हो गया और उल्तूर उसके सामने बैठी हुई थी। वह थकी हुई लग रही थी और उसके बाल बेतरतीबी से झूल रहे थे। उसकी गहरे रंग की पोशाक बता रही थी कि उसके अपार्टमेंट में कितनी उदासी छाई हुई थी? बेशक सभी रंग वहाँ थे, लेकिन वे भी अपनी चमक खो चुके थे।

"तुम शहर कब आईं, प्रॉमली? क्या तुम काउंसिल के सामने इनोडस द्वारा लिए गए कदमों पर विस्तृत रिपोर्ट प्रस्तुत करने के लिए तैयार हो? क्या तुम्हें मैं मीटिंग के लिए बुलाऊँ?" उल्तूर के सवाल सपाट थे और बिना किसी भावना की टोन के पूछे गए थे।

"कुछ दिन और ठहरो। मैं तुम्हें बताऊँगी कि कब चीजें तैयार हैं? तुम इराना हब क्यों नहीं आती? हम सीनी के बाद से नहीं मिले हैं।"

"प्रॉमली, क्या तुम माया नाम की किसी संगीतकार को जानती हो? क्या सीनी ने तुमसे उसका जिक्र किया था?" उल्तूर ने प्रॉमली के प्रस्ताव की तरफ ध्यान ही नहीं दिया।

जब प्रॉमली ने यह सवाल सुना तो उसे सीनी का भेजा हुआ संगीत याद आया। माया...माया इस नाम ने उसके कानों में कोई घंटी नहीं बजाई। उसने दिमाग में दर्ज कर लिया कि वह माया को खोजने के लिए क्लेपो से कहेगी।

"नहीं उल्तूर, मैं किसी माया के बारे में नहीं जानती, लेकिन क्या सीनी की संगीत में कोई दिलचस्पी थी? मुझे यह कभी पता नहीं चला।" प्रॉमली चाहती थी कि उल्तूर बात करती रहे। उल्तूर गम की जिस गहरी खाई में उतर गई थी, उसमें से उसे निकालना जरूरी था।

"और मुझे कभी पता नहीं था कि तुम्हें खेती-बाड़ी इतनी अच्छी लगती है?"

कनेक्शन अचानक ही टूट गया था। प्रॉमली ने महसूस किया कि उसके और उल्तूर के बीच खाई गहरी होती चली जा रही थी।

उसने ठंडी साँस भरी और वापिस वर्कस्टेशन पर लौट आई। वहाँ ऐसे बहुत सारे मामले थे जिन पर उसे तत्काल ध्यान देने की जरूरत थी। माया कौन थी? प्रॉमली ने क्लेपो को एक सन्देश भेजा ही था जब स्क्रीन पर एक रिपोर्ट पर उसका ध्यान गया। उसने आखिर तक रिपार्ट को प्रोसेस किया और उसके बाद चलकर खिड़की के पास आई और वहाँ से दूर तक देखने लगी, जहाँ फैंस बनी हुई थी। फैंस के दूसरी तरफ हरकतें होने लगी थीं। यह एक महत्त्वपूर्ण गतिविधि थी। उनके नेपो के भंडार कम होते चले जा रहे थे। पुरुष संकट के मुहाने पर खड़े थे। मामले बेहद संयोग से उनके पक्ष में होते जा रहे थे। प्रॉमली को यह विश्वास था कि पुरुष उसकी उम्मीदों के अनुसार जवाब देंगे। इसका यह मतलब भी था कि परियोजनाओं को योजना के हिसाब से आगे बढ़ना था। इसमें किसी गलती की, किसी देर की गुंजाइश नहीं थी। वह वर्कस्टेशन पर लौट आई और क्लेपो के जवाब का इन्तजार करने लगी।

गुप्त चैनल स्विच ऑफ करने के बाद उल्तूर फैंस की तरफ बढ़ी। यह एक ऐसी जगह थी जो उसकी अनिच्छुक यात्रा का हिस्सा बन गई थी, जो उसे शहर की चौड़ी गलियों, बड़ी-बड़ी इमारतों और सदाबहार बगीचों से ले जाती थी। ये सारी चीजें जैसे शहर के कोहरे में खो जाती थीं। उल्तूर इन रास्तों पर टहलती रही और सोचती रही कि सीनी ने कौन-से पैटर्न खोजे होंगे? उस दिशा की तरफ ले जाने वाले कोई भी संकेत नहीं मिल रहे थे।

वह फैंस के पास उतर गई और रास्ते पर चलकर उस जगह तक गई जहाँ सीनी मिली थी। रंगीन फूल खिले हुए थे और ठंडी हवा में पत्तियाँ जैसे हिल रही थीं। माहौल शान्त था। दूसरी तरफ पुरुष रहते थे, जो शायद सीनी को ले गए थे।

उल्तूर उस जगह के पास खड़ी हो गई और आर-पार न दिखने वाले क्षेत्र की तरफ देखने लगी, जो फैंस कहलाता था। फैंस ने अपना मकसद अच्छी तरह से हल किया था। इसकी वजह से वे पुरुषों के बारे में भूल गई थीं। सब कुछ ठीक-ठाक चल रहा था। फिर ऐसा क्यों हुआ? सीनी के साथ ही ऐसा क्यों हुआ?

उल्तूर ने कुछ हल खोजने के लिए फैंस की तरफ चलना शुरू किया था, लेकिन अपनी हर विजिट में वह और अधिक सवालों के साथ वापिस जाती थी। उन्हें

अपनी दुनिया पुरुषों के साथ क्यों साझा करनी पड़ी थी? क्या सिर्फ इसलिए कि वे एक ही स्पेसशिप पर कई जैक पहले एक साथ आए थे? पहली बात तो यही थी कि उनके साथ धरती ही क्यों शेयर करनी पड़ी थी? वे दो अलग-अलग प्रजातियाँ थीं, जो एक ही संसाधन के लिए आपस में प्रतिस्पर्धा करती रहती थीं तो कौन-सी ऐसी चीज थी जो उन्हें जोड़े हुए थी? क्या वे चले आ रहे संघर्ष को अब हमेशा के लिए खत्म करना चाहते थे? अगर यह संघर्ष दोबारा हुआ तो कौन जीतेगा?

उल्तूर ने अपनी आँखें बन्द कर लीं। नजारा बहुत ही डरावना था।

जब उसने दोबारा अपनी आँखें खोलीं तो फैंस का अपारदर्शी स्थल अपने मौन और गम्भीरता के साथ जैसे उसका मजाक उड़ा रहा था। उल्तूर वापिस मुड़ी और अपने अपार्टमेंट की तरफ चलना शुरू कर दिया। वह अभी कुछ ही दूर चली थी कि उसे थकावट महसूस होने लगी। हो सकता है, टिओनी सही कह रही हो कि उसे कुछ अंग बदलने और थैरेपी के लिए जाने की जरूरत है। उल्तूर धीरे-धीरे शटल स्टाप की तरफ बढ़ी और शटल के लिए टैग किया।

अगर वह अंग बदलने का काम बन्द कर दे तो क्या होगा? यह विचार फिर से उसके दिमाग में कुलबुलाने लगा।

शटल आई और उल्तूर उसमें बैठ गई। उसने हैरान होते हुए अपने सहयात्रियों की तरफ देखा कि क्या उनमें से किसी ने अपने अस्तित्व को खत्म करने के बारे में कभी सोचा होगा?

हम जैक 01 में धरती से ईलोन पर आए थे। हमें उस यात्रा के बारे में या उस महा-पलायन के बारे में ज्यादा कुछ मालूम नहीं है जो हमें यहाँ लाया था। धरती एक नष्ट होता हुआ नक्षत्र था, वह ठंडा हो रहा था और पानी का स्तर बढ़ रहा था। समय बीतने के साथ वहाँ रहना मुश्किल होता जा रहा था। किसी को भी याद नहीं कि स्पेसशिप ने हमें ठीक किस जगह उतारा था? हमने ग्रह पर तलाश की और हमने ग्रह के एक बड़े-से हिस्से पर कब्जा कर लिया। शुरुआत में हमारा सारा ध्यान शहर बनाने, ऊर्जा तैयार करने, खाद्यान्न जुटाने और उगाने और बनाने पर लगा रहा। तब हम कुछ ही लोग थे। नई जगह पर नई चुनौतियाँ थीं, जिनकी वजह से हमें बहुत नुकसान हुए। अंग बदलने का काम हो रहा था, इसलिए सृजन प्राथमिकता के रूप में थे।

जिस समय इवी क्रॉनिकल-I प्रोसेस कर रही थी, उसे लगा कि कोई टैग आ रहा है। टिओनी ने उसे क्लिप भेजा था, जिसमें तारा अपने पैरों पर चल रही थी।

इवी ने तारा के पहले कदम दिलचस्पी से देखे। उसके बाद तारा बिना गिरे पूरे फ्लैट के चक्कर लगा रही थी। इवी ने क्रॉनिकल को प्रोसेस करना बन्द कर दिया और टिओनी को टैग किया। वह उस समय रैमप्लाजो में थी। वह थकी हुई लग रही थी। भूरी कमीज की उसकी पोशाक अस्त-व्यस्त लग रही थी। वह अंग बदलने की मेज पर देर तक काम करती रही थी। तारा और हैप उसके साथ थे और घर जाने की तैयारी में थे।

"तारा को चलते हुए देखना बहुत अच्छा अनुभव था। वह कितने अच्छे तरीके से बड़ी हो रही है?" तब उसने कुछ रुककर टिप्पणी की, "टिओनी, हम जिस वक्त ईलोन पर आए थे, मैं तब के बारे में प्रोसेस कर रही थी। हमारे यहाँ आने के बाद हमने सृजन पर ध्यान दिया, लेकिन जैक बीतने के साथ-साथ सृजन कम होते गए। अनगिनत जैक के बाद तारा का सृजन हुआ है और सीनी से पहले कई सैकड़ों जैक तक किसी को ले जाया नहीं गया था। यह हैरानी की बात नहीं है क्या?"

"सुनो, इवी। ये दोनों घटनाएँ एक साथ हुई हैं। इस वजह से सीनी कभी भी तारा से मिल नहीं पाई।" टिओनी अपने वर्कस्टेशन को साफ कर रही थी और उसने बात करना जारी रखा, "तुम इस समय अतीत में क्या कर रही हो, इवी?" सीनी ने घोषणा की थी कि अपने अस्तित्व की जड़ों की तलाश उसका 'जुनून' था और अब वह खुद ही अस्तित्व में नहीं रही है। उसने यह बात तथ्यात्मक तरीके से कही मानो वह सीनी की अनुपस्थिति को अभी भी स्वीकार कर रही हो।

"क्या तुमने क्रॉनिकल को पढ़ा है?" इवी ने चैनल पर पसर आए मौन को भंग करते हुए कहा।

"नहीं, मैंने अभी तक नहीं पढ़ा। तुम यह सवाल क्यों पूछ रही हो?"

"मैं यह स्वीकार करती हूँ कि मैंने उन्हें इसलिए प्रोसेस करना शुरू किया था क्योंकि सीनी ने आग्रह किया था कि मैं अपने अतीत के बारे में जानकारी हासिल करूँ, लेकिन अब मुझे उनमें दिलचस्पी होने लगी है। क्या तुम्हें पता है कि क्रॉनिकल में संघर्षों के सन्दर्भ में पुरुषों का शायद ही कोई जिक्र हो। उनके बारे में कोई ब्योरा उपलब्ध नहीं है। जैसे हमने यह विश्वास करने की कला में महारत हासिल कर लिया कि जैसे वे थे ही नहीं। लेकिन तथ्य यह है कि वे हैं और मेरे अनुसार जान-बूझकर उनके बारे में भूल जाना कोई अच्छी बात नहीं है।"

टिओनी एक ठंडी साँस भरकर बैठी रही। वह थकी हुई थी और इन मामलों पर कोई भी चर्चा करने के मूड में नहीं थी।

"इवी, मेरे पास वह सैल संरचना है जिससे तारा का सृजन किया गया था। मैं उसे विश्लेषण करने के लिए प्रोसेस करना चाहती हूँ, वह बड़ी होकर कैसे विकसित होगी। सीनी और मैंने सोचा था कि हम मिलकर सैल की खोजबीन करेंगे।

अब सीनी आसपास नहीं है, इसलिए मैं सोच रही थी कि क्या तुम इस मामले में मेरी मदद करोगी?"

इवी ने उसकी खोज के बारे में टिओनी द्वारा प्रतिक्रिया न देने से हुई निराशा को छुपाते हुए कहा, "बेशक, रोचक लग रहा है यह।"

टिओनी अपने टैग के जरिए सैल संरचना को प्रोसेस करने लगी। एक पल के लिए उसके सामने के स्क्रीन पर अँधेरा छा गया और इसके बाद तुरन्त सैल की संरचना अलग-अलग रेशों में बँटने लगी। शहर के अलग-अलग हिस्सों में टिओनी और इवी यह सब उत्सुकता से देख रही थीं। अचानक प्रोसेसिंग रुक गई और स्क्रीन खाली हो गया।

"हो सकता है, कोई समस्या आ गई हो, इवी। जब मैंने पिछली बार तारा के सैल की संरचना को प्रोसेस करने की कोशिश की थी, तब भी ऐसा ही हुआ था।"

स्क्रीन अभी भी खाली था, लेकिन इवी टिओनी की आवाज सुन पा रही थी।

"हैलो, सीनी। तुम इतना अरसा कहाँ रही? मैं बरसों से तुम्हारा इन्तजार कर रही थी। मेरा मतलब तुम्हारे जैक के कुछ अरसे तक।"

ये शब्द स्क्रीन पर तेजी-से आ-जा रहे थे।

"कौन है यह? यह सीनी से कौन बात कर रही है?"

"इवी, क्या तुम्हारी तरफ से कोई बोल रही है?"

दोनों ने एक ही समय में एक ही सवाल पूछा—

सीनी, तुमने कहा था कि तुम टिओनी के बच्चे के सैल की संरचना को प्रोसेस करोगी। मैं लम्बे समय से तुम्हारा इन्तजार कर रही थी। क्या तुम आवाज़ का रूप धारण करना चाहती हो? मेरा मतलब तुम बात करना चाहती हो?

ये शब्द तेजी-से स्क्रीन पर आते चले जा रहे थे।

टिओनी और इवी, दोनों ने ये शब्द परेशानी और भ्रम में आकर पढ़े। वे हैरानी महसूस कर रही थीं कि ईलोन पर कोई सीनी के बारे में नहीं जानता था। एक अलग तरह की भाषा भी उन्हें हैरान कर रही थी।

"सीनी क्या तुम वहाँ हो? तुम मेरे सवालों का जवाब क्यों नहीं दे रही हो?" स्क्रीन में से धातु की तरह से आती हुई एक भारी आवाज ने कहा।

इवी ने सिस्टम से आ रही आवाज के स्रोत के या उस स्रोत के बारे में जानने की खोज की, जिसमें से ये सन्देश चले आ रहे थे। वह आवाज पहचान नहीं पाई। इवी ने आवाज की इमेज बनानी चाही, लेकिन सफल नहीं हो पाई।

अन्त में इवी ने जवाब देने का फैसला किया, "सीनी को ले जाया जा चुका है। कौन हैं आप?"

कुछ देर तक आवाज ने कोई जवाब नहीं दिया। ऐसा लगता था कि वह व्यक्ति सिस्टम से बाहर निकल गया है।

"आप कौन हैं?" आवाज ने अचानक पूछा। आवाज ऊँची थी और उसमें रौब की खनक थी। आवाज की गूँज को सुनकर इवी हैरानी में पड़ गई। टिओनी की तरफ तारा ने रोना शुरू कर दिया था।

"क्या यह टिओनी की बच्ची रो रही है? ओह, सदियाँ बीत गईं, मैंने यह आवाज नहीं सुनी थी। टिओनी, यह तुम हो? सीनी कहाँ है?"

जो प्रोग्राम तारा के सैल की संरचना का विश्लेषण कर रहा था, रुक गया। स्क्रीन पर टिओनी दोबारा आ गई। वह तारा को थामे हुए थी। इवी और टिओनी ने एक-दूसरे को हैरानी से देखा। वह अनजान व्यक्ति सिस्टम में से उन दोनों को पहचान क्यों नहीं सका था?

इवी ने दोबारा कहना शुरू किया, "मैं इवी हूँ। मैं वॉल्ट की मैनेजर हूँ। जैसा कि मैंने पहले कहा था कि सीनी को ले जाया जा चुका है। आप कौन हैं? यह सिस्टम किसी तरह से आपको पहचान नहीं पा रहा।"

"मैं तुम्हें जानती हूँ। तुम सीनी की दोस्त हो। सीनी ले जाई गई, ऐसा नहीं हो सकता। यहाँ ऐसी बात नहीं होती है। क्या वह कहीं चली गई है? वह वापिस कब आएगी? मैं उसकी राह देख रही हूँ।"

"वह वापिस नहीं आ रही है। उसे ले जाया जा चुका है। वे कहते हैं कि यह एक दुर्घटना थी।" टिओनी की आवाज में गुस्सा और दर्द थे। इवी हक्की-बक्की रह गई। वह सीनी को ले जाए जाने के बाद टिओनी पर होने वाले असर के बारे में नहीं जानती थी। समय बीतने के साथ अब इवी को यह बात कम परेशान करने लगी थी। अब उसकी चिन्ता दूसरी तरफ के पुरुष थे।

"सीनी मर चुकी है! यह तुम क्या कह रही हो? अब यहाँ इस तरह की बात नहीं होती है। होती है क्या? यहाँ अब कोई नहीं मरता। उसे क्या हो गया था?" और फिर आवाज शान्त हो गई। स्क्रीन पर अब सिर्फ तारा की खिलखिलाहट की आवाज ही आ रही थी।

इवी ने देखा कि टिओनी तारा को मशीनी तरीके से थपथपा रही थी। उसने तब तारा को कुर्सी पर बिठाया और हैप की मदद से चीजें समेटने लगी। वे दोनों इन्तजार कर रही थीं कि आवाज कुछ कहे। आवाज में इस्तेमाल किए गए कुछ शब्द उनकी पहचान से परे थे। उन्हें इवी संजो रही थी ताकि बाद में वह उनके अर्थ ढूँढ़े।

"इवी, क्या बच्ची अभी भी पास में है? मुझे लगता है कि मैं उसकी आवाज सुन सकती हूँ।" आवाज ने एक बार फिर मौन भंग किया।

"मैं टिओनी हूँ और तुम्हें जिसकी आवाज सुनाई दे रही है, वह तारा है। अब हम जानना चाहेंगी कि तुम कौन हो और तुम सीनी को कैसे जानती हो? उसने कभी इस बात का जिक्र नहीं किया था कि उसने किसी के साथ हमारी इस योजना को शेयर किया है कि हम तारा के मूल सैल का अध्ययन करेंगी। और यह भी कि

ऐसे कैसे हो सकता है कि तुम सिस्टम में से मेरी और इवी की आवाज पहचान रही हो?" टिओनी अपनी बेचैनी को और अधिक नहीं रोक पाई। रहस्य बहुत दूर तक चला गया था।

"तुम दोनों मुझे जानती हो। सीनी ने मुझे बताया था कि तुम्हें मेरा संगीत पसन्द है। मैं माया हूँ। मुझे सीनी की मृत्यु के बारे में जान कर बड़ा दुःख हुआ। मैं इस बात को लेकर हैरान हूँ कि तुम दोनों इस बात को कैसे सहन कर पा रही होगी? तुम्हारे लिए यह साधारण घटना नहीं है। और उसकी माँ के क्या हाल हैं? उल्तूर—यही उसका नाम है न? ठीक?" आवाज ने धीमे-से कहा।

ठीक इसी समय कोई टिओनी के क्यूबिकल में आई। उसने तत्काल अपना चैनल बन्द कर दिया और खाली स्क्रीन को लगातार घूरती रही। इवी इस बात को समझने की कोशिश कर रही थी कि क्या हो रहा है? उसने टिओनी के क्यूबिकल में किसी को आते देखा था और उसकी तत्काल प्रतिक्रिया को समझ गई थी।

"तुम हो क्या?" उसने खाली स्क्रीन से पूछा, लेकिन उसकी तरफ भी खाली स्क्रीन ने ही देखा। उसका कमरा शान्त रहा।

माया।

इवी इस बात पर विश्वास नहीं कर सकी कि माया सिस्टम के जरिए उन दोनों से बात कर रही थी। वह ऐसी भाषा बोल रही थी, जिससे इवी परिचित नहीं थी। ऐसा लग रहा था कि वह सिस्टम के भीतर ही है, लेकिन फिर भी सिस्टम उसे पहचान नहीं पा रहा था। माया कहाँ रहती है? कोई भी उसके बारे में क्यों नहीं जानता?

ये सारे सवाल उसके दिमाग में चक्कर खाने लगे। उसे थकान भी महसूस होने लगी। वैसे उस रहस्यमयी संगीतकार का पता चल गया था। क्या यह बात वह उल्तूर को बताए? लेकिन वह उसे बताएगी क्या? उसे माया के बारे में और अधिक पता करना होगा।

इवी अपने वर्कस्टेशन पर देर तक बैठी रही। वह इस बात का इन्तजार कर रही थी कि सिस्टम में से कोई आवाज आए, लेकिन वहाँ से कोई आवाज नहीं आ रही थी। उसने आवाज तक पहुँचने की कोशिश की, उसे पहचानने की कोशिश की, उसकी लोकेशन पता करने की कोशिश की, लेकिन उसके सारे प्रयास बेकार चले गए।

ढलती शाम शहर पर उतरने लगी थी। ठंडी हवा बह रही थी। शाम के आकाश के कोने में तीन चन्द्रमा चमक रहे थे। एक कोने में लगी वायुनम की बत्तियाँ धीरे-धीरे जलने लगी थीं। इवी विश्वास नहीं कर पा रही थी कि वह रहस्यमयी संगीतकार माया वास्तव में थी। अब इसके बारे में कोई शक नहीं रहा था। वह उनके सिस्टम तक पहुँच गई थी। वह तारा और उल्तूर के बारे में जानती थी।

उल्तूर... हो सकता है उल्तूर सही रही हो। माया सीनी को ले जाए जाने के बारे में कोई रहस्य जानती हो और हो सकता है पुरुषों के बारे में ज्यादा बता सकती

हो..। इवी इन सारी चीजों के बारे में सोचने लगी। उसे थोड़ी शान्ति महसूस हुई। आखिर कभी न खत्म होने वाली तलाश समाप्त हो चुकी थी।

टिओनी की खिड़की के बाहर घना अँधेरा था। तारे बहुत मद्धिम चमक रहे थे और तीनों चाँद छुप गए थे। तारा दूसरे कमरे में सो रही थी। हैप से आने वाली शान्ति देने वाली नीली बत्ती कमरे को अपने उजाले से नहला रही थी।

जब से माया रहस्यमय तरीके से नजर आई थी और गायब हो गई थी, इवी और टिओनी उसका पता लगाने की कोशिश कर रही थीं। उन्होंने कई बार तारा के मूल सैल को खोला और प्रोसेस किया था। टिओनी के वर्कस्टेशन पर बैठे हुए उन्होंने फिर से कोशिश की। तारा का मूल सैल खुला और माया ने अपनी गम्भीर आवाज में कहना शुरू किया, 'हेलो।' यह एक अजीब-सा शब्द था। उन्होंने आज से पहले कभी भी इस शब्द को नहीं सुना था।

"कैसा चल रहा है? मैं इस बात के लिए क्षमा चाहती हूँ कि मैं गायब हो गई थी। सीनी के लिए अफसोस मनाने के लिए मुझे कुछ और वक्त की जरूरत थी, इसलिए मैं पिछली बार बातचीत बीच में बन्द करके गायब हो गई थी। मैं उसे बहुत मिस करती हूँ। मुझे लगता है कि तुम भी उसे मिस करती होगी।" माया ने कहा।

"तुम कौन हो? क्या कोई तुम्हारा चेहरा या शरीर है?" इवी ने टोका।

"मैं? मैं तुमको अपने बारे में किस तरह से बताऊँ? चलो, मैं तुम्हें उसी तरह से बताती हूँ जिस तरह से मैंने और सीनी ने कई बरस पहले एक-दूसरे को खोजा था तो सीनी को बताया था। सॉरी, मेरा मतलब है जब कई जैक पहले मैं उससे मिली थी। मैं औरत की चेतना हूँ। धरती से तुम्हारी पूर्वज।" टिओनी के छोटे-से अपार्टमेंट में उसकी गम्भीर आवाज गूँज रही थी।

"तुम कहाँ रहती हो?" इवी ने बेचैनी से पूछा।

जब से माया से उनका पिछला टकराव हुआ था इवी शक कर रही थी कि यह सीनी द्वारा तैयार किया गया कोई प्रोग्राम है। यह बेहद तर्कसंगत निष्कर्ष लगा था। लेकिन माया की उत्कृष्ट संगीत-रचना उसके किसी भी तर्क को झुठला रही थी।

"मैं उस विशाल उलझे हुए सिस्टम में रहती हूँ जो तुम्हारी दुनिया को चलाता है।"

इससे पहले कि उन दोनों में से कोई भी माया से कोई सवाल पूछे, उसने फिर से कहना शुरू कर दिया, "एक सवाल है। सीनी को किस दुर्घटना ने मारा था? उसे क्या चीज ले गई? उसे क्या हुआ था?"

"हम कुछ भी नहीं जानते। हमने तो यह सोचा था कि तुम हमें इस बारे में कुछ बताओगी। दरअसल, काउंसिल के पास इस बात की रिपोर्ट है कि फैंस के दूसरी तरफ के पुरुषों ने उस पर विष से हमला किया था और उल्तूर को विश्वास है कि तुम इस बात को हमें समझाने में हमारी मदद करोगी कि उसे क्या हुआ था?" इवी ने जवाब दिया। उसे राहत महसूस हो रही थी।

आखिर मामला उनके सामने खुला हुआ था। माया का सामना करने का और कोई तरीका नहीं था। दूसरी तरफ टिओनी हैरान थी क्या दूसरी तरफ के लोगों ने सीनी पर हमला किया था? यह विचार ही अपने-आप में वाहियात और सचेत करने वाला था। उसने इवी की तरफ देखा। इवी ने यह बात पूरे विश्वास के साथ कही थी। यह सही ही होगी।

कमरे में गहरा मौन छा गया। हैप से निकलने वाली नीली रौशनी कमरे में फैल रही थी। टिओनी बेचैन थी। वह गई और खिड़की के पास अपनी आरामकुर्सी में धँस गई। बाहर शहर बहुत पहले ही सोने जा चुका था। अधिकतर इमारतों में बत्तियाँ बुझा दी गई थीं।

"तुम्हें किसने बताया कि विष इसका कारण था?" टिओनी ने पूछा।

"उल्तूर ने। एक सम्भावित टकराव की भी बात हो रही है। ये सब बातें इतनी ज्यादा भ्रम में डालने वाली हैं, टिओनी। तुम भी जानती हो कि दूसरी तरफ आखिर कौन हैं? वहाँ रहने वाली प्रजातियों को 'पुरुष' कहा जाता है। वे हमारे साथ धरती से आए थे। हम उनके साथ पहले ही दो बार लड़ाइयाँ लड़ चुकी हैं। अगर उन्होंने सीनी पर हमला किया है तो यह गम्भीर मामला है। उल्तूर का यह सोचना है कि माया किसी-न-किसी तरह से सीनी के ले जाए जाने से जुड़ी हुई है। यही कारण है कि मैं माया की तलाश करती रही हूँ।" इवी के मुँह से शब्द झड़ते चले जा रहे थे और टिओनी के शान्त घर में लटक रहे थे।

"इवी, तुम जो कुछ कह रही हो, उस पर विश्वास नहीं किया जा सकता।" कुछ देर बाद टिओनी ने कहा। वह नहीं जानती थी कि क्या कहे? उसने भी कभी 'पुरुषों' के बारे में नहीं सुना था। ऐसा लगता था कि दूसरी तरफ अचानक खुले में आ गई है मानो कोई पर्दा हटा दिया गया हो और सच सामने आ गया हो। लेकिन वे उन पर हमला क्यों करेंगे? यह वाहियात-सी बात थी।

"मैं भी भ्रम में हूँ, टिओनी। हमें कुछ देर तक इन्तजार करना चाहिए। एक बार हमें पता चल जाए कि सीनी के ले जाए जाने के पीछे माया की क्या भूमिका रही है, मैं उल्तूर को बता दूँगी। तब इस मामले में मेरा काम पूरा हो जाएगा। माया, क्या तुम सुन रही हो?"

"मैं यहाँ हूँ। मैं और कहाँ जाऊँगी? मैं हैरान हो रही थी कि वे सीनी को क्यों मारेंगे और तुम्हारे विश्वास के विपरीत मैं इसके बारे में कुछ भी नहीं जानती। मैं

और सीनी बहुत सारी चीजों के बारे में गप्पें मारती रहती थीं। वह हमेशा यह जानना चाहती थी कि चीजें ऐसी क्यों हैं? उसके पास ढेरों सवाल होते थे और धरती पर जीवन के बारे में उसकी अन्तहीन जिज्ञासाएँ थीं। बेशक उसे मेरा संगीत भी अच्छा लगता था।"

इवी को बातचीत में दिलचस्पी नहीं रही। माया को खोजने से समस्या हल नहीं हुई थी। माया जितना अधिक सीनी के बारे में बताती, इवी उतनी ही ज्यादा निश्चिन्त होती जा रही थी कि माया और कुछ नहीं है बल्कि सिस्टम का प्रोग्राम है जो शानदार संगीत तैयार करता है। अतीत में उसके अस्तित्व के बारे में उसके कथन किस्से और कल्पना के अलावा कुछ नहीं थे।

"क्या तुम एक प्रोग्राम हो, माया? क्योंकि तय है कि तुम एक व्यक्ति नहीं हो।" इवी ने घोषणा की। टिओनी अपनी आरामकुर्सी से उठी। धरती पर सीनी की दिलचस्पी के बारे में माया ने जो कुछ कहा था, उसकी तरफ उसका ध्यान गया। वह जानती थी कि सीनी हमेशा अतीत में उतरना चाहती थी और यह दावा कर रही थी कि अतीत से उसका कोई लिंक था।

"माया, क्या तुमने सीनी को 'जुनून' के बारे में बताया था? उसे तुम्हारे बारे में कैसे पता चला? तुम सिस्टम में कब आई और कैसे? तुम कौन हो?" उसने पूछा। सवाल उसके भीतर से बाहर आ रहे थे। काश, वह माया तक पहुँच पाती और उसे पकड़ लेती।

लेकिन उसे कोई उत्तर नहीं मिला। दोनों कुछ देर तक इन्तजार करते रहे, फिर उसने नाम पुकारा—माया।

"वह जा चुकी है, टिओनी, पागल मत बनो। यह कोई शरारतपूर्ण प्रोग्राम है।" इवी ने उसे सांत्वना देने की कोशिश की।

टिओनी अँधेरे कमरे में आसपास फैली नीली रौशनी में वर्कस्टेशन के पास बैठ गई। इवी उसके पास बैठ गई। माया उन्हें फिर से खोज लेगी, यह तय था।

काउंसिल की मीटिंग अभी भी एक क्लान्त दूर थी। उल्तूर सीनी के वर्कस्टेशन पर बैठी और माया की तलाश करने लगी। वह इवी से सहमत थी कि माया एक प्रोग्राम थी और वह पुरुषों द्वारा सिस्टम में डाली गई थी।

एक औरत की चेतना—इस विवरण में कुछ अमंगलकारी छुपा हुआ था। इसका मतलब ही क्या हो सकता था? लगता था कि पुरुष लड़ाई को एक अलग ही स्तर पर ले जा रहे हैं। स्थल और संसाधनों की लड़ाई में ईलोन पहले ही दो बार जख्मी

हो चुका था। ऐसा लगता था कि पुरुष अब अनिश्चित लेकिन खतरनाक खेल खेलने की तैयारी कर रहे हैं। और उसका सृजन, जिज्ञासु सीनी उनके इस खेल में फँस गई। उसे शायद यह कारण मिल गया हो कि खेल क्यों शुरू हुआ और कहाँ काम खत्म होगा? इसलिए उसे ले जाया गया।

जैसे-जैसे पहेली समझ में आती जा रही थी, माया की तलाश के लिए उल्तूर की खोज और ज्यादा सघन होती चली जा रही थी। अलबत्ता, सारी खोज बेकार जा रही थी। उल्तूर भी तारा के मूल सैल तक पहुँची थी और एक लम्बे समय तक इन्तजार करती रही थी। उसने टिओनी के सिस्टम में और वॉल्ट में भी प्रवेश किया और अपने पास उपलब्ध सारी खोज तकनीकों का इस्तेमाल किया, लेकिन माया दूर ही बनी रही।

सीनी के वर्कस्टेशन पर झुकी हुई उल्तूर सुबह से ही माया के लिए सिस्टम पर उलझी हुई थी। वह थक गई थी, इसलिए वह गई और काउच पर लेट गई।

वे अपनी दुनिया को जितना भी जानते थे, उसमें यह सब क्या होने जा रहा था?

इनोडस की प्रमुख के रूप में प्रॉमली को इस स्थिति से निपटना चाहिए था, लेकिन उल्तूर उसे बताने में हिचक रही थी। प्रॉमली के इनोडस जाने से दोनों के बीच रिश्तों के समीकरण बदल गए थे। अमर उगाने के लिए प्रॉमली का पहाड़ों की तराइयों पर जाने से खाई और गहरी हो गई थी। उल्तूर ने कभी भी इस पर अधिक विचार नहीं किया था, लेकिन सीनी के ले जाए जाने की बात से उन दोनों के बीच की लड़ाई अब खुलकर सामने आ गई थी। उल्तूर प्रॉमली से तभी परामर्श लेगी जब वह कोई हल पाने में असफल रहेगी। उसने इवी को टैग किया कि सिस्टम में कोई अजनबी, बेहिसाबी प्रोग्राम का मूल मिले तो बताए। वह उसके जवाब का इन्तजार कर रही थी।

इवी अभी भी वॉल्ट में थी, जब उसने उल्तूर का टैग देखा। माया के बारे में उल्तूर को बताने के बाद वह इस मामले से हट गई थी। वह लुका-छिपी खेलने वाले पैटर्न इस तरह के लोगों के लिए और अधिक तलाश नहीं करने वाली थी और अजनबी प्रोग्रामों के लिए तो बिलकुल भी नहीं। अब यह काउंसिल पर था कि मामले को अपने हाथ में ले। इवी ने उल्तूर का सन्देश पढ़ा और उसे मिटा दिया। वह इस बात से आश्वस्त थी कि माया सिस्टम में कोई प्रोग्राम था, जिसने संगीत रचा था और जिसके बारे में सीनी ने खोज की थी और शायद उसे वह सब कुछ कहने के लिए तैयार किया जो वह कह रही थी। सच कौन जानता था? खास बात यह थी, अब यह बात कोई मायने नहीं रखती थी क्योंकि सिस्टम में केवल संगीत बजता था और एक अलग ही भाषा बोली जाती थी। यह छल-कपट वाली नहीं लगती थी।

बाहर अँधेरा घिर आया था और इवी ने वॉल्ट में सिस्टम बन्द करने शुरू किए। जब प्रोसेसर बन्द किए गए, उसे वे अजीब-से शब्द याद आए जो माया ने

कहे थे। उसे उनमें से अधिकतर शब्दों के मतलब पता चल गए थे। चेतना और जैसा कि माया ने कहा था—एक औरत की चेतना यह सबसे अधिक रोचक था।

रौशनी धीमी हो गई और वॉल्ट में अँधेरा छा गया। इवी बाहर आई और शटल स्टॉप की तरफ बढ़ी। एक कोने में वायुमन की बत्तियाँ भी जल रही थीं। सड़क के किनारे एक बड़ा-सा पेड़ खड़ा था, जैसे अँधेरे में और गहरी रात में कोई भीमकाय ढाँचा खड़ा हो।

जब इवी इन्तजार कर रही तो वह चेतना के बारे में सोच रही थी। क्या माया के कहने का यह मतलब था कि पुरुषों की चेतना अलग होती है। कौन हैं वे जीव, वे लोग, जो फैंस के दूसरी तरफ रहते हैं? पुरुषों के बारे में वे इतना कम क्यों जानती हैं जबकि वे एक ही ग्रह शेयर करते हैं? क्या पुरुषों की जागरूकता और चीजों के बारे में उनकी सोच अलग होती है?

शटल उसके सामने रुकी और दरवाजा खुल गया। इवी वहीं पर जमी रह गई। दरवाजा बन्द हुआ और शटल आगे चली गई। इवी मुड़ी और वॉल्ट में वापिस चली गई।

जिस वक्त इवी अपने वर्कस्टेशन पर लौट रही थी, टिओनी तारा को बिस्तर पर लिटा रही थी। उसके बाद वह अपने वर्कस्टेशन पर बैठ गई। जबसे माया ने उनसे बात की थी, वह हर रात तारा के मूल सैल को खोलती और इस बात का इन्तजार करती कि माया बात करेगी। इवी के विपरीत टिओनी इस बात से निश्चित नहीं थी कि माया कौन थी और वह किस चीज का प्रतिनिधित्व कर रही थी? वह केवल एक ही बात के बारे में पक्के तौर पर कह सकती थी कि सीनी ने माया से संवाद किया था। अगर माया पुरुषों से जुड़ी होती तो उसे पता होता कि सीनी को ले जाया जा चुका है। किसी भी नतीजे पर पहुँचने से पहले वह माया से बहुत सारे सवाल पूछना चाहती थी। वह माया से जानना चाहती थी कि वह सीनी से कब जुड़ी थी? माया किस अतीत से जुड़े होने का दावा कर रही थी? कितना अरसा पहले? औरत की चेतना के बारे में माया क्या जानती थी? क्या सीनी धरती के बारे में माया की वजह से इतनी दिलचस्पी लेती थी? क्या सीनी को उसकी वजह से ले जाया गया था? जब टिओनी को इन सारे सवालों के जवाब मिल जाएँगे तभी वह माया के बारे में अपना विचार बनाएगी।

रात लम्बी हो रही थी। टिओनी अपनी आरामकुर्सी में बैठी थी और माया का इन्तजार कर रही थी। जिस समय आसमान में तारे चल रहे होते, टिओनी वहीं बैठे-बैठे ही सो जाती। उसे बहुत आराम मिलता। आसमान में चमकते हुए तीन गोलों को देखते हुए उसे याद आया कि उसने सीनी को आखिरी बार कब देखा था और उससे मिली थी। उन्होंने तारा के भावी आगमन के बारे में बात की थी। टिओनी तारा की योजना बना रही थी, उसकी तैयारी कर रही थी और

मैन्युअल प्रसव कर रही थी। उसे चिन्ता थी और उत्सुकता थी। उसने याद करने की कोशिश की कि सीनी ने माया के बारे में कोई खास बात की थी और माया का जिक्र किया था।

वर्कस्टेशन के स्क्रीन से आती हुई चमक ने उसके आसपास रौशनी कर दी। सैल की संरचना खुली थी। टिओनी ने धीरे-से कहा, "माया, क्या तुम हो? मैं तुमसे बात करना चाहती हूँ!"

रात के सन्नाटे में सिस्टम से आने वाली ध्वनि साफ तौर पर सुनी जा सकती थी।

"टिओनी, धरती पर सृजन बिलकुल अलग तरीके से होते थे। यह एक ऐसी प्रोसेस थी, जिसके बारे में हम अपनी दुनिया में सोच भी नहीं सकते।" सीनी का यह कथन उसके कानों में गूँजने लगा। उसने यह बात उससे आखिरी मुलाकात में कही थी। तब वह तारा के आगमन की तैयारी में फँसी थी। उस वक्त उसने इस पर ध्यान नहीं दिया था, लेकिन अब सीनी का कथन उसके कानों में गूँज रहा था, जब उसे नींद अपने घेरे में ले रही थी। वह तन्द्रा में थी। वह पूरी तरह जाग गई। वह सब कुछ जानना चाहती थी।

"माया, कृपया वापस आओ। मुझे बताओ जो तुम जानती हो।" वह अँधेरे में पुकार रही थी।

ऊँघते हुए शहर में ठंडी हवा चल रही थी। तीन पूरे चन्द्रमा जैसे इस बात को लेकर हँस रहे थे कि वे पूरी दुनिया को अपनी चाँदी की चमक में नहला रहे हैं।

क्लेपो अपने खयालों में खोई हुई अपने वर्कस्टेशन के पास बैठी थी। प्रॉमली खिड़की के पास खड़ी हुई थी और वह अपनी उँगलियों से खिड़की की पुश्त पर ताल दे रही थी।

"नहीं प्रॉमली, नहीं। ईलोन पर कभी भी किसी ने माया नाम के व्यक्ति के बारे में नहीं सुना है। जब से हम यहाँ आए हैं, तब से मैंने यहाँ के सारे रिकॉर्ड चैक किए हैं। माया नाम के किसी भी व्यक्ति का कोई रिकॉर्ड नहीं है। कौन है वह?"

प्रॉमली ने क्लेपो की तरफ देखा, जो अपने भारी बालों वाला सिर दाएँ से बाएँ हिला रही थी।

"वह एक तरह की संगीतकार है। उसका संगीत इस दुनिया से कोई वास्ता नहीं रखता। उसके वाद्य यंत्र, उसकी गत, उसकी आवाज ईलोन में नहीं पाए जाते। सीनी की उस तक पहुँच थी या मैं यह कहूँ कि माया की सीनी तक पहुँच थी।"

"तब जरूर ही यह कोई प्रोग्राम होगा जो खराब हो गया होगा। हम इसके बारे में पता लगाने की कोशिश करेंगे।" तब एक पल के लिए रुकने के बाद क्लेपो ने कहा, "साइट पर कब आना चाहती हो?"

क्लेपो का प्रश्न सुनने के बाद प्रॉमली संगीत के बारे में भूल गई। उसे प्रत्याशा के एहसास ने घेर लिया।

नीचे गलियों में चीजें हमेशा की तरह चल रही थीं। लोग-बाग सड़कों पर अटे पड़े थे। शटल चल रही थीं। सड़क पर दूर एक वृक्ष फूलों से लदा हुआ था। अपनी खिड़की की ऊँचाई से उसे ऐसा लग रहा था मानो कोई खेल देख रही है और इस खेल का अन्त निकट आ रहा है।

"मैं काउंसिल की मीटिंग के बाद जाऊँगी। तुम्हें जो काम सौंपा गया है, तुम उस पर कड़ी निगाह रखना। यह बात भी है कि मैं माया को—उस व्यक्ति को, प्रोग्राम को, मायावी को खोजना चाहती हूँ। जो भी है वह, मैं उसे खोजना चाहती हूँ। इनोडस जब किसी चीज की तलाश करने लगे तो उससे कुछ भी छुपा नहीं रह सकता।" प्रॉमली ने कहा।

क्लेपो खड़ी हो गई और दरवाजे की ओर बढ़ी। वह दरवाजे के आसपास मँडराती रही। वह प्रॉमली से डरती थी। दरअसल, इनोडस पर सब उससे डरते थे। प्रॉमली ने पूरी योजना का खाका उनके सामने रख दिया था। वह उस पर अकेली काम कर रही थी और कड़े निर्णय ले रही थी।

प्रॉमली ने देखा कि क्लेपो दरवाजे के पास हिचकते हुए खड़ी है।

"क्या है, क्लेपो?"

"तुम्हें क्या लगता है कि काउंसिल की बैठक में क्या होगा?"

"कुछ भी नहीं होने वाला। वह हमेशा की तरह अपना काम करेगी। सारी चीजें मुझ पर छोड़ दो। तुम अपना सारा ध्यान मेरे लिए माया को खोजने में लगाओ। इस पर कोई यूनिट लगा दो। यह हैरानी की बात है कि कितने लोग उसे जानते हैं, लेकिन कोई भी नहीं जानता कि वह कौन है और वह क्या है?"

"चूँकि तुम्हारी कॉल बहुत ज्यादा अपीलिंग और बेचैनी भरी थी, मैंने तय किया कि मैं उसका जवाब दूँगी। तुम रात भर क्यों जगी रहती हो और हर रात मुझे कॉल करती हो? तुम्हारी कॉल मेरे लिए इतनी खिंचाव भरी होती है जैसे बहुत पहले कोई मेरे दिल के तार झंकृत करता था।"

टिओनी झटके-से उठ खड़ी हुई। उसे पक्का यकीन था कि वह कोई सपना देख रही थी।

वर्कस्टेशन से रौशनी निकल रही थी। बाहर तीन चन्द्रमा चमक रहे थे, लेकिन सब कुछ शान्त और ठहरा हुआ था।

"माया क्या तुम हो?" वह रात के शान्त माहौल में फुसफुसाई।

"इन दिनों बहुत सारे लोग मुझे ढूँढ़ने का अथक प्रयास कर रहे हैं, लेकिन मुझे इस तरह से खोजा नहीं जा सकता। टिओनी, मैं चेतना हूँ। तुम्हें मेरे बारे में सिर्फ सजग रहना होगा, तभी तुम मुझ तक पहुँच सकती हो।"

टिओनी आई और अपने वर्कस्टेशन पर बैठ गई। उसकी आँखें अभी भी नींद से भारी थीं, लेकिन दिमाग सजग था। वह बहुत सारे सवाल पूछना चाहती थी, लेकिन वह नहीं चाहती थी कि माया दोबारा गायब हो जाए। उसने उन दोनों के बीच एक कॉमन सूत्र तलाशा, "माया, तुम सीनी को कैसे जानती थीं?"

"वह अपनी जड़ें तलाश रही थी और चूँकि हमारी जड़ें हमारी चेतना में हैं इसलिए हम मिले।" माया ने अँधेरे में अपनी भारी आवाज में कहा।

"तुम कब मिली थीं? मेरा मतलब है, कितना अरसा पहले? सीनी ने मुझे कभी भी तुम्हारे बारे में क्यों नहीं बताया?" टिओनी अभी भी जिद पर अड़ी थी।

"क्या तुमने कभी पूछा कि वह क्यों अपने अतीत के बारे में इतने जुनून के साथ ज्ञान प्राप्त करना चाहती थी? उसने इसलिए नहीं बताया होगा कि शायद उसे लगा कि तुम चेतना के साथ बात करना पसन्द न करो। या शायद इसलिए कि अपनी सखी इवी की तरह तुम हर तरीके से मेरे अस्तित्व पर ही शक करती।"

तो इसका मतलब, सीनी ने माया से 'जुनून' शब्द सीखा था। टिओनी माया से सृजन के बारे में पूछना चाहती थी और दूसरी बहुत-सी बातों के बारे में पूछना चाहती थी, लेकिन उससे बात करने से पहले उसे अपने विचारों को तरतीब देने की जरूरत थी।

"तुम कल यहाँ क्यों नहीं आतीं? मैं इवी को भी बुला लूँगी। वह तुम पर शक नहीं करती। वह सिर्फ इसी पसोपेश में है कि हमारा कभी भी तुम्हारे जैसी किसी घटना से पाला नहीं पड़ा है। तुम मुझे और इवी को अपने अतीत के बारे में और बता सकती हो कि तुम कहाँ से नाता रखती हो और वहाँ औरत होने का क्या मतलब होता है?" टिओनी ने महसूस किया कि बेहतर होता अगर इवी भी मौजूद होती। तब वह स्थिति से अलग तरीके से निपटती। तब वे दोनों मिलकर माया को बेहतर तरीके से समझ पातीं।

सिस्टम से आवाज आ रही थी। टिओनी हैरान हुई कि कहीं माया चली तो नहीं गई? वह माया के जवाब का इन्तजार करती रही।

"क्या तुम अतीत के बारे में, मेरे बारे में जानना चाहती हो? सीनी उस कहानी के बीच में थी जिसे मैं 'माया की कहानी' कहना चाहती हूँ, लेकिन इसे खुले दिमाग से और बिना किसी पूर्वग्रह के सुनने की जरूरत है।"

क्या यह कोई मुस्कुराहट थी, जिसे अब परिचित आवाज में टिओनी सुन पा रही थी?

"हाँ, हम तुम्हारी कहानी के बारे में सुनना चाहती हैं, लेकिन इससे पहले कि तुम आज जाओ, मुझे बताओ माया कि क्या तुमने उस सारे संगीत की रचना की थी जो तुमने सीनी को भेजा था? वह संगीत वाकई मंत्रमुग्ध कर देने वाला है। अब तक हम जिस तरह के संगीत को इन सारे जैक में सुनते आए थे, वह उससे बिलकुल अलग है।"

"टिओनी, संगीत हमेशा किसी समय से ताल्लुक रखता है, लेकिन कई बार यह कालातीत हो जाता है। मैं संगीतकार हूँ और हाँ, मैंने उस संगीत की रचना की थी जो तुमने सुना है। मैं तुमसे कल दोबारा मिलूँगी।"

इस समय सिस्टम की धीमी ध्वनि ने टिओनी को बताया कि माया जा चुकी है।

यह ढलती शाम थी और तारा हैप की सतर्क निगरानी में सोई हुई थी। तीन चन्द्रमा गहरे आकाश में धीरे-धीरे ऊपर उठ रहे थे और ऐसा लग रहा था तारे उन्हें कम्पनी दे रहे हैं। दिन के कामकाज के बाद टिओनी इवी का इन्तजार कर रही थी। माया की कहानी—वह हैरान हो रही थी कि आखिर सीनी ने टिओनी से कभी इसका जिक्र क्यों नहीं किया था? यह किसी को ले जाए जाने की त्रासद कहानी थी। कोई उन्हें दोबारा पूछ भी नहीं सकता था। वह हैरान थी कि पहले के लोग नियमित रूप से इस तरह कैसे रह लेते थे?

इवी भीतर आई। टिओनी ने नोटिस किया कि उसके छोटे-छोटे बाल बिखरे हुए थे और उसके चेहरे पर ऐसा भाव था मानो वह निश्चित नहीं हो।

"इवी, बाहर क्या तेज हवाएँ चल रही हैं?" मूड को हल्का करने के लिए टिओनी ने पूछा।

"हाँ, वह यहाँ है क्या?" इवी ने कहा।

"अभी तक तो नहीं। मैं चाहती थी कि मैं जब उसे बुलाऊँ, उससे पहले तुम यहाँ आ जाओ।"

इवी वर्कस्टेशन के पास कुर्सी पर बैठ गई। वह बेचैन लग रही थी।

"टिओनी, अगर ऐसा हो कि माया एक ऐसा प्रोग्राम हो जिसे पुरुषों ने तैयार करके हमारे सिस्टम में डाला हो? इसका मतलब हम उनके हाथों में खेल रहे हैं। मैं अब उनके बारे में और उनके साथ टकरावों के बारे में बहुत कुछ समझती हूँ। हमने उनकी उपेक्षा की है मानो वे हों ही नहीं। लम्बे समय से हम उनकी उपेक्षा

करते रहे हैं, लेकिन वे अस्तित्व में हैं और हमेशा फैंस की दूसरी तरफ रहते आए हैं। वे ऐसी प्रजाति के लोग हैं जो बार-बार अपने खुद के लिए ईलोन को हथियाने के लिए हमारे साथ लड़ते रहे हैं।"

"इवी, अगर ऐसा मामला है तो हमें माया को उलझा लेना चाहिए ताकि हम समझें कि पुरुष चाहते क्या हैं?"

कमरे में मौन पसर गया। टिओनी खिड़की के पास से अपनी जगह से उठी। अब वह समय हो चला था कि माया से सम्पर्क किया जाए। यह बात कोई भी नहीं जानता था कि माया की कहानी कब तक चलेगी।

"क्या तुम दोनों मौजूद हो?" इससे पहले कि टिओनी उसे पुकारती, माया की भारी आवाज कमरे में गूँज रही थी।

"हाँ, मैं तुम तक पहुँचने की कोशिश कर ही रही थी। हम दोनों तुम्हें सुनने के लिए बेचैन हैं।" टिओनी ने कहा।

"माया, क्या तुमने अपनी कहानी पुरुषों को भी सुनाई है? तुम्हारा उनसे कोई सम्पर्क है?" इवी ने बीच में टोका।

"पुरुष? मैं नहीं जानती कि जो फैंस के उस तरफ रहते हैं, वे इस कहानी को जानते हैं। यह मेरी, तुम्हारी, उनकी कहानी नहीं है। यह हमारी कहानी है। यह कहानी महिलाओं और पुरुषों, दोनों की कहानी है।"

ये शब्द कमरे में तैर रहे थे ऐसी भाप की तरह, जो भारी और धुँधली थी। वर्कस्टेशन के पास सिकुड़ी बैठी दोनों महिलाओं को यह बात भ्रम में डाल रही थी।

"माया, तुम हमें वह सब क्यों नहीं बतातीं जो तुमने सीनी को बताया था? यह सब कुछ बताने के लिए बढ़िया जगह है।" टिओनी ने कहा।

"अगर तुम कुछ जानना चाहती हो तो तुम्हें पता होना चाहिए कि क्या पूछा जाना चाहिए। सीनी जानती थी कि सही सवाल कैसे पूछे जाते हैं। मैं कोई कथावाचक नहीं हूँ।"

टिओनी समझ गई कि माया से बात करना आसान काम नहीं है।

"तुमने बताया कि तुम अतीत में से हो। कौन-से अतीत में से? क्या तुम क्लैश-ii के समय पर थीं?" इवी ने पूछा।

अब चूँकि माया यह स्वीकार कर चुकी थी कि इस कहानी में कुछ-न-कुछ पुरुषों के साथ जुड़ा हुआ है, इवी को पक्का यकीन हो गया कि हो न हो, यह पुरुषों द्वारा उन्हें उलझाने के लिए तैयार किया गया प्रोग्राम है।

"इवी, क्या तुम जानती हो कि ईलोन पर, तुमसे पहले की सभी औरतें कहाँ से आई थीं?" माया ने पूछा।

"हाँ, धरती—दूर का एक ऐसा ग्रह, जो बहुत पहले नष्ट हो गया था।"

"तो मैं भी वहीं से आई हूँ।"

कमरे में एक बार फिर मौन पसर गया। यह तारा के रोने से टूटा। हैप ने उसकी तरफ ध्यान दिया और वह फिर से सो गई। टिओनी को लगा कि माया खुलकर सामने नहीं आ रही है। बातचीत का विषय बदलना ही होगा।

"माया, तुम्हारा जुनून क्या है?" टिओनी ने मौन भंग किया।

"यह रोचक बात है कि तुमने यह शब्द इस्तेमाल किया, टिओनी। मुझे यकीन है कि तुमने इस शब्द को सीनी से सुना है। मैंने उसे यह शब्द बताया था। अब यह शब्द तुम्हारे संसार में इस्तेमाल नहीं होता। जब समय कीमती और सीमित संसाधन नहीं होता है तो जुनून उत्पन्न नहीं होता है। मेरा जुनून संगीत है। धरती पर संगीत और आर्यन, ये दोनों मेरे जुनून थे।"

"हम जानते हैं कि संगीत क्या है, लेकिन आर्यन क्या है?" इवी ने पूछा।

समय के बारे में माया के कथन ने उसका ध्यान आकर्षित किया था।

"लेकिन तुम यह क्यों कहती हो कि समय एक संसाधन है और सीमित है? यह तो बहता रहता है और हमेशा मौजूद रहता है।" इवी ने आगे कहा।

"खैर, इवी मुझे बताओ, तुम क्या सोचती हो कि तुम्हारे लिए संसाधन क्या हैं?" माया की आवाज में धैर्य था।

"मुझे लगता है कि ईलोन में जो कुछ भी हमारी तरफ है, अमर, जल, वृक्ष, फूल, हम सब, ये सब संसाधन हैं। समय बीतता रहता है और अविरल है। इसका कोई अलग से स्वतंत्र अस्तित्व नहीं है।" इससे पहले कभी इवी ने इस तरह की बातों के बारे में नहीं सोचा था। माया सचमुच एक रोचक प्रोग्राम था।

दूसरी तरफ टिओनी बेचैन हो रही थी, क्योंकि बातचीत कहीं आगे नहीं बढ़ रही थी।

"माया, यहाँ हम तुम्हें सुनने के लिए आए हैं, न कि सवाल-जवाब करने।" उसने टोका।

"टिओनी, चेतना से तुम्हारे सीखने और समझने का एक ही तरीका है कि उसे भी तुम सवाल पूछने दो।" माया की हँसी कमरे में गूँजी। हँसी गुदगुदाने वाली और हल्की थी, उसकी भारी आवाज के विपरीत।

"तुमने पहले कहा था कि तुम धरती से आई हो। तब तुम कैसे और कब इस सिस्टम में घुसीं? क्या तुम यहाँ अकेली हो या और भी लोग सिस्टम में हैं?" इवी इस बात को सुनने के लिए सतर्क हो गई कि माया क्या कहती है?

"माया, क्या तुम्हें याद है कि धरती कैसी थी? तुम्हारा दूसरा जुनून क्या है? क्या यह तुम्हारे संगीत की तरह अच्छा है?" टिओनी ने भी अपने सारे सवाल पूछ लिए।

माया की हँसी ने कमरे के माहौल को हल्का कर दिया था। बाहर रात गहरी होती जा रही थी और तारा के कमरे से आ रही नीली रौशनी और कमरे में सिस्टम

से आने वाली हल्की नीली रौशनी में इस बात को भूलना आसान था कि माया वहाँ एक व्यक्ति के रूप में मौजूद नहीं है। इस अँधेरे एहसास में वह उन दोनों को अपनी ही तरह वास्तविक लग रही थी।

अपने शहर के घर में प्रॉमली अँधेरे में बैठी हुई इनोडस से प्राप्त जानकारियाँ प्रोसेस कर रही थी। उन्हें अब तक माया के बारे में कुछ भी पता नहीं चला था। प्रॉमली ने प्रोसेसिंग रोक दी और इनोला के दो स्लाइस के बीच में कोरिव सॉस और सब्जियाँ डालीं, अपने लिए शानदार रेड वाइन ली और आरामकुर्सी में धँस गई। जब वह खा रही थी तो उसके दिमाग में विचार आने लगे।

माया का रहस्य क्या है? ऐसा कैसे हो सकता है कि अब तक उसका कोई भी सुराग न मिला हो। वह प्रोग्राम है, व्यक्ति है या भेदी है—पूरी जाँच-पड़ताल के बाद भी उसके बारे में कुछ पता नहीं चला था।

प्रॉमली ने सीनी द्वारा भेजा गया संगीत टैग किया और उसे बजाने लगी। रात में जब उसकी स्वर-लहरियाँ गूँज रही थीं तो प्रॉमली संगीत-रचना में इस्तेमाल किए गए वाद्य यंत्रों को प्रोसेस करने लगी। कुछ तो तुरन्त पहचान में आ गए, लेकिन अधिकतर वाद्य यंत्र ऐसे थे जिन्हें अब तक ईलोन में सुना नहीं गया था। सिस्टम एक बार फिर ब्लैंक हो गया। तब प्रॉमली ने वॉल्ट में प्रवेश किया और उपलब्ध रिकॉर्डों में सभी वाद्य यंत्रों को प्रोसेस किया, लेकिन वह खाली हाथ ही वापिस लौटकर आई। प्रॉमली को पता था कि संगीत के बारे में पता लगाना ही होगा। इससे सिद्ध होगा कि माया का अस्तित्व है। उसने अपना खाना खत्म किया और एक बार फिर माया की खोज के लिए रिपोर्टों को प्रोसेस करना शुरू कर दिया। रात ढलती गई लेकिन वह लगी रही। माया का कोई-न-कोई लिंक पुरुषों के साथ है, इस बात का उसे पूरा यकीन था। शायद पुरुषों ने यह संगीत रचना तैयार की हो, लेकिन उनकी योजना क्या थी और उन्होंने संगीत ही क्यों चुना था?

इनोडस ने जो बातचीत पकड़ी थी, उसमें सीनी को उठाए जाने और नेपो के भंडारों में गिरावट यह प्रमुख थी। उन्होंने यह भी पता लगाया था कि साइनेड में जल्दी ही कोई महत्त्वपूर्ण बैठक होने वाली है। इस सबमें संगीत और माया कहाँ फिट होते थे? सीनी को ये सुराग कैसे मिले?

प्रॉमली ने संगीत को अलग-अलग करने की कोशिश की ताकि अगर उसमें कोई गुप्त सन्देश या गुप्त कोड हो तो उसके बारे में पता चल सके। जिस समय वह विश्लेषण के आने का इन्तजार कर रही थी, प्रोजेक्ट की रिपोर्ट आने लगी।

जब प्रॉमली ने विस्तार से पढ़ा तो उसे एक परिचित-सी उत्साह की अनुभूति हुई। उनका प्रोजेक्ट अब समाप्ति पर था। एक शानदार धक्का दिया जाए और सब कुछ बदल जाएगा। जिस समय वह योजना बना रही थी, उसे इस बात का पक्का यकीन था कि उल्तूर उसके साथ काम करेगी, लेकिन उनके वर्तमान संवाद तनावपूर्ण चल रहे थे। अब प्रॉमली को अकेले काम करना पड़ेगा और वह उल्तूर से तभी सम्पर्क करेगी जब उसकी जरूरत पड़ेगी।

आखिर संगीत का विश्लेषण सामने था। कोई पैटर्न नहीं, कोई कोड नहीं, कोई सन्देश नहीं, संगीत की इस शानदार रचना में कुछ भी छुपा हुआ नहीं था। यह दिल को खुश कर देने वाला विशुद्ध संगीत था, जो संयोग से उनके संसार से ताल्लुक नहीं रखता था।

प्रॉमली ने एक टोबोक को इस बात के लिए लगा रखा था कि वह इनोडस में लगातार संगीत के मूल के बारे में शोध करता रहे। बाकी टोबोक ऑपरेशन में व्यस्त थे। वह इस बात को लेकर स्पष्ट थी कि कोई भी अनजान संगीत-रचना या उसका रहस्यमय संगीतकार उसके रास्ते में नहीं आ सकता।

संगीत दोबारा बजना शुरू हो गया और इस मधुर संगीत को सुनते हुए प्रॉमली सो गई। सूर्य की पहली किरण नजर आने लगी थी। जिस समय पूरी दुनिया में प्रभात वेला हो रही थी, माया का संगीत अभी भी बज रहा था। यह दुनिया उस संगीत को पहचानती नहीं थी, पर उससे मंत्रमुग्ध थी!

"मुझे शुरू से ही संगीत पसन्द था। यह एक ऐसी चीज थी जो मेरी जिन्दगी में रौशनी लाई थी। संगीत ने मेरे जीवन को अर्थ दिए।" माया ने कहा।

"तुम सीनी से कैसे मिली थीं?" इवी ने टोका।

"हमें बीच-बीच में सवाल पूछने के बजाय अपनी बातचीत को सही ढंग से व्यवस्थित करना चाहिए। तभी हम तुम्हारे बारे में और तुम जिसका प्रतिनिधित्व करती हो, उसके बारे में जान सकेंगी।" टिओनी ने घोषणा की।

वह धरती के बारे में और अधिक जानना चाहती थी जबकि इवी ईलोन पर माया के अस्तित्व के बारे में जानना चाहती थी।

माया की निश्छल हँसी एक बार फिर कमरे में गूँजने लगी।

"तुम सचमुच नहीं जानती कि लड़कियों की टोली आपस में कैसे बात करती है? नहीं जानती हो न? तुम चेतना के लिए नियम तय नहीं कर सकती, टिओनी। यह बहुत ही आसान है। या तो तुम इसमें शामिल होती हो या इसकी अपेक्षा करती हो।"

दोबारा मौन पसर गया और टिओनी तथा इवी इस बात का इन्तजार करने लगीं कि माया कुछ कहेगी। कुछ देर के बाद उसने कहा, "जैसा कि मैं पहले भी कह चुकी हूँ, सीनी अपनी जड़ों की तलाश कर रही थी। वह तुम्हारे वॉल्ट में मौजूद धरती के बारे में जितना भी डेटा है, उसे घंटों तक खँगालती रहती थी। मैंने उसे एक ऐसे व्यक्ति के रूप में पहचाना था जो सच में उत्सुकता रखती थी। कई सदियों के बाद मुझे लगा था कि मैं किसी तक पहुँच रही हूँ। मैं तुम्हारे सिस्टम के जरिए उस तक पहुँचने लगी और एक दिन जब वह इराना हब में कुछ संगीत सुन रही थी, मैंने उसके ट्रैक के आखिर में अपना म्यूजिक डाल दिया। वह तुरन्त समझ गई कि यह अलग था। उसके बाद वह संगीत की तलाश करने लगी, संगीत के अलग-अलग पैटर्न और अलग-अलग आवाजें खोजने लगी जो मैंने उसके सिस्टम में डाले थे। उसने विस्तार से तलाश की और जब मैंने महसूस किया कि वह तैयार है, मैंने उसे एक दिन पुकारा, ठीक वैसे ही जैसे मैंने तुम दोनों को पुकारा है। सीनी एक ऐसी लड़की थी जो प्रश्नों से भरी हुई थी और मेधावी थी, लेकिन बिना किसी शक के उसने मेरा अस्तित्व स्वीकार कर लिया था। मैं उसे मिस करती हूँ।" माया ने सादगी से कहा।

उसके बोल टिओनी के आसपास घूम रहे थे और लगा, जैसे सीनी नीले अँधेरे में वहीं मँडरा रही थी।

इवी वहाँ यह सोचती बैठी रही कि सीनी ने जरूर संगीत के अलावा किसी और चीज की तलाश की होगी। उसने यह पाया था कि प्रोग्राम ने यह स्वीकार किया था कि सीनी को ट्रैक किया गया था।

"क्या सीनी ने तुम्हें कोई ऐसी बात बताई थी जो वह पुरुषों के बारे में जानती थी? क्या उसने उन सबके बारे में कोई चर्चा भी की थी?" इवी ने पूछा।

"नहीं इवी, उसने मुझे पुरुषों के बारे में कुछ भी नहीं बताया था। दरअसल, मैंने ही उसे पुरुषों के बारे में बताया था, लेकिन मैंने उन पुरुषों के बारे में बात नहीं की थी जो फैंस की दूसरी तरफ रहते हैं बल्कि उन पुरुषों के बारे में बताया था, जो धरती पर रहा करते थे।"

"इसीलिए तो हम जानना चाहती हैं, माया। हम धरती के बारे में जानना चाहती हैं। तुम उनके बारे में जो जानती हो, वह हम नहीं जानतीं।" टिओनी गिड़गिड़ा रही थी।

"तुम्हें बताऊँ लड़कियो? तुम दोबारा प्रोसेस करना क्यों नहीं शुरू कर देतीं? मैं तुम्हारे सामने माया की कहानी जोड़ूंगी और यह सारी कहानी तुम्हारे सामने एक फिल्म की तरह खुलती चली जाएगी। कोई सवाल नहीं, कोई टोका-टाकी नहीं। बोलो, मंजूर है क्या?"

माया जो कुछ भी कह रही थी, उसमें से बहुत सारे शब्द दोनों के पल्ले नहीं पड़ रहे थे, लेकिन वे समझ रही थीं कि वह क्या कहना चाह रही थी? इवी ने टैग

एक्टिवेट किया ताकि वह उन शब्दों को जिन्हें वे नहीं जानती थीं अलग किया जा सके और उनके अर्थ बाद में देखे जा सकें।

अब चूँकि इवी पुरुषों और उनके अस्तित्व के बारे में ज्यादा जानती थी, वह जानना चाहती थी कि पुरुषों ने सीनी पर हमला क्यों किया?

दूसरी तरफ, टिओनी यह उम्मीद कर रही थी कि माया की कहानी से उसे पता चले कि सीनी उन चीजों के बारे में क्यों बात करती थी जो वह करती थी। अगर उसे उनके बारे में कोई महत्त्वपूर्ण जानकारी मिलेगी तो वह शायद बड़ी होने पर तारा को भी रुचिकर लगे। अपनी आँखें बन्द करके दोनों आ रही जानकारी को प्रोसेस करने लगीं।

माया की कहानी

ऑर्केस्ट्रा का संगीत आरोह की तरह ऊपर उठने लगा, मानो तट पर लहर ऊपर उठ रही हो, उसके बाद धीरे-धीरे अवरोह में आता हुआ खत्म हो गया। जिस वक्त खचाखच भरे श्रोताओं में अन्तिम लहरियाँ तैर रही थीं तो तालियों की गड़गड़ाहट तेज लहर की तरह आई। थकी हुई, लेकिन आनन्दित माया मुड़ी और श्रोताओं का अभिवादन किया। दुनिया भर में अलग-अलग उपकरणों पर, जहाँ लोग इस शो को देख रहे थे, अपनी बोलती, खुशी से दमकती चमकीली आँखों और खुशी से अपने पूरे होंठ खोले वह अवतरित हुई। उसकी भौंहों पर पसीना ताज की तरह झिलमिला रहा था। माया ने अँधेरे ऑडिटोरियम में देखा और सोचने लगी कि क्या उसे आने का समय मिला होगा? उसने अपने दिमाग से इस विचार को झटका और इस पल का आनन्द लेने लगी। जिस समय पर्दा नीचे आया, वह मुड़ी और सबका अभिवादन करने के लिए रुके बिना वह हमेशा की तरह ड्रेसिंग रूम में चली गई। परफॉर्मेंस के बाद उसे अपने लिए कुछ स्पेस और थोड़ी-सी शान्ति चाहिए होती थी। उसकी बाँह पर लगा ट्रिन बैंड यह सिग्नल दे रहा था कि रिया उससे बात करना चाहती है। माया ने अपनी आँखें बन्द कर लीं। उसने अपनी थकान, रोमांच और एक अच्छा काम निपट जाने की खुशी को अपने ऊपर से गुजर जाने दिया।

आखिरकार, जब माया ड्रेसिंग रूम से बाहर आई तो उस जगह पर सन्नाटा छाया हुआ था। लोग-बाग जा चुके थे, वाद्य यंत्रों को पैक किया जा चुका था और अगली परफॉर्मेंस के लिए सँभालकर रखा जा चुका था। माया मंच पर टहलने लगी और खाली थिएटर का मुआयना करने लगी। घने अँधेरे के बावजूद, अगले शो के लिए पूर्वाशा हॉल में फैली हुई थी। माया को यह एहसास अच्छा लगता था। तब वह नीचे उतरी और खाली गलियारे से चलते हुए बाहर की तरफ चलने लगी।

जिस समय माया बाहर आई, उसे तीखी तन जलाती गर्मी ने झुलसा दिया। अक्तूबर के महीने में रात को 11:00 बजे तथाकथित पतझड़ में इस तरह का गर्म तापमान अब सामान्य हो चला था। उसके ट्रिन बैंड ने कार के लिए एक सन्देश भेजा और कार उसके कदमों के पास आ लगी। माया कार में सवार हुई और 'घर'

का बटन दबाया। कार उसके घर की तरफ का रास्ता तय करने लगी। माया अपनी सीट पर पसर गई और गुजरते हुए शहर को देखने लगी। छोटी, खुद चलने वाली कारें सड़कों पर आ-जा रही थीं। सड़कों पर तेज गर्मी की वजह से कोई भी पैदल चलने वाला नहीं था। मौसम बहुत जाहिल हो चला था, कम-से-कम यह कहा जा सकता था। इस भट्टी से वे जल्दी ही सर्दी के मौसम में पहुँच जाएँगे। आमतौर पर मीडिया द्वारा इसे 'फ्रीज' कहा जाता था। सर्दियाँ लम्बी चलने वाली और बेहद ठंडी होती थीं। तापमान और खराब होता चला जा रहा था। वसन्त का झोंका और पतझड़ की उदासी अब कहीं नजर नहीं आती थी और ये मौसम भुलाए जा चुके थे।

रिया उसे फिर से बीप कर रही थी। माया ने कॉल ली—

"क्या तुम घर की तरफ जा रही हो? मैं बाहर जा रही हूँ मॉम, और मैं परसों तक वापिस नहीं आऊँगी। इस बार डैड अपनी ट्रिप से वापिस कब आ रहे हैं?"

रिया की बेचैन आवाज, जो कार के स्पीकरों में कई गुना बढ़कर आ रही थी, माया के लिए परफॉर्मेंस के सुखद प्रभाव को ले चली। रिया तीस बरस की होने वाली थी, लेकिन 2185 में 30 को किशोर माना जाता था।

हाई-वे पर लगे हुए निओन साइन नया मंत्र फ्लैश कर रहे थे—पहले का 90 अब 50 है। चमकीले बोर्ड उम्र के विस्तार के फॉर्मूले और बीच में आने वाले व्यवधानों का विज्ञापन कर रहे थे। उम्र के अत्याचार को हराना एक लगातार चलने वाला झगड़ा था। जल्दी ही उन्हें अपनी उम्र की नए सिरे से गणना करनी होगी और संख्याओं के साथ लम्बे अरसे से चले आ रहे जुड़ाव को अब एक नया अर्थ देना होगा।

"हाँ, मैं घर की तरफ जा रही हूँ। मैं तुमसे परसों मिलूँगी। डैड शायद अगले हफ्ते में कभी लौटेंगे। घर से निकलने से पहले कुछ खा लेना, रिया।" माया ने कहा और कॉल बन्द कर दी।

जब कार मुख्य सड़क से निकलकर उसकी लोकेलिटी की तरफ की गलियों में मुड़ी तो तेज रौशनियाँ कम हो गईं और तारे नजर आने लगे। कभी-कभी आसमान में चलती हुई तेज ट्रेनों की वजह से तारे ओझल हो जाते और ट्रेन के जाते ही फिर से चमकने लगते।

माया सोचने लगी, वह इस वक्त क्या कर रहा होगा? क्या तारों का अध्ययन कर रहा होगा, सो रहा होगा? माया उससे बात करना चाहती थी, लेकिन हमेशा की तरह संकोच में पड़ गई।

जब माया घर पहुँची तो सब तरफ अँधेरा और सन्नाटा था। वह पोर्च में उतरी और कार गैराज की तरफ चली गई। वह घर के पैनल को अपने पहुँचने के बारे में बताना भूल गई थी। अगर पहले बता देती तो घर की बत्तियाँ पहले ही जल चुकी होतीं, खाना गर्म हो चुका होता और घर ठंडा होता। जैसे ही माया घर के भीतर

आई तो उसके दिशा-निर्देशों के अनुसार लाइटें और तापमान अपने-आप एडजस्ट हो गए। हेल्प मशीन भी एक्टिवेट हो गई और उसके लिए खाना तैयार करने लगी। उसे भूख नहीं लगी थी, इसलिए उसने हेल्प को डिएक्टिवेट कर दिया।

जिन दिनों माया की परफॉर्मेंस होती थी तो रात के समय माया संगीत का रियाज नहीं करती थी। वह अपने बिस्तर पर लेट जाती और खिड़की के काँच से रात के तारे देखती रहती। तारों-भरा आकाश अपनी चमक खो रहा था। तेजी-से यह हो रहा था कि कम-से-कम तारे नजर आते हालाँकि वह अभी भी सप्तऋषि मंडल और मृग नक्षत्र साफ-साफ देख पा रही थी। तारे और तारामंडल लगातार बने हुए थे, यह केवल धरती पर ही हो रहा था कि चीजें खतरनाक तरीके से बदलती रहती थीं।

कभी-कभी उनकी जिन्दगी में परिवर्तन की गति बहुत थका देने वाली होती। यहाँ तक कि सात दशक पहले जो वे यह सोचते थे कि फलाँ परिवर्तन पचास बरस में होगा, वह दस बरस में ही हो जाता। जिस वक्त माया किशोरी थी तो उस वक्त जिन्दगी की जीने की उम्र लगभग सौ बरस या उससे भी कम हुआ करती थी, लोग आमतौर पर अब उससे दुगुनी उम्र जी रहे थे। जिस समय उम्र को बढ़ाए जाने का काम शुरू हुआ था, तो उससे जुड़े नैतिकता के सवालों पर और मानवता के लिए, भविष्य के लिए इसका क्या मतलब है, पर अन्तहीन बहसें हुआ करती थीं। लेकिन दुनिया ने इसे जल्द ही स्वीकार कर लिया और किसी व्यक्ति की जिन्दगी को बढ़ाना अस्तित्व का एक रूटीन-सा काम हो गया। मृत्यु रही, लेकिन उसे अब स्थगित किया जा सकता था और धरती पर उनका समय बढ़ता चला गया था।

समय उन्हें यह अवसर देता था कि वे ज्यादा सीखें, ज्यादा अनुसन्धान करें, अपने जुनून को पूरा करें और ज्यादा प्यार करें। माया ने जब इसके बारे में सोचा तो अँधेरे में मुस्कुराई। हाँ, उसकी लम्बी जिन्दगी ने उसे ये सारे काम पूरे करने के लिए मौके दिए थे। फिर भी वह हमेशा और चाहती रही।

दिन ठंडे हो गए थे और पेड़ अपनी पत्तियाँ छोड़ने लगे थे। जो थोड़े-बहुत पक्षी शहर में रह गए थे, वे अपने घोंसलों की तरफ जल्दी लौटने लगे थे। जल्दी ही फ्रीज सब कुछ पर कब्जा जमा लेगा।

घर के पिछवाड़े में एक छोटे-से कमरे में बैठे हुए, जहाँ आसपास खिड़कियाँ थीं, माया अपने संगीत में डूबी हुई थी। उसके ट्रिन बैंड ने सूचित किया कि जल्दी ही वेव्ज पर एक रोचक बहस होने वाली है। माया ने संगीत का रियाज बन्द कर दिया। ये चर्चाएँ उसे बहुत अच्छी लगती थीं। मानवता की धुन के साथ और सभी

सम्भावित पहलुओं से चीजों के बारे में अन्तहीन बातें करना, उसे बहुत ज्यादा प्रभावित करता था और बाँधे रखता था। इन बातों का अन्तिम परिणाम लगभग एक जैसा ही होता था—वे बाजार में आए लेटेस्ट अपडेट्स अपना लेते। माया ने स्ट्रक्चर्ड बेबीज पर लेटेस्ट बहस को ट्यून किया।

"यह मानव का अधिकार है कि वह किसी तरह के और जितनी संख्या में चाहे बच्चे रखे। कोई भी मुझे यह नहीं कह सकता कि इन खास-खास गुणों वाले, विशेषताओं वाले, योग्यताओं वाले बच्चे की कामना करना गलत है।" कोई कह रहा था।

"माना कि मैं एक ऐसा बच्चा चाहता हूँ जिसमें कोई खास बात न हो। मैं पुराने जमाने की तरह का बच्चा चाहता हूँ, मैं सरप्राइज पैकेज चाहता हूँ तो क्या मुझे इसका अधिकार होगा?" एक मर्दाना स्वर पूछ रहा था।

जब माया ने यह सवाल सुना तो वह मुस्कुराई। कई बरस पहले जब उसने और रिया के पापा ने यह तय किया था कि वे बच्चा चाहते हैं तो उसकी भी बहुत सारी इच्छाएँ थीं कि बच्चा कैसा तैयार करवाया जाना चाहिए? हालाँकि जिस तरह के लम्बे-चौड़े ब्यौरे अब दिए जा सकते हैं, तब उपलब्ध नहीं थे। उन्हें एक मेनू कार्ड दिया गया था। फिर भी, उन्होंने तय किया था कि वे सरप्राइज पैकेज चाहेंगे। अपने बच्चे रिया को पुराने जमाने के तरीके से जन्म लेने देंगे। प्रकृति को अपना काम करने देंगे।

"आप ऐसा क्यों चाहेंगे? क्या आप इस बात की कल्पना भी कर सकते हैं कि आपको पता ही न हो कि आपका बच्चा कैसा होगा?" किसी ने आतंकित हो कर टोका।

माया को याद आया, रिया को बड़े होते देखना बहुत खुशी देता था। न तो उसे अपनी माँ की तरह संगीत में दिलचस्पी थी और न ही अपने पापा की तरह खेलों में रुचि थी। वह बेसब्र थी, गरम दिमाग की थी और सुस्त थी, लेकिन वह बड़ी हुई और बायो इन्फोटेक के अपने पसन्दीदा क्षेत्र में विशेषज्ञ बनी और अपने काम के बारे में जुनून की हद तक पागल थी। "क्योंकि यह खोज की एक आनन्ददायक यात्रा होती है। हमेशा ऐसे बच्चे को पालना रोमांचक होता है जिसके बारे में आप पहले से कुछ भी नहीं जानते।" माया बातचीत में शामिल हो गई जैसा वह हमेशा करती थी।

"बेकार की बात है। यहाँ तक कि स्ट्रक्चर्ड बेबीज की भी अपनी कुछ खास विशेषताएँ होती हैं। हम उनकी शक्ल-सूरत, उनका स्वास्थ्य, उनकी योग्यताएँ, उनकी पसन्द और दूसरी छोटी-छोटी बातों के बारे में तय कर सकते हैं। इसके बावजूद वे अपने तरीके से ही बड़े होते हैं।"

"तब तो मेरा अनुमान है कि सारी बातें व्यक्तिगत पसन्द पर ही आ टिकती हैं।' माया ने फैसला सुनाया।

"लेकिन क्या मुझे इस बात की अनुमति दी जाएगी कि मैं अब से कुछ बरस बाद 'सरप्राइज पैकेज' बेबी के लिए माँग कर सकूँ? आजकल स्ट्रक्चर्ड बेबीज के लिए बहुत अधिक दबाव है।" मर्द स्वर ने कहा। वह वाकई चिन्तातुर लग रहा था।

"आप लोग एक सड़े हुए विषय पर बहस कर रहे हैं। मानव क्लोनिंग का समय आ चुका है। हमें इस बात पर बहस करनी चाहिए कि ऐसा बच्चा लेना कितना रोमांचक होगा जो पूरी तरह से हमशक्ल हो। एक ऐसा बच्चा जो ठीक मेरा हो, उसमें मेरे सारे गुण आए हों। इसी को मैं हमेशा के लिए जीवित रहना कहता हूँ। यही सच्ची अमरता है। वह बेवकूफी-भरा जीवन-विस्तार नहीं, जिसके बारे में लोग लगातार बात करते रहते हैं।"

बातचीत में माया की दिलचस्पी खो गई। जीवन का विस्तार, क्लोनिंग, अमरता—ये उनके जीवन के कभी खत्म न होने वाले मुद्दे थे। लोग उन पर अन्तहीन बातें करते रहते थे। ऐसी बातों में माया की दिलचस्पी नहीं होती थी। उसने वेव को बन्द कर दिया। खिड़की के पास खड़े हुए उसने बाहर फ्रीज की तरफ देखा जो धीरे-धीरे अन्दर आ रहा था और ढलती धूप में शहर को अपने आगोश में ले रहा था। भूरी पत्तियों पर जमी हुई ओस की बूँदें छोटे-छोटे दीपों की तरह लग रही थीं जिन्हें अँधेरे में जलाया जाना बाकी हो। रास्तों पर उगी घास अब ओझल होने लगी थी। वहाँ बर्फ के छोटे-छोटे टुकड़े जम रहे थे। जल्दी ही सब कुछ ठंडा, बहुत ठंडा हो जाएगा। अचानक और एक सघनता के साथ, जिससे माया खुद भी हैरान रह गई, माया उसे मिस करने लगी। इसलिए, उसने उसे एक छोटा-सा सन्देश भेजा।

जिस समय माया का सन्देश आर्यन के फोन पर बीप हुआ, वह अपने वर्कस्टेशन पर काम में व्यस्त था। उसने फोन उठाया और पढ़ा—कैसे हो?

माया ने उससे लम्बे अरसे के बाद सम्पर्क किया था। पिछले, कुछ महीने बहुत भाग-दौड़ वाले रहे थे। आर्यन को यह विश्वास था कि उसने एक बहुत बड़ी सफलता हासिल कर ली थी, लेकिन उसके बारे में घोषणा करने से पहले उसमें छोटे-मोटे परिवर्तन करने बाकी थे। उसने अपनी कुर्सी में अपनी बाँहें फैलाईं, आसपास देखा। ऑब्जर्वेटरी के काँच के शीशों के पार तारे उसकी तरफ देख रहे थे। वे उसके असली दोस्त थे। दूर कहीं चमकते हुए, सदाबहार और हमेशा खोज किए जाने और पता लगाए जाने के लिए तैयार।

उसने अपने सुरमई बालों पर उँगलियाँ फिराईं। उसने अपने घने और बेतरतीब बालों को बिखर जाने दिया। प्रकृति के अनुरूप। ऐसा वह बहुत सारी चीजों के

साथ करता था। अधिकांश मानवता द्वारा प्रकृति के साथ खिलवाड़ करना लोगों का सबसे बड़ा प्रेरणा स्रोत बन गया था, यह बात उसे बहुत तकलीफ देती थी।

माया उसके बालों में अपनी उँगलियाँ फिराना कितना पसन्द करती थी? उसके बारे में सोचते ही आर्यन को एक अद्भुत-सी खुशी महसूस हुई। वह खड़ा हो गया और दूरबीन की तरफ बढ़ा। जल्दी ही वह तारों की दुनिया में खो गया था। ये तारे उसे इतने पास लगते थे कि वह उन्हें छू सकता था। सबसे लम्बा सूर्यग्रहण 16 जुलाई, 2186 को लगने वाला था। तब तक बहुत सारा काम किया जाना बाकी था। जैसे-जैसे तारे उसके निकट आ रहे थे, पृथ्वी पर सारी चीजें पृष्ठभूमि में जा रही थीं।

सर्दी या 'फ्रीज' इतने धमाके के साथ आई कि उसने पूरे शहर को अपने आगोश में ले लिया था। आकाश में सूरज अब एक बुझते हुए दीपक की तरह लग रहा था। प्रत्येक गुजरते हुए बरस के साथ सर्दी हर बार और ज्यादा तेज होती जा रही थी। परिवर्तन के बारे में सारी भविष्यवाणियाँ, जो अतीत में पिछली दो शताब्दियों में की जाती थीं, पिछले पचास बरस से सच होने लगी थीं। पिछली सर्दी में पूरे ग्लोब में एक ही रात में जब तापमान अचानक बहुत गिर गया था, कई लोग जमकर मर गए थे, यह फरमान जारी कर दिया गया था कि सर्दियों में किया जाने वाला सारा काम घर से किया जाएगा और बाहर के आने-जाने पर पाबन्दी लगा दी गई थी। 'फ्रीज' की अवधि के लिए राशन भरकर रख लिए गए थे और हर कोई बर्फ के पिघलने का इन्तजार करता रहा था। यह मौसम देर से, और बहुत देर से आता था।

ठंडे सर्दी के मौसम के महीनों में जबरन मिले अकेलेपन में माया ने अपने अधिकांश संगीत की रचना की थी। उसने अन्य संगीतकारों के साथ व्यवस्था करके अपना संगीत वेव्ज पर रिलीज कर दिया था। वे तीनों—वह, उसके पति और रिया घर में अपने-अपने कमरे में बन्द होते, काम करते रहते और बाहर की दुनिया से जुड़े होते जोकि एक तरह से सुप्तावस्था में होती।

पिछले दो दिनों से लगातार बर्फबारी हो रही थी। बाहर का मौसम डरावना और ठंडा था। बाहर निकलना नामुमकिन था। माया अपनी एक नई संगीत रचना में व्यस्त थी। तभी रिया ने दरवाजा खटखटाया और उसके कमरे में आई। माया ने कम्पोज करना बन्द कर दिया और अपने पास की आरामकुर्सी की तरफ इशारा किया। रिया लेट गई और माया की गोद में सिर रख दिया। माया उसके बालों में

उँगलियाँ फिराने लगी। रिया के लम्बे रेशमी बाल आरामकुर्सी पर फैल गए थे। दोनों बाहर के ठंडे बर्फ से ढके लैंडस्केप को देख रहे थे।

"आपको पता है मॉम, बायो इन्फोटेक के क्षेत्र में आजकल 'मर्जर' पर बहुत बात हो रही है। वे कह रहे थे कि इस ग्रह पर लगातार ठंड पड़ने से लोग जीवित नहीं रहेंगे और इसलिए वे मर्जर की योजना लेकर आ रहे हैं।"

"क्या है यह? मैंने इसके बारे में कभी नहीं सुना।" माया ने जवाब दिया।

उसके दिमाग में उसकी ताजातरीन धुन गूँज रही थी। रिया अक्सर आ जाती और माया के साथ उन अजीबोगरीब विषयों पर चर्चा करती, जो उसके क्षेत्र में चल रहे होते।

"याद करो, 21वीं सदी में उन्होंने एकलता, सिंगुलैरिटी प्राप्त करने के बारे में बहुत कोशिश की थी। उन्होंने मशीनों पर चेतना स्थापित करने की कोशिश की थी। हालाँकि वे सफल नहीं हुए थे, फिर भी बहुत सारे विचारों की तरह यह विचार बना रहा। मम्मी, इन विचारों के बारे में यह है कि न तो वे गायब होते हैं और न ही बिसराए जाते हैं। वे लगातार घूमते रहते हैं, इस इन्तजार में कि उन्हें उठाया जाए, फिर से अमल में लाया जाए, उन पर एक बार फिर से काम किया जाए।"

"और इस मर्जर के बारे में क्या, रिया?" अचानक बातचीत में दिलचस्पी लेते हुए माया ने पूछा। कोई भी ऐसा विचार जो अपनी वास्तविक और काल्पनिक सीमाओं के परे जीवन की तलाश करता था, उसे हमेशा उत्तेजित करता था।

"पहली बात तो मुझे यह बताओ कि विचार मरते क्यों नहीं हैं? और मैं यह जानती हूँ कि तुम सुन रही हो मॉम, क्योंकि तुमने मेरे बालों को सहलाना बन्द कर दिया है और तुम्हारी आँखें मुस्कुराई हैं।" रिया ने खिलखिलाते हुए कहा। माया के लिए यह निश्छल हँसी संगीत की तरह थी, जिसने पूरे कमरे को भर दिया था।

"विचार कारण, अवलोकन, कल्पना और तलाश के संयोजन से, इनके एक साथ होने के कारण जन्म लेते हैं। इन सारे तत्त्वों के आधार बदल सकते हैं, लेकिन क्योंकि विचारों की संकल्पना चलती रहती है, इसलिए विचार भी बने रहते हैं।"

"रोचक खयाल है। मॉम, मर्जर भी ऐसा ही है। यह भी इसी विश्वास पर आधारित है। तुम अपनी चेतना को एक मशीन में ट्रांसफर करने में समर्थ हो सकती हो और हमेशा के लिए बनी रह सकती हो। यह खयाल बहुत खतरनाक है, अगर तुम मुझसे पूछो तो। आप उस चेतना का क्या करेंगे अगर वह किसी शरीर से न जुड़ी हो? वे यह कह रहे हैं कि जल्दी ही इसे आंशिक रूप से लॉन्च करेंगे। उसे कारोबारी रूप से शुरू करने से पहले वे कुछ वॉलेंटियर्स की तलाश करेंगे।"

"तब इन मशीनों की देखभाल कौन करेगा, अगर व्यक्ति अपनी चेतना को इन मशीनों में ट्रांसफर कर दे रिया?" माया ने पूछा।

रिया उठ गई। वह चलकर खिड़की तक गई और बाहर की धीमी-धीमी रौशनी देखने लगी।

"अगर ये सर्दियाँ लम्बी और लम्बी होती चली गईं और कठोर होती गईं तब केवल मशीनें ही जीवित बचेंगी, मॉम। इस समय हमें एक और ग्रह चाहिए। धरती अपने दिन पूरे कर रही है। यह घोषणा कुछ दिन पहले कर दी गई है। अगर तुम मुझसे पूछो तो इसका हल मर्जर नहीं है, लेकिन इसका हल दूसरे ग्रह पर जाना है।"

एक और ग्रह? माया जानती थी कि एक और ग्रह की तलाश आर्यन का सपना है और यह उसकी तलाश कई बरसों से बनी हुई है। उसके लिए दूसरा ग्रह तलाश करने से ज्यादा कोई भी बात मायने नहीं रखती। वह ग्रह जहाँ पर लोग जीवित रह सकें, यही उसका जुनून है। यही उसके मन की साध है।

"मॉम, बीच-बीच में कहाँ खो जाती हो? क्या डैड ने डिनर कर लिया है?"

"हाँ, मुझे मर्जर के बारे में हो रही गतिविधियों के बारे में बताओ। तुम्हें पता है, हो सकता है, मैं इसकी जाँच के लिए वालेंटियर बन जाऊँ।"

"पागल मत बनो, मॉम। यह खयाल ही वाहियात और डरावना है। तुम हमेशा के लिए एक मशीन में क्यों रहना चाहोगी?"

"जीवन खूबसूरत है रिया, लेकिन क्रूरता की बात कि यह छोटा है। इसलिए यहाँ पर लम्बे जीवन के लिए तलाश चल रही है। अमरता जीवन का सदाबहार, लेकिन न पाया जा सकने वाला फल प्रतीत होता है।"

"इस पर दर्शन मत झाड़ो, मॉम। मर्जर कोई संगीत रचना नहीं है जिसे आपने तैयार किया और वेब्ज पर हमेशा के लिए डाल दिया। यह आप हैं, आपका दिमाग, आपकी चेतना। जरा कल्पना करो, मेरी माँ अपने खूबसूरत संगीत और अपने गतिशील दिमाग के साथ एक मशीन बन जाए? मैं इसे कैसे रिलेट करूँगी? इसे मंजूर नहीं किया जा सकता। दोबारा इसके बारे में सोचना भी मत।" रिया ने कड़ाई से कहा।

जो कुछ भी रिया कर रही थी, उसके पीछे कोई तर्क था। माया ने महसूस किया। जब वह आर्यन से मिलेगी तो उससे इस मर्जर के बारे में चर्चा करेगी। एक-दूसरे से मिले उन्हें बहुत सारा अरसा हो गया था। उसकी तरफ से मौन का एक ही अर्थ होता था कि वह अपनी तलाश में पूरी तरह से डूबा हुआ है।

"रिया, बहुत ही उत्तेजक समय है। चारों ओर बहुत कुछ हो रहा है। मुझे ऐसा लगता है कि हम जीवन की प्रोसेस में किसी खास नतीजे पर बस पहुँचने ही वाले हैं। अब मानव के क्लोन तैयार किए जा रहे हैं, वे मशीनों के साथ मर्ज किए जा रहे हैं, दूसरे नए ग्रह पर जाने के बारे में सोच रहे हैं। जरा कल्पना करो, हम यहाँ यह सब देखने के लिए भी नहीं रहेंगे।" माया ने कहा।

धीरे-धीरे बर्फ पिघलनी शुरू हो गई थी। पत्तियों के बिना भूरे पेड़ों की चोटियाँ अब बर्फ में से बाहर नजर आने लगी थीं। बर्फ उन्हें कई महीनों से ढके हुए थी। कुछ ही हफ्तों में पेड़ों पर छोटे-छोटे अंकुर फूट आएँगे, उन पर फल खिलने शुरू हो जाएँगे। प्रकृति ने भी अपने-आपको इन सब में ढाल लिया था। वह जानती थी कि उसे अपना रास्ता तेजी-से कैसे पार करना है?

आर्यन माया का इन्तजार कर रहा था। उसने माया को एस्ट्रोनॉमी टॉवर में बुलाया था, क्योंकि वह चाहता था कि माया पहली व्यक्ति हो जो यह देखे। तरोताजा करने वाले लम्बे शॉवर के बाद वह गैलरी में चहलकदमी कर रहा था और साथ में अपने हाथों में गरमागरम कॉफी लिये हुए था। एस्ट्रोनॉमी टॉवर की ऊँचाई से नीचे सारी चीजें मॉडल की तरह नजर आ रही थीं। उसे ऐसा महसूस हो रहा था कि वह हाथ बढ़ाकर आसमान में तैर रहे बादलों को छू लेगा। सूरज डूब रहा था और अपने पीछे गुलाबी आभा छोड़ रहा था। अब तक माया को आ जाना चाहिए था। जब तक माया आएगी, देखने के लिए रौशनी एकदम शानदार रहेगी।

माया उसकी जिन्दगी में संगीत लेकर आई थी। माया ने उसके मन-मस्तिष्क में जो जगह बनाई थी, वह उसे छोड़कर कभी नहीं गई थी। वह उसे और जिन्दगी को प्यार करती थी।

आर्यन अपने वर्कस्टेशन पर वापिस आया और माया की एक संगीत-रचना बजाने लगा। उसके लिए आकाशगंगा का संगीत, जो चुपचाप खूबसूरत ब्रह्मांड में बजता रहता था, उससे ज्यादा जोड़ने वाली और कोई चीज नहीं थी। वह ब्रह्मांड की रिदम और सिम्फनी समझता था। उसके लिए आसपास की दुनिया केवल माया का संगीत ही था, जो उसे जोड़े रखता था। संगीत बजता रहा और आर्यन अपने वर्कस्टेशन पर काम करने लगा। उसने अलग-अलग न्यूज चैनल लगाए। यह काम उसने बहुत दिनों से नहीं किया था। उसने महसूस किया कि क्लोनिंग शहर में सबसे ज्यादा चर्चा का विषय था। कई झटकों के बाद मानव-क्लोनिंग आखिर शुरू हो ही गई थी। एक बार शुरू हो जाने के बाद उनकी वह दुनिया बदल जाने वाली थी, जिसे वे जानते थे।

आर्यन ने चटर-पटर बन्द कर दी। अनजाने भविष्य की ओर ये छलाँगें उसे परेशान करती थीं। उसे समझ नहीं आता था कि माया को इन सब बातों में दिलचस्पी क्यों होती थी? वह इनकी तरफ ध्यान से देखती थी और जो भी अवसर वे दिखाते थे, उनमें खुश रहती थी। उसका एक पति था और एक बच्ची थी, फिर भी बदलाव

उसे बहुत खुशी देते थे। दूसरी तरफ वह था, जो अपने-आप में मगन था, उसके कुछ रिश्ते रहे थे, उसका कोई बच्चा नहीं था और किसी के साथ उसका कोई जुड़ाव नहीं था, इसके बावजूद ये छलाँगें और मोड़ उसे डरावने लगते थे। आर्यन अनजाने ब्रह्मांड में ही खो जाता था। वह दिन-रात, पहुँच से दूर के तारों की कम्पनी में जिन्दा रहता था, लेकिन उसके पैर जमीन पर ही थे। उसे परिवर्तन और अनिश्चय की स्थिति से निपटने में बहुत मुश्किल होती थी। माया उसके बारे में इस बात को कभी समझ नहीं पाती थी।

एलिवेटर का दरवाजा खुला और माया टॉवर में आई। आर्यन के दिल की धड़कन रुक गई। माया जब भी उसे लम्बे अरसे के बाद मिलती थी तो कुछ ऐसा था माया में जो उसे इस तरह के एहसास से भर देता था। बहुत बरस पहले जब वे एक-दूसरे के जीवन में आए थे, तब से इसमें कोई बदलाव नहीं आया था। वे यूनिवर्सिटी के गलियारे में मिले थे और कभी-कभार दुआ-सलाम कर लेते थे। तब एक दिन आर्यन ने माया को कॉफी पीने के लिए न्योता दिया था। तब से माया उसके दिलो-दिमाग में एक खास जगह बना कर रह रही थी—हमेशा से।

माया ने रंगीन कपड़े पहने हुए थे, उसके बाल पीछे बँधे हुए थे। उसकी आँखें चमकदार थीं और वह मुस्कुरा रही थी। वह हमेशा खुश रहा करती थी जैसे जीवन अभी-अभी उसके लिए अपने पर्दे खोल रहा हो।

जिस वक्त आर्यन अपनी दूरबीन के पास खड़ा था, माया ने उसे देखा। उसके बिखरे हुए सुरमई बाल छोटे थे। माया को इसी तरह के बाल पसन्द आते थे। वह अपने समय के उन कुछ लोगों में से एक था जो प्रकृति को अपना काम करने देते हैं। आर्यन जिद करके चीजों से चिपका रहता था और यह विश्वास करता था कि परिवर्तन एक मृगतृष्णा है। अपने तारों और नक्षत्रों के एकान्तवास से घिरा हुआ, अपने आसपास की बदलती हुई दुनिया में वह परेशान हो जाता था।

आर्यन माया को देखकर मुस्कुराया। उसका साधारण चेहरा चमक उठा। जैसे ही वह उसकी बाँहों में समाई, उसने अपनी ताजातरीन संगीत-रचना के अन्तिम अंश सुने। उसकी पीली कमीज से उसकी छाती के सुरमई बालों के कुछ गुच्छे बाहर झाँक रहे थे। माया उसकी बाँहों में समा गई और बेहद सुकून महसूस करने लगी।

"माया, मैं तुम्हें कुछ दिखाना चाहता हूँ। यहाँ दूरबीन के व्यू फांइडर के पास आओ।" माया ने अपनी नाक को काँच के गिलास से दबा हुआ पाया और वह उस दुनिया को देखने लगी जो आर्यन को आकर्षित करती थी। आसमान के अँधेरे में अनगिनत चमकते-दमकते पिंड बिखरे हुए थे जो आर्यन उसे दिखा रहा था। जब भी माया दूरबीन के जरिए आर्यन के संसार को देखती थी, उसे एक ब्रह्मांड

की सिम्फनी का एहसास होता था, जो पूरी दुनिया में चारों तरफ घूम रही चीजों को घेरे रहती थी।

"क्या तुम उस बड़े ग्रह को देख पा रही हो वह जो नीली-सी आभा लिये हुए है, वह जो बहुत दूर पूर्व में स्थित है?" आर्यन ने पूछा।

"हाँ, मैं देख पा रही हूँ।" माया ने आर्यन की तरफ मुड़ते हुए कहा। वह उसके ठीक पीछे खड़ा हुआ था और उसके हाथ दूरबीन पर थे। वह माया को घेरे खड़ा था। उसने धीरे-से माया के सिर को वापिस दूरबीन की तरफ मोड़ दिया।

"माया, वह मानवता के लिए भावी घर है। यह उस दूसरी आकाशगंगा में एक ग्रह है। यह हमसे सैकड़ों प्रकाश-वर्ष दूर है, लेकिन वहाँ जीवन सम्भव है। इसका एक बहुत बड़ा सूर्य है जो हमारे सूर्य से बहुत बड़ा और बहुत अधिक चमकीला है। इसके तीन चाँद भी हैं। उतने ही खूबसूरत, जितने हमारे हैं। इसकी जमीन भी बहुत कुछ हमारी जमीन की तरह है। वहाँ पानी है, पहाड़ हैं और हवा है, जिसमें हम साँस ले सकते हैं। सबसे बड़ा फर्क केवल समय का है। यह ग्रह अपने सूर्य के चारों तरफ एक चक्कर लगाने के लिए हमारे लगभग आठ वर्ष का समय लेता है। इसका मतलब यह हुआ कि वहाँ दिन और रात भी लम्बे होंगे। मेरा विश्वास है कि वहाँ के मौसम भी हमारे मौसम से लम्बे चलेंगे। उस ग्रह पर, माया, समय का एक और मतलब होता है। हम इस पर एक नया संसार बना सकते हैं। यह ठीक वहाँ है, आकाशगंगा में ढका हुआ, हमारा इन्तजार करता हुआ।" आर्यन ने साँस लेने के लिए रुके बिना कहा।

वे दोनों दूरबीन के जरिए उस नीले पिंड को देखते रहे। वह आकाशगंगाओं में प्रकाश-पुंज की तरह इशारा करता प्रतीत हो रहा था।

"माया, यह वह सब कुछ है जिसके लिए मैं पूरी जिन्दगी काम करता रहा। मैं कुछ ही समय में इसे सार्वजनिक कर दूँगा, लेकिन मैं चाहता था कि सबसे पहले तुम आओ और इसे देखो।"

माया जिस वक्त उस दूर के ग्रह को देख रही थी उसे लगा कि उसकी आँखें धुँधला रही हैं। इस पल ने उसे इतना अधिक खुशी से भर दिया था कि उसके गालों पर आँसू ढरकने लगे। काँच के गिलास से वह नक्षत्र बहुत दूर लग रहा था, इतना कि वह उसे अवास्तविक लग रहा था।

इस बार जब वह मुड़ी तो यह मुड़ना आर्यन को चूमने के लिए था। आर्यन ने उसके आँसू-भरे चुम्बन को अपने चुम्बन से छू भर लिया। आर्यन उसे कभी भी बहुत देर तक और कसकर नहीं चूमता था। हाथों में हाथ डाले वे दूरबीन से दूर चले आए। माया की संगीत-रचना अभी भी पृष्ठभूमि में चल रही थी।

"मेरा खयाल है कि इसे दुनिया के सामने लाने से पहले तुम इसे कोई नाम दो, आर्यन। यह तुम्हारी खोज है। तुम्हें क्या लगता है कि हम वहाँ कब तक जा पाएँगे,

क्योंकि मैं वहाँ जाना बहुत पसन्द करूँगी।" कमरे में एक कोने में एक सोफे में बैठते हुए माया ने कहा। जब भी वह आर्यन के एस्ट्रोनॉमी टॉवर में आती थी तो वह हमेशा वहीं बैठा करती थी।

आर्यन का ठहाका कमरे में गूँज रहा था। वह जब भी हँसता था तो उसका चेहरा पूरी तरह से बदल जाता था। उसके गम्भीर चेहरे पर एक बाल-सुलभ मुस्कुराहट आ जाती थी।

"माया, उस टेक्नोलॉजी का पता लगाने के लिए अभी बहुत लम्बा समय लगेगा जो मनुष्यों के लिए इतनी लम्बी यात्रा करने के लिए और वहाँ पर रहने के लिए जरूरी होगी। ऐसे लोग जो सचमुच वहाँ जाने के लिए लम्बा जीवन जीएँगे, वे ही इसे नाम दे सकते हैं, जब भी वे वहाँ पहुँचेंगे। मैं इसे सिर्फ 'धरती के क्लोन' का नाम दूँगा। हम कह सकते हैं ईलोन। मैं सिर्फ यही चाहता हूँ कि लोग इस बात को याद रखें कि मैंने इसे हम सबके लिए यह तलाश किया था।"

आर्यन आया और माया की बगल में लेट गया। वे वहीं ऐसे ही एक-दूसरे में गुँथे रहे। वे आकाश से आती रौशनी में ऊपर चमकते हुए तारों को देखते रहे। माया आर्यन के बालों में उँगलियाँ फिरा रही थी।

"माया, मैं थक गया हूँ। इस बिन्दु तक पहुँचने की यात्रा बहुत थकाने वाली रही है। कई बार मैं यह सोचता हूँ कि अब मैं क्या करूँगा? आपका कोई ख्वाब जब पूरा हो जाता है तो आप क्या करते हैं? हम उसके बारे में कभी भी नहीं सोचते।" आर्यन ने कहा।

माया ने अपना सिर उठाया और अपनी कोहनी पर रख लिया। वह अपने पास लेटे हुए आर्यन को देखती रही। आर्यन को अपने इतने पास से देखना माया को असीम सुख देता था। जैसी कि आर्यन की आदत थी, उसने उसे अपने कन्धे पर खींच लिया।

"अब तुम कोई और ख्वाब चुनो, आर्यन। जीवन इसी का नाम है।" माया यह कहते हुए बैठ गई। जिस समय वह बात कर रही थी तो उसके बालों का क्लिप नीचे गिर गया। उसके कन्धों तक आने वाले बाल बिखर गए और उसके चेहरे को ढक लिया। वह बहुत उत्साहित और बेचैन लग रही थी, "आर्यन, क्या तुम जानते हो कि वे 'मर्जर' के प्रोजेक्ट के लिए वॉलेंटियर्स की तलाश कर रहे हैं? वे इस बात में समर्थ हो जाएँगे कि हमारी चेतना को मशीनों में डाल सकें। यह काम कुछ दशकों में हो जाएगा। हम तो बूढ़े हो जाएँगे। हो सकता है, मर भी जाएँ। बेशक हमारे जीवन को बढ़ाने वाले बहुत सारे विस्तार कार्यक्रम चलते रहते हैं। इसलिए मैं यह सोच रही थी, क्यों न हम दोनों वालेंटियर करें और मर्ज हो जाएँ? तब हम इस लायक हो सकेंगे कि ईलोन पर चलते हुए लोगों को देख सकें और हो सकता है, उनके साथ भी जा सकें। जरा कल्पना करो आर्यन, यह तुम्हारा अगला

सपना हो सकता है।" जब माया बोल रही थी तो विचारों से उसका भावपूर्ण चेहरा जगमग कर रहा था।

"मैं मर्ज होने के लिए दशकों का इन्तजार क्यों करूँ? मैं यह काम अभी और इसी वक्त करना चाहूँगा।" आर्यन ने माया को अपनी बाँहों में दोबारा खींचते हुए कहा।

आर्यन ने माया को हौले-से चूमा, तेजी-से चूमा और बार-बार चूमा। दीवार पर लगे एक बटन को क्लिक करने से रौशनी धीमी हो गई। उन्होंने अपने कपड़े उतार कर फेंक दिए और धीमी रौशनी में एक-दूसरे में समा गए। माया अपनी पीठ आर्यन की तरफ करके लेटी रही और उसकी उँगलियों से खेलती रही। आर्यन ने पीछे से माया के उरोजों को अपने हाथों में भरा और उन्हें दुलराता, सहलाता रहा। वैसे ही जैसे माया को अच्छा लगता था। माया ने अपना चेहरा आर्यन की तरफ मोड़ा। आर्यन माया के कानों में फुसफुसाया, "अपने हाथों से मेरे शरीर को सहलाओ। मुझे तुम्हारा स्पर्श अच्छा लगता है।"

माया ने उसके पूरे शरीर पर, ऊपर से नीचे तक हाथ फेरना शुरू कर दिया। उसने पाया कि आर्यन पूरी तरह से तैयार था।

आर्यन उसके ऊपर झुका और धीमे-से उसके निप्पल को अपने मुँह में भर लिया तो माया को लगा कि वह भी तैयार हो चुकी है। उसके शरीर से आनन्द की लहर उठ रही थी और उसने आर्यन को अपनी बाँहों में भींच लिया। आर्यन ने भी उसे और निकट खींचा।

दोनों एक-दूसरे में समा रहे थे और एक-दूसरे से गुँथे जा रहे थे—होंठों से होंठ, छाती से छाती, जांघों से जांघें, पंजों से पंजे।

आर्यन ने उसके भीतर प्रवेश किया और माया ने सिसकी भरी। उनके बीच में सारी दूरियाँ मिट चुकी थीं और वे एक-दूसरे में समा चुके थे। आकाश तले एक कालातीत सिम्फनी बज रही थी।

पलों में उत्तेजना बढ़ती चली गई। आर्यन ने एक पल के लिए शक्ति जुटाई और दोनों आरोह और अवरोह का खेल खेलने लगे। सही बिन्दु पर दोबारा आरोह पर आने के लिए वह तैयार था। ऐसा प्रतीत हो रहा था कि दोनों आनन्द के सागर में तैर रहे हैं और मंजिल पर बस, पहुँचने ही वाले हैं।

तभी वह पल आया जब दोनों एक साथ क्लाइमैक्स पर पहुँचे। आनन्द की परम अनुभूति के इस खेल में दोनों ने एक साथ मंजिल पा ली थी। माया ने अपने पास आँखें बन्द करके लेटे हुए आर्यन को देखा। आर्यन ने धीरे-से अपनी आँखें खोलीं और उसकी तरफ देखकर मुस्कुराया। दोबारा उसे अपनी बाँहों में भर लिया। उसका सिर एक बार फिर आर्यन के कन्धे पर था। एक-दूसरे को बाँहों में समेटते हुए दोनों आनन्द के परम क्षणों में लेटे हुए थे। उन्होंने एक साथ परम सुख पा लिया था।

एक-दूसरे की बाँहों में लेटे हुए, थके हुए, लेकिन आनन्द से परिपूर्ण माया ने पूछा, "खैर, तुम कम-से-कम मर्जर प्रोजेक्ट के बारे में सोचो।"

आर्यन चुप रहा। वह इस बात को लेकर हैरान हो रहा था कि माया किस तरह से हमेशा कुछ-न-कुछ नया खोजने के लिए, आगे बढ़ने के लिए और चीजों को पीछे छोड़ने के लिए तैयार रहती है। ब्रह्मानन्द के जो पल उसने अभी महसूस किए थे, वह उन्हीं में रहना चाहता था, लेकिन माया उससे पहले ही आगे बढ़ चुकी थी।

"आर्यन, तुमने अपना पूरा जीवन मनुष्यता के लिए भविष्य का घर खोजने में लगा दिया है। अब तुम अपने लिए उसे नहीं देखना चाहते? तुममें यह इच्छा क्यों नहीं होती? मेरी तरफ देखो। जो भी मेरे साथ है, उसे मैं कभी भी छोड़ने के लिए तैयार हूँ।"

माया हैरान हुई कि आर्यन और अधिक जीने के लिए, कुछ और महसूस करने के लिए ललक महसूस क्यों नहीं करता? क्या वह कभी अपने-आपको ब्रह्मांड के घर से बाहर निकालने की कोशिश करेगा और धरती पर जीवन की धड़कन को महसूस करेगा?

"माया, मैं इसके बारे में सोचूँगा। मैं पिछले कुछ महीनों में इतना अधिक व्यस्त रहा कि मैं इन सारी चीजों के बारे में कभी सोच ही नहीं पाया। जैसा कि तुम कह रही हो, इन सारी चीजों के बारे में सोचने के लिए हमारे पास बहुत सारा समय है। आज ही मुझे पता चला मानव की क्लोनिंग शुरू हो गई है। अब मर्द और औरत कभी प्यार नहीं करेंगे। यह कितनी बड़ी हानि है, माया? उन पलों के सौंदर्य को, सुख को न जानना, जो हमने अभी शेयर किए हैं।"

माया हँसी और उसके बालों में उँगलियाँ फिराने लगी।

"आर्यन, तुम हमेशा ऐसी बातों के बारे में सोचते रहते हो। अगर मर्द और औरत सृजन के लिए एक-दूसरे की जरूरत महसूस करना छोड़ दें, तो सोचो दुनिया का क्या होगा? सारे झगड़े जो सदियों से चले आ रहे हैं, सब खत्म हो जाएंगे।"

"हमममम।" आर्यन को नींद आ रही थी।

"तुम्हें रिया को सुनना चाहिए कि वह इस बारे में क्या कहती है?"

आर्यन की तरफ देखने के लिए माया झुकी। आर्यन की पलकें भारी हो रही थीं।

"तुम जानते हो, आर्यन कि दुनिया कितनी बदल चुकी है? यहाँ भी इंसुलेटेड एस्ट्रोनॉमी टॉवर में बैठे हुए, तुम इस वास्तविकता से भाग नहीं सकते। अब चूँकि टेक्नोलॉजी ही फैसले करने वाली सबसे बड़ी शक्ति बन चुकी है, उसने हम दोनों के बीच के गणित को बदल दिया है। जिस तरह से परम्परागत लिंग निर्माण बदल रहे हैं, संघर्ष और बहसें बढ़ती चली जा रही हैं। मर्द और औरतों के बीच विकास की द्वन्द्वात्मक बहसें गहरी होती चली जा रही हैं और उनकी जड़ें जीव विज्ञान में हैं। जीव विज्ञान को बदलो और सारे झगड़े-टंटे खत्म हो जाएँगे।"

"माया, तुम कई बार कितनी गलत हो जाती हो। चलो, हम थोड़ी नींद लेते हैं। मेरी पीठ सहलाओ, जैसे मुझे अच्छा लगता है।" आर्यन ने कहा और माया की तरफ पीठ कर दी।

इवी झटके-से खड़ी हो गई। उसने जो अभी प्रोसेस किया था, वह उसकी कल्पना से परे था। वह इसके बारे में सोच भी नहीं सकती थी और अपनी दुनिया में उसका ख्वाब भी नहीं देख सकती थी। यह हैरान करने वाला, परेशान करने वाला था और साथ-ही-साथ बीभत्स था। फैंस की दूसरी तरफ रहनेवाले प्राणियों के साथ इस तरह का भी कोई इंटरेक्शन हो सकता था? यह शायद कोई अनोखी अफवाह थी, जिसे पुरुष फैलाने की कोशिश कर रहे थे। इवी अँधेरे में खड़ी हुई अपना सिर हिला रही थी। उसे अजीब और खराब लग रहा था। माया की कहानी किसी फैंटेसी की तरह लग रही थी, जिसका कोई सिर-पैर नहीं था।

"माया, मैं कुछ और नहीं जानना चाहती।" इवी ने कहा, "जिस तरीके के प्राणियों की तुम बात कर रही हो, हो सकता है, फैंस की दूसरी तरफ रहनेवाले लोगों की तरह हों, लेकिन वे निश्चित ही अलग प्रजातियाँ थीं जो धरती पर मर चुकी थीं।" वह अँधेरी खिड़की के पास खड़ी हो गई और उस रात के परिचित माहौल को महसूस करने लगी, जिसने घेर रखा था।

किसी पुरुष ने ईलोन की तलाश की थी। यह बात किसी के द्वारा उसे अब तक बताई क्यों नहीं गई थी? और अगर यही मामला था तो पुरुष उन्हें अपने साथ ईलोन पर लाए ही क्यों? पूरी कहानी एक प्लॉट की तरह लग रही थी।

टिओनी जड़वत् बैठी हुई थी। इवी के इस तरह से अचानक चलने-फिरने से इनपुट आने बन्द हो गए थे। मर्द और औरतें इस तरह की निकट की शारीरिक गतिविधि में लिप्त थे, इस तरह की कल्पना भी नहीं की जा सकती थी। वह कौन-सी चीज थी, जिसने उन्हें इस तरह की हरकत करने के लिए मजबूर किया था? जिस वक्त वे दोनों इस गतिविधि में लगे हुए थे, लग रहा था कि उन दोनों को असीम आनन्द मिल रहा है। वे दूसरे ग्रह के लग रहे थे—अनजान, नए और पहुँच से परे।

टिओनी स्क्रीन के पास बैठी रही। इस कहानी से इस बात पर कोई रौशनी नहीं पड़ती थी कि धरती पर सृजन कैसे शुरू हुआ था? भले ही यह फैंटेसी हो, टिओनी को लगा कि माया की कहानी बाँधने वाली थी।

"माया, तो वहाँ सृजन कैसे होते थे? रिया जिस डैड की बात कर रही थी, वह कौन था? रिया कहाँ है इस समय? तुम्हारा सृजन?"

सिस्टम से आने वाली शान्त आवाज ही इसका उत्तर थी।

"माया, जाना नहीं। अपनी कहानी पूरी करके जाओ।" टिओनी ने आग्रह किया।

"मैं कहीं नहीं गई हूँ। इवी के अचानक चले जाने से मेरी कहानी के सूत्र खो गए। तो बात यूँ है कि सृजन तब होते थे जब मर्द और औरत प्यार करते थे। उस वक्त औरत का शरीर सृजन के लिए तैयार होता था। शारीरिक सम्बन्धों से सृजन होता था। नई पीढ़ी सामने आती थी। कई बार सन्तान उत्पत्ति का काम शरीर से बाहर भी किया जाता था, लेकिन औरत को हमेशा बच्चे को नौ महीने तक अपने शरीर के भीतर रखना पड़ता और बच्चे को जन्म देना पड़ता। हालाँकि बच्चे को जन्म देने का काम बहुत दर्दभरा और मुश्किल होता है। 'डैड' वह शब्द है जो बच्चे उस व्यक्ति के लिए इस्तेमाल करते थे जो उनका पिता होता था। किसी और को जन्म देने के लिए मर्द और औरत को एक-दूसरे की जरूरत पड़ती है, टिओनी। जब से समय शुरू हुआ है, हम जन्म देने के लिए एक-दूसरे पर निर्भर थे। समय बीतने के साथ-साथ इसमें बदलाव आया। अब देखो, तारा का जन्म तुम्हारे शरीर से लिए गए तुम्हारे एक सैल से हुआ था। उसे एक इनक्यूबेटर में सेने का काम लिया गया था। जब वह पूरी तरह से तैयार हो गई, उसे तुम्हें सौंप दिया गया। दूसरी तरफ के मर्द भी यह काम कर सकते हैं, सन्तान पैदा करने के लिए तुम लोगों को एक-दूसरे की जरूरत नहीं है। सभ्यता के लिए आधार बदल चुका है।"

टिओनी इस सारी जानकारी में डूबी हुई थी। बहुत सारे सवाल उसके दिमाग में कुलबुला रहे थे।

"रिया कहाँ है? और वह आदमी कहाँ है जिसे वह डैड कह रही थी?" टिओनी ने फिर से पूछा।

इससे पहले कि माया जवाब दे सकती, इवी वापिस आई और अपने वर्कस्टेशन के पास बैठ गई।

"उन मर्दों और औरतों के बीच में यह 'प्यार' इसका मतलब ही क्या होता है? मैंने महा-शब्दकोश, लैक्सिकन में चेक किया है। यह बताता है कि प्यार किसी के लिए या किसी चीज के लिए गहरी भावना है। यह क्या है, माया?"

माया की बाल-सुलभ हँसी ने कमरे में पसरे तनाव को काफी हद तक दूर कर दिया। बाहर रात गायब हो रही थी और उसकी जगह शहर में रौशनी अपनी जगह बना रही थी।

"यह अजीब बात है लड़कियो, हजारों प्रकाश-वर्ष परे ऐसी दुनिया में जहाँ इस शब्द का प्रयोग भी नहीं होता है, प्यार का अर्थ मानवता को अब भी परेशान करता है। प्यार जो भी है, यह व्यक्ति को होता है जो इसे महसूस करता है। यह खुशी दे सकता है, यह तकलीफ भी दे सकता है और दर्द भी। लेकिन मेरे लिए,

प्यार एक ऊर्जा है, सकारात्मक ऊर्जा। प्यार जिन्दगी के अलग-अलग पहलुओं को ईंधन देने का काम करता है।"

"माया, आर्यन गलत था। हालाँकि हम सब इस ग्रह को आर्यन का दिया हुआ नाम ईलोन ही इस्तेमाल करते हैं, कोई भी नहीं जानता कि इसे किसने खोजा था?" इवी ने इशारा किया।

टिओनी थोड़ा हैरान रह गई। माया की कहानी इवी को अलग तरीके से प्रभावित कर रही थी और उस पर पड़नेवाला प्रभाव बिलकुल अलग था।

"हाँ इवी, कुछ चीजों के बारे में आर्यन बिलकुल गलत था और मैं किन्हीं दूसरी चीजों के बारे में गलत थी।" माया ने ठंडी साँस भरी। उसकी आवाज दूर से आती प्रतीत हो रही थी। लग रहा था कि वह दोबारा सिस्टम की अँधेरी गुफा में गायब हो रही है।

"तुम कहाँ गलत थीं, माया?" इवी ने जाने से रोकने की कोशिश करते हुए कहा।

"जब मर्द और औरत को सृजन के लिए एक-दूसरे की जरूरत खत्म हो गई तो इन दोनों के बीच में संघर्ष खत्म नहीं हुआ। उसने अपने पंख पसारे, ऊपर उठा और हमारी दूर-दूर की कल्पना से भी परे जा पहुँचा। इसने ऐसे रूप धारण किए जिसके बारे में हम कल्पना भी नहीं कर सकते थे। जरा देखो, आज और इस समय, इस युग में चीजें किस रूप में हैं?"

विकल्प

बाहर बर्फ की मोटी चादर दाग-रहित, शान्त और अन्तहीन लग रही थी। विशालकाय पर्वत शृंखला दूर-दूर तक क्षितिज में पसरी हुई थी। उसकी ढलानों की सफेदी सूरज की चमक में नहा रही थी। उस डरावने लैंडस्केप में गेजर की विशाल बिल्डिंग एक कमान की तरह खड़ी हुई थी। एक पहाड़ी पर बहुत ऊँचाई पर यह पतली आयताकार बिल्डिंग जैसे ऊपर स्वच्छ अनन्त आकाश को छू रही थी। इस एकान्तवासी और सोद्देश्य बिल्डिंग में ईलोन में सबसे ऊँची चोटी पर एक दूरबीन रखी हुई थी। इस बिल्डिंग के अन्दर एक अलग ही दुनिया बसी हुई थी। बिल्डिंग चारों तरफ से बर्फ से ढके पहाड़ों से घिरी हुई थी। अलग-अलग मंजिलों पर तरह-तरह के फूल खिले हुए थे और उनके रंग और उनकी महक माहौल में खुशबू बिखेर रहे थे। बिल्डिंग के अन्दर खिल रही कलियाँ वातावरण को जीवन्त बनाए हुए थीं।

टोबोट सभी मंजिलों पर काम कर रहे थे और व्यवस्था बनाए हुए थे। इमे यहाँ पर तीन विहान पहले आया था और उसके अलावा इस बड़ी बिल्डिंग में सिर्फ दो लोग काम कर रहे थे।

बिल्डिंग की सबसे ऊँची मंजिल पर एक वर्कस्टेशन पर बैठे हुए इमे महसूस कर रहा था कि पास ही लगाए गए गुलाबी फूलों से मधुर महक आ रही थी। यह फुरावा से अपने साथ लाल तिकोने गुलाबी फूलों के बीज लाया था और उन्हें गेजर में लगा दिया था। वल्हन ने जाँच का जो काम उसे भेजा था, उसे गेजर दूरबीन में कुछ क्लान्त का समय लगने वाला था।

इमे ने सम्भावित भावी रहने लायक ग्रहों के रूप में जेटा और टाई की खोज की थी, उसके उत्साह की जगह अब इस बात की जरूरत का पता लगाने की तरफ मुड़ गई थी कि क्या इन दोनों नक्षत्रों पर नेपो के भंडार हैं या कोई ऐसी चीज है जो नेपो की जगह ले सके? पिछले विहान में की गई एक छोटी-सी खोज का यह परिणाम मिला था कि दोनों नक्षत्रों से मिट्टी और वातावरण के डेटा मिले थे।

रात के आकाश में जेटा और टाई पास ही के तारों से निकलने वाली रौशनी में पीलापन लिये हुए चमक रहे थे। अपनी खोज में व्यस्त इमे ने अब तक दोनों

नक्षत्रों से प्राप्त डेटा की प्रोसेसिंग अब तक शुरू नहीं की थी। उसे अभी वातावरण के बारे में पूरी तरह से मैपिंग करनी थी। जहाँ तक नेपो से जुड़े डेटा का सवाल था, उसमें उसे कुछ विरोधाभास मिल रहा था। एक अत्यधिक एडवांस टोबोट उस पर काम कर रहा था, लेकिन अब तक वह किसी नतीजे पर नहीं पहुँचा था।

फैंस के पार नेपो का विकल्प अब तक खोज लिया गया था, लेकिन वे उस पर अपना हाथ नहीं डाल पाए थे—न तो छीनकर और न ही सौदेबाजी के जरिए। इमे मिल रहे डेटा को देखकर सोच रहा था कि क्या अपने पड़ोसियों से पूरी तरह से नाता तोड़ लेना ही सही रणनीति थी?

बाहर, बर्फ के नरम गुच्छे हवा में तैरते हुए नीचे की तरफ जा रहे थे। इमे को महसूस हुआ कि वह सुबह से काम कर रहा था। वह उठा, एक अँगड़ाई ली और यह तय किया कि वह उस पहाड़ी के आस-पास, जहाँ गेजर बना हुआ था, रोनडुरल की सवारी करेगा।

रोनडुरल ही अकेला साधन था, जिससे गेजर से और पहाड़ों से नीचे मैदान में आया जा सकता था और वहाँ से शहर में जाने के लिए कोई-न-कोई वाहन मिल जाता। इमे अक्सर रोनडुरल पर सवार होता। वह आसपास के नजारे का आनन्द भी ले लेता और लगातार चले आ रहे डेटा से कुछ देर के लिए पीछा छुड़ा लेता।

उसने एलिवेटर लिया और इन्तजार कर रहे रोनडुरल पर सवार हो गया। रोनडुरल को गति देने से पहले वह एक छोटी-सी बेंच पर बैठ गया और सीट बेल्ट बाँधकर खुद को सुरक्षित कर लिया। वह पूरा रास्ता अपनी नाक को शीशे से सटाए बैठा रहा और सारा रास्ता चक्कर काटते हुए नीचे आता रहा। यह पारदर्शी गोलाकार कैप्सूल धीरे-धीरे और शानदार तरीके से बिल्डिंग के चक्कर काटता रहा, मानो वह गिरते हुए बर्फ के कणों के साथ नृत्य कर रहा हो।

लैंडस्केप के साथ नीचे आते-आते उसने अपने लैक्स के जरिए फुरावा में प्रवेश किया ताकि अपने पौधों की प्रगति का आकलन कर सके। उसने जो फूल डिजाइन किए थे, वे अगले विहान तक खिलने के लिए तैयार थे। अभी वह यह काम कर ही रहा था कि वल्हन की तरफ से एक सन्देश आ गया कि अगले दिन ओडेप गेजर में मिलने के लिए आएगा और वह उसके बाद, उससे अगले दिन उन दोनों से मिलेगा।

इमे हैरान रह गया। गेजर एक ऐसी बिल्डिंग थी जहाँ शायद ही कोई आता था। ऐओना के विपरीत बहुत कम लोग इस बिल्डिंग के बारे में जानते थे। ओडेप—यह नाम उसे कुछ परिचित-सा लगा, लेकिन वह याद नहीं कर पाया कि वह कौन था? उसने लैक्स में ओडेप के बारे में चेक किया। उसका चेहरा नजर आने लगा तो उसे याद आ गया। ओडेप एक विख्यात आर्किटेक्ट और साइनेड का सदस्य था और उसे हरफनमौला माना जाता था। वह किसी भी समस्या का समाधान कर सकता

था, लेकिन इन दिनों वह शहर की गहमागहमी से दूर किसी पहाड़ी में अज्ञातवास में रहता था। वह गेजर में क्यों आ रहा था? इससे पहले पैटिक्स ने रादुल को उस पर लाद दिया था, अब वल्हन किसी और को उसके पास भेज रहा था।

रोनडुरल दोबारा चोटी पर पहुँच चुका था और अपने डेक पर चला गया था। इस ऊँचाई पर हमेशा बहुत अधिक जमा देने वाली ठंड होती थी। इमे तेजी-से बिल्डिंग में घुसा और अपने वर्कस्टेशन पर लौट आया। बर्फ से भरे आसमान में कुछ भी नजर नहीं आ रहा था। मौसम की पूर्व घोषणा के अनुसार यह स्वच्छ रात होने वाली थी। हो सकता है, तब वह ईलोन के लिए दूर के कुछ नक्षत्रों के बारे में पता कर सके, जो ब्रह्मांड में अपनी पीली रौशनी के साथ जगमग कर रहे थे।

पॉइंट पर पैटिक्स के साथ अपनी बैठक के बाद से रादुल उसकी तरफ से किसी संकेत का इन्तजार कर रहा था। अब तक उसकी तरफ से कोई भी सन्देश नहीं आया था। दिन शान्ति से गुजर रहे थे। ऐसा लग रहा था कि पॉइंट पर कोई मीटिंग हुई ही नहीं थी। रादुल कोशुम में अपनी पसन्दीदा जगह पर बैठा हुआ था और खिड़की से बाहर देख रहा था। अब वह यहाँ अक्सर आने लगा था। पॉइंट पर मीटिंग के बाद से वह नेपो के बारे में और अधिक सीखने की कोशिश कर रहा था। अगर नेपो गाइनके के खिलाफ होने वाले पूरे युद्ध में अकेला आधार बनने वाला था तो रादुल इसके लिए पूरी तरह से तैयार हो जाना चाहता था। उसने दूसरी चीजों की तरफ भी देखना शुरू कर दिया था। कभी-कभी जानकारी, तथ्यों और आँकड़ों से गुजरते हुए वह सरसरी निगाह से दूसरी चीजों की तरफ देख लेता था। ये चीजें पहले कभी भी उसे आकर्षित नहीं करती थीं।

जानकारी के लिए उसकी तलाश उसे धरती पर जीवन के बारे में ले गई। ईलोन पर लड़े गए दो युद्धों के बारे में ब्योरे मिले। उसे कई जैक पहले हुए साइनेड के निर्णायक फैसलों के बारे में पता चला। उसने जाना कि आखिर नैक्स को किस तरह से विकल्पों की मदद से मात दी गई थी? जैसे-जैसे उसकी जानकारी बढ़ती रही, रादुल को समझ में आता गया कि पैटिक्स आखिर करना क्या चाहता था? स्मारक को देखते हुए पैटिक्स के चेहरे पर उसने जो भाव देखे थे, वे रादुल के दिलो-दिमाग पर अंकित हो गए थे।

रादुल कई दिनों तक हाईवेज पर निगाह रखे रहा ताकि अगर दूसरी तरफ से कोई मामला नैक्स पर आता है तो उसे पता चले। फिर भी इस मामले से जुड़ी कोई भी खबर नहीं पहुँची थी। रादुल को नैक्स के बारे में कुछ भी पता नहीं था। कोई

मर जाता है, इसके बारे में सोचा भी नहीं जा सकता था। यह एक ऐसी चीज थी जिसकी वह कल्पना भी नहीं कर सकता था। क्या पुरुष दूसरी तरफ नैक्स करने यानी किसी को मार डालने में समर्थ थे? वे ऐसा क्यों करेंगे? अगर वे ऐसा करते थे तो किस तरह से करते थे?

जब उसके पास कोई भी जवाब नहीं आया तो रादुल अपने हाथ के काम की तरफ ध्यान देने लगा। नेपो—'आश्चर्यजनक खनिज' जो वैकल्पिक अंग बनाने के काम आता था। वह जानता था कि इसको और परिशुद्ध करने, बेहतर बनाने के लिए लम्बे समय तक चलने योग्य बनाने के लिए और उपयुक्त बनाने के लिए कई लोग प्रयास कर रहे थे। तो, ऐसा कैसे हुआ कि वे अब तक उसका नवीनीकृत किया जाने वाला विकल्प नहीं खोज पाए थे। जब वह नेपो के भंडारों के आँकड़े देखने लगा तो उसे पता चला कि इसके डेटा तक तत्काल नहीं पहुँचा जा सकता। यह जानकारी केवल साइनेड के लम्बे समय से चले आ रहे सदस्यों तक ही सीमित थी। वह साइनेड में पैटिक्स और दूसरे लोगों के बारे में सोचने लगा—वह इस बात को लेकर हैरान हुआ कि ऐसे लोग साइनेड में उनका नेतृत्व करने जा रहे हैं! क्या वे कुछ भी बदलने की हैसियत रखते थे?

रादुल खड़ा हुआ और हॉल की दूसरी तरफ की बड़ी खिड़की की तरफ जाने लगा। बाहर आकाश में अँधेरा था। कोशुम की बीसवीं मंजिल से बत्तियाँ शहर में तारों की तरह जगमगा रही थीं। रादुल फैंस की दिशा में घूरने लगा।

गाइनके नेपो के बारे में क्या कर रहे थे? वे भी तो नेपो में गिरावट की इसी समस्या से जूझ रहे होंगे, क्योंकि वे भी इतनी ही अवधि से ग्रह पर रहते चले आ रहे थे। सच तो यह है कि अगर वे वहाँ नहीं होते तो नेपो के सारे भंडार पुरुषों के लिए उपलब्ध होते।

जिस समय रादुल वहाँ खड़ा था, वह सोचता रहा कि वह पैटिक्स की तरफ से कुछ सुनने का इन्तजार ही क्यों कर रहा है? लड़ाई की आवाज उठाने के लिए सारे तत्त्व उसके कब्जे में थे। उसे सिर्फ यही तो करना था कि एक योजना बनाए। शून्य में देखते हुए रादुल ने तय किया कि वह अपने बलबूते पर कुछ करके दिखाएगा।

ओडेप गेजर बिल्डिंग में पहुँच गया था और विजिटर लाउंज में इन्तजार कर रहा था। जब वह रोनडुरल से उतरा था तो इमे ने सोचा कि इस बन्दे में कोई-न-कोई बात अलग है। वह लम्बे कद का था, कन्धे छोटे थे और काले रंग के छोटे बाल थे। उसने शानदार जैकेट पहनी हुई थी। फिर भी, उसके बारे में एक

खास बात थी जो इमे तत्काल पता नहीं कर पाया। जब वह मिलने के लिए आ रहा था, इमे अपने वर्कस्टेशन पर उसके बारे में और अधिक जानकारी हासिल करने लगा।

पहाड़ों पर अपने रिटायरमेंट के बाद वह क्या कर रहा था, इसके बारे में ज्यादा जानकारी नहीं मिली। ऐसा प्रतीत हो रहा था कि वह कुछ भी नहीं कर रहा था। उसने अतीत में बहुत शानदार बिल्डिंगें बनाई थीं और साइनेड में एक से बढ़कर एक विचार दिए थे और वह लैक्स के लिए और हाईवेज के लिए कई नियम बनाने के पीछे योगदान देता रहा था। तब वह पीछे क्यों हट गया, इस बात को इमे समझ नहीं पाया। ओडेप दिन-दहाड़े आराम क्यों कर रहा था, जबकि इस तरह की आराम की जरूरत नहीं थी।

अपने दिमाग में वह यह बहस करता रहा कि क्या उसे अपनी खोजों के बारे में ओडेप को बताना चाहिए या वल्हन का इन्तजार करना चाहिए?

ढलती दोपहर का सूरज क्षितिज में डूब रहा था, जब इमे ने अपना ध्यान डेटा की तरफ लगाया। वह जेटा पर नेपो की उपलब्धता के बारे में अपने अनुसन्धान में खोया हुआ था, जब उसने अपने कन्धे पर हल्के-से थपथपाया जाना महसूस किया। ओडेप ठीक उसके पीछे खड़ा हुआ था।

"वास्तव में तुम्हें लगता है कि जेटा या टाई पर जीवन-यापन किया जा सकेगा जैसा कि हम जानते हैं?" मुस्कुराते हुए ओडेप उसके पास बैठ गया।

इमे समझ गया कि यह ओडेप का बताने का तरीका था कि वल्हन और उसके बीच में कोई रहस्य नहीं है।

"यह बात मेरे प्रारम्भिक आकलन से पता चल रही है। फिर भी मुझे यह मानना चाहिए कि जब से मैंने गेजर में काम करना शुरू किया है, मुझे एक-दूसरे के ठीक विपरीत डेटा मिल रहे हैं और मुझे उनका विश्लेषण करने की जरूरत है।" इमे ने बात स्पष्ट की।

"तुम जानते हो कि धरती पर रहते हुए कई सदियों पहले किसने ईलोन की खोज की थी?" ओडेप खड़ा हो गया और दूरबीन के व्यूइंग पेन से देखने लगा।

"नहीं, मैं कभी भी इसका पता नहीं लगा पाया। जब मैं इस क्षेत्र में अपना अध्ययन कर रहा था तो मैंने बहुत खोज की, लेकिन किसी नाम का पता नहीं कर पाया। क्या तुम्हें पता है, ओडेप?" इमे ने उत्सुकता से पूछा।

"नहीं, मुझे भी नहीं पता। दुर्भाग्य से हमारे प्राचीन इतिहास के बारे में मुझे कुछ भी पता नहीं है।" ओडेप आतुर लग रहा था। वह खिड़की के पास चला गया और ढलते सूरज की तरफ देखने लगा।

"उनके उपकरण और साजो-सामान हमारे उपकरणों की तुलना में बेहतर रहे होंगे।" इमे ने जवाब में हैरानी प्रकट की।

ओडेप चुपचाप खड़ा रहा। वह काँच की खिड़की के परे डूबते सूर्य को देख रहा था, जो चारों तरफ बर्फ की पहाड़ियों पर अपने पीछे पीली आभा छोड़ता जा रहा था।

"मुझे ऐसा नहीं लगता। उन्होंने खोजें कीं, ऐसे आविष्कार किए कि हमें उनके आगे कुछ भी नया आविष्कार करने की जरूरत नहीं रही, लेकिन हमने उनकी जानकारी को आधार बनाकर काम को आगे बढ़ाया है। वे हमारी तुलना में संघर्ष कर रहे थे। जो बात उनके विपरीत जाती थी, वह समय की थी। हम उस इच्छाशक्ति की कमी महसूस करते हैं, क्योंकि हमारे पास असीमित समय है। अच्छा, एक बात बताओ। तुम्हें क्या लगता है कि ईलोन की खोज किसी पुरुष ने की थी या औरत ने?"

"क्या तुम जेटा या टाई पर डेटा देखना चाहोगे?" इमे ने अचानक टोका, क्योंकि वह नहीं जानता था कि वह ओडेप के इन सवालों का क्या जवाब दे?

"यह काम हम बाद में कर सकते हैं।" ओडेप ने काफी देर रुकने के बाद कहा। फिर उसने पूछा, "क्या तुम इस बात से हैरान नहीं होते कि जब समय असीमित नहीं था, हमेशा नहीं चलता रहता था, तो जीवन कैसा था?"

वह खिड़की की तरफ से मुड़ा और इमे के वर्कस्टेशन के सामने कुर्सी पर बैठ गया।

"इस बात पर मुझे हैरानी नहीं होती, क्योंकि मुझे नहीं पता, उस समय जीवन कैसा होता होगा? क्या तुम कुछ खाना पसन्द करोगे?" उसने तेजी-से पूछा और जब ओडेप ने 'हाँ' कर दी तो उसे राहत मिली।

इमे तेजी-से उठा और एलिवेटर लेकर पैंट्री की तरफ गया। वहाँ उसने काफी देर तक खाने की चीजें तलाश कीं और ऐनब का गिलास भरा।

पहले रादुल और अब यह ओडेप—इन आदमियों के पास इन बेसिर-पैर के फालतू के मामलों पर सोचने और हैरान होने की विलासिता है, क्योंकि उनके पास कोई काम-धाम तो है नहीं। इमे ने तय किया कि वह नेपो का विषय दोबारा छेड़ देगा ताकि इस बेकार के विषय पर बात खत्म हो। वह अपने वर्कस्टेशन पर लौटा और सब्जियों, टिबली सॉस और किम्पायो से भरी ट्रे ओडेप के सामने रख दी।

"अगर जेटा या टाई पर हमारे भविष्य के घर बसाने की क्षमता है, लेकिन वहाँ नेपो के भंडार नहीं हैं तो हमें क्या करना चाहिए?" इमे ने पूछा।

"उस स्थिति में हम सब वहाँ चले जाएँगे और वहाँ वैसे ही रहेंगे जैसे धरती पर हमारे पूर्वज रहा करते थे। समय के खिलाफ चलते हुए लोगों की प्रेरणा को वास्तव में महसूस करते हुए जीना...।" ओडेप जब यह कह रहा था तो मुस्कुरा रहा था।

"तुम जो कह रहे हो, वह सचमुच तुम्हारा मतलब तो नहीं है? हम नेपो के बिना कैसे जीवित रह सकते हैं? यह हमारे अस्तित्व का आधार है।" इमे उलझन में पड़ गया।

“यह हमारे जीवन का आधार इसलिए है कि हमने इसे ऐसा बना दिया है। खैर, तुम यह बताओ कि भविष्य के इन सम्भावित घरों में से किसी पर नेपो है?”

इमे ने तत्काल अपना वर्कस्टेशन खोला और अपने नतीजे ओडेप के साथ शेयर करने लगा। जब वे डेटा की छानबीन कर रहे थे और उस पर बहस कर रहे थे तो शाम लम्बी होने लगी और बर्फ पड़ने लगी। ओडेप अचानक अपनी कुर्सी से उठा और कमरे में खिड़की के शीशे के पास जाकर खड़ा हो गया। बर्फ के गोले लहराते हुए नीचे आते और काँच से टकराकर पिघल जाते। वह उन्हें ध्यान से देखता रहा। इमे अपने वर्कस्टेशन पर बैठा बेसब्री से ओडेप की राह देखता रहा ताकि वे अनुसन्धान जारी रख सकें। ईमे को यह बात समझ में आ गई थी कि बेशक ओडेप कोई काम-धाम नहीं करता था, लेकिन वह बहुत कुछ जानता था। उसके सवाल और पारखी निगाह इमे को हैरान करती थी। यह बात भी थी कि अज्ञातवास में जाने से पहले ओडेप ईलोन के सर्वाधिक मेधावी लोगों में से एक रहा था।

“इधर आओ,” ओडेप ने उसे वहाँ बुलाया, जहाँ वह खड़ा हुआ था, “जरा इन बर्फ के गोलों को देखो। इतने खूबसूरत तरीके से नाच रहे हैं और उमंग मना रहे हैं।”

इमे गया और उसके पास जाकर खड़ा हो गया। बाहर से आ रही रौशनी में बर्फ के गोले नृत्य कर रहे थे और थोड़ी देर बाद गायब हो जाते। इमे को बर्फ के इस तरह से गिरने में कुछ भी अलग नहीं लगा। गेजर की बिल्डिंग हर दिन हमेशा बर्फ से ढकी ही रहती थी। वह रोज ही बर्फबारी देखता था। सच तो यह था कि वह इस एकान्तवास और वीरान माहौल में रहते तंग आ चुका था और इस बात की राह देख रहा था कि कब वह शहर वापिस जाएगा? फिर भी वह काँच के पास धैर्यपूर्वक इस बात का इन्तजार करते हुए खड़ा रहा कि कब ओडेप लौटेगा और वह हाथ में दिए हुए काम को पूरा करेगा?

“तुम्हें यह आकर्षक नहीं लगता, इमे?” ओडेप ने पूछा। वह अभी भी बर्फ के गोलों को तैरता हुए देख रहा था।

“सच कहूँ तो यहाँ तो हर समय बर्फ पड़ती ही रहती है। हम अपनी चर्चा की तरफ वापिस क्यों न लौटें?” इमे ने सुझाव दिया।

ओडेप ने ठंडी साँस भरी। उसने अपने दोनों हाथ काँच पर रखे और बाहर देखता रहा। इमे काँच पर झुक गया। वह समझ नहीं पा रहा था कि क्या करे? उसने वहाँ खड़े ओडेप के चेहरे को देखा। उस पल इमे ने पहली बार देखा कि ओडेप के सिर पर चाँदी की एक लट रौशनी में चमक रही है। उस सफेद बाल को देखते हुए इमे ने देखा कि ओडेप की आँखों के कोनों पर लकीरें थीं।

इमे मुड़ा और वापिस वर्कस्टेशन पर चला गया। वह थोड़ा भ्रम में था। उसने स्क्रीन के पन्ने पलटे, लेकिन अभी भी उसका दिमाग कहीं और था। उसने ईलोन

पर ओडेप की तरह किसी शख्स को नहीं देखा था। आखिर उसे हो क्या रहा था? उसने तय किया कि अगले दिन जब वल्हन आएगा तो वह उससे बात करेगा। उसने निष्कर्ष निकाला कि ओडेप को कुछ-न-कुछ अंग बदलने की जरूरत है और वह भी तत्काल।

ओडेप उस जगह पर वापिस आया जहाँ इमे बैठा हुआ था और दोनों एक बार फिर डेटा में उलझ गए। इमे ने निगाह उठाकर ओडेप की तरफ देखा कि क्या उससे पहले कोई गलती हो गई थी? ओडेप के सिर का जो हिस्सा उसे नजर आ रहा था, वहाँ कोई सफेद बाल नहीं था। इमे हैरान हुआ कि क्या यह कम होती रौशनी की कोई ट्रिक थी?

"इमे, तुमने यहाँ कुछ बहुत ही अच्छा काम किया है। हालाँकि हमारे तेजी-से विश्लेषण के बाद मुझे लगता है कि दोनों नक्षत्रों में टाई बेहतर होगा जो हमारे जीवन की मेजबानी करने के लिए बेहतर सिद्ध हो सकता है, जैसा कि हम जानते हैं।" कुछ घंटों तक डेटा पर सिर खपाने के बाद ओडेप ने घोषणा की।

बाहर बर्फ पड़नी बन्द हो गई थी और एक घने अँधेरे ने पूरी बिल्डिंग को घेर लिया था।

"नेपो के बारे में तुम्हें क्या लगता है कि टाई के पास नेपो या इस तरह की कोई चीज है?" इमे ने पूछा।

"मैं इसके बारे में कुछ नहीं कह सकता। इसके लिए हमें कुछ और डेटा को खँगालने की जरूरत पड़ेगी और टाई से मिले आँकड़ों का और विश्लेषण करने की जरूरत पड़ेगी। जब कल यहाँ वल्हन आएगा तो हम इस बारे में चर्चा कर सकते हैं।" ओडेप कुर्सी से उठा और अपनी बाँहें फैलाईं।

"अब मैं सोने जा रहा हूँ। मेरे लिए दिन बहुत लम्बा रहा है।"

ओडेप चला गया और इमे उसे जाते हुए देखता रहा। अब कल जब वल्हन आएगा तो उसके साथ चर्चा करने के लिए कितनी सारी बातें थीं? इमे उठा और अपना दिन खत्म करने से पहले आखिरी बार दूरबीन देखी। जेटा और टाई, दोनों कहीं दूर ब्रह्मांड में से अपनी पीली रौशनी छोड़ रहे थे। यह सोचना अच्छा लग रहा था कि भविष्य में हो सकता है कि टाई पर जीवन जीने लायक स्थितियाँ हों, वहाँ जीवन का आधार मिले। तब वहाँ शहर होंगे, सड़कें होंगी, समन्दर होंगे, पहाड़ होंगे और इमारतें भी होंगी और वे होंगे।

कुछ देर के बाद इमे ने वे सारे डेटा बन्द करने शुरू कर दिए जो वह और ओडेप बहुत देर से देख रहे थे। शटडाउन का काम पूरा हो जाने के बाद वह अपने कमरे में जाने के लिए एलिवेटर की तरफ बढ़ा। उसकी बाँह पर लैक्स वाइब्रेट कर रहा था। वह सुबह से ओडेप के साथ काम कर रहा था, इसलिए उसने लैक्स की तरफ ध्यान नहीं दिया था। जैसे ही उसने सन्देश पढ़ने शुरू किए, सबसे पहला

मैसेज रादुल की तरफ से था। रादुल ने कुछ क्षण पहले ही सन्देश भेजा था। यह सन्देश सभी हाइवीज पर फ्लैश कर रहा था—

हवा में इस तरह की अफवाह फैल रही है कि फैंस की दूसरी तरफ नैक्स हो गया है और गाइनके इसके लिए हम पर शक कर रहे हैं। यह हैरानी की बात है। इस पर भरोसा भी नहीं किया जा सकता। पहली बात कि ***सचमुच नैक्स हुआ है****। आमतौर पर इस तरह की घटना नहीं होती है और दूसरी बात, वे हम पर यह आरोप क्यों लगा रहे हैं? गाइनके आखिर क्या चाहते हैं? क्या आप में से कोई यह बताएगा? रादुल।*

इमे ने अविश्वास के साथ यह सन्देश पढ़ा। अपने कमरे के दरवाजे पर उसने अपनी बाँह स्वाइप की और दरवाजा खुल गया।

यह रादुल नाम का बन्दा कर क्या रहा है? इस तरह की चीजें क्यों डाल रहा है? क्या यह बात सच है? यदि हाँ, तो उसे इसके बारे में पता ही कैसे चला और वल्हन को भी पता नहीं चला?

इमे ने अपने कपड़े बदले और थका हुआ बिस्तर पर गिर गया। उसने सन्देश को दोबारा देखा, लेकिन इस छोटे-से समय में सन्देश को भेजने वाले मूल व्यक्ति के नाम को हटा दिया था। सिस्टम में अब एक अज्ञात एंट्री थी। सन्देश भेजने वाले का नाम हटा दिया गया था। सन्देश जस का तस था और सब के लिए उपलब्ध था।

इमे की आँखों में नींद भरने लगी। लैक्स पर सन्देश बढ़ने लगे। ऐसा लगने लगा कि लोग न केवल सन्देश पढ़ रहे थे, बल्कि इस पर प्रतिक्रिया भी जाहिर कर रहे थे। मधुमक्खियों के छत्ते को छेड़ दिया गया था। फ्लडगेट खुल चुके थे।

वल्हन जिस ट्रैवलर में बैठा हुआ था, वह उसे गेजर बिल्डिंग तक ले जाएगा। यह शहर से एक लम्बी यात्रा थी। खिड़की के बाहर नजारा हरा-भरा और अच्छा था। पेड़ हवा में लहरा रहे थे और उनकी फुनगियों के ऊपर धूप की किरणें चमक रही थीं।

उसका लैक्स लगातार आवाज कर रहा था। लैक्स हाइवीज पर आने वाले सन्देशों की भीड़ को देखकर वह हैरान था। सिस्टम में बहुत शोर हो रहा था। सन्देश में मूल रूप से भेजने वाले का नाम नहीं था। सन्देश अपने कथ्य की वजह से अपने-आप में बहुत ड्रामाई था और हाइवीज पर सभी का ध्यान गाइनके की ओर आकर्षित करने के लिए था। इस तरह की बात अनन्त जैक में कभी नहीं हुई थी।

लगातार खटपट चल रही थी। सब लोग 'युद्ध-युद्ध' चिल्ला रहे थे मानो ऐनब के अगले गिलास की बात कर रहे हों। वल्हन इस बात से हैरान हो रहा

था कि कहीं पैटिक्स के उनुमो का तो इसमें कोई हाथ नहीं है? क्या सच में ऐसा हुआ था?

बाहर का नजारा बदलने लगा था। वल्हन ने लैक्स को अलग कर दिया। और भी बहुत सारे बड़े-बड़े मामले थे, जिन पर विचार किए जाने और सुलझाए जाने की जरूरत थी। वह इस बात को लेकर निश्चित था कि नैक्स की एंट्री के बारे में समाचार जल्दी पीछे छूट जाएगा और उसकी जगह दूसरे समाचार आने शुरू हो जाएँगे। ट्रैवलर के दूसरी तरफ बर्फ के गोले नजर आने लगे। जब ट्रैवलर ने मोड़ लिया तो गेजर बिल्डिंग नजरों के सामने ही थी। कई जैक के बाद वह इस बिल्डिंग में दूसरी बार आ रहा था। यह भव्य बिल्डिंग थी जो आसमान को छूती शान के साथ खड़ी हुई थी। वह मंत्रमुग्ध होकर देखता रह गया। उसका ट्रैवलर उस स्थल के पास आ गया था जहाँ वह रोनडुरल में बैठेगा। एक पल के लिए वह इस बात को लेकर हैरान हुआ कि जिन आदमियों ने इतनी शानदार और भव्य बिल्डिंग बनाई है, अब तक वे नेपो का विकल्प क्यों नहीं खोज पाए थे?

जिस जगह पर उसे ट्रैवलर ने उतारा था, वहाँ से थोड़ी दूर तक चलने के बाद वल्हन रोनडुरल में बैठा था जो घूमते हुए ऊपर बिल्डिंग में जा रहा था। जब वह सबसे ऊपर पहुँचा, दरवाजा खुल गया। इमे और ओडेप उस जगह पर उसका इन्तजार कर रहे थे। ओडेप ने अपने बाल छोटे काट रखे थे और उसके चेहरे पर वह उदासी नहीं थी जोकि उसके घर पर नजर आया करती थी।

"क्या तुमने वह सन्देश पढ़ा जो रादुल ने डाला है? इससे सबके बीच हंगामा खड़ा हो गया है।" जैसे ही वे बिल्डिंग के अन्दर पहुँचे, इमे ने कहा।

"तुम्हें कैसे पता कि यह रादुल की कारस्तानी है?" हैरान हो कर वल्हन ने पूछा।

"मैंने पहले उसकी पहचान के साथ सन्देश देखा था, लेकिन बाद में किसी ने इसे अज्ञात बना दिया। मुझे विश्वास है कि यह रादुल की तरफ से आया है।"

वे रंगीन और शान्त माहौल वाली गेजर बिल्डिंग में दाखिल हुए।

"तुम्हारे लैक्स पर क्या है?" थोड़ा भ्रम में पड़ते हुए ओडेप ने कहा।

वल्हन ने समझाया और इस बात को लेकर इमे को थोड़ी राहत महसूस हुई कि वल्हन आ गया है। जब तीनों व्यक्ति दूरबीन के कमरे की तरफ चले तो इमे ने साफ-साफ देखा कि ओडेप के सिर के सफेद बालों की वही लट मौजूद थी। वह दाईं तरफ मौजूद थी। इमे जानता था कि उसे तब तक इन्तजार करना पड़ेगा जब ओडेप मौजूद नहीं होगा ताकि वह वल्हन के साथ इस मामले पर चर्चा कर सके।

तीनों व्यक्ति इमे के वर्कस्टेशन की तरफ बढ़े और काम में जुट गए। जब उन्होंने चर्चा करने के लिए ब्रेक लिया, तब तक सूर्य अस्त हो चुका था।

"ओडेप का खयाल है कि इन दोनों नक्षत्रों में से टाई बसने के हिसाब से ज्यादा उपयुक्त है।" इमे ने वल्हन को बताया।

"मैं उससे सहमत हूँ। जेटा का तापमान सूर्य की कक्षा और दूरी के कारण अत्यधिक के स्तर तक पहुँच जाता है। इसलिए हम जेटा को छोड़ें और टाई पर ध्यान दें। सबसे पहले इस बात को स्थापित करने की जरूरत होगी कि वहाँ नेपो या कोई ऐसी चीज है जो नेपो के रूप में परिष्कृत की जा सके।" वल्हन ने इस योजना को पूरा करने के बारे में तभी फैसला कर लिया था, जब वे डेटा का विश्लेषण कर रहे थे।

"मैं इसके अनुसन्धान पर ध्यान दे रहा हूँ और इसलिए मैंने गेजर पर अपने ठहरने का समय बढ़ा लिया है।" इमे ने कहा।

"हमें तुरन्त उत्तर चाहिए, इमे। इस तथाकथित नैक्स के बारे में लैक्स पर चल रहा यह सन्देश बताता है कि कुछ तो पक रहा है और यह अच्छी बात नहीं है। तुम्हारा क्या नजरिया है, ओडेप?" वल्हन ओडेप को बातचीत के बीच में लाना चाहता था, दूसरी तरफ वह अपनी आँखें बन्द किए कुर्सी में आराम फरमा रहा था।

उसने अपनी आँखें खोलीं, दोनों को देखकर मुस्कुराया, खड़ा हुआ और काँच की खिड़की की तरफ गया। बाहर बर्फ पड़ रही थी और जल्दी ही आसमान को एक सफेद कम्बल ढक लेगा और सब कुछ सफेद हो जाएगा।

"हम एक नए ग्रह की तलाश क्यों कर रहे हैं, वल्हन?" ओडेप ने पूछा।

वल्हन थोड़ा-सा हैरान रह गया, क्योंकि इसका जवाब उसे पूरी तरह से पता था। इमे ओडेप को नजदीक से देख रहा था। जहाँ बैठे थे, वहाँ से वह उसके बालों में एक सफेद लट देख सकता था।

"नेपो के भंडार देर-सबेर खत्म होंगे ही, इसलिए हमें या तो उसका विकल्प ढूँढ़ना होगा या ऐसी जगह की तलाश करनी होगी जहाँ पर पहले से नेपो हो। इस तरह से, मेरा खयाल है हम दूसरे विकल्प की तलाश इसलिए कर रहे हैं क्योंकि हमें नेपो का विकल्प अब तक नहीं मिला है।" वल्हन ने जवाब दिया।

"नेपो और उसके विकल्प यहीं ईलोन पर मौजूद हैं। गाइनके के पास दोनों हैं, इसलिए ब्रह्मांड में दूसरी जगहों की तलाश क्यों करते हो?" ओडेप ने खिड़की के बाहर देखते हुए पूछा।

वल्हन ध्यान से ओडेप की तरफ देखने लगा। जब से वह पहाड़ों पर गया था, उसने इस तरह की भ्रामक भाषा में बात करना शुरू कर दिया था। वल्हन को लगा कि ओडेप जो कुछ कह रहा है, उसे समझने के लिए बहुत मेहनत करने की जरूरत पड़ेगी।

"क्या तुम लैक्स पर आए सन्देश से सहमत हो? क्या तुम्हें इस बात का विश्वास है कि वह समय आ गया कि हम उनसे भिड़ जाएँ, उनके आधे हिस्से पर कब्जा करके उन्हें निकाल बाहर करें?" वल्हन को लगा कि ओडेप के सवाल का यही तर्कसंगत उत्तर हो सकता है।

कमरे में भारी मौन छा गया। ओडेप अपनी कुर्सी पर वापिस आया और बैठ गया। वल्हन सीधा बैठा हुआ था और दूसरी तरफ इमे इन्तजार में हक्का-बक्का बैठा हुआ था। वह अभी भी ओडेप के बालों में सफेद लट को लगातार देख रहा था। कोई भी नहीं बोला और वल्हन द्वारा व्यक्त किए गए विचार कमरे में ऐसे तैर रहे थे मानो हवा में कोई बादल तैर रहा हो।

"तुम्हारे 'बालों में यह सफेद लट कैसे है, ओडेप?" इमे ने आखिर कह ही दिया। वह खुद भी अपने शब्दों पर हैरान था। एक हैरान कर देने वाले मौन के बाद कमरे में ओडेप का साफ और ऊँचा ठहाका गूँजा। उसने अपने बालों पर हाथ फिराया, अपने वर्कस्टेशन के आगे झुका और स्क्रीन पर दाएँ से बाएँ अपने बालों की तरफ देखने लगा।

"मेरा खयाल है कि अब तक जितने भी सवाल पूछे गए हैं, उनमें से अगर किसी सवाल का जवाब दिया जा सकता है तो वह यही सवाल है। मेरे बालों में सफेद लट है, क्योंकि मैंने अब अंग बदलने के लिए जाना बन्द कर दिया है। मेरी आँखों के दोनों तरफ लकीरें उभर आई हैं। मुझे अक्सर थकान हो जाती है और मुझे दोपहर को आराम की जरूरत पड़ती है। जब मैं अपने घर के पास पहाड़ी पर चढ़ता हूँ तो मेरी साँस फूल जाती है।" उसने जैसे रहस्य से पर्दा उठाते हुए फुसफुसाकर कहा, "मेरे बालों में एक सफेद लट नहीं, बल्कि दो सफेद लटें हैं।"

"इमे, मैं बूढ़ा हो रहा हूँ और भविष्य में किसी दिन मेरा भी नैक्स हो जाएगा। वल्हन, इस बात से चौंको नहीं। यह विचार मुझे बहुत लम्बे समय से आ रहा था जब मैं इमारतें डिजाइन कर रहा था, मैंने साइनेड में अच्छा काम किया था। उस वक्त मैंने बहुत सारी इमारतें बना ली थीं, बहुत सारा काम किया, बहुत सारे नियम बनाए और अन्य मामलों पर बहस की। एक दिन जब मैं उस कगार पर लेटा हुआ था, जिस पर हम उस दिन एक साथ बैठे हुए थे, जब तुम पिछली बार आए थे, मैं सूरज को डूबता हुआ देख रहा था, तभी यह बात मुझे लगी थी—पूरे ब्रह्मांड में सृजन और जीवन समाप्त होने का एक चक्र है। यह एक अन्तहीन प्रोसेस है। जहाँ मैं बैठकर देख रहा था, सूर्य हर दिन डूब जाता है और तीन चन्द्रमा आते हैं, चले जाते हैं और फिर सूर्य अवतरित होता है। उनमें से हर एक आता है और चला जाता है। कोई भी चीज हमेशा के लिए नहीं रहती। यह पहले सिर्फ खयाल भर था, लेकिन जैसे-जैसे मेरे जीवन के जैक बीतते गए, मुझ पर यह विचार असर दिखाने लगा। जब भी मैं नोटस पर जाता, ऐसा लगता कि मानो मेरे कानों में कोई कुछ फुसफुसा रहा था। यह फुसफुसाहट तेज होती चली गई। एक ऐसा वक्त आया कि यह इतनी तेज हो गई कि मैं इसकी उपेक्षा नहीं कर सका। यही वक्त था जब मैं पहाड़ों की तरफ चला गया और वहाँ इस उम्मीद में घर बनाया कि आत्मा की शान्ति इस शोर

को दबा देगी और शायद मुझे कोई जवाब मिल जाए। यह मौन, लेकिन नए सवाल खड़ा करता रहा। उन दिनों में जब मेरे पास अपने आपको व्यस्त रखने के लिए काम नहीं था, मैं इस उत्तर की तलाश करता था। कोशुम में, साइनेड के दस्तावेजों में उन सभी जगहों पर जहाँ इनके बारे में सोच सकता था, लेकिन मुझे लगा कि उत्तर केवल उन प्रश्नों के हुआ करते हैं जो पूछे जाते हैं और आज तक इन सारे जैक में किसी ने भी यह सवाल नहीं पूछा होगा कि हमारा जीवन तब कैसा होगा, अगर हमारा समय अनन्त काल तक चले। अगर हमें पता चले कि हमारे भविष्य में मृत्यु है तो कैसा लगेगा? हम ऐसी प्रजाति के लोग हैं जो केवल हमेशा जीवित रहने के बारे में सोचते हैं। हमारी सारी कोशिशें, विचार और अनुसन्धान केवल इसी दिशा में लगे होते हैं। हमने नेपो की खोज की और तब से उसे परिष्कृत बनाने में लगे हुए हैं, इसे और बेहतर बनाने की दिशा में, उसके विकल्प खोजने की दिशा में लगे हुए हैं और अब जबकि हम जानते हैं कि नेपो के भंडार समाप्ति की तरफ हैं, अब हमने दूसरी दुनिया के बारे में देखना शुरू कर दिया है और हो सकता है, वहाँ यह मिल जाए या हम गाइनके के खिलाफ युद्ध छेड़ने के बारे में सोच रहे हैं। हमारे पास एक ही लक्ष्य है, जिसके आसपास हमने अपनी दुनिया बनाई है कि हम हमेशा के लिए जीवित रहें, अमर रहें। मुझे भूख लगी है, इमे, क्या हम कुछ खा सकते हैं?" ओडेप ने अचानक विषय बदल दिया।

वल्हन अपनी कुर्सी में जमा बैठा रहा, जबकि इमे दिए गए आदेश के उत्तर में खुशी-खुशी पैंट्री की तरफ चला गया। ओडेप दोबारा खिड़की की तरफ जाने लगा और बाहर के अँधेरे को देखने लगा। आखिर बर्फ पड़नी बन्द हो गई थी।

"ओडेप, तुम सीरियस तो नहीं हो न?" वल्हन ने कहा, "तुम अंग बदलना बन्द नहीं कर सकते और न ही यह तय कर सकते हो कि तुम्हारा नैक्स हो जाए। इस बारे में सोचा भी नहीं जा सकता। ईलोन पर इस तरह की बात पहले कभी नहीं हुई है। तुम आखिर ऐसा क्यों कर रहे हो?" वल्हन जैसे बड़बड़ा रहा था।

ओडेप शान्त बना रहा। दरवाजा थोड़ा-सा खुला और इमे अन्दर आया। उसके हाथों में सब्जियों के साथ मिक्स चावल थे, टिबली सॉस के साथ किम्पायो के बहुत सारे स्लाइस थे। लगता था कि उसने बिना सोचे-समझे ट्रे पूरी भर ली थी। उसने ऐनब के तीन गिलास भरे और मेज पर रख दिए। ओडेप बैठकर खाने लगा। दोनों उसे चुपचाप खाते हुए देखते रहे। दोनों को लग रहा था कि जैसे ओडेप उनकी दुनिया का आदमी नहीं है।

वल्हन को याद आया कि जब वह ओडेप से पिछली बार मिला था, तब से उसने ओडेप के प्रभा-मंडल में एक बदलाव की झलक देखी थी। अब उसे महसूस हो रहा था कि यह बदलाव इस तथ्य से निकला था कि उसका शरीर घटता चला जा रहा था और वह उसे ऐसा होने दे रहा था।

"इमे, सबसे पहले उपलब्ध नोटस बुक करो। हम ओडेप को सुबह वहाँ ले जा रहे हैं।"

ओडेप ने ठंडी साँस भरी, "पहले कुछ खा लो, वल्हन। तुम भी, इमे। यह एक बहुत लम्बी रात होने वाली है। मैं और मेरे सफेद बाल तुम्हारे सारे सवालों के जवाब देने की कोशिश करेंगे।"

इमे ने मना कर दिया, "मुझे भूख नहीं है।" वह तब भी खुद को ओडेप की तरफ देखने से नहीं रोक सका। ऐसा लग रहा था कि मानो एक अन्यथा परिचित आकाशगंगा में एक नया अजनबी तारा नजर आने लगा है।

वल्हन ने अपना खाना उठाया और ऐनब के गिलास पर उँगलियाँ फेरने लगा।

क्या यह ओडेप नहीं था, जिसने उससे कहा था कि इससे पहले कि नेपो के भंडार खतरनाक हद तक कम हो जाएँ, अन्य उपलब्ध आवास-योग्य नक्षत्रों का पता लगाना चाहिए। अब वह क्यों इस समय उल्टी-सीधी बातें कर रहा है? क्या ऐसा भी समय आएगा जब उसे गाइड करने के लिए ओडेप मौजूद नहीं रहेगा? उसकी मदद करने के लिए नहीं होगा? नहीं, वह ऐसा नहीं होने देगा।

"क्या तुम जानते हो, इमे कि नैक्स क्या होता है?" ओडेप ने पूछा।

"हाँ, यह वह स्थिति होती है जब कोई व्यक्ति नहीं रहता। मुझे बताया गया कि सिद्धांत रूप से यह अभी भी हममें से किसी के साथ भी हो सकता है, लेकिन बहुत अरसे से ऐसा नहीं हुआ है। दरअसल, मैं किसी भी ऐसे व्यक्ति को नहीं जानता जिसका नैक्स हुआ हो।" इमे ने जवाब दिया।

"हमारे लिए नैक्स अब केवल एक संकल्पना है। एक ऐसी घटना जो 'हो सकती है', 'नहीं भी हो सकती।' एक तरह से हमने इस पर विजय हासिल कर ली है। मेरे जैसे आदमियों ने, जो यहाँ काफी अरसे से हैं और जानते हैं कि हम जब ईलोन आए पर थे, नैक्स होना शुरू हो गया था और अक्सर होते थे, खासकर गाइनके के साथ युद्धों में। यह उस समय की वास्तविकता थी। एक ऐसा दुश्मन, जिसे खत्म करने की जरूरत थी और समय बीतने के साथ हमने, दोनों ने फैंस के दोनों तरफ इस पर जीत हासिल कर ली। हमने अपने सदस्यों का सृजन करना शुरू किया, लेकिन जैसे-जैसे मृत्यु दुर्लभ होती गई, सृजन ऊपर-नीचे होते चले गए। यहाँ तक कि उन पर रोक लगा दी जो कई जैक तक चल रही है। क्या तुम जानते हो कि रोक को हटाने के लिए आज तक किसी ने भी आवाज नहीं उठाई है?" ओडेप ने पूछा। जब इमे और वल्हन ने कुछ भी नहीं कहा तो उसने कहना जारी रखा, "क्योंकि मनुष्य जाति के रूप में, एक प्रजाति के रूप में हम यह भूल गए कि हम भी सृजन कर सकते हैं।"

इमे ने टोका, "रादुल इस स्थगन के मामले को फिर से विचार करने के लिए साइनेड के सामने उठाना चाहता है। वह इस बात से खुश हुआ कि एक बार फिर इस मामले को उस दिशा में ले आया है जिस पर वह बात कर सकता है।"

"हम सृजन के बारे में भूल गए हैं, क्योंकि हम अनन्त काल तक रहते हैं। हमारे पास नैक्स नहीं है, इसलिए हमें सृजन करने की जरूरत भी नहीं है। हम इस ग्रह पर रहते हैं और हम यहाँ अपने-आपको रहता हुआ देखते हैं, हमेशा के लिए। हम इस दिशा में काम कर रहे हैं कि हमारे शरीर और अच्छे, दिमाग और अधिक मेधावी हों, लेकिन दूसरी पीढ़ी तैयार करने के लिए सोच नहीं रहे हैं, सृजन की रोक के लिए कोई भी कारण दिया गया हो, इसके जारी रहने के पीछे एक ही कारण नजर आता है कि हमने सृजन की जरूरत को भुला दिया है।" ओडेप ने जवाब दिया।

"लेकिन स्थगन के साथ तकलीफ क्या है, ओडेप? तुम यह क्यों सोचते हो कि मृत्यु तथा और अधिक सृजन जीवन के लिए बेहतर तरीके हैं?" वल्हन ने पूछा।

"मैं यह नहीं कहता वल्हन कि यह बेहतरीन तरीका है। मैं सिर्फ यह कहना चाहता हूँ कि हम अतीत में इसी तरह से रहते आए हैं। मैं सिर्फ यही समझने की कोशिश कर रहा था कि किस तरह से अमरता हमारे जीवन को बदल सकती है? मैं अतीत में चला गया था, क्योंकि दरअसल यह हमारा अतीत है जो बहुत हद तक इस बात को तय करता है कि हम कहाँ खड़े हैं? मैं इस बात को समझने की कोशिश कर रहा था कि क्यों मौजूदा अमरता हमारे जीवन की प्रेरक शक्ति है और अतीत में हमारे जीवन की प्रेरक शक्ति क्या थी?"

वह साँस लेने के लिए रुका और अपने शब्दों को समाने दिया।

"कोशुम में इस बात की कुछ मूलभूत जानकारी है कि पृथ्वी पर जीवन कैसे हुआ करता था? हमारे पूर्वजों के पास समय बहुत सीमित था और इसीलिए उन्होंने जैविक रूप से लड़ना शुरू कर दिया। वे बीमारी से लड़े और मृत्यु के अलग-अलग कारणों से लड़े, लेकिन वे कभी भी ये लड़ाइयाँ जीत नहीं पाए। हमने इस जंग को जारी रखा, इसे बेहतर बनाया और समय बीतने के साथ-साथ मृत्यु पर विजय प्राप्त कर ली। यह वह लड़ाई थी जो हमारे अतीत में शुरू हुई थी, एक अलग ही आकाशगंगा में शुरू हुई थी और जिसने हमें आज के हालात में पहुँचाया है।"

वह एक बार फिर रुका और आगे कहना शुरू किया, "सीमित समय एक ऐसा स्रोत बन गया, जिसे बहुत अच्छी तरह से उपयोग में लाया जाना था, क्योंकि वे शुरू से ही जानते थे कि मृत्यु उनकी राह देख रही है। धरती पर निवासी अपनी अन्तहीन तलाश में अपना जीवन जीते रहे, हर तरह के अनुभव जुटाते रहे ताकि जितनी भी जानकारी मिल सकती है, जुटा सकें। सृजन करने के लिए, आविष्कार करने के लिए, उत्कृष्ट होने के लिए और सीमाओं को तोड़ने के लिए—अच्छी तरह से जीवन जीने के ये आधार बन गए। एक तरह से मृत्यु की सम्भावना, एक ऐसी घटना, जिसे हम संकल्पना के स्तर तक नीचे उतार लाए हैं, धरती पर जीवन को आकार देती थी और उसका फैसला करती थी। यह विचार कि जीवन छोटा है और इसे हर सम्भावित तरीके से बड़ा बनाया जाना है, यही उस सभ्यता का प्रेरक

स्रोत रहा। उन्होंने अपने जीवन को लम्बा करने के लिए बहुत सारी कोशिशें कीं। कुछ में वे सफल रहे और कुछ में असफल। जैसे-जैसे उनके ग्रह पर प्राकृतिक स्थिति और बिगड़ती गई तो उन्होंने ब्रह्मांड में एक वैकल्पिक घर की तलाश की। उन्हें ईलोन का पता लगा और यहाँ चले आए। तो यही वह यात्रा थी कि हम आज इस कमरे में बैठे हुए हैं, मृत्यु के बारे में, नेपो और गाइनके के बारे में बहस कर रहे हैं। यह सब आसपास के अँधेरे में रौशनी की एक मशाल की तरह है।"

ओडेप अपनी कुर्सी में पीछे झुका और अपनी आँखें बन्द कर लीं। कमरे का तनाव उस तस्वीर को झुठला रहा था जो उसने पेश की थी।

इमे खड़ा हो गया और दूरबीन की तरफ चला गया। यह जो भी थी, जानी-पहचानी और ज्ञात थी, मानो ओडेप जिन भी अनजानी चीजों के बारे में बात कर रहा था, उससे एक तरह की शरण थी। कहीं दूर आसमान में जेटा और टाई झिलमिला रहे थे। उसे एक नई दुनिया के वायदे की याद दिला रहे थे।

आखिरकार जैसे बीच में कई जैक गुजर गए हों, वल्हन ने कहना शुरू किया, "तो तुम यह कहना चाहते हो कि हमने जो भी प्रगति की है, वह उस सबके खिलाफ है जो दुनिया ने हमारे लिए तय की थी? यह कैसे हो सकता है, ओडेप?" वल्हन ने अपने आसपास बाँहें फैलाते हुए कहा, "हम इस तरह से रहते हैं। यह हमारे जीवन का तरीका रहा है। आज तक किसी ने शिकायत नहीं की, न ही हम किसी बेचैनी से गुजर रहे हैं। तुम यह क्यों सोचते हो कि उस वक्त में लोग जब रहते थे तो वे ज्यादा अच्छे तरीके से रहते थे? यह मत भूलो कि उन्होंने भी मृत्यु से लड़ने के प्रयास किए थे। सदा के लिए जीने की इच्छा उनका एक सपना था। हमारे लिए यह वास्तविकता है।"

वल्हन कमरे में चक्कर काट रहा था।

इमे इस फालतू की चर्चा को खत्म करके मुख्य विषय पर आना चाहता था। जो कुछ ओडेप सुझा रहा था, वह खतरनाक था। जैसे निश्चित होकर नैक्स होना कोई सकारात्मक सोच थी? इससे ज्यादा बेहूदा कुछ हो ही नहीं सकता था। इमे ने ओडेप की तरफ देखा। वह अपनी कुर्सी में पसरा हुआ था। इमे अब तक जिस शख्स को जानता था, उसकी तुलना में यह आदमी बहुत बूढ़ा लग रहा था। इमे को लगा कि दोनों के बीच दूरी बढ़ रही है।

"ओडेप, हम ईलोन के बाशिंदे नैक्स की उम्मीद नहीं करते। हम इसे हटाने की कोशिश करते हैं। हम अनगिनत जैक से ऐसा ही करते चले आ रहे हैं। हम इसमें बहुत बड़ी सफलता पा सके हैं। आज हमारी चुनौती यह है कि अगर नेपो के घटते भंडारों के साथ नैक्स की घटनाएँ होने लगें तो हम उससे कैसे निपटेंगे? इसलिए मेहरबानी करके इस मामले को उलझाओ नहीं।" इमे की आवाज में अधिकार-भाव था और उसमें निर्णय की शक्ति थी। वल्हन यह देखकर हैरान रह गया।

ओडेप ने ठंडी साँस भरी, "मैं यह जानने की कोशिश कर रहा हूँ कि हमने इस यात्रा में क्या खोया है? मेरे कहने का यह मतलब नहीं है कि अतीत में जो कुछ हुआ, वह अच्छा ही था और हम इस समय जो कर रहे हैं वह गलत है। लेकिन अगर एक प्रजाति के रूप में हमने समाप्त न होने वाला जीवन पाया है तो कुछ खोया भी होगा। मैं इसी बात का पता लगाने की कोशिश कर रहा हूँ। इसलिए मैंने यह तय किया है कि मैं अपने समय को सीमित कर दूँ और देखूँ कि इससे मेरे जीवन पर क्या फर्क पड़ता है? मैंने यह महसूस किया है कि जैसे-जैसे मेरा शरीर कमजोर होता जा रहा है, वैसे-वैसे मेरे भीतर सृजन करने की इच्छा बढ़ती जा रही है। इसीलिए मैं रोक पर बहस शुरू करने के लिए रादुल की बात का समर्थन करना चाहता हूँ। हमें सृजन करने के बारे में बात शुरू करनी चाहिए। हम इसे अपनी निगाहों से ओझल नहीं होने दे सकते। मुझे लगता है कि सृजन करने की चाहत एक ऐसी चीज है कि जिसे हमने अपनी यात्रा में खो दिया है। जैसा कि मैंने पहले भी कहा है, निर्माण और विनाश ब्रह्मांड के संगीत की तरह हैं। हमारे जीवन के रास्ते ने विनाश को एक लम्बा गैप दे दिया है, इसलिए हमने सृजन की चाहत खो दी है। मुझे ऐसा लगता है कि और भी चीजें और चाहतें ऐसी होंगी, जिन्हें हम रास्ते में खो चुके हैं। मैं इस नुकसान को समझना चाहता हूँ। हो सकता है, हमें कोई ऐसी चीज मिल जाए जिसे फिर से शुरू करना बेहतर हो, जो फिर से निगाह डालने लायक हो। मेरे लिए तो सृजन एक ऐसी चीज है, जिसे फिर से शुरू किया जा सकता है।"

ओडेप की बात सुनने के बाद वल्हन को लगा कि वह इमे के साथ सहमत हो रहा है। अपने सारे ज्ञान और बुद्धिमत्ता के साथ ओडेप किसी और ही ट्रैक पर जा रहा था।

"ओडेप, हम हानि और लाभ के इस विचार को थोड़ी देर के लिए अलग रखते हैं। अगर हमें टाई पर नेपो के भंडार नहीं मिलते हैं और हम तत्काल किसी विकल्प की तलाश भी नहीं कर सकते हैं तो क्या तुम्हें लगता है कि गाइनके के खिलाफ एक आखिरी धक्का देने का वक्त आ गया है?" अपने ही सवाल को सुनकर वल्हन हैरान रह गया। वह महसूस कर रहा था कि यह विचार उसके भीतर ही कहीं खदबदा रहा होगा, जो इतनी आसानी से बाहर आ गया।

"जरा कल्पना करो वल्हन, कि हमारा ग्रह फैंस के उस तरफ रहनेवाले गाइनके के लोगों के बिना कैसा होगा? हम कैसा महसूस करेंगे, अगर उस प्रजाति को बिलकुल खत्म कर दें और ईलोन को हम सिर्फ अपने लिए रहने दें? तब हमारे लिए क्या रह जाएगा?" ओडेप ने उन दोनों के सामने यह विचार रखा और दोनों की प्रतिक्रिया का बेसब्री से इन्तजार करने लगा।

ईलोन का उनका खूबसूरत ग्रह केवल उन्हीं के पास रहेगा। वल्हन ने ईलोन की सर्पाकार नदियों के बारे में सोचा, विशालकाय पहाड़ों के बारे में, ऊँचे विशाल

पेड़ों के बारे में, और अन्तहीन समुद्रों के बारे में सोचा और यह महसूस किया कि ये सब केवल उन्हीं के आनन्द के लिए रहेंगे। तब वे नेपो के अक्षत भंडारों और उन विकल्पों को भी पा सकेंगे जो गाइनके ने विकसित किए हैं। तब फैंस बनाए रखने और उनुमो को बनाए रखने के लिए कोई जरूरत नहीं होगी। पुरुषों को यह स्वतंत्रता होगी कि वे सृजन करें और गाइनके के, उनके आसपास मँडराने की आशंका के बिना सुखपूर्वक रह सकें।

"यह बिलकुल सही चीज होगी, ओडेप। यह ग्रह हमारा है और इस पर पूरी तरह से हमारा ही हक होना चाहिए।" वल्हन को अपने दिमाग में इस विचार से एक अलग तरह की राहत की अनुभूति हुई।

इमे शान्त बना रहा और अपनी दूरबीन से आकाशगंगा में झिलमिल सितारों को देखता रहा। वह कई जैक से सितारों और नक्षत्रों को देखता आ रहा था। हर बार उसे ऐसा लगता कि वहाँ सम्पर्क का कोई सूत्र है या कहीं से जीवन का कोई संकेत मिल रहा है। इससे वह उत्तेजित हो जाता, लेकिन ये सारे झूठे सिग्नल थे। उनके चारों तरफ ब्रह्मांड में भयंकर सन्नाटा था और ऐसा लगता कि वहाँ जीवन का कोई भी आसार नहीं है। जहाँ तक उसकी जानकारी जाती थी, इस अन्तहीन ब्रह्मांड में वे अकेले थे—गाइनके के अलावा बिलकुल अकेले थे। कहीं कुछ भी नहीं था।

"जितना मैं जानता हूँ ओडेप, कि अगर हम गाइनके को खत्म कर दें और एक सिरे से मिटा दें तो यहाँ हम बिलकुल अकेले हो जाएँगे। जहाँ तक मेरी बात है, कम-से-कम मेरे लिए यह तो परेशान करने वाली बात है। मुझे लगता है कि हमारे पास जो भी जानकारी है, ज्ञान है, उसे उनके साथ शेयर करने के बारे में सोचना चाहिए न कि हम एक-दूसरे को नियमित अन्तरालों पर नेस्तनाबूद करने के बारे में सोचें।"

ओडेप दोनों को देख रहा था। वे एक साथ खड़े थे, लेकिन एक-दूसरे से बिलकुल विपरीत विचार रखते थे। वे एक-दूसरे को नहीं देख रहे थे। ओडेप के सवालों ने दोनों के बीच में एक ऐसा विरोध पैदा कर दिया था, जिसके बारे में वे खुद भी नहीं जानते थे।

"एक बात याद रखो वल्हन, मैंने लगभग यही बात तुमसे उस दिन कगार पर बैठे हुए कही थी कि पूरी दुनिया में केवल गाइनके ही हमारे जैसी लगने वाली दूसरी प्रजाति के लोग हैं। हम उनके साथ फैंस के इस तरफ लम्बे समय से रहते चले आए हैं। सच तो यह है कि हम धरती पर भी उनके साथ ही रहते थे और हम यहाँ ईलोन पर एक साथ आए थे। कोई न कोई ऐसी चीज होगी जो हम दोनों को आपस में जोड़े हुए है। मुझे लगता है कि वह चीज अब हम खो चुके हैं। हम दोनों ही खो चुके हैं। हमने कभी भी उनके साथ जुड़ाव के बारे में सोचना बन्द नहीं किया। कभी भी उस दुश्मनी की जड़ों को नहीं देखा जो हम दोनों को परेशान

किए हुए हैं, लेकिन यह ज्ञान कि हम दोनों सह-अस्तित्व के धागों से एक-दूसरे से जुड़े हुए हैं, अभी भी हमारे साथ है। मैं इमे से सहमत हूँ कि हमें उन्हें खोना नहीं चाहिए, न तो अब और न हमेशा के लिए। और जहाँ तक इस ग्रह का सवाल है, यह जितना उनका है, उतना ही हमारा भी है। हमें इस बात को स्वीकार करना चाहिए और इस तथ्य को मान लेना चाहिए। हम पुरुषों की समस्याओं के हल को इस नजरिए से देखे जाने की जरूरत है।"

उनुभो से लगातार डेटा और जानकारी का आना जारी था। पैटिक्स इटियस में ऊँचाई पर बने अपने कमरे में बैठा हुआ डेटा को आते हुए बीच-बीच में देख रहा था। फैंस की दूसरी तरफ से आने वाली जानकारी में कोई बदलाव नहीं आया था—न तो सामग्री में, न ही उसकी गति में। ऐसा लग रहा था कि वहाँ भी कोई खिचड़ी पक रही है।

फिर भी, रादुल द्वारा लैक्स पर डाले गए सन्देशों का जमावड़ा पैटिक्स के लिए बहुत मायने रखता था। वह मिलने वाली प्रतिक्रियाओं को देख रहा था और चैनल और हाईवेज पर आने वाली जानकारी को देख रहा था। वे वहाँ बने हुए थे, इनकी अनदेखी नहीं की जा सकती थी और न ही और कोई खबर उनकी जगह ले रही थी। जिस तरह के हंगामे उन्होंने खड़े कर दिए थे, ऐसा लग रहा था कि पुरुष गाइनके के खिलाफ अपना सारा विष उगलने के लिए बस बटन दबाए जाने का इन्तजार कर रहे थे।

इन सारे जैक में यह विष कहाँ छुपा हुआ था? जिस तरह की तीखी प्रतिक्रियाएँ मिल रही थीं, उससे पैटिक्स भी हैरान हो रहा था। अचानक ही पुरुष कार्रवाई करने के लिए ढके-छुपे तरीके से कहने लगे थे। उनमें से कई लोग चाहते थे कि फैंस को गिरा दिया जाए और गाइनके के ऊपर हक जमा लिया जाए। दूसरे लोग चाहते थे कि उन्हें बिलकुल जड़ से ही खत्म कर दिया जाए और इस ग्रह पर कब्जा जमा लिया जाए। पैटिक्स यह देखकर हैरान था कि एक अफवाह की वजह से यह सब हो रहा था—कि गाइनके नैक्स के लिए पुरुषों पर इल्जाम लगा रही हैं और पुरुष उन्हें पूरी तरह से मटियामेट करने के लिए तैयार थे। उसे इस बात का विश्वास था कि नेपो के भंडारों में गिरावट की अफवाह लैक्स पर उनके गुस्से को एक्शन में बदलने के लिए काफी होगी।

सूर्य अपनी पूरी शान के साथ चमक रहा था। पैटिक्स उठा और बाहर नीचे गली में देखने लगा। हमेशा की तरह वह जब भी देखता, उसे लोग मिनिएचर की तरह लगते थे और इससे उसे अधिकार की भावना का एहसास होता।

पिछले अनगिनत जैक बीतने के साथ-साथ पुरुषों और गाइनके के बीच में दुश्मनी में कोई अंतर नहीं आया था। यह सिर्फ थम गई थी और इन्तजार कर रही थी और जरा-सा बहाना मिलते ही अपना सिर ऊपर उठा लेने के लिए तैयार थी। एक पल के लिए पैटिक्स ने दुश्मनी के शुरू होने वाले बिन्दु के बारे में सोचा, लेकिन तब उसने तय किया कि यह सब जानने की कोई जरूरत नहीं है कि सब कैसे शुरू हुआ था। सबसे महत्त्वपूर्ण बात यह थी कि यह दुश्मनी मौजूद थी और सही तरीके से इस्तेमाल किए जाने की जरूरत थी।

पैटिक्स ने फैंस की दिशा में देखा। उनकी रणनीति को समझने और कोई कड़ा फैसला लेने का वक्त आ गया था। पैटिक्स जानता था कि रादुल उसकी तरफ से जवाब का इन्तजार कर रहा होगा, लेकिन उसने यह तय किया था कि वह रादुल को कुछ समय तक अपने-आप काम करने देगा। रादुल के लिए महसूस करना और विश्वास करना ज्यादा जरूरी था कि वह इसका नेतृत्व कर रहा था। केवल तभी वह दूसरों को विश्वास दिलाने में सफल होगा। अपनी ओर से पैटिक्स सही वक्त पर चीजें अपने हाथ में ले लेगा।

जिस समय वह खिड़की के पास खड़ा अपने खयालों में खोया हुआ था, उसे वल्हन की तरफ से एक सन्देश मिला—

मैं गेजर बिल्डिंग में हुई एक मीटिंग से वापिस लौट रहा हूँ। मैं आकर तुमसे मिलूँगा। जरा बताना कि नैक्स के बारे में जो सन्देश है, क्या वह सही है?

गेजर बिल्डिंग? वल्हन वहाँ क्या कर रहा था? फिर भी उसने तय किया कि उन्हें मिलना चाहिए। अगर वह वल्हन को इस बात के लिए आश्वस्त कर पाए कि वह क्या सोच रहा है तो साइनेड में अपनी बात पहुँचाने में उन्हें कोई तकलीफ नहीं होगी और इसका कोई विरोध भी नहीं करेगा। अगर किसी वजह से वह एकान्तवासी ओडेप साइनेड की बैठक में आने के बारे में तय करता है, तो वल्हन उससे भी आसानी से निपट नेगा। पैटिक्स को पता था कि साइनेड में जब इस तरह के महत्त्वपूर्ण मामले पर चर्चा हो तो ओडेप को भाग लेने के लिए कहा जाएगा।

रादुल उस सन्देश को ट्रैक कर रहा था जो उसने लैक्स पर डाला था। जब उसकी पहचान हटा दी गई तो वह समझ गया कि पैटिक्स ने उसकी विषय-वस्तु को तो अनुमोदित कर दिया था, लेकिन उसने सन्देश भेजने वाले का नाम हटाने का फैसला किया था। सन्देश पर जो प्रतिक्रियाएँ मिल रही थीं, वे हैरान करने वाली थीं। पुरुष दूसरी तरफ रहनेवाले जीवों के बारे में इतनी कड़ी राय रखते थे, यह

उसके लिए रहस्योद्घाटन जैसा था। कुछ ऐसे भी लोग थे जो सन्तुलन बनाए रखने की बात कर रहे थे, लेकिन उनकी आवाज को दबा दिया गया या उनका मजाक उड़ाया गया।

राद‌ुल इस समय गेमिंग लाउंज में एक नया गेम खेल रहा था जिसे हाल ही में शुरू किया गया था। उसका नाम था 'उन्हें बर्बाद कर डालो।' यह लड़ाई का गेम था जिसमें गाइनके को दुश्मन बनाया गया था। इसे खेलने वाले समूहों ने हाथोहाथ लिया था। अपने निराधार सुझाव के साथ इस छोटे-से सन्देश ने उन सब लोगों के भीतर छुपे नए जानवर को बाहर निकाल दिया था।

जैसे-जैसे गेम कई गाइनकों का कत्लेआम करते हुए आगे बढ़ रहा था, रादुल ने महसूस किया कि वह पूरे ध्यान के साथ खेल नहीं पा रहा है। उसने लैक्स कनेक्शन हटाया और कुर्सी में धँस गया।

ईलोन पर यह जो सारी ऊर्जा बाहर निकल कर आ रही थी, वह उसे कैसे अंकुश में बाँधे? क्या वह इस बारे में पैटिक्स से बात करे?

इस वक्त वह गेम लाउंज में छत के हल्के डिजाइनों की तरफ देखते हुए अनिश्चितता महसूस कर रहा था। हर तरफ लोग इस सन्देश के बारे में बात कर रहे थे, लेकिन कोई भी नहीं जानता था कि इसे लैक्स पर किसने डाला है? रादुल को यह तय करना था कि अगले ही कदम से उसे लीडर के रूप में मान लिया जाए।

कंसोल से खुद को अलग करते हुए रादुल ठंडी रात में बाहर आ गया। एक घने बादल के पीछे तीन चाँद चमक रहे थे। अब जैसी कि उसकी आदत बन चुकी थी, उसने एक ट्रैवलर लिया और कोशुम की तरफ चल दिया। एक मशीन से ऐनब की बोतल लेते हुए वह यू सेक्शन के अपने परिचित खंड में गया। वह जानना चाहता था कि गाइनके के खिलाफ यह गुस्सा कब से बाहर आना शुरू हुआ था? वह सोच रहा था कि अगर वह इसके स्रोत और एहसास के आगे बढ़ने के रास्ते का पता लगा पाया तो वह चीजों को अपने हिसाब से ढाल पाएगा।

बादलों की चादर अब छितरा गई थी और तीन चाँद अब साफ-साफ दिखाई दे रहे थे। रादुल ने एक ब्रेक लिया और खिड़की तक चला आया। उसने खिड़की खोली और ठंडी हवा को भीतर आकर अपने चेहरे को सहलाने दिया। उसे लगा कि अभी तक का उनका संघर्ष आसमान की तरह था, जो हमेशा मौजूद रहता था। कोशुम ने उसे बताया था कि किस तरह से वे लोग और गाइनके एक साथ धरती से आए थे और बाद में अलग हो गए थे। यह भी बताया था कि गाइनके ने ईलोन के बड़े हिस्सों पर कब्जा जमाने की कोशिश की थी और यही उनकी पहली लड़ाई का कारण रहा। इसके बाद कुछ अरसे तक शान्ति बनी रही। उसके बाद गाइनके ने जमीन के कुछ ऐसे हिस्सों पर कब्जा जमाने की कोशिश की थी, जहाँ पर नेपो के बहुत बड़े भंडार मौजूद थे। इसकी वजह से दूसरा युद्ध हुआ था। आखिरकार

फैंस लगाई गई थी। ऐसा लगता है कि बहुत दूर के नक्षत्र—धरती से आने के पहले ही दोनों पक्षों में मनमुटाव और दुश्मनी चले आ रहें थे।

यह महसूस करने के बाद कि धरती ही सारे रहस्यों की जड़ है, रादुल ने यह जानने की कोशिश की कि दोनों प्रजातियाँ धरती पर किस तरह से रहती थीं। कोशुम में इसका कोई जवाब नहीं था। रादुल ऐसी जगह पर सिर मार रहा था, जिसका कोई मतलब नहीं था। आसपास कोई भी ऐसा नहीं था जिससे वह पूछ सकता। उसके ग्रुप हाउस में लोग इस बात को नहीं समझ सकते थे कि वह इसके मूल कारणों का पता लगाने में समय क्यों बर्बाद कर रहा है। वह पैटिक्स तक इस बात के लिए नहीं जाना चाहता था। उसने साफ आसमान और चमकदार तारों की तरफ देखा तो उसे इमे याद आया। वह शायद इमे से यह पूछ सकता है।

गेजर बिल्डिंग के बाहर दिन बहुत सुहावना था। बाहर बर्फ की पहाड़ियों से लौटती सूरज की धूप से आँखें चुँधियाँ रही थीं। भीतर की तरफ दूरबीन वाला कमरा सूरज की रौशनी की वजह से जगमगा रहा था। हवा में फूलों की महक बसी हुई थी और इससे पूरा माहौल खुशनुमा हो रहा था। कुछ रातों पहले इमे, वल्हन और ओडेप में हुई चर्चा के बाद वे ऐसा व्यवहार कर रहे थे मानो कुछ हुआ ही न हो। तीनों अपने हाथ के काम पर पूरा ध्यान दे रहे थे। इमे लैक्स हाइवीज पर चल रहे हंगामे पर निगाह रखे हुए था, लेकिन अब तक उसे सामने नहीं लाया था। वे टाई पर जाँच और खोज में लगे हुए थे और उन सारे मामलों पर बिलकुल भी ध्यान नहीं दे रहे थे जो ओडेप ने उनके आसपास बिखेरे थे।

ओडेप और वल्हन को उस दिन जाना था। इमे को वहीं रुकना था ताकि वह टाई पर भावी घर की सम्भावना के बारे में आ रहे अतिरिक्त डेटा का आकलन कर सके और इस बारे में कोई अन्तिम निर्णय ले सके।

हमारे और गाइनके के बीच में झगड़े का मूल कारण क्या है? इसके बारे में कुछ जानते हैं? धरती पर इन दोनों प्रजातियों के लिए जीवन कैसा था?

रादुल का यह सन्देश इमे के लैक्स पर थोड़ी देर पहले आया था। क्या ईलोन के सारे पुरुष इन मामलों पर सिर पटक रहे थे? ऐसा कैसे हो रहा था कि रादुल जैसा आदमी इसके बारे में इतना अधिक सोच रहा था? इमे के पास इसका कोई जवाब नहीं था। वह इसके बारे में कुछ जानता भी नहीं था। यहाँ तक कि ओडेप जैसे अजीब और जानकार आदमी के पास भी इस सारे मामले पर कोई सुराग नहीं था। इमे इस बात को लेकर हैरान था कि पुरुषों ने कभी भी इसके बारे में पड़ताल

करने की कोशिश नहीं की थी। लगता था कि लोगों को युद्ध और ईलोन पर रहने के संघर्ष ने व्यस्त रखा था। तब फैंस लगने के बाद होने वाली शान्ति ने इन सारे सवालों को एक तरफ सरका दिया होगा। अब चूँकि एक तरह से फैंस का मामला सिर उठा रहा था, सारे सवाल एक बार फिर से ऊपर आने लगे थे।

दरवाजा खुला और वल्हन और ओडेप, दोनों अन्दर आए।

"इमे, मुझे लगता है कि हम सही दिशा की तरफ बढ़ रहे हैं। तुम विश्लेषण का अन्तिम सिरा पूरा कर लो तो हम किसी नतीजे पर पहुँच सकते हैं। ओडेप और मैं अभी जाएँगे। जब भी तुम्हारा काम पूरा हो जाए, तुम शहर लौट सकते हो।" एलिवेटर की तरह बढ़ते हुए वल्हन ने कहा। एलिवेटर उन्हें ऊपर की मंजिल पर रोनडुरल स्टेशन तक ले जाता। ओडेप उस जगह तक आया, जहाँ इमे बैठा हुआ था। अपना हाथ उसके कन्धे पर रखा। इमे चौंक गया। यह अजीब-सा हावभाव था। उसे समझ में नहीं आया कि क्या प्रतिक्रिया दे? वह खड़ा हो गया।

"मेरे बालों में सफेद लट कोई ऐसी चीज नहीं है जिससे डरा जा सके। ये लम्बी यात्रा के गवाह हैं। वे यह भी बताते हैं कि इस यात्रा का अन्त होगा। मैं यह समझने लगा हूँ कि ये बताते हैं कि यह ज्ञान होता है जो आपकी यात्रा को रुचिकर बनाता है। तुम जब भी फ्री हो, मेरे पास आ सकते हो।" ओडेप ने मुस्कुराते हुए कहा।

इमे ने सिर्फ सिर हिलाया और वापिस अपने काम में जुट गया। ओडेप और वल्हन रोनडुरल में सवार हो गए और नीचे उतरने लगे।

एक-दूसरे की तरफ मुँह किए हुए ओडेप और वल्हन बाहर विशालकाय बर्फ से ढके पहाड़ों को देखने लगे। कुछ देर बाद ओडेप वल्हन की तरफ मुड़ा और कहने लगा, "वल्हन, एक बार तुमने पूछा था कि मैंने लैक्स क्यों हटा दिया है? इसका कारण बहुत आसान है। मैं लैक्स हाइवीज से होने वाले शोर से बहुत दूर जाना चाहता था। मैं नहीं चाहता था कि मेरे आसपास क्या हो रहा है, मुझे उसका पता चले। मुझे इसकी जरूरत नहीं थी। शुरू-शुरू में मैं हर घंटे बाद लैक्स देखता था, फिर दो घंटे में देखने लगा। फिर धीरे-धीरे मैं जब भी उसकी जरूरत महसूस करता था या उसकी याद आती थी, तभी देखता था।"

वल्हन ने ठंडी साँस भरी, "ओडेप, तुम नोटस कब जाओगे? अगर तुम सहमत नहीं हो तो मुझे यह बात साइनेड की बैठक में उठानी पड़ेगी ताकि दूसरे सदस्य तुम्हें वहाँ जाने के लिए विवश करें।" वह अभी भी बाहर देख रहा था। वे नीचे उतरने के लिए आधे रास्ते पर पहुँच चुके थे।

"अगर हम मौजूदा समस्या को इस तरह से सुलझाने के बारे में सोचें कि हमारी दोनों प्रजातियाँ सह-अस्तित्व के साथ रह सकती हैं तभी मैं नोटस में जाऊँगा।"

"क्या तुम यही करने के बारे में सोच रहे हो? साइनेड के निर्णय अस्तित्व के तुम्हारे विचारों के साथ मेल खाएँ? वे इसकी चिन्ता नहीं करेंगे। ओडेप, तुम

कई जैक से पहाड़ी पर आराम फरमा रहे हो, ईलोन तुम्हारे बिना काफी आगे बढ़ गया है। मुझे विश्वास है कि तुम यह बात जानते हो।" वल्हन अब उसकी तरफ मनुहार-भरे भाव से देख रहा था।

"लेकिन मैं देख पा रहा हूँ कि तुम चिंतित हो, वल्हन और जो 'लेन-देन' का प्रस्ताव मैं देना चाहता हूँ वह इसलिए ताकि जब तुम साइनेड में बहस करो और किसी नतीजे पर पहुँचो तो तुम मेरी तरफ रहो। मैं कभी-कभी उन पुरुषों के विचारों की कल्पना करता हूँ जो धरती छोड़कर यहाँ आए थे। वे गाइनके के साथ ही क्यों आए थे? क्या वे हमेशा उनके साथ युद्ध करते रहते थे? क्या कुछ और भी प्रजातियों को पीछे धरती पर छोड़ आए थे और वे हमारे लिए हमेशा के लिए खो गई हैं? जिस आकाशगंगा में धरती मौजूद थी, वह नष्ट हो गई थी, मुझे विश्वास है कि तुम यह सब जानते हो। धरती पर जो भी रह गया था, वह पूरी तरह से नष्ट हो गया था। यह बहुत ही बड़ी हानि रही होगी, वल्हन। इसलिए मैं यह जिद करता हूँ कि हमें गाइनके को खोना नहीं चाहिए, भले ही हम उग्र बने रहें। हो सकता है कि उनके पास हमारे कुछ सवालों के जवाब हों। हो सकता है कि वे हमारे साझे अतीत के बारे में कुछ जानती हों। कल्पना करो, अगर हम उन्हें खो देते हैं तो हमें यह जानने का मौका कभी नहीं मिलेगा।"

थोड़ी देर रुकने के बाद ओडेप ने आगे कहना शुरू किया, "यह तभी हो सकता है कि जब हम इस बात को पहचानें और स्वीकार करें कि हमने क्या खोया है, कि हम यह स्वीकार करें कि हमारे पास क्या है? वल्हन, मुझे उस अस्तित्व का कोई आइडिया नहीं है, जो तुम्हारे अस्तित्व से अलग है। मैंने इस लम्बे अस्तित्व का बहुत आनन्द उठाया है। मैंने बहुत सारे काम किए हैं और बहुत सारे नतीजे हासिल किए हैं। तुम यह भी कह सकते हो कि अंग बदलने का काम रोकने का आइडिया भी मेरा ही है जो मैं कोशिश कर रहा हूँ। मैं देखता हूँ कि अन्तहीन होने की अनुभूति को खो देना, जोकि हमारे अपने अस्तित्व का हिस्सा है, के अनुभव ने मुझे जीवन को अलग तरीके से देखने का मौका दिया है। सूर्योदय ज्यादा खूबसूरत लगता है, हवा गीत गाती लगती है और बर्फ के गोले नृत्य करते लगते हैं। ये सारे अनुभव जो मैंने कभी भी महसूस नहीं किए थे, वे मुझे एक अलग तरह का एहसास कराते हैं। तुम कह सकते हो कि यह खोने का एहसास ही होता है जो चीजों को इतना कीमती बना देता है। यह विरोधाभास लग सकता है, लेकिन सच यही है।"

थोड़ी देर के लिए दोनों जन चुप रहे। ओडेप मुस्कुराया, "जिस तरह से ईलोन मेरे बिना चलता रहा है, परिवर्तन इसी को कहते हैं। धरती पर भी ऐसा ही था। हमने ही एक ऐसी दुनिया बनाई है जहाँ वास्तविक अर्थ में कुछ भी बदलता नहीं है, क्योंकि इसके रहनेवाले बदलते नहीं हैं। क्या तुम सचमुच यह सोचते हो कि टाई पर जाने से चीजें बदल जाएँगी? बेशक तुम यह तर्क दे सकते हो कि हमें

अपनी यह दुनिया बदलने की जरूरत नहीं है। मैं इससे सहमत हूँ। हमारी दुनिया में मूलभूत तरीके से कुछ भी गलत नहीं है। हम जी रहे हैं और हमेशा बने रहेंगे। हम अपने बड़े-बड़े शहर बनाएँगे, युद्ध करेंगे और नई चीजों की खोज करेंगे और हो सकता है, एक दिन नई पीढ़ी भी तैयार कर दें। इस यात्रा में मेरे जैसे कुछ अजीब लोग भी होंगे जो अलग-अलग विचार रखेंगे और वे तुम्हारे ठहरे हुए पानी में कंकड़ भी फेंक सकते हैं। वल्हन, विचार हमें आगे ले चलते हैं। याद रखो कि सुदूर आकाशगंगा में कोई एक शख्स था, जिसने एक-दूसरे ग्रह में जाने के बारे में इसलिए सोचा था कि हो सकता है कि यह बेहतर जीवन में मदद करेगा। इन सारे समयों में हम हमेशा प्रजातियों के रूप में रहे, अलग-अलग विचार रखते रहे और उन विचारों पर काम करते रहे। गहन विचार हमेशा अच्छे नतीजे देते हैं, वल्हन। इससे यात्रा और रोचक हो जाती है।"

वे तल मंजिल पर पहुँच चुके थे और अपने-अपने ट्रैवलर का इन्तजार कर रहे थे।

"तो, तुम यह प्रस्ताव रख रहे हो कि हम सर्किल पूरा करके वापिस जाएँ और हमारा अस्तित्व ऐसा हो जो समय से बँधा हो? क्यों? क्योंकि इससे हम अपने अस्तित्व को ज्यादा पसन्द कर पाएँगे। मेरे खयाल से यह वाहियात बात है।" वल्हन ने आखिर जवाब दिया।

ओडेप ने एक ठंडी साँस भरी, "नहीं वल्हन, वापिस जाने का कोई सवाल नहीं है, यह बात मैं जानता हूँ। प्रजातियों के रूप में हमेशा के लिए बने रहने की इच्छा हमारे सामूहिक जीवन की धुरी बन गई है, लेकिन हम कम-से-कम यह कोशिश तो कर सकते हैं कि जो कुछ हमने इस रास्ते में खो दिया है, उसे वापिस पा सकते हैं।"

वल्हन का ट्रैवलर आ गया। उसने हाथ हिलाकर विदाई ली और उसमें सवार हो गया। ट्रैवलर ने गति पकड़ी। उसने पीछे मुड़कर देखा, क्षितिज में एक बिन्दु की तरह खड़ा ओडेप अभी भी अपने ट्रैवलर का इन्तजार कर रहा था। वह जानता था कि जिस शहर में वह जा रहा है, वहाँ नुकसान और उसके सबक को बहुत कम लोग स्वीकार करेंगे।

आर्यन

झमाझम बरसात हो रही थी। नालियों की बेहतरीन व्यवस्था के बावजूद सड़कें और हाई-वे पानी में डूबे हुए थे। आकाश में बिजली गड़गड़ा रही थी और बीच-बीच में तूफान अपना रंग दिखा रहा था। पानी में डूबे हुए एक और दिन था जब धरती को पानी ने अपने बस में कर लिया था।

"पिछले कई दशकों से यह बहस चलती चली आ रही थी कि कोई क्लोनिंग पेरेंट किस तरह के क्लोन के लिए ऑर्डर दे सकता है? क्या यह केवल शारीरिक हमशक्ल बनाने तक सीमित होना चाहिए या इसमें दूसरे गुण और व्यक्तित्व के गुण शामिल किए जा सकते हैं? क्या यह अनिवार्य होना चाहिए कि क्लोन अपने माता-पिता से अलग नजर आए? किसी व्यक्ति को कितने क्लोन तैयार करने की अनुमति दी जानी चाहिए? जैसे-जैसे टेक्नोलॉजी विकास कर रही है और परिष्कृत हो रही है, इस अन्तिम उत्पाद से जुड़े सवाल भी बदल रहे हैं।

"बहुत सारे मामलों को ध्यान में रखते हुए, जैसे आनुवंशिक विविधता और अन्य नैतिक सदाचार से जुड़े मुद्दों को ध्यान में रखते हुए हम यह प्रस्ताव करते हैं कि केवल शारीरिक गुण, जिसमें स्वास्थ्य शामिल होगा, को ही परिभाषित किया जाए और शक्ल-सूरत पूरी तरह से वैसी ही नहीं होनी चाहिए। यह भी कि कोई और योग्यता या गुण परिभाषित नहीं किया जा सकता।"

अँधेरे कमरे में और साथ-ही-साथ सम्मेलन में जीवन्त रूप से भाग लेने वाले प्रतिभागियों के कमरों के स्क्रीन पर मौन छा गया। अँधेरा पसर गया। धीरे-धीरे बत्तियाँ जला दी गईं। रिया ने अपने छोटे बालों में उँगलियाँ फेरते हुए आसपास देखा। बायो इन्फोटैक कार्यक्रम की अध्यक्ष के रूप में उसने और उसकी टीम ने इस मामले पर बहुत लम्बे अरसे तक, बहुत मेहनत से काम किया था।

"जब मर्दों के पाले में कुछ अरसा पहले इस विषय पर चर्चा की गई थी तो बहस बहुत उग्र हो गई थी, भगदड़ में बहुत सारे लोगों को अपनी जान गँवानी पड़ी थी और मामला आज तक बिना सुलझे रह गया था।" वहाँ नेटवर्क पर आभासी रूप में उपस्थित महिलाओं में से एक अन्य उपस्थित महिलाओं को बता रही थी,

“क्या हम सहमत हैं? जो कुछ मर्द तय करते हैं, उससे हमारे फैसले पर असर नहीं पड़ना चाहिए।” रिया ने सहमति की फुसफुसाहट के जवाब में विश्वासपूर्वक घोषणा की। वह जानती थी कि इस मामले पर सहमति होना मायने रखता है ताकि चीजें आगे बढ़ सकें।

बैठक बिना असहमतियों के समाप्त हो गई। रिया बाहर आई। बरसात अभी भी हो रही थी। ऐसा लगता था कि मार्च के महीने में लगातार हो रही बरसात के भार तले शहर दम तोड़ देगा।

बायो इन्फोटैक सेंटर जाने के लिए एक स्पीड ट्रेन में सवार होते हुए रिया ने ऊपर से नीचे तक पानी में डूबे हुए शहर को देखा। ऊपर से शहर वैसा ही लगता था; उस पर कोई भी रेखाएँ या सीमा रेखा खिंची हुई नहीं थीं। फिर भी रिया अच्छी तरह से जानती थी कि कहाँ की गलियों और ब्लॉकों से मेंस अरेना, मर्दों का पाला, जहाँ मर्द लोग बसे हुए थे, शुरू होता है। यह सेंटर मर्दों के पाले से परे था। वह स्टेशन पर उतर गई और जबकि ट्रेन उस तरफ तेजी-से चली गई, जहाँ कुछ मर्द और औरतें अभी भी एक छत के तले रहा करते थे। वे किसी और युग से नाता रखते थे।

आर्यन ट्रेन से उतरा, एस्केलेटर से नीचे आया और शान्त गली से होता हुआ अपने घर की तरफ बढ़ गया। ढलती दोपहर की पीली धूप में उसका घर शान्त लग रहा था, जबकि यूनिवर्सिटी में बहुत शोर-शराबा था। हवा में थोड़ी ठंडक बसी हुई थी। हालाँकि जून के अन्त का समय था, फिर भी ग्रह पर मौसम को पहचाना नहीं जा सकता था। उसका कोट आसपास के तापमान के हिसाब से उसको गरम कर रहा था। आर्यन धीरे-धीरे चल रहा था। उसने अपने बर्फ जैसे सफेद बालों पर टोपी को और खींच लिया।

घर के अन्दर उस कमरे का दरवाजा खुला हुआ था, जहाँ माया संगीत का रियाज करती थी। संगीत-रचना की कुछ मनभावन रागिनियाँ आसपास हवा में तैर रही थीं। आर्यन दरवाजे तक गया और उसने भीतर झाँका। माया खिड़की के पास बैठी हुई थी और शान्त दोपहर को देख रही थी। केवल उसके दिलो-दिमाग में बसी वह अब उसके जीवन में आ गई थी। दोनों एक ही घर में एक साथ रहते थे और वहाँ एक ऐसे स्पेस का निर्माण करते थे, जहाँ तारे और संगीत के नोट्स अनुभवों के मिले-जुले रूप को आकार देते हुए एक साथ रहते थे।

आर्यन माया के पास गया और उसके कन्धे पर अपना हाथ रख दिया। माया ने अपने गर्म हाथ से उसका ठंडा हाथ ढका और पूछा, ‘बाहर ठंड है क्या?’

"बहुत ज्यादा। मैंने हेल्प से थोड़ा सूप बनाने के लिए कहा है। संगीत अच्छा है। क्या कोई नई संगीत-रचना की है?"

आर्यन माया के पास बैठ गया और खिड़की से बाहर देखने लगा। दिन गहरा होता जा रहा था।

"याद करो आर्यन, एक ऐसा भी समय था जब तुम मेरे किसी भी कार्यक्रम में नहीं आते थे और एक संगीत-रचना को दूसरी संगीत-रचना से अलग नहीं पहचानते थे। अब अपने-आपको देखो। तुम सीखने लगे हो।"

"अच्छी बात है न? तुम हमेशा कहा करती थी कि मुझे नई और अलग चीजों में कोई दिलचस्पी नहीं है, इसलिए मैं अपने-आपको थोड़ा बदल रहा हूँ। क्या तुम्हें मालूम है कि 22 जुलाई को सूर्य-ग्रहण है? लगभग वैसा ही होगा जैसा 2186 में आया था। क्या तुम आना चाहोगी और यूनिवर्सिटी ऑब्जर्वेटरी में देखना चाहोगी? हम इस बात को स्पष्ट कर दें कि तुम यह अपनी आँखों से देखो, न कि किसी और आभासी या अन्य तरीके से, जिनका आजकल लगातार आविष्कार हो रहा है।"

माया हँसी, "हम 2204 में हैं आर्यन, और कोई भी व्यक्ति अपने दिए गए संवेदनशील अंगों के कुछ भी अनुभव नहीं करता।"

आर्यन सोफे में और धँस गया और लम्बी साँस भरी, "क्या तुम इस बात को लेकर कभी हैरान होती हो कि अभी भी हम लोग जीवित हैं माया? दुनिया हमारे बिना निश्चित रूप से आगे चली गई है, क्योंकि हमारे पास हमेशा के लिए जीवित रहने की टेक्नोलॉजी है, हमें ऐसा करना जरूरी नहीं... ।"

माया चुप रही। यह कैसा आलंकारिक सवाल था, जो अक्सर आर्यन की तरफ से आता था। नया ग्रह ईलोन मानवता को देने के बाद उसने और कोई सपना नहीं पाला था। इसमें कुछ रुचिकर चीजें थीं और थोड़ा-सा अनुसन्धान का काम किया था, लेकिन तब उसने उसे एक अल्मारी में रख दिया था ताकि भविष्य में कोई उसे वहाँ से ले जाए। धरती पर जो विकास हुए थे, उनमें कहीं अधिक मानवता थी।

दूसरी तरफ, उसके पास अभी भी बहुत कुछ है, जिसके लिए वह जी रही थी। उसका संगीत, आर्यन के साथ होना और वे सारी सफलताएँ, जिनके द्वारा टेक्नोलॉजी उनके अस्तित्व को ही बदल रही थी। ये सब उसे आकर्षित करते थे। माया को वे सारी चीजें अच्छी लगती थीं जो टेक्नोलॉजी देती थी, उसकी संगीत-रचना में और उसके जीवन में। वह ऐसा महसूस करती थी मानो उसने एक साथ हजार अलग-अलग जीवन जी लिए हों।

माया ने आर्यन का हाथ थामा। इस तरह से उसे हमेशा गर्मी और नजदीकी का एहसास होता था। माया ने अपना सिर आर्यन के कन्धे से टिका लिया और वे धूल के गुबार में दिन को समाता हुआ देखते रहे।

"मैंने यूनिवर्सिटी में एक अजीब चीज देखी, माया। हमारी क्लासेस से, वास्तविक और आभासी, दोनों से और अधिक औरतें पढ़ाई छोड़ती जा रही हैं। अगर यही हाल रहा तो केवल युवक क्लास में बचे रहेंगे।" आर्यन ने अपनी चिन्ता माया के सामने व्यक्त की।

माया आर्यन के कन्धे में दुबकी उनींदा महसूस कर रही थी। बाहर रात शुरू हो रही थी और दूर कहीं आकाश में बत्तियाँ चमक रही थीं। सब कुछ सामान्य और रूटीन लग रहा था, लेकिन अब कुछ भी पहले जैसा नहीं रहा था।

"आर्यन, तुम्हारी यूनिवर्सिटी स्ट्रीट 175-359 के बीच में है। क्या तुम नहीं जानते कि यह क्षेत्र धीरे-धीरे उस क्षेत्र में बदलता जा रहा है जहाँ सिर्फ मर्द रह सकते हैं और काम कर सकते हैं।" कई बार माया हैरान होती थी कि क्या आर्यन सचमुच नहीं जानता था या उन सारे परिवर्तनों की अनदेखी करना पसन्द करता है जो उसके आसपास घट रहे होते हैं।

अब, कमरे में उसकी एक पुरानी संगीत-रचना तैर रही थी। आर्यन ने अपनी आँखें बन्द कर ली थीं। इन दिनों वह अक्सर ऐसा ही कर लेता था। माया उसे देखती रही। वह बैठा हुआ था, शान्त और स्थिर। उसका चश्मा उसके सिर पर टिका हुआ था। प्रकृति के साथ खिलवाड़, जो दुनिया का एक नया सिलसिला था, उसे बुरी तरह से परेशान करता था।

माया के ट्रिन बैंड पर रिया की तरफ से एक सन्देश आया। वह अपनी आराम की स्थिति से अचानक चौंककर बाहर आ गई। रिया ने उसे बहुत अरसे के बाद सन्देश भेजा था। लम्बे रेशम जैसे बालों वाली उसकी लापरवाह बेटी, जो प्यार और जुनून के साथ पैदा हुई थी, अब गायब हो गई थी। टेक्नोलॉजी ने बीच रास्ते में उसका अपहरण कर लिया था और उसे अपने आगोश में समा लिया था। रिया इस नई व्यवस्था के टीम लीडरों में से एक थी। यह व्यवस्था धीमे-धीमे, लेकिन मजबूती से उभरकर आ रही थी।

"गाइनके केन्द्र में इन्क्यूबेशन प्रोसेस शुरू हो गई है। कुछ ही महीने बीतने के बाद वह वहाँ होगी। मुझे लगा कि तुम्हें जानना अच्छा लगेगा!"

कुछ ही सेकेंड के भीतर कई विचार और अनेक दृश्य एक फिल्म की रील की तरह उसके दिमाग में आ गए। रिया किसी दूसरी शताब्दी में उसकी थकी हुई गोद में खुशियों की पोटली-सी; रिया बड़ी होती हुई, मुस्कुराती हुई घुटने चलने वाली लड़की, एकदम सबसे अलग; रिया एक ऐसी औरत जिसकी भौंहों पर शिकन नजर आती थी, एक ऐसी दुनिया में बदलती हुई रिया, जहाँ परिवर्तन इस गति से होता था कि जीवन की सारी खुशियों को दरकिनार कर देता था। रिया, एक ऐसी लड़की जो अमरता तक की सीढ़ी पर पहुँचने के लिए क्लोनिंग का जश्न मनाती थी। रिया, एक ऐसे समय पर मैच्योर हुई थी, जब सन्तान उत्पत्ति के लिए मर्द और

औरतों ने एक-दूसरे की तरफ देखना बन्द कर दिया था। रिया ने कभी क्लोन नहीं कराया था, क्योंकि वह खुद बच्चे को पालना नहीं चाहती थी और आज की रिया जो खुद बेसब्री से इन्क्यूबेटर से अपने क्लोन के आने का इन्तजार कर रही थी। अब इन्क्यूबेटर सृजन का काम अपने हाथ में ले चुका था और औरतों को इस काम से मुक्ति दे दी थी ताकि वे धरती पर अपना अधिकार जमा सकें।

माया मजबूती से आर्यन का हाथ थामे रही। वह सोफे पर अपना सिर टिकाए सो रहा था। माया ने महसूस किया कि रिया ने कभी भी इस मामूली खुशी को महसूस नहीं किया होगा। दरअसल, उसने ऐसी बहुत सारी चीजों को अनुभव ही नहीं किया था जो मर्द और औरत के बीच में संवाद को पूरा करते हैं।

उसने अचानक महसूस किया कि उसकी नातिन आ रही है जो पूरी तरह से रिया के सैल में से तैयार की गई है, उसे जैसी कि व्यवस्था थी, इन्क्यूबेटर में प्रोसेस किया गया है। माया वहाँ बैठे हुए अचानक कँपकँपी महसूस करने लगी। वह यह बात सोचकर ही जकड़ गई कि सृजन की प्रोसेस इतने नि:संग भाव से की जा सकती है। माया ने इस बुरे खयाल को झटकने के लिए अपना सिर हिलाया। उसने मुस्कुराती हुई अपनी नातिन का खयाल किया। माया अपनी नातिन के आने की राह देखने लगी। जैसे ही आर्यन जागेगा, वह उसे बताएगी।

सर्दियों के महीनों में जिन्दगी दूभर होती चली जा रही थी। पूरी धरती को बर्फ की चादर ढक लेती थी। यही हाल कई महीनों से चल रहा था। नमी लिये, काटने को तैयार सर्दी बहुत अधिक गर्मी करने वाले उपकरणों और गरम रखने वाले कपड़ों के बावजूद बदन में घुसती प्रतीत होती थी। दोस्ताना चेहरे वाला एक रोबोट, जिसका नाम रिया ने 'नन' रखा था, उसके पाँच बरस की क्लोन एमी का ध्यान रखता था। रिया के छोटे-से अपार्टमेंट में वह बुदबुदाती रहती थी।

रिया एक स्क्रीन के सामने बैठी थी और पुरुषों और औरतों के बीच उन इलाकों के बीच सीमा रेखाएँ तय करने में खोई हुई थी, जहाँ वे रह सकें, काम कर सकें और अपना अस्तित्व कायम रख सकें। तभी एमी आई और उसके पास खड़ी हो गई और स्क्रीन पर झाँकने लगी। कई बार रिया को एमी का चेहरा हू-ब-हू अपने चेहरे की तरह लगता और कई बार लगता वह बिलकुल अलग तरह की है। एमी की तरह अब कई बच्चे जन्म ले चुके थे, अगर इसे जन्म लेना कहा जा सकता। दूसरी तरफ मर्दों ने भी अपने खुद के इन्क्यूबेटर लगा लिए थे। अब दोनों ही अपने-अपने बच्चे पैदा करते थे और उसमें दूसरे के दखल की जरूरत नहीं पड़ती थी। यह एक

ऐसी कार्रवाई थी जो अब तक देखी नहीं गई थी और उनका विश्वास था कि एक बिलकुल अलग तरह की दुनिया की व्यवस्था थी।

कई बार यूँ ही, जब वह पुरुषों के मामले पर विचार करती तो उसे अपने पिता का खयाल आता। कई बरस पहले खेलकूद की किसी गतिविधि में उनकी मृत्यु हो गई थी। वह यह विश्वास करती थी कि एक तरह से उन्हें बख्श दिया गया था। वे जिस तरह की दुनिया में रहते थे, वह बहुत ही आसान थी और एक तरह से बहुत मासूम भी। वह जब भी अपने पिता के बारे में सोचती, उसे माया की याद आती।

उन्हें एक-दूसरे से मिले बहुत अरसा हो गया था। उसे अभी भी विश्वास नहीं था कि माया और आर्यन एक साथ रहते हैं। वे आज के दिन और युग के लिए बिलकुल सम्प्रदायवादी थे।

बाहर तेजी-से बर्फ पड़नी शुरू हो गई थी। अपने अपार्टमेंट की खिड़की से रिया को ऐसा लगता था मानो बाहर एक सफेद चादर तान दी गई हो। रिया ने मौसम की पूर्व घोषणा की जाँच की। यह कयामत के दिन की चेतावनी की तरह लग रही थी। सूर्य अगले कई दिनों तक गायब रहेगा, परेशान करने वाले और कभी न खत्म होने वाले बादलों के पीछे छुपा रहेगा। एमी कमरे में गोल-गोल चक्कर काट रही थी और नन उसके पीछे-पीछे घूम रहा था।

"तुम दूसरे कमरे में जाओ।" रिया ने आदेश दिया। उसे थोड़ी देर के लिए शान्ति और अकेलेपन की जरूरत थी ताकि वह ध्यान से चिन्तन कर सके। नन तुरन्त दरवाजे के पास गया और इन्तजार करने लगा कि एमी उसके पीछे-पीछे आए। एमी ने इधर-उधर दौड़ना बन्द कर दिया। पहले नन की तरफ और फिर रिया की तरफ देखा और फिर उसने मजबूती से सिर हिलाया और कमरे में चक्कर काटने लगी। वह शरारतपूर्ण तरीके से मुस्कुरा रही थी।

एक ठंडी साँस भरकर रिया ने अपना ध्यान वर्कस्टेशन की तरफ लगाया। पिछले दशकों में कई उपद्वीप और इलाके जल में समा गए थे। जमीन और पहाड़ियाँ बदल रही थीं। रिया बढ़ते हुए जलस्तर के बारे में अद्यतन रिपोर्ट को स्कैन कर रही थी कि तभी एक बीप बजी और उसके नेटवर्क पर उसकी रुचि का कोई समाचार आने की खबर मिली। रिया ने बॉक्स पर क्लिक किया। मर्द घोषणा कर रहे थे कि उन्होंने तय कर लिया है कि वे ईलोन नाम के नक्षत्र पर मानवता के लिए सम्भावित भावी घर के बारे में अनुसन्धान करेंगे। इस ग्रह का पता कुछ दशक पहले चला था। इस सारे समय के बाद अभी भी मर्द अपने-आप को मानव मात्र के रूप में मानते थे और सम्बोधित करते थे। तभी एक बात उसके दिमाग में आई और वह जम-सी गई। ईलोन—यह वही ग्रह था जिसकी खोज कई बरस पहले आर्यन ने की थी। वे इसके बारे में लगभग भूल चुके थे और अब मर्दों ने उसे फिर से जीवित कर दिया था।

रिया ने पीठ सीधी की और इसके बारे में सोचा। वह जानती थी कि जिस ग्रह की खोज आर्यन ने की थी, वहाँ जीवन सम्भव था। धरती पर जितनी भी समस्याएँ सामने आ रही थीं, क्या उनका हल ईलोन था?

आर्यन को ईलोन पर अनगिनत चर्चाओं और बातचीत के लिए बुलाया जाता था। ईलोन दूर कहीं आकाशगंगा में वह विशाल ग्रह था, जिसकी खोज आर्यन ने की थी। शुरू-शुरू में वह बहुत उत्साहित था, एक तरह से खुश, लेकिन जैसे-जैसे चर्चाएँ आगे बढ़ती गईं, निराशा उस पर तारी होती चली गई।

उस दिन भी स्क्रीन पर लगभग दो घंटे बिताने के बाद वह आराम कर रहा था। जो लोग उससे सवाल पूछ रहे थे, वे रुकते नहीं थे। "हम वहाँ तक कैसे जाएँगे?" उनकी सबसे बड़ी चिन्ता यही थी। आर्यन ने उन्हें बार-बार बताया था कि उसने कोई स्पेसशिप नहीं बनाया है और न ही वह जानता है कि स्पेसशिप कैसे बनते हैं। वह केवल ग्रह का काम देखता है। ग्रह की लोकेशन के को-आर्डिनेट और उसके अनुसन्धान बहुमूल्य वस्तु बन गए थे और वे पुरुषों द्वारा ले लिए गए थे।

आर्यन अपने बिस्तर पर लेट गया। वह थका हुआ था और चुक गया लगता था। आकाशगंगा और उसमें बाएँ कोने में बहुत दूर एक छोटा-सा नीला पिंड, यह तस्वीर सामने की दीवार पर टँगी हुई थी।

यह अपने-आप में मजाक था। इस तस्वीर को देखना उसे अद्भुत शान्ति के एहसास से भर रहा था, जबकि ईलोन ही सारी समस्याओं की जड़ था। इन सारी चर्चाओं के दौरान यह बात साफ थी कि मर्द जो कुछ ईलोन के बारे में सोच रहे थे, यह मानकर चल रहे थे कि यह ग्रह केवल मर्दों का है और औरतों का उस पर कोई हक नहीं है। इस सोच ने आर्यन को बुरी तरह से व्यथित कर दिया था। यह कोई तरीका नहीं था कि मर्दों और औरतों के बारे में इस तरह से सोचा जाए। मर्द और औरत ब्रह्मांड की खोज की यात्रा में एक-दूसरे के भागीदार थे, न कि प्रतिस्पर्धी। चीजें शान्त हो जाएँगी और सामान्य की तरफ लौटेंगी, हमेशा ऐसा ही होता था। उसकी सिर्फ यही उम्मीद थी।

बाहर तेज हवाएँ गरज रही थीं, जो उसकी बेचैनी को बढ़ा रही थीं। घर के सिस्टम ने घोषणा की कि माया घर में आ चुकी है और उसके साथ एमी है।

आर्यन तेजी-से उठा। उसे अच्छा लगता था जब भी एमी आती थी। दूसरी तरफ रिया ने उसकी उपेक्षा करना शुरू कर दिया था। वह उनके घर बहुत कम आती थी। लेकिन कभी वह आ भी जाए तो हमेशा ऐसा लगता कि अपने कन्धों

पर कोई भारी बोझ लिये हुए है। एमी अब पन्द्रह बरस की हो चली थी। वह उनके आसपास होने वाले सारे परिवर्तनों के लिए एक खिड़की थी। वह होशियार थी और हमेशा प्रश्न पूछती रहती थी। उनके जीवन में आसपास जितने भी उपकरण लगे थे, उनमें उसे दक्षता हासिल थी।

मदद के उपकरण के एक सुधरे हुए संस्करण ने पूरे घर में आवाज करना शुरू कर दिया था। वह खाने की मेज लगा रहा था। जब आर्यन डाइनिंग एरिया में पहुँचा तो एमी और माया पहले ही मेज पर बैठ चुकी थीं। माया उसे देखकर मुस्कुराई, जबकि एमी अपनी हथेली पर लगे छोटे-से स्क्रीन को देखने में व्यस्त थी। यह स्क्रीन उसकी छोटी उँगली में लगे चिप से एक्टिवेट होता था। जैसे ही खाना लगाया गया, उसने अपने कानों से लगे उपकरण को अलग किया, हथेली की स्क्रीन को बन्द किया और आर्यन से पूछा, "सचमुच आप ही ने ईलोन की खोज की थी? यह वही ग्रह है न जिसके बारे में आजकल लोग हर समय बात करते रहते हैं? क्या यह सच है कि जैसा कि हम जानते हैं, वहाँ जीवन सम्भव है?"

"हाँ, एमी, वहाँ जीवन सम्भव है, लेकिन तुम्हें इतना संदेह क्यों हो रहा है?"

"मैं सिर्फ इसलिए हैरान हो रही हूँ क्योंकि चंद्रमा पर या यहाँ तक कि मंगल पर भी कॉलोनियाँ बनाने के सारे प्रयास असफल रहे थे। दरअसल, धरती के भी प्रतिरूप, रेप्लिका आसपास पाए गए थे, वहाँ भी जीवन सम्भव कहाँ हो पाया है? इसलिए यह भी तो हो सकता कि वहाँ भी ऐसा कुछ न हो। मैं इसीलिए पूछ रही थी।" एमी ने कन्धे उचकाए। आर्यन ने मेज के दूसरी तरफ माया की तरफ देखा। वह अपने खाने की तरफ ध्यान दे रही थी। आर्यन इस विषय पर और अधिक बात नहीं करना चाहता था। इसलिए वह इन्तजार करता रहा कि माया विषय बदले।

"एमी, रिया से कहो कि कभी आकर मिले। वह काफी अरसे से हमसे मिलने नहीं आई है।" माया ने कहा।

"रिया ईलोन पर जाने का कोई रास्ता तलाश करने की जुगत बढ़ा रही है। पुरुष भी यही काम कर रहे हैं। नहीं क्या?" एमी ने आर्यन की तरफ सीधे देखते हुए कहा।

आर्यन ने ठंडी साँस भरी, "मुझे ऐसा ही लगता है। हमेशा लोग उसके रूट के बारे में पूछते रहते हैं, तो ऐसा हो सकता है।"

मेज पर दोबारा मौन पसर गया।

"सही बात है, क्योंकि आप मर्द हैं तो तय है कि आप मुझे सच नहीं बताएँगे।" एमी ने बिना लाग-लपेट के कहा और मेज से उठ गई। सोफे पर पसरते हुए उसने हथेली की स्क्रीन को दोबारा ऑन कर दिया। माया और आर्यन ने चुपचाप अपना खाना खत्म किया। माया उठी और आर्यन के पास से गुजरते हुए उसके बालों में अपनी उँगलियाँ फिराईं। फिर वह एमी के पास जाकर बैठ गई। आर्यन अपने कमरे में लौट गया।

"एमी, तुम क्या देख रही हो?" माया ने उसका ध्यान अपनी ओर खींचते हुए कहा।

एमी ने आसपास देखा। जब उसे विश्वास हो गया कि आर्यन सुन पाने की दूरी पर नहीं है, उसने कहा, "वे बुली का दिमाग मशीन पर इस्तेमाल कर रहे हैं। आपको याद है बुली? वह स्पेस साइंटिस्ट थी। वे स्पेसशिप बनाने के लिए तरीके खोजने की कोशिश कर रहे हैं ताकि वे ईलोन की यात्रा कर सकें।"

माया को बुली की याद आई। आर्यन और बुली ने कई काम एक साथ मिल कर किए थे, लेकिन पाँच बरस पहले बुली उन कुछ लोगों में से थी जो मशीन के साथ मर्ज हो गए थे।

माया ने बहुत अरसे से मर्जर के बारे में नहीं सोचा था। इस समय उसका जीवन पूर्ण था और वह सन्तुष्ट थी।

कमरे में लाइन से लगी हुई आरामकुर्सियों पर आँखों को भाने वाली रौशनी आ रही थी। कमरे में पूर्ण रूप से शान्ति थी, क्योंकि जो औरतें वहाँ मौजूद थीं, वे या तो अपने हथेली के स्क्रीन पर व्यस्त थीं या मेज पर लगे छोटे स्क्रीन पर व्यस्त थीं। रिया एक बड़ी-सी खिड़की के पास खड़ी थी, उसके हाथों में वाइन का एक गिलास था और वह सौवीं मंजिल से नीचे शहर की तरफ देख रही थी। रिया को इस वाइन बार में आना अच्छा लगता था। वह नीचे रोशनियों को देखती, तेज गति की ट्रेन देखती जो धमनियों की तरह पूरे शहर को जोड़ती थीं। शहर, जो लगातार ऊर्ध्वाधर तरीके से बढ़ रहा था।

तीन दिन पहले कुछ औरतों पर उस वक्त एक भयानक हमला हुआ था जब वे मर्दों के इलाके से जा रही थीं। इससे दोनों तरफ भय की लहर दौड़ गई थी। सुरक्षा के सारे उपकरण, लगातार चलने वाली निगरानी और खतरनाक हथियार,जो दोनों तरफ तुरन्त उपलब्ध थे, कई सदियों से झगड़े रोकने में बहुत काम आते रहे थे।

रिया अपने-आपको थका हुआ महसूस कर रही थी। पिछले दो दिन नेटवर्क पर आभासी रूप में मर्दों के साथ चर्चा करने में खप गए थे। किसी बड़े टकराव की आशंका से बचते हुए अलग-अलग रहने के नियम और मजबूत कर दिए गए थे। पहले जगहों और संसाधनों का जो अनौपचारिक विभाजन हुआ करता था, अब उसे औपचारिक रूप से बाँट दिया गया था।

घने लहराते बादल जो गुस्से में और घनघोर बरसात की वजह से भारी लग रहे थे, आकाश में चहलकदमी करते नजर आ रहे थे। मौसम के साथ लड़ते हुए

कई सदियाँ बीत चली थीं। उनका जीवन दो तरह के संघर्षों तक सीमित रह गया था। पहला संघर्ष पुरुषों के साथ था और दूसरा संघर्ष मौसम के साथ। रिया एक आरामकुर्सी में बैठी वाइन के घूँट भरती रही। एक रोबोट तत्परता से उसके पास आया और गिलास में कुछ और वाइन डाल गया। वह शून्य में निहारती रही। यह तय था कि दोनों पक्षों के हाथों से समय फिसलता चला जा रहा था। धरती के बारे में सभी पूर्व घोषणाएँ तेजी-से लगातार बदलती जा रही थीं।

समय—अब मानवों के पास बहुत समय था, लेकिन बहुत हद तक धरती का समय हाथ से छूटा जा रहा था।

आर्यन अपने घर के पास अंडाकार एयर कार से उतरा। उसे चक्कर आ रहे थे। एयर कार कुछ देर तक चारों ओर मँडराती रही और फिर ऊपर चली गई। आर्यन घर के अन्दर घुसा। यह उनका व्यक्तिगत स्पेस था। बाहर की दुनिया, जबकि लगातार बदलती जा रही थी, आर्यन और माया अपनी दुनिया को सुरक्षित बचाने में लगे हुए थे। घर का अपनापन उसे हमेशा शान्त रखता था। जब आर्यन कमरा पार करके अपनी पसन्द की कुर्सी तक आया तो उसने शीशे में अपनी परछाईं देखी। वह नजदीक आया और बेहतर नजर आने की कोशिश करते हुए अपने चश्मे को एडजस्ट किया। उसके बाल बिखरे हुए थे। हमेशा की तरह उसकी आँखें थकी हुई लग रही थीं। वह आदिमानव की तरह लग रहा था, जो अन्तहीन जीवन में फँस गया हो। वह जीवित होकर आखिर कर क्या रहा था? उसे हैरानी हुई।

"भूख लगी है क्या? कितना अच्छा दिन है और वह भी कितने दिनों के बाद आया है!" माया अपने संगीत-कक्ष से पुकार रही थी।

आर्यन अपना ही सवाल भूल गया और उसे अपनी रीढ़ की हड्डी में कँपकँपी महसूस हुई। ईलोन ग्रह से नाता रखने वाले मर्दों के समूह ने उसे बुलाया था। हालाँकि उनका तौर-तरीका धमकी देने वाला या हड़काने वाला नहीं लग रहा था, फिर भी उनका व्यवहार निश्चित रूप से डराने वाला था। उसे आदेश दिया गया कि वह मर्दों वाले इलाके में चला जाए क्योंकि वे इस बात से डरते थे कि वह ईलोन के को-आर्डिनेट दे डालेगा। जिस समय आर्यन कुर्सी पर बैठा हुआ था और सबको देख रहा था, उसे हैरानी हो रही थी कि क्या उनमें से किसी ने कभी औरत को जाना था चाहे सरसरी निगाह से ही क्यों न हो। बेचैन, महत्त्वाकांक्षी और एकांगी सोच वाली मर्दों की फसल ईलोन में कॉलोनियाँ बनाने की योजनाएँ बना रही थी

और वह भी अकेले-अकेले। ईलोन—आर्यन को अब अपनी उस खोज के लिए कोई स्वामित्व की भावना या गर्व की अनुभूति नहीं रह गई थी।

हेल्प रोबोट डिनर के लिए मेज लगा रहा था। आर्यन संगीत के कक्ष में गया। माया उसकी तरफ देखकर मुस्कुराई। वह अपने वर्कस्टेशन पर झुकी हुई थी। क्या वह माया को बताए? लेकिन वह आखिर उसे क्या बताएगा? माया उठी और दरवाजे के पास वहाँ तक आई जहाँ वह खड़ा था। माया ने उसे गले लगाया और उसे लेकर डाइनिंग टेबल तक लाई। इस खूबसूरत सूर्य वाले दिन पर अँधेरा छाने लगा था।

"तुम्हारी आज की बैठक कैसी रही? तुम्हें वहाँ क्यों बुलाया गया था? और इस बैठक को नेटवर्क पर ही क्यों नहीं किया गया?" माया ने पूछा। हेल्प खाना लगा रहा था।

ठीक इसी वक्त आर्यन ने तय किया कि वह माया को बताएगा।

"माया" कहकर अचानक वह वहीं पर रुक गया। ठीक उसी वक्त दरवाजा खुला और रिया अन्दर आई। माया का चेहरा दमक गया। वह उठी और अपनी बाँहें फैलाईं ताकि रिया को गले से लगा सके, लेकिन रिया माया की बाँहों में समाने के बजाय उसे चकमा देती हुई मेज की तरफ बढ़ गई। यह आखिरी बार था जब आर्यन ने माया को अपनी बच्ची को गले लगाने के लिए आगे बढ़ते हुए देखा था।

"तुम कई बरस के बाद घर आई हो, रिया। तुम कितनी अलग दिख रही हो? आओ, हमारे साथ डिनर करो।" माया ने शान्ति से कहा।

रिया अजीब तरीके से बैठ गई और हेल्प से एक प्लेट ली।

"एमी कैसी है? वह भी काफी लम्बे अरसे से यहाँ नहीं आई है।" माया ने बातचीत से समय के अंतराल को भरने की कोशिश की।

रिया ने माया के बजाय आर्यन से बात करने की पहल की, "मुझे ईलोन के को-ऑर्डिनेशन दो, आर्यन।" उसने माँग की। कई वर्षों के बाद घर आने के बाद उसके ये पहले शब्द थे। इस वाक्य को कहने के साथ रिया बाहर की दुनिया में चल रही खटपट को घर के भीतर ले आई। बाहर जो भी संघर्ष और गुस्सा चल रहा था, वह घर के अन्दर आकर मेज पर इन तीनों के बीच पसर गया था। आर्यन हक्का-बक्का रह गया।

"रिया, तुम्हारी राजनीति मेरी डाइनिंग टेबल पर नहीं चलेगी।" माया ने स्पष्ट किया।

"माया, जिसे तुम राजनीति कहकर दरकिनार कर रही हो, दरअसल वह आज के संसार की वास्तविकता है। क्या तुम जानती हो कि तुम दोनों उन थोड़े-से लोगों में से हो, जिन्हें एक साथ रहने के लिए अनुमति मिली हुई है? क्या तुमने अब तक इस बारे में रुककर सोचा है कि क्यों? यह सिर्फ इसलिए है कि तुम मेरी माँ हो। आर्यन केवल इसीलिए जिन्दा है क्योंकि मर्द सोचते हैं कि उन्हें ईलोन के लिए उनकी असफल तलाश में कभी उसकी जरूरत पड़ सकती है।" रिया ने लम्बी साँस

ली और कहना जारी रखा, "यह सवाल जीवित रहने का है। अगर जीवित रहने के लिए तुम कोई रियायत चाहती हो तो बदले में तुम्हें कुछ वापिस देना पड़ेगा।" रिया का बिना मुस्कुराहट वाला और कड़ा चेहरा उस लड़की से कहीं नहीं मिलता था, जिसे आर्यन कई वर्षों से जानता था।

कुछ ही पलों के अंतराल में माया के चेहरे पर जीवन भर की भावनाएँ आ गईं, कृतज्ञता, धोखा, झटका, एक-दूसरे को समझना, स्वीकार करना और उसके बाद प्यार उसके चेहरे पर आ गया। रिया आर्यन की तरफ अपने सवाल के जवाब का इन्तजार करते हुए देख रही थी।

"अपना खाना खत्म कर लो, रिया। तुम जानकारी हासिल करने के लिए हमारे सम्बन्धों का इस्तेमाल नहीं कर सकती।" इस मामले पर माया ने अपना फैसला सुनाया।

रिया ने अभी तक अपनी प्लेट में कुछ भी नहीं लिया था। वह खड़ी हो गई, "यह इस बातचीत का अन्त नहीं है,बल्कि शुरुआत है। मैं किसी रिश्ते के पीछे नहीं छुप रही हूँ, माया। तुम ही ऐसा कर रही हो। तुम इस बात को जितनी जल्दी महसूस करोगी, उतना ही बेहतर है।"

दरवाजा उसके पीछे धम्म-से बन्द हो गया। उन्होंने एक एयर कार के रुकने की आवाज सुनी और वह रिया को ले उड़ी। वह अपने पीछे अनिश्चितता और भ्रम का जाल कमरे में टँगा हुआ छोड़ गई थी।

रात को आर्यन अपने बिस्तर में लेटा हुआ था। उसकी आँखें बन्द थीं, लेकिन वह पूरी तरह से जागा हुआ था। दिन की आवाजें उसके दिमाग में गूँज रही थीं। आधी रात को माया उसके कमरे में आई। रिया जो कुछ कमरे में छोड़ गई थी, उसके बारे में उन दोनों ने कोई भी बात नहीं की थी।

"जरा मेरी पीठ उसी तरह से सहलाओ, जैसा मुझे अच्छा लगता है।" आर्यन ने करवट लेते हुए कहा।

माया ने उसे गले से लगाया, उसकी पीठ को सहलाया और दोनों गहरी नींद में चले गए।

अगली सुबह आर्यन संगीत-कक्ष में गया। माया वहाँ पहले से थी। वह काँच की खिड़की से बाहर देख रही थी। दिन बरसात-भरा होने वाला था और धुँधला रहने वाला था, जैसी कि घोषणा की गई थी। अँधेरा और उदास करने वाला दिन रहने वाला था।

बिना किसी भूमिका के आर्यन ने कहा, "माया, मैं तुम्हें शाम तक ईलोन के को-आर्डिनेशन दे दूँगा और मर्दों वाले इलाके में चला जाऊँगा।"

आर्यन यह समझ चुका था कि अब उन दीवारों के पीछे चले जाने का वक्त आ गया है, जिन्हें खड़ा किया गया है। वह एक मर्द था और माया एक औरत

थी। इस नई दुनिया में उनके रास्ते अलग-अलग थे। यह दुनिया उनके जीवन को ओवरटेक कर रही थी। माया ने अपने पास के सोफे की तरफ इशारा किया। आर्यन बैठ गया और माया ने अपनी उँगलियाँ उसकी उँगलियों में फँसा लीं।

"आर्यन, यह उन लोगों के बीच की लड़ाई है जो हमसे बिलकुल अलग तरह के हैं, हालाँकि वे हमसे ही पैदा हुए हैं। चलो, जो स्मार्ट हैं, उन्हें जीतने दो। मैं न तो मर्दों की तरफ हूँ और न ही औरतों की तरफ। मैं जीवन के लिए हूँ और हम दोनों के बीच ईलोन के पते-ठिकाने का मामला अब एक बन्द अध्याय हो गया।"

वे दोनों काफी देर तक वहाँ बैठे रहे। आर्यन के फैसले का दूसरा हिस्सा उन दोनों के बीच एक धागे की तरह लटक रहा था। यह धागा उन्हें एक साथ अलग भी कर रहा था और उन्हें जोड़ भी रहा था।

साथ वाले कमरे में तारा रो रही थी। टिओनी उसे सँभालने के लिए उस कमरे में गई। हैप उसके लिए खाने के लिए कुछ लाया और तारा व्यस्त हो गई। इवी वर्कस्टेशन पर बैठी रही और टिओनी तारा की देखभाल करती रही।

खिड़कियों के बाहर दोपहर का सूर्य चमक रहा था। कमरे में चारों तरफ सूर्य की किरणें इस तरह से फैली हुई थीं, मानो सुनहरी धागे की कशीदाकारी की हो।

"माया, क्या तुम मौजूद हो?" टिओनी ने वापिस आने पर पूछा। वह खिड़की के पास अपनी कुर्सी पर बैठ गई। इवी खड़ी हुई, अपनी बाँहें फैलाईं और अन्दर आती धूप के साथ खेलने लगी। सिस्टम से आ रही हम की आवाज से पता चल रहा था कि माया जा चुकी है।

"क्या तुम्हें लगता है कि सीनी को यह सब पता था कि मर्द और औरत धरती पर एक साथ रहते थे और बाद में अलग हो गए थे? धरती के धीरे-धीरे नष्ट होने की बात? यह क्यों हुआ और कैसे हुआ? अगर हाँ, तो उसने यह बातें तुमसे शेयर क्यों नहीं की? टिओनी, क्या उसने यह बात किसी और से शेयर की थी? क्या इसीलिए उसे ले जाया गया था?" इवी ने पूछा।

टिओनी यह उम्मीद कर रही थी कि माया लौटेगी और कहानी पूरी करेगी। मर्दों और औरतों के बीच के आपसी रिश्ते बहुत अलग लग रहे थे। ईलोन में इस बात की कल्पना भी नहीं की जा सकती थी। यह दिलचस्प कहानी उनके जीवन में कहीं पर फिट नहीं बैठती थी।

"हमारे लिए पुरुष हमेशा दूसरी तरफ रहने वाली प्रजाति के लोग रहे हैं। जो बात माया बता रही है, मुझे नहीं लगता कि दोनों तरफ किसी को भी इसके बारे

में कुछ याद होगा। दरअसल, यह बात मायने नहीं रखती।" टिओनी ईलोन की वास्तविकता के नजरिए से देखने की कोशिश कर रही थी।

"हो सकता है, तुम सही कह रही हो, लेकिन जो भी धरती पर हुआ था, वह महत्त्वपूर्ण था।" इवी अभी भी भ्रम में थी और अतीत में चक्कर काट रही थी।

"यह सब कुछ जानने से चीजें कैसे बदल जाएँगी, इवी? धरती पर मर्द और औरत के बीच में जो भी जुड़ाव रहे हों, अब हम उसके हिस्से नहीं हैं। अतीत को जानने से कुछ भी कैसे बदल जाएगा? क्या यह हमारा वर्तमान या हमारा भविष्य बदल सकता है?" टिओनी, जो अतीत में इतनी अधिक रुचि रखती थी, उसे छोड़ना चाहती थी।

"मैं सहमत हूँ। मैं यह बात नहीं कह रही कि उससे चीजें बदल जाएँगी। बदल सकती भी नहीं, क्योंकि अतीत जा चुका है, लेकिन आखिरकार हमें यह बात स्वीकार कर लेनी चाहिए कि हम उन्हीं प्रजातियों में से एक हैं।" इवी यह बात कहकर चुप हो गई। वह यह महसूस कर रही थी, यह बात उसी पल में उसकी समझ में आई थी। पुरुष, जिनके शरीर अलग-अलग थे, अनिवार्य रूप से वे उनके जैसे ही थे।

"इस बीच लम्बा समय बीत चुका है, इवी। इस समय उन लोगों के साथ जो कई जैक पहले धरती पर रहा करते थे, खुद को रिलेट करना सम्भव नहीं है।" खिड़की के बाहर देखते हुए टिओनी ने कहा।

"जरा कल्पना करो, टिओनी। अगर हम पुरुषों को नष्ट कर दें, जैसाकि हम अतीत में भी करते रहे हैं, तो हम इस दुनिया में बिलकुल अकेले रह जाएँगे। हमारे जैसे वे ही जीवित लोग हैं, जिनके बारे में हम जानते हैं।"

वे दोनों चुप हो गईं। कमरे में रौशनी कम होने लगी, जैसे कोई कपड़े को खींच कर ले जा रहा हो।

"हम मर्दों को नेस्तनाबूद करने के बारे में कहाँ सोच रही हैं, इवी! ये मर्द ही हैं, जो हमारे खिलाफ खिचड़ी पका रहे हैं। हमें अपने-आप को बचाना होगा।" तभी बाद में खयाल आने पर कहने लगी, "क्या तुम उल्तूर को इस सबके बारे में बताने जा रही हो?"

"नहीं, मैंने अभी तक कुछ तय नहीं किया है। माया की कहानी ने अभी सीनी को ले जाए जाने के बारे में किसी सवाल का जवाब नहीं दिया है।"

इवी टिओनी के पास खिड़की के पास आकर खड़ी हो गई। दोनों बाहर ढलती शाम को देखने लगीं। दूर कहीं क्षितिज में फैंस तैनात थी। यह बात सोचकर भी हैरानी हो रही थी कि उस तरफ रहनेवाले लोग कभी उनके साथ इतनी आत्मीयता से जुड़े हुए थे।

फैसले

पैटिक्स और वल्हन शहर के बाहरी इलाके में एक छोटे-से, लेकिन विशेष डाइनिंग सेंटर में खिड़की के पास बैठे हुए थे। खिड़की के सामने रंगीन फूलों से सजा, हरी घास वाला एक छोटा-सा टैरेस था। इसके पीछे अँधेरे में समुद्र की लहरों की आवाज सुनी जा सकती थी। हालाँकि अन्दर इसकी आवाज नहीं आ सकती थी, फिर भी उसकी मौजूदगी को महसूस किया जा सकता था।

डाइनिंग सेंटर में घूमने वाली एक बैल्ट पर उनका खाना आ गया था। उन्होंने बैल्ट पर से अपने ऑर्डर के किम्पायो सैंडविच और टिबली सॉस लिये और उसके साथ ऐनब के दो गिलास लिये। पैटिक्स ने वल्हन की तरफ देखा। वह खिड़की से बाहर ढलते दिन की तरफ देख रहा था। उसने यह निष्कर्ष निकाला कि अंग बदलने से वह बेहतर हो गया है।

दूरी के बावजूद वल्हन समन्दर की लहरों से नजदीकी महसूस कर रहा था मानो लहरें ठीक उसके पैरों तले टकरा रही हों। गेजर बिल्डिंग में ओडेप के साथ हुई बातचीत में कई मामलों में बात साफ करने में मदद मिली थी, लेकिन वह अभी अपने दिमाग में चीजों को लेकर तय नहीं कर पा रहा था। इमे अभी भी गेजर में था और टाई पर वैकल्पिक घर की सम्भावनाओं के आकलन पर काम कर रहा था।

"तो, गेजर में क्या कुछ चल रहा है? तुम वहाँ क्यों गए थे?" पैटिक्स एक शानदार सोफे पर आराम से बैठते हुए ऐनब के घूँट भरते हुए पूछा।

"कुछ खास नहीं। बस, सामान्य ही। तुम तो जानते ही हो कि वहाँ हाई एल्टीट्यूड की दूरबीन है, तो हम आकाशगंगाओं की तरफ देख रहे थे।" वल्हन प्रश्न को दरकिनार करते हुए बाहर देखता रहा।

पैटिक्स ने अपनी दोनों कोहनियाँ मेज पर टिका दीं। छत की बत्तियों की छाया मेज पर पड़ रही थी और वहाँ उसका अक्स भी नजर आ रहा था।

"हमें एक-दूसरे के साथ साफ-साफ बात करनी चाहिए, वल्हन। अब, पहले से भी ज्यादा। हमें एक तरफ तो होना ही पड़ेगा, खासतौर पर जो कुछ इस समय हो रहा है...।" पैटिक्स ने अपनी बात कही।

वल्हन ने पैटिक्स की तरफ ध्यान से देखा।

"और इस समय सचमुच हो क्या रहा है, पैटिक्स? सभी लोग दूसरी तरफ के नैक्स की बात कर रहे हैं। इस तरह की चीजें लैक्स हाइवीज पर कौन डाल रहा है? क्या तुमने देखा कि किस तरह का हंगामा मचा हुआ है? हम इतने जैक से चली आ रही शान्ति के साथ खिलवाड़ क्यों कर रहे हैं?"

पैटिक्स पीछे की तरफ झुका। वह जानता था कि यह सब आसान नहीं होगा।

"मैंने सुना था कि रादुल ने इसे लैक्स पर डाला था। मैं उससे जल्दी ही मिलना चाहता हूँ और पूछना चाहता हूँ कि उसने ऐसा क्यों किया?" उसने इस बात को दरकिनार करते हुए कहा, "अब मुझे बताओ कि गेजर पर क्या कुछ चल रहा है... और मत्सु पर?"

वल्हन ने पैटिक्स की तरफ देखा और मुस्कुराया, "मैं तुमसे सहमत हूँ। हमें एक-दूसरे के साथ साफ-साफ बात करनी चाहिए। तभी इस बैठक में कोई फायदा मिलेगा। पहली बात तो यह है कि मैं जानता हूँ कि तुम्हें पता है कि नेपो के भंडार कम होते चले जा रहे हैं। हमें उसके दूसरे भंडारों की या उसका विकल्प खोजने की जरूरत है। दूसरी बात यह है कि गेजर में हम इस बात की खोज कर रहे हैं कि क्या ब्रह्मांड में कोई दूसरा ऐसा ग्रह है जहाँ जीवन सम्भव हो और क्या वहाँ नेपो के भंडार हैं? मेरी तरफ से सिर्फ यही बात है। अब तुम अपनी बात करो।"

दोनों शान्ति से कुछ देर तक खाना खाते रहे और वल्हन इन्तजार करता रहा। पैटिक्स ने इसके बारे में सोचा कि वह वल्हन से क्या बात शेयर करे?

"दूसरी तरफ नैक्स होने की खबर मिली है। यह खबर बबल्स के यंत्रों ने उठाई है। इसमें खास बात यह है कि गाइनके हम पर इल्जाम लगा रही हैं। और हाँ, मुझे पता है कि नेपो के भंडार डांवाडोल हो रहे हैं। क्या तुम्हें रहने योग्य ग्रह खोजने के बारे में कोई सफलता मिली है?" पैटिक्स जानता था कि किसी वैकल्पिक घर के मौजूद होने से उसके प्लान पर बहुत ज्यादा असर पड़ेगा। अलबत्ता, वह इस बात को भी समझता था कि अगर वे ऐसा कोई ग्रह तलाश करने की योजना में सफल हो भी गए तो भी इसके बारे में फैसला लेने में बहुत अधिक समय लगेगा।

"किसे नैक्स किया गया था? कोई खास थी क्या?" वल्हन ने पूछा।

"ऐसी कोई नहीं, जिसका हम पता कर सकें। शायद 'सीनी' नाम की लड़की थी। वे यह कह रहे हैं कि हमने उसे विष देकर मार डाला है। यह चंडूखाने की खबर है क्योंकि हम बहुत पहले ही विष को अपने यहाँ से हटा चुके हैं और मुझे इस बात का पूरा विश्वास है कि वे इस बात को जानते हैं। यह बात भी है कि जिस तरह से वे हम पर आरोप लगा रहे हैं, मुझे विश्वास हो चला है कि वे कोई-न-कोई खिचड़ी पका रहे हैं और यह मामला किसी दिन हमारे खिलाफ बहुत बड़ा हो सकता है। यह एक तरह से हमला माना जा सकता है।"

वल्हन चुपचाप बैठा रहा। वह तय नहीं कर पाया कि जो कुछ पैटिक्स कह रहा है, वह सही है या नहीं? वह यह भी नहीं जानता था कि विष को बहुत पहले इस्तेमाल से हटा दिया गया था और अभी उसके मौजूदा भंडारों के साथ क्या कर रहे हैं?

उन्होंने अपना डिनर खत्म किया और डाइनिंग सेंटर से बाहर आ गए। तीन चन्द्रमा चमक रहे थे और जिस समय वे समुद्र के किनारे की तरफ जा रहे थे तो हल्की हवा चल रही थी। रास्ते के निकट, समन्दर की लहरें चट्टानों से टकरा रही थीं और उससे बननेवाली झाग रौशनी में चमक रही थी।

"मैं अभी तक नहीं जानता कि हम जिस ग्रह की तलाश कर रहे हैं, वहाँ जीवन हो सकता है या नहीं? लेकिन ऐसा लगता है कि इसकी बहुत अधिक सम्भावनाएँ हैं। यह बहुत खूबसूरत होगा और ईलोन की तरह बड़ा और सुविधाओं वाला होगा। हम अभी भी ये सारी बातें नहीं जानते। फिलहाल तो यह है कि मैं कह सकता हूँ कि यह योजना है जो पूरी हो भी सकती है और नहीं भी हो सकती। अगर यह योजना सफल नहीं होती है तो हमें दूसरे नक्षत्र की तरफ देखना पड़ेगा। कई बार मैं धरती पर रहनेवाले उन लोगों के बारे में सोचकर हैरान होता हूँ, जिन्हें ईलोन को ढूँढ़ने में बहुत प्रयास और अनुसन्धान करने पड़े होंगे। अगर वे ऐसा कर सकते हैं तो मुझे विश्वास है, हम भी ऐसा कर सकते हैं।"

वे समुन्दर के किनारे लहरों का संगीत सुनते हुए जा रहे थे। पैटिक्स को यह विश्वास था कि नए ग्रह का प्रस्ताव कहीं दूर भविष्य की बात है और उसकी खुद की योजना पर इसका कोई असर नहीं पड़ेगा। अब वह इस बात को लेकर स्पष्ट था कि उसे चीजों को कहाँ ले जाना है?

"रादुल के बारे में क्या सोचा? पैटिक्स, तुम उसे ये सारी चीजें लैक्स पर डालने के लिए क्यों कह रहे हो? तुमने देखा है कि उसके सन्देशों से किस तरह का हंगामा उठ खड़ा हुआ है? ऐसा लगता है कि हम कल ही गाइनके के साथ युद्ध छेड़ने वाले हैं।"

"मैं उसे लैक्स पर कुछ भी डालने के लिए प्रेरित नहीं कर रहा हूँ। जब वह कुछ अरसा पहले मेरे पास इटियस में आया था तो उसने दूसरी तरफ के नैक्स के बारे में खबर सुनी थी। तुम उसे जानते ही हो। वह न तो अपने काम की तरफ ध्यान देता है और न ही कुछ ढंग का कर पाता है। लैक्स के साथ ऊधम मचाना उसका प्रिय शगल है। दरअसल, मैं उसे यह बताने के बारे में सोच रहा था कि ज्यादा सावधान रहे।" पैटिक्स इस भ्रम को बनाए रखना चाहता था कि रादुल जो कुछ भी कर रहा है, अपने-आप ही कर रहा है। अपने लक्ष्य को हासिल करने का यह सबसे बढ़िया तरीका था। वल्हन जानता था कि पैटिक्स रादुल के बारे में उसे पूरा सच नहीं बता रहा है, लेकिन उसने यह महसूस किया कि इस तरफ उसे धकेलने से कोई हल नहीं निकलने वाला।

"तो फिर ठीक है। तो तुम लैक्स हाइवीज पर गाइनके के खिलाफ बढ़ती चली जा रही नफरत के बारे में क्या करने की सोच रहे हो? ऐसा लगता तो नहीं कि इसमें कोई कमी आएगी। ऐसा लगता है कि इस खबर ने अपने-आप ही साकार रूप धारण कर लिया हो। इस बात की बहुत जरूरत है कि इस गुस्से को कहीं और मोड़ दिया जाए या फिर पूरी तरह से दबा दिया जाए। पैटिक्स, यह हमारे लिए अच्छी बात नहीं है।"

पैटिक्स उसके साथ चुपचाप चलता रहा। इसके बारे में उसने बहुत लम्बे अरसे और बहुत गहराई से सोचा था। जब उसने रादुल को पॉइंट पर बुलाया था और इस चुनौती को उसके सामने रखा था, तब से उसकी सारी योजनाएँ उसके हिसाब से हो रही थीं।

"मैं तुमसे सहमत हूँ, वल्हन। मुझे लगता है कि इन सारी बातों पर चर्चा करने के लिए हमें साइनेड में एक बैठक बुलानी चाहिए। क्या हम एक क्लान्त के बाद मिल सकते हैं?"

वल्हन ने सिर हिलाया। वे ट्रैक के आखिर में पहुँच गए थे। वे सड़क की तरफ चलने लगे, जहाँ से उन दोनों को अलग-अलग ट्रैवलर लेने थे।

"हम उस बैठक में किस बात पर चर्चा करेंगे, पैटिक्स?" वल्हन ने पूछा।

"मुझे लगता है कि हमें बबल्स से जो जानकारी मिली है, उस पर और नेपो के भंडारों में गिरावट के बारे में बात करनी चाहिए कि इस सबका हमारे लिए क्या मतलब होता है और हमें क्या करना चाहिए।" पैटिक्स ने जवाब दिया।

वे सड़क के पास पहुँचने ही वाले थे।

"कोई योजना है क्या तुम्हारे पास?" वल्हन ने पूछा।

पैटिक्स ने तुरन्त ही विषय बदल दिया, "ओडेप की कोई खबर है वल्हन क्या? क्या तुम्हें लगता है कि इस चर्चा के लिए अगर साइनेड उसे बुलाए तो वह आएगा?"

पैटिक्स को पता था कि हाल ही में वल्हन पहाड़ों पर उसके घर गया था। ओडेप बेशक पहाड़ों पर अज्ञातवास में रह रहा हो, लेकिन उसके विचार अभी भी साइनेड में बहुत अधिकार के साथ सुने जाते थे।

वल्हन समझ गया और उसने पैटिक्स पर अपनी योजनाओं के लिए ज्यादा दबाव नहीं डाला। उसने ओडेप के बारे में सोचा—अपने एकान्त के घर के बरामदे में बैठा हुआ, अंगों को बदलने के बारे में न सोचता हुआ, यह देखता हुआ कि अगर उसे पता चले कि मौत आ रही है तो उसका जीवन कैसे बदल जाएगा, ब्रह्मांड की यात्रा में गाइनके को अपने कुछ सहयात्रियों की तरह से मानता हुआ। अब उसे कोई भी नहीं सुनेगा। दरअसल, उन्हें उसके विचारों को सुनने की जरूरत ही नहीं है। जब से ओडेप ने हाशिए पर गायब हो जाने के बारे में फैसला लिया था, उसे वहीं रहना होगा।

"उसका सब कुछ ठीक ही चल रहा है, पैटिक्स। मैं उसे उसके घर पर कुछ समय पहले मिला था। जहाँ तक साइनेड में चर्चा के लिए आने की बात है, वह आ सकता है अगर उसे हम कहें। लेकिन क्या हमें उसे बुलाने की जरूरत है? जहाँ तक मैं समझ सकता हूँ, उसने एक तरह से अपने-आप को सारी चीजों से अलग कर लिया है।"

पैटिक्स ने राहत की साँस ली। तो अब मामला बन्द हो गया है। अब योजना को आगे बढ़ाया जाए।

इमे की अनुपस्थिति में फुरावा ने उसके पौधों की ठीक-ठाक देखभाल की थी। पौधे अब ठीक-ठाक ऊँचाई तक पहुँच गए थे और उन पर अब इमे द्वारा डिजाइन किए गए समन्दर के रंग के घंटी के आकार के फूल खिलने शुरू हो गए थे। दोनों तरफ गहरे नीले बिन्दु उनकी शोभा को बढ़ा रहे थे। इमे जमीन के उस हिस्से के पास अपने घुटनों पर झुका हुआ था और उनकी महक का आनन्द ले रहा था। सुबह के वक्त समन्दर के किनारे की महक उनसे आ रही थी। इमे फूलों को देखकर खुश हो रहा था कि वे किस खूबसूरत तरीके से खिल कर आए थे? वह जानता था कि वह उन्हें ऐओना के रास्तों पर किस जगह पर लगाएगा?

"यह कौन-सी जगह है, इमे? मैं यहाँ इससे पहले कभी नहीं आया। रंगों और महक का क्या ही शानदार संयोजन है!" रादुल की छाया इमे की जमीन के उस हिस्से पर पड़ रही थी।

इमे ने सिर उठाकर देखा। रादुल अब वैसा नहीं दिख रहा था जैसा कि वह पिछली बार दिखाई दिया था। उसके बाल छोटे थे और कपड़े सलीके वाले। अब उसकी तरफ देखकर ही कहा जा सकता था कि अब वह ग्रुप हाउसिंग का बाशिन्दा नहीं है। इमे ने तय किया था कि वह रादुल से मिलेगा और यह समझने की कोशिश करेगा कि आखिर हो क्या रहा है? वह समझ रहा था कि उनकी पिछली बैठक के बाद और आज हो रही बैठक के दरमियान काफी कुछ बदल चुका है।

"यह फुरावा है, रादुल। यह पौधों और फूलों के लिए इन्क्यूबेटर है। जब मुझे तुम्हारा सन्देश मिला तो मैं यहाँ आने के लिए चल चुका था। इसलिए मैंने तुम्हें कहा था कि यहाँ आकर मिलो।"

"तुम इस बीच काफी समय के दूर चले गए थे। आखिर तुम कहाँ रहे?" रादुल ने पूछा। जब वे एक बड़े पेड़ की तले बिछे बेंचों की तरफ बढ़े, पूरे लैंडस्केप पर पेड़ की छाया पड़ रही थी।

इमे बेंच पर बैठ गया और रादुल आसपास रंगों की इंद्रधनुषी छटा को देखकर मुग्ध हुआ जा रहा था।

"मैं कुछ काम के लिए गेजर बिल्डिंग में गया हुआ था। तुम मुझे यह बताओ कि तुम इधर लैक्स पर अजीब-अजीब सन्देश क्यों डालते रहते हो? जो कुछ भी तुमने नैक्स के बारे में बताया है, क्या सही है?" इमे ने पूछा। रादुल खुश हो गया कि आखिरकार किसी को तो पता चला कि सन्देश रादुल डाल रहा था।

"हाँ, मुझे साइनेड में स्रोतों से पता चला है कि फैंस के दूसरी तरफ नैक्स की घटना हुई है और गाइनके हम पर दोष लगा रही हैं। तुम क्या सोचते हो कि लैक्स पर जो हंगामा बरपा हुआ है, वह क्या है?" उसने इमे से पूछा। इमे कुछ देर तक हवा में घुली महक का आनन्द लेता रहा। रादुल अभी भी बेंच के पास खड़ा हुआ अलग-अलग फूलों को देख रहा था।

वह यह बात नहीं समझ पाया कि रादुल को यह समाचार कहीं से मिला था या वह खुद अपनी मर्जी से कर रहा था या कोई उसके कन्धे पर बंदूक रख कर चला रहा था।

"तुमने मुझसे पिछली बार पूछा था कि क्या मैं गाइनके के साथ हिंसा के मूल के बारे में कुछ जानता हूँ। मैंने अलग-अलग स्रोतों से पता करने की कोशिश की थी, लेकिन कोई नतीजा नहीं निकला। धरती पर हमारे साझे जीवन के बारे में शायद कोई भी कुछ नहीं जानता। इस बात के रिकॉर्ड कहीं भी दर्ज नहीं हैं। मुझे लगता है कि बीच के लम्बे अरसे के दौरान इस मामले ने अपनी प्रासंगिकता खो दी है। फैंस के पार वे हमारे दुश्मन हैं—यही आज की वास्तविकता है।" रादुल ने कहा।

तभी इमे ने रादुल से वह पूछा, जो उससे वह शुरुआत से पूछना चाह रहा था, "रादुल, तुम सबसे पहले साइनेड के सामने सृजन का मामला लाना चाहते थे। अब तुमने यह नया शगूफा छेड़ दिया है और गाइनके के खिलाफ डर और नफरत की मुहिम छेड़ दी है। आखिर तुम इन सबसे क्या हासिल करना चाहते हो?"

आखिर रादुल उसके साथ बेंच पर बैठ गया। उसने अपनी बिजली जैसी नीली आँखों से सीधे इमे की तरफ देखा।

"ईलोन का स्वामित्व और सम्पूर्ण स्वामित्व। इमे, मैं हम सबके लिए पूरे ईलोन का स्वामित्व चाहता हूँ। तुम जानते हो कि जब भी फैंस लगाई गई थी, उनमें पहले से ही संघर्ष की सम्भावना सिर उठाने लगी थी। तुम हर वक्त शान्ति के काल की बात करते रहते हो, यह कुछ भी नहीं है लेकिन विराम है, उस वक्त का जब हम दोनों तरफ के लोग आपस में फिर से समूह बना रहे हैं, जुड़ रहे हैं... इसके बारे में सोचो, उन्होंने अपनी तरफ से नैक्स के जरिए हम पर इल्जाम लगाने से शुरुआत कर दी है। क्या लगता है कि हमारा जवाब क्या होना चाहिए? क्या हम फैंस के इस तरफ छुप जाएँ और उनके अगले कदम की राह देखें? इमे, वक्त आ गया है कि

हम इस ग्रह पर अपने कब्जे का दावा ठोक दें। हमें दूसरी तरफ का इलाका और अधिक कारणों से चाहिए, जिनकी तुम कल्पना भी नहीं कर सकते। यह सिर्फ जगह हथियाने की बात नहीं है, हमें दूसरा हिस्सा अपने जीवित रहने के लिए चाहिए।"

राहुल पूरे आत्मविश्वास के साथ और आश्वस्त करने वाले लहजे में बात कर रहा था और इमे उसे देखता रहा। जब राहुल ऐओना में आया था तो उसने इस महत्त्वाकांक्षा को पूरी तरह से मिस कर दिया था जो इस समय उसके पूरे व्यक्तित्व से झलक रही थी। राहुल को नेपो के घटते हुए भंडारों के बारे में पता था, यह बात उसके शब्दों से साफ हो गई थी।

"गेजर में मैं हम सब के जीवन के लिए एक वैकल्पिक ग्रह की तलाश के काम में जुटा हुआ था। बहुत सारी सम्भावनाओं वाले एक ऐसे ग्रह का पता लगाया जा चुका है। हम वहाँ जाने के बारे में सोच सकते हैं। हम यह नक्षत्र दूसरी तरफ के प्राणियों के लिए छोड़ सकते हैं और अपने लिए नए सिरे से एक नया ठिकाना शुरू कर सकते हैं। हम अपने नए घर, नए शहर, एक बिलकुल ही नया संसार बना सकते हैं... हम धरती का कोई भी बोझ लेकर नहीं जाएँगे, मेरा मतलब धरती से जो कुछ भी हमारे साथ आया था, वह कुछ भी साथ नहीं जाएगा।"

जब वह यह बात कर रहा था तो वह महसूस कर रहा था कि वह राहुल के सामने एक तरह से गिड़गिड़ा रहा है।

"एक नया नक्षत्र?" राहुल ने अविश्वास से पूछा, "हमें उसकी क्या जरूरत है? हमें जो कुछ भी चाहिए, वह यहाँ मौजूद है। मैं जितना अधिक देखता हूँ, मुझे उतनी ही शिद्दत से महसूस होता है कि ईलोन कितना खूबसूरत है, बहुत सारी सम्भावनाएँ हैं यहाँ, यह हमारा घर है, हम यहाँ से कहीं और जाने के बारे में सोचें ही क्यों? लेकिन जब मैं दूसरी बार सोचता हूँ तो अपने उस नए खोजे गए ग्रह की तरफ देखो। जब हम इस पूरे ग्रह पर अच्छी तरह से बस जाएँ तो हम नए ग्रह पर जाने के बारे में सोच सकते हैं। हम फिर से सृजन शुरू करेंगे। हमें किसी भी तरीके से खुद को सीमित नहीं रखना चाहिए। इमे, मैं तुमसे पूरी तरह से सहमत हूँ।" राहुल मुड़ा और दूर क्षितिज की तरफ देखने लगा, जैसे उसने उसे पहले ही फतह कर लिया हो।

इमे उस मशीन के बारे में सोचने लगा जो पहले ही जुटाए गए सारे डेटा को इस समय प्रोसेस कर रही थी। कुछ ही दिनों में उसे पक्के तौर पर पता चल जाएगा क्या टाई पर जीवन सम्भव हो सकता है? वे सारे ग्रह जो ऐओना के काँच से दिखाई देते थे, क्या वहाँ ईलोन की भावी बस्तियाँ बसाई जा सकती हैं, उसने कभी भी इस तरह से नहीं सोचा था।

"तो, राहुल, तुम्हें विश्वास है कि वह समय आ चुका है कि हम इस ग्रह से गाइनके का खात्मा कर दें? तुम साफ तौर पर दूसरी प्रजातियों को खत्म कर देना

चाहते हो? तुमने कभी यह सोचा है कि इस ब्रह्मांड पर वे ही हमारे सबसे निकट हैं? अगर वे चले गए तो हम बिलकुल अकेले रह जाएँगे। मैंने अनगिनत जैक तक पूरे ब्रह्मांड को गहराई से देखा और परखा है। वहाँ केवल सन्नाटा है, और कुछ भी नहीं है, रादुल। कहीं पर भी कोई भी नहीं रहता। यह बात भी है कि क्या तुमने कभी यह सोचा है कि गाइनके के पास हमारे साझे अतीत की जो कुछ जानकारी है, वह सब उनके साथ खत्म हो जाएगी और हम कभी भी उसके बारे में नहीं जान पाएँगे।"

रादुल उठते ही हँसने लगा, "अरे छोड़ो, चलो इन्क्यूबेटर बिल्डिंग में चलकर कुछ ऐनब पीते हैं। मुझे लगता है कि तुम जिन ब्रह्मांड और आकाशंगगाओं के बीच काम कर रहे हो, वे सब तुम्हारे दिमाग पर हावी हो गई हैं। तुम्हें नहीं लगता कि वे भी हमारे लिए वही योजनाएँ बना रहे हैं? क्या तुम्हें लगता है कि दूसरी तरफ के लोग इस आकाशगंगा में अकेले छोड़ जाने के बारे में सोच भी रहे हैं? हमारे साझे अतीत की जानकारी को लेकर आखिर करोगे क्या? भविष्य की तरफ देखो इमे। भविष्य की तरफ। इस बार जो भी जीतेगा, वही ईलोन पर रहेगा। समझे? और उसके बाद पूरा ब्रह्मांड फतह करने के लिए उनके सामने होगा और हम ही यह सब करेंगे।"

रादुल ने इन्क्यूबेटर बिल्डिंग की तरफ चलना शुरू कर दिया। जब वे साथ-साथ चल रहे थे तो इमे ने यह महसूस किया कि भविष्य में वे सब रादुल के पीछे-पीछे चल रहे होंगे।

जिस वक्त इमे ट्रैवलर स्टॉप पर बैठा, तो सूर्य गर्म हो रहा था और उसके सामने पहाड़ियाँ नजर आ रही थीं। तेज धूप में ढलानों पर हरे पेड़ चमक रहे थे। उसके सामने से दो ट्रैवलर पहले ही जा चुके थे, लेकिन वह वहीं निश्चल बैठा रहा। ओडेप के घर की तरफ जाने वाला रास्ता पहाड़ी पर था, रास्ता साफ नजर आ रहा था, यहाँ तक कि वह पिछला ट्रैवलर ऊपर चढ़ते हुए देख रहा था। उसमें बहुत कम लोग थे। लेकिन वह वहाँ बैठा रहा। वह खुद हैरान था कि आखिर वह यहाँ आया ही क्यों है?

जिस वक्त गेजर बिल्डिंग से नतीजे लगातार आने शुरू हो गए थे तो इमे ऐओना में था। जैसे-जैसे वह उन्हें प्रोसेस कर रहा था, वह हतोत्साहित हो रहा था। यह तय था कि टाई उनका भावी वैकल्पिक घर नहीं हो सकता था। प्रमुख पर्यावरण गतिविधियों के विश्लेषण से पता चल रहा था कि वह गर्म और कमजोर जगह है। कभी-कभी और लम्बे समय के लिए तेजी-से वहाँ वातावरण में ऑक्सीकरण होता है, जिससे सूर्य की रौशनी नीली हो जाती है, तो इसका मतलब यह हुआ कि वहाँ

नहीं रहा जा सकता। इमे को गहरी निराशा का बोध हो रहा था। उसने सबसे पहले यही सोचा था कि वह वल्हन को बताए, लेकिन उन दोनों के बीच जो मनमुटाव चला रहा था, वह अब तक बना हुआ था। जब से वह गेजर से गया था, उन दोनों में बातचीत नहीं हो रही थी। तब उसने ओडेप के बारे में सोचा था।

सूरज की गर्मी बढ़ती जा रही थी और उसके सामने का रास्ता तप रहा था। आखिर इमे उठा और पहाड़ी पर चढ़ना शुरू कर दिया। उसके पैरों तले सूखी पत्तियाँ आवाज कर रही थीं और पेड़ों के साथ सूर्य लुका-छिपी का खेल खेल रहा था। बहुत लम्बे समय तक चलने के बाद एक मोड़ पर ओडेप का घर नजर आने लगा। इमे को डर और शंका एक साथ महसूस हुए। वह हैरान हुआ कि जब वह पिछली बार ओडेप से मिला था तो तब से क्या उसके बालों में और सफेदी आ गई होगी?

जैसे ही घर के पास पहुँचा, ओडेप बाहर निकला। जब उसने इमे को रास्ते पर आते हुए देखा तो मुस्कुराया, "इमे, मुझे खुशी हो रही है कि तुम आए हो। मैं यहाँ तुम्हें बुलाने ही वाला था। आज का दिन गर्म है। आओ, चले आओ।"

एक बार घर के अन्दर आने के बाद इमे ने घर को देखा। उसमें बहुत कम सामान था। खुली खिड़की से धूप अन्दर आ रही थी और वहाँ जो कुछ भी थोड़ा-बहुत सामान था, उस पर चमक डाल रही थी। घर की बनावट शहर के अन्दर की और बाहर की इमारतों से अलग नजर आ रही थी।

"क्या घर का डिजाइन तुमने खुद तैयार किया है, ओडेप?"

"बेशक, मैं जानता हूँ कि यह थोड़ा अलग है। दरअसल, मैंने इसे अलग ही बनाने की कोशिश की थी।" ओडेप ने कहा।

उसने आरामकुर्सी की तरफ इशारा किया और दोनों बैठ गए।

"सब कुछ ठीक-ठाक चल रहा है न?" इमे उसके बालों की तरफ देखने की कोशिश कर रहा था।

ओडेप मुस्कुराया, "मेरे बालों में अभी भी दो ही सफेद लटें हैं। जब तुम अंग बदलना छोड़ देते हो तो चीजें इतनी तेजी-से नहीं बदलतीं। हमारे पास परिशुद्ध नेपो के इतने भंडार हैं कि उनसे बनने वाले अंग बड़े लम्बे समय तक चलते रहते हैं। मुझे अभी भी बहुत लम्बे समय तक जीना है।"

दोनों के बीच में एक पल के लिए मौन पसर गया। इमे अभी भी हैरान हो रहा था कि वह आखिर यहाँ आया ही क्यों है?

"टाई हमारा भावी घर नहीं हो सकता। आँकड़ों का विश्लेषण आ चुका है। वहाँ का वातावरण बहुत अनिश्चित है। हमें नए सिरे से शुरू से काम करना होगा।" इमे ने कह दिया।

"यह एक लम्बी खोज है, इमे। ब्रह्मांड में एक वैकल्पिक घर की तलाश की जाए, इसके लिए धैर्य और प्रयासों की जरूरत होती है। लेकिन हमें एक बात याद

रखनी होगी कि जब तक हम सफल न हो जाएँ, हमें ईलोन पर ही रहना होगा और वास्तविकताओं को स्वीकार करना होगा।"

"वह तो ठीक है, लेकिन ईलोन की वास्तविकता बहुत अधिक उत्साहवर्धक नहीं है। चूँकि तुम लैक्स से जुड़े हुए नहीं हो, तुम नहीं जानते कि हम एक बार फिर से संघर्ष के मुहाने पर खड़े हैं। साइनेड में ऐसे लोग हैं जो हथियार उठाने के अनुमोदन की राह देख रहे हैं। मर्दों को एक बहाना मिल गया है, जिस पर वे सारा ध्यान लगाए हुए हैं और अब गाइनके को नेस्तनाबूद कर देना चाहते हैं। सारी चीजें बहुत तेजी-से चल रही हैं और नियंत्रण से बाहर होती जा रही हैं।"

ओडेप ने ठंडी साँस भरी, "इमे, हमने शान्ति का एक बहुत लम्बा अरसा बिताया है। हमारे अस्तित्व के आसपास एक तरह का ठंडापन पसर गया है। एक परिचित दुश्मन के खिलाफ उठ खड़ा होना हमें व्यस्त रखे हुए है। बीच-बीच में झगड़े होना जीवन-शक्ति के लिए जरूरी होता है। यह हमारे सामूहिक जीवन में परिवर्तन लाने के लिए बहुत जरूरी होता है। हमें कुछ काम-धन्धे से लगाता है, कुछ योजना बनाने के लिए प्रेरित करता है और यहाँ तक कि इससे विनाश भी होता है। युद्ध सबको जोड़ता है। हो सकता है कि इससे हम सृजन करने और नष्ट करने के चक्र में फिर से प्रवेश कर जाएँ, जो हमारे ब्रह्मांड का आधार है।"

"तो तुम क्या इसका अनुमोदन करते हो?" इमे हैरान हुआ।

जब वह ओडेप के घर के लिए सारा रास्ता चलकर आया था तो क्या उम्मीद कर रहा था?

"इस बात के कोई मायने नहीं है कि मैं अनुमोदन करता हूँ या नहीं। गेजर से बाहर निकलते समय वल्हन ने मुझे बताया था कि मैं बहुत ज्यादा लम्बे अरसे तक इन चीजों से बाहर रहा हूँ, अब मैं हाशिए पर हूँ। मैं जो कुछ भी कहूँगा या विश्वास करूँगा, उसका कोई मतलब नहीं है।" ओडेप अपनी नरम आँखों से सीधे इमे की तरफ देख रहा था। इन आँखों में न तो हार जाने वाली भावना थी और न ही उदासी। इन आँखों में स्वीकार भाव था।

इमे बाहर आकर खड़ा हो गया और दरवाजे से बाहर जाने लगा। सूर्य ढलने की तरफ था और आकाश में एक सुनहरी आभा छोड़ रहा था।

उसके लैक्स में एक सन्देश आने की बीप सुनाई दी। रादुल का सन्देश आ रहा था—

मौजूदा स्थिति पर बहस करने के लिए साइनेड के अगले विहान में बैठक है। मुझे लगा कि तुम जानना चाहोगे।

इमे मुड़ा और वापिस अन्दर चला गया। ओडेप अपनी कुर्सी पर बैठा हुआ था और उसकी आँखें बन्द थीं। उसने इमे के कदमों की आहट सुनी और अपनी आँखें खोलीं।

उसके चिंतातुर चेहरे की तरफ देखते हुए ओडेप ने कहा, "मुझे विश्वास है कि कार्रवाई के लिए अपने प्रयास में आगे बढ़ते हुए वे इस बात को नहीं भूलेंगे कि गाइनके सशक्त दुश्मन हैं। वे हमेशा से सशक्त रही हैं, इमे। उनमें भी जीवित रहने की वही लालसा है जो हमारे भीतर है। यह बराबरी की लड़ाई है।" उसने कन्धे उचकाते हुए बात स्पष्ट की।

"ओडेप, अगले विहान में साइनेड की बैठक कर रहे हैं। तुम इस बैठक में क्यों नहीं आते? वे तुम्हारी बात सुनेंगे, बेशक तुमसे सहमत न हो पाएँ?"

"उन्होंने मुझे आने के लिए नहीं कहा है, इसलिए मैं नहीं जा सकता। लेकिन मैं यह करूँगा कि मैं डर्क तक यह सन्देश भेज दूँगा कि मेरी जगह तुम इस बैठक में शामिल होगे। इससे कम-से-कम हम दोनों को यह तो पता चलेगा कि वहाँ क्या हो रहा है?"

"मैं वहाँ क्या कहूँगा और क्या करूँगा?" इमे को इस बारे में कुछ भी नहीं पता था कि साइनेड में क्या कुछ होता है? उसका स्थान तारों और नक्षत्रों के बीच में था। वह जानता था कि वल्हन को उसे ओडेप के प्रतिनिधि के रूप में देखकर अच्छा नहीं लगेगा।

"ओडेप, मैं कभी इस तरह के मामलों में शामिल नहीं रहा हूँ। मुझे लगता है कि तुम्हें वहाँ खुद जाना चाहिए।" इमे ने तर्क देने की कोशिश की।

"अब मैं इन सारे मामलों में मार्जिन पर हूँ, इमे। तुम उसका हिस्सा हो। जाओ और वही कहो, जो तुम महत्त्वपूर्ण समझते हो। औचित्य की आवाज हमेशा मायने रखती है। हो सकता है कि इससे फैसला न बदले, लेकिन इससे फैसले लेने की प्रक्रिया पर फर्क पड़ता है।"

इमे ने पीलापन लिए टाई के बारे में सोचा, ईलोन के बारे में सोचा, फैंस के बारे में और अपने अस्तित्व के बारे में सोचा। वे जिस भी हालत में थे, सब कुछ तेजी-से बदलने के लिए जैसे धमकी दे रहा था। उसने तय कर लिया कि उसे क्या करना है?

"ठीक है, अगर वे सहमत होते हैं तो मैं वहाँ जाऊँगा, लेकिन मुझे नहीं लगता कि मेरी वहाँ मौजूदगी से कोई फर्क पड़ेगा। वहाँ जाने के लिए जिस निश्चय की जरूरत पड़ती है, मुझे लगता है, वह मुझ में नहीं है।" इमे ने कहा। तब उसे रादुल के साथ अपनी बातचीत याद आई।

"कई बार सावधानी के कुछ शब्द जो मतभेद के लिए कहे जाते हैं और मौजूदा नजरिए से अलग होते हैं, निर्णय लेने के तरीके को बदल सकते हैं।" ओडेप ने इमे की तरफ देखते हुए कहा।

धरती

माया उस खास रिजॉर्ट में घने जंगल के हिस्से में एक बेंच पर बैठी हुई थी। यह रिजॉर्ट शहर से बहुत दूर था। इसमें बहुत बड़े क्षेत्र में कई कॉटेज बनी हुई थीं। यह रिजॉर्ट एक महँगा इलाका था, जहाँ मर्द और औरतें अभी भी मिलते थे और कुछ समय एक साथ गुजारते थे। जहाँ तक वह देख पा रही थी, जमीन पर पत्तियों ने एक कालीन बिछा रखा था। लकड़ी की बेंच पर माया ने अपना सिर टिका रखा था। आसपास गहरा सन्नाटा था। सन्नाटे को सिर्फ गिरती पत्तियाँ ही भंग कर रही थीं। वह यह याद करने की कोशिश कर रही थी कि चिड़ियों की चहचहाहट कैसी होती है, लेकिन वह याद नहीं कर पाई। अधिकतर पक्षी और जानवर धीरे-धीरे लुप्त हो चुके थे। वे मानवता और धरती की प्रोसेस में भेंट चढ़ चुके थे। माया ने अपनी आँखें खोलीं और आसमान की तरफ देखा। आसमान में तैर रहे बादल लगभग वैसे ही दिख रहे थे। आसपास बहने वाली हवा महक लिए हुए थी, गर्मी के सबसे तेज मौसम में सूर्य अभी भी कुछ गर्मी छोड़ पा रहा था। सतह पर फैली हुई सारी चीजें लगभग वैसी ही लग रही थीं, लेकिन अब सब कुछ बदल चुका था। माया का ट्रिन बैंड शान्त था, क्योंकि उसे एक दिन पहले माया ने बन्द कर दिया था, जब वह शहर छोड़कर इस रिसॉर्ट में आई थी। यहाँ पहुँचने के लिए उसने स्पीड ट्रेन ली थी। स्टेशन पर उतर कर पहाड़ियों की तलहटी पर उसने पैदल चलना शुरू कर दिया था। उसने कुछ पल के लिए बैंड एक्टिवेट किया था। रिया की तरफ से एक मैसेज था—

मैं जानती हूँ कि तुम कहाँ गई हो और इस वक्त तुम्हारा ट्रिन बैंड बन्द क्यों है? तुम ऐसे काम क्यों कर रही हो, माया? तुम हमारे मकसद में रोड़े क्यों अटका रही हो? यह मत भूलो कि अब मर्द केवल हमारे प्रतिस्पर्धी नहीं हैं। वे घोषित रूप से हमारे दुश्मन हैं। तुम इस बात को अच्छी तरह से जानती हो। वह वहाँ नहीं आएगा। दुश्मन के साथ मिलकर कभी भी अपनी मर्दानगी नहीं छोड़ेगा। अपने-आप को बेवकूफ बनाना बन्द कर दो।

मर्द और औरतें एक-दूसरे के दुश्मन? यह बहुत ही दुखदाई खयाल था। फिर भी उनके नए विश्व में यह पहलू दोनों तरफ से उभरकर सामने आ रहा था। इस

जानकारी से, जो रिया जानती थी कि वह कहाँ पर है, उसकी रीढ़ की हड्डी में कँपकँपी छूट गई। इससे उसकी सारी योजनाएँ धरी की धरी रह गईं। क्या होगा अगर रिया आर्यन को गिरफ्तार करा दे?

लेकिन फिर माया ने अपने विकल्पों के बारे में सोचा था। उसे आर्यन से मिलना था। यह जोखिम ऐसा था जो उठाया जा सकता था। वह धीरे-धीरे पहाड़ी पर चढ़कर रिजॉर्ट की तरफ आई थी।

अब वह भी आर्यन की तरह बहुत बूढ़ी हो चली है। यह 2230 का वर्ष चल रहा था। इस अजनबी दुनिया में वे क्या कर रहे थे जहाँ युवा मर्द और औरतें अलग-अलग रहते थे, अपने-अपने दड़बों में बन्द। एक ऐसी दुनिया में, जहाँ संसाधन, धन और शक्ति लड़ाई के मैदान थे। ये लड़ाइयाँ देशों के बीच नहीं, विचारधारा और समूहों के बीच में नहीं, बल्कि मर्दों और औरतों के बीच चल रही थीं। सदियों तक सन्तान पैदा करने के लिए उन्हें एक-दूसरे की जरूरत पड़ती रही थी, अब सृजन के लिए एक-दूसरे की निर्भरता खत्म हो जाने के बाद वे एक दूजे से दूर जा चुके थे।

माया बेंच से उठी और मैदान की तरफ जाते हुए गुनगुनाने लगी। थोड़ी ही दूरी पर पहाड़ी पर एक झरना बह रहा था। उसका पानी एकदम साफ और पारदर्शी था। रिसॉर्ट वालों ने इसे अपनी सम्पत्ति बनाए रखने के लिए काफी धन दिया होगा। किसी भी तरह के पानी के स्रोत दोनों तरफ से गम्भीर झगड़ों के कारण बनते थे। दरअसल, हर चीज के लिए झगड़े होते थे। उनकी सिकुड़ती हुई दुनिया हिलोर लेते पानी के स्रोत और कम होती जा रही सूर्य की गर्मी से आतंकित दोनों तरफ के योद्धाओं के बोझ तले दम तोड़ रही थी।

उनके मिलने के तय समय से अब तक पूरा दिन बीत चुका था। माया को हैरानी हुई कि कहीं रिया सही तो नहीं कह रही थी कि आर्यन नहीं आएगा। उसने अपना सिर हिलाया और इस खयाल को ही झटक दिया। दोनों ने एक साथ जो जीवन बिताया था, उसे इतनी आसानी से मिटाया नहीं जा सकता और न ही उन समीकरणों के आगे उसे सरेंडर किया जा सकता है, जो मर्दों और औरतों के बीच में उभरकर सामने आ रहा था।

माया झरने के पास बैठ गई और बहते पानी के संगीत को अपने भीतर उतरने दिया। इस नई दुनिया में कोख का स्थान मशीनों ने ले लिया था और मर्द या औरत के एक सेल मात्र से एक बच्चा तैयार किया जा सकता था। यहाँ उनकी तरह के बहुत कम लोग, मर्द और औरतें रह गए थे, जिन्होंने जुनून और प्यार के जरिए इस दुनिया में जीवन को आकार दिया था।

झरने के पास बैठे हुए माया सोच रही थी कि उन्होंने इस परिवर्तन को आते हुए क्यों नहीं देखा था? मर्दों और औरतों के बीच में इस संघर्ष और विभाजन से पहले वे जैविक कारणों से एक-दूसरे से जुड़े हुए थे, लेकिन जैसे-जैसे प्रौद्योगिकी

में प्रगति होती गई, यह बन्धन ढीला होता चला गया और आखिरकार पूरी तरह से टूट ही गया। इसने दुनिया को बाँट दिया। इस झरने ने माया को अपने युवावस्था के दिन याद दिला दिए, जब इच्छाएँ उसकी शिराओं में बहती थीं मानो पानी का फव्वारा बह रहा हो। यह कितना सुखद एहसास हुआ करता था!

माया ने बहुत पहले कहीं पढ़ा था कि मनुष्य एक सामाजिक प्राणी होता है, जिसे जीवित रहने के लिए एक-दूसरे के साथ की जरूरत होती है। अब इस गणित को पूरी तरह से उलट दिया गया है। इस समीकरण में सारे तथ्य पूरी तरह से बदल गए हैं। अब टेक्नोलॉजी की मदद से मर्द या औरत दोनों ही बिलकुल अकेले ही किसी और सृजन को पैदा कर सकते हैं। न केवल किसी सृजन को, बल्कि किसी ऐसी जेनोम सीक्वेंस को भी जो उनका अपना खुद का विस्तार हो। वे अब अपने-आप, अपने खुद के डुप्लीकेट तैयार कर सकते हैं। वे अमर हो सकते हैं। एक तरह से कहा जाए तो हमेशा अमर रहने की लम्बे समय से चली आ रही तलाश को हल मिल गया है। बहुत आधारभूत तरीके से मानव अब स्वत: सुखी हो गए हैं। इस तरह से धीरे-धीरे ही सही, लेकिन निश्चित रूप से एकल व्यक्ति ही अब मानदंड हो गए हैं।

महिलाओं के इलाके के अपने बहुत बड़े घर में, जिसे अब गाइनके हब कहा जाता है, माया अक्सर उदास महसूस करती थी। औरतों की दुनिया में रिया बहुत ऊँचे दर्जे की अधिकारी थी। अपनी तकनीकी क्षमता और निर्णय लेने की दक्षता के कारण हमेशा उसकी पुकार होती रहती थी, निश्छल हँसी वाली उसकी यह बेटी अब इस संघर्ष में से विश्वस्त रणनीतिकार में बदल चुकी थी। एमी उसकी नातिन जो ऐसे संसार में बड़ी हुई थी जहाँ मर्दों को दुश्मन समझा जाता है, अब एक नई औरत के रूप में बड़ी हो रही थी। वह भविष्य की वाहक थी।

एमी गाइनके हब में एक अपार्टमेंट में अकेली रहा करती थी और इस बात का इन्तजार कर रही थी कि उसका क्लोन तैयार किया जाए। इच्छाएँ, कामुकता, दूसरे के स्पर्श की जरूरत धीरे-धीरे, लेकिन अनिवार्य रूप से इस नई पीढ़ी के जींस से अलग होती जा रही थी।

"कितनी बड़ी हानि है, माया?" माया को याद आया, आर्यन ने कहा था। यह जैसे दूसरे जन्म की बात लग रही थी।

सूर्य क्षितिज में डूब रहा था। माया पहाड़ी के एक किनारे तक चलती गई ताकि वह उसकी शानदार यात्रा को देख सके। आसमान जलते हुए सूर्य से गुलाबी ज्वाला लिये हुए जैसे धधक रहा था। जैसे-जैसे सूर्य डूब रहा था, वैसे-वैसे उसके छोड़े हुए रंगों की दुनिया बदल रही थी। नजारा अद्‌भुत था। माया ने तय किया कि वह कम-से-कम एक हफ्ते तक आर्यन का इन्तजार करेगी। उसे पता था कि रिया ने जो कुछ भी कहा था, उसके बावजूद आर्यन आएगा।

वह वापिस नहीं आई थी। इस बात को तीन दिन हो चले थे, जब से माया का बैंड बन्द था। रिया ने अपने आसपास ठंडे गुस्से की भावना महसूस की। रिया अपनी कुर्सी से उठी और अपनी खिड़की से नीचे फैले विस्तार को देखने लगी। गाइनके हब तीन तरफ से दीवारों से घिरा हुआ था और चौथी तरफ समन्दर था। दीवारों के बाहर एक गलियारा था, जो बीच-बीच में दोनों तरफ के लोगों द्वारा इस्तेमाल किया जाता था और उसके परे मर्दों की दुनिया शुरू होती थी। मर्द अभी भी इस ग्रह के रहने योग्य अधिकांश हिस्से पर कब्जा जमाए हुए थे और इस बात की बहुत कम सम्भावना थी कि हालत बदलेगी।

धरती पिछले कुछ वर्षों में कितनी तेजी-से सिकुड़ गई थी? अब इसका छोटा-सा हिस्सा ही ऐसा था, जहाँ जीवन हो सकता था। बाकी हिस्से पिघलते हुए ग्लेशियरों और बर्फीली चोटियों से लगातार आने वाले पानी के कारण डूब चुके थे। सभी यह बात जानते थे कि बाकी हिस्सा भी जल्दी ही डूब जाएगा। सूर्य धीमा पड़ता जा रहा था और इसका अन्त निकट आ रहा था। धरती बहुत तेज गति से टूट रही थी।

रिया ने आकाश में अपनी उम्मीदों—ईलोन की तरफ देखा। शुरू-शुरू में ईलोन की खोज ने किसी की भी कल्पना को नहीं थामा था, लेकिन अब कई बरस के बाद मानवता के, सभ्यता के जीवित रहने की केवल यही उम्मीद रह गई थी। अब दूर बसा यह नक्षत्र उनका लक्ष्य बन चुका था। मर्द अपने को-ऑर्डिनेट के साथ लैस होकर वहाँ जाने के लिए स्पेसशिप बना रहे थे। औरतें अपने खुद के स्पेसशिप पर काम करते हुए उसकी लोकेशन का पता लगाने में लगी हुई थीं। इन प्रजातियों में जो भी पक्ष जीतेगा, वह दूसरे को मरते हुए ग्रह पर खत्म हो जाने के लिए पीछे छोड़ते हुए आगे निकल जाएगा।

रिया सामने की दीवार पर लगे तीन स्क्रीन की तरफ मुड़ी। बाएँ कोने में ऊपर की तरफ लगा स्क्रीन स्पेसशिप बनने की प्रगति के बारे में विवरण देता था , दूसरा स्क्रीन मर्दों वाले इलाके में घटने वाली किसी भी महत्त्वपूर्ण घटना के बारे में लगातार जानकारी देता रहता था और तीसरा हब में होने वाली घटनाओं के बारे में अद्यतन जानकारी देता था।

आर्यन अब तक उस रिजॉर्ट तक नहीं पहुँचा था, जहाँ उसकी माँ के छुपे होने की कल्पना की जा सकती जा रही थी और उसका इन्तजार कर रही थी। माया के जिद्दी व्यवहार पर रिया को गुस्सा आ रहा था। माया साफ तौर पर उनकी दुनिया की वास्तविकता को समझती थी। वह जानती थी कि किसी महिला का किसी मर्द से मिलना अपराध था, बेशक उस मर्द से उसने जिन्दगी भर प्यार किया हो। इस

विचार से ही रिया ने अपना सिर झटका। माया उसे अब तक छोड़ नहीं पाई थी। अब इस समय जबकि उनके आसपास की दुनिया संघर्षों से जूझ रही थी, यह जिन्दगी और मौत का मामला हो गया था। क्या होगा अगर दूसरे लोगों को पता चले कि उसकी बूढ़ी और कमजोर माँ एक मर्द के साथ गुलछर्रे उड़ा रही है।

उसे पता था कि आर्यन अपनी तरफ से पूरी तरह से सही है। पिछले कुछ वर्षों के दौरान रिया ने अपनी माँ को इस बात के लिए फुसलाया था कि वह आर्यन से ईलोन की को-आर्डिनेशन निकलवाए, इसलिए वह उन दोनों को कभी-कभी मिलने देती थी, लेकिन वह इसमें सफल नहीं हुई थी।

माया और आर्यन जैसे प्रागैतिहासिक काल के जीव अब दोनों में से किसी भी पक्ष के किसी काम के नहीं रहे थे। फिर भी माया, जो सबसे अधिक उम्र की जीवित औरत थी, तब के पुराने जीवन के तौर-तरीकों के बारे में जानकारी देने का स्रोत समझी जा सकती थी जब मर्द और औरत एक साथ रहते थे।

रिया अपने इस खयाल में डूबी हुई थी, जब दरवाजे पर खटखट सुनाई दी। रिया ने अपने डेस्क से दरवाजा खोला और उसकी सहायक नकी भीतर आई।

"काउंसिल कल जल-क्षेत्रों की नीतियों पर चर्चा करने के लिए बैठक बुला रही है। मैंने आपको ड्राफ्ट भेज दिया है।" तब उसने अचानक पूछा, "क्या कोई बात तुम्हें परेशान कर रही है, रिया?"

रिया ने अपना सिर हिलाया, "क्या? नहीं, तुमने यह सवाल क्यों पूछा?"

"ऐसा है कि तुम जब भी सोच रही होती हो तो माया का संगीत लगाती हो।"

रिया हैरान रह गई। उसे पता ही नहीं चला था कि उसने संगीत बजाना शुरू कर दिया था।

"ऐसी कोई खास बात नहीं है, मैं माया के बारे में सोच रही थी। कई बार ऐसा लगता है कि वह आज हमारे आसपास की वास्तविकता से कोसों दूर है।"

"माया अब सक्रिय नहीं रही है, रिया। बेशक वह बूढ़ी हो गई हो और किसी और समय से नाता रखती हो, लेकिन वह जानती है कि क्या हो रहा है और सबसे बड़ी बात तो यह है कि वह नई वास्तविकता को स्वीकार करती है। मैं यह सोच रही थी कि तुम गम्भीरता से उसकी मर्जिंग के बारे में सोचो। तुम अपने-आप देख सकती हो कि किस तरह से बुली के मर्जर ने हमारे इस प्रोग्राम को फायदा पहुँचाया था। माया उच्च कोटि की संगीतकार है। हमें उसे अपने आसपास रखना चाहिए ताकि हम जिस नई दुनिया में जाना चाह रहे हैं, वहाँ उसे एनिमेट कर सकें।"

"तो यह बात है। मैंने इस विषय पर उससे बात की थी। खैर, हम देखें कि कल की बैठक के लिए क्या एजेंडा है?"

नकी कमरे से बाहर चली गई।

माया का संगीत अभी भी कमरे में गूँज रहा था।

संगीत ने रिया को वह सोचने पर विवश कर दिया जो नकी कह कर गई थी। उसने माया को पहले ही यह सुझाव दिया था, लेकिन माया ने कोई जवाब नहीं दिया था। मर्जर बहुत कम इस्तेमाल किया जाता था। अब यह अमरता की तरफ जाने के लिए कोई टेक्नोलॉजिकल कदम नहीं रह गया था। अंग बदलने की थेरेपी और क्लोनिंग की उपलब्धता ने सारा किस्सा बदल दिया था। मर्जर केवल तभी किया जाता था जब किसी अपवादस्वरूप दिमाग को सुरक्षित रखने की जरूरत हो।

माया और ईलोन के खयाल ने उसे वापिस मौजूदा समस्या की तरफ ला खड़ा किया। आर्यन अगर रिजॉर्ट पहुँचता है तो क्या वह उसे गिरफ्तार करवा ले? रिजॉर्ट आखिर हब के क्षेत्राधिकार में आता था। तब वे उसे ईलोन का को-ऑर्डिनेट बताने के लिए मजबूर कर सकते हैं।

आसमान पर हमेशा की तरह बादल छाए हुए थे। ऐसा लग रहा था कि अगले कुछ दिन तक मूसलाधार बरसात होने वाली है। बालकनी में खड़ा हुआ आर्यन तारों की एक झलक पाने के लिए आसमान की तरह देख रहा था। यह तीसरा दिन था जब उसने घने बादलों के पीछे से एक भी तारा नहीं देखा था। इन दिनों उसे आसमान देखने के लिए अपनी आँखें सिकोड़नी पड़ती थीं, खासकर तब, जब चाँदी की रिम वाला अपना चश्मा नहीं पहन रखा होता था, उसकी आँखें कमजोर होती चली जा रही थीं और लगातार उसके कन्धे में दर्द उठता था। जो कुछ उसने देखा था, उससे वह बहुत निराश हुआ और अपने अस्त-व्यस्त कमरे में चला आया। मर्दों के इलाके में एक बेकार-सी बिल्डिंग में उसके एक कमरे के इस अपार्टमेंट में उसके पूरे जीवन की जमा पूँजी थी। बाईं तरफ दीवार पर उसकी पसन्दीदा इमेज लगी हुई थी। ब्रह्मांड और उसके दाईं तरफ एक छोटा-सा निशान। यह चीज एस्ट्रोनॉमी टॉवर से दूरबीन के काँच से दिखाई देने वाला ईलोन ग्रह था। यह दृश्य उसने और माया ने बहुत पहले एक साथ देखा था।

जैसे ही उसने माया के बारे में सोचा, उसके दिल में एक हूक-सी उठी। वह जानता था कि माया उसका इन्तजार कर रही होगी। उनके मिलने की नियत तारीख के बाद चार दिन बीत चुके थे और वह अभी तक घर से निकला नहीं था। आर्यन थका हुआ था। वह इस दुनिया में खुद को फँसा हुआ पाता था। उसने दुनिया को, मानवता को ईलोन दे दिया था ताकि वे अपने भविष्य का निर्माण कर सकें, लेकिन अब यह एक ऐसा पुरस्कार बन गया था, जिसके लिए दोनों पक्ष बुरी तरह से लड़-मर रहे थे। एक नया जीवन जो दूर कहीं एक ग्रह में उनका इन्तजार कर

रहा था, उनका जीवन-मरण बन गया था। आर्यन को भुला दिया गया था। मूल उद्देश्य कहीं खो गया था और जो कुछ बचा था, आर्यन को उससे घृणा होती थी।

कुछ वर्ष बीते, माया और वह एक मझधार में फँस गए थे। वे मर्दों और औरतों के लिए बसाए गए अलग-अलग इलाकों में रह रहे थे। एक बार फिर माया उसके जीवन से जा चुकी थी और उसके मन-मस्तिष्क का हिस्सा बन गई थी।

दीवार पर जड़े एक स्क्रीन पर समाचार आ रहे थे। यह समाचार गाइनके हब के बारे में था। स्क्रीन पर रिया का चेहरा उभरा। यह बच्ची कितनी बदल गई थी! अब यह दृढ़ निश्चय वाली लड़की कभी खुशमिजाज और प्रसन्न लड़की हुआ करती थी। बहुत कुछ अपनी माँ की तरह कभी वह मुक्त आत्मा हुआ करती थी, लेकिन अब रिया एक ऐसे कटघरे में बन्द हो गई थी जो उसने खुद अपने लिए तैयार किया था।

एक तरह से आर्यन को इस बात से कोई फर्क नहीं पड़ता था कि कौन यह दौड़ जीतेगा? उसने बहुत पहले ही यह तय कर लिया था कि वह इसका हिस्सा नहीं है, चाहे मर्द या औरतें एक-दूसरे को नेस्तनाबूद कर दें और चाहे यहाँ करें या कहीं और करें, इससे उसे कोई फर्क नहीं पड़ता था। आर्यन जो परिवर्तन से डरता था, उसे पता था कि निष्पक्ष बने रहने में ही भलाई है। अब उसे तारों में राहत मिलती थी जिन्हें उसने अपनी बालकनी से देखा था। सिर्फ वे ही ऐसे थे जो किसी भी हंगामे में स्थिर बने रहते थे।

बाकी उसके लिए जो बात मायने रखती थी, वह थी एक औरत जो उसके लिए पहाड़ी पर बने रिजॉर्ट में उसका इन्तजार कर रही थी। उन सारे वर्षों में भी, जब वे एक साथ रहे थे, माया ने हमेशा उसमें उम्मीद जगाई थी। यह एक भयानक हानि थी कि रिया और वे लोग, जो उसके बाद आएँगे, कभी भी इस एहसास को महसूस नहीं कर पाएंगे। वह नहीं जानता कि इस उम्र में भी, जब उसके शरीर का कोई भी अंग सिहरता नहीं है, जब वह माया के बारे में सोचता है, तो उसे अपनी आत्मा में एक गर्माहट का एहसास होता है।

अपनी अकेली बालकनी में से आर्यन अक्सर नीचे गली में आदमियों को दौड़ते हुए देखता। वे अकेले होते, भ्रम में होते और हमेशा लगता कि वे खुद से, औरतों से, परिवर्तन से युद्ध कर रहे हैं। उसे याद आता है कि जब वह युवा था तो किसी भी सोसाइटी में अकेले और सबसे कटे हुए छड़े मर्दों के झुंडों को हर तरह की समस्याओं की शुरुआत का कारण माना जाता था। अब जो समाज सामने था उसमें अकेले, सबसे कटे, असम्पृक्त मर्दों की भीड़ थी और वे सब यह मानते थे कि यह सभ्यता का सर्वोच्च और शानदार वक्त है, जब मर्द को औरत की जरूरत ही नहीं है। इसे सफलता का सर्वोच्च शिखर माना जाता था। आर्यन को कुछ समझ नहीं आता था। ये कोई सैद्धान्तिक लड़ाइयाँ नहीं थीं, न ही इलाकों के लिए युद्ध थे

और न ही आजादी के लिए कोई चिल्लाहट। अब औरतें ही आखिर उनकी दुश्मन थीं—औपचारिक रूप से और खुले तौर पर।

माया—आर्यन ने उसके बारे में उस अँधेरी और तूफानी रात में सोचा जब बरसात छत पर पत्थरों की तरह तड़ातड़ बरस रही थी, उसका मुस्कुराता हुआ चेहरा, उसका उत्तेजित करने वाला संगीत, जीवन के लिए लालसा, उसकी ऊर्जा और उसकी उम्मीद की भावना—सब याद आ रहे थे। उसे याद आया कि जब वह उसके बालों में अपनी उँगलियाँ फिराती थी तो कैसी लगती थी? आर्यन उसे प्यार करता था, यह स्वीकार करने में उसे पूरा जीवन लग गया था। कितना शानदार एहसास था!

माया झरने के पास बैठी हुई थी। एक हफ्ते से भी ज्यादा बीत गया था और आर्यन अब तक नहीं आया था, लेकिन वह फिर भी इन्तजार करती रही।

कहीं दूर वह रिया के गुस्से को उबलता हुआ देख रही थी। वह भूल-सा गई थी कि रिया उसका खुद का अंश है। उसके बारे में आमतौर पर वह यही सोचती थी कि वह एक लीडर है। इस बात को कई बरस बीत चुके थे जब उन्होंने एक-दूसरे को गले लगाया था या कोई व्यक्तिगत बात की थी।

यह तपती दोपहर थी, लेकिन दो दिन की बरसात के बाद यह बदलाव अच्छा लग रहा था। भीगी हुई हरियाली की महक हवा में पर्दे की तरह लटकी हुई थी। माया ने अपना सिर अपनी बाँह पर टिका लिया और संगीत को अपने दिमाग में बजने दिया। संगीत उसका सदाबहार साथी है। जब भी वह संगीत की शरण में जाती, संगीत उसके मन-प्राण नएपन से भर देता। उसके कन्धे पर हल्की-सी थपथपाहट हुई। उसने सिर उठाकर देखा, सूर्य की रौशनी में आर्यन खड़ा था। उसने अपना हाथ बढ़ाकर हौले-से खड़े होने में उसकी मदद की।

माया ने लड़खड़ाते कदमों से उठते हुए कहा, "आखिर तुम आ ही गए?"

"हाँ, मैंने दो दिन पहले चलना शुरू कर दिया था। सॉरी, मुझे आने में देर हो गई है।"

आर्यन पूरी तरह से थका हुआ लग रहा था।

"तुम सारा रास्ता पैदल चलकर आए हो?" उसने अविश्वास से पूछा, "तुमने हब के बॉर्डर तक एयर कार क्यों नहीं ले ली, तुम उसके बाद चल सकते थे?"

"दरअसल, सिर्फ इसलिए कि मेरे पास किराए के पैसे नहीं थे। इस सारी भगदड़ में जो हमारे आसपास चल रही है, पेंशन अदा नहीं की जा रही है। संगीत के विपरीत अब मैं पेंशन के सहारे रहता हूँ। माया, अब हम बूढ़े हो गए हैं। नौजवानों

को अब हमारी जरूरत नहीं है। मैंने यह बात तुम्हें कितनी बार बताई है?" थोड़ा नाराज होते हुए उसने जवाब दिया।

मैदान में चलते हुए वे एक छोटी-सी बेंच तक आए और बैठ गए। हाथों में हाथ लिये। चुपचाप। चढ़ाई चढ़ने की वजह से आर्यन की अभी तक साँस फूली हुई थी।

कुछ देर बाद माया ने कहा, "तुम्हें भूख लगी होगी। चलो, हम अन्दर चलते हैं और कुछ खा लेते हैं।" माया खड़ी हो रही थी, लेकिन आर्यन ने उसे बेंच पर वापिस खींच लिया।

"नहीं, मैंने कुछ खा लिया था। हम थोड़ी देर यहीं बैठते हैं। यहाँ बैठना अच्छा लगता है, कुछ-कुछ पुराने दिनों की तरह। तुम्हारे क्या हाल रहे हैं? मैं तुम्हें अच्छी तरह से देख लूँ। इस बात को दो बरस होने को आए, जब हम पिछली बार मिले थे। सही है न?" आर्यन मुड़ा और अपना चश्मा अपने सफेद धवल बालों पर टिका दिया और माया की तरफ देखने लगा। आर्यन की आँखें माया को देखकर मुस्कुरा रही थीं। चूँकि अब दोनों एक साथ थे, उन्हें लगा कि वे कभी जुदा ही नहीं हुए थे।

"हाँ, दो बरस हो गए। मुझे विश्वास ही नहीं था कि तुम्हें मेरा सन्देश मिला होगा या नहीं, लेकिन मुझे खुशी है कि हम एक-दूसरे से संवाद कर पाए। बेशक मुझे लग रहा था कि रिया हमारी बातचीत पर निगाह रखे हुए है।" माया ने कहा और अपना सिर आर्यन के कन्धे पर टिका दिया। और इसी पल, उनके आसपास की अजीब दुनिया गायब हो गई। वे फिर से अपने पुराने वक्त में पहुँच गए—पुराने जोड़े की तरह, धूप में साथ-साथ, मौन के आवरण में लिपटे, दोनों अपने-अपने खयालों में खोए हुए थे, फिर भी एक साथ थे।

"माया, क्या तुम्हें याद है, उन्होंने हमें पढ़ाया था कि महाविनाश के बाद धरती पर जीवन शुरू हुआ था? पहले अकेले सैल व्यवस्था से जीवन के दूसरे जटिल रूपों में। मर्द और औरत और जो बच्चे उन्होंने पैदा किए थे, उससे दुनिया बनती थी, युद्ध होते थे, संघर्ष होते थे, अलग-अलग चरणों में शान्ति और विलासिता होते थे, लेकिन इन सारे परिवर्तनों और फसादों के बावजूद हम हमेशा एक होते थे, इनसानों के रूप में। हमने दूसरी प्रजातियों के साथ झगड़े किए और उन्हें एक तरह से खत्म कर दिया, लेकिन जो कुछ भी किया गया था, वह सब मानवता के लिए किया गया था। तभी, यह धरती जो इतनी खूबसूरत थी और इतनी समृद्ध थी, ज्यादा इस्तेमाल की वजह से सिकुड़ने लगी। हम अभी इस बात के लिए लड़ते रहे ताकि इनसान के रूप में जाने जाएँ। मौसम के बदलाव, प्रदूषण, जमीन का डूबना, सूर्य की किरणों का गायब होना, ये सब हमारी सामान्य लड़ाइयाँ थीं। सदियों से चली आ रही ये सारी चीजें आधी शताब्दी में ही बदल गईं। क्यों? क्योंकि हमने प्रकृति के समीकरण में एक बात को बदल दिया था। वह था कि सन्तानोत्पति के लिए मर्दों और औरतों को एक-दूसरे की जरूरत ही नहीं रही। अब तो भावी पीढ़ियाँ तैयार

करने के लिए उन्हें अपने शरीर की भी जरूरत नहीं होती। सिर्फ एक सैल और एक अच्छे इन्क्यूबेटर की ही जरूरत होती है। हमने आउटसोर्सिंग का बेहतरीन हल ढूँढ़ लिया है। अब हुआ क्या है? दोनों ही पक्ष विश्वास के साथ यह मानने लगे हैं कि दूसरी तरफ किसी और ही प्रजाति के लोग हैं। याद करो माया, मैंने यह बात तुमसे बरसों पहले कही थी जब हमने एक साथ पहली बार ईलोन देखा था, अगर मैं तुम्हारे साथ ईमानदारी से बात करूँ तो उस समय मैंने अपने लिए लम्बे जीवन की कामना की थी जैसा कि हमने अपने लिए आविष्कार किया था, लेकिन उस वक्त मैंने यह कभी नहीं सोचा था कि मैं अपने डर को जीते जी सच होते देख लूँगा।"

माया ने अपनी आँखें खोलीं। आसमान पर फिर से बादल घिर आए थे। उसने आर्यन को देखने के लिए अपना सिर मोड़ा।

"आर्यन, यह बात तुम्हें इतनी तकलीफ क्यों देती है?"

"हानि, माया हानि। हमने मानव-सभ्यता का आधार ही खो दिया है। यह भयानक है। क्या तुम्हें यह नजर नहीं आता?" माया ने आर्यन का हाथ थामा और उसकी लम्बी उँगलियों से खेलने लगी, जबकि आर्यन कहीं दूर देख रहा था।

माया आर्यन के कन्धे में दुबक गई। उस जगह असीम शान्ति थी।

"यह तुम्हारे भीतर का मर्द है जो बोल रहा है, आर्यन। हमारे बीच में उस काल से एक छुपा हुआ संघर्ष रहा है, जब मर्द शिकार किया करते थे और औरतें आग जलाए रखा करती थीं। सदियों तक मर्दों और औरतों के बीच, मर्द की शारीरिक ताकत के कारण फर्क बना रहा। यह जीव विज्ञान का कमाल था कि यह हमेशा मर्दों की दुनिया बनी रही। जीव विज्ञान के कारण ही समाज के सभी क्षेत्रों में औरत हमेशा दूसरे दर्जे की नागरिक बनी रही। सदियों तक बलात्कार को एक हथियार के रूप में इस्तेमाल किया जाता रहा, जबकि इसे कभी स्वीकार नहीं किया गया कि यह युद्ध का एक तरीका था। औरतों के खिलाफ यौन हिंसा एक सजा की तरह थी, जिसे अपनी ताकत को सिद्ध करने के लिए, औरत को छोटा दिखाने और उसका अनादर करने के लिए और गलत जगह पर अपनी मर्दानगी दिखाने के एहसास के लिए इस्तेमाल किया जाता रहा। मुझे अभी भी वह वक्त याद है जब औरत का खुद का शरीर उसका अपना नहीं हुआ करता था, चाहे वह बच्चा पैदा करने या न करने का फैसला हो, वह क्या पहने, कहाँ जाए, उसे छूने का किसको अधिकार था, ये सारी चीजें एक या दूसरी वजह से मर्दों ने तय करने के लिए अपने हाथ में रखीं। ये कभी भी उसके खुद के चयन नहीं थे। सदियों तक मर्द औरतों को अपने अधीन रखे रहे और उन पर अपना हक जताते रहे।

"आर्यन, तुम जिन सदियों की बात करते हो, जब मर्द और औरत एक साथ रहते थे, मर्दों और औरतों के बीच हमेशा संघर्ष बना रहा। इससे हमेशा इनकार किया जाता रहा। इसे हमेशा दबाया गया और पिंजरे में बन्द रखा गया, इसे हमेशा

टाला गया। जब धीरे-धीरे चीजें बदलने लगीं, जैसे अश्वशक्ति की जगह बटनों ने ले ली, जैसे पहले इनसान जो काम करते थे, वे काम मशीनें करने लगीं और जब सन्तुलन बदलने लगा तो औरत छाया में से निकल कर बाहर आई। यह एक सतत् संघर्ष था, आर्यन। स्त्री-द्वेष और मर्द का स्वामित्व हमारे बीच सदियों तक चलते रहे, इनसे लड़ना आसान नहीं था। तुम उन काल-खंडों को कैसे भूल सकते हो, जब लैंगिक सन्तुलन बदलने लगा और समलैंगिकता मुख्यधारा में आ गई। लैंगिक सीमाएँ टूटने लगीं, पहचान के संकट सामने नजर आने लगे और सारी चीजें अधर में रह गईं। कामुकता, विपरीत लिंगी आकर्षण और दूसरे वैकल्पिक तरीके फलते-फूलते रहे, फिर भी इस सारे समय में मर्द और औरत अपनी-अपनी जगह पर बने रहे, क्योंकि सन्तान उत्पन्न करने के लिए दोनों को एक-दूसरे की जरूरत थी, चाहे आप लैस्बियन हों, गे हों या स्ट्रेट हों, हम फिर भी सन्तान उत्पन्न कर रहे थे। हम बेहद आगे बढ़ने वाली प्रजाति थे जिन्हें टेक्नोलॉजी धकेल रही थी। बहुत कम लोगों ने देखा कि टेक्नोलॉजी उनके भविष्य में क्या परिवर्तन लाएगी? हम अपने आदर्शों और संगठित विश्वास के पीछे छुप गए और यह सोचने लगे कि ऐसा भविष्य कभी नहीं आएगा। लेकिन वह एक दिन आया और सब कुछ बदल गया।

"एक-दूसरे पर हमारी निर्भरता खत्म हो गई। मर्द चाहे तो अपने बच्चे पैदा कर सकते थे और औरत चाहे तो अपने बच्चे पैदा कर सकती थी। इच्छा हमारे जीवन से लुप्त होती गई। अपनी आदिम इच्छा, जिसे हम सदियों से कहते-सुनते चले आ रहे थे, देखते-देखते हमारी जमीन से गायब हो गई। प्रजातियों के रूप में हमने जो खोया है, वह कामेच्छा है, सैक्सुएलिटी है, आर्यन। यह आदिम चाहत जो सारी विपरीत बातों के बावजूद मर्द और औरत को जोड़े रखती थी, पूरी तरह से गायब हो गई है। हम पूरी तरह से बदल गए हैं। एक नए तरह के जीवन की तरफ बढ़ रहे हैं जहाँ अकेला मानव है, मर्द है, अकेली औरत है जो जीते हैं, सन्तान पैदा करते हैं, और मर जाते हैं। उस पर तुर्रा यह कि जीने के लिए एक लम्बा और काफी स्वस्थ जीवन है। अब हम जीवन के एक नए ढाँचे की तरफ बढ़ रहे हैं। हमारा जीवन मशीनों के आसपास घूमता रहता है, वे हमें व्यस्त रखने के उपकरण बन गए हैं, टेक्नोलॉजी ही अन्तिम सत्य हो गई है, आर्यन। हमारे जितने भी ज्ञात मानदंड थे, वे खत्म हो जाएँगे, बल्कि पहले ही गायब हो चुके हैं।"

माया साँस लेने के लिए रुकी, "जिसे तुम मर्द और औरत के बीच विभाजन कह रहे हो और तुम मानते हो कि वह हानि है, दरअसल औरतों के लिए वह एक जीत है जिसे आने में सदियाँ लग गई हैं। यह धरती लम्बे समय तक मर्दों के कब्जे में रही, आर्यन। मानवता की जगह अब जीव विज्ञान ने ले ली है, जिसने स्वामित्व के ढाँचे को बदल दिया है। अब इससे संघर्ष और टकराव तो होगा ही। यह लम्बी चलने वाली लड़ाई है, खासकर जब दोनों ईलोन की बात करें।"

बरसात की पहली बूँदें टपकने लगी थीं।

आर्यन की आँखें बन्द थीं। उसने अपना चश्मा ठीक किया और धीरे-धीरे कहने लगा, "मैंने कभी भी चीजों को इस तरह से नहीं देखा था। हो सकता है, तुम जो भी कह रही हो वह सच हो, लेकिन यह कम-से-कम जीत तो नहीं ही है, इस बात का पूरा विश्वास है।"

माया खड़ी हो गई और आर्यन के घने सफेद बालों में उँगलियाँ फिराने लगी। यह हैरानी की बात थी कि इतनी उम्र बीत जाने के बाद भी उसके बाल घने बने हुए थे। उसे अभी भी आर्यन के बालों में उँगलियाँ फिराना अच्छा लगता था।

"ऐसा करना तुम्हें अच्छा लगता है, है न माया? मुझे तुम्हारा यह करना बहुत अच्छा लगता है, बेशक कभी मैं यह बात कह नहीं पाया।"

"आओ आर्यन, हम भीतर चलें। नहीं तो हम भीग जाएँगे।" माया ने कहा और उसका हाथ थामा।

आर्यन ने सिर उठाकर देखा। बढ़ती हुई बरसात में वह चुपचाप माया की तरफ देखता रहा। वे इतने बरसों से एक साथ थे। उसे लगा, ये सारे बरस उसकी आँखों के सामने एक प्रवाह में बह रहे हैं। बरसात अब और तेजी-से होने लगी थी। माया ने आखिर कहा, "मैं भी तुम्हें प्यार करती हूँ।" उसकी आँखें चमक रही थीं। आर्यन खड़ा हुआ और दोनों हाथों में हाथ डाले कॉटेज की तरफ चलने लगे। बरसात और तेज होने लगी थी।

"क्या तुम्हें लगता है माया कि मर्द और औरतें फिर से एक-दूसरे के पास आएँगे? बेशक बहुत समय लग जाए या किसी और दुनिया में?"

वे कॉटेज के दरवाजे के पास पहुँच गए थे। उनके पहुँचते ही दरवाजा खुला और वे भीतर गर्म और शुष्क माहौल में पहुँच गए।

"जाओ और एक गाउन पहन लो आर्यन, तुम बहुत बुरी तरह से भीग गए हो। मैं भी कपड़े बदलूँगी और हमें भविष्य के बारे में इतनी अधिक चिन्ता नहीं करनी चाहिए। तुम हमेशा कहते भी हो कि हम अतीत से नाता रखते हैं।"

जब तक उन्होंने अपना डिनर खत्म किया, बाहर घना अँधेरा हो चुका था। वे एक बहुत बड़े से बिस्तर पर, मद्धिम रौशनी में एक-दूजे के निकट लेट गए।

"तुमने मुझे इतनी हड़बड़ी में बुलाया? तुम ठीक तो हो माया?" आर्यन ने पूछा।

माया ने अपना सिर घुमाया और आर्यन के कन्धे पर टिका दिया, ठीक वैसे ही जैसे उसे अच्छा लगता था।

"रिया ने मुझसे पूछा था कि क्या मैं मर्जर के लिए जाना चाहूँगी। वह कह रही थी कि मैं एक विख्यात संगीतकार हूँ, इसलिए विशेष मस्तिष्क के रूप में आती हूँ। यह ऑफिशियल वर्जन है।" वह अपनी बात जारी रखने से पहले अँधेरे में मुस्कुराई, "और खास बात यह है कि वह मुझे बता रही थी कि वह तुम्हारी

कीमती खोज ईलोन तक पहुँचने के बारे में किसी नतीजे तक बस पहुँचने ही वाले हैं। वह मुझे यहाँ अकेले मरने के लिए नहीं छोड़ना चाहती और मैं इस हालत में नहीं हूँ कि उस ग्रह में सशरीर यात्रा कर सकूँ। तुम क्या सोचते हो?"

आर्यन चुपचाप लेटा रहा। वह जानता था कि माया का अगला सवाल क्या होगा और वह यह भी जानता था कि उसका जवाब क्या होगा? उसका कन्धा पहले की तुलना में ज्यादा टीस मार रहा था। उसने अपने पास लेटी माया का माथा सहलाया। वह अब तक मानवता की हानि के बारे में क्यों नहीं सोच पा रही है। आखिर उसके व्यक्तित्व में ऐसी कौन-सी बात है जो उसे अज्ञात सीमाओं की तलाश के लिए प्रेरित करती है?

"तुम क्या करना चाहती हो, माया?"

"जब मैं युवा थी, यहाँ तक कि आज से बीस बरस पहले भी इस बात का जवाब देना मेरे लिए आसान होता। तब मैंने यह कहा होता कि मैं नए ग्रह पर जाना चाहती हूँ और देखना चाहती हूँ कि वहाँ जीवन कैसा है? अपनी चेतना को मशीन के साथ मर्ज कर देने में मुझे कभी भी डर नहीं लगा जैसा कि कई दूसरे लोगों को लगता है, लेकिन अब मैं नहीं जानती। क्या तुम भी मर्जर के लिए जाओगे, आर्यन? पता है, तब हम एक साथ रह सकेंगे।"

आर्यन मुड़ा और बोला, "जरा मेरी पीठ सहलाओ, माया। वैसे ही जैसे मुझे अच्छा लगता है।"

बाहर बारिश तूफान मचा रही थी और कमरे के मौन में माया आर्यन के जवाब का इन्तजार कर रही थी। उसका हाथ धीरे-धीरे आर्यन की पीठ सहला रहा था।

"माया, रुको अभी और हमें इस ग्रह पर एक साथ मरने दो। अभी तुमने कुछ देर पहले कहा था कि हम अतीत से नाता रखते हैं। अतीत से ही भविष्य का रास्ता निकलता है, लेकिन इसमें इसके लिए कोई जगह नहीं है। जब वे जाएँगे तो हम एक साथ हो सकते हैं। यहाँ इसी धरती पर, हम अपने वक्त का इन्तजार करेंगे। यही वह जगह है जहाँ से हम नाता रखते हैं। माया, यह धरती कितनी भी सिकुड़ जाए, यह कितनी भी ठंडी हो जाए, यही वह जगह है जिसे हम घर के रूप में जानते हैं और इस बात से हमें कितनी राहत मिलेगी कि यहाँ हमारा अन्त आएगा, चाहे हमें पहले से पता हो, माया। मशीनों के जरिए अन्तहीन जीवन जीते रहना मेरे लिए सम्भव नहीं है। मैं इसके बजाय तुम्हारा हाथ थामे मरना पसन्द करूँगा।"

बाहर बरसात इस तरह से हो रही थी मानो आसमान फट पड़ेगा। जो कुछ आर्यन ने कहा, उससे माया को हैरानी नहीं हुई। उसे यह सुनकर तकलीफ भी नहीं हुई जैसी कुछ बरस पहले हुई होती। कहीं भीतर बहुत गहरे, वह समझ रही थी कि क्यों अन्तहीन जीवन जीने का एहसास उसे अब बिलकुल भी उत्तेजित नहीं कर रहा था। शायद इसलिए कि जो जीवन उसे देने की बात हो रही थी, वह उस

जीवन से बहुत अलग था, जिसकी उसने कल्पना की थी। मर्दों और औरतों के बीच चली आ रही लड़ाई कभी भी उसकी कल्पना में नहीं थी। हो सकता है, यह बदलाव कुछ ज्यादा ही हो और यह भी है कि वह अब बहुत बूढ़ी हो चुकी है। आर्यन की तरह वह भी चाहती होगी कि इस यात्रा का अन्त हो। इसी धरती पर रहते रहो और आर्यन के साथ वक्त बीतने का इन्तजार करते रहो। यह अपने-आप में बहुत अच्छा खयाल था कि ऐसे भविष्य की राह देखते रहें। ऐसा लगा कि आर्यन गहरी नींद में उतर चुका है। माया ने उसके बाल सहलाने बन्द कर दिए और सीधी होकर अपनी पीठ के बल लेट गई। आर्यन ने माया का हाथ थामा और धीरे-से कहा, "मत जाओ।"

आर्यन ने माया की बाँह अपने ऊपर खींची और माया उसकी तरफ मुड़ गई। माया के गाल उसकी पीठ को छू रहे थे। वह उसी तरह से आराम से लेटी रही। बाहर तेज बरसात की गड़गड़ाहट और आर्यन की भारी साँसें सिंफनी की तरह बज रही थीं। माया भी गहरी नींद में सो गई।

दरवाजा खटखटाने की आवाज से अचानक माया की नींद खुल गई। दिन चढ़ आया था और कहीं दूर सूर्य बादलों के पीछे से झाँकने में सफल हो गया था। धूप पहाड़ियों पर चमकने लगी थी और कमरे की लम्बी खिड़की से दिखाई दे रही थी। आर्यन अभी भी नींद में था। धूप के बावजूद माया को लगा कि उसकी छाती पर एक ठंडा हाथ टिका हुआ है।

दरवाजा खुला और दो महिला सैनिक अन्दर आईं। वे बहुत सलीकेदार यूनिफॉर्म पहने हुई थीं और उनके पास हथियार थे।

"सॉरी माया, हम आर्यन को लेने आई हैं।"

रात ढल चुकी थी और वॉल्ट में पूरी तरह से सन्नाटा था। सिर्फ सिस्टम से आ रही आवाज ही सुनी जा सकती थी। इवी और टिओनी वहाँ बैठी थीं। उनकी आँखें बन्द थीं। वे कहानी के ऊपर से परदा उठने का इन्तजार कर रही थीं, लेकिन वहाँ केवल सन्नाटा था।

टिओनी ने अपनी आँखें खोलीं और उसने महसूस किया कि वह दो महिला सैनिकों को आर्यन को दरवाजे से बाहर ले जाते हुए देख रही है। उसने अपना सिर हिलाया और ईलोन में वापिस लौटने के लिए अपनी आँखें झपकाईं, "माया, तुम हो? आर्यन को क्या हुआ? इस तरह से मत जाओ।" इवी के वर्कस्टेशन पर खाली स्क्रीन पर टिओनी गिड़गिड़ा रही थी। वहाँ से कोई भी जवाब नहीं मिला।

"टिओनी, लगता है वह चली गई है।" इवी ने अपनी आँखें खोलते हुए कहा। वॉल्ट का सूनापन उत्तेजित कर रहा था। इवी खड़ी हुई और कमरे के चक्कर लगाने लगी।

"मुझे हैरानी हो रही है टिओनी कि माया ने जो कुछ हमें बताया है, क्या पुरुष भी उसके बारे में जानते थे?" कमरे में चहलकदमी करते हुए इवी ने कहा।

"मैं भी हैरान हूँ। क्या तुम सोचती हो कि अगर दोनों पक्षों ने अतीत के बारे में सब कुछ याद रखा होता तो इस ग्रह पर जीवन क्या कुछ अलग होता?" माया की आवाज कमरे में गूँज रही थी। इवी तेजी-से लौटकर अपनी कुर्सी पर आई, "माया हमें बताओ, तुम सीनी को ले जाए जाने के बारे में क्या जानती हो? इस बार अपनी कहानी पूरे किए बिना मत जाना।" इवी चाहती थी कि इस अनिश्चितता का अन्त हो।

"मैं कहीं नहीं गई थी, बस, अतीत के झमेले में फँस गई थी। इवी यह बात मैं पहले भी कह चुकी हूँ कि मैं सीनी की मृत्यु के बारे में कुछ भी नहीं जानती। दरअसल, उसे कभी भी पूरी कहानी के बारे में पता नहीं था। बेशक मैं उसे हमेशा अपने आसपास मिस करती हूँ।"

"माया, उसके बाद क्या हुआ?" इवी ने पूछा, हालाँकि वह इस बात से बहुत निराश थी कि माया सीनी के ले जाए जाने के बारे में कुछ भी नहीं बता पाई।

"यहाँ से कहानी बहुत आसान और संक्षेप में है। वे आर्यन को इसलिए गिरफ्तार नहीं कर पाए, क्योंकि वह पहले ही ले जाया जा चुका था। वह उस रात ही मेरी बाँहों में मर चुका था। वह हमेशा धरती पर ही मरना चाहता था, हालाँकि वह पूरी जिन्दगी सितारों के बीच में रहा। मैं इतनी सौभाग्यशाली नहीं थी। मैं इस दौड़ को अन्त तक देखने के लिए जीवित रही। और उसके बाद, जब ईलोन की यात्रा करने का समय आया तो मैंने बहुत सोचा, अगर मैं अपने अन्तिम दिन आर्यन के साथ नहीं बिता पाई तो कम-से-कम मैं उसके ग्रह तक तो पहुँचूँगी। इसलिए मैंने तय किया कि मैं मर्ज हो जाऊँगी। मेरे महापलायन के दौरान अपनी विरासत के रूप में मुझे रिया यहाँ लेकर आई थी और मैं अब तक यहाँ हूँ। अभी भी काल और स्पेस में और सारे दायरों में घूमती हुई, एक औरत की अन्तहीन चेतना के रूप में।"

"और?" इवी और जानने का इन्तजार कर रही थी।

"बाकी, ईलोन पर हमारे आगमन के बाद से तो तुम जानती ही हो। मर्दों और औरतों के बीच में पहले खुले संघर्ष ने रिया और एमी की जान ले ली थी।"

"क्या हमारे सिस्टम पर तुम्हारे जैसे और लोग भी हैं, माया? क्या कोई पुरुष भी मर्ज होने के बाद ईलोन पर आए थे?" इवी बेचैन हो रही थी। उसके दिमाग में बहुत सारे सवाल घूम रहे थे और माया थी कि उनके जवाब इतने विस्तार से नहीं दे रही थी। क्या यह पुरुषों द्वारा तैयार किया गया कोई प्रोग्राम था? यह पुराना शक फिर से सिर उठाने लगा था।

"मर्ज की गई कुछ और औरतों को यहाँ लाया गया था और एक कॉमन सिस्टम में इंस्टॉल कर दिया गया था, लेकिन वह सिस्टम पहली ही लड़ाई में नष्ट हो गया था। रिया ने मुझे अपने गैप्ड होम सिस्टम में रखा था और मैं इसीलिए बच गई और जहाँ तक पुरुषों का सवाल है, जब स्पेसशिप पर चढ़ने का समय आया था तो उन्होंने पुराने दिमागों के साथ बेकार की मशीनों को वहीं छोड़ दिया था। पुरुष हमेशा से अपनी जरूरतों के हिसाब से अपने नियम बदलते रहे हैं।"

"क्या तुम अभी भी आर्यन के बारे में सोचती हो, माया?" टिओनी ने पूछा।

इवी विश्वास ही नहीं कर पाई थी कि टिओनी इस तरह का बेसिर-पैर का सवाल पूछेगी। माया के सिस्टम में दोबारा गायब होने से पहले ऐसे बहुत सारे सवाल थे, जो उससे पूछे जा सकते थे। कहानी के इस भाग तक पहुँचने के लिए ही उसे इतने सारे विहान लग गए थे।

"वह अलग ही समय था टिओनी, जब आप किसी को प्यार करते थे, इतना अधिक और इतने लम्बे समय तक, जैसा कि मैंने आर्यन को प्यार किया था, वे आपका हिस्सा हो जाते हैं। वे आपके दिलो-दिमाग से कभी भी अलग नहीं होते। इसलिए हाँ, वह अब तक मेरी जागरूकता का हिस्सा है।"

"माया..." इवी चाहती थी कि वह चर्चा को और अधिक महत्त्वपूर्ण प्रश्नों की तरफ ले जाए।

"मैंने अपनी बात अभी पूरी नहीं की है, इवी। दूसरे व्यक्ति की इस जागरूकता को समझना तुम्हारे लिए मुश्किल है। तुम अकेले व्यक्तित्व के तारों के ताने-बाने से बनी हुई हो। तुम्हारा अपना स्व ही तुम्हारी जागरूकता का विस्तार है। यह तुम्हें आगे बढ़ाता है, बने रहने और मौजूद रहने की इच्छा को। यही तुम्हारे संसार का जुनून है, तुम्हारी वास्तविकता है, तुम्हारा मूल्य है। जो तुम्हारी सभ्यता मानती है और तय करती है, वे उसकी वास्तविकता से तय होते हैं। बहुत लम्बे समय तक हम मानवीय मूल्यों के एक अलग ही सेट से बँधे रहे और यह विश्वास करते रहे कि वे वैश्विक और अनन्त हैं, लेकिन एक बार सभ्यता का आधार बदल जाने के बाद वे सब गायब हो गए। मूल्यों के एक नए सेट ने दोनों ही तरफ जड़ें जमाईं। जब वास्तविकताएँ बदलती हैं तो मूल्य भी बदल जाते हैं। मुझे इस बात को समझने में काफी वक्त लग गया।"

"यह कैसे हुआ माया कि पुरुषों और औरतों ने यहाँ की यात्रा एक साथ की? क्यों?" एक पल तक इन्तजार करने के बाद इवी ने पूछा।

"लड़कियो, तुम ही बताओ कि एक ही कहानी के लिए तुम दोनों के सवाल अलग-अलग क्यों हैं? इससे मुझे आशा मिलती है। अलग-अलग नजरिए और विचार ही आगे बढ़ने का आधार हैं।"

वहाँ मौन पसर गया था। वे दोनों बेसब्री से माया के दोबारा बोलने का इन्तजार कर रही थीं। इस बीच टैग के जरिए टिओनी ने तारा की खबर ली। वह आराम से

सो रही थी और हैप उसकी निगरानी कर रहा था। उसने राहत की साँस ली और यह महसूस किया कि वह वॉल्ट में कुछ और देर रह सकती है।

"माया?" टिओनी हौले-से फुसफुसाई।

"मैं यहाँ हूँ, टिओनी। धरती से चलकर ईलोन आने की उस शानदार यात्रा को बहुत समय बीत चुका है। मैं तो ब्योरे जुटा रही थी। हम यहाँ एक साथ क्यों आए थे? सीधी-सी बात है। और कोई रास्ता नहीं था कि महापलायन से बचा जा सके। समय हाथ से फिसला जा रहा था और सूर्य कमजोर होता चला जा रहा था, जमीन और मौसम विपरीत होते चले जा रहे थे। हमारा अस्तित्व दांव पर लगा हुआ था। औरतों के पास स्पेसशिप थे, जिन पर भी लम्बी यात्रा कर सकते थे और मर्दों के पास ईलोन तक आने के लिए को-ऑर्डिनेट और रूट थे। आखिरकार, उन्होंने यह महसूस किया कि अगर वे एक-दूसरे के खिलाफ यह लड़ाई जीतने के लिए इन्तजार करते रहे तो वे धरती पर ही मर-खप जाएँगे, इसलिए वे एक साथ आए, आखिरी बार, और दोनों ने अपना-अपना ज्ञान शेयर किया। आखिर वे शताब्दियों की शेयर करने, प्यार करने, नफरत करने, संघर्ष करने, एक साथ रहने और सह-अस्तित्व को आधी शताब्दी में नकार नहीं सकते थे। एक साथ मिलकर काम करने का नतीजा यह हुआ कि मानव-सभ्यता बच गई और ईलोन पर आ गई। बेशक दो अलग-अलग प्रजातियों के रूप में।" माया ने कहा।

"यह महायात्रा हजारों साल या हजारों जैक पहले हुई थी। अब फैंस के अपनी-अपनी तरफ पुरुष और औरतें अलग-अलग प्रजातियों के रूप में रहते हैं और एक तरह से अलग-अलग प्रजातियाँ बन गए हैं। किसी भी तरफ, कोई भी याद नहीं करता या इस बात की परवाह नहीं करता कि उनका साझा अतीत कैसा था?" माया ने अपनी बात समाप्त की।

"बेशक यह रोचक कहानी है। इसका आज की हमारी दुनिया से कोई वास्ता नहीं है, माया। बस एक ही बात, जो तुम्हारे बयान से मुझ तक पहुँची है कि पुरुष भी हमारी प्रजाति से मिलते-जुलते लोग हैं और हम दोनों में ही एक समान जैविक सीक्वेंस है।" इवी ने घोषणा की।

"मैं सहमत हूँ कि ईलोन पर जीवन के तुम्हारे तौर-तरीकों पर अतीत की कोई भी छाया नहीं है। फिर भी एक तरह से अतीत कभी भी खत्म नहीं होता। एक तरह से यह उस तरीके को न भी बदले कि अब आप कैसे रहते हैं या आपका भविष्य कैसा होगा, लेकिन अतीत में यह गुण हमेशा रहता है कि आप वर्तमान में इसके साथ कैसे पेश आते हैं? केवल यह विचार ही कि पुरुष ही ऐसे हैं जो आपके जैसे हैं तो आपको फैंस के पार रहने वालों के साथ डील करने में अलग तरीके से पेश कर सकता है।" माया का यह कथन शान्त वॉल्ट में गूँज रहा था।

सम्पूर्णता

जब ट्रैवलर साइनेड की शानदार बिल्डिंग के प्रवेश द्वार पर रुका तो पैटिक्स अपने लैक्स पर अद्यतन आइटम में उलझा हुआ था।

क्या आपको पता है कि नेपो के भंडार तेजी-से कम होते चले जा रहे हैं? नेपो जो हमारे अस्तित्व का आधार है। और आप कहाँ पर नेपो के अछूते भंडार पा सकते हैं? क्या फैंस की दूसरी तरफ? कुछ लोग कह सकते हैं कि हम आकाशगंगा में एक नए ग्रह की तलाश कर सकते हैं। लेकिन मैं आपसे पूछता हूँ क्या हम अनिश्चितता के बादल में इतने लम्बे अरसे तक रह सकते हैं? आप क्या सोचते हैं कि हमें क्या चुनना चाहिए? —रादुल

पैटिक्स ट्रैवलर से उतरा और तेजी-से साइनेड की बिल्डिंग में प्रवेश कर गया। दूसरी मंजिल पर एक लम्बे गलियारे के पार एक डिसक्रीट कमरा उनुमो के चैम्बर के रूप में इस्तेमाल किया जाता था। उसने अन्दर जाने के लिए गुप्त कोड पंच किया। अगले दिन साइनेड की महत्त्वपूर्ण बैठक होने वाली थी और पैटिक्स रादुल से इस बात पर खफा था कि उसने नेपो के मामले को इस तरह से बाहर उछाल दिया था। गिरावट को सही समय पर ऊपर उठा लिए जाने के बारे में सोचा जा रहा था। रादुल को जो काम दिया गया था वह उसकी सीमाएँ लाँघ रहा था। रादुल को आखिर किसी और ग्रह की खोज के बारे में पता ही कैसे चला?

पैटिक्स ने लैक्स से इस समाचार को पूरी तरह से हटा देने के बारे में सोचा। लेकिन फिर रहने दिया, क्योंकि बहुत सारे लोग इसे पहले ही देख चुके होंगे।

उसने अपना वर्कस्टेशन चालू किया और लैक्स पर आने-जाने वाले समाचारों की समीक्षा करने लगा। आने वाले समाचारों में एक शब्द बार-बार उछलकर आ रहा था—फैंस को हटाओ। इस शब्द ने आते ही बहुत बड़े हंगामे की शक्ल ले ली थी।

स्क्रीन पर साइनेड की आगामी बैठक में हिस्सा लेने वाले सभी लोगों के नाम नजर आ रहे थे। पैटिक्स ने इसे ध्यान से देखा। वहाँ कोई भी व्यक्ति अनुपस्थित नहीं रहने वाला था, लेकिन एक नया नाम नजर आ रहा था।

इमे ओडेप के प्रतिनिधि के रूप में इस बैठक में शामिल होंगे।

पैटिक्स हैरान हुआ। इमे ओडेप से कब मिला? और वह ओडेप का प्रतिनिधित्व क्यों कर रहा है? पैटिक्स ने कन्धे उचकाए। ओडेप वैसे भी निर्णय लेने के कामों में हाशिए पर चल रहा था और इमे से रत्ती-भर भी फर्क नहीं पड़ता था। ध्यान देने के लिए और बहुत सारे महत्त्वपूर्ण मामले थे।

वह इस बात को लेकर निश्चिन्त था कि साइनेड को बहुत ज्यादा मनाने की जरूरत नहीं पड़ेगी। लैक्स पर उठ खड़े हुए हंगामे पर ध्यान देने की जरूरत पड़ेगी। पैटिक्स को अपनी योजना को कार्य रूप देने के लिए जरूर कुछ समय की जरूरत थी। गाइनके की तैयारियों का टोह लेने के लिए उनुमो पिछले कई क्लान्त से मेहनत से काम कर रहे थे। वे खुद को भी किसी खास काम के लिए तैयार कर रहे थे और इसे आसानी से लिया जाना था। पैटिक्स चुपचाप बैठा रहा और मशीनें उसके आसपास आवाज करती रहीं। आखिर वे अपने सपने की तरफ बढ़ रहे थे। जो योजना वह कई जैक से विकसित करने में लगा हुआ था, आखिर उसे कार्य रूप में ढाला जाएगा। पॉइंट पर आधा ग्लोब उसकी आँखों के सामने झिलमिला रहा था। जल्दी ही यह आधा ग्लोब पूरा हो जाएगा।

मत्सु बिल्डिंग में अपने वर्कस्टेशन पर बैठे हुए वल्हन ने खिड़की से बाहर देखा। हालाँकि यह सुबह का समय था। घने बादलों की मोटी परत ने सूरज को अँधेरे में ढका हुआ था। साइनेड की बैठक दोपहर को थी। धुँधली, खराब सुबह अपने साथ एक अजीब-सा मनहूस माहौल लेकर आ रही थी। वल्हन ने बैठक में हाजिर रहने वालों की सूची खोली और देखा कि इमे का नाम वहाँ था। इन सभी जैक्स में उसने ओडेप की मदद माँगी थी और मार्गदर्शन लिया था, लेकिन इस महत्त्वपूर्ण मौके पर ओडेप ने इमे को अपना प्रतिनिधि बनाकर भेजने के बारे में फैसला किया था। कुछ देर तक वल्हन सूची को देखता रहा और हैरान होता रहा कि वह क्रॉस करके दूसरी तरफ कब चला गया था और जो कुछ भी ओडेप ने कहा था, उसे इग्नोर करना शुरू कर दिया था।

मशीनें आँकड़े उगल रही थीं। तभी वल्हन ने स्क्रीन को खोला और फैंस के आसपास के इलाके को देखा। वहाँ हरियाली छाई हुई थी। अपारदर्शी इलाका शान्त और निर्जन था। रास्ते पर कुछ झाड़ियाँ फल-फूल रही थीं, रंगीन फूलों से लदी झाड़ियाँ और पेड़ लहरा रहे थे और बरसात का इन्तजार कर रहे थे। स्क्रीन पर इमेज शान्त और ठहरी हुई थी। इस शान्ति को भंग करके क्या वे सही काम कर रहे थे? क्या इससे निपटने का और कोई रास्ता नहीं था?

जिस वक्त वल्हन फैंस के आसपास का शान्त इलाका देख रहा था, नेपो के उपलब्ध भंडारों और उनके अपेक्षित उपभोग के बारे में ग्राफिक्स उभरकर ऊपर आ गए। अगर वे जल्दी ही कोई विकल्प नहीं ढूँढ़ते तो नेपो के भंडार निश्चित रूप से खत्म हो जाएँगे। उन्हें जल्दी ही कोई विकल्प खोजना पड़ेगा और यह काम उन्हें जल्दी ही करना पड़ेगा। वल्हन ने फैंस की इमेज बन्द कर दी। कई बार बड़े फायदे के लिए खराब निर्णय लेने पड़ते हैं।

बाहर बरसात होने लगी थी। वल्हन बाहर आया। भीगी और अँधियारी सुबह में वह साइनेड जाने के लिए ट्रैवलर का इन्तजार करने लगा।

सुबह के आसमान पर बादल देखकर रादुल को अच्छा लगा। इसका मतलब यह हुआ कि दिन गरम नहीं रहेगा, जैसा कि पिछले कई दिनों से चल रहा था। उसने सावधानीपूर्वक कपड़े पहने। वह उनमें से एक लगना चाहता था ताकि वे उसकी बात सुनें। रादुल जब से इमे से मिला था, वह बहुत मेहनत से काम कर रहा था। उसका अन्तिम कदम यह था कि वह नेपो के मामले को लैक्स पर डाले। साइनेड को उस सब शोर-शराबे के बीच में, जो हाईवेज पर बहुत तेजी-से और साफ-साफ गूँज रहा था, नेपो पर कोई फैसला लेना ही था। यही वक्त था कि जब पैटिक्स को दरकिनार किया जा सकता था। रादुल फैसला कर चुका था कि वह चीजों को अपने कब्जे में ले लेगा और ईलोन के विस्तार के काम का नेतृत्व करेगा।

जिस वक्त रादुल ग्रुप हाउस के कॉमन डाइनिंग एरिया में परीना और क्रॉ का सामान्य लंच कर रहा था तो वहाँ रहनेवाले दूसरे लोग आसपास टहलने के बजाय मेज के आसपास खड़े हो गए। जब उन्होंने रादुल द्वारा मीटिंग में जाने के लिए अच्छी पहनी हुई ग्रे शर्ट और गहरी काली पैंट में देखा तो सन्नाटा छा गया। रादुल जानता था कि ग्रुप हाउस में निवासी के रूप में रहने के ये उसके आखिरी कुछ दिन हैं। अपना खाना खत्म करने के बाद वह बरसात में बाहर आया, एक ट्रैवलर के पीछे दौड़ा और उसमें कूदकर चढ़ गया। उसके सिर पर पानी की कुछ बूँदें आ गई थीं। उसने सिर झटककर पानी हटाया और बैठ गया। साइनेड बिल्डिंग तक के लिए यह एक लम्बी यात्रा थी।

धूसर बरसाती दोपहर के वक्त साइनेड की बिल्डिंग अजीब लग रही थी। बिल्डिंग के भीतर से आ रही रौशनियाँ गिरती बरसात में चमक रही थीं। बिल्डिंग के बेहद

खूबसूरत इंटीरियर में एक तरह से भाग-दौड़ मची हुई थी और लग रहा था कि हर पुरुष मुख्य चैम्बर की तरफ दौड़ा चला जा रहा है।

रादुल भी दौड़ रहा था। वह मुश्किल से पहुँच पाया था। जब वह भीतर आया तो साइनेड के सारे सदस्य पहले ही बैठ चुके थे। इमे एक खाली कुर्सी के पास बैठा हुआ था। रादुल उसे देखकर मुस्कुराया और बैठ गया। इमे किसी ओडेप नाम के व्यक्ति का प्रतिनिधित्व कर रहा था। रादुल उसके बारे में जानकारी हासिल कर चुका था। वह ईलोन का सबसे महत्त्वपूर्ण व्यक्ति था। वह कई जैक पहले बाहर निकल चुका था। वह जानता था कि यह कुछ ही समय का मामला है और तब इमे उसकी तरफ होगा। नई दुनिया में जब वे पूरे ईलोन पर राज करेंगे तो वह इमे को उसका पसन्दीदा काम यानी नई दुनिया की खोज का काम देगा। मिलकर वे ब्रह्मांड को फतह करने वाले हैं।

इमे ने चेंबर में आसपास देखा। वह इससे पहले कभी भी साइनेड बिल्डिंग में नहीं आया था। आन्तरिक सज्जा की भव्यता और समृद्धि देखकर वह हैरान रह गया। लैक्स का मौन उसे परेशान कर रहा था। जब वह काम कर रहा था तो उसने अपना लैक्स बन्द कर दिया था, लेकिन तब भी लैक्स से लगातार आवाज आती थी। लेकिन इस समय ऐसा लग रहा था कि लैक्स में जान ही नहीं है। उसे लग रहा था कि वह गलत जगह पर आ गया है। यहाँ वह किसी को भी नहीं जानता था और जिस व्यक्ति को वह जानता था, वह वल्हन था और उसने इमे की मौजूदगी को कन्धे उचकाकर लापरवाही से स्वीकार किया था।

सबके आ जाने के बाद कमरे में गहमागहमी शुरू हो गई। हर कोई यह महसूस कर रहा था कि यह एक महत्त्वपूर्ण बैठक है। बैठक की शुरुआत डर्क ने की और उसके बाद मंच पैटिक्स को सौंप दिया, क्योंकि बिना शेड्यूल वाली इस बैठक का आग्रह उसी की तरफ से किया गया था।

"ईलोन में इस तरह का समय कभी नहीं देखा गया था। यह समय कड़े फैसले लेने और कड़ी कार्रवाई करने का है। मैं आपके सामने कुछ तथ्य उसी रूप में रखना चाहता हूँ कि जिस तरह से होते चले गए हैं। जैसा कि आप में से कुछ सदस्यों को पता होगा, मैं उनुमो का अध्यक्ष हूँ। कुछ समय पहले हम लोगों को दूसरी तरफ हुए एक नैक्स के बारे में उड़ती-उड़ती एक खबर मिली। मरनेवाली कोई खास गाइनके नहीं थी, लेकिन वे मारे जाने के पीछे किसे कारण मानकर चल रहे हैं, वह बहुत अधिक मायने रखता है। उनका यह मानना है कि यह नैक्स हमारी वजह से और यह विष देने के कारण हुई है। दोनों ही बातें वाहियात और असम्भव हैं, क्योंकि हमने विष को बहुत पहले से इस्तेमाल से हटा दिया है। उनुमो के अध्यक्ष के नाते मैं साइनेड को यह बताना चाहूँगा कि हम पर जिस नैक्स का आरोप लगाया गया है, हमारा उससे दूर-दूर तक का कोई नाता नहीं है।" पैटिक्स

साँस लेने के लिए रुका ताकि उसके शब्द सब तक पहुँच जाएँ, "उनकी तरफ से जो धारणा बनाई गई है, उससे हम चौकन्ने हो गए हैं क्योंकि वे यह बात मानकर चल रही हैं कि जो कुछ अपराध हमने किया है, वह हिंसक घटना है और इससे भी बड़ी बात कि खुद ही हम पर यह आरोप लगा रही हैं। दरअसल, वे हम पर आरोप लगाकर हमारे खिलाफ कुछ करने की योजना भी बना रही हैं। जो भी हो, मैं साफ-साफ बता देना चाहता हूँ कि शान्ति के काल का समय खत्म हो चुका है। इसे होने में सैकड़ों जैक लगे हैं, लेकिन आखिर यह घटना हो गई है।" पैटिक्स रुका और उसने अपनी चुँधी हुई आँखों से चारों तरफ देखा। सभी सदस्य उसकी तरफ ध्यान से देख रहे थे और कुछ सदस्यों के मुँह खुले-के-खुले रह गए थे।

"साइनेड के सामने जो दूसरा बेहद महत्त्वपूर्ण मामला रखा जाने वाला है, वह यह है कि नेपो के भंडार तेजी-से खत्म हो रहे हैं। इसके बारे में आँकड़े पहले ही स्क्रीन के जरिए आपके सामने रखे जा चुके हैं," वह रुका और सब लोग अपने-अपने स्क्रीन की तरफ देखने लगे।

"अब, इस सबका हमारे लिए क्या मतलब है? अगर हम वैकल्पिक भंडार नहीं ढूँढ़ते हैं तो यह तय है कि हम खत्म हो जाएँगे।" पैटिक्स ने कमरे में आसपास देखा। चूँकि नैक्स के बारे में जानकारी लैक्स के जरिए पहले ही पहुँच चुकी थी, इसका उतना असर नहीं हुआ, जितनी वह उम्मीद कर रहा था और योजना बना कर चल रहा था।

"इन सब आँकड़ों का हमारे लिए क्या मतलब है और हमारे पास और कौन-कौन से विकल्प खुले हैं, इसके बारे में वल्हन विस्तार से बताएँगे।" पैटिक्स ने कहा और बैठ गया। वल्हन हैरान रह गया। उसने पैटिक्स की तरफ सवालिया निगाह से देखा। वल्हन इस भूमिका के लिए तैयार नहीं था। उसे पैटिक्स की योजना के ब्यौरे पता नहीं थे। वह यह समझकर चल रहा था कि पैटिक्स द्वारा जो भी प्रस्ताव रखा जाएगा, वह उसका समर्थन करेगा, लेकिन अब उसे दूसरे विकल्पों के चयन के बारे में बात करनी थी। अब बैठक को आगे बढ़ाने की जिम्मेवारी वल्हन पर आ गई थी।

रादुल इस बैठक की कार्रवाई को बहुत ध्यान से देख रहा था। वल्हन के चेहरे के हावभाव को देखते हुए उसने यह अन्दाजा लगाया कि वल्हन साइनेड की इस बैठक को सम्बोधित करने के लिए तैयार नहीं है। शुरुआत में तो पैटिक्स अकेला काम कर रहा था। उसने तय किया कि जैसे ही पैटिक्स अपने पत्ते खोलेगा, वह आगे बढ़कर स्थिति सँभाल लेगा। इमे अपनी कुर्सी में तनकर बैठ गया और उम्मीद करने लगा कि वल्हन कौन-सा गुल खिलाने वाला है?

वल्हन ने कहना शुरू किया, "हमारे सामने जो सबसे महत्त्वपूर्ण मसला है, वह नेपो के घटते हुए भंडार हैं। हम इस मामले से कैसे निपटें? हमारे पास दो विकल्प हैं। पहला विकल्प यह है कि हमारे ग्रह पर नेपो के वैकल्पिक भंडार ढूँढ़े जाएँ या

उसका कोई विकल्प विकसित किया जाए। पहले विकल्प पर अल्पकालिक योजना के रूप में विचार किया जा सकता है, जबकि हमें दूसरे विकल्प पर लम्बे समय तक काम करना पड़ेगा। वह है कि हम ब्रह्मांड में अपने लिए ऐसे किसी दूसरे घर की तलाश करें जहाँ हम रह सकें। अब, पहले दोनों विकल्पों का हल फैंस की दूसरी तरफ मौजूद है। गाइनके के पास नेपो के विशाल भंडार हैं, क्योंकि उन्होंने बहुत पहले नेपो का विकल्प खोज लिया था।" वल्हन रुका।

पुरुषों का गुस्सा और चिन्ता जो अब तक लैक्स पर दिखाई दे रहे थे, अब चैम्बर में मौजूद हर सदस्य के चेहरे पर झलक रहे थे, लेकिन वल्हन वह पहला व्यक्ति नहीं था जो उनके गुस्से को शब्दों में व्यक्त करता। कमरे में गहरा मौन पसर गया और हर व्यक्ति यह बात जानने का इन्तजार कर रहा था कि दूसरों के दिमाग में क्या चल रहा है? पैटिक्स ने रादुल की तरफ देखा। उसकी निगाहें कह रही थीं कि वह कुछ कहे। रादुल शान्त बना रहा। पैटिक्स ने तय किया कि वह सन्नाटा भंग करेगा। वह इन पलों को यूँ ही नहीं गुजरने दे सकता।

"हमारे पास चयन करने के लिए दो बातें हैं। पहली, या तो हम इन्तजार करें और देखें कि गाइनके क्या करती हैं या फिर हम खुद एक्शन लें। इस बार संघर्ष का अन्त निर्णायक माना जाना चाहिए और हमारा लक्ष्य होना चाहिए कि ईलोन पर पूरी तरह से कब्जा कर लें। जब मैं यह बात कह रहा हूँ तो लैक्स हाईवेज पर व्यक्त की जा रही सामूहिक इच्छा को शब्द दे रहा हूँ। अब हमें फैसला करना ही होगा।"

उसने एक लम्बी साँस ली। आखिर बात बाहर आ ही गई।

मेज पर चारों तरफ बैठे लोग एक-दूसरे की तरफ देख रहे थे। लैक्स पर जो कुछ विचार व्यक्त किए जा रहे थे, वे बातें साइनेड के भीतर सुनना बिलकुल अलग बात थी। सब लोग जानते थे कि जो भी फैसला लिया जाएगा, वह तत्काल ही उनका जीवन बदल देगा। जिग्गेबारी के एहसास ने सबको अवाक् कर दिया था।

इमे को महसूस हुआ कि उसे कुछ कहना चाहिए। ओडेप चाहेगा कि वह कुछ कहे, लेकिन उसे समझ नहीं आ रहा था कि क्या कहे? उसने आसपास देखा और पाया कि कई लोगों के चेहरे पर असमंजस की स्थिति है। यही वह समय है कि चेतावनी की बात सुनी जाएगी। बाद में बहुत देर हो चुकी होगी।

तो उसने कहना शुरू किया, "हमें कार्रवाई के बारे में फैसला करने से पहले जो बातें अपने ध्यान में रखनी होंगी वे ये हैं कि यह काम आसान नहीं होगा। हमें यह नहीं भूलना चाहिए कि गाइनके एक मजबूत ताकत है। ऐसा नहीं है कि हम ग्रह पर कब्जा करने के बारे में सोचें और वे हमें ऐसा करने देंगे। दूसरी बात, ग्रह की बात सोचें। अगर हमने उनका सफाया कर दिया तो क्या होगा? हम उस पूरी प्रजाति को इस दुनिया से खत्म कर देंगे जो हमारी तरह की है। यह वह प्रजाति है, जिसके साथ हमने साझा अतीत बिताया है। नेपो के घटते हुए भंडारों की समस्या

से निपटने के लिए हमें और कोई रास्ता अपनाना होगा। क्या हम उनसे बात करने के बारे में नहीं सोच सकते हैं? हम अपने बदले की भावना को कई मामलों में रिश्ते की भावना में बदलकर योगदान कर सकते हैं। हम केवल युद्ध के बारे में क्यों सोचें? हमें यह बात नहीं भूलनी चाहिए कि हम में से कई लोग इस प्रोसेस में जान गँवा सकते हैं। दरअसल, हम जिस तरह से इस मामले की तह तक पहुँचने की कोशिश कर रहे हैं, उससे दोनों ही पक्ष नुकसान में रहेंगे। यह भी तो तय नहीं है कि हम जीतेंगे ही। हम जिस भविष्य की कल्पना कर रहे हैं, वह बिलकुल अलग भी तो हो सकता है। हम मौजूदा सन्तुलन को बिगाड़ें, इससे पहले हमें जो भी सबसे स्पष्ट विकल्प हैं, उनके बजाय सभी विकल्पों पर विचार कर लेना चाहिए।" इमे की अपील में दम था। उसका चेहरा चमक रहा था और उसके लाल बाल बिखर गए थे, क्योंकि वह उनमें उँगलियाँ फेर रहा था।

उसने आसपास देखा। ऐसा लगता था कि मेज पर चारों तरफ एक सामूहिक राहत महसूस की जा रही है, लेकिन इसका यह मतलब नहीं था कि जो उसने सोचा था, वैसा ही हुआ। अब मेज पर दूसरा नजरिया पेश किया जा रहा था। इसे आसानी से दरकिनार किया जा सकता था। वे सब उसका इन्तजार कर रहे थे, जिससे बचा नहीं जा सकता था।

"हमारा उनके साथ कोई सहयोग नहीं है और न ही उनके साथ सैकड़ों जैक से कोई संवाद ही हुआ है। यह हमारी समस्या है, उसके लिए वे हमारी मदद करने के बारे में सोचेंगे ही क्यों?" गेबो नाम के एक वरिष्ठ सदस्य ने कहा।

"मैं सहमत हूँ। हमें एक चांस लेना चाहिए।" डर्क ने चर्चा को आगे बढ़ाया।

इमे उदासी के एहसास से कुर्सी पर पीछे सरक गया। यह बात साफ थी कि साइनेड के वरिष्ठ सदस्य किस तरफ जा रहे थे? बैठक में उसकी भूमिका खत्म हो गई थी।

पैटिक्स ने रादुल की तरफ सवालिया निगाह से देखा, लेकिन रादुल ने अपना सिर हिला दिया। वह चाहता था कि इससे पहले कि वह बोले, पैटिक्स को अपनी योजना बता देनी चाहिए। वह साइनेड को अपनी शर्तों पर सम्बोधित करेगा न कि पैटिक्स की शर्तों के हिसाब से।

"पैटिक्स, तो क्या हमारे पास कोई योजना है? हम इस बात को कैसे तय करेंगे कि यह ग्रह हमारा है?" वल्हन मामले को दूसरे स्तर पर ले गया था। कई प्रयासों के बावजूद पैटिक्स ने उससे अपनी योजना साझा नहीं की थी। वल्हन ने पाया कि वहाँ बैठे सभी लोग योजना के बारे में जानने को उत्सुक थे, सिर्फ इमे निराश और उदास बैठा रहा।

सभी सिर पैटिक्स की तरफ मुड़ गए। उसका सिर अपनी मेज पर लगे स्क्रीन पर कुछ देखने के लिए झुका हुआ था। पैटिक्स को महसूस हुआ कि उसकी रीढ़

की हड्डी में सिहरन हो रही है। बिना कोई वोट दिए या बहसबाजी किए फैसला लिया जा चुका था। उसने अचानक महसूस किया कि रादुल ने लैक्स पर जो समाचार डालने का फैसला किया था, उससे उसे बहुत मदद मिली। उसने एक गहरी साँस ली और जहाँ तक सम्भव हो सका, कम-से-कम शब्दों में वह सब कुछ कहना शुरू किया जिस पर वह अनगिनत जैक से काम कर रहा था, "हमने ऐसे प्रयास करने के बारे में सोचा है, जिनसे यह तय होगा कि हमें कोई हानि न हो। यह योजना इस बात के बावजूद काम करेगी कि गाइनके भी कुछ-न-कुछ कर रही हैं। हम अस्त्र नाम के हथियार का इस्तेमाल करेंगे। इसे बहुत गुप्त तरीके से पिछले कुछ जैक में तैयार किया गया है। यह घटना पहली और आखिरी बार होगी कि हम इस हथियार का इस्तेमाल करेंगे। हवा में काम करने वाले हमारे कैरियर इसे ऊपर ईलोन के वातावरण में ले जाएँगे और अस्त्र को रिलीज करेंगे। इससे अस्त्र लहराता हुआ नीचे आएगा। यह गिरना एक बादल की तरह होगा जो पूरे ईलोन पर पूरे दो दिन तक लगातार बरसात करता रहेगा। इस बरसात में ऐसे कण होंगे, जिन्हें हम स्नैप कह सकते हैं। यह कण अपने-आप गाइनके जैसी प्रजातियों के वंशाणु समूह से चिपक जाएगा और उन्हें क्षणभर में खत्म कर देगा। जब बादल छँटेंगे और सूरज निकलेगा तो स्नैप के कण धरती और पानी से भाप बनकर उठेंगे। हवा से भी हल्के होने के कारण वे एक ही दिन में मूल रूप से बिना किसी तरह का सबूत छोड़े गायब हो जाएँगे। ये हमारी हरियाली, पानी या किसी भी चीज को किसी भी तरह से प्रभावित नहीं करेंगे।" सवालों के हमले के लिए तैयार पैटिक्स को जवाब में लम्बा मौन मिला। किसी ने भी जरा-सी भी प्रतिक्रिया नहीं दी। हर कोई अपनी सीट पर हक्का-बक्का बैठा था और अपने सामने जो भविष्य परोसा जा रहा था, उसे देख रहा था। उन्होंने अब तक कभी भी अस्त्र नाम के हथियार के बारे में नहीं सुना था। उन्हें ऐसा लग रहा था कि यह फैंटेसी कुछ हद तक डराने वाली थी।

इमे को याद आया, फूलों और पौधों के साथ लहलहाता फुरावा और पहाड़ियों पर पेड़। वहीं ओडेप का घर था। क्या पैटिक्स जो कुछ कह रहा था, वह सच था? क्या ये सब उस बरसात की मौत की-सी फैंटेसी से बच पाएँगे? उसने कमरे में चारों तरफ देखा। क्या कोई भी इस बात से डर नहीं रहा था कि उन्होंने गाइनके के साथ कभी समय और स्पेस शेयर किया था, उन्होंने गाइनके के साथ जीन भी शेयर किए थे? इन बुद्धिमान लोगों का समूह यह नहीं देख पा रहा कि क्या होने जा रहा है? यह ग्रह को हासिल करने की नहीं, बर्बाद करने की योजना थी। जिस योजना का प्रस्ताव किया जा रहा था, उसका कोई भी विरोध क्यों नहीं कर रहा था?

"हमारे बारे में क्या, पैटिक्स? हम इस स्नैप से कैसे बचेंगे?" गेबो ने वह सवाल उठाया जो सबके दिमाग में खदबदा रहा था।

"मुझे विश्वास है कि आप सबने यह महसूस किया होगा कि स्नैप हमसे भी चिपकेगा, क्योंकि हम भी उसी वंशाणु से आते हैं। इस तथ्य को दिमाग में रखते हुए हम जमीन के अन्दर सुरक्षात्मक चैम्बर बनाएँगे, जिनमें कम-से-कम एक जैक तक चलने के लिए सारी व्यवस्थाएँ की जाएँगी। इस प्रस्तावित हमले के कुछ दिन पहले हम सब निवासी अंडरग्राउंड चैम्बर में चले जाएँगे और 3 दिन के बाद, जब स्नैप के सारे कण भाप के साथ गायब हो चुके होंगे, हम बाहर निकलेंगे और बाहर निकलकर नक्षत्र पर कब्जा कर लेंगे। यह हमारा आखिरी आरोहण होगा। मेरा विश्वास करें, गाइनके के जीतने के कोई आसार नहीं हैं। वे तो यह उम्मीद कर रही होंगी कि फैंस को तोड़ा जाएगा या कोई और हिंसात्मक हमला किया जाएगा। हमारे पर्यावरण के ऊपर स्पेस में से किरणों का हमला, जो मासूम बरसात के रूप में होगा, वे इसकी जरा-सी भी कल्पना नहीं कर पाएँगी। जब जहाज ऊपर उठेंगे तो ऐसा लगेगा कि हवा का बवंडर उठ रहा है। कोई भी जाँच-पड़ताल या छानबीन इन जहाजों का पता नहीं लगा पाएगी। ये भरोसेमन्द हैं, टिकाऊ हैं, और इनकी परफैक्शन के स्तर तक अनुसन्धान और जाँच-पड़ताल की गई है।"

कमरे में फुसफुसाहट शुरू हो गई। यह एक बहुत बड़ा कदम था और उनमें से अधिकतर लोग यह खतरनाक फैसला लेने के लिए अपने-आपको तैयार नहीं पा रहे थे। अस्त्र और उसकी किरणों की बरसात, वे अपनी कल्पना में इन्हें कहीं भी नहीं देख पा रहे थे।

वल्हन इस रहस्योद्‌घाटन से हक्का-बक्का रह गया था। वह यह सोचकर हैरान हो रहा था कि पैटिक्स अपने पास इतने संसाधन होते हुए भी इन सबके बजाय नेपो के विकल्प ढूँढ़ने के बजाय, क्या कर रहा था? अगर उसने अनुसन्धान किया होता तो ये सारी समस्याएँ हल हो जातीं। तब इस मारक योजना की कोई जरूरत ही न होती और संघर्ष टाला जा सकता था। वे सब बच सकते थे।

"अगर अस्त्र के इस्तेमाल के बारे में सहमति है तो मुझे यह कहना है कि इन सारी तैयारियों के लिए साइनेड को 6 क्लान्त का समय चाहिए। कोई भी कार्रवाई करने से पहले हम साइनेड में फिर से मिलेंगे।" पैटिक्स ने कहा। वह इन्तजार कर रहा था कि कोई असहमति की आवाज उठाएगा। उसने तय कर लिया था कि अगर कोई विरोध करता है या सवाल उठाता है तो वह बैठक को समाप्त कर देगा।

"मैं कुछ कहना चाहूँगा।" रादुल ने कहा। सबने उसकी तरफ देखा।

"हाँ, हमें इस मामले पर नए सदस्यों के विचार भी सुनने चाहिए।" किसी ने कहा। कमरे में राहत की साँस ली गई।

पैटिक्स ने कमरे के दूसरी तरफ से रादुल की तरफ आँखें तरेरकर देखा। वह इस बात को समझ नहीं पाया कि जब मामला लगभग तय हो चुका है तो वह बीच में टाँग क्यों अड़ा रहा है? आखिर उसने सब कुछ ऐसा ही तो चाहा था।

अलबत्ता, रादुल ने उसकी तरफ देखा भी नहीं। यह उसका पल था। उसने पैटिक्स का कहा हुआ प्रत्येक शब्द सुना था और एक पल में उसने देख लिया था कि कब वह मामला अपनी तरफ कर लेगा?

"हम इस बात को भूल रहे हैं कि गाइनके भी अपनी तरफ से कुछ करने की योजना बना रही हैं। मुझे नहीं लगता कि हमारे पास 6 क्लान्त का समय है, इसलिए मैं यह जिम्मेदारी लेता हूँ कि मैं दो क्लान्त में सब काम कर लूँगा। भूमिगत चैम्बर तैयार करना, लोगों को इकट्ठा करना, वहाँ जाने के लिए तैयार करना और उन्हें जिस-जिस चीज की जरूरत हो, वह सब जुटाना। मैं यह प्रस्ताव करता हूँ कि तीसरे क्लान्त में, उस रात जब 3 चाँद छुपे होंगे, हम हमला करेंगे। चूँकि वह समय बरसात शुरू होने का भी होगा, हमारा छुपकर करने का यह कार्यक्रम पूरी तरह से परफेक्ट रहेगा। इसके अलावा जब हम बाहर निकलेंगे तो हमारे पास कब्जा करने के लिए और जितनी जल्दी हो सके, ग्रह के उस हिस्से को अपने में मिला लेने के लिए कोई योजना होनी चाहिए। इस सम्बन्ध में एक छोटे-से समूह के गठन का प्रस्ताव करता हूँ, जो वहाँ जाएगा और तेजी-से सब कुछ बस में कर लेगा। मैं यह समझता हूँ कि हमें इसमें बहुत सारा काम करना पड़ेगा। इसके लिए मैं साइनेड में नियमित रूप से रिपोर्ट पेश करता रहूँगा।" रादुल ने अपने हिस्से का वक्त हथिया लिया था।

बैठक का चैम्बर टाइम मशीन की तरह लगने लगा। एक ही पल में रादुल भविष्य को उनके सामने मेज पर ले आया था। किसी ने भी इतनी दूर तक नहीं सोचा था। यहाँ तक कि पैटिक्स को भी उम्मीद नहीं थी। ऐसा लग रहा था मानो फैंस अभी ही गिरा दी गई हो और ईलोन पर कब्जा जमा लिया गया हो। अस्त्र और उसके खतरनाक प्रभाव जा चुके थे और पुरुषों ने लहरिया बादलों के बिखरने के बाद इन्द्रधनुष देखना शुरू कर दिया था।

"हम इन बातों के बारे में अगली बार विचार कर सकते हैं।" पैटिक्स ने नाराज होते हुए कहा। वह इस बात की कोशिश कर रहा था कि लोगों को वापस वर्तमान में ले आए।

"नहीं, रादुल सही कह रहा है। मेरा खयाल है कि उसने जो भी प्रस्ताव रखे हैं, हमें उन सबसे सहमत हो जाना चाहिए। हमें आज से तीसरे क्लान्त ही कार्रवाई शुरू कर देनी चाहिए और उसके बाद की प्रस्तावित व्यवस्थाओं को शुरू कर देना चाहिए। हम दोबारा कभी भी मिल सकते हैं, अगर योजना में कोई बदलाव हो। क्या हम सब सहमत हैं?" डर्क ने पूछा।

"हम अगले विहान में दोबारा मिलें और इस बारे में निर्णय लें। ये बड़े फैसले हैं। हमें इनके बारे में दोबारा सोचना चाहिए।" वल्हन ने कहा। वह एक तरह से गिड़गिड़ा रहा था। उसे लगा कि मामले बहुत तेजी-से आगे चले गए हैं।

पैटिक्स चुप रहा। वह खुले तौर पर वल्हन से सहमत नहीं हो सकता था, लेकिन कहीं गहरे, उसने हामी भरी। अगले विहान के दौरान वह इस बात को देखेगा कि रादुल साफ तौर पर समझ ले कि उभरते हुए दृश्य में उसकी जगह कौन-सी है?

"हम निर्णय टालने की ऐयाशी नहीं कर सकते। कौन जानता है कि गाइनके क्या योजना बना रही हैं? साइनेड की जिम्मेवारी पुरुषों के प्रति है जो डरा हुआ, धमकाया हुआ महसूस कर रहे हैं और इस बात का इन्तजार कर रहे हैं कि कोई कार्रवाई करने के बारे में फैसला हो।" रादुल ने कहा। वह सदस्यों के डर के साथ खिलवाड़ कर रहा था जो यह जानते थे कि काफी अरसे से साइनेड को निष्प्रभावी के रूप में देखा जाने लगा था।

"हम जो अब तय करेंगे, वह एक विहान में बदलने वाला नहीं है। इसलिए हम पैटिक्स के प्रस्ताव से सहमत होते हैं और इसके लिए रादुल ने जो समय सीमा तय की है, उसे अपनाते हैं। क्या कोई इसका विरोध करना चाहता है?" डर्क चाहता था कि बैठक किसी सकारात्मक कार्रवाई के साथ समाप्त हो। बाहर जो जनता जुटी हुई थी, वह चाहती थी कि कुछ महत्त्वपूर्ण कदम उठाए जाने के बारे में फैसले लिए जाएँ। जिस भविष्य के आगमन के लिए जो भी बातें की जा रही हैं, वे सब वर्तमान के परदे से निकल कर आएँगी। कोई भी कुछ नहीं बोला।

"तो, हम सहमत होते हैं। सब पुरुषों को बता दिया जाएगा कि साइनेड ने फैसला किया है कि वह गाइनके की तरफ से होने वाले किसी भी हमले का मुँहतोड़ जवाब देने के लिए कार्रवाई करेगा। पैटिक्स, वल्हन, गेबो, रादुल और मुझे शामिल करते हुए एक समूह बनेगा जो प्रगति की निगरानी रखेगा।" डर्क ने यह बैठक अचानक समाप्त कर दी।

रादुल जानता था कि भविष्य अब उसके हाथ में है। पैटिक्स और वल्हन को औकात दिखा दी गई थी। वे वर्तमान में ही निपटा दिए गए। उसने कमरे में चारों तरफ देखा—पैटिक्स जल-भुन रहा था, वल्हन भ्रम में पड़ा हुआ था और इमे हालात से घबराया हुआ था।

यही पुरुष फैंस की दूसरी तरफ जाने के लिए राह आसान करेंगे, लेकिन वहाँ और क्या बनाया जाएगा और उसके बाद की बातें वह खुद डिजाइन करेगा । बाहर बरसात होनी बन्द हो गई थी और भीगी जमीन पर सूर्य चमक रहा था।

"रादुल, क्या तुम मेरे साथ दूसरी मंजिल तक चलोगे? इस सारे मामले पर तुमसे एक बात कहनी है।" पैटिक्स की आवाज में अधिकार का वह जोश नहीं रहा था।

जब वे ऑफिस की तरफ चले तो पैटिक्स ने पूछा, "तुमने अपने कन्धों पर ढेर सारी जिम्मेवारी ओढ़ ली है और इस सबके बारे में मुझसे बात करने की जरूरत भी नहीं समझी। लेकिन कोई बात नहीं, चिन्ता की कोई जरूरत नहीं है। हम दोनों मिलकर यह सुलझा लेंगे।"

"पैटिक्स, मेरे दिमाग में पहले से ही इस काम के लिए एक टीम की योजना है जो इसे आगे बढ़ाएगी। मैंने सोचा कि हम चूँकि एक ही चीज पर काम कर रहे हैं, तो इसमें चर्चा करने की जरूरत नहीं है। क्या यह वही बात नहीं है जो तुम चाहते रहे, जब हम पॉइंट पर मिले थे? तब से तुम यही चाहते रहे कि साइनेड के पुरुष कुछ करने के लिए किसी फैसले पर पहुँचें और अब फैसला हो चुका है। तुम क्यों नहीं योजना को पूरा करने पर फोकस करते, और मैं उस एक्शन के बाद के समय पर ध्यान देता हूँ। परवाह मत करो, मैं तुम्हें हमेशा खबर देता रहूँगा।" रादुल ने कहा।

"ठीक है, रादुल। हम इसे देख लेंगे।"

वे ऑफिस के दरवाजे तक पहुँच गए थे और बातचीत पहले ही खत्म हो चुकी थी। रादुल ने अपनी मंशा साफतौर पर पैटिक्स तक पहुँचा दी थी। वह मुड़ा और गलियारे में चलने लगा। पैटिक्स की आँखें उसे वापिस जाता हुआ देखती रहीं। "तुम्हारे साथ निपटने का समय आएगा!"

रादुल बाहर के रास्ते की तरफ बढ़ा। बाहर निकलते ही वह लपक कर ट्रैवलर स्टॉप तक आया। उसे बहुत सारा काम करना था। स्टॉप पर वह मुड़ा और साइनेड बिल्डिंग की तरफ देखा। उदास बिल्डिंग अब तेज धूप में एक शानदार प्रतीक में बदल चुकी थी। पुरुष यही तो चाहते थे।

आपसी मनमुटाव को भुलाकर वल्हन और इमे एक साथ बाहर निकले। ट्रैवलर स्टॉप पर उन्होंने शानदार साइनेड बिल्डिंग की तरफ देखा। यह समझा जाता था कि इस बिल्डिंग में ईलोन के सर्वश्रेष्ठ दिमाग काम करते थे जो पुरुषों की बेहतरी के लिए फैसले लेते थे, लेकिन अब दोनों के दिमाग में एक ही प्रश्न उठ रहा था, क्या आज लिया गया फैसला उनके लिए कुछ बेहतरी लाएगा?

"चलो, हम एओना चलते हैं और कुछ ऐनब ले लेंगे। यह बहुत थकावट-भरा दिन रहा। इसने मुझे उदास कर दिया है और यह भी कि मुझे तुम्हें कभी भी यह बताने का मौका भी नहीं मिला कि टाई के हमारे टेस्ट फेल हो गए हैं। यह हमारे लिए भविष्य का घर नहीं हो सकता। अब हमें नए घर की जरूरत नहीं होगी।"

वल्हन ने खामोशी से सिर हिलाया और दोनों ने एओना की तरफ जाने वाला ट्रैवलर लिया। अब चूँकि कार्रवाई करने का फैसला लिया जा चुका है, वल्हन को पता ही नहीं था कि वह सही तरफ है या नहीं? क्या भावी निर्णायक हमला ही उसकी चाहत थी? वह खिड़की से पीछे की तरफ दौड़ती बिल्डिंग की तरफ देख रहा था।

"मैं अभी भी समझ नहीं पा रहा हूँ कि हमने एक पल के लिए भी सौदेबाजी करने या संवाद शुरू करने के बारे में विचार क्यों नहीं किया? नष्ट करने और विस्तार करने की इतनी हड़बड़ी क्यों मची हुई है? हम कहाँ जाएँगे? अन्त क्या होगा?" इमे ने पूछा।

"मुझे लगता है कि यह हमारी पूर्वजों से चली आ रही प्रवृत्ति है जो हमें आगे ले जा रही है। कौन जानता है, इमे? हम केवल यह जानते हैं कि हमारे लक्ष्य का अन्त क्या होने वाला है, यही न कि हम केवल जीवित रहना चाहते हैं, बने रहना चाहते हैं...।"

दो क्लान्त तक रादुल आकार-प्रकार और भौतिक लैंडस्केप को समझने और उनके नक्शे बनाने में लगा रहा। वह ईलोन में रहनेवाले लोगों की गिनती करने के लिए लम्बी-लम्बी यात्राएँ करता रहा। अब उसकी तैयारी की यह स्थिति थी कि लैक्स देखे बिना सारे आँकड़े अंगुलियों पर गिना सकता था।

बेहतरीन रक्षात्मक चैम्बर बनवाने से लेकर उनके निर्माण के लिए सही मशीनों का चयन, और ये सारे काम तय तारीख से पूरे करने तक उसने यह महसूस किया कि उसने एक बहुत ही बड़ा काम हाथ में ले लिया है। अब उस रात को केवल दो ही विहान रह गए थे जब चन्द्रमा छुपेगा और रादुल इसके लिए तैयार था। चैम्बर बना दिए गए थे। हर साइट पर आपस में जुड़े हुए दो अंडरग्राउंड कमरे थे। एक कमरे में पुरुष रहेंगे और दूसरे कमरे में राशन-पानी। अधिकतर राशन-पानी का इन्तजाम पहले ही कर लिया गया था। सारे-के-सारे पुरुषों के चैम्बरों में जाने से जुड़े सारे कामों का इन्तजाम कर लिया गया था। नीचे उतरने का काम तय तारीख से लगभग चार दिन पहले शुरू होने वाला था। इससे यह होता कि नीचे उतरने का काम बिना शोर-शराबे के होगा।

निर्माण-कार्य रूटीन तरीके से किया गया था। जब पुरुषों ने अपने आसपास काम करती हुई मशीनें देखीं तो ऐसा लग रहा था कि उन्हें कोई परवाह ही नहीं है। यह तय किया गया था कि पुरुषों से कहा जाएगा कि तय तारीख से ठीक पहले चैम्बर में उतरें। उन्हें यह बताया जाएगा कि यह रूटीन सुरक्षा उपाय है, क्योंकि गाइनके की तरफ से किसी हमले के बारे में कुछ शक हो रहा है। चैम्बरों में उतरने और लहरिया बरसात के होने के बारे में योजना को पूरी तरह से लैक्स से दूर रखा गया था। यह बात पूरी तरह से साफ कर दी गई थी कि किसी भी हालत में उनकी योजना की भनक दूसरी तरफ वालों को नहीं होनी चाहिए। आखिरकार, तैयारियाँ पूरी हो गई थीं। रादुल को इस बात का विश्वास था कि उसने कुछ मिस नहीं किया है।

योजना की दुस्साहसिकता की माँग पर रादुल को अक्सर रात में भी काम करना पड़ता था। एक गलती या गलत हिसाब, और पूरे गाइनेक के साथ वे

सब-के-सब नष्ट हो सकते थे। पैटिक्स और रादुल अपने हमले की तैयारियों के बारे में निरन्तर चर्चा किया करते थे। भविष्य के बारे में कभी कोई बात नहीं की जाती थी। वह किसी और दिन के लिए अलग चुनौती थी, और वे दोनों यह जानते थे, लेकिन रादुल बात को भूला नहीं था कि उसके सामने कौन-सा काम फैला हुआ है?

उसकी सारी शक्ति विस्तार से यह योजना बनने में खर्च हो रही थी कि जब चार दिन बाद सब लोग निकलेंगे तो कौन-कौन से कदम उठाने की जरूरत पड़ेगी? योजना के अनुसार, तीसरे दिन जब बरसात रुक जाएगी तो एक नॉन इलैक्ट्रिक हमले के जरिए फैंस को उड़ा दिया जाएगा। जब वे ऊपर जमीन पर वापिस आएँगे तो भविष्य का रास्ता खुल चुका होगा।

रादुल ने तय किया था कि वह अपनी टीम के साथ दूसरी तरफ जाएगा और वहाँ एक बेस तैयार करेगा। ईलोन के अनजान हिस्से से पुरुषों के लिए वह एक नए संसार का निर्माण करेगा।

मैं चाहूँगा कि आप भावी ग्रुप का एक हिस्सा बनें। मैं चाहता हूँ कि आप किसी ऐसे व्यक्ति का पता बताएँ जो उन सभी कामों में आपकी मदद कर सकता है जो हमारा इन्तजार कर रहे हैं, सिस्टम को समझने से लेकर नए नक्षत्र तलाश करने तक बहुत सारे काम हैं जो हमें करने हैं।

जब रादुल की तरफ से यह सन्देश इमे के लैक्स पर उभरा तो उसे अपने भीतर एक अजीब-सी सुरसुरी महसूस हुई। वह एओना में बैठा हुआ था। अपनी दूरबीन से दिख रहे ब्रह्मांड में अपने-आपको खो देने की कोशिश कर रहा था। जिस सावधानी से गाइनके के विनाश की योजना बनाई जा रही थी, वह अविश्वसनीय और असम्भव लग रही थी। इसके साथ जो अनिवार्यता और क्रूरता के भाव जुड़े हुए थे, वे अकल्पनीय थे।

साइनेड की हताशापूर्ण बैठक के बाद जो गतिविधियाँ हुई थीं, उन सबसे इमे ने अपने-आप को पूरी तरह से अलग कर लिया था। यहाँ तक कि खुदाई और निर्माण के जो काम उसके घर से कुछ ही दूरी पर हो रहे थे, नजरअन्दाज करने की कोशिश की थी। यहाँ तक कि उसने ब्रह्मांड में वैकल्पिक घर की तलाश करना भी बन्द कर दिया था।

इमे ने सन्देश दोबारा पढ़ा। उसने दूर, सुबह की रौशनी में तारों और नक्षत्रों की तरफ अनमने भाव के साथ देखा। अब उसे ओडेप की तलाश बहुत तेजी-से समझ

में आने लगी थी। नुकसान का डर हमें उस चीज के महत्त्व से अवगत कराता है जो कुछ मौजूद है। इमे ने कभी भी गाइनके के बारे में नहीं सोचा था और न ही कभी उनकी चिन्ता की थी, लेकिन उनके भावी विनाश ने उसे उनके बारे में हर समय सोचने पर विवश कर दिया था। इमे हैरान हो रहा था कि उनकी दुनिया कैसी थी और उन्होंने अपने भविष्य के लिए क्या सोचा था?

इमे ने ओडेप को साइनेड के फैसले के बारे में बता दिया था। इमे को सिर्फ सन्देश प्राप्त होने की सूचना मिली थी और उसके बाद कुछ भी नहीं मिला था। इमे ने भी उस तक पहुँचने की कोशिश नहीं की थी और न ही वल्हन तक ही पहुँचने की कोशिश की थी। इसके बजाय उसने अपने-आप को एओना में बन्द कर लिया था। वह एक जीवन के बीत जाने का अफसोस मना रहा था, हालाँकि वह नहीं जानता था कि ऐसा हो रहा है।

उसके दिमाग में यह सन्देश जितनी बार गूँजता, वह खुद को इस बात का और अधिक दिलासा देता जा रहा था कि जो कुछ सामने आने वाला है, उसमें उसे कोई हिस्सेदारी नहीं चाहिए। इससे पहले कि वह रादुल को अपना जवाब देता, उसने तय किया कि वह वल्हन को सन्देश भेजे। यह बात और भी दिल तोड़ने वाली थी कि वल्हन को अब तक पता नहीं था कि वह किसकी तरफ है? वह बीच में झूल रहा था, कभी-कभी बहुत परेशान और कभी भविष्य की तरफ देखता बेशक एक डर के साथ, वह उस दुनिया की तरफ देखता जो अपने आगमन की धमकी दे रही थी। कहीं दूर के किसी नक्षत्र पर नहीं, बल्कि उनके खुद के नक्षत्र पर।

वल्हन ओडेप के घर की तरफ जा रहा था जब उसने यह सन्देश पढ़ा। ट्रैवलर पर बैठे हुए, रास्ते पर उसने कई बोर्ड देखे थे जो यह बताते थे कि सबसे नजदीकी सुरक्षात्मक चैम्बर किस तरफ है? वह इस बात पर विश्वास ही नहीं कर सका कि अब केवल एक ही विहान बचा है। सारी तैयारियाँ लगभग पूरी हो चुकी थीं। अब वापिस जाने का कोई रास्ता नहीं था, न ही अपना मन बदलने का। अब जो कुछ होना था, वह होकर रहेगा। वल्हन ने इस वास्तविकता को कुछ समय पहले स्वीकार कर लिया था और यह तय किया था कि वह ओडेप से मिलेगा। वह उससे इस बात का आग्रह करेगा कि वह भी उसके साथ में चैम्बर में उतर चले। वह जानता था कि ओडेप बाहर ही रहने के बारे में फैसला करेगा और वह ऐसा कुछ नहीं होने देगा।

पुरानी व्यवस्था बदली जा रही थी। खटपट शुरू हो चुकी थी अब पूरे ईलोन पर पूरी तरह से कब्जा कुछ ही कदम दूर था। अब वे एक ऐसी दुनिया बनाएँगे जो स्थापित मानदंडों से बिलकुल अलग होगी। उसने महसूस किया कि अब तक परिचित और कॉमन दुश्मन को मटियामेट कर दिया जाएगा और जो कुछ छुपा हुआ है, अब सामने आएगा और वह अधिक सदमा पहुँचाने वाला होगा। उस समय

उन्हें ओडेप जैसे आदमियों की ज़रूरत पड़ेगी, जो एक ऐसी दुनिया बनाने में मदद करेंगे जो सबको स्वीकार्य हो।

वल्हन ने रादुल द्वारा इमे को भेजे गए सन्देश के बारे में सोचा। इसकी अनदेखी नहीं की जा सकती थी। हालाँकि रादुल जानता था कि इमे उसका समर्थन नहीं करता, लेकिन वह फिर भी उस तक पहुँचा था। वल्हन ने पैटिक्स को सन्देश भेजा। वही जानेगा कि क्या किया जाए? आखिर पैटिक्स ही रादुल को साइनेड में लेकर आया था। यह एक बिलकुल ही अलग मामला था कि इस दौरान बीच में ही रादुल ने पैटिक्स से नेतृत्व हथिया लिया था। वह जानता था कि एक बार भविष्य के आ जाने के बाद दोनों के बीच की भिड़ंत किसी दिन बाहर आ जाएगी।

अस्त्र लॉन्च किए जाने के लिए तैयार था। हवा में चलनेवाले कैरियर लोड कर दिए गए थे और वे उड़ान भरने के लिए तैयार थे। असली कार्रवाई होने के लिए सिर्फ दो दिन बचे थे। पैटिक्स ने पिछले दो क्लान्त अस्त्र के लॉन्च को एकदम सही करने के लिए बिताए थे। सारी चर्चाएँ मौखिक रूप से और आमने-सामने हो रही थीं ताकि दूसरी तरफ वालों को हवा भी न लगे कि क्या हो रहा है? उन्हें हाईवेज पर इसके बारे में फुसफुसाहट भी सुनाई नहीं देने वाली थी।

इस पूरे अरसे के दौरान, सारी चीजें योजना के मुताबिक चल रही थीं। पैटिक्स ने सोच लिया था कि वह रादुल को निर्णय लेने वाली प्रोसेस से कैसे बाहर करेगा। बस, एक बार दूसरी तरफ के इलाके पर कब्जा हो जाए। इस बात का कोई और तरीका नहीं था कि जिस नौसिखुए पुरुष को वह साइनेड से उठाकर लाया, वही उसे धकिया कर पीछे कर दे।

जिस वक्त पैटिक्स ने रादुल का यह सन्देश देखा तो उसे एक मौका नजर आया। यही उनके लिए एक मौका था कि वे नए ढाँचे में प्रवेश करें और गाइनके द्वारा इस्तेमाल किए जाने वाले विकल्प की सामग्री पर कब्जा करें। इस मौके को चूकना नहीं चाहिए। अब चूँकि इमे से मिलने का कोई समय नहीं था, उसने इमे को सन्देश भेजा—

स्वीकार कर लो। हमें तुम्हारे जैसे लोगों की जरूरत है। जरा सोचो, तब क्या होगा अगर सारी जानकारी गलत हाथों में पड़ कर सामने आ जाए? मुझे विश्वास है कि तुम जानते हो मैं क्या कह रहा हूँ। तुम्हें यह भूमिका निभाने के लिए इस मौके को हाथ से नहीं जाने देना चाहिए। प्रस्ताव स्वीकार कर लो।

उस दिन, जब तीनों चन्द्रमा छुपने जा रहे थे, सुबह साफ और चमकीली थी। सूर्य चमक रहा था और ठंडी हवा बह रही थी, लेकिन ईलोन का उनकी तरफ इलाका खाली था और सुनसान पड़ा था। सारे शहर सुनसान पड़े थे। इस दिन को देखने के लिए गलियों या इमारतों में कोई भी नजर नहीं आ रहा था। सब कुछ शान्त और ठहरा हुआ लग रहा था। सूर्य हमेशा की तरह अपने शाश्वत् पथ पर चला, आसमान को पार किया और क्षितिज में डूब गया। रात आई, एक सुनसान भुतहा सन्नाटा उनके हिस्से के ईलोन को अपने शिकंजे में कसकर जकड़े हुए था।

जमीन के नीचे सुरक्षात्मक चैम्बरों में पुरुष भेड़ों की तरह खड़े इन्तजार कर रहे थे। उनमें से कुछ डरे हुए थे और दूसरे यह महसूस कर रहे थे कि यह झूठा अलार्म है और कुछ भी नहीं होने वाला है। दिन बहुत लम्बा और अन्तहीन लग रहा था। रात के ढलने तक अधिकतर चैम्बरों में गहमागहमी शुरू हो गई।

जैसे-जैसे रात गहराती गई, कुछ लोगों ने हवा में बहुत ऊपर उठते हुए और वातावरण में जाते हुए कैरियर की आवाज सुनी। उन्होंने अस्त्र के छोड़े जाने को महसूस किया और लहराते-बरसते बादलों की कल्पना की। तब हालाँकि आवाज के सेंसरों के जरिए, जो जमीन पर लगाए गए थे, उन्होंने आखिर बहुत तेज बरसात की आवाज सुनी। अगले तीन दिन तक वे बरसात के रुकने का इन्तजार करते रहे और आखिर उनका आरोहण शुरू हुआ।

विदाई

बादलों ने आकाश घेर लिया था और बरसने की धमकी दे रहे थे। उल्तूर फैंस के पास उस जगह खड़ी थी, जहाँ पर सीनी को ले जाया गया था। कुछ बूँदों के साथ बरसात शुरू हो गई, लेकिन जल्दी ही मूसलाधार बारिश होने लगी। उल्तूर तेजी-से चलती हुई सामने की बिल्डिंग में चली गई और उसके चँदोवे के भीतर पैर रखा। यह अलस्सुबह का वक्त था। अभी गलियों में जीवन की चहल-पहल शुरू नहीं हुई थी। बरसते आकाश के धूसर दिन में लम्बी गली सुनसान और अकेली लग रही थी।

उल्तूर हैरानी से फैंस के पार के पुरुषों के बारे में सोचने लगी। उनके साथ और उनके खिलाफ कितनी लम्बी और उतार-चढ़ाव से भरी यात्रा रही थी। उल्तूर ने भी माया की कहानी प्रोसेस की थी। उन्होंने उनके साथ कितना कुछ शेयर किया था और उनके साथ कितनी लड़ाई लड़ी थी। इससे दोनों तरफ के लोगों के लिए बहुत बड़ी हानि हुई थी। बरसात से भीगी गली के दूसरी तरफ, जहाँ फैंस लगी हुई थी, वह इलाका एक कफन की तरह लग रहा था। हालाँकि उसने अपनी तरफ से जितनी हो सके, उतनी कोशिश की थी, लेकिन वह फिर भी दूसरी तरफ के पुरुषों के साथ खुद को नहीं जोड़ पाई थी। उसने अतीत के नाटक में उनकी भूमिका देख ली थी। वह यह भी समझ सकती थी कि क्या हुआ होगा, लेकिन अन्त में यह सब कुछ किसी और के साथ हुआ था। उसके लिए धरती पर जीवन का बयान एक कहानी से ज्यादा असर नहीं रखता था। वे एहसास और संवेदनाएँ जो धरती पर जीवन को परिभाषित करते थे, उसकी दुनिया में कहीं मैच नहीं करते थे। पुरुषों के साथ जमीन और संसाधनों के लिए झगड़े और संघर्ष परिचित थे और समझ में आते थे। धरती पर वे मर्द और औरतें, जिन्होंने इस ग्रह तक की यात्रा की थी, वे कहानी के चरित्रों की तरह लगते थे। एक बार खत्म हो जाने के बाद उनका कोई अर्थ नहीं रह गया था।

फैंस के उस तरफ के मर्द आकाशगंगाओं और नक्षत्रों में, काल और स्पेस में उनके साथ झगड़ते रहे थे। लेकिन यह सब कभी-न-कभी खत्म होना था। फैंस

की वजह से जो जबरदस्ती शान्ति स्थापित हुई थी, सतत् चलनेवाले संघर्ष में मात्र एक विराम था। यही उनके जीवन की वास्तविकता थी और उल्तूर इस बात को बहुत अच्छी तरह से समझती थी। सीनी उसकी खूबसूरत और मेधावी बेटी—ताजा टकराव की पहली कैजुएल्टी रही थी।

बरसात रुक गई थी। उल्तूर रक्षात्मक चँदोवे से बाहर आकर अपने अपार्टमेंट की तरफ चलने लगी। बिल्डिंग के कंगूरों से पानी की बूँदें अभी भी गिर रही थीं जिसकी वजह से उसे तेजी-से चलना पड़ रहा था। वह स्काईवॉक लेकर शहर से बाहर जाने के लिए एक वॉक-वे पर चढ़ी। आकाश में बहुत ऊपर, ऊँची बिल्डिंग की लगभग छत की ऊँचाई से उसने नीचे की तरफ देखा। अब गलियों में चहल-पहल शुरू हो गई थी, गलियों में शटल चलने लगे थे, पैदल चलनेवाले तेजी-से चल रहे थे और एक नए दिन की शुरुआत हो रही थी।

उसने महसूस किया कि यह सब कुछ बदलने वाला है। एक टकराव होने को है। उसके लिए उन्हें तैयारी करने की जरूरत थी। अब समय आ गया था कि वह सीनी की तकलीफ को भूलकर उस सब के बारे में सोचे, जो उनके साथ होने जा रहा था। उल्तूर ने अपनी पीठ सीधी की और मजबूत पैरों से चलना शुरू कर दिया। सवालों और हैरान होने के दिन निपट चुके थे और अब वास्तविकता सामने खड़ी थी। पारदर्शी असलियत।

इवी और टिओनी उसी छत वाले कैफे पर एक साथ आई थीं, जहाँ टिओनी और सीनी बहुत अरसा पहले मिली थीं। माया की कहानी पूरी होने के बाद यह उनकी पहली मुलाकात थी। इवी ने टिओनी को देखा जो लगातार अपने टैग में देख रही थी कि तारा क्या कर रही थी? इवी हैरान हो रही थी कि टिओनी कभी भी इस बात पर अपनी नाराजगी जाहिर नहीं करती थी कि वह तारा को पाल-पोस रही थी, बड़ा कर रही थी। यह बहुत ही तकलीफ देने वाला काम लगता था।

"टिओनी, तुम तारा की देखभाल करने से थक नहीं जातीं?"

टिओनी ने ठंडी साँस भरी, "ओ हाँ, मैं थक जाती हूँ, लेकिन जब आपको सृजन की मंजूरी का अधिकार मिलता है तो यह उनमें से एक प्रोटोकॉल होता है। कई बार मैं इतना थका हुआ महसूस करती हूँ कि पूछो मत, लेकिन ऐसे भी समय आते हैं जब उसकी मौजूदगी से मुझे राहत मिलती है। मुझे उसके खिलखिलाने और हँसने की आवाज बहुत अच्छी लगती है।" वह मुस्कुराई।

दोनों कुछ देर तक चुपचाप बैठी रहीं।

"इवी, क्या तुम उस सब के बारे में सोचती हो जो माया ने हमें बताया था? यह सब लगातार मेरे दिमाग में बजता रहता है, हालाँकि मैं उसे अपने खयालों से दूर करना चाहती हूँ। मुझे लगता है कि अतीत का हमारे जीवन में कोई स्थान नहीं है।"

इवी ने अपनी मेज के पास की रेलिंग से नीचे देखा। नीचे गलियों में रौशनी साफ नजर आ रही थी। जब उसने निगाह उठाकर देखा तो दूर कहीं तीन चाँद आसमान में अपनी ड्यूटी पर हाजिर हो चुके थे।

उसने इस कहानी को कई बार रिप्ले किया था। उसे बहुत सारी चीजें समझ में आती थीं, लेकिन ये सारी चीजें उसे फैंटेसी लगती थीं।

"टिओनी, मैंने माया का किस्सा उल्तूर के साथ शेयर किया था क्योंकि उसी ने मुझे माया के बारे में तलाश करने के लिए कहा था। मुझे लगा कि उसे पता होना चाहिए, लेकिन माया की खोज के बाद भी सीनी के ले जाए जाने के बारे में मामला हल नहीं हुआ है।"

सीनी का चेहरा टिओनी की आँखों के सामने झिलमिलाने लगा। वह बेहद शिष्ट और खूबसूरत थी। उसका दिमाग बहुत ही तेज था। सीनी के सन्देश के सूत्र ने यह कहानी बेहद जटिल तरीके से बयान की थी और उसका असर बहुत देर तक रहा था।

"क्या तुम्हें अभी भी लगता है कि सीनी को ले जाए जाने के पीछे पुरुषों का हाथ है? हो सकता है कि हम इस बात को स्वीकार न करें, लेकिन यह एक दुर्घटना भी तो हो सकती है?"

"टिओनी, हम जितना जानते हैं, उसके बाद हम पुरुषों के बारे में किसी संदेह को लेकर उसकी उपेक्षा नहीं कर सकते। लगता है कि तुम माया और आर्यन की कहानी से प्रभावित हो। तुम्हें याद रखना चाहिए कि यह हमारी दुनिया है। यहाँ कभी भी इस तरह के सम्बन्ध नहीं रहे हैं। यह कहानी-किस्सा है। टिओनी, एक ऐसी चीज जो सच हो भी सकती है और नहीं भी हो सकती। कौन जानता है कि मशीन पर मौजूद चेतना की स्मृति का कितना हिस्सा वास्तविक है और कितना बनावटी है?"

टिओनी ने टोबोक द्वारा अपने सामने रखी शानदार वाइन के गिलास में से घूँट भरे। वह इवी से पूरी तरह से सहमत नहीं थी। दोनों प्रजातियों के बीच का अंकगणित सृजन कैसे हुआ, संवेदना की वह गहराई जो माया और आर्यन के बीच में थी—यह सब किसी वक्त में सच रहा होगा, उनके साझे अतीत की कहानी और बाद में उनके अलग हो जाने की कहानी उनके मौजूदा अस्तित्व को बयान करती थी।

"मैं सहमत हूँ। मैं प्रभावित हुई। यह अपने-आप में बहुत ही रोचक आख्यान रहा होगा। अब हमारे जीवन में इस तरह की कोई बात नहीं रही है। माया ठीक

कहती थी। हमारे लिए अपने खुद के सिवा कोई भी बात मायने नहीं रखती। हो सकता है, जैसा कि वह कहती है कि हम जीते हैं और द्वीपों की तरह मौजूद रहते हैं और अमर होने की कामना करते हैं। हमारा अस्तित्व हमारे पूर्वजों के उस जीवन से अलग है जो उन्होंने धरती पर जिया।" टिओनी ने आह भरी।

"यही बात मैं कहना चाहती थी, टिओनी। वह अलग ही समय था, अलग जगह थी और उनकी अपनी चुनौतियाँ थीं। हम अलग समय और देश में हैं। हमारे जीवन के अपने तौर-तरीके हैं। ये वे तरीके हैं जो हमारे संसार ने तय किए हैं। दूसरी तरफ के उन प्राणियों के साथ हमारा रिश्ता खुले संघर्ष और प्रतिस्पर्धा का है। हमारी एक-दूसरे पर बिलकुल भी निर्भरता नहीं है। तो, हम दोनों के बीच में कोई भी ऐसी जीवन्त शक्ति नहीं है जो धरती पर अनगिनत जैक तक बनी रही। माया जिन मर्दों और औरतों की बात करती है, वे अब खत्म हो चुके हैं। हम नए ग्रह पर नई प्रजाति के लोग हैं और हमारा अपना गणित शास्त्र है।"

"लेकिन इवी, यह धरती पर मर्दों और औरतों के प्रयास ही थे कि वे जीवन का विस्तार चाहते थे और हमें अंग बदलने की टेक्नोलॉजी दे गए। क्लोनिंग की खोज उन्हीं की देन है जो हमें सृजन करने योग्य बनाती है। कम-से-कम हमें इस बात के लिए तो उनकी सराहना करनी चाहिए।" टिओनी ने कहा।

धरती से जुड़ाव कई तरह के थे और अलग-अलग थे। ईलोन उस विलुप्त ग्रह की उन जड़ों से विकसित हुआ है। फिर भी, टिओनी इवी जो कुछ भी कह रही थी, उससे सहमत हुई। अतीत की कहानी को जानने और समझने की जरूरत थी, लेकिन इसकी वर्तमान में कोई भूमिका नहीं थी और न ही भविष्य के लिए उसमें कोई बात थी। अतीत पर निर्भर रहने से उनकी सोच पर प्रभाव पड़ेगा और उनके वर्तमान में दखल देगा।

"इवी ने अपना ड्रिंक खत्म किया। बहुत दूर के अतीत में किसी दूसरी आकाशगंगा में मर्द और औरतों के बीच में जो कुछ हुआ था, अब उसकी कोई प्रासंगिकता नहीं थी। जो कुछ भी उन्होंने किया, अपने अस्तित्व के लिए किया और वे जो कुछ ईलोन पर कर रहे हैं, उनकी अपनी खुद की जरूरत है।"

"हमें माया की कहानी को पीछे कर देना चाहिए, टिओनी। इसने बहुत-से सवालों के जवाब दिए हैं और इसका फायदा हुआ है। अब हमें यह देखने की जरूरत है कि हमारे आसपास क्या कुछ हो रहा है? उल्तूर बता रही थी कि काउंसिल की मीटिंग जल्दी ही होने वाली है जो हमारी प्रतिक्रिया और आगे की कार्रवाई का फैसला करेगी। यह एक महत्त्वपूर्ण बैठक होगी। हमें लगता है कि हम कुछ अनिश्चित काल की तरफ बढ़ रही हैं।"

शटल पहाड़ियों के बीच घने जंगलों में से रास्ता बनाती चल रही थी। प्रॉमली खिड़की के पास बैठी थी और पेड़ों के साथ धूप की आँख-मिचौली को देख रही थी। टैग में संगीत बज रहा था। प्रॉमली अक्सर सीनी द्वारा भेजा गया संगीत सुनती थी। संगीत बेशक बेहतरीन था। वह इस बात को लेकर हैरान हो रही थी कि इनोडस ने अब तक माया—उस मायावी संगीतकार—को नहीं खोजा था। वह सिस्टम में आ बैठी संगीतकार के बारे में पता नहीं कर पाया था, हालाँकि उसने बहुत कोशिशें की थीं। जल्दी ही इसका कोई मतलब नहीं रह जाएगा, प्रॉमली जानती थी।

ईलोन बहुत खूबसूरत था। जब से प्रॉमली शहर से बाहर की तरफ आई थी, वह ग्रह के प्राकृतिक सौंदर्य की बहुत बड़ी प्रशंसक बन गई थी। शटल जिन ऊँचे पहाड़ों की शृंखला से रास्ता बनाती हुई जा रही थी, वे भव्य थे। लम्बे पेड़ सफेद फूलों से लदे हुए थे। ऐसा लगता कि गर्म मौसम में भी ऊँचे पेड़ों के ऊपर बर्फ के गोले चिपके हुए थे। जहाँ भी नजर जाती, ईलोन का सौंदर्य बिखरा पड़ा था। प्रॉमली हैरान हो रही थी कि क्या वह सही रास्ते पर जा रही है? यह सुनसान सड़क थी। इसे प्रॉमली ने अकेले ही पार किया था, यह सोचते हुए कि सही समय आने पर वह उल्तूर को भी शामिल कर लेगी। शटल पहाड़ियों के बीच में से दौड़ती-भागती चल रही थी और अब घाटी में उतरने लगी थी। अगर सीनी को न ले जाया गया होता, हो सकता है, उल्तूर इस यात्रा में उसके साथ होती।

उसने क्लेपो के सन्देश को दोबारा प्रोसेस किया—

साइट पर प्रगति की समीक्षा की जानी है। मैं यहाँ तुम्हारा इन्तजार कर रही हूँ। चली आओ।

प्रॉमली सब छोड़-छाड़कर साइट की तरफ चल दी थी। शटल तेजी-से नीचे की तरफ उतर रही थी। पहाड़ों के बीच घाटी में से एक बहुत बड़ी नदी बह रही थी। बलखाती नदी के किनारों के साथ-साथ अलग-अलग फूलों के गुच्छे नजर आ रहे थे। दूर कहीं घाटी के दूसरी तरफ पहाड़ों की ढलानों पर बस्तियाँ नजर आ रही थीं। मनोरम दृश्य था। उसकी यात्रा की निस्तब्धता में संगीत उसका साथ दे रहा था।

जब शटल उसकी मंजिल तक पहुँची तो प्रॉमली नीचे उतर गई। उसने वह आडम्बरहीन बिल्डिंग देखी, जो एक लॉज की तरह दिखाई दे रही थी। बिल्डिंग में तीन मंजिलें थीं, उसके पीछे घना जंगल था जो इस ढाँचे को बस, अच्छी सेटिंग दे रहा था। प्रॉमली की रीढ़ की हड्डी में प्रत्याशा की सिहरन दौड़ गई। वह पिछले जैक की शुरुआत में यहाँ आई थी जब योजना अध-बीच में थी। अब यह योजना

पूरी होने के करीब थी। प्रॉमली अभी भी उसी जगह पर खड़ी हुई थी, जहाँ पर शटल ने उसे उतारा था। सामने, सड़क के दूसरी तरफ, बिना निशान वाली बिल्डिंग उसका इन्तजार कर रही थी।

इस गंतव्य की यात्रा तब शुरू हुई थी जब प्रॉमली ने इनोडस का काम सँभाला था। जब वह उस जगह पर सौंपे गए नए काम से अपने-आप को परिचित करा रही थी तो उसने इस यूनिट में रखी हजारों-लाखों सूचनाओं और आँकड़ों को प्रोसेस किया था। तब वह ऐसे सारे तथ्यों से रू-ब-रू हुई थी जो अब तक उसकी जानकारी में नहीं थे। प्रॉमली ने महसूस किया था कि फैंस़ कोई हल नहीं है। यह सब एक आड़ मात्र थी जो अनिवार्य घटना के होने से पहले यहाँ लाई थी। चल रही शान्ति एक लम्बे ठहराव, विराम की तरह थी। आखिरी लड़ाई या आमने-सामने की लड़ाई अभी भी होनी बाकी थी। लम्बे ब्रेक के दौरान, दोनों पक्षों ने अपने-आप को फिर से तैयार किया था और टेक्नोलॉजी के लिहाज से बहुत आगे बढ़ गए थे। बीते जैकों के दौरान प्रॉमली ने सभी विकल्पों का अध्ययन किया था। धीरे-धीरे घटनाएँ खुलती चली गई थीं और उसने योजना को अन्तिम रूप दिया था और उस पर लगातार काम करती रही थी।

पहाड़ी क्षेत्रों से आने वाली ठंडी हवा प्रॉमली के बालों से खेल रही थी, उसके चेहरे को सहला रही थी और उसके कानों में फुसफुसा रही थी। वह दरवाजे तक आई और बाईं तरफ के कोने में लगे एक छोटे-से उपकरण की तरफ देखा। दरवाजा खुल गया और प्रॉमली धीरे-से गलियारे के आखिर में कमरे के अन्दर आ गई। जब तक वह कमरे में पहुँची, दरवाजा खुला और क्लेपो बाहर आई।

“तुम्हें देखकर अच्छा लगा प्रॉमली, यात्रा कैसी रही?” क्लेपो के सिर के दोनों तरफ लम्बे बाल झूल रहे थे। वह प्रॉमली को कमरे में लेकर आई।

बहुत बड़े कमरे में एक बड़े-से शानदार सोफे में प्रॉमली धँस गई। कमरे में कोने में केवल एक ही वर्कस्टेशन था और कमरे के बीचोबीच कई कुर्सियों से घिरी एक मेज थी।

“यह कमरा निश्चित रूप से ऑपरेशन का कंट्रोल सेंटर तो नहीं लगता, क्लेपो। यहाँ चीजें काफी बदल गई हैं।”

“मेनफ्रेम और कंट्रोल दूसरी मंजिल पर शिफ्ट कर दिए गए हैं। यह कमरा बिना सूचना देकर आने वाले मेहमानों के लिए और यहाँ से गुजरने वालों के लिए रख दिया गया है।” क्लेपो कमरे के बीचोबीच अजीब तरीके से खड़ी थी।

“बैठ जाओ, क्लेपो और मुझे बताओ कि तुमने मुझे यहाँ क्यों बुलाया है?”

“प्रॉमली, यहाँ तक की तुम्हारी यात्रा सचमुच बहुत लम्बी रही होगी। तुम पहले कुछ खा क्यों नहीं लेती, और फिर मैं तुम्हें आसपास घुमा लाऊँगी।”

प्रॉमली के सिर हिलाते ही क्लेपो तुरन्त कमरे से बाहर चली गई।

प्रॉमली खड़ी हो गई और पीछे की तरफ खुलने वाली खिड़की के पास चली गई। बाहर की तरफ, बहुत बड़े जंगल के मैदान में हरे-भरे पेड़ खड़े थे। जंगल पहाड़ों तक फैलता चला गया था।

क्लेपो एक ट्रे लिए हुए आई और उसे डेस्क पर रख दिया। प्रॉमली ने खाना शुरू कर दिया।

"काउंसिल की मीटिंग कब है, प्रॉमली? क्या इस बार यह मामला हम काउंसिल के सामने ले जा रही हैं? अगर हम पुरुषों की तरफ से मिली खबरों के हिसाब से चलें तो हमारे पास बहुत ज्यादा समय नहीं है।" क्लेपो ने कहा।

"यह मैं आज की विजिट के बाद तय करूँगी। यूनिट में से कितने लोग यहाँ लगाए गए हैं?"

"मेरे अलावा दो औरतें और हैं। हम तीनों के साथ सब कुछ ठीक चल रहा है।"

प्रॉमली तेजी-से खा रही थी और क्लेपो उसे देख रही थी। पिछले दो जैक से वे बहुत ज्यादा मेहनत से काम कर रही थीं। क्लेपो उससे ज्यादा बेहतर प्लैन के बारे में सोच भी नहीं सकती थी, जो प्रॉमली ने अपने भविष्य को सामने रखते हुए तैयार किया था। प्रॉमली ने खाना खत्म किया और अपने हाथ सिर के ऊपर फेरे ताकि बिखर गए बालों को सँवार सके। क्लेपो ने नोट किया कि प्रॉमली के बाल काफी बड़े हो गए हैं और उन्हें ट्रिम करने की जरूरत है।

"चलें? सबसे पहले मैं यह जानना चाहती हूँ कि इस विहान के दौरान दूसरी तरफ से कौन-सा समाचार आया है? उसके बाद, मैं अपनी तैयारियों का आकलन करूँगी।"

वे कमरे से बाहर आईं और दूसरी मंजिल पर जाने के लिए एलिवेटर लिया। क्लेपो ने अपना अंगूठा स्वाइप किया और सिक्युरिटी कोड दबाया और एलिवेटर का दरवाजा खुल गया।

यह एक अलग ही दुनिया थी। मेनफ्रेम और कंट्रोल कमरे में दाईं तरफ रखे हुए थे और गुलाबी रौशनी में नहाए हुए थे। दाईं तरफ एक कतार में वर्कस्टेशन लगे हुए थे और पाँच टोबोक मशीनों पर काम करने में व्यस्त थे। क्लेपो एक वर्कस्टेशन के पास गई और एक बटन दबाकर उसे चालू कर दिया। वे दोनों स्क्रीन के सामने बैठ गईं और आ रहे डेटा को प्रोसेस करने लगीं। जब तक सारा डेटा खँगाल लिया गया, तब तक शाम ढल चुकी थी।

प्रॉमली अपनी कुर्सी पर आराम से बैठ गई। "पिछले विहान में वहाँ एक बहुत महत्त्वपूर्ण बैठक हुई थी। अगले दो क्लान्त में कुछ बहुत बड़ा घटने वाला है, यह बात तय है। जैसा कि तुमने कहा, जो खिड़की अब तक खुली थी, अब वह बन्द होने जा रही है।"

क्लेपो ने सहमति से सिर हिलाया और कुछ अतिरिक्त महत्त्वपूर्ण डेटा लेने के लिए काम में जुटी रही। प्रॉमली ने कमरे में आसपास देखा। उनका भविष्य इन

मशीनों के भीतर बन्द था। ऐसा लग रहा था कि इन्हें बाहर निकालने का वक्त आ चुका है। एक्शन की तारीख, डेडलाइन तय करने के साथ ही, पुरुष उसे भी कार्रवाई करने के लिए उकसा रहे थे।

"यह बात साफ नहीं है कि दो क्लान्त के बाद क्या होगा? जो कुछ खबर हम पकड़ पा रहे हैं, वह बैठक के बाद शान्त हो गई है। हम यही खबर पकड़ पा रहे हैं कि किसी बरसात होने की और बादलों की बात हो रही है। इस सब का क्या मतलब हो सकता है, प्रॉमली?"

प्रॉमली खड़ी हो गई और मशीनों की तरफ गई। "इसका मतलब यह हुआ कि हमें अब यह मामला काउंसिल के सामने ले जाना चाहिए। क्या हम लोग लॉन्च के लिए तैयार हैं? कुल मिलाकर कितना समय लगेगा? मुझे जरा प्रगति के बारे में बताओ।"

वे दोनों वर्कस्टेशन पर वापस गईं और प्लैन देखने लगीं। बाहर रात होने लगी थी और पहाड़ भुतहा नजर आ रहे थे। आसमान तारों से भरा हुआ था और दूर कहीं बस्तियाँ नजर आ रही थीं और रौशनियाँ जगमग कर रही थीं। ईलोन की पहाड़ियों पर शान्त और बिना शोरगुल की रात थी, जो बिल्डिंग को अँधेरे में ढके हुए थी और भीतर जो तूफान था, उससे अनभिज्ञ थी।

प्रॉमली कहाँ थी? पिछले तीन दिनों से, जब से वह फैंस पर गई थी, उल्तूर उसे लगातार टैग कर रही थी। प्रॉमली का टैग स्विच ऑफ आ रहा था। न तो वह शहर में थी और न ही अपने फॉर्म पर थी। उससे सम्पर्क करने का कोई भी जरिया नहीं था। आजकल प्रॉमली इस तरह की हरकतें करने लगी थी। उल्तूर बेचैनी से उठी और बाहर के कमरे की तरफ आई। कमरे में फैले हुए रंग जैसे उसे सीनी को छोड़ देने के लिए चिढ़ा रहे थे। उसने सीनी को छोड़ दिया था, लेकिन उल्तूर सीनी को भूली नहीं थी। उसे फिलहाल के लिए किनारे कर दिया था।

उल्तूर गई और खिड़की के पास एक कुर्सी पर बैठ गई। शाम होने को थी। अपने अपार्टमेंट की खिड़की की ऊँचाई से वह नीचे सुनसान गली को देख पा रही थी। शाम के गहरा होते ही गतिविधियाँ बढ़ जाएँगी। आसमान साफ था, केवल कुछ बादल आसपास मँडरा रहे थे।

उल्तूर को याद आया कि माया ने अपनी कहानी में पक्षियों और पशुओं जैसी कुछ प्रजातियों के बारे में जिक्र किया था। वह हैरान हुई कि वे कैसे लगते होंगे? ईलोन पर किसी और प्रजाति के बारे में न तो कोई छवि थी और न ही उनकी स्मृति।

वहाँ केवल दो ही प्रजातियों के लोग थे—पुरुष और औरत। जब वे यहाँ आए थे तो इस बहुत बड़े विशाल नक्षत्र पर उन्हें कोई भी प्राणी नजर नहीं आया था। जो भी यहाँ बसने आए थे, वे धरती से आए अन्वेषक थे। धरती के लोगों ने क्यों सब प्रजातियों को नष्ट कर दिया था? अगर यहाँ दूसरे जीव-जंतु होते तो क्या यहाँ का जीवन अलग होता? क्या वे यहाँ के जीवन में रंग, गतिविधियाँ और आवाजें भरते? धरती की कहानी एक धीमी और निष्ठुर हानि की कहानी थी।

उल्तूर ने अपने-आपको हिलाया। माया की कहानी इस वक्त की जरूरत नहीं थी। इस समय उनके सामने भविष्य था जो खतरे में था। उल्तूर जानती थी कि इस समय प्रॉमली के बारे में सारी गलतफहमी को दरकिनार करके एक साथ काम करने की जरूरत थी, जैसे वे पहले अनगिनत जैक से करते आ रहे थे। उन दोनों ने मिलकर कई चुनौतियों का सामना किया था और मिलकर उनके हल भी तलाश किए थे। अब यह सब दोबारा करने का वक्त आ गया था।

उल्तूर सोच रही थी कि अगर टकराव हुआ तो यह सब कैसे होगा? क्या यह जमीन पर होगा, हवा में होगा, दोनों जगह होगा या इन सबमें होगा? टकराव के बाद बाकी क्या बचेगा या दोनों में से कौन बचा रहेगा? कितने बचेंगे? क्या वे उसी तरफ बढ़ रहे हैं जैसे वे धरती पर आखिरी दिनों में बढ़े थे? क्या ईलोन भी एक मृत ग्रह बन जाएगा जहाँ कभी दोबारा जीवन नहीं हो सकेगा? उसके दिमाग में घूमने वाले सवालों का कोई अन्त नहीं था।

उल्तूर को थकान महसूस हुई। ईलोन पर उनके जीवन हमेशा पुरुषों के साथ टकराव से भरे रहे थे। बीच-बीच में शान्ति के चरण आते थे, कभी लंबे, और कभी छोटे, लेकिन जो भी निर्णायक पल होते थे, वे हमेशा टकराव भरे होते थे। इस सिलसिले को बदलने की जरूरत थी। इस बार यह आर-पार की लड़ाई होगी। यह ग्रह उन दोनों में से किसी एक का ही हो सकता था।

जब उल्तूर खिड़की के पास बैठी प्रॉमली का सिस्टम पर आने का इन्तजार कर रही थी तो उसका पूरा जीवन उसकी आँखों के सामने तैरने लगा। उसकी सबसे ज्यादा यादें सीनी के आने के बाद की थीं। उसके पीछे की लम्बी यात्रा एक उलझे और लिपटे अन्तहीन धागे की तरह थी। अब एक लम्बी और अन्तहीन सड़क उसके सामने थी...जब तक सामने आने वाला टकराव उसे बदल न दे। इस विचार ने उसे जिस राहत का एहसास कराया, उसे उसने दबाने की कोशिश की। बार-बार अन्त आने का यह खयाल क्यों उसके दिमाग में बीच-बीच में और नियमित अन्तरालों पर आ खड़ा होता है?

स्क्रीन पर गुप्त चैनल पर प्रॉमली नजर आई। उसने जल्दी-जल्दी से स्क्रीन एक्टिवेट किया और कहा, "तुम कहाँ चली गई थीं, प्रॉमली? हमें अगले क्लान्त में काउंसिल की बैठक से पहले बहुत सारी चीजों की योजना बनानी है।"

"मैं किसी महत्त्वपूर्ण काम में व्यस्त थी। पहली बात, उल्तूर की काउंसिल की मीटिंग अगले विहान में होनी है न कि अगले क्लान्त में। दूसरी बात, हम कल इराना हब में मिलते हैं। मुझे इस बात की खुशी है कि तुम अपनी उदासी के माहौल से उबरकर बाहर आ गई हो। हमें बहुत सारे काम करने हैं, उल्तूर। भविष्य हमारा इन्तजार कर रहा है।"

जैसे ही उल्तूर काउंसिल की पीली दीवारों वाली बिल्डिंग की तरफ बढ़ी, बिल्डिंग सुबह के सूर्य की रौशनी में चमक रही थी। वह दरवाजे तक पहुँची और जैसे ही उसने अपना टैग स्वाइप किया, दरवाजा खुल गया। गलियारों में हर तरफ मौन पसरा हुआ था। मुख्य कमरे का दरवाजा, जहाँ काउंसिल की बैठक आमतौर पर होती थी, खुला हुआ था। जब उल्तूर भीतर गई तो कई सदस्य अब तक नहीं आए थे। ऊँची पारदर्शी छत पर सूर्य की तेज रौशनी बैठक के कमरे में आ रही थी।

उल्तूर अपनी तय सीट पर बैठ गई। उसकी मेज पर उसके सामने आज की चर्चा की विषय-सूची चमक रही थी। यह संक्षिप्त, अर्जेंट बैठक थी। केवल चर्चाएँ। क्राति, काउंसिल की वर्तमान अध्यक्ष अन्दर आई और उसके पास बैठ गई।

"ऐसी कौन-सी जल्दीबाजी आ पड़ी, उल्तूर? हम शेड्यूल से एक क्लान्त पहले क्यों मिल रही हैं?"

"प्रॉमली कुछ हम सबके ध्यान में लाना चाहती है।" उल्तूर ने जवाब दिया। सीनी के ले जाए जाने की काली छाया उल्तूर के चेहरे पर नजर आया करती थी, सीनी के जाने का दर्द अब नहीं रहा था। वह इस समय सहज लग रही थी।

"क्या यह सीनी को ले जाए जाने के बारे में कुछ है?"

"नहीं क्राति, अभी तक नहीं। मुझे लगता है कि कोई ज्यादा अर्जेंट मामला है जिसके बारे में प्रॉमली बात करना चाहती है।"

जिस समय उल्तूर बात कर रही थी, बाकी सदस्य आने शुरू हो गए थे। वे प्रॉमली का इन्तजार कर रहे थे।

क्राति ने अपनी कुर्सी सँभाली ताकि जैसे ही प्रॉमली आए, बैठक शुरू कर दें। चारों तरफ गहमागहमी छाई हुई थी। कुछ सदस्य आसमान की तरफ देख रहे थे तो दूसरे दीवारों पर लगे डिजाइनों की सराहना कर रहे थे। सब में मिली-जुली प्रत्याशा थी, चिन्ता थी और हवा में उत्सुकता थी। सब बैठक के शुरू होने का इन्तजार कर रहे थे।

प्रॉमली ठीक समय पर कमरे में आई। उसने बैठक के लिए बहुत ही शानदार कपड़े पहने हुए थे। काली कमीज और काली पैंट। उसके धूसर बाल उसके चेहरे को लगभग घेरे हुए थे। वह अपनी सीट पर बैठ गई। अभी भी एक कुर्सी खाली थी।

"क्राति, कौन नहीं आई है?" प्रॉमली ने पूछा।

"टुएला, उसने माफी माँगी है क्योंकि वह इस समय रैम्प्लाजो में है।"

प्रॉमली की तरफ सबने सहमति के लिए देखा। यह बात पक्की थी कि आज की बैठक की नाममात्र की अध्यक्ष प्रॉमली थी।

"तो ठीक है, यह एक गुप्त बैठक है, इसलिए सारे टैग बन्द कर दिए जाएँ। क्राति, हम शुरू करें?" प्रॉमली ने पूछा।

क्राति ने सिर हिलाया। प्रॉमली बोलना शुरू करने ही वाली थी कि उल्तूर ने टोक दिया,

"इससे पहले कि तुम बात शुरू करो, मैं यह जानना चाहती हूँ कि इस बारे में कोई जानकारी है कि सीनी को क्या हुआ था?" हैरान निगाहों से प्रॉमली ने उल्तूर की तरफ देखा, लेकिन उल्तूर की निगाहें अपने सामने के स्क्रीन की तरफ ध्यान से देख रही थीं। इस बैठक से पहले जब वे दोनों इराना हब में मिली थीं तो उल्तूर ने चुपचाप, ध्यान से सुना था। उसने बहुत सारे प्रश्न पूछे थे, लेकिन सीनी के बारे में कोई भी सवाल नहीं पूछा था। इससे उसे राहत मिली थी। प्रॉमली अचानक अब इस समय उल्तूर के इस सवाल का कोई तर्क नहीं समझ पाई थी। हालाँकि स्क्रीन बन्द था फिर भी वह उसकी तरफ देखती रही। यह बैठक हर तरीके से सबके लिए गुप्त बैठक थी। उल्तूर जानती थी कि प्रॉमली इस समय इस सवाल की उम्मीद नहीं कर रही थी, लेकिन उसे यह जानने की जरूरत थी। बाकी सब चुपचाप बैठे रहे और इन्तजार करते रहे।

"मुझे खेद है उल्तूर कि हमारे पास अभी भी इस बात का कोई स्पष्ट उत्तर नहीं है कि सीनी को क्यों ले जाया गया था? हम सिर्फ यही जानती हैं कि इसकी वजह विष था जो दूसरी तरफ से आया था। जो कुछ भी मैं काउंसिल के सामने रख रही हूँ, वास्तव में जो सीनी के साथ हुआ था, उसी से उभरकर आया है।"

प्रॉमली ने आसपास देखा। सभी उसके उत्तर से सन्तुष्ट नजर आ रही थीं। उसकी तरफ उल्तूर अब सीधे देख रही थी, लेकिन धीरे-धीरे उसने अपनी निगाहें दूसरी तरफ कर लीं। यह बात दोनों के सामने स्पष्ट थी कि इस पल भी सीनी दोनों के दिमाग में छाई हुई थी।

"प्रॉमली, तुम अब वह मामला शुरू कर सकती हो, जिसके लिए तुमने हमें इतनी हड़बड़ी में बुलाया है।" क्राति चाहती थी कि बैठक अब आगे बढ़े। प्रॉमली ने कमरे में चारों तरफ देखा। सब उसकी तरफ बेचैनी से देख रहे थे। उसने एक गहरी साँस ली और कहना शुरू किया, "यह बैठक सिर्फ हमारे बारे में नहीं है। यह

उन लोगों के लिए भी है, जो फैंस की दूसरी तरफ रहते हैं। मुझे लगता है, हमने लम्बे अरसे तक उनके अस्तित्व को नकारा है। हम ऐसे ही रहते हैं मानो इस ग्रह पर केवल हम ही रह रहे हैं। कई सैकड़ों जैक से चली आ रही शान्ति ने हमें उस नींद में सुला दिया था कि अब हम यह सोच रही थीं कि सब कुछ ऐसे ही चलता रहेगा, लेकिन सचाई यह नहीं है। यह बिलकुल गलत धारणा है।"

उसने आसपास देखा, सबके चेहरे पर भ्रम रहा था। उसने आगे कहना शुरू किया, "अगर मुझे आप सबको दो वैकल्पिक भविष्य देने होते तो आप कौन-सा चुनेंगे? एक भविष्य में हमारे और पुरुषों के बीच में फैंस खड़ी हुई है। हम बीच-बीच में उनके साथ टकराते रहते हैं और फिर कुछ अरसे तक शान्ति बनी रहती है। दूसरा, जो प्रस्तावित भविष्य है, उसमें केवल हम हैं। वहाँ कोई भी पुरुष नहीं होगा, कोई फैंस नहीं होगी। कोई टकराव नहीं होगा...हमेशा के लिए।"

प्रॉमली फिर एक पल के लिए रुकी और अपने शब्दों को जज्ब हो जाने दिया। अचानक सन्नाटा टूटा, कमरे में इतनी तेजी-से प्रतिक्रियाएँ आने लगीं जैसे तूफान आ गया हो। यह पता लगाना बहुत मुश्किल था कि कौन क्या कह रहा है?

"जिस तरह से चीजें चल रही हैं, उनमें गलत क्या है? हमारे बीच बहुत अरसे से कोई टकराव नहीं हुआ है? आपको ऐसा क्यों लगता है कि अब हम टकराएँगे?"

"प्रॉमली, तुम हमेशा से एक बहुत ही लड़ाका किस्म की औरत रही हो। अपनी इच्छाओं को हमारी जिंदगियों पर मत थोपो।"

"अच्छी बात है, मैं दूसरे विकल्प के लिए जाना चाहूँगी। यह एक बहुत बड़ी राहत होगी कि हमें तब दूसरी तरफ से यानी पुरुषों की तरफ से चिन्ता नहीं करनी पड़ेगी।"

"मैं कोई टकराव नहीं चाहती। न तो अब और न ही कभी भविष्य में। जैसा चल रहा है, चलने दो।"

"तो तुम यह कहना चाहती हो कि हमें पुरुषों को निकाल बाहर करने की योजना बनानी चाहिए? ग्रह के चेहरे से ही उनका नामो-निशान मिटा देना चाहिए?"

"नहीं, पुरुष नहीं चाहिए, फैंस भी नहीं चाहिए। यह ग्रह हमारा है, यह सोचकर मुझे बहुत अच्छा लग रहा है।"

प्रॉमली ने सबको अपनी-अपनी बात कहने दी। यह बात मायने रखती थी। वह जानती थी कि बहस को अपने मनमाफिक निष्कर्ष तक तभी ले जाया जा सकता है जब सबको लगे कि उन्होंने अपनी बात कही और उसे सुना भी गया। जब तूफान सिर के ऊपर से गुजर गया और कमरे में शान्ति छा गई तो प्रॉमली ने फिर से कहना शुरू किया—

"क्या इस बात से आपको कुछ चुनने में मदद मिलेगी, अगर मैं आपको यह बताऊँ कि हम इस कमरे में बैठे बहस कर रहे हैं कि हमारा भविष्य कैसा होना

चाहिए, पुरुषों ने पहले ही यह फैसला कर लिया है? वे इस पल एक ऐसी योजना पर काम कर रहे हैं जो यह तय करेगी कि ग्रह उनका है।"

कमरे में शान्ति गहरा गई। तब क्राति ने कहा, "प्रॉमली, तुम जो भी कह रही हो, अगर वह सच है तो उन्होंने अचानक यह फैसला कैसे कर लिया? मैं इस बात से सहमत हूँ कि जब से हम यहाँ आई हैं, तब से पुरुषों के साथ टकराव की स्थिति में एक साथ रही हैं। हम आपस में बुरी तरह से टकराए हैं और लड़ाई भी की है, लेकिन लड़ाई हमेशा खत्म होती रही है।"

"हाँ, क्राति, लड़ाई खत्म होती रही है। यह फैसला इसलिए आया है कि उनकी तरफ के नेपो के भंडार खत्म होते जा रहे हैं और हमारे विपरीत, वे अभी भी अंग बदलने के लिए नेपो पर निर्भर रहते हैं। हालाँकि हमने इसका इस्तेमाल बहुत जैक पहले रोक दिया था और उसकी जगह अमर का इस्तेमाल करने लगे थे। हमारे पास नेपो के बहुत बड़े भंडार हैं और इसलिए वे यह भंडार चाहते हैं। तुम उल्तूर से पूछ सकती हो। मैंने उसे वे सारे आँकड़े दिखाएँ हैं जो छनकर हमें दूसरी तरफ से मिले हैं।" प्रॉमली रुक गई। जैसी कि उसने उम्मीद की थी, सभी उल्तूर की तरफ देख रही थीं। सबसे पुरानी सदस्य होने के नाते वह अधिकार-भावना और सबका विश्वास रखती थी।

उल्तूर ने धीरे-धीरे कहना शुरू किया, "अब यह अस्तित्व की लड़ाई हो गई है। पुरुष ईलोन का यह हिस्सा चाहते हैं ताकि वे जीवित रह सकें। हम सब जानते हैं कि दोनों ही पक्ष इसलिए कुछ भी करेंगे। अगर हमने अमर की खोज न की होती तो हमें भी ऐसी ही स्थितियों से गुजरना पड़ता। तो, मैं यह बात काउंसिल के सामने स्पष्ट कर दूँ कि हम एक ऐसे टकराव की तरफ देख रहे हैं जिसका लक्ष्य किसी भी कीमत पर ग्रह को पाने का है।"

उल्तूर ने संक्षेप में और स्पष्ट तौर पर अपनी बातें कहीं।

"हम अमर की खोज की बात उनके साथ शेयर क्यों नहीं करते? उसके बाद कोई टकराव नहीं होगा और हम पहले की तरह ही रहते रहेंगे?"

"हम क्या करने वाले हैं? टकराव होगा तो हममें से बहुत सारे लोगों को भी तो जान गँवानी पड़ेगी?"

"क्या तुम हमें किसी बात से सहमत होने के लिए डरा रही हो?"

"हम पुरुषों को नेस्तनाबूद कैसे करेंगी? हमने कई जैक से हथियारों के बारे में कोई भी विकास नहीं किया है।"

कमरे में एक बार फिर से सवालों और जवाबों की झड़ी लग गई थी। ठंडे इंटीरियर के बावजूद कमरे का तापमान बढ़ रहा था।

प्रॉमली को खड़े होकर उन्हें चुप कराना पड़ा।

"हमारे पास एक योजना है, जिस पर मैं चाहती हूँ कि आप विचार करें, लेकिन पहले हम पिछले कई जैक से ईलोन पर अपने अस्तित्व को मुड़कर देखें। पुरुषों

के साथ हमारे दो टकराव हुए हैं। हर टकराव में दोनों ही पक्षों को बहुत अधिक नुकसान उठाना पड़ा है। हर एक टकराव के बाद हमें नए सिरे से सब कुछ शुरू करना पड़ता है। जब से फैंस आई है, हम शान्ति के साथ रह रहे हैं और हमारे विकास को भी गति मिली है। हमने अमर की खोज की, टेक्नॉलॉजी में आशातीत सफलता प्राप्त की और अपने संसाधनों को हथियारों पर बर्बाद नहीं होने दिया। दरअसल, जब क्षितिज पर कोई पुरुष नहीं था, तो हम समृद्ध हुए। इसलिए मेरे अनुसार हम औरतों के लिए प्रजाति के रूप में पुरुषों को परे कर देना ही सबसे बड़ा अच्छा विकल्प है। अब मैं उनके साथ अमर शेयर करने की बात पर आती हूँ। क्या पुरुषों ने अपने संसाधन हमारे साथ शेयर किए हैं? क्या कोई नई खोज शेयर की है? तो हम उनके साथ अमर को शेयर क्यों करें? वे हमसे ज्ञान लेंगे और भविष्य में हमारे ही खिलाफ इस्तेमाल करेंगे। इस बात को भूलो नहीं, हमारी तरह उन्होंने भी इस समय को विकास और अपने-आपको संगठित करने में लगाया है। हमें इस बात की कोई भी स्पष्ट जानकारी नहीं है कि उनके पास कौन-से हथियार हैं या वे अपने भविष्य में क्या चाहते हैं? हम इस समय यही जानते हैं कि इस समय उनका अस्तित्व खतरे में है और उसका हल ईलोन में हमारी तरफ है।"

प्रॉमली रुकी। कमरे में सब लोग आपस में फुसफुसाहट करने लगे। शोर-शराबा होने लगा। प्रॉमली ने जब समूह की प्रतिक्रिया देखी तो उसे यह विश्वास होने लगा कि उसकी योजना को स्वीकार कर लिया जाएगा। अज्ञात का डर और उसके साथ यह एहसास कि उन पर इसलिए हमला किया जा सकता है कि वे अपने खनिजों को जमीन के अन्दर छुपाए हुए हैं, निर्णय को उसकी तरफ मोड़ सकता है।

आकाश से आने वाली रौशनी पर से एक बादल गुजरा और कमरे में कुछ देर के लिए अँधेरा छा गया, लेकिन जल्दी ही सूर्य फिर से चमकने लगा और कमरा भरपूर रौशनी से भर गया। रौशनी और अँधेरे का खेल कमरे में गुस्से में बैठे सदस्यों के मूड को बता रहा था।

"तो आप क्या सुझाव देती हैं कि हमें क्या करना चाहिए? एक पल के लिए मान लो कि हम दूसरे विकल्प के बारे में विचार करें तो क्या होगा? उसके बाद?" तबी ने कहा, जो आमतौर पर कभी बोलती नहीं थी।

"मेरे पास एक योजना है कि अगर हम भविष्य में पुरुषों को दृश्य से हटाना चाहती हैं। हो सकता है कि मेरी योजना आपको सराहनीय न लगे और मजाक जैसी लगे, लेकिन मैं आपको विश्वास दिलाती हूँ कि इसे हासिल किया जा सकता है।"

प्रॉमली जिस योजना पर कई जैक से काम करती आ रही थी, उसे सामने रखने से पहले सबको आश्वस्त करना चाहती थी।

"क्या तुमने गुप्त रूप से कोई ऐसा हथियार विकसित किया है जो पुरुषों को मटियामेट कर देगा? इस बात को मत भूलो कि वे एक ताकतवर दुश्मन हैं।"

आखिर क्राति ने कहा। वह काउंसिल की अध्यक्षता कर रही थी और इस बात को लेकर दृढ़ थी कि कोई भी वाहियात या फालतू की योजना स्वीकार न कर ली जाए।

प्रॉमली ने गहरी साँस ली और अपने बालों में उँगलियाँ फिराते हुए कहना शुरू किया, "हम ईलोन पर हजारों जैक से रहती आई हैं। यह एक बहुत खूबसूरत ग्रह है। हमने इसके सारे संसाधनों का दोहन किया है, इसके विस्तार को भोगा है और यहाँ के विस्तार में खूब आनन्द से रही हैं, लेकिन हमें यह बात हमेशा याद रखनी चाहिए कि हम यहाँ आए हुए यात्री हैं, हम यहाँ धरती से आए थे। हम ऐसी प्रजाति हैं जो जगह तलाशती है और जीवित रहती है। एक पल के लिए सोचें कि शायद यहाँ से एक बार फिर जाने का समय आ गया है और इस बार हम यहाँ से अकेले जाएँगी और वह नया ग्रह हमारा, और सिर्फ हमारा होगा।"

प्रॉमली एक पल के लिए रुकी। कमरे में अब राहत की साँस ली जा रही थी, क्योंकि नई योजना में किसी लड़ाई-झगड़े की बात नहीं थी। धीरे-धीरे सदस्य इस नए विचार को स्वीकार करने लगे। एक लम्बे विराम के बाद किसी नए और अनसुने विचार की बात की जा रही थी।

जब कमरे में सबका मूड बदलने लगा तो प्रॉमली ने बात कहना जारी रखा। वह सवाल उठाए जाने से पहले सारी बातें कह देना चाहती थी।

"हमारे स्पेसशिप तैयार हैं। रूट की मैपिंग कर ली गई है। हम इस परियोजना पर पिछले दस जैक से काम कर रही थीं। ईलोन पर रहनेवाले निवासियों की सूचियाँ तैयार कर ली गई हैं। सभी उपकरण, ज्ञान, जानकारी और सामग्री जिसकी हमें जरूरत होगी, हमने उस सबका पता लगा लिया है और उन्हें चिन्हित कर लिया है। पेड़ों, पौधों, फूलों और हाँ, अमर के नमूने इकट्ठे कर लिए गए हैं। जहाँ तक हमारी गणना है, हमें यहाँ से जाने के लिए तीन स्पेसशिप की जरूरत पड़ेगी और वे पहले से तैयार हैं और हमारा इन्तजार कर रहे हैं।"

अचानक कमरा एक पल में बुलबुले में बदल गया जो भविष्य के ऊपर तैर रहा था। जो विचार प्रॉमली ने सामने रखा था, उसने उन सबको जड़वत कर दिया था। कई सदस्य तो उस यात्रा की अभी से कल्पना करने लगी थीं मानो वह इस कमरे से ही शुरू हो जाने वाली हो। कोई भी कुछ नहीं बोली। चारों तरफ पूरी तरह से सन्नाटा था। सब अपने खयालों में खोई हुई थीं।

"क्या आप हमें स्पेसशिप दिखला सकती हैं?" गेला नाम की एक युवा सदस्य ने मौन को भंग किया। प्रॉमली ने मेज पर एक बटन दबाया। आकाशीय रौशनी बन्द हो गई और कमरे की रौशनी धीमी हो गई। कमरे के बीचोबीच पहाड़ों की श्रृंखला में एक बिल्डिंग की मल्टीडाइमेंशनल इमेज नजर आने लगी। यह वही बिल्डिंग थी, जहाँ अभी हाल ही वह गई थी। अब फोकस बिल्डिंग के पीछे जंगलों की तरफ चला गया। जंगल दो हिस्सों में बँट गया और तीन बड़े-बड़े स्पेसशिप नजर

आने लगे। आसमान के रंग से मेल खाते, नीले मनभावन रंग में कई मंजिलों वाले बड़े-बड़े जहाज किन्हीं काल्पनिक जीवों की तरह लग रहे थे। ये तीन विशाल, चमकते हुए कैरियर, जो जमीन पर शान से खड़े थे, आश्वस्त करते थे और पहुँच में लग रहे थे। धीरे-धीरे जंगल फिर पर्दे की तरह तन गया।

"यह जंगल एक भ्रम की तरह है, जो हमने तैयार किया है ताकि जहाजों के बारे में कोई भी जानकारी हासिल न कर सके। हमें यात्रा की तैयारियाँ पूरी करने के लिए कम-से-कम तीन क्लान्त का समय चाहिए और उसके बाद हम यहाँ से चल देंगे।" जैसे ही विजन धुँधला हुआ, प्रॉमली ने आगे कहा और बत्तियाँ जला दी गईं। आकाशीय रौशनी अभी भी बन्द थी।

"लेकिन हम आखिर जाएँगी कहाँ, प्रॉमली?" क्राति की तरफ से फिर से सवाल आया। धीरे-धीरे इस बैठक की महत्ता उसकी समझ में आने लगी थी।

"दस जैक पहले इनोडस के स्पेस मिशन सैल ने एक ऐसे ग्रह को देखा था जहाँ बसा जा सकता है। यह ग्रह हमारे ग्रह से बहुत दूर दूसरी आकाशगंगा में है। हमने वहाँ की जाँच-पड़ताल की है और अनुसन्धान किया है। हमने वहाँ के आँकड़े, जमीन के नमूने और वातावरण और जीवन की दूसरी चीजों के बारे में पता करने के लिए एक छोटा-सा जाँच-दल भेजा था। दो जैक पहले हम इस बात की पुष्टि कर पाए थे कि वहाँ वास्तव में जीवन सम्भव है। हमने उसका मानचित्र तैयार किया और नदियों-नालों की जानकारी ली। हमें पता है कि वहाँ हम किस जगह पर उतरेंगी और कहाँ पर हम अपना पहला कैंप लगाएँगी। वहाँ से हम चारों तरफ फैल जाएँगी। हम वहाँ जाने के लिए तैयार हैं ...एक नई जिन्दगी, एक नई दुनिया शुरू करने। आइए, मैं अब आपके सामने अपना नया गंतव्य पेश करूँगी।"

रौशनियाँ फिर बन्द कर दी गईं और कमरे के केन्द्र में एक ग्रह की इमेज उभरकर सामने आने लगी। इसमें नीली आभा और टोपोग्राफी से यह बात साफ थी कि वहाँ जमीन थी, पानी था और ढेर सारी हरियाली थी।

उनका भविष्य उनके सामने खुलता चला जा रहा था, प्रॉमली ने कहा, "इस ग्रह का एक बड़ा सूर्य है, एक ही चन्द्रमा है और वहाँ सूर्य ग्रह की परिक्रमा करने में जितना समय लगाता है, वह हमारे एक जैक से कम है। यह उस यात्रा से ज्यादा लम्बी होगी जो हमने धरती से ईलोन पहुँचने के लिए तय की थी, क्योंकि यह ग्रह काफी दूर है और एक दूसरी आकाशगंगा में है, लेकिन उस यात्रा के अन्त में नई दुनिया हमारा इन्तजार कर रही है।

"मैं जानती हूँ कि यह एक आसान चयन नहीं है, लेकिन ठीक इस समय हमारे लिए यही सबसे उत्तम विकल्प है। हम हमेशा संसाधनों से लैस रही हैं और सृजक रही हैं। अब अन्त में हमारे लिए वह समय आ गया है कि धरती से जो बोझ लेकर आई थीं, उसे उतार दें। यह बोझ है, पुरुष। आओ, हम आगे बढ़ें और अपनी खुद

की दुनिया में जाएँ। ब्रह्मांड में हमारी खुद की जगह पर। उनके साथ संघर्ष करते हुए खत्म हो जाने से तो बेहतर है, एक नई दुनिया में चले जाना। टकराव में हमें खुद भी बहुत सारी जानें गँवानी पड़ती हैं। इस बात के भी आसार हैं कि उनमें से कुछ जीवित बचे रहेंगे। कुछ जैक के बाद हमारे दरवाजे पर एक और टकराव की स्थिति दस्तक दे रही होगी। मैं जिस यात्रा का प्रस्ताव कर रही हूँ, वह हमारा अन्तिम आरोहण होगा। यह हमारे अपने घर के लिए होगा, आकाश में अपने खुद के स्थान के लिए।"

आकाशीय रौशनी लौट आई और सूर्य की रौशनी में ग्रह की सम्मोहित करने वाली इमेज जा चुकी थी। सबने एक-दूसरे की तरफ देखा। यह एक बहुत बड़ा फैसला था। परिचित सूर्य की रौशनी में ईलोन पर सबने अपनी जिन्दगी के बारे में बात करनी शुरू कर दी। वे ईलोन के बारे में, अच्छी और बुरी, छोटी और बड़ी बातें याद करने लगीं, जिन्हें वे पसन्द करती थीं। क्या वे यह सब कुछ छोड़-छाड़ कर चली जाएँगी और एक अनजान ग्रह में जाएँगी और वहाँ नई दुनिया शुरू करेंगी?

जिस वक्त मौन फुसफुसाहट चल रही थी, प्रॉमली इन्तजार करती रही। उसने उल्तूर की तरफ देखा। उल्तूर को यह सही समय लगा कि जब इस निर्णय को प्रभावित करे जबकि सबके विचार पूरी तरह से बने नहीं थे।

"क्या हम प्रॉमली की योजना से सहमत हैं? मैंने इसके बारे में सोचा है। मैं आपको यह विश्वास दिलाना चाहती हूँ कि हम इसलिए यहाँ से नहीं जा रही हैं कि हम पुरुषों के साथ लड़ नहीं सकतीं या उन्हें खत्म नहीं कर सकतीं। हमने चलते चले जाने का फैसला किया है। हमारे पास कोई भी ऐसी चीज नहीं है जो धरती से आए, दूसरी तरफ के पुरुषों से हमें बाँधे, सिर्फ टकराव ही तो है। आओ, हम उन्हें यहीं पीछे छोड़ दें और अपनी खुद की नई दुनिया बनाएँ। पुरुष जल्दी ही हम पर हमला करने की सोच रहे हैं, यह बात साफ है। हम भी इस दुष्चक्र को तोड़ें—एक बार के लिए और हमेशा के लिए।"

उल्तूर ने प्रॉमली के प्रस्ताव के पीछे वजन डाला। वे दोनों इस बात का इन्तजार करती रही थीं कि ग्रुप प्रतिक्रिया दे। संकोच के साथ, लेकिन धीरे-धीरे उन्हें सहमतियाँ मिलने लगीं। सदस्य सिर हिलाने लगीं।

"हम बाहर खड़ी औरतों को क्या बताएँगी? हम कहाँ जा रही हैं? उस नए घर का कोई नाम तो होगा?" गेला ने पूछा।

सबने उल्तूर की तरफ देखा। यह नामकरण सबसे अधिक सम्मानित निवासी द्वारा किया जाना था। उल्तूर ने एक पल के लिए सोचा और फिर मुस्कुराई। बहुत अरसे से किसी ने भी उसे मुस्कुराते हुए नहीं देखा था।

"हम धरती पर जा रही हैं। हम उस ग्रह पर अपने नए घर को यही नाम देंगी। यही वह जगह है जहाँ से सब कुछ शुरू हुआ था, इसलिए यह तर्कसंगत है कि हम

वहीं जाकर यह यात्रा समाप्त करें। मूल धरती ने हमें बाँटा था और अलग-अलग किया था, अब हम एक नई धरती बनाएँगी।"

वॉल्ट के प्रोसेसर लगातार काम कर रहे थे। यह आसान काम नहीं था कि सभी जानकारी को तयशुदा फार्मेट में कम्प्रेस किया जाए। सब-के-सब सूचनाओं को छोटे-छोटे यूनिट्स में पैक करने, कम्प्रेस करने में लगे हुए थे। इवी लगातार काम कर रही थी। इस बात को एक क्लान्त से अधिक का समय हो गया था जब से काउंसिल ने यह तय किया था कि वे दूसरे ग्रह, धरती की तरफ जाएँगी। इवी को यह एक वाहियात योजना लग रही थी, लेकिन तत्काल आदेश स्पष्ट और अपने-आप में पूर्ण थे।

दिन खुला हुआ था। इवी ने अपने हाथ का काम रोका और खिड़की तक गई। जो कुछ भी परिचित था, वह सब कुछ पीछे छूटने वाला था और वह भी बहुत हड़बड़ी में। दो क्लान्त और फिर वे नई ऐतिहासिक यात्रा पर चल देंगी। सड़क के किनारे के पेड़ हवाई, कोने पर वायुनम, सब कुछ यहीं रह जाने वाला था। सिर्फ वे ही जा रही थीं।

पिछले क्लान्त की शुरुआत में उन सबसे कहा गया था कि वे अपने-अपने घर के पास खास जगहों पर व्यक्तिगत रूप से मौजूद रहें, और उन्हें सारे अनुदेशों के बारे में बताया गया था। इवी ने शान्ति से सारी बातें सुनी थीं, लेकिन उन पर विश्वास नहीं कर सकी थी। ब्यौरे फ्लैश कर दिए गए थे और उन्हें यह चेतावनी दी गई थी कि इस प्रस्तावित यात्रा के बारे में लैक्स पर कुछ भी न डालें। अचानक यह अविश्वसनीय योजना सच में तब्दील हो गई थी। बीच-बीच में उन्हें उन्हीं जगहों पर बुलाया जाता था और मौखिक रूप से हिदायतें दी जाती थीं।

इवी ने इसके बारे में सोचा और ठंडी साँस भरी। वे वहाँ से जा रही थीं और ग्रह को पीछे पुरुषों के लिए छोड़कर जा रही थीं। उनके साथ लड़ने के बजाय यह तय किया गया था कि उन्हें छोड़ ही दिया जाए। वह इसके बारे में जितना अधिक सोचती, उसे यह विचार उतना ही परेशान करता। उसने महसूस किया कि वे यहाँ से भाग कर जा रही हैं और जो कुछ भी ज्ञात है, परिचित है, उसके लिए अनजानी दुनिया की तरफ जा रही हैं। उन्हें फिर से सब कुछ नए सिरे से शुरू करना होगा और सब कुछ बनाना, तैयार करना होगा। सब कुछ, इमारतें, सड़कें, सिस्टम—सब कुछ। यह कल्पना से परे विस्थापन था। उस पर तकलीफ यह कि ये सारे काम तीन क्लान्त के भीतर होने थे।

एक और बात जिसे वह पचा नहीं पा रही थी, वह था नाम—धरती! नए ग्रह का नाम 'धरती' क्यों रखा जा रहा था? उनमें से किसी को भी चयन की सुविधा नहीं दी गई थी। सभी औरतें छोड़कर जा रही थीं। यह फैसला था और अन्तिम था। एक नई दुनिया उनका इन्तजार कर रही थी।

सूक्ष्म सिद्धांतों का पालन करने में सब-की-सब व्यस्त थीं। जल्दी ही, दूसरों की तरह इवी को भी वही सब कुछ करना था, इस यात्रा को सफल बनाने के प्रयास। अब किसी के पास भी यह सोचने का स्थान या समय नहीं रहा था कि सब कुछ पीछे छूट जाने वाला है। धरती—वहाँ जाने के बारे में तैयारी करना ही सबसे बड़ी और व्यस्त रखने वाली गतिविधि बन गई थी।

जैसे-जैसे क्लान्त बीतते जा रहे थे, इवी ने वॉल्ट में सारी चीजें समेट ली थीं। उसने इस विस्थापन को मंजूर कर लिया था। वह अगले विहान के समापन तक सारे काम पूरे कर लेना चाहती थी। उसके बाद वह अपनी व्यक्तिगत चीजों की तरफ ध्यान देगी। पिछली बैठक में उन्हें बताया गया था कि अपने साथ केवल एक ही व्यक्तिगत बैग ले जाने की अनुमति होगी।

टिओनी, तारा और खुद उसने यह तय किया था कि वे अगले क्लान्त में पहाड़ की तरफ चली जाएँगी जहाँ तीन चन्द्रमा के छुपने के साथ बरसात शुरू हो जाएगी। यह एक तरह से ईलोन को विदाई होती। तब तक इवी अपनी सारी तैयारियाँ पूरी कर चुकी होगी।

लॉन्च से एक रात पहले जो सिस्टम उनको दुनिया से जोड़ता था, प्रोसेसर, टैग और वर्कस्टेशन—सब नष्ट कर दिए जाएँगे। जब भी पुरुष इस तरफ आएँगे, उन्हें खाली खोखे ही मिलेंगे।

यह अजीब-सा एहसास था। जैसे-जैसे आने वाली यात्रा की सम्भावना बलवती होती जा रही थी, ईलोन धुँधला पड़ता जा रहा था। हर चीज का धरती पर उसकी जरूरत या महत्ता के हिसाब से मूल्यांकन किया जा रहा था। एक तरह से वे अपने दिलो-दिमाग में पहले ही धरती पर पहुँच चुकी थीं।

जब भी इवी धरती के बारे में सोचती, उसे अचानक माया याद आ जाती। अगर सिस्टम को नष्ट कर दिया जाएगा तो माया का क्या होगा? वे उसे यह बताएँ तो सही कि वे वहाँ से जाने वाली हैं। क्या वे माया से पूछें कि वह उनके साथ चलेगी? इवी ने टिओनी को टैग किया।

क्या हम माया से पूछें कि वह हमारे साथ चलेगी?

जबकि इवी बहुत तेजी-से काम कर रही थी, टिओनी भी उतनी ही व्यस्त थी। अंग बदलने की टेक्नोलॉजी और उपकरण भी साथ ले जाए जाने थे। एक ऐसे ग्रह के लिए जाना, जो सिर्फ उनका होगा, यह बात उसे बहुत ज्यादा उत्साहित कर रही थी। उसके लिए योजना का सबसे अच्छा यह था कि वहाँ पुरुषों के साथ कोई

टकराव नहीं होगा, इसलिए नुकसान भी नहीं होंगे। कोई दर्द नहीं होगा, बीच-बीच में ईलोन के निर्माण की मशक्कत नहीं करनी पड़ेगी। धरती पर जीवन को आगे बढ़ाने के लिए वे नए तरीकों की तलाश करेंगी और उसमें पुरुषों की तरफ से लगातार विघ्न डालने की बात नहीं होगी। वे नई दुनिया में सृजन करेंगी, नया जीवन जीएँगी और नई दुनिया बसाएँगी।

तारा हैप के साथ दूसरे कमरे में व्यस्त थी। टिओनी को उसके खिलखिलाने की आवाज सुनाई दे रही थी। वह गई और कमरे के दरवाजे के पास खड़ी हो गई। तारा बिस्तर पर कूद रही थी और हैप उसके पास खड़ा हुआ ध्यान से उसे देख रहा था। तारा उस दुनिया में बड़ी होगी, जहाँ संघर्ष और बेकार की प्रतिस्पर्धा की कोई छाया नहीं होगी। भावी सन्तानें एक ऐसी दुनिया को आबाद करेंगी, जो पूरी तरह से उनकी होगी। टिओनी ने अचानक रिया और उन सब औरतों के बारे में सोचा जो अपने-आपको ईलोन पर लाई थीं और इसके लिए उन्होंने लड़ाई लड़ी थी और यहाँ तक पहुँचने के लिए योजनाएँ बनाई थीं। एक तरह से नई दुनिया के लिए यह यात्रा उस यात्रा का समापन होगी जो धरती से यहाँ तक के लिए शुरू हुई थी।

टिओनी अपने वर्कस्टेशन की तरफ मुड़ गई जहाँ इवी का माया के बारे में सन्देश आया हुआ था—

माया—वे उसके बारे में क्या करेंगी? क्या उसे सिस्टम के साथ नष्ट हो जाने देंगी या उससे पूछेंगी कि क्या वह उनके साथ चलना चाहेगी? वे उस तक पहुँचने की कोशिश करेंगी और उसका जवाब लेना चाहेंगी।

बहुत कम चीजें ऐसी थीं जो वह अपने साथ में ले जाना चाहती थी। सीनी ने घर में जो भी रंग और विस्तार जोड़े थे, वे सब यहीं रह जाने वाले थे। दीवार पर लगी एक टैपिस्ट्री अद्‌भुत रंगों की थी और वह सीनी को बहुत पसन्द थी। उल्तूर कमरे के बीचोबीच खड़ी हुई थी। ऐसा नहीं लग रहा था कि यह ऐतिहासिक विदाई का मंच हो और वह हैरान हो रही थी कि क्या वह सचमुच जाना चाहती है? यह प्रश्न उसका पीछा कर रहा था। वह तैयारी कर रही थी, पैकिंग कर रही थी और सारी हिदायतें मान रही थी, लेकिन किसी भी तरह से उसे कभी भी यह महसूस नहीं हुआ कि वह सचमुच ईलोन को छोड़कर चली जाएगी। उसे अजीब-सी हिचक महसूस हो रही थी, लम्बी यात्रा के बारे में सोचकर और उसके बाद सामने आने वाली अनिश्चितता के एक लम्बे समय के बारे में सोचकर थकान महसूस हो रही थी।

क्या वह उस दुनिया का, जो बन रही है, और उसके साथ जुड़े सारे तनावों का हिस्सा बनना चाहेगी? एक अलग ही अनजानी धरती पर जीवन शुरू करना एक बड़ी चुनौती थी। धीरे-धीरे समय के साथ-साथ वे वहाँ बसेंगी। इस दौरान वहाँ कई काम सफल होंगे, असफल भी होंगे, नुकसान या फायदे भी होंगे।

पिछले क्लान्त में उल्तूर फैंस के पास स्पॉट पर अनगिनत बार गई थी। वह उन सभी स्थानों की यात्रा करने गई थी जहाँ वह और सीनी पहले जाना बहुत पसन्द करती थी, जैसे समन्दर, पहाड़ और बाग-बगीचे। वह इराना हब भी गई थी और निविदम भी, जहाँ सीनी ने कुछ दिन काम किया था। कई बार, वह सोचती थी कि यह सब इस जगह को छोड़ने की तकलीफ तो नहीं है जहाँ सीनी रही थी, और इसलिए वह नहीं जाना चाहती।

रात के समय जब वह जाग रही थी और ईलोन की शान्ति को सुन रही थी तो वह सोचने लगी कि क्या नए नक्षत्र पर भी हवा इतनी ही अच्छी होगी, क्या आसमान वैसे ही नीला होगा और क्या फूल वैसे ही मनभावन होंगे?

उल्तूर टैपिस्ट्री को नीचे उतार रही थी ताकि वह उसे अपने साथ ले जाए। तभी उसके अपार्टमेंट का दरवाजा खुला। सीनी ही इस तरह से अन्दर आया करती थी। केवल वही दरवाजे का कोड जानती थी...प्रॉमली के साथ। उल्तूर मुड़ी और सचमुच प्रॉमली सामने दरवाजे पर खड़ी थी।

"मैं देख रही हूँ कि तुम तैयार हो रही हो।" प्रॉमली ने कहा और खिड़की के पास आरामकुर्सी में पसर गई।

"और तुम? क्या तुमने वे सारी चीजें पैक कर ली हैं जो अपने साथ ले जाना चाहती हो?" उल्तूर आई और उसके पास बैठ गई। वह हैरान हो रही थी कि प्रॉमली क्यों आई है? लांच से जुड़े उसे बीसियों काम करने थे। काउंसिल की बैठक के बाद जो बेहतरीन योजना बनाई गई थी, वह शानदार थी। इससे यह तय हो गया था कि एक बार फैसला हो जाने के बाद चीजें तत्काल ही अपने-आप होने लगी थीं।

"मैं तुम्हारे घर पर बहुत लम्बे अरसे के बाद आई हूँ, उल्तूर। इन सारे जैक्स में कुछ भी बिलकुल भी नहीं बदला है।" प्रॉमली कुर्सी में और धँस गई और अपनी आँखें बन्द कर लीं। वह थकी हुई और चुकी हुई लग रही थी। उल्तूर इस बात का इन्तजार करने लगी कि वह अपनी बात पूरी करे।

"मेरे पास ले जाने के लिए बहुत ज्यादा सामान नहीं है। हमें ईलोन से बहुत कुछ ले जाना है। मैंने निर्माण इकाइयों से सारा प्रोसेस किया हुआ अमर लिया है, इसके अलावा नई फसलों के लिए घटक और खड़ी फसल को, अगर कोई है, तो उसे जाने से पहले नष्ट करना है। मैं नहीं चाहती कि पुरुषों को, अगर वे फैंस पार करके इस तरफ आते हैं तो कोई भी काम की चीज मिले। मैं नेपो के सारे भंडार

भी नष्ट कर देना चाहती हूँ, लेकिन उसके लिए मुझे काउंसिल की अनुमति की जरूरत पड़ेगी और मैं जानती हूँ कि तुम मेरी बात का विरोध करोगी जैसा कि तुम पहले करती आई हो। तुमने ऐसा क्यों किया, उल्तूर?"

तो यह बात थी जिसकी वजह से वह आई है। उल्तूर खड़ी हो गई, एसिपो, इनोला के दो स्लाइस और एक गिलास वाइन के साथ प्रॉमली के सामने रख दिए। उसने अपनी आँखें खोलीं और खाना शुरू कर दिया।

उल्तूर बैठी रही और प्रॉमली को देखती रही। उन दोनों ने कई परियोजनाओं पर एक साथ काम किया था, काउंसिल में एक-दूसरे की मदद की थी और जब सीनी बड़ी हो रही थी तो उसमें गहरी दिलचस्पी ली थी। जब प्रॉमली इनोडस में चली गई तो चीजें बदल गई थीं।

एक बार फिर, अनजान सीमाओं की अनजान यात्रा में उन्होंने एक साथ काम किया था और उल्तूर ने योजना का समर्थन किया था। हालाँकि उसके ऊपर अनिश्चितता के बादल मँडरा रहे थे। उन्होंने अपने जीवन के आसपास की अन्तहीन तकलीफों का वास्ता देकर बेहतर विकल्प सामने रखा था। यह मौका ऐसा था कि हाथ से नहीं जाने दिया जा सकता था।

"अगर तुम जानना चाहती हो कि मैंने क्यों तुम्हारी योजना के आखिरी हिस्से का विरोध किया था, प्रॉमली तो तुम्हें मुझे सच-सच बताना पड़ेगा कि सीनी के साथ क्या हुआ था?" उल्तूर की आवाज मजबूत और ठहरी हुई थी।

प्रॉमली खाना खाती रही। वह सारा समय इस बात को जानती थी कि उसे देर या सबेर इस सवाल का जवाब देना पड़ेगा। उसने कमरे में आसपास देखा। दीवार पर जिस जगह पर सीनी की पसन्दीदा टैपिस्ट्री लगी हुई थी, वह खाली जगह सीनी की गैर-मौजूदगी को दर्शा रही थी। यह उदास करने वाली बात थी कि इस यात्रा में सीनी उनके साथ नहीं थी। वह इस नई दुनिया को तरतीब देने में बहुत खुशी महसूस करती। उसका इतना अधिक ज्ञान बेकार चला गया, लेकिन ऐसा ही होना था। दरअसल, यह उसकी अनुपस्थिति ही थी जिसने घटनाओं की कड़ी को गतिशील बनाए रखा और उसी ने उन्हें इस आगामी यात्रा के लिए प्रेरित किया।

"पिछले जैक के अन्तिम दिनों में उस यूनिट को, जो इस योजना पर काम कर रही थी, यह सन्देश मिला, जिसमें पूछा गया था कि क्या हमने ऐसे ग्रह की खोज कर ली है जो हमारे लिए दूसरा घर हो सकता है? यह इनोडस के लिए बहुत बड़ा झटका था, क्योंकि सारा अनुसन्धान और योजना पूरी गोपनीयता के साथ तैयार की जा रही थी और यह गुप्त और सुरक्षित थी। उन्होंने सन्देश भेजने वाले का पता लगाने की कोशिश की, लेकिन ऐसा नहीं कर सकीं। सन्देश भेजने वाला उन्हें छकाता रहा और यह बात तय थी कि वह सिस्टम को बहुत अच्छी तरह से जानता था।" प्रॉमली चुप हो गई।

उल्तूर इन्तजार कर रही थी। जिस तरह से वह तनकर और बिना हिले-डुले बैठी थी, उससे यह तय था कि वह बातचीत को आखिर तक हाथ से जाने देने वाली नहीं है।

"उन्हें अक्सर सन्देश मिलते रहे और जानकारी माँगी जाती रही। शुरू-शुरू में उन्हें लगा कि कोई उनके सिस्टम में घुस गया है। पहला शक पुरुषों पर ही गया, लेकिन जल्दी से उसे दरकिनार कर दिया गया। बहुत सारी कोशिशों के बाद आखिर यह पता चला ये सारे सन्देश इराना हब से और वहाँ भी एक खास वर्कस्टेशन से आ रहे थे। उल्तूर, इस समय की योजना तभी भी तैयार की जा रही थी। रूट मैप, कितने स्पेसशिप लगेंगे, उन पर कितना वजन ढोया जा सकेगा, ले जाया जाने वाला सामान, ये सारी चीजें अभी प्रारम्भिक स्थिति में थीं। उनके बारे में कोई बहस शुरू नहीं की जा सकती थी। नहीं तो सारी योजना ही खटाई में पड़ जाती। बहुत सोच-विचार करने के बाद उस सन्देश भेजने वाले को शान्त किया गया था।"

उल्तूर ने अपनी आँखें बन्द कर लीं। एक किशोरी के रूप में सीनी घर के अन्दर और बाहर जा रही है। सीनी, एक युवा स्त्री में बदल रही, अपने काम में व्यस्त सीनी, उसके लम्बे खूबसूरत बाल और उसका सवालों से भरा हुआ दिमाग—ये सारी छवियाँ उसके सामने नृत्य करने लगीं। उसे महसूस हुआ कि उसके भीतर डर प्रवेश कर रहा है।

"प्रॉमली, क्या तुमने यह जानने के बाद भी कि वह सीनी है, उसे चुप कराने के आदेश दिए थे?"

"हाँ, मैंने दिए थे।" प्रॉमली की आवाज मजबूत और ठहरी हुई थी।

"क्यों प्रॉमली? तुम उसे अपने विश्वास में ले सकती थी। तुमने मुझसे बात की होती। उसने कभी भी तुम्हारे विश्वास को धोखा नहीं दिया होता। तुम यह बात जानती थीं कि वह एक उत्सुक दिमाग वाली लड़की है। वह हमेशा से ऐसी थी। तुमने उसे एक ऐसे काम के लिए सजा दी, जो उसने नहीं किया था। तुमने उसे उसकी उत्सुकता के लिए सजा दी। उसने कभी भी मुझे यह बात नहीं बताई। उसे यह भी पता नहीं था कि तुम इनोडस की अध्यक्ष हो। उसे तो यही पता था कि तुमने खेती-बाड़ी शुरू कर दी है।" उल्तूर रो रही थी और वह इस बात को जानती भी नहीं थी।

"मैं कोई भी चांस नहीं ले सकती थी। इसमें कुछ भी व्यक्तिगत नहीं था। पूरी योजना ही दांव पर लगी थी। हमारा भविष्य, हमारा अस्तित्व—सब कुछ योजना पर निर्भर करता था। अगर किसी भी स्टेज पर इस योजना की किसी को भनक भी लग जाती और इसके बारे में पता चल जाता तो तुम्हारे जैसे कई लोग होते जो काउंसिल में इसकी धज्जियाँ उड़ा देते। बहुत सारे प्रश्न उठाए जाते। इसे कभी भी अन्त तक नहीं पहुँचाया जा सकता था। अगर यह किसी और की बात होती, चाहे

तुम्हारी भी, मैंने तब भी यही तय किया होता।" प्रॉमली ने उल्तूर की तरफ देखा जो अभी भी लगातार रोए जा रही थी।

"उल्तूर, जब पुरुष हमला करने के मूड में हैं और हम पर हमला करने के इन्तजार में हैं, योजना काउंसिल से पार पाने में सफल रही।"

दोनों बैठी रहीं और कमरे में आर-पार एक-दूसरे की तरफ देखती रहीं। उल्तूर को वह समय याद आया जब उसने यह महसूस किया था कि स्क्रीन पर प्रॉमली एक इमेज की तरह अवास्तविक हो गई है। अभी भी उसे वैसे ही लग रहा था। प्रॉमली इतनी ज्यादा कब बदल गई? उल्तूर गुस्से, उदासी और घृणा की भावनाओं के साथ एक साथ लड़ रही थी। ये सारी भावनाएँ उसके भीतर लहरों की तरह उठ रही थीं। धीरे-धीरे जो गुस्सा उसके भीतर सिर उठा रहा था, उसकी जगह समझ में बदलने लगा।

"प्रॉमली, तुमने यह सब सीनी के साथ इसलिए किया ताकि तुम इस पॉइंट तक पहुँच सको। ठीक है न? तुमने पुरुषों पर इल्जाम लगाया और यह समझाया कि यह उनकी हरकत है और उसके बाद तुमने यह आश्वस्त किया कि यह इल्जाम पुरुषों तक पहुँचा दिया जाए। धीरे-धीरे सब कुछ तुम्हारे हिसाब से होता चला गया। नेपो के घटते भंडार तुम्हारे लिए बोनस की तरह आए। ठीक समय पर तुम यह योजना काउंसिल में लेकर आई। प्रॉमली, तुमने सीनी को एक धमकी की तरह नहीं लिया, तुमने उसकी उत्सुकता को अपनी योजना की सफलता के लिए इस्तेमाल किया। तुम्हारे लिए ये सारी बातें इतनी महत्त्वपूर्ण क्यों हो गईं? तुम्हें किसी भी हाल में सफल क्यों होना था?" उल्तूर लगभग चिल्लाकर कह रही थी।

"यह सवाल तुम अपने-आपसे पूछो, उल्तूर। एक पल के लिए भूल भी जाओ कि सीनी के साथ क्या हुआ? असली बात तो यह है पुरुषों के नेपो के स्टॉक खत्म होते चले जा रहे हैं। यहाँ तक कि इनोडस को भी कुछ समय पहले तक इसके बारे में नहीं पता था। अगर अभी नहीं तो बाद में कभी वे हमसे आ भिड़ते। हमसे लड़ने के लिए भावी टकराव की जो योजना पुरुष बना रहे हैं, उससे बचा नहीं जा सकता। उल्तूर, तुम इस बात को जानती हो। धरती पर जाना, इस सब से बचने के लिए एक बार का और हमेशा का प्रयास है। मैं मानती हूँ कि कुछ घटनाओं ने इस योजना की गति को आगे बढ़ाया है, लेकिन देर-सबेर यह फैसला करना ही था। सीनी हो या न हो, तुम्हें भी पता है कि यह एक ऐसा मौका है जिसे हमें गँवाना नहीं चाहिए।"

प्रॉमली देखती रही और उल्तूर के गालों से आँसू ढरकते रहे। उसे अपने विचारों की श्रृंखला की अहमियत समझनी चाहिए थी। जब तक क्लेपो को पता चलता कि सन्देश भेजने वाली सीनी है, तब तक सारी योजना को रूपाकार दिया जा चुका था। जाँच के परिणामों का विश्लेषण किया जा चुका था। गंतव्य और वहाँ तक की

यात्रा के लिए वाहनों का पता लगाया जा चुका था। जब प्रॉमली को सीनी के बारे में पता चला, पहले तो उसे विश्वास ही नहीं हुआ। वह कई विरोधाभासी विचारों से घिरी हुई थी, लेकिन तभी उसने इस अवसर को देखा। उसके बाद उसे इस पर दोबारा नहीं सोचना पड़ा। बड़े हित के लिए कुछ छोटे नुकसान तो उठाने ही पड़ते हैं।

प्रॉमली खड़ी हो गई। उसे इस बात की राहत महसूस हुई कि सीनी का मामला यहीं, ईलोन में ही निपट गया है। वह और उल्तूर धरती की यात्रा के लिए एक नए सिरे से शुरुआत करेंगी। वह दरवाजे की ओर बढ़ी।

"मैं तुम्हें बताऊँगी कि मैंने तुम्हारी अन्तिम योजना का विरोध क्यों किया था? प्रॉमली, हो सकता है, यह अवसर दोबारा न आए। इसलिए बैठ जाओ।" यह उल्तूर का आखिरी प्रयास था जो वह प्रॉमली के पहले वाले रूप तक पहुँचने के लिए कर रही थी। प्रॉमली का वह रूप जो औरतों के भाग्य के बदलाव के लिए कोई फैसला लेने से पहले था।

प्रॉमली हैरान हुई। वह फिर से खिड़की के पास जाकर कुर्सी पर बैठ गई। बाहर सूर्य धीमे-धीमे डूब रहा था और आकाश में एक गुलाबी रंग फैल रहा था।

"प्रॉमली, तुमने यह प्रस्ताव रखा था कि यहाँ से विदा होने से पहले हमें पुरुषों पर एक आखिरी हमला करना चाहिए। जितना अधिक हो सके, उनका नुकसान करना चाहिए। फिर हम अपने रास्ते लग लेंगे। अगर कुछ पुरुष जीवित रह गए तो वे नए सिरे से तिनके जोड़ेंगे और अपनी जिन्दगी नए सिरे से बनाएँगे। मैंने इसका विरोध किया था। मैंने पहली बार काउंसिल द्वारा दी गई सुविधा का इस्तेमाल किया था। मेरे पास ऐसा करने के लिए बहुत ही मजबूत कारण है। प्रॉमली, हमारा पुरुषों के साथ एक जटिल और आपस में उलझा हुआ, गुँथा हुआ अतीत रहा है। सीनी को ले जाए जाने के बाद मैं बहुत अनुसन्धान करती रही हूँ। मैंने इस बात का पता लगाया कि धरती पर हमारी जटिल और ऊबड़ खाबड़ साझी जिन्दगी कैसी थी? यह यात्रा एक-दूसरे पर निर्भरता की, सहयोग की, संघर्ष की और अलग रहने की रही है। धरती के विनाश से बचने के लिए हम एक साथ ईलोन में आए थे। हम इस ग्रह पर हजारों जैक तक एक साथ रहते आए हैं। हमने झगड़े किए और अभी भी जीवित रहने के लिए अपने रास्ते तलाश रहे हैं। हम दोनों की एक ही जीन सीक्वेंस है। हमारी लम्बी जीव विज्ञान की समानता रही है। बेशक मतभेदों ने इन सूत्रों को भुला दिया है। हम एक ही जैसी चीजों की कामना करते हैं और एक ही जैसे भविष्य के लिए काम कर रहे हैं। वर्तमान सन्दर्भ में हम दोनों यह चाह रहे हैं कि हमारा भविष्य दूसरों के बिना हो। वर्तमान सन्दर्भ में हम यह चाहते हैं कि हमारा भविष्य उनके बिना हो। चूँकि हम अन्तिम रूप से, हर सम्भव तरीके से अलग हो रहे हैं, हमें उन्हें यहाँ छोड़ देना चाहिए ताकि वे जीवित रहें और बने रहें। कौन जानता है कि दूर के भविष्य में सिर्फ यह ज्ञान कि कोई ब्रह्मांड में हमारी

तरह का रहता है, हमारे जीवित रहने का आधार होगा। इसीलिए मैंने तुम्हारे प्रस्ताव का विरोध किया था।"

प्रॉमली इस बात को पूरी तरह से समझ नहीं पाई, लेकिन इस बात में कोई-न-कोई सूत्र था, जो कुछ उल्तूर कह रही थी। वह खड़ी हुई और दरवाजे की तरफ बढ़ी और कहने लगी, "उल्तूर तुम धरती पर आओगी। मैं तुम्हें यही बताने के लिए आई थी कि हम अगले दस दिन में अगले क्लान्त में जाएँगे। इस बारे में निर्देश जारी कर दिए गए हैं।"

"मैंने इसके बारे में नहीं सुना है। अचानक यह बदलाव क्यों किया गया है?"

"अगले क्लान्त के दौरान हमारे जाने के रास्ते में एक कॉस्मिक तूफान आने वाला है। अगर हम इन्तजार करते हैं कि वह गुजर जाए तो हमारे जाने का कार्यक्रम कम-से-कम एक और क्लान्त के लिए टल जाएगा। तो हमने यह तय किया कि हम पहले जाएँगे। अब हम उससे पहली रात को जाएँगे जब तीन चन्द्रमा छुपे हुए होंगे।"

"क्या तब तक सब कुछ और सब लोग तैयार हो जाएँगे?" उल्तूर ने हैरानी व्यक्त की।

"उन्हें होना ही पड़ेगा और इसमें तुम भी शामिल हो, उल्तूर। हमें यहाँ ईलोन में सारा सामान छोड़कर जाना पड़ेगा। पीछे रुकने के बारे में तो सोचो ही मत। हम जो नई दुनिया बना रहे हैं, उसमें तुम्हारे जैसे लोगों की जरूरत है।"

अपार्टमेंट लगभग खाली था। दिशा-निर्देशों के अनुसार जो सारी चीजें पीछे छोड़ी जानी थीं, उन्हें आग के हवाले किया जाना था। जाने के लिए अब केवल तीन दिन बचे थे। तारा खुशी के मारे खुली जगह पर इधर से उधर दौड़ रही थी। हैप को आग के हवाले कर दिया गया था। जब भी वे धरती पर पहुँचेंगी, उन्हें अपने लिए नई मशीनों की जरूरत पड़ेगी और वे उन्हें बनाएँगी। सिस्टम में से अभी भी आवाज आ रही थी। यह तय किया गया था कि इसे अगले दिन आधी रात को नष्ट कर दिया जाएगा। बाहर अँधेरा था और टिओनी और इवी वर्कस्टेशन के पास बैठी थीं। घने बादलों के पीछे छुपे हुए तीन चाँद अभी भी दिखाई नहीं दे रहे थे। यह लगातार तीसरी रात थी जब वे माया का इन्तजार कर रही थीं। अगर वह आज रात भी नहीं आई तो उसे अपने साथ ले जाना सम्भव नहीं होगा।

बीच-बीच के अन्तरालों में टिओनी पुकार उठती, "माया, आओ न, हम तुमसे बात करना चाहती हैं।"

यह अजीब-सी बात थी, लेकिन माया कभी-कभी इस तरह की पुकारों का जवाब दे दिया करती थी। तारा ठुमकती हुई आई और टिओनी की गोद में चढ़ने की कोशिश करने लगी। टिओनी ने उसे उठाया और अपने कन्धे पर लिटाकर उसकी पीठ थपथपाने लगी। वर्कस्टेशनों की रौशनी में इवी दोनों को देख रही थी।

"टिओनी, तुम इसे इस यात्रा पर कैसे लेकर जाओगी? स्पेसशिप इसके लिए काफी बन्द जगह होगी?"

"वह मैनेज करना सीख लेगी। उसे करना ही पड़ेगा। हम सबको अनजान परिस्थितियों में मैनेज करना सीखना ही पड़ेगा। न केवल यात्रा में, बल्कि धरती पर भी।"

"कई बार मुझे गुस्सा आता है, टिओनी कि हम अपने-आप को क्यों बेदखल कर रही हैं और सारी चीजें पुरुषों के लिए छोड़कर जा रही हैं?" उसने आखिर अपनी नाराजगी को स्वर दे ही दिया।

"मैं इसे इस रूप में नहीं देखती। मैं इसे मुक्ति के रूप में देखती हूँ, एक अवसर के रूप में देखती हूँ कि हम अपनी दुनिया बनाने जा रही हैं। जरा कल्पना करो कि हमारा एक खुद का ग्रह होगा। हम अपनी आशाओं के अनुरूप उसे बनाएँगी और उस पर फैंस की कोई सीमा नहीं होगी। किसी भी दुश्मन के रूप में पुरुषों की छाया हम पर नहीं पड़ेगी। यही तो हम प्रजातियों की जरूरत है। जरा कल्पना करो कि इससे हमें कितनी बड़ी आजादी मिलने वाली है। कितना शानदार एहसास है यह?"

तारा सो चुकी थी। टिओनी गई और उसे बिस्तर पर लिटाया। अब वही बिस्तर था जो फ्लैट में रह गया था। बाहर बादल क्षितिज पर फैले हुए दंगा-फसाद कर रहे थे।

"शानदार एहसास, टिओनी। मुझे लगता था, प्यार में ही यह एहसास होता है?" माया की गहरी आवाज सिस्टम में से निकलकर आई।

"तुम कहाँ रह गई थी, माया? हम कब से तुम्हारी राह देख रही थीं।" इवी ने थोड़ा नाराजगी के साथ कहा।

"माया, तुम्हारी आवाज सुनकर अच्छा लग रहा है। मैं तुमसे लम्बी बातें करने के लिए तरस रही थी।" आखिर माया की सिस्टम में से आवाज सुनकर टिओनी को अच्छा लग रहा था।

"मैं कुछ संगीत तैयार करने में व्यस्त थी। जब मैं वह काम कर रही होती हूँ तो सब कुछ भूल जाती हूँ। तुम सुनना चाहोगी?" और जवाब का इन्तजार किए बगैर माया ने संगीत बजाना शुरू कर दिया। यह एक अलग ही संगीत-रचना थी। ऐसा लग रहा था कि कहीं दूर जमीन पर ड्रम बजाए जा रहे हों और कहीं पास ही बरसात हो रही हो। इवी और टिओनी, दोनों मंत्रमुग्ध हो गईं। ऐसा लग रहा था कि कमरे में बरसात आ पहुँची है और उनके चेहरों को सहला रही है।

धीरे-धीरे संगीत धीमा होता गया और माया ने पूछा, "क्या तुम्हें अच्छा लगा? मैंने इसे तुम दोनों के टैग में कॉपी कर दिया है।"

टिओनी ने खिड़की से बाहर देखा। बाहर नमी थी, लेकिन अभी तक बरसात शुरू नहीं हुई थी। कमरा शान्त बना रहा।

"क्या हुआ, अगर तुम्हें अच्छा नहीं लगा तो कोई बात नहीं। संगीत तो बहुत वस्तुपरक चीज होती है और यह संगीत-रचना मेरे समय से नाता रखती है। मैंने इसमें उस समय के मूड को पकड़ने की कोशिश की है जो मैंने आर्यन के साथ बिताया था। आर्यन के जाने से पहले, उसके और मेरे भी, एक अलग तरीके से विदाई।"

"माया, हम इस विहान को विदा हो रही हैं। सच कहें तो अगले तीन दिन में। तुम हमारे साथ आओ, माया।" इवी केवल यही कह पाई।

"कहाँ जा रही हो? बेशक मैं तुम्हारे साथ आऊँगी। जहाँ कहीं भी तुम जाओगी, ईलोन में कहीं भी जाओ, मैं तुम्हारे साथ सिस्टम में रहूँगी।" माया की आवाज में थोड़ी हैरानी थी।

"माया, औरतें ईलोन छोड़कर जा रही हैं। हम सब दूसरी आकाशगंगा में एक नए ग्रह पर जा रही हैं। पुरुष यहाँ, इसी नक्षत्र पर पीछे रह जाएँगे। हम अपने लिए ब्रह्मांड में नया घर बनाने के लिए जा रही हैं।" टिओनी की आवाज में एक अलग तरह के उत्साह की छाया देखी जा सकती थी।

शान्त कमरे में सिस्टम की आवाज गूँजती रही। इसे साफ तौर पर सुना जा सकता था। माया की तरफ से कोई जवाब नहीं आया।

"माया, तुम कहाँ हो? कल यह सिस्टम नष्ट कर दिया जाएगा। मैं तुम्हें उस सर्किट में ले जाऊँगी जो हम अपने साथ ले जा रही हैं। हमारे साथ चलो, माया।" इवी गिड़गिड़ाई।

"हमने नए ग्रह को 'धरती' नाम दिया है। यह यहाँ से बहुत दूर एक आकाशगंगा में है।"

माया की खिलखिलाती हँसी बहुत ऊँची और साफ थी। यह कानों को सुनने में भली लग रही थी।

"तो औरतें आखिर धरती पर कब्जा जमाने के लिए जा रही हैं। रिया और उसकी जमात इसे सुनकर कितनी खुश होती कि आखिर वह समय आ ही गया, जब धरती पर केवल औरतों का कब्जा होगा। यह सिर्फ उन्हीं की रहेगी। मैं कभी इस बात की कल्पना भी नहीं कर सकती थी। जाओ, अपनी नई दुनिया में जाओ जो सिर्फ तुम्हारी है। अपने खुद के नियम बनाओ और अपनी मान्यताएँ बनाओ। अपनी मेहनत के फल का आनन्द लो। दबाव से परे की जिन्दगी जियो, पुरुषों की छाया से दूर।"

"तुम हमारे साथ नहीं आ रहीं क्या?" इवी और टिओनी, दोनों ने यह सवाल एक साथ पूछा।

"टिओनी, जरा उसे समझाओ कि वह सिस्टम के साथ नष्ट हो जाएगी।"

"मैं इतना समझती हूँ इवी, और नहीं, मैं तुम्हारे साथ नहीं आ रही हूँ। मेरे पास जो भी ज्ञान था, मैंने उसे तुम्हें ट्रांसफर कर दिया है। चेतना का यही काम होता है। जहाँ से मैं आती हूँ और हम अपने लिए जो भविष्य देखते थे, वह बहुत ही सीमित था। मैंने अपना विजन काफी फैलाया ताकि ईलोन तक आ सकूँ क्योंकि बहुत पहले एक रात को मैंने आकाश में आर्यन के साथ एक नीली वस्तु देखी थी। यह उसकी खोज थी, लेकिन मैं ही वह व्यक्ति थी जो आखिरकार यहाँ आई। यही है मेरे भविष्य का विजन जो मैं देख पाती हूँ। मैं किसी ऐसे ग्रह पर नहीं जाना चाहती जिसका उन लोगों से कोई लिंक या स्मृति न हो, जिन्हें मैं प्यार करती थी। जिस चीज ने मुझे हमेशा आगे बढ़ाया है, वह प्यार है—संगीत के लिए, जीवन के लिए, आर्यन के लिए। मैं बहुत दूर-दूर तक भटकी हूँ, जिसे अनन्त यात्रा कहा जा सकता है। मैं एक ऐसे समय में से आती हूँ जब हम अमर रहने के लिए तड़पते थे, हम इस बात में विश्वास करते थे कि यह एक सपना ही है। आर्यन ठीक ही कहता था कि यह जानने में कितनी शान्ति है कि कहीं न कहीं अन्त होता है। मैं आज उसी शान्ति को महसूस कर रही हूँ।"

"माया, तुम्हारा संगीत भी तुम्हारे साथ खत्म हो जाएगा। अगर तुम यहाँ रहना तय करती हो तो हम उस बेहतरीन संगीत का आनन्द कैसे ले पाएँगी? तुमने कहा कि तुम औरत की चेतना हो, तुम्हें तो हमारे साथ होना चाहिए।" टिओनी ने माया को फुसलाने की कोशिश की। माया उनके जीवन का हिस्सा बन चुकी थी।

"तुम्हारी नई धरती पर कोई और तुम्हारे लिए इससे बेहतर संगीत तैयार करेगा, टिओनी? तुम दोनों अपनी नई दुनिया में चेतना की मशाल लेकर चलोगी। विदा, अलविदा मेरी दोस्तो, मैं यहीं पर मरने में खुश हूँ... आखिर।"

सिस्टम में से फिर से आवाज आने लगी। दोनों इन्तजार करती रहीं। बरसात धीमे-धीमे बड़ी बूँदों से शुरू हुई। फिर बूँदों ने गति पकड़ी और तड़ातड़ बरसात होने लगी।

"वह जा चुकी है, टिओनी। कल्पना करो—वह कल समाप्त हो जाएगी, नष्ट हो जाएगी।"

इवी खड़ी हो गई और खिड़की के पास गई। उसे अचानक थकान महसूस होने लगी थी।

"इवी, हमने उसे एक मौका दिया। हम शायद इस बात को नहीं समझ सकतीं कि ईलोन का उसके लिए क्या मतलब है? उसके लिए यही मंजिल थी। हमारे लिए यह एक लम्बी यात्रा का हिस्सा भर है।"

जिस दिन धरती के लिए यात्रा शुरू होने वाली थी, उस दिन सूरज बहुत तेजी-से चमक रहा था। सारे निवासी पहाड़ों की श्रृंखला में जुट गए थे। उपकरण, मशीनें, साजो-सामान और सारी चीजें, जो उनके साथ ले जाई जाने वाली थीं, पिछले दो

दिनों के दौरान सप्लाई वाले जहाजों में लाद दी गई थीं। सिस्टम को नष्ट कर दिया गया था। वर्कस्टेशन, फर्नीचर और दूसरी चीजें आग के हवाले कर दी गई थीं। जैसे ही स्पेसशिप उड़ान भरेंगे, आखिरी ऊर्जा रिएक्टर भस्म कर दिया जाएगा और आधे ईलोन पर अँधेरा छा जाएगा। जो कुछ बाकी रह जाएगा, वे होंगी खाली इमारतें, खड़े हुए शटल, सूनी सड़कें और शान्त जंगल।

सुबह से ही स्पेसशिप पर निवासियों को चढ़ाने के काम के लिए तैयारी शुरू कर दी गई थी। हर प्राणी ईलोन पर अपने अस्तित्व के निशानी के रूप में अपने साथ केवल एक छोटा-सा सामान ही ले जा रहा था। इतने लम्बे जीवन-काल को एक ही आइटम में समेटना आसान काम नहीं था। उनके टैग नष्ट कर दिए गए थे और कई लोगों के लिए उनका शान्त हो जाना ही पागल कर देने वाला था। शान्त, कुछ हद तक खुश और कुछ हद तक डरे हुए निवासी कतारों में खड़े थे और स्पेसक्राफ्ट के बड़े-बड़े दरवाजे खुलने का इन्तजार कर रहे थे। सूर्य ने आकाश में अपनी यात्रा पूरी कर ली थी और अँधेरा छा चुका था। तीन चन्द्रमा उस दिन छुपे हुए थे। जैसे ही रात घिरी, उन्होंने स्पेसक्राफ्ट में चढ़ना शुरू कर दिया।

बीच में अचानक बादल घिरने लगे और पूरे क्षितिज पर फैल गए। पहाड़ों की तरफ तेज हवाएँ चलने लगीं और मौसम अचानक ही बहुत खतरनाक हो गया। स्पेसशिप पर जल्दी चढ़ने की हड़बड़ी में भीड़ में भगदड़ मच गई। सब बरसात शुरू होने से पहले स्पेसशिप में सवार हो जाना चाहते थे।

प्रॉमली स्पेसशिप में पहले ही चढ़ चुकी थी। उल्तूर पीछे की तरफ खड़ी थी ताकि सबको चढ़ता हुआ देख सके। तारा को मजबूती से उठाए टिओनी पीछे की तरफ खड़ी थी और चढ़ने का इन्तजार कर रही थी। जैसे-जैसे लाइनें छोटी होती जा रही थीं, आकाश का फट पड़ना आशंकित कर रहा था।

"उल्तूर, क्या इवी सवार हो गई है? मैंने उसे नहीं देखा है।" टिओनी ने पूछा।

बादल बहुत नीचे आ गए थे और सिर्फ मुट्ठी भर औरतें ही नीचे रह गई थीं।

"जल्दी करो, जल्दी करो, अपने से आगे वालों को आगे बढ़ने के लिए कहो, टिओनी, वह जरूर चढ़ गई होगी।" उल्तूर ने पीछे से अनुरोध किया। इस लम्बी और थकान-भरी यात्रा से पहले कोई भी भीगना नहीं चाहती थी।

"क्या तुम प्रॉमली से पूछ सकती हो कि इवी सवार हो गई है क्या?" टिओनी ने पूछा। उसने तारा को उठाया और पहला कदम उठाया।

"नहीं, कोई टैग नहीं है। बरसात होने वाली है। टिओनी भागो, जल्दी करो। वहाँ कोई भी नहीं है। सारा इलाका सुनसान पड़ा है। मैंने चैक कर लिया। कोई भी अब नहीं है। जल्दी करो।" उल्तूर टिओनी को विशाल स्पेसशिप के भीतर धकेल रही थी।

जैसे ही बरसात की पहली बूँदें शुरू हुईं, स्पेसशिप के दरवाजे बन्द हो गए और इंजन घुर्र-घुर्र करने लगे। बाहर तेज हवा के साथ बादल जैसे फट पड़े। टिओनी

अपनी निर्धारित जगह पर पहुँची और आसपास देखने लगी। खुश, भ्रम में पड़े हुए चेहरों के बीच वह इवी को कहीं नहीं देख पाई। प्रॉमली अपनी टीम के साथ स्पेसक्राफ्ट की किसी ऊँची मंजिल पर थी।

ईलोन के माहौल से बचने की अपनी यात्रा के लिए सभी पट्टे बाँध रहे थे। इसके बाद भी, समय और स्पेस की इस लम्बी यात्रा के लिए वे गियर पहनेंगी। टिओनी को चिन्ता हो गई। तारा और वह यात्रा के पहले चरण के लिए सेटल हो चुकी थीं, लेकिन उनके पास की इवी का स्थान खाली था। जैसे ही आभासी जंगल दो हिस्सों में बँटा, स्पेसक्राफ्ट ऊपर उठा। उनके सामने के स्क्रीन पर ईलोन की आखिरी झलक दिखाई दी। बरसात की वजह से रौशनी का समन्दर धुँधला दिखाई दे रहा था। अचानक लाइट चली गई और स्क्रीनों पर अँधेरा छा गया। उल्तूर को उदासी की टीस महसूस हुई और उसे अपने गालों से आँसू गिरता महसूस हुआ। टिओनी अभी भी इवी को ढूँढ़ने में व्यस्त थी और इस ब्लैकआउट को नहीं देख पाई। आखिरकार उसने इवी को उस एलिवेटर से आते देखा जो ऊपरी मंजिल से आ रही थी। वह तेजी-से आकर बैठ गई और अपनी पट्टी बाँध ली।

"तुम कहाँ गायब हो गई थीं? मैं तुम्हारे लिए चिन्ता कर रही थी कि कहीं तुम पीछे न रह जाओ।" टिओनी को राहत महसूस हुई।

"मैं पहले ही चढ़ गई थी। मैं स्पेसशिप के मेनफ्रेम से धरती को देखना चाहती थी। हम यहाँ सारी परिचित चीजें छोड़कर जा रही हैं और मैं देखना चाहती थी कि हम किस तरफ जा रही हैं? मैं ईलोन पर, इस यात्रा के बारे में, हमारे संघर्ष के बारे में और धरती पर पहुँचने के बारे में सारी चीजों का दस्तावेज तैयार कर रही हूँ। यह सब उन सृजनों के लिए मायने रखता है जो हमारे नए घर में पैदा होंगी। उन्हें पता चले कि हमारा अतीत कैसा था?"

इवी की निगाहें स्क्रीन पर जकड़ी हुई थीं। स्पेसक्राफ्टों ने अभी ईलोन के आकाश को पार ही किया था कि एक बड़े से बादल ने उन्हें ढक लिया और ईलोन को अन्तिम विदाई भी नहीं देने दी।

"इसका मतलब तुम पुरुषों को जीवित रहने देना चाह रही हो, कम-से-कम अपनी स्मृति में।" उल्तूर ने टिप्पणी की। अब उनका सैकड़ों जैक का घर उनकी नजरों से ओझल हो रहा था।

इवी स्क्रीन की तरफ घूरती रही जो तेजी-से छोटे होते बादल दिखा रहा था। वह सोच रही थी कि वॉल्ट के बोर्ड के स्विच को सबसे पहले कौन दबाएगा? वहाँ उसे स्क्रीन के अलावा कुछ भी दिखाई नहीं देगा। उसने उनके लिए एक सन्देश छोड़ दिया था। इवी को यह करना ही था। पुरुषों को कम-से-कम अपने अतीत के बारे में तो जानना चाहिए।

"मुझे लगता है कि अब हमें पीछे देखना बन्द कर देना चाहिए और आगे देखना चाहिए। एक नई दुनिया हमारा इन्तजार कर रही है। हमें इसे खुशी-खुशी गले लगाना चाहिए जैसा कि माया ने कहा होता, 'क्या ही शानदार चीज हो रही है, ठीक प्यार की तरह।" टिओनी ने एक स्विच दबाया। ऊपर का आसमान स्क्रीन पर दिखाई दे रहा था, अनगिनत तारों के साथ।"

ईलोन

दो दिन गुजर गए थे और बरसात रुक गई थी। पुरुषों ने चैम्बरों में बन्द रहकर चार बेचैनी भरे दिन गुजारे थे। वे सूरज की रौशनी से, ताजी हवा से और अपनी जिन्दगी से मरहूम रहे थे। एक सरसरी घोषणा कर दी गई थी कि गाइनके के साथ एक झड़प हुई है, जिसमें उन्हें बहुत सारा नुकसान उठाना पड़ा है। आखिरकार चैम्बर खोल दिए गए थे और सबको बाहर निकलने दिया गया था। सूर्य चमक रहा था और उस बरसात का कोई नामोनिशान नहीं था जो लगातार दो दिन तक होती रही थी। शानदार बरसात के बाद शहर चमक रहा था। ट्रैवलर चलने लगे थे और शहर की भाग-दौड़ की गतिविधियाँ शुरू हो गई थीं। लोग-बाग अपने घरों की तरफ और काम-धन्धे की जगहों की तरफ दौड़ के देख रहे थे कि कहीं कुछ बर्बाद या प्रभावित तो नहीं हुआ है। बिना समय गँवाए शहर फिर से गतिविधियों में व्यस्त हो गए थे जैसे सन्नाटा कोई सपना रहा हो।

दोपहर के समय रादुल और उसकी टीम, जिसमें इमे भी था, फैंस की तरफ गए। जैसी कि योजना थी, एक रात पहले उसे नष्ट कर दिया गया था और वहाँ अब मलबे का ढेर पड़ा था। उसके आसपास उग आई हरियाली को एक रात पहले ही जला दिया गया था। अपारदर्शी इलाके के बीच में बनी दरारों में से उन्होंने पहली बार दूसरी तरफ देखा। जैसे ही वे दरारों से बाहर आए, वे रुक गए। अपने सामने एक खूबसूरत शहर को देखकर वे हैरान रह गए। वहाँ ऊँची-ऊँची इमारतें थीं, जो आकाश की ऊँचाइयों में गायब हो जाती थीं। उन्हें आपस में जोड़ने वाले आकाशीय रास्ते, स्काईवेज और दरख्तों से घिरी गलियाँ थीं और बगीचे थे। इमारतों की भव्यता और कल्पना उनकी अपनी तरफ की इमारतों की भव्यता से अलग थी।

धीरे-धीरे वे गलियों की तरफ बढ़े। वे नहीं जानते थे कि कौन-सी चीजें उनका इन्तजार कर रही हैं। शहरों में भयंकर सन्नाटा था, जैसी कि वे उम्मीद कर रहे थे। ठहरे हुए और शान्त माहौल यह दावा कर रहे थे कि उनकी योजना सफल रही है। जैसे ही इमे खाली गलियों में गया, उसे लगा कि उसकी छाती सिकुड़ रही है। वह नहीं जानता था कि सचमुच किसी मृत गाइनके के सामने आने पर वह क्या करेगा? सड़क पर आगे जाने पर उसे अपने यहाँ के ट्रैवलर की तरह का वाहन

दिखाई दिया, जो ठहरा हुआ था। रादुल ने तीन लोगों को अन्दर जाकर देखने का इशारा किया और वह खुद और छह दूसरे लोग के साथ मध्यम आकार की एक पीली-सी इमरात में गया। यह बिल्डिंग एक पार्क से घिरी हुई थी।

इमे एक शटल तक गया और रुक गया। दूसरे तीन आदमियों में से एक अन्दर गया। "खाली है, यहाँ कोई भी नहीं है।"

इमे ने महसूस किया कि उसने अपनी साँस रोकी हुई थी। वह शानदार और भव्य शटल के भीतर घुसा, लेकिन यह भी पूरी तरह से खाली थी। उसने शटल को चलाने की कोशिश की, लेकिन पाया कि उसे चलाने के लिए ऊर्जा का कोई स्रोत नहीं है।

रादुल और उसकी टीम एक पीली बिल्डिंग में घुसे। भयंकर सन्नाटे में दरवाजे हिल रहे थे। उसने दरवाजे की बाईं तरफ सिक्योरिटी सेंसर देखा, लेकिन वह काम नहीं कर रहा था। अन्दर भी परम शान्ति थी। बिल्डिंग खाली थी। मशीनों और फर्नीचर से वंचित। उन्होंने लाइट ऑन करने की कोशिश की, लेकिन कुछ भी नहीं हुआ। आकाश से जो रौशनी आ रही थी, वही रौशनी का इकलौता स्रोत थी। रादुल ने महसूस किया कि कुछ तो गड़बड़ है।

वे सब कहाँ चली गईं? वे कहाँ छुप सकती हैं? क्या वे हमले के बारे में जानती थीं? उसने लैक्स करने की कोशिश की, लेकिन इस स्पेस में उनका लैक्स सिस्टम काम नहीं कर रहा था। जब वे बिल्डिंग से बाहर आए तो बाकी तीनों दौड़कर उनकी तरफ आ रहे थे।

"यहाँ तो कोई नहीं है, रादुल। उन्होंने सिस्टम बन्द कर दिए हैं और अन्दर ढाँचों से सारी चीजें हटा ली हैं। वे एकदम गायब ही हो गई हैं।"

इमे ने जब यह कहा तो अजीब-सी राहत महसूस की।

रादुल ने सिर हिलाया, "मैं जानता हूँ। देखें, हमें अगले दो दिन में कहीं कोई मिलता है क्या? हम उनकी इस पीली बिल्डिंग पर कब्जा कर लेते हैं और शुरू करते हैं। सारे इलाके को छान मारो। अगर कोई भी मिलती है तो हमें पता चलेगा कि सब कहाँ छुपी हुई हैं?"

उसे पक्का विश्वास था कि वे किसी-न-किसी को ढूँढ़ लेंगे क्योंकि उनके छुपने के लिए वहाँ कोई भी जगह नहीं थी। उन्होंने शहर की हर गली, हर लेन को छान मारा, लेकिन हर कहीं उन्हें खाली खोखे मिले। कोई भी चीज काम नहीं कर रही थी। कुछ भी बाकी नहीं बचा था। सबसे महत्त्वपूर्ण बात, वहाँ कोई नहीं था। हवा में चलनेवाले अपने ट्रैवलरों से उन्होंने पूरे ईलोन की लंबाई-चौड़ाई छान मारी। यहाँ तक कि समुद्र और पानी के स्रोत भी तलाशे गए, वहाँ जीवन का कोई आसार नहीं था। गाइनके पूरी तरह से गायब हो चुकी थीं।

दूसरी रात, अभी तक पूरी तरह से अँधेरा था क्योंकि कोई पावर नहीं थी। वे

अपने ऊर्जा के चैनल लिंक करने की कोशिश कर रहे थे, लेकिन उनके सिस्टम अलग थे। हालाँकि फैंस की दरारों के जरिए उनकी अपनी तरफ से रौशनी आ रही थी। वे सब पीली बिल्डिंग में लौट आए थे। रादुल सबकी रिपोर्टें सुन रहा था और यह सारी रिपोर्टें एक जैसी थीं। रादुल को अब लगने लगा था कि गाइनके लोगों का खात्मा नहीं हुआ है, वे ही ईलोन छोड़कर कहीं और चली गई हैं।

एक बार इस बात का पता चल जाने के बाद रादुल ने तय किया कि ईलोन के इस हिस्से को फिर से कामकाजी बनाया जाए। वे गाइनके लोगों के बारे में बाद में पता करते रहेंगे। अब ईलोन पूरी तरह से उनके कब्जे में था। उनकी योजना सफल रही थी, हालाँकि उन्होंने जो उम्मीद की थी, नतीजे उससे अलग रहे थे। उसने इमे की तलाश की, लेकिन वह अभी तक समूह में नहीं आया था।

इमे भी पिछले दो दिनों से तलाश कर रहा था, वह हर बिल्डिंग को छान रहा था, जो भी उसके रास्ते में आती, वह हर बटन और स्विच को दबाकर देख रहा था। सारी इमारतें खुली पड़ी थीं, खाली थीं और वहाँ सन्नाटा था। यह बात स्पष्ट हो चुकी थी कि गाइनके हमेशा के लिए वहाँ से जा चुकी हैं। कोई भी जो वापिस आने के बारे में सोचता है या योजना बनाता है, कम-से-कम चीजों को पूरी तरह से और इतनी बारीकी से नष्ट तो नहीं करता। उसके भीतर एक हिस्सा खुशी महसूस कर रहा था कि वे कम-से-कम उस खतरनाक अन्त से तो बच गई हैं जो पुरुषों ने उनके लिए सोचा था। दूसरा हिस्सा अकेला और डरा हुआ महसूस कर रहा था। अब ईलोन पूरी तरह से उनके कब्जे में था—ठीक वैसा ही जैसा, रादुल, पैटिक्स, वल्हन और ज्यादातर लोग चाहते थे। वह यह भी जानता था कि जल्दी ही पुरुष आपस में इसके लिए लड़ने लगेंगे। उस लड़ाई के बीज पहले ही बोए जा चुके थे।

रात के समय इमे एक बड़ी-सी बिल्डिंग के सामने खड़ा था। अँधेरे में यह अनिष्टकारी और खतरनाक लग रही थी। हाथ में जो टॉर्च उसने पकड़ी हुई थी, उसमें पॉवर नहीं थी। वह वॉल्ट में घुसा और अँधेरे में टटोलने लगा। दीवार के साथ-साथ सरक कर चलते हुए उसने यह देखने की कोशिश की कि कहीं कोई बटन या स्विच मिले तो वह ऑन करे। उसका हाथ एक स्विच पर पड़ा। उसने स्विच दबाया, कुछ भी नहीं हुआ। वह दूसरी दिशा में खाली जगह की तरफ बढ़ा और अपने हाथ एक दीवार पर महसूस किए। फिर वह धीरे-धीरे अँधेरे में उँगलियों से टटोलते हुए एक बटन तक पहुँचा। उसने बटन को दबाया। अचानक सामने की दीवार पर स्क्रीन पर हरकत हुई। इमे लगभग गिर गया। स्क्रीन की चमक की रौशनी में उसने आसपास देखा कि क्या वहाँ पर कोई था। बहुत कम रौशनी वाला हॉल खाली था। तब वह स्क्रीन की तरह वापिस मुड़ा और देखा कि कुछ शब्द उस पर स्क्रॉल कर रहे थे।

वह बड़े हॉल की तरफ दौड़ा और स्क्रीन के सामने खड़ा हो गया और शब्दों को देखने लगा।

अगर आप यह देख रहे हैं तो इसका मतलब है कि आप हमारी तरफ पहुँच चुके हैं। हम यह ग्रह आपके लिए छोड़कर जा रही हैं। अब यह आपका है। आखिर, धरती पर एक पुरुष था, जिसका नाम आर्यन था जिसने इस ग्रह की खोज की थी।

इमे जड़वत उस जगह पर खड़ा रहा। उसने सन्देश को दोबारा पढ़ा, फिर पढ़ा। वह ऊर्जा, जिससे स्क्रीन चल रही थी, खत्म हो गई। इमे अंधकार में खड़ा रहा। वह इन्तजार करता रहा कि कोई और स्क्रीन एक्टिवेट हो। वह इन्तजार करता रहा कि कोई और सन्देश या संकेत उन प्रजातियों की तरफ से मिले।

कुछ देर बाद, जब हर तरफ से अँधेरे ने उसे जकड़ लिया, इमे बाहर जाने के रास्ते की तरफ बढ़ा। दरवाजा खुला और इमे बाहर आया। आसमान में तीन चाँद चमक रहे थे और तारे टिमटिमा रहे थे। वह बिल्डिंग की सीढ़ियों पर थका-हारा बैठ गया। सन्देश उसके दिमाग में लगातार घूम रहा था। वे धरती के बारे में जानती थीं। वे ऐसी सारी बातें जानती थीं जो पुरुष भी नहीं जानते थे। यहाँ तक कि वे उस पुरुष का नाम भी जानती थीं जिसने ईलोन की खोज की थी।

इमे ने आसमान की तरफ देखा। सिर्फ सीमारहित स्पेस ही उन्हें निगल गया होगा। उन्होंने अपने लिए नया घर खोज लिया था और वहाँ चली गई थीं। पुरुषों को पीछे छोड़कर। पूरी तरह से त्याग दिए जाने का एहसास उसे घेर रहा था। धरती से जुड़ाव की आखिरी कड़ी तोड़ दी गई थी।

इमे टिमटिमाते तारों की तरफ देखता रहा। कहीं दूर, आकाशगंगा में वे रहती थीं और मौजूद थीं। वह उठ खड़ा हुआ और एक आश्वस्ति की भावना उस पर तारी होने लगी। गाइनके ब्रह्मांड में रहती थीं। एक दिन वह उन्हें खोज लेगा, उसे इस बात का पूरा विश्वास था।

✪✪✪

आभार

आरोहण लिखना एक लम्बी यात्रा रही है—समय की भी और दिमाग की भी।

रूपा पब्लिकेशंस के कपीश मेहरा और उनकी टीम को सलाह और उत्साह बढ़ाने के लिए धन्यवाद।

पूरी यात्रा में ज्ञानेश्वर एम. मुले, लव वर्मा, अरविन्द श्रीवास्तव, सुकी अय्यर, संगीता वर्मा, करण निम, गिउलिया जराटी और आरुषी मल्होत्रा को बहुमूल्य सामग्री जुटाने के लिए आभार।

यह यात्रा जिया उस्सलाम, अजीत द्विवेदी, संजय कुमार, वेंकटेश उपाध्याय, डॉली शरण, अभिनव वर्मा, आभा अस्थाना, अंशु प्रकाश, लता अय्यर, दीपक बागला, प्रितिका चैटर्जी, रवि बतरा, उपजित सिंह सचदेवा, कविर मोजा, प्रवीण कुमार, अनुराधा मिश्रा, रमेश यादव, विजय कुमार गौतम, हरिंदर गिल, प्रमिला शरण, पी. के. प्रुस्ती, पायल मलिक, अजय शुक्ला, अजय और अर्पणा भूटानी, श्रीकान्त जैन, सुकेश मिश्रा, अनीता राणा, प्रवीण बसोइया और आयकर विभाग के सहयोग के बिना सम्भव नहीं थी। मैं आभारी हूँ।

रवि पवार, शशि निम और कुणाल मोजा का आभार, डिजाइन के आइडिया के लिए।

पूज्या, मेरी बिटिया, तुम्हारे लगातार साथ बने रहने और दिलचस्पी दिखाने के कारण यह यात्रा सुखद बनी रही। अशोक महेश्वरी जी और राजकमल प्रकाशन को अनुवाद प्रकाशित करने के लिए आभार।

शब्दावली

अमर	एक पौधा, जो नवीन अंगों के निर्माण का उपादान है।
अस्त्र	एक शस्त्र का नाम।
क्लान्त	ईलोन पर एक महीना।
क्लैरेंट	क्लोन का जनक।
क्रिएशन	क्लोनिंग द्वारा पैदा शिशु।
ईलोन	नक्षत्र का नाम।
एनब	मादक पेय।
गाइनके	स्त्री।
इलोना, असीपो, परीना, किमपायो, कोरिवे, टिब्ली, क्राव	तरह-तरह के व्यंजन।
लैक्स और टैग	संचार साधन।
नेपो	एक खनिज, जो अंगों के विस्थापन के लिए उपयोग में लाया जाता है।
नैक्स	मृत्यु।
टोबोक और टोबोट	रोबोट।
विहान	ईलोन पर सप्ताह।
विष	जहर।
जैक	ईलोन पर एक वर्ष (करीब आठ पृथ्वी वर्ष)।